Charlotte Jacobi
Sturm über der Villa am Elbstrand

AF197676

PIPER

Zu diesem Buch

Die junge Rosa Timmlein, Cousine von Isabel Torres, zieht der Liebe wegen nach Rostock. Dort will sie endlich auch ihren großen Traum vom Theater erfüllen! Doch es kommt alles anders, als sie es sich erhofft hat. Als die Mauer gebaut wird, muss Rosa sich anstelle der großen Schauspielkarriere mit einer Lehre in einem kleinen Hotel am Strand von Warnemünde begnügen und steht fortan unter strenger Beobachtung durch die Schwester des Hotelbesitzers. Zudem ist sie jetzt von ihrer geliebten Familie in Hamburg abgeschnitten, und es ist ungewiss, wann und ob sie sich jemals wiedersehen werden.

Charlotte Jacobi ist das gemeinsame Pseudonym des Autorenduos Eva-Maria Bast und Jørn Precht. Die Überlinger Journalistin Eva-Maria Bast ist Leiterin der Bast Medien GmbH, der Stuttgarter Hochschulprofessor Jørn Precht ist Drehbuchautor für Kino- und Fernsehproduktionen. Beide haben zahlreiche Sachbücher und zeitgeschichtliche Romane veröffentlicht und Preise gewonnen.

Charlotte Jacobi

Sturm über der
Villa am Elbstrand

Roman

Mehr über unsere Autorinnen, Autoren und Bücher:
www.piper.de

Wenn Ihnen dieser Roman gefallen hat, schreiben Sie uns unter Nennung des Titels »Sturm über der Villa am Elbstrand« an *empfehlungen@piper.de,* und wir empfehlen Ihnen gerne vergleichbare Bücher.

Alle Titel, die von Charlotte Jacobi im Piper Verlag vorliegen, finden Sie auf Seite 496.

Inhalte fremder Webseiten, auf die in diesem Buch hingewiesen wird, macht sich der Verlag nicht zu eigen und übernimmt dafür keine Haftung. Wir behalten uns eine Nutzung des Werks für Text und Data Mining im Sinne von § 44b UrhG vor.

Originalausgabe
ISBN 978-3-492-31525-8
1. Auflage Februar 2020
6. Auflage Dezember 2024
© Piper Verlag GmbH, München 2020
Redaktion: Kerstin von Dobschütz
Umschlaggestaltung und -abbildung: Johannes Wiebel | punchdesign
unter Verwendung von shutterstock.com und
Richard Jenkins Photography; Helmut Seger und Lukas Hoffmann
Satz: Eberl & Kœsel Studio GmbH, Kempten
Gesetzt aus der Adobe Garamond
Gedruckt von ScandBook in Litauen
Printed in the EU

Übersicht der wichtigsten Personen

Familie Brix

Sofie Luise Timmlein, geborene Brix (* 30. 03. 1896 in Flensburg), Zahnärztin

Wilhelm »Willy« Brix alias Håkon William Heger (* 25. 01. 1895 in Rüde bei Glücksburg), Sofies Bruder, Geschäftsführer der Reederei Nieland

Maximilian »Max« Timmlein (* 27. 08. 1895 in Poppenbüttel), Sofies Ehemann, Majordomus der Villa Nieland und Spielzeughersteller

Hildegard »Hilde« Torres, geborene Timmlein (* 08. 05. 1921 in Hamburg Altona), Sofies älteste (uneheliche) Tochter, Modeschöpferin

Julius »Juli« Timmlein (* 28. 02. 1922 in Hamburg), Max' und Sofies Sohn, Elfies Zwillingsbruder, Chirurg

Sally Timmlein, geborene Beddingfield (* 07. 05. 1922 in Cleveland, Ohio), Apothekerin, Julis Ehefrau

Beryl Madison Timmlein (* 08. 08. 1943 in Cleveland, Ohio), Julis und Sallys Tochter

Elfriede »Elfie« Timmlein (* 28. 02. 1922 in Hamburg), Julis Zwillingsschwester, Köchin

Rosa Sophia Timmlein (24. 01. 1944),* Elfies uneheliche Tochter, Auszubildende zur Kellnerin

Konrad Heß (* 19. 05. 1924 in Nürnberg), Zahnarzt

Johannes »Jan« Lüttgens (* 14. 08. 1911 in Hamburg), Musiker und Restaurantbesitzer, Elfies Dauerverlobter

Felix Lüttgens (* 19. 12. 1941 in Hamburg), sein Neffe, Theatermusiker

Familie Nieland

Anna Christine Nieland (* 08. 04. 1897 in Hamburg), Modehausbesitzerin und Erbin der Reederei, Sofies beste Freundin

Burkhard Nieland (* 08. 02. 1892 in Hiddensee), ihr Bruder, Ex-Gauleiter, Ex-Lagerleiter

Edith Henriette Torres, geborene Nieland (* 28. 01. 1896 in Hamburg), Schwester von Burkhard und Anna, Journalistin

Ramiro Marco Torres (* 28. 02. 1891 in Viña del Mar, Chile), Ediths Ehemann, Journalist im Ruhestand

José Cristiano Torres (* 19. 07. 1919 in Viña del Mar, Chile), Sohn von Edith und Ramiro Torres, Hildes Ehemann, Kunstprofessor

Isabel Torres (* 28. 07. 1943 in Hamburg), angehende Journalistin, Tochter von Hilde Timmlein und José Torres

Franz Thomsen (* 20. 11. 1895 in Nieby), Modehausbesitzer, Annas zweiter Ehemann

Kasimir Thomsen (* 17. 01. 1939 in Hamburg), Franz' Sohn aus erster Ehe, Ex-Polizist, Sicherheitsexperte

Helene »Leni« Henriette Schwarz, geborene Meseritz (* 18. 02. 1917 in Hamburg), Tochter von Anna und Gideon Meseritz

Manfred »Moshe« Schwarz (* 12. 04. 1917 in Stuttgart), Rechtsanwalt, Lenis Mann

Timon David Schwarz (* 25. 06. 1941 in London), Sohn Lenis und Moshes, Abiturient

Stella Gudrun Schwarz (* 17. 01. 1957 in Hamburg),
Tochter Lenis und Moshes

Sonstige

Alexander »Alex« Jensen (* 27. 10. 1943 in Flensburg),
Nachwuchsjournalist

Albin Wessels (* 11. 08. 1910 in Altona), Autohausbesitzer,
Partner von Willy Brix

Ursula »Ursel« Spahrbier, geb. Mankiewicz
(* 04. 05. 1897 in Hamburg), Haushälterin der
Villa Nieland

Xenia Queck (* 21. 12. 1914 in Altona), Ursels
Nachfolgerin

Sharif Dabbagh (* 16. 02. 1934 in Agadir),
Hafenarbeiter aus Marokko

Jesper Wedderkamp (* 30. 05. 1890 in Süderbrarup),
pensionierter Seemann, Witwer, Sharifs Vermieter

Marlies Schlottmann (* 26. 08. 1945 auf Waltershof),
Auszubildende zur Arzthelferin

Ewald Becker (* 25. 05. 1941 in Soltau), angehender
Bundeswehrpilot

Helmut Heinrich Waldemar Schmidt (* 23. 12. 1918
in Hamburg-Barmbek), Senator der Hamburger
Polizeibehörde

Astrid Kirchherr, Fotokünstlerin (* 20. 05. 1938 in
Hamburg)

Stuart Sutcliffe, Maler und Musiker (* 23. 06. 1940
in Edinburgh, Schottland)

Dietmar Koschitza (* 31. 01. 1914 in Berlin),
Hoteldirektor

Margot Koschitza (* 21. 03. 1920 in Berlin),
seine Schwester

TEIL I

1960

1

Diesmal durfte nicht geschwiegen werden! Schon einmal waren zu viele in der deutschen Bevölkerung stumm geblieben, als mutige Worte und Taten notwendig gewesen wären. Doch jetzt stand sogar noch mehr auf dem Spiel: Es ging um nicht weniger als die drohende Vernichtung der gesamten Menschheit! Sofie Timmlein eilte mit einem Flugblatt in der Hand die Treppen der Villa Nieland hinauf. Die resolute Vierundsechzigjährige war auf der Suche nach der Besitzerin des Elbschlösschens – ihrer besten Freundin Anna Nieland. Sie fand die modebewusste Dame wie so häufig im Türmchen ihrer Villa. Von dort genoss sie einmal mehr die schöne Aussicht auf die Elbe und die Einfahrt zum Hamburger Hafen. Als Sofie die Stiege in den kleinen Turm erklomm, spielte der Frühlingswind mit ihren langen, von nur wenigen weißen Strähnen durchzogenen, blonden Haaren – wie einst ihre Mutter ergraute auch sie jetzt im Alter kaum. Anna Nieland, deren dreiundsechzigsten Geburtstag sie vor zwei Tagen gefeiert hatten, befand sich in Gesellschaft von Sofies Enkeltochter Isabel. Das sechzehnjährige Mädchen war wie die Patriarchin sehr exquisit gekleidet und trug ihr dunkles Haar ebenso modern geschnitten: kinnlang, mit einer in die Stirn fallenden Welle, am Oberkopf stark toupiert und über den Ohren in je einer Locke herabfallend. Sie hatten beide stark geschminkte Augen, geradezu katzenartig.

»Sofie, Liebes, was ist passiert?«, fragte Anna, als sie ihre Freundin erblickte. »Du bist ja ganz aufgeregt.«

Sofie deutete auf das Flugblatt in ihrer Hand. »Unsere Freundin Helga Stolle von den Atomwaffengegnern hat das geschickt. Am Karfreitag soll es von Hamburg-Harburg zu einem viertägigen Protestmarsch losgehen«, fasste Sofie die wichtigsten Eckdaten des Schreibens zusammen. »Ziel ist der Raketenübungsplatz Bergen-Hohne.«

»Ah, gute Idee. An diesem schrecklichen Ort kann man gar nicht genug demonstrieren«, entgegnete Anna überzeugt. In der Nähe des ehemaligen Konzentrationslagers Bergen-Belsen waren von der westdeutschen Bundeswehr im Dezember 1959 die ersten Träger für Atomraketen erprobt worden. Anna und Sofie hatten im Zweiten Weltkrieg ihnen liebe Menschen verloren. Daher waren sie besonders entsetzt darüber, dass – nach der umstrittenen Wiederbewaffnung der Bundesrepublik vor knapp fünf Jahren – nun sogar diese furchtbaren Massenvernichtungswaffen auf deutschem Boden getestet wurden. Anna streckte die Hand nach dem Flugblatt aus und begann es zu studieren: Die Gruppe wollte durch den geplanten Ostermarsch zu jenem Raketenübungsplatz Bergen-Hohne öffentlich ihr entschiedenes Nein zu atomaren Waffen bekennen.

»Ihr Widerstand richtet sich gegen atomare Kampfmittel jeder Art und jeder Nation«, las die Villenerbin vor, und Isabel, Sofies Enkelin, lauschte aufmerksam. »Sie knüpfen mit dem Protest an den großen englischen Ostermarsch an. Der findet seit 1958 jährlich statt – mit jeweils Tausenden von Teilnehmern.«

Helga Stolle und Hans-Konrad Tempel, zwei mit Annas Tochter befreundete Pazifisten und Quäker, hatten die Protestform der Ostermärsche von England auch nach Deutschland gebracht.

»Na, was meinst du?«, fragte Sofie, die mit ihrer Familie seit fast vier Jahrzehnten in der ausgebauten Wohnung über dem Wagenschuppen neben der Elbstrandvilla lebte. Sie strahlte Entschlossenheit aus. »Finden wir ihre Gründe stichhaltig genug, dass auch wir zwei alten Krähen mitmarschieren sollten?«

»Aber unbedingt!«, sagte Anna im Brustton der Überzeugung. Sie war froh gewesen, als ihre Freundin neulich verkündet hatte, dass es angesichts ihres Alters allmählich an der Zeit sei, ihre eigene Zahnarztpraxis baldmöglichst aufzugeben – und Anna noch mehr bei deren politischer Arbeit zu helfen. Einen geeigneten Nachfolger für Sofies Praxis zu finden, würde allerdings gewiss nicht einfach werden. Schließlich war die dreifache Mutter und dreifache Großmutter eine der beliebtesten Zahnärztinnen Hamburgs. Da würden die Patienten nicht jeden akzeptieren.

Auch Anna trat in letzter Zeit beruflich kürzer, überließ ihr Modehaus zunehmend ihrem zweiten Ehemann Franz und Sofies Tochter, Modeschöpferin Hilde. Die beiden weilten derzeit mit Hildes Mann, dem Kunstprofessor José Torres, in Paris. Annas politisches Engagement wurde jetzt im Alter immer breiter gefächert. Beispielsweise bemühte sie sich leidenschaftlich um Wiedergutmachung für Opfer des Dritten Reiches, dem 1940 ihr erster Mann Gideon zum Opfer gefallen war. Doch schon zum Ende des Ersten Weltkrieges hatten Anna und Sofie für das Frauenwahlrecht sowie ein Ende des Krieges demonstriert. Und im April 1958 waren die beiden nunmehr alten Damen bei Kundgebungen gegen die von der Adenauer-Regierung geplante nukleare Aufrüstung dabei gewesen.

Die junge Isabel, die sich ein wenig um ihre Großmutter Sofie und deren Freundin sorgte, nahm Anna das Flugblatt ab, auf dem die Etappen des geplanten – immerhin knapp hundert Kilometer langen – Ostermarsches von Hamburg-Harburg nach Bergen genauer aufgeführt waren. Am Karfreitag wollten die Demonstranten die ersten dreißig Kilometer zu Fuß bis nach Sprötze in der Nordheide zurücklegen, am Samstag planten sie, Schneverdingen zu erreichen, am Ostersonntag Soltau, und am Montag schließlich sollte es zur Abschlusskundgebung in Bergen gehen.

»Für Übernachtungsmöglichkeiten wird auf Wunsch gesorgt«, las Isabel mit gefurchter Stirn vor. »Wollt ihr euch das wirklich antun? Ich habe gehört, dass man die Teilnehmer teilweise in Turnhallen unterbringt.«

»Das überleben wir schon«, beruhigte Anna sie schmunzelnd. »Außerdem habe ich in Soltau gute Freunde, also werden wir am letzten Abend wieder in weichen Daunen schlafen. Keine Angst, Bellchen.«

Sofie strich ihrer Enkeltochter liebevoll über das Haar. Die belesene, wortgewandte und fleißige junge Frau war so intelligent, dass sie am Neusprachlichen Gymnasium für Mädchen in Groß Flottbek bereits zweimal eine Klasse hatte überspringen dürfen. Schon diesen Sommer würde sie das Abitur ablegen. Nebenbei half sie in der Redaktion des *Hamburger Abendblatt* aus. Ein dort angestellter Freund von Anna Nielands verstorbenem Cousin hatte ihr diese Stelle besorgt und betont: »Noch nie hat ein so junges Mädchen bei uns mitgearbeitet. Und noch nie ein so kluges und fleißiges.«

Isabel war stolz auf diese Arbeit. Das *Abendblatt* war die erste Tageszeitung der jungen Bundesrepublik, die eine »deutsche« Lizenz erhalten hatte und nicht von den alliierten Stellen lizenziert wurde. Seit der Gründung wurde der Wahlspruch verwendet: »Mit der Heimat im Herzen die Welt umfassen« – ein Zitat des Hamburger Schriftstellers Gorch Fock.

Isabels Großonkel Willy hatte jenen Heimatdichter 1916 auf dem Kriegsschiff *Wiesbaden* noch persönlich kennengelernt. Doch Gorch Fock war in der Skagerrak-Schlacht gefallen – wie fast alle Kameraden Willys. Nur ein Oberheizer hatte außer ihm überlebt. Und auch Annas Vater, Gründer der Reederei, war in diesem größten Seegefecht aller Zeiten gestorben. Krieg – nein, Krieg durfte es nie wieder geben auf deutschem Boden.

»Ich möchte euch begleiten«, verkündete die Sechzehnjährige nun. »Ich bin in einer Bombennacht geboren worden, ich will nicht in einer sterben. Jeder verantwortungsbewusste Staatsbürger mit Weitblick sollte bei diesem Protest mitmachen.«

Dies war nicht der einzige Grund, dass Isabel an dem Marsch teilnehmen wollte. Auch wenn man es den zwei schönen Damen nur sehr bedingt ansah, so hatten sie ja doch ihr siebtes Lebensjahrzehnt bereits begonnen – und die junge Frau wollte ein wenig auf die beiden aufpassen.

»Wir müssen uns aber darauf einstellen, beschimpft zu werden«, warnte ihre Großmutter Sofie. »›Naive Spinner‹ wird sicher noch die harmloseste Bezeichnung für uns sein.«

»Dann lasst uns die schönsten Kreationen anziehen, die Hildchen für uns geschaffen hat«, schlug Anna vor. »Zeigen wir denen, dass Frauen von Welt mit Köpfchen erkannt haben, was wichtig ist!«

»Was ist denn wichtig? Elegante Kleidung?«, scherzte Sofie. »Also ich werde lieber was Zweckmäßiges anziehen.«

In diesem Moment kam Annas Tochter Helene zu ihnen. »Mutti, Fräulein Queck ist da«, sagte die Dreiundvierzigjährige mit den sanft gewellten, dunklen Haaren. »Jetzt wird es ernst.«

Die Villenbesitzerin geriet sofort in helle Aufregung. »Schon?

Ich wollte doch noch im Salon aufdecken lassen. Sofie, Isabel, entschuldigt mich.« Mit diesen Worten folgte sie ihrer Tochter nach unten.

»Wer ist denn Fräulein Queck?«, wandte sich Isabel verwirrt an ihre Großmutter.

»Eine Bewerberin für die Stelle der Haushälterin«, erklärte Sofie. »Unsere Ursel will uns doch verlassen. Ihr Sohn ist wieder Vater geworden. Und da ihn seine Frau in der Praxis unterstützt, möchte Ursel zu ihnen ziehen, um mit den Kindern zu helfen. Die bisherigen Bewerberinnen für Ursels Nachfolge hier im Haus waren allesamt einigermaßen schrecklich. Aber diese Xenia Queck hat schon in den besten Häusern gedient. Anna und ihre Leni sind so aufgeregt, als würden sie sich bei der Haushälterin bewerben und nicht umgekehrt.«

***

Xenia Queck war laut ihrer Bewerbungsunterlagen zwar erst fünfundvierzig Jahre alt, wirkte aber wesentlich älter und äußerst distinguiert. Man konnte sie sich durchaus auch als Herrin eines der hochherrschaftlichen Anwesen vorstellen, auf denen sie bisher als Hausdame gedient hatte. Leni erinnerte die hagere, klassisch gekleidete Frau ein wenig an ihre Urgroßmutter Gudrun Nieland. Blieb zu hoffen, dass auch die Bewerberin unter ihrer harten Schale einen ebenso liberalen und liebevollen Kern hatte wie die vor vier Jahren verstorbene Hanseatin. Leni stellte fest, dass ihre Mutter trotz ihres Alters nervös wie ein Backfisch war im Angesicht der streng dreinblickenden Dame, die ihnen im Eingangsbereich der Villa gegenüberstand.

Die zweistöckige Halle mit dem edlen Terrazzoboden, die sich vom Haupteingang bis zur Terrasse hinzog und von der die oberen Gemächer auf eine Galerie abgingen, schien die erfahrene Hausdame wenig zu beeindrucken, zumindest schenkte sie ihr keinerlei nach außen sichtbare Beachtung. Sie hatte eben auch schon in größeren Villen gearbeitet.

»Ich habe es Ihnen ja bereits schriftlich mitgeteilt, dass ich erst ab August zur Verfügung stünde, sofern wir uns einig werden. Aber so ein neues Arrangement will ja wohl geprüft sein«, erklärte Fräulein Queck, und Leni fand, dass ihre gestelzte Ausdrucksweise bestens zu ihrem Äußeren passte.

»So lange hält unsere Ursel bestimmt noch durch«, meinte Anna. »Sie geht ohnehin mit einem lachenden und einem weinenden Auge. Die Gute hat hier vor fast fünfzig Jahren als Stubenmädchen angefangen, sie hängt sehr an dem Haus – und seinen Bewohnern. Aber ihr Sohn kann Hilfe gebrauchen ...«

Obwohl Annas Tonfall erkennen ließ, dass sie noch etwas mehr über Ursel plaudern wollte, zeigte Fräulein Queck deutlich, wie wenig sie biografische Details ihrer Vorgängerin interessierten, indem sie rasch sagte: »Gewiss. Wären Sie denn so freundlich, mir das potenzielle Wirkungsfeld einmal zu zeigen?«

»Selbstverständlich«, antwortete Anna etwas zu schnell.

Ihre Tochter musste schmunzeln, da die Villenbesitzerin nun auf dem Weg durch die Halle für ihr Anwesen warb wie eine Immobilienmaklerin. »Das Gebäude ist 1904 durch das Architekturbüro Lundt & Kallmorgen erbaut worden. Es hat eine Wohnfläche von tausendsechshundert Quadratmetern und vierzehn Badezimmer.« Sie öffnete eine der edlen Holztüren. »Dies ist unsere Bibliothek.«

Jeden anderen, so dachte Leni, hätten die umfangreiche Büchersammlung in den raumhohen Eichenregalen, der dazu passende Parkettboden und der schöne Jugendstil-Stuck an der Decke beeindruckt. Doch Fräulein Queck nickte nur gleichgültig, als Anna erklärte: »Die meisten Bände hat noch meine Schwester Edith ausgesucht. Sie war schon immer eine Leseratte, lebt allerdings seit vielen Jahren als Journalistin in Portugal.«

Auch der Salon mit den edlen Empire-Möbeln, der monumentalen Kassettendecke, den schönen Ölgemälden von Segelschiffen und den wertvollen Gobelins an den Wänden sowie dem atemberaubenden Elbblick rang der Bewerberin keinerlei Begeisterung ab. Allerdings zeigte sie, dass sie sehr wohl über ihre mögliche neue Arbeitgeberfamilie recherchiert hatte: Sie erkannte Reedereigründer Christian Nieland und dessen Mutter auf zwei Gemälden über dem offenen Kamin.

»Das dürften wohl Ihre werte Frau Großmutter und Ihr Herr Vater sein?«, stellte sie fest.

Anna sah mit ernster Miene zu dem würdevoll wirkenden Herrn in Öl auf. »Ja, meiner Großmutter Gudrun und ihm verdanken wir alles. Leider ist er 1916 in der Skagerrak-Schlacht gefallen.«

»Diese schlimmen Kriege haben so viele Familien zerrissen«, kommentierte Fräulein Queck bitter, und Leni fragte sich, ob sie damit nur auf die Familientragödien früherer Arbeitgeber anspielte oder selbst Verluste erlitten hatte.

Die Reaktion auf die beiden Porträts hatte Leni die gestrenge Dame etwas sympathischer gemacht, hatte sie doch eine Spur von seelischen Verletzungen durchblinzeln lassen, und Leni war neugierig geworden, mehr über die nach außen so kühle Bewerberin zu erfahren.

2

Wann immer Leni Schwarz Neunankömmlingen ihr Zuhause zeigte, war sie selbst wieder von der Größe und Schönheit des Grundstücks beeindruckt – und natürlich von der Aussicht über den Fluss, auf das andere Ufer und den Hafen. So erging es ihr auch jetzt, da sie mit ihrer Mutter und Fräulein Queck auf die Terrasse der Villa hinaustrat.

Die gestrenge Dame sah an der Elbseite des Gebäudes hinauf. »Eine seltsame Mischung von Baustilen«, kommentierte sie. »Bei den Gründerzeit- und Jugendstilelementen auf der Straßenseite rechnet man nicht mit wilhelminischer Opulenz und neoklassizistischer Säulenherrlichkeit hier auf der Südseite.«

Leni musste mühevoll ein Lachen unterdrücken. Wilhelminische Opulenz, Säulenherrlichkeit – treffende Formulierungen, aber sie wirkten für das Vokabular einer Haushälterin etwas hochgestochen. Auch passten sie so gar nicht zu dem bunt gemischten Häuflein Menschen, das in diesen schönen Mauern lebte.

»Und die Reederei ist in der Innenstadt?«, vergewisserte sich die Dame.

Anna nickte. »Hier müssen die Geschäfte draußen bleiben.«

»*Beatus ille qui procul negotiis*«, zitierte die Bewerberin, und die Villenbewohnerinnen sahen sie verwundert an, woraufhin sie übersetzte: »Glücklich ist derjenige, der sich fern der Geschäfte erholen darf. Horaz.«

»Ach so, ja da hat er recht, der alte Römer«, stimmte Anna zu.

Zu Füßen das Wasser der Elbe, aus der Höhe ein unverstellter Blick – kein Wunder, dass sich im 18. Jahrhundert die großen Kaufleute und Reeder in dieser bevorzugten Südhanglage ihre opulenten Wohnsitze inmitten kunstvoll angelegter Parks bauen ließen. Hier stellte das Hamburger Großbürgertum den Weltrang der Hansestadt zur Schau – obwohl die Elbchaussee damals noch zum preußischen Altona gehörte. Erst das 1937 von den Nationalsozialisten erlassene Großhamburg-Gesetz hatte auch Altona in die Hansestadt eingemeindet. Zerfressen von Neid, Hass und ihrer perversen Ideologie, hatten die Nazis in der Folge alle jüdischen Familien hier an der Elbchaussee enteignet und vertrieben. Lenis Vater Gideon war ebenfalls Jude gewesen und hatte sich sicherheitshalber von Anna scheiden lassen, um ihre Familie und deren Besitz nicht zu gefährden. Leni selbst war als Halbjüdin schließlich mit ihrem Vater und ihrem damaligen Verlobten Moshe Schwarz aus Deutschland geflohen.

In diesem Augenblick hörten sie Männerrufe, und Fräulein Queck sah mit erhobenen Augenbrauen zur Remise, die sich auf der westlichen Seite der Villa befand. Vor dem kleinen Gebäude spielte ein immer noch sportlich wirkender älterer Mann mit einem etwa Achtzehnjährigen Fußball.

»Das ist mein Sohn Timon mit Willy Heger, dem Geschäftsführer unserer Reederei«, erklärte Leni.

Sofies Bruder Willy, der sich im Laufe der Jahre vom Chauffeur bis an die Spitze von Annas Familienunternehmen emporgearbeitet und in aller Welt hervorragende Kontakte geknüpft hatte, war bereits Mitte sechzig, gab sich aber immer noch gern jugendlich. Timon war ein aufgeweckter junger Bursche mit widerspenstigem dunklem Haar.

»Die Herren werden Sie noch kennenlernen«, verkündete Anna. »Wie Sie sehen, gibt es hier genug Platz für Freizeitaktivitäten. Hinter den Bäumen da drüben ist ein Tennisplatz.«

»Mein Mann und ich sind 1945 mit unserem damals noch ganz kleinen Sohn aus London hierher zurückgekehrt. Da waren wir heilfroh, dass die Gegend noch intakt war«, erzählte Leni der sich umsehenden Bewerberin.

An der gegenüberliegenden Uferseite hatte sich im Krieg ein Rüstungsbetrieb an den anderen gereiht, und diese waren immer wieder Ziel alliierter Bombenangriffe gewesen. Die vergleichsweise dünn besiedelten Elbvororte auf der Seite der Villa waren jedoch von Zerstörungen weitestgehend verschont geblieben.

Fräulein Queck nickte und gab nun erstmals etwas aus ihrem bisherigen Arbeitsleben preis: »Nicht alle meine früheren Herrschaften hatten so viel Glück wie Sie. Viele der schönsten Villen und Landhäuser hier an der Elbchaussee wurden von den Briten besetzt. Die Offiziere und Mannschaften hielten wohl nicht viel von der sprichwörtlichen ›feinen englischen Art‹ – sie haben teilweise gehaust wie die Vandalen. Was nicht kaputtging, wurde beschmiert oder gestohlen.«

»Oh, mit dem britischen Militär hatten auch wir einmal unsere liebe Not«, gab Anna zu. »Aber meine Tochter Helene hier hat uns gerettet.«

Zum ersten Mal sah Fräulein Queck sie mit wirklichem Interesse, ja, fast mit Neugier, an. »Wie das?«, fragte sie.

»In der Remise dort vorne lebt die Familie unseres Hausmeisters Max Timmlein«, holte Leni aus.

»Seine Frau Sofie ist meine beste Freundin«, ergänzte Anna. »Ihre älteste Tochter Hilde ist ein Modegenie – und mein Patenkind. Die wollte …«

»Sofie Timmlein?«, unterbrach Xenia Queck sie verblüfft. »So heißt meine Zahnärztin auch.«

»Genau, das ist sie. *Doktor* Sofie Timmlein«, bestätigte Anna.

Leni bemerkte, wie verwundert die Bewerberin nun dreinblickte. Wahrscheinlich fand sie die Vorstellung seltsam, dass die beliebte Zahnärztin mit einem Hausmeister über der Garage dieser Villa lebte.

»Auf jeden Fall wollte ihre Tochter Hilde im Mai 1945 hier im Garten meinen Neffen José heiraten«, fuhr Anna fort. »Aber vor dem Jawort platzte dann das britische Militär in die Feier.«

Fräulein Queck lauschte immer noch gebannt.

»Sie kündigten an, unsere Villa solle provisorisch aufgeteilt werden – in zweiundfünfzig Kleinstwohnungen für das englische Militärpersonal«, ergänzte Leni. Noch immer stieg bei der Erinnerung an jenen Mainachmittag Wut in ihr auf. Um die halbe Welt war sie vor den Nazis geflohen, und dann sollte ihre Familie nach ihrer Rückkehr von den Briten enteignet werden!

»Da machte es sich gut, dass meine Tochter inzwischen die britische Staatsbürgerschaft besaß«, erzählte Anna nun voller Stolz. »Sie hat in London für sehr hochrangige Leute gearbeitet, sogar Geheimunterredungen bei Churchill protokolliert. Sie zeigte dann den Gentlemen in unserem Garten ihre Ausweispapiere und las ihnen in ihrer Heimatsprache die Leviten. Die haben sich kleinlaut entschuldigt, sich verkrümelt – und uns künftig in Ruhe gelassen.«

Die Villenbesitzerin sah Xenia Queck Beifall heischend an, doch deren Blick ging erneut zur Remise hinüber. Dort war ein drahtiger Endvierziger, die dunklen Haare mit Pomade gebändigt, aufgetaucht und kickte den Fußball trotz des

Nadelstreifenanzugs, den er trug, mit Verve zu Lenis Sohn Timon. Anna und Leni erschraken, als der Anzugträger nun zu Reeder Willy Heger ging – und ihn kurz auf den Mund küsste. Es war nicht der Kuss als solcher, der die Villenbewohnerinnen beunruhigte. Die beiden Männer waren seit über fünfzehn Jahren ein Liebespaar. Im Nazi-Regime waren sowohl Willy als auch Albin Wessels wegen ihrer Homosexualität im Konzentrationslager gelandet. Die Liebe der beiden hatte Hitlers Regime überlebt, der Paragraf, der eine solche Beziehung strafbar machte, allerdings ebenfalls. Daher war die Verbindung des neunundvierzigjährigen Autohändlers zu dem Reeder eines der bisher gut gehüteten Familiengeheimnisse der Villa, aber offenbar hatten die beiden Männer Xenia Queck nicht bemerkt. Leni und Anna wechselten einen besorgten Blick. Was, wenn die streng wirkende Bewerberin sich empören und die beiden verraten würde? Doch die reagierte verblüffend unbeeindruckt auf den Kuss. Sie hob lediglich kurz eine Augenbraue und fragte dann: »Ist das gesamte Personal über der Remise untergebracht?«

»Nein«, beeilte sich Anna zu sagen. »Ihr Zimmer befindet sich bei uns in der Villa im Dachgeschoss.«

»Nun gut, ich würde meine Wohnung in Finkenwerder allerdings behalten, an freien Tagen habe ich die Erfahrung gemacht, dass etwas Abstand zum Arbeitsplatz …«

Weiter kam sie nicht. Leni hatte das Unglück kommen sehen und stieß einen erschrockenen Warnschrei aus: Ihr Sohn hatte seinem Patenonkel Willy den Ball abgenommen, ihn aber unglücklich am Fuß erwischt. Alles ging blitzschnell. Während Willy mit einem Schrei zu Boden ging, raste der von Timon gekickte Ball nun direkt auf die drei Frauen zu – und erwischte Fräulein Queck frontal im Gesicht. Während vor der Remise Timon erschrocken die Hände vor den Mund

schlug, kümmerte sich Albin um Willy, der mit schmerzver-
zerrter Miene am Boden lag. Xenia Queck nahm die Hände
von ihrem Gesicht. Es war blutüberströmt!

***

Der Marsch begann am Karfreitag, den 15. April, um neun
Uhr bei regnerischem Wetter in Hamburg-Harburg. Wie geplant trugen Anna und Isabel ihre elegantesten Kostüme,
Mäntel und besonders hübsche Regenschirme. Bei den Schuhen mussten sie angesichts des täglichen Marschpensums
natürlich Abstriche in puncto Eleganz machen. Sofie hatte
sich ohnehin wie angekündigt für eher zweckmäßige und
warme Kleidung entschieden. Ihr Bruder Willy hatte die
Frauen mit seinem schwarzen Mercedes 190 am Hamburger
Treffpunkt der Protestgruppe abgesetzt – nicht ohne sie besorgt zu bitten, gut aufeinander aufzupassen. Er bedauerte es,
dass sein verstauchter Fuß ihn daran hinderte, die Frauen zu
begleiten. Sofie hatte nach jenem fatalen Unfall in der Küche
die starke Blutung aus Xenia Quecks Nase gestoppt und erleichtert festgestellt, dass sie nicht gebrochen war. Zum Erstaunen aller hatte Fräulein Queck dann zugesagt, ab August
Ursels Nachfolge als Hausdame antreten zu wollen.

Auch Sofies zweite Tochter Elfie, die Köchin der Elbstrandvilla, hatte sich ursprünglich zur Demonstration angemeldet,
um auf ihre Nichte Isabel und die beiden älteren Damen aufzupassen, hütete nun jedoch mit einer Erkältung das Bett.

Isabel schätzte, dass außer ihnen mehr als hundert weitere
Demonstranten zum Treffpunkt gekommen waren. Wegen
der Feiertagsbestimmungen durften sie sich erst ab elf Uhr am
ersten vorgesehenen Rastplatz zu einem Zug formieren. Isabel
hatte recherchiert: Auch aus Bremen, Hannover und Braun-

schweig waren einzelne Pazifisten und Kriegsdienstverweigerungsgruppen nach Bergen-Hohne aufgebrochen. Und nun marschierten sie in einer langen Reihe los, immer zwei bis drei Protestierende nebeneinander. Es war recht kühl, und von Zeit zu Zeit tanzten sogar Schneeflocken um die Teilnehmer mit ihren Schildern herum.

Anna hielt voller Stolz das selbst erstellte Plakat mit der Aufschrift: »Ausbildung an Atomwaffen – Ausbildung zum Massenmord.«

Einige Passanten schüttelten beim Anblick der Protestierenden den Kopf, andere lachten, wieder andere begannen miteinander zu diskutieren. Diskussionen unter den Demonstranten selbst waren von den Organisatoren hingegen für unerwünscht erklärt worden. Das Verbot der KPD hatte nämlich bewirkt, dass Kommunisten sich derzeit in einer Vielzahl von Gruppierungen und Vereinen betätigten; auch der Verband der Kriegsdienstverweigerer hatte ständig mit der Unterstellung zu kämpfen, er sei eine sogenannte Tarnorganisation. »Wir demonstrieren hier gegen *alle* Atomwaffen«, hatte Organisatorin Helga Stolle deshalb vor Beginn des Marsches betont. »Auch gegen die des kommunistischen Ostblocks.«

Ruhig und still ging es zu, statt einer Demonstration bekam man eher den Eindruck einer Prozession, was durch die zahlreichen schwarzen Kreuze der anwesenden Mitglieder der kleinen Hamburger Quäker-Gemeinde verstärkt wurde. Der einzige Slogan, der öfter skandiert wurde, lautete: »Die Bombe ist böse, die Bombe muss weg!«

Schließlich bemerkte Isabel, dass Anna mit schmerzverzerrtem Gesichtsausdruck die Position ihrer Arme beim Halten ihres Schildes änderte.

»Komm, ich lös dich mal ab, Tante Anna«, schlug die junge Frau vor.

»Oh, gern, danke, meine Schulter bringt mich sonst noch um«, seufzte Anna dankbar.

Isabel wollte ihr das Schild abnehmen, doch es entglitt ihr, fiel zu Boden, und ein Windstoß wehte es auf die Straße. »Ich hol es«, rief sie und eilte los.

Doch ein hochgewachsener Herr in schickem Lodenmantel kam kurz vor ihr bei dem Plakat an. Er überreichte es ihr mit einer kleinen Verbeugung. Isabel blickte in das lächelnde Gesicht ihres Gegenübers, das Grübchen und Sommersprossen aufwies. Der attraktive Mann mit den grünen Augen und dem widerspenstigen roten Haar mochte um die dreißig sein.

»Danke sehr«, sagte Isabel.

»Schöner Text«, entgegnete er mit Blick auf das Plakat.

Sie freute sich, dass er offenbar eine Plauderei mit ihr beginnen wollte.

»Hat meine Patentante Anna gemacht«, erklärte sie.

Doch die Gruppe wartete nicht. »Dann richten Sie es ihr aus«, bat er. »Wir müssen wohl weiter.«

Da war er auch schon hastig wieder an seinem Platz weiter hinten in der Schlange verschwunden. Sie sah ihm versonnen nach und ging dann zurück zu ihren Begleiterinnen.

»Hab ich einen Hunger«, verkündete Isabels Großmutter Sofie schließlich.

»Wir sind gleich in Rosengarten«, beruhigte Anna die Freundin. »Helga hat dort einhundertfünfzig Portionen Eintopf für uns vorbestellt.«

Doch vor dem Gasthaus angekommen, gab es für den Demonstrationszug eine herbe Enttäuschung: Es war – entgegen der vorherigen Abmachung – geschlossen!

»Da haben die Behörden wohl vor uns gewarnt«, mutmaßte Organisatorin Helga verärgert. »Man sabotiert unseren Marsch.«

»Ich schau kurz im Dorf nach, ob ich ein anderes Wirtshaus finde«, schlug Isabel vor und spurtete in Richtung Ortsmitte.

Auf dem Weg dorthin stellten sich ihr jedoch drei Halbstarke in den Weg.

»He, wohin so eilig, junges Fräulein?«, fragte der größte von ihnen, ein Schlacks mit gemeinen Augen.

»Könnt ihr mir sagen, wo ich eine Gaststätte finde, die aufhat?«, erkundigte sie sich, bemüht höflich. Sie wollte wirklich keinen Ärger mit diesen drei Kerlen, die offenbar auf Streit aus waren.

»Gehörst du etwa zu dem Demonstranten-Pack?«, wollte ein etwas Untersetzter wissen.

»Was dagegen?«, erwiderte Isabel nun deutlich kühler – vielleicht kam sie ja weiter, wenn sie sich unbeeindruckt von ihnen zeigte.

»Was sagt denn dein Mann dazu, dass du dich allein mit den Kommunisten rumtreibst?«, fragte der Dritte, ein wahres Muskelpaket. »Weißt du, was ich mit dir machen würde, wenn du meine Frau wärst?«

Er drückte sie gegen eine Hauswand, und sie fühlte, wie sich die Angst in ihrem Magen zusammenzog. Sie zögerte keine Sekunde mehr, ließ ihr Knie nach oben sausen – und landete einen Volltreffer. Der Mann krümmte sich keuchend. Sie wollte die Chance nutzen, um fortzulaufen, doch die beiden Kumpane packten sie und hielten sie fest. Der Muskelprotz richtete sich auf und starrte sie an. Sein Gesicht offenbarte blanken Hass – er hob die Hand und holte aus.

3

»He, jetzt mal schön sutsche, junger Mann!«

Bevor die Hand des Halbstarken Isabels Wange treffen konnte, wurde sie von einer anderen umklammert, mitten in der Bewegung aufgehalten. Verdutzt starrten der Muskelbepackte und seine Kumpane auf die unscheinbare Frau, die da so beherzt eingegriffen hatte: geblümtes Hausarbeitskleid, Strickjacke, Dutt.

»Ihr wollt ja wohl nicht im Ernst so 'ne lütte Deern schlagen?«

Die drei Kerle fassten sich rasch, und der Zorn kehrte in ihr Gesicht zurück.

»Nein, wollen sie nicht«, sagte da eine Männerstimme.

Isabel drehte sich um und bemerkte erleichtert, dass sie Verstärkung bekommen hatten: Der rothaarige Demonstrationsteilnehmer trat von hinten an sie heran und stellte sich neben die mutige Einheimische. Er fixierte die Burschen mit strengem Blick. »So eine Vorstrafe macht sich denkbar ungünstig in jedem Lebenslauf. Und wir sind drei Zeugen.«

Vier, dachte Isabel bei sich, denn sie bemerkte nun ein Mädchen, das etwa drei Jahre alt sein mochte und eine kleine Milchkanne in der einen, eine Karotte in der anderen Hand hatte. Isabel hoffte, dass die Kleine Land gewann. »Oma, Milch«, rief das Mädchen jedoch und kam herbeigeeilt, woraufhin die Ältere sogleich schützend die Arme um das Kind legte.

»Ach, was soll's?«, meinte der Kräftigste nach kurzem Überlegen, und die drei Störenfriede trollten sich.

»Ich danke Ihnen«, wandte sich Isabel zunächst an die mutige Großmutter, dann an den Demonstrationsteilnehmer: »Und Ihnen auch.«

»Oh, nichts zu danken, ihr Frauen habt die Situation ja auch ohne mein Zutun ganz gut in den Griff bekommen«, erklärte der Rothaarige. »Dafür konnte ich unser Essensproblem lösen. Am Dorfrand gibt es ein Vereinsheim, wo man bereit ist, Kartoffelpuffer für uns zu machen.«

»Ja, die haben genug Zutaten vorrätig, morgen hat der Schützenverein eine Feier«, bestätigte die Einheimische. »Gut, dass die jetzt Leute verköstigen, die gegen Waffen sind. Am liebsten würde ich mit euch mitlaufen. Mein Mann ist 43 bei der Bombardierung verbrannt.«

»Das tut mir leid«, sagte Isabel betreten. Sie wusste, dass sie selbst am Morgen nach dem schlimmsten Bombenangriff in den Ruinen der Reederei Nieland zur Welt gekommen war. Obwohl Oma Sofie seinerzeit noch unter den Folgen einer Kohlendioxidvergiftung litt, hatte sie Isabels Mutter Geburtshilfe geleistet. Schreckliche Dinge hatten die Bewohner der Elbstrandvilla damals in der brennenden Hamburger Innenstadt gesehen, aber immerhin waren sie mit dem Leben davongekommen – anders als der Ehemann dieser bedauernswerten Frau, die Isabel und der Demonstrationsteilnehmer nun mitleidsvoll ansahen. Schließlich atmete die Alte durch und streichelte ihrer Enkeltochter über den Kopf. »Es ist wichtig, dass man den Herren Politikern diesmal nichts durchgehen lässt«, befand sie mit kämpferischer Zuversicht.

»Das stimmt«, bestätigten Isabel und der Rothaarige gleichzeitig.

Sie sahen sich an und mussten über dieses Zeichen ihrer Einigkeit lächeln.

»Ich würde Sie beide gern zu den Kartoffelpuffern einladen, als Dank für die Rettung«, schlug Isabel vor.

Die Ältere setzte gerade zu einer Antwort an – da wurde ihrer aller Aufmerksamkeit von einem Scheppern abgelenkt: Das Mädchen hatte die Milchkanne fallen gelassen, eine weiße Lache bildete sich auf der Straße.

»Was …«, setzte die Großmutter an, erstarrte dann aber bei einem Blick auf ihr Enkelkind vor Schreck: Die Kleine war blau angelaufen und gab qualvolle Geräusche von sich. Sie bekam offenbar keine Luft mehr

»Die Lütte hat sich verschluckt«, mutmaßte die Alte und klopfte dem würgenden Kind in Panik auf die Schulter.

Zu Isabels großer Besorgnis hatte das Kind bereits blaue Lippen, das Sprechen schien ihm unmöglich.

»Sie kann nicht husten«, stellte der Rothaarige beunruhigt fest, ging vor dem Mädchen auf die Knie und fasste es bei den Armen. »Der Fremdkörper muss schon auf Höhe des Kehlkopfes sein!«

Sekunden später hatte er die Kleine übers Knie gelegt und schlug ihr fünfmal mit der flachen Hand heftig zwischen die Schulterblätter – ohne Erfolg. Das Kind japste kläglich. Ohne das Mädchen loszulassen, stand der Rothaarige auf, stellte es rasch auf seine Füßchen, positionierte sich hinter der kleinen Patientin und umfasste mit den Armen deren Oberbauch. Er ballte die Rechte zur Faust und legte sie unterhalb der Rippen und des Brustbeins in die Magengrube. Mit der anderen Hand griff er die zusammengeballte und zog sie dann ruckartig kräftig gerade nach hinten zu seinem Körper. Durch die plötzliche Druckerhöhung hustete das Mädchen nun endlich das Karottenstück aus der Luftröhre. Während das Kind nach Luft schnappte, nahm es seine Großmutter erlöst in die Arme. Und im Affekt fiel Isabel dem Retter um den Hals. Sekunden später war ihr die stürmische Umarmung etwas peinlich, und sie lächelten einander unsicher an. Der Rothaarige wandte schließlich als Erster den Kopf ab und riet der erleichterten Oma: »Erdnüsse, rohe Möhren und Bonbons sollten Sie der Kleinen besser erst nach der Einschulung gönnen. Daran verschlucken sich Kinder unter fünf nämlich besonders häufig.«

»Woher wissen Sie das alles?«, fragte Isabel neugierig, doch ehe er antworten konnte, hielt mit quietschenden Reifen ein schwarzes Automobil neben ihnen.

»Konrad!«, rief der glatzköpfige Fahrer, der die Fensterscheibe heruntergekurbelt hatte. »Endlich! Ich habe dich überall gesucht. Du musst diesen Marsch abbrechen, sofort! Es gibt Neuigkeiten!«

Isabel bemerkte, wie der Rothaarige, der also Konrad hieß, augenblicklich unter Spannung geriet. Scharf saugte er die Luft ein. »Ich muss leider los, einen schönen Marsch noch«, haspelte er geistesabwesend; und als er sich auf dem Beifahrersitz des Automobils niederließ, hatte Isabel den Eindruck, dieser Konrad sei in Gedanken schon ganz woanders. Enttäuscht blickte Isabel dem Auto nach. Sie kannte nun nicht einmal den Nachnamen dieses faszinierenden Mannes.

»Ich glaube, ich könnte jetzt tatsächlich einen Kartoffelpuffer gebrauchen«, riss die Großmutter die junge Journalistin aus ihren Gedanken.

»Ich auch«, sagte Isabel lächelnd. Sofie und Anna warteten bestimmt ebenfalls mit knurrendem Magen.

Was für ein abenteuerlicher Marsch das war! Dabei hatten sie ja gerade erst ein Achtel der Strecke hinter sich gebracht.

Isabel konnte es kaum erwarten, ihrer besten Freundin Rosa zu Hause in der Elbstrandvilla von all dem zu erzählen.

***

Um die Mittagsstunde des Ostersamstags fuhr Rosa Timmlein auf einer Barkasse durch den Aprilregen über die Elbe. Zum Schutz ihrer langen, roten Haare hatte die Sechzehnjährige ein Kopftuch umgebunden. Das Boot wurde von ihrer Mutter Elfie, der achtunddreißigjährigen Köchin der Villa Nieland, gesteuert. Diese war immer noch erkältet und hatte sich deshalb in mehrere Schichten Winterkleidung gehüllt.

Auf der anderen Seite des Flusses, am Ufer von Finkenwerder, führte Elfies Dauerverlobter Jan Lüttgens ein Restaurant mit Elbblick, auf das die Barke zuhielt. Dort durfte Rosa bald eine Ausbildung zur Kellnerin beginnen.

Sie freute sich auf die Arbeit und darauf, sich damit ein wenig Selbstständigkeit zu erkämpfen. Ein Schritt mehr in Richtung Erwachsensein. Doch eine gehörige Portion Wehmut war ebenfalls dabei: Sie wäre gern noch länger zur Schule gegangen. Aber so begabt wie ihre Cousine Isabel, das musste sie neidlos anerkennen, war Rosa nicht. Ihr war nichts zugeflogen, für ihren erfolgreichen Abschluss der Mittleren Reife hatte sie ganz schön pauken müssen. Und so war sie bei allem Bedauern auch froh, dass die Lernerei nun endlich der Vergangenheit angehörte. Einzig das Theaterspielen in der Gruppe ihrer Deutschlehrerin würde sie schmerzlich vermissen. Während ihre beste Freundin Isabel als Journalistin die Wahrheit verbreiten wollte, liebte Rosa es schon seit Kindertagen, sich zu verkleiden und in andere Rollen zu schlüpfen. In ihren Augen enthielten die Bühnenstücke ebenfalls sehr viel Wahrheit über die menschliche Natur.

Jan Lüttgens war nicht ihr leiblicher Vater, diesen hatte sie nie kennengelernt. Sie war das Ergebnis einer unglücklichen Affäre ihrer Mutter: In den Wirren des Zweiten Weltkrieges hatte ein hübscher Medizinstudent Elfie zu Beginn ihrer Liaison verschwiegen, dass er – trotz seiner damals gerade mal achtzehn Jahre – bereits verheiratet war. Aber dann war wutentbrannt seine junge Gattin in der Villa Nieland aufgetaucht, um ihn heimzuholen – gerade, als Elfie erfahren hatte, dass sie schwanger von ihm war.

»Natürlich hab ich ihm das dann verschwiegen. Ich wollte doch nicht, dass der Hallodri nur wegen des Kindes bei mir bleibt und seine Frau verlässt«, betonte Elfie immer wieder. Damit hatte sich bei ihr das Schicksal ihrer Mutter Sofie wiederholt. Diese war zunächst mit dem Nieland-Erben Burkhard verlobt gewesen – und er war untergetaucht und hatte ihr verschwiegen, dass er neu liiert war. Auch Sofie hatte ihrem Ex-Verlobten daher jahrelang vorenthalten, dass Elfies ältere Schwester Hilde in Wahrheit seine Tochter war. Rosa hatte sich manchmal gefragt, wie er so war, ihr leiblicher Vater, aber ihre Mutter wusste nicht mal, ob er überhaupt noch am Leben war. Nach dem Krieg hatte Elfie versucht, ihn zu finden, doch seine Spur verlor sich irgendwann 1945. Und Jan war ein ganz wunderbarer Ersatzvater gewesen. Hatte mit Rosa Hausaufgaben gemacht und ihr Gitarre- und Klavierspielen beigebracht. Keine ihrer Klassenkameradinnen hatte einen so gut aussehenden und modisch gekleideten Musiker zum Vater gehabt. Jans eigener strenger Vater war hingegen nie begeistert gewesen, dass sein Sohn davon lebte, »Negermusik« zu spielen – das hieß: Blues, Jazz und Rock'n'Roll. Doch Jan hatte rebelliert und immer zu seiner geliebten Musik gestanden. Das hatte er Rosa einmal erzählt, und sie mochte ihn seither nur noch mehr.

Obwohl Jan nun schon seit knapp zwölf Jahren mit Rosas Mutter zusammen war, hatten die beiden nie geheiratet. »Mein Ruf ist sowieso ruiniert mit unehelichem Kind«, hatte Elfie immer wieder gemeint. »Da hilft jetzt auch keine Hochzeit mehr.« Und auch der unkonventionelle Jan empfand ihre »wilde Ehe« als nichts Verachtenswertes. Trauschein hin oder her – Elfie und er genossen einfach das Leben und ihre Liebe. Dabei hatte die Familie Jan Lüttgens unter sehr traurigen Umständen kennengelernt. »Er kam 1940 zum ersten Mal in die Villa – mit einer Todesnachricht für Anna«, hatte Rosas Großmutter Sofie einst erzählt. »Ein Jahr zuvor war er Bordmusiker auf dem Schiff gewesen, das Moshe, Tante Leni und ihren Vater Gideon aus Deutschland fortbringen sollte. Aber nur Leni und Moshe konnten sich nach London absetzen. Jan musste uns damals mitteilen, dass seine damalige Freundin Stella, ihre Familie und Tante Annas Mann Gideon 1940 in der Nähe von Dünkirchen gestorben waren, von der deutschen Wehrmacht auf der Flucht erschossen.«

Während Rosa ihren Gedanken nachhing, hatten sie das Ufer erreicht. Die junge Frau sprang von Bord, um die Barkasse an einem der dafür vorgesehenen Balken zu vertäuen. Die Terrasse war wegen des kühlen und wechselhaften Wetters menschenleer; doch daraus Rückschlüsse auf den Betrieb im Inneren des Restaurants zu ziehen, erwies sich als trügerisch. Als Mutter und Tochter Timmlein das Gasthaus betraten, schlugen ihnen Zigarettenrauch und lautes Stimmengewirr entgegen – jeder Tisch war besetzt. Im Eingangsbereich standen sogar einige weitere Gäste herum und schielten gierig auf bald frei werdende Plätze.

»Tut mir leid, ihr zwei«, sagte Jan, nachdem er seiner Elfie einen kurzen Begrüßungskuss gegeben hatte. »Ich fürchte, mit deinem Ausbildungsvertrag müssen wir noch etwas warten, Rosa. Ihr seht ja …«

Der hagere Achtundvierzigjährige mit den strubbeligen dunklen Haaren deutete fahrig in die Runde der zahlreichen Gäste.

Mutter und Tochter blickten sich an, nickten sich in stummem Einverständnis zu – und krempelten die Ärmel hoch.

»Wir packen mit an«, schlugen sie ihm vor.

Zwei Jahre zuvor hatte sich Jan durch einen größeren Spielgewinn den Traum vom eigenen Restaurant am Elbufer erfüllen können – und Rosa freute sich bereits darauf, bald dauerhaft hier zu arbeiten. Den ganzen Tag über riss der Strom der Gäste nicht ab, und genau wie Jans Mitarbeiter hatten Rosa und Elfie alle Hände voll zu tun. Rosas Stiefvater zeigte sich extrem dankbar für die Hilfe an diesem hektischen Ostersamstag, immer wieder lächelte er seinen zwei Frauen im Vorbeigehen anerkennend zu.

Erst gegen zehn Uhr abends hatte sich das Lokal endlich merklich geleert. Elfie, die das Arbeiten angesichts ihrer noch nicht ganz abgeklungenen Erkältung sehr erschöpft hatte, war am Tresen eingenickt. Ein sportlich wirkender junger Mann mit blonden Haaren setzte sich zu Rosa. Dieser war ihr schon vorher aufgefallen. Faszinierenderweise hatte er zwei verschiedenfarbige Augen: sein rechtes war hellblau, das linke war nur zur Hälfte blau, die andere Hälfte war hingegen hellbraun. Da auch er beim Bedienen der Gäste geholfen hatte, hielt ihn Rosa zunächst für einen von Jans Aushilfskellnern. Er kramte ein zerdrücktes Päckchen Zigaretten aus der Hosentasche und hielt ihr eine hin. »Das haben wir uns verdient.«

Obwohl Rosa eigentlich nie rauchte, nahm sie diesmal an.

»Arbeitest du für Jan?«, wollte der junge Mann wissen, während er ihr Feuer gab.

»Noch nicht«, erklärte sie. »Aber ich fange im Sommer eine Lehre bei ihm an. Und du?«

»Nee, ich bin nur auf Besuch«, erwiderte er. »Jan ist mein Onkel.«

»Ach, dann bist du Felix, der Sohn seines Bruders Christoph«, erkannte Rosa nun. »Ich bin seine Stief... also Jan ist mit meiner Mutter zusammen. Ich bin Rosa. Er hat schon von dir erzählt.«

»Ich hoffe, nur Gutes«, entgegnete Felix grinsend und reichte ihr feierlich die Hand. »Dann bist du ja so was wie mein Stiefcousinchen. Freut mich, Rosa.«

»Mich auch«, gab sie zurück, während sie feststellte, wie angenehm sich der Druck seiner starken Hände anfühlte. »Bist du aus Berlin zu Besuch?«

»Nein, nur mein Vater lebt da. Den sehe ich bloß in den Ferien. Ich bin nach der Trennung bei meiner Mutter in Bremen geblieben. Die nächsten drei Tage will ich versuchen, in Hamburg als Musiker unterzukommen«, berichtete er. »In Bremen ist in der Hinsicht nicht so viel los wie hier.«

»Jan hat erzählt, du spielst Trompete«, erinnerte sie sich.

»Nicht nur«, meinte er und zog an seiner Zigarette. »Ich hab eigentlich schon immer *jedes* Instrument gespielt, das ich in die Finger kriegen konnte.«

Nur wenig später bekam Rosa eine Kostprobe von Felix' Fähigkeiten: Jan hatte vorgeschlagen, dass er mit ihm und zwei von seinen Musiker-Freunden auf der Terrasse noch ein kleines Konzert geben könnte. Der Regen hatte längst aufgehört, und es war wider Erwarten noch ein milder Abend geworden.

Felix hatte, so erfuhr Rosa nun, trotz seiner jungen Jahre

bereits bei einigen Schallplattenaufnahmen im Tonstudio mitgewirkt. Ein derart attraktiver Musiker hatte bestimmt in jeder Stadt mindestens ein Mädchen, das sehnsuchtsvoll auf ihn wartete.

Doch nach dem Ende des Liedes und dem Applaus von den anwesenden Mitarbeitern stellte sich Felix wieder zu ihr auf den Steg, und sie bekam die zweite Zigarette ihres Lebens angeboten – hoffentlich bemerkte er nicht, dass sie nur paffte.

Im Gegenzug reichte sie ihm die Hälfte ihres Krabbenbrötchens. Der anstrengende Arbeitstag hatte sie wirklich sehr hungrig gemacht.

»Bist du eigentlich nach Rosa Luxemburg benannt, dieser Sozialistin?«, erkundigte er sich nach einem winzigen Bissen in das Brötchen.

Rosa schüttelte den Kopf. »Nein, das behauptet Anna Nieland zwar immer, aber nur, weil sie die Dame früher so bewundert hat. In Wirklichkeit hat sich meine Mutter während der Schwangerschaft immer mit Musik von Rosita Serrano getröstet. Meine Tante Hilde war im Krieg Rositas Garderobiere. Ich bin also nach der ›chilenischen Nachtigall‹ benannt.«

»Die Serrano hab ich auch mal persönlich kennengelernt«, erklärte Felix. »Mein Onkel kennt die …«

Ehe er dies präzisieren konnte, wurde sein Gesicht plötzlich krebsrot. Er keuchte, auf seiner Stirn stand der Schweiß, und er kippte wie ein gefällter Baum vom Steg in die nachtschwarze Elbe.

4

Als Rosa Felix am Kragen seiner Lederjacke ans Ufer gezogen hatte, bemerkte sie, dass seine Augen ganz zugeschwollen waren und er immer noch nach Luft schnappte. Inzwischen waren auch Jan, Elfie und ein Kellner bei ihnen.

»Er ist einfach umgekippt«, erklärte Rosa aufgeregt.

»Hat er etwas gegessen?«, erkundigte sich ihre Mutter besorgt und überprüfte seinen Puls.

»Ja, einen Bissen von meinem Krabbenbrötchen«, erinnerte sich Rosa nun.

»Dann schätze ich, dass es ein anaphylaktischer Schock ist«, meinte Elfie. »Wahrscheinlich ist er gegen Krustentiere allergisch. Die körperliche Reaktion ist ganz typisch dafür.«

In diesem Augenblick war Rosa sehr dankbar, dass ihre Mutter deren Zwillingsbruder öfter abgefragt hatte, bevor er 1939 für sein Medizinstudium nach Amerika gegangen war – so hatte die Köchin sich ihrerseits einiges an Wissen aneignen können.

»Was können wir tun, um Felix zu helfen?«, fragte Rosa besorgt.

»Ein Arzt müsste ihm Adrenalin spritzen«, erwiderte Elfie. »Ursels Sohn hat seine Praxis leider drüben in Othmarschen ...«

»Aber der alte Doktor Hansen wohnt hier in Finkenwerder – gleich da hinten«, erinnerte sich Rosa nun an den pensionierten Hausarzt der Nielands, der in dieser Funktion inzwischen von Ursels Sohn ersetzt worden war. »Ich hole ihn.«

Sie rannte los, während Jan den anderen vorschlug, seinen Neffen ins Restaurant zu tragen. »In den nassen Klamotten holt er sich hier sonst noch den Tod.«

Rosa Timmlein musste eine ganze Weile am Haus des alten Mediziners Sturm klingeln, bevor Dr. Hansen im Morgenmantel seine Haustür öffnete.

»Was ist denn los?«, fragte der hagere Vierundachtzigjährige etwas verstimmt, und Rosa begann augenblicklich loszuhaspeln: »Entschuldigen Sie die späte Störung, Doktor Hansen. Aber Jan Lüttgens' Neffe hat Krabben gegessen und bekommt nun keine Luft mehr. Haben Sie Adrenalin da?«

Mit einem Mal war der alte Mann hellwach und alle Brummigkeit verflogen. »Ich nicht, aber die Apothekerin Moelkner nebenan. Sie ist zwar über Ostern auf Sylt, aber ich habe einen Schlüssel.«

Sekunden später kam er mit dem Apothekenschlüssel in der Hand wieder aus dem Haus. »Kommen Sie, wir dürfen keine Zeit verlieren.«

In größter Hektik hatte Dr. Gottfried Hansen dem jungen Musiker kurz darauf die erlösende Injektion verabreicht. Während Jan den alten Arzt zum Dank auf einen eisgekühlten Flensburger Kümmelbranntwein einlud, saß Felix in trockener Kleidung seines Onkels am wärmenden Kachelofen. Zufrieden beobachtete Rosa, dass die Schwellung seiner Augen zurückging.

»Danke, dass du so schnell Hilfe geholt hast«, sagte der junge Musiker kleinlaut. »Jetzt hab ich mich wohl ziemlich vor dir blamiert.«

»Unsinn«, entgegnete Rosa energisch. »Für eine Allergie kann doch keiner was.«

»Ich wusste nicht mal, dass ich die habe«, erklärte er. »Bisher hab ich Meeresfrüchte und so Zeug immer links liegen lassen, weil es mich ziemlich anekelt.« Da hielt er erschrocken inne, nun hatte er sich selbst entlarvt.

»Aber warum hast du dann mein Krabbenbrötchen nicht abgelehnt?«, wunderte sich Rosa.

»Ich ... ich wollte nicht unhöflich und krütsch wirken«, gestand er zögerlich. »Kindisch, was?«

»Nicht kindischer als ich.« Sie senkte den Blick. »Ich hasse nämlich eigentlich Zigaretten.«

Er sah sie erkennend an und lachte. »Und du wolltest auch nicht unhöflich oder krütsch wirken!«

Sie nickte. »Vielleicht sind wir in Zukunft einfach besser ehrlich zueinander.«

»So machen wir das. Nicht, dass doch noch einer von uns an seiner Höflichkeit erstickt, also buchstäblich«, feixte er und stieß mit ihr an. »Auf die Wahrheit!«

Sie lächelte versonnen. »Auf die Wahrheit!«

***

»Welcher normale Mensch braucht das je wieder in seinem ganzen restlichen Leben?«

Timon Schwarz raufte sich die widerspenstigen braunen Haare. Allmählich verzweifelte der Achtzehnjährige bei seinen Versuchen, den Mathematik-Stoff für die bevorstehende Klassenarbeit in seinen Kopf zu bekommen. Eigentlich war das Christianeum in Othmarschen, das Timon besuchte, ein altsprachliches Gymnasium. Dennoch kam der angehende Abiturient auch dort nicht um die Mathematik herum.

Manchmal beneidete er seine Großcousine Isabel, mit der er und Rosa hier in der Elbstrandvilla wie Geschwister aufgewachsen waren. Der hochintelligenten Isabel reichte es scheinbar, im Unterricht aufzupassen, um auf Anhieb jeden Stoff zu verstehen – und ihn sich bis ins kleinste Detail zu merken. Und wo er froh sein konnte, nicht sitzen zu bleiben, hatte sie aufgrund hervorragender Leistungen sogar zwei Klassen überspringen dürfen. Deshalb stand Isabel nun bereits vor der Abiturprüfung, obwohl sie zwei Jahre jünger war als Timon. Die Welt war einfach ungerecht!

Als es nun an Timons Zimmertür klopfte, rief er erleichtert »Herein«, dankbar um jede Ablenkung vom Lernen.

Seine Mutter linste herein. »Na, du Tapferer«, begrüßte Leni ihren Sohn, ging vorbei an den mit Fußball-, Automobil- und Schiffsplakaten voll gehängten Wänden zu seinem Schreibtisch und umarmte ihn von hinten.

»Schlimm?«, fragte sie mit Blick auf sein Heft und die Bücher.

»Na, Mathematik eben«, entgegnete er knapp.

»Hast du Lust, mal eine Pause zu machen? Mit Onkel Willy und mir Ostereier für deine kleine Schwester verstecken?«, schlug seine Mutter vor. »Es hat heute Nacht endlich aufgehört zu regnen, und ein bisschen Strandluft tut uns allen bestimmt ganz gut.«

Timon drehte sich begeistert zu seiner Mutter um. »Au ja!«

Wenig später beobachtete er mit seiner Mutter und Willy, wie die kleine Stella Gudrun völlig aufgeregt nach den Osterleckereien suchte.

»Noch eins!«, rief die Dreijährige begeistert, die gerade ein weiteres Schokoladenei auf dem Fensterbrett der Strandhütte entdeckt hatte, und streckte ihr Fundstück triumphierend in die Höhe. Timon lächelte liebevoll. Wie oft hatten Isabel, Rosa und er selbst hier ebenfalls Naschereien gefunden? Das kleine Holzhäuschen hatte ihnen einst Rosas Großvater Max, der Hausmeister der Villa Nieland, gebaut. »Jetzt habt ihr eure eigene Villa am Elbstrand«, hatte der Einarmige den Kindern seinerzeit erklärt. Die Freunde hatten hier wilde Geschichten ersonnen und sich »die drei Elbstrandpiraten« genannt.

Seinen linken Arm hatte Max während des Krieges in Russland verloren, aber darüber sprach er nicht gern. Überhaupt schwiegen die Erwachsenen meist über diese Zeit, wie Timon schon früh feststellen musste. Hitlers Regime hatte der Familie Schreckliches angetan. Er wusste, dass sein Großvater Gideon Jude gewesen war und deshalb zusammen mit Timons Eltern auf einem Schiff aus Deutschland hatte fliehen müssen. Sie waren dann getrennt worden: Leni und Moshe hatte es nach London verschlagen, Großvater Gideon hatte eine befreundete Familie nach Holland begleitet, mit der er dann später vor der deutschen Besatzung in Richtung Frankreich geflohen und schließlich bei Dünkirchen durch deutsches Kreuzfeuer umgekommen war.

An seiner Seite war die junge jüdische Lehrerin Stella Heymann gestorben. Nach ihr war Timons kleine Schwester benannt worden. Die Kleine kam nun mit schokoladenverschmiertem Mündchen auf ihren großen Bruder zugewatschelt, um ihm etwas von ihren Süßigkeiten abzugeben.

»Danke.« Timon griff nach dem angebotenen Ei. »Das sieht aber lecker aus.«

Ihren zweiten Vornamen hatte die kleine Stella Gudrun von der alten Patriarchin der Nielands geerbt. An seine resolute Ururgroßmutter erinnerte Timon sich noch gut, selbst in ihrem biblischen Alter hatte sie in seinen Kindertagen noch das Sagen in der Villa gehabt. Erst 1956 war Gudrun Nieland beim Kaffeetrinken im Alter von unfassbaren einhundertdrei Jahren friedlich eingenickt und nicht mehr aufgewacht. Gudruns letzter Lebenspartner, der siebzehn Jahre jüngere Familienanwalt der Nielands, war ihr nur einen Tag später ins Jenseits gefolgt. »Ich will bei meiner Gudrun sein«, waren seine letzten Worte gewesen.

Noch am Tag der Beerdigung des alten Paars hatte Timons Mutter festgestellt, dass sie mit damals neununddreißig Jahren noch einmal schwanger geworden war. Und deshalb hieß Timons zauberhafte kleine Schwester, die er über alle Maßen liebte, nun Stella Gudrun.

Auch zu Timons eigenem Vornamen hatte ihm seine Mutter einst die zugehörige Geschichte erzählt. Er setze sich aus den Namen ihrer Lieblingsmenschen zusammen – dem der Familie TIM-mlein und dem ihres von den deutschen Truppen ermordeten Vaters Gide-ON.

Von all der dunklen Familiengeschichte ahnte die kleine Stella Gudrun noch nichts. Sie genoss hier am Elbstrand eine genauso behütete Kindheit, wie ihr älterer Bruder sie hatte erleben dürfen. An London hatte der zweisprachig aufgewachsene Timon kaum noch Erinnerungen, dafür umso mehr an die Familie und Freunde in der Villa Nieland.

Die Kleine stapfte nun durch den Sand des Elbufers zu Willy Heger, um ihm ebenfalls eines ihrer Ostereier abzugeben. Der alte Reeder ging ihr liebevoll lächelnd entgegen, wobei Timon auffiel, dass er weiterhin leicht humpelte.

»Tut dein Knöchel noch sehr weh, Onkel Willy?«, erkundigte sich Timon beschämt.

Der Reeder schüttelte den Kopf. »Das ist schon viel besser geworden, mach dir keinen Kopf, Junge.«

Gleich als Timon 1945 im Alter von kaum vier Jahren mit

seinen Eltern von London nach Hamburg gekommen war, hatte der Reedereichef die Rolle eines fürsorglichen Großvaters übernommen. Mit ihm hatte der Junge rasch die Leidenschaft für Schiffe, Automobile und den Hamburger Fußballverein HSV geteilt.

»Hast du dir inzwischen mal überlegt, wie es nach dem Abitur für dich weitergeht?«, fragte Willy.

Timon seufzte. Wie er nur zu gut wusste, hoffte sein großväterlicher Freund, dass er bald in die Reederei einstiegen würde.

Tatsächlich hatte Timon die Begeisterung für Schiffe offenbar geerbt. Auch seine Mutter hatte als Kind davon geträumt, Kapitän eines der großen Nieland-Transportschiffe zu werden. »Bloß wollten die da keine Frauen. Stattdessen bin ich dann eben in die Politik gegangen«, hatte Leni ihm irgendwann erklärt. »Mein früherer Chef Jean Monnet hat mir beigebracht, dass man auch da ein wenig wie ein Kapitän auf stürmischer See ist.«

Timon erinnerte sich noch heute an den wunderbar spannenden Tag, als Onkel Willy ihm als ganz kleinem Steppke zum ersten Mal eines der großen Bananen-Schiffe von innen gezeigt hatte. Und doch zögerte der junge Mann beim Angebot des Reeders noch. »Reederei wär schon 'ne Wucht, aber …«

Der Grund für Timons Zögern war soeben auf dem Weg über die Elbe. Albin Wessels, Willys Lebenspartner, der gerade mit einem Boot von Finkenwerder übersetzte, bot Timon nämlich eine weitere Zukunftsoption. Er bewunderte den Autohändler, der ihn mit seinen schicken Nadelstreifenanzügen immer etwas an einen Helden aus einem Gangsterfilm erinnerte. In seinem Autohaus in Finkenwerder standen die tollsten Schlitten. Albin hatte ihn schon im Alter von zwölf

Jahren erstmals auf einem Parkplatz mit einem Mercedes fahren lassen, und oft hatte Timon bei ihm aushelfen dürfen. Zunächst nur im Büro, seit Neuestem aber auch im Verkaufsbereich. Und er stellte sich bei der Beratung der Kunden bestens an. Selbstverständlich hatte ihm Albin dafür einen eigenen Nadelstreifenanzug samt Hut zur Verfügung gestellt.

Der drahtige Autohändler vertäute das Boot, dann eilte die kleine Stella auf ihn zu und umarmte ihn, nachdem er sich zu ihr in den Sand gekniet hatte. »Der Osterhase hat ganz viel Naschi für mich versteckt«, erzählte die Kleine aufgeregt.

»Donnerwetter!« Albin grinste Willy an. »Da war der alte Hase ja richtig fleißig.«

»Was hast du denn am Ostermontag im Autohaus gemacht?«, erkundigte sich Leni.

»Ach, ein guter Händler steht seinen guten Kunden auch feiertags für eine Autoabholung zur Verfügung«, erklärte Albin mit ironischem Grinsen.

»Vor allem, wenn es sich um einen so teuren Schlitten handelt«, ergänzte Timon, der den reichen Kunden Graf von Bredeney und dessen kostspieliges Wunschauto kannte.

»Ganz genau, Junior«, bestätigte Albin.

Er und Willy hatten, so wusste Timon, eine Wette laufen, wohin er nächstes Jahr nach dem Abitur denn nun gehen würde: Reederei oder Autohaus. Er würde sich bald entscheiden müssen.

»Habt ihr eigentlich mal was von unseren Ostermarschlerinnen gehört?«, fragte Albin nun.

Leni schüttelte in vager Sorge den Kopf. »Nein, ich hoffe, das ist ein gutes Zeichen, und alles ist in Ordnung.«

5

Am späten Abend des Ostermontags waren Anna, Sofie und Isabel mit der Eisenbahn aus der Lüneburger Heide nach Hamburg zurückgekehrt. Erschöpft, aber unversehrt und zufrieden kamen sie schließlich per Taxi vor der Villa an.

Timon und Rosa wollten von ihrer Sandkastenfreundin Isabel alle Details des viertägigen Sternmarsches erfahren. Deshalb saßen sie bald mit ihr im Schein einer alten Petroleumlampe in der kleinen Strandhütte. Hier tranken die drei »Elbstrandpiraten«, wie schon unzählige Male zuvor, den beliebten Nieland-Kakao miteinander – und folgten damit einer alten Familientradition. An den Wänden hingen Hunderte von Bildergeschichten des Seefahrer-Bärchens Petzi aus dem *Hamburger Abendblatt*. Die kleine Stella, die täglich ungeduldig auf neue Streifen wartete, hatte sich diese Dekoration gewünscht.

»Na ja, vier Tage Marsch bei Kälte und Schnee – und jede Menge Anfeindungen«, fasste Isabel ihre Ostertage zusammen. »Aber als wir uns heute in Bergen-Hohne mit den anderen ›Marschsäulen‹ getroffen haben, waren wir alle richtig gerührt und überwältigt: Zusammen waren wir über tausend!«

»Das freut mich«, sagte Rosa. »Vielleicht bewirkt euer Protest dann ja wirklich etwas.«

»Ich weiß nicht«, meinte Timon skeptisch. »Der Ostblock wird auf Friedensaufrufe von hier kaum hören. Und wenn die da drüben Atomwaffen haben – was bleibt uns dann im Westen anderes übrig, als ebenfalls aufzurüsten? Sonst machen wir uns doch komplett erpressbar.«

»Deshalb haben wir ja auch gegen Atomwaffen in West *und* Ost protestiert«, erklärte Isabel. »Vom Dach eines VW-Busses aus wurden Reden gehalten, und die Kollegen von der Presse haben fleißig mitgeschrieben und geknipst. Es werden also viele von unserem Protest erfahren. Aber das Interessanteste war, dass ich jemanden kennengelernt habe – und der hat vor meinen Augen ein Kind gerettet.«

Nun wandten sich sowohl Timon als auch Rosa ihrer Cousine mit noch größerer Aufmerksamkeit zu. Als Isabel ihren Bericht beendet hatte, schüttelte Rosa beeindruckt den Kopf. »Verrückt, dass bei uns beiden jemand durch Essen in Lebensgefahr geraten ist«, sagte sie und fügte dann in verschwörerischem Tonfall hinzu: »In Jans Restaurant ist nämlich auch was Aufregendes passiert – lebensgefährlich war das.«

Die Geschichte von Felix Lüttgens' Rettung erzählte Rosa nun sehr dramatisch und mit einer eigenen, verstellten Stimme für jede der beteiligten Figuren. Es fiel auf, dass der junge Musiker in ihrem Bericht besonders gut wegkam, auch seine zweifarbigen Augen blieben nicht unerwähnt.

»An dir ist echt eine Schauspielerin verloren gegangen«, lobte Isabel nach Beendigung des Berichts.

»Hm, ja, schade, dass ich ohne unsere Deutschlehrerin und ihre Theatergruppe nicht mehr spielen kann«, meinte Rosa bedauernd.

Einmal mehr wurde ihr klar, was sie an der Schule vermissen würde, jetzt, da für sie der Ernst des Arbeitslebens vor der Tür stand.

»Du kannst ja mal an einem Talentwettbewerb teilnehmen«, schlug Timon vor und hob die Ausgabe des *Hambur-*

ger Abendblatt hoch, in der er gerade die neueste Petzi-Bildgeschichte für seine kleine Schwester gesucht hatte. Er las aus einem Artikel über eine erfolgreiche Jungschauspielerin vor: »Sie kam zum Film, weil ihre beste Freundin sie – ohne ihr davon zu erzählen – zu einem Vorsprechen angemeldet hatte.«

»Das war aber eine großartige Idee von der besten Freundin«, sagte Isabel und lächelte süffisant.

»Untersteh dich!«, rief Rosa. »Ich würde vor Aufregung sterben bei so einem Vorsprechen.«

»Manchmal muss man eine gute Freundin zu ihrem Glück zwingen«, drohte Isabel.

Erst als Rosa sie in die Seite knuffte, gab ihre Cousine zu: »Ich foppe dich doch nur. Ich würde dich in nichts hineinzwingen.«

»Also habt ihr beide attraktive Herren zu Ostern kennengelernt«, fasste Timon grinsend das Wochenende zusammen.

»Wobei ich meinen Konrad nie wiedersehen werde«, entgegnete Isabel trocken. »Ohne Nachnamen finde ich selbst durch die beste journalistische Recherche nichts heraus. Wirklich schade. Der war interessanter als all die pickligen Jungs in meiner Klasse zusammen.«

Timon tastete sogleich sein eigenes Gesicht nach etwaigen Pickeln ab. »Ihr Mädchen seid echt gemein. Man kann sich noch so abmühen, von euch kriegt man immer nur einen Korb.«

»Hast du deinen Schulschwarm denn nett angelächelt?«, erkundigte sich Rosa.

»Ja«, knurrte Timon. »Und ihr auch liebevolle Blicke zugeworfen und gezwinkert, wie du mir geraten hast. Sie hat mich gefragt, ob ich was am Auge habe.«

Rosa unterdrückte mit Mühe ein Kichern.

»Hast du dich denn nun entschieden, ob du nächstes Jahr

zu Albin ins Autohaus oder zu Willy in die Reederei gehst?«, erkundigte sich Isabel.

Timon nickte. »Ich denke schon«, sagte er. »Ich glaube, Onkel Albin kommt beim Autoverkauf ganz gut allein zurecht, er ist ja auch fünfzehn Jahre jünger als Willy. Der will aber die Reederei endlich an jemand aus der Familie übergeben, das merkt man deutlich.«

»Ja, solange er alles alleine machen muss, kann er sich nicht mal Ferien gönnen«, wusste Isabel. »Er will schon seit vielen Jahren seiner leiblichen Mutter einmal Norwegen zeigen. Dort lebt seine Lebensretterin, die ihn im Ersten Weltkrieg aus dem Skagerrak gefischt hat. Und beide Frauen sind jetzt schon weit über achtzig. Ewig Zeit hat man nicht, endlich das Leben zu genießen.«

»Verdient hat er es«, kommentierte Rosa. »Erst das Konzentrationslager, und dann war da ja noch die Sache mit seinem damaligen Partner Hinnerk Nieland, der sich erschossen hat.«

»Angeblich war mein leiblicher Großvater daran schuld«, erinnerte sich Isabel. »Dieser Burkhard Nieland war überzeugter Nazi, und hat Willy und Hinnerk an die Behörden verraten.«

»Ein Gauleiter und Duz-Freund von Hitler in der Familie«, meinte Rosa erschaudernd. »Widerliche Vorstellung. Was ist eigentlich aus dem geworden? Mutter wollte nie darüber sprechen.«

Natürlich hatte Isabel auch dies herausbekommen. »Mein Opa hat am Ende des Krieges noch ein KZ an der dänischen Grenze geleitet. Es wurde Anfang 1945 bereits geschlossen, aber er wurde wohl nach der Befreiung von ehemaligen Insassen gelyncht.«

»Ich frag mich, ob es ein Haus gibt, das mehr Geheimnisse

hat als unsere Villa«, meinte Rosa und blickte nachdenklich durch das Fenster den Hang zum mondbeschienenen Elbschlösschen hinauf. »Und du kriegst sie alle raus, Belchen. Immer der Wahrheit auf der Spur – du musst einfach Journalistin werden. Meinst du denn, du kannst beim *Abendblatt* bleiben?«

»Ich glaube, eine kleine Stellung werden sie mir geben«, mutmaßte Isabel. »Die ganz großen politischen Zusammenhänge und mehr Zeit zum Faktensammeln bekommt man bei einer Tageszeitung natürlich nur als Chefreporter. Mein Traum wäre es, bei einem wöchentlichen Magazin zu arbeiten.«

»So was wie der *Spiegel*«, interpretierte Timon, der gerade den neuesten Petzi-Comic für seine kleine Schwester aus dem *Abendblatt* herausriss.

Isabel nickte. »Das wäre fantastisch.«

Der *Spiegel* war keck und forsch, oftmals schnoddrig im Ton; das Nachrichtenmagazin enthüllte große und weniger große Skandale und legte sich, ganz im Gegensatz zur meist staatsgetreuen Tagespresse, gern mit Politikern an. Das entsprach Isabels Verständnis von Journalismus. Man sollte über alles schreiben dürfen, damit andere nicht alles tun durften!

»Warum bewirbst du dich dann nicht dort?«, fragte Rosa arglos.

Isabel lachte auf. »Du bist süß, Rosalein. Die nehmen keine Frau. Und schon gar keine, die noch nicht mal ganz siebzehn ist.«

Rosas Blick fiel auf das *Abendblatt* und den Artikel über die Schauspielerin, deren Freundin sie ohne Rücksprache zum Vorsprechen angemeldet hatte. Ihr kam eine verrückte Idee.

6

Am 25. Juni 1960 war Timon Schwarz nicht nur wegen seines neunzehnten Geburtstags bestens gelaunt: Er saß mit Albin und Onkel Willy vor dem Radio im Salon der Villa Nieland – und sie wurden Zeuge, wie ihr geliebter HSV im Frankfurter Waldstadion den 1. FC Köln 3:2 schlug. Die drei Männer fielen sich beim erlösenden dritten Tor durch den Hamburger Mittelstürmer Uwe Seeler johlend vor Freude um den Hals. Der HSV war Deutscher Fußballmeister!

»Endlich, der erste Titel nach zweiunddreißig Jahren«, freute sich Willy, der sich als Einziger unter den anwesenden Männern noch an die Siegesfeier für den HSV Ende Juli 1928 erinnerte.

Timon überlegte, wie er seinen Vater Moshe, der in London auf Geschäftsreise war, erreichen konnte, um ihm die großartigen Neuigkeiten mitzuteilen.

Selbst bis in die Küche der Villa hörte man den Jubel der drei Männer.

»Na, der HSV hat wohl gewonnen«, konstatierte Köchin Elfie und rührte unbeeindruckt weiter in ihrem Kuchenteig. Ihre Tochter Rosa steckte den Finger zum Naschen in die Schüssel und bestätigte: »Hört sich ganz so an.«

»Dann ist klar, was die hohen Herren bei uns im *Abendblatt* auf den Titel packen werden«, meinte Isabel.

Sie litt etwas darunter, dass sie nach dem Abitur zwar beim

Hamburger Abendblatt hatte anfangen dürfen, aber doch eher als Rechercheurin denn als wirkliche Journalistin.

In diesem Moment betrat Ursel Spahrbier die Küche. Die Haushälterin, die kurz vor ihrer Pension stand, war nach dem heutigen Großputz endlich dazu gekommen, die Post aus dem Briefkasten am Grundstückstor an der Elbchaussee zu holen.

»Da ist ein Brief für den jungen Timon Schwarz dabei«, erklärte sie besorgt. »Von der Bundeswehr.«

»O nein«, hauchte Rosa betroffen. »Ich dachte, er wird nicht eingezogen, weil sein Großvater von den Nazis umgebracht wurde.«

»Vielleicht haben sie die Regeln geändert«, befürchtete Ursel.

»Wenn Leni und Moshe aus London zurück sind und das erfahren, drehen sie durch«, befürchtete Elfie. »Ihr Sohn beim deutschen Militär …«

»Das ist dermaßen ungerecht«, fand Rosa. »Onkel Willy war so froh, dass Timon ihm endlich zugesagt hat, in die Reederei einzusteigen. Er hat sich schon darauf gefreut, ihm alles beizubringen.«

»Vielleicht steht ja doch auch was anderes drin«, hoffte Isabel. »Auf jeden Fall sollten wir ihm seinen Geburtstag nicht ruinieren.«

»Das stimmt«, bestätigte Elfie. »Es reicht wohl, wenn er das Schreiben morgen bekommt.«

Isabel nickte. »Für wen ist denn der zweite Brief?«

»Ach Gott«, rief Ursel. »Das hab ich jetzt ganz vergessen. Der ist für dich.«

Sie überreichte das Schreiben an Isabel, die verwundert auf den Umschlag blickte. »Der ist von der *Spiegel*-Redaktion!«, stellte sie völlig überrascht fest. »Woher haben die meine Anschrift?«

Sie bemerkte zunächst nicht, dass ihre Freundin Rosa erschrocken die Augen aufriss und ihr das Blut ins Gesicht schoss. »Ich glaube, ich kann das erklären«, meldete sie sich kleinlaut zu Wort. »Ich habe denen deinen Lebenslauf und ein Foto geschickt. Und einen Brief. Darin habe ich geschrieben, wie klug du bist. Dass du zwei Klassen übersprungen und schon als Schülerin fürs *Abendblatt* gearbeitet hast. Dass du die Lösung für jedes Geheimnis recherchiert bekommst, und dass es dein sehnlichster Wunsch ist, beim *Spiegel* zu arbeiten!«

»Du hast *was* getan?«, rief Isabel entsetzt und spürte, wie ihre Knie weich wurden.

»Na, du meintest doch, es war eine großartige Idee von der besten Freundin, die Schauspielerin zum Vorsprechen anzumelden«, murmelte Rosa schuldbewusst. »Manchmal muss man jemand zu seinem Glück zwingen, hast du gesagt.«

»Das ist doch was völlig anderes«, keuchte Isabel, und es gelang ihr trotz ihrer zitternden Finger endlich, den Umschlag aufzureißen. Als sie das Schreiben überflogen hatte, stürzte sie sich mit einem Schrei auf Rosa. Die riss schützend die Hände hoch, doch die Freundin wollte sie nur überglücklich umarmen.

»Sie möchten mich kennenlernen«, brachte Isabel mit brechender Stimme hervor. »Der *Spiegel* will mich kennenlernen. *Mich!*«

Nun schrien auch die drei anderen Frauen in der Küche vor Begeisterung auf. Timon, der hereinkam, um Bier für die Männer im Salon zu holen, blickte etwas überfordert auf Isabel und Rosa, die sich lachend und weinend in den Armen lagen. Rasch ließ Ursel den Brief der Bundeswehr in ihrer Schürzentasche verschwinden.

***

Am Sonntag, den 26. Juni 1960, herrschte angenehmes Sommerwetter. Der Meistertitel des Hamburger Sportvereins hob zudem merklich die Stimmung auch bei vielen der Gäste, denen Rosa auf der Terrasse von Jans Strandrestaurant Kaltgetränke, Kaffee und Kuchen servierte. Das Trinkgeld, so stellte die junge Frau erfreut fest, war heute besonders üppig. Sie bedankte sich gerade herzlich bei einem Geschäftsmann, der ihr sage und schreibe drei Mark in die Hand gedrückt hatte, da bemerkte sie, wie ein junger Mann die Terrasse betrat. Er winkte ihr mit einem verschmitzten Lächeln zu.

»Felix!«, rief sie erfreut und eilte zu ihm. Bei seinem Besuch an Ostern hatte er leider keine Anstellung als Musiker in Hamburg finden können und war zu Rosas Bedauern daher nach nur drei Tagen wieder nach Bremen zurückgekehrt. »Möchtest du dich noch mal bewerben?«

»Genau«, bestätigte der junge Trompeter und drückte ihre Hand. »Ich soll mich heute Nacht bei einem Freund von Onkel Jan vorstellen. Dem gehört die *Indra*-Bar auf der Reeperbahn. Er sucht junge Musiker, die eine Schau auf der Bühne machen.«

»Ach, der Herr Koschmider«, entgegnete Rosa.

Der siebenunddreißigjährige Bruno Koschmider war ein guter Freund von Jan und öfter mit Freunden oder grell geschminkten »Damen« zu Besuch hier im Restaurant.

»Du kennst ihn also«, sagte Felix. »Weißt du, wie er so ist?«

»Freundlich, aber etwas …« Rosa suchte nach einer nicht allzu verfänglichen Formulierung. »Na ja, sagen wir mal halbseiden. Er war früher mal Zirkusclown und Trapez-Künstler, konnte aber nach einem Unfall nicht damit weitermachen. Deshalb betreibt er seit zehn Jahren Clubs und Kneipen auf dem Kiez.«

Jan nickte grinsend. »Ja, etwas zwielichtig ist er, aber es

heißt, er zahlt gut. Er sucht Kapellen, damit sie mit viel Schau und Radau von seinen Bierpreisen ablenken. Ich soll mich heute bei ihm vorstellen – um zwölf Uhr nachts!«

»In so einem Club würde ich ja zu gern mal Mäuschen spielen«, meinte Rosa, die sich für alle Facetten der menschlichen Natur interessierte. Das *Indra* war eine Institution im Hamburger Nachtleben. Bereits während des vergangenen Jahrzehnts hatten dort akrobatische Schönheitstänzerinnen, orientalische Degenartisten und eine feste Tanzkapelle das Publikum unterhalten. Auch von Striptease war die Rede. »Aber wir Frauen dürfen da wohl nicht rein. Beziehungsweise nur Frauen, deren Berufskleidung möglichst wenig Kleidung ist.«

Felix lachte. »Wenn du möchtest, darfst du bestimmt mitkommen. Onkel Jan ist als Erziehungsberechtigter ja auch dabei.«

Rosa wurde neugierig. Die berühmte Reeperbahn hatte sie schon immer mal sehen wollen, aber natürlich hatte ihre Mutter dies kategorisch verboten, sie war ja schließlich noch minderjährig.

7

Die Mannschaft des HSV war am Sonntagnachmittag im TEE-Zug in die Hansestadt zurückgekehrt. Timon hatte mit Willy und Albin inmitten von dreißigtausend Zuschauern auf dem Rothenbaum-Sportplatz gestanden, wo der Autokorso mit den Spielern Ehrenrunden auf der Aschebahn gedreht hatte. Hamburg war völlig aus dem Häuschen!

Es war bereits Abend, als die Männer wieder in der Elbstrandvilla ankamen. Da Timons Eltern erst am Montag von ihrer Reise nach London zurückerwartet wurden, hatten Isabel und Elfie entschieden, dass man nicht auf deren Heimkehr warten könne und dem Jungen den Brief der Bundeswehr nicht länger vorenthalten dürfe.

Willy, Albin und Timon spürten augenblicklich, dass etwas nicht stimmte, als die beiden Frauen ihnen in der Halle mit todernstem Blick entgegenkamen.

Timon öffnete den ihm überreichten Umschlag und bestätigte nach dem Lesen des Briefes ihre Befürchtungen: »Das ist mein Musterungsbescheid. Ich muss wohl zur Bundeswehr!«

Willy gab einen wütenden Schrei von sich. »Nein!«

»Ich darf bestimmt direkt nach dem Abitur anfangen, um das Jahr schnell hinter mich zu bringen. Wer älter als achtzehn ist, kann auf Wunsch früher zur Bundeswehr und muss nicht warten, bis er zwanzig ist«, beruhigte Timon ihn. Er wusste dies von einem Freund, der bereits mit achtzehn zum Bund gegangen war, um gleich danach in die elterliche Firma einsteigen zu können.

»Dein Vater ist Jurist, er wird durchsetzen, dass du gar nicht gehen musst«, war Albin überzeugt.

»Wir lassen nicht zu, dass irgendwer aus dieser Familie noch mal als Soldat verheizt wird«, versicherte Willy.

Timon nickte benommen. Den Musterungsbescheid musste er erst mal verdauen. Es konnte sein, dass er nach dem Abitur nächstes Frühjahr – statt wie geplant in der Reederei anzufangen – in Uniform durch den Schlamm robben würde, die Waffe in der Hand.

Wenig später stand er nachdenklich am Bett seiner kleinen Schwester, die bereits friedlich schlief. Einem alten Ritual zwischen ihnen beiden folgend, legte er den neuesten Petzi-Comic aus dem *Abendblatt* auf ihren Nachtschrank. So konnte Stella ihn morgen früh gleich nach dem Aufwachen ansehen und dann in ihrer Strandhütte an die Wand pinnen. In der Zeitung befand sich einmal mehr ein Bericht über die atomare Bedrohung des Westens durch den Warschauer Pakt. Wie würde Stellas Zukunft – wie ihrer aller Zukunft – aussehen? Hatten sie das überhaupt, eine Zukunft? War nicht jede Waffe, die in der Geschichte je gebaut worden war, irgendwann auch zum Einsatz gekommen? Was wäre von Europa übrig – nach einem Krieg mit Atomwaffen?

Als er das Zimmer verließ, wartete seine Cousine Rosa bereits in der Halle auf ihn.

»Timon«, sagte sie mit gedämpfter Stimme, um die Kleine nicht zu wecken. »Kannst du vielleicht etwas Ablenkung brauchen? Ich gehe mit Jan und seinem Neffen auf die Reeperbahn. Wir besuchen Herrn Koschmiders Bar.«

»Du darfst auf den Kiez?«, wunderte sich der junge Mann. »Hat Elfie das erlaubt?«

»Ja, irgendwann hat sie sich breitschlagen lassen«, erklärte Rosa. »Jan hat ihr versprochen, dass er gut auf mich aufpasst.«

»Dann mache ich das auch«, erwiderte Timon. Er wusste von einem gemeinsamen Kiez-Besuch mit den Hafenarbeitern der Reederei: Der ganze schräge Zauber dieses berühmt-berüchtigten Viertels funktionierte nicht ohne das Verruchte, das halb Kriminelle, das unterschwellig Gewalttätige. »Je mehr Leibwächter du dort hast, desto besser.«

Kurz vor Mitternacht kamen Jan, Felix, Rosa und Timon im Stadtteil St. Pauli an der wild illuminierten Reeperbahn an. Sie hatten sich entschieden, die dreieinhalb Kilometer von der Villa zu Fuß zu gehen und später für den Heimweg ein Taxi zu nehmen. Fasziniert sah sich Rosa um: Das war sie also, die wohl berühmteste Straße Deutschlands – und die verheißungsvollste. Auf dem Weg zum *Indra* erblickte sie Leuchtreklamen wie *Sex-Appeal, Striptease,* las auf Schildern Versprechungen wie *Ein Pariser Abenteuer – Die große Sexrevue.* Die Neonröhren bewarben allenthalben französische Lebensfreude, *Moulin Rouge* mitten in Deutschland.

So war St. Pauli, der »Ankerplatz der Freude«: Hafenkräne im orangefarbenen Laternenlicht, der Fluss, die Frachter, das regennasse Kopfsteinpflaster, die ganze großartige Kaputtheit – und die fast einen Kilometer lange Reeperbahn als Hauptschlagader. »Kiez«, so sagten die Hamburger. »Die sündigste Meile der Welt«, versprachen die Lockvögel. Herren in Fantasieuniformen – man nannte sie Koberer – standen vor den Eingängen und drängten die vorbeiwogenden Menschenmassen, das jeweilige von ihnen beworbene Etablissement doch zu betreten. Ein Autobus ließ neugierige Touristen am Straßenrand aussteigen – zu Rosas Beruhigung waren zahlreiche gediegene Ehepaare dabei, die ganz bürgerlich aussahen.

Sie beobachtete fasziniert, wie einer der Lockvögel versuchte, eine untersetzte, äußerst skeptisch wirkende Ehefrau zu überreden, mit ihrem Gatten einen Striptease-Club zu betreten. »Ja, bitte sehr, gnädige Frau, verwöhnen Sie Ihren Gatten. Er wird sich erkenntlich und dankbar zeigen, wenn er alles gesehen hat.«

Doch der Koberer hatte keinen Erfolg, und die verdrießlich aussehende Ehefrau zog ihren Angetrauten entschieden mit sich fort.

»Um Rotlicht und Hurenhäuser ging es hier im Hafenviertel schon immer«, erklärte Jan, während sie in Richtung *Indra* gingen. »Anfang des Jahrhunderts vergnügten sich in St. Pauli allerdings eher die einfachen Leute. Inzwischen kommen auch hohe Herren hier auf den Kiez. Aber man ist ja diskret. St. Pauli bei Nacht ist ein Ort, an dem man nicht verurteilt wird.«

Rosa bemerkte junge Marinesoldaten in Ausgehuniform, viele von ihnen so hübsch, dass sie gewiss auch anderswo ein Mädel finden würden – oder längst gefunden hatten. Doch darum ging es ja nicht. Heute Abend zählte für die jungen Männer wohl der Reiz des Verbotenen, das Abenteuer.

St. Pauli war zu einer Projektionsfläche für ein anderes Leben geworden, ein Versprechen von Ausbruch und Weite, das hatte Rosas Stiefvater schon auf dem Weg von der Villa erzählt. »Die große Freiheit existiert da natürlich nur theoretisch. Meistens nutzen die Leute hier eher kleine Freiheiten als die große. Die kehren morgens ganz brav nach Hause zurück.«

Schließlich kamen die Villenbewohner mit Jan und dessen Neffen vor der Fassade mit der Leuchtschrift »*INDRA Cabaret*« und einem dazugehörigen Neon-Elefanten an. Der Gastronom kannte den grobschlächtigen Türsteher und wurde mit seinen Freunden sofort eingelassen. Rosa war erstaunt, wie klein der Striptease-Club im Inneren war, sie hatte ihn sich wesentlich geräumiger vorgestellt. Aber er hatte allenfalls die Größe ihres Salons in der Villa am Elbstrand.

Sie wurden von Bruno Koschmider begrüßt, den Rosa bereits durch seine Besuche in Jans Restaurant kannte. Daher wunderte sie sich nicht so sehr wie ihr Cousin Timon, dass der Mann im karierten Jackett kleinwüchsig war. Er bot ihnen einen Tisch in einer Ecke an, möglichst weit von der Bühne entfernt.

Während Felix nun mit dem Clubbesitzer über die Auftrittsbedingungen als Musiker diskutierte, beobachtete sie selbst fasziniert die Striptease-Tänzerin auf der kleinen Bühne. Auch Timon sah eine derartige Darbietung zum ersten Mal.

Als plötzlich jemand neben ihm »Guten Abend, Herr Schwarz« sagte, fuhr er erschrocken herum. Rosa und er bemerkten einen dunkelhäutigen Mittzwanziger, der zu ihnen an den Tisch gekommen war. »Sharif«, erkannte Timon nun erfreut. »Setz dich doch!« Er deutete auf den freien Stuhl. »Das ist meine Cousine. Rosa, das ist Sharif Dabbagh, er arbeitet für unsere Nieland Shipping am Hafen.«

»Sehr erfreut, Fräulein Rosa«, entgegnete der junge Mann freundlich und mit einem Akzent, der französisch auf sie wirkte. »Verzeihen Sie mein schlechtes Deutsch, ich bin vor vier Jahren aus Marokko gekommen.«

»Ach, Ihr Deutsch ist sicher besser als mein Marokkanisch«, erwiderte Rosa.

Sharif lachte auf. »Unsere Sprache heißt Darija, und sie ist wirklich nicht ganz einfach«, gab er zu. »Wollt ihr beide auch den Wochenanfang noch etwas hinauszögern?«

Timon nickte. »Ich suche ein bisschen Ablenkung. Habe überraschend die Einberufung zum Militär bekommen.«

»Oh, dann bist du ein Jahr weg von der Reederei, das ist schade«, meinte Sharif bedauernd.

»Was mich viel mehr ärgert, ist die Tatsache, dass ich Teil einer deutschen Armee sein soll«, präzisierte Timon. »Nach all dem Schlimmen, was die meiner Familie und so vielen anderen im Krieg angetan hat.«

»Aber eure Armee kann man doch nicht mit Hitlers Wehrmacht vergleichen«, gab Sharif zu bedenken. »Die Bundeswehr verteidigt ja eine echte Demokratie. Und die hat meiner Familie das Leben gerettet.«

Timon und Rosa sahen ihn erstaunt und fragend an.

»Die deutsche Bundeswehr hat deine Familie gerettet?«, vergewisserte sich Timon betont langsam und deutlich, da er ein sprachliches Missverständnis vermutete.

»Ja«, bestätigte Sharif jedoch. »In meiner Heimatstadt Agadir gab es im Februar ein schreckliches Erdbeben. Fast alles wurde zerstört. Wenn ich irgendwann zurück nach Hause gehe, wird nichts mehr von früher da sein. Fünfzehntausend Menschen sind gestorben.« Er stockte und fuhr dann mit belegter Stimme fort: »In den beiden Tagen nach dem Beben wurden die Überlebenden evakuiert, um Seuchen zu verhindern. Viele Nationen schickten militärische Einheiten für die Hilfsmission in unsere Hafenstadt. Und eure deutsche Bundeswehr hat meine Mutter und meine Schwester gerettet. Ich war hier ja zur Untätigkeit gezwungen – und bin vor Sorgen fast eingegangen. Sie haben mir dann in einem Brief von der Rettung durch die Bundeswehr geschrieben. Das werde ich eurer Armee nie vergessen!«

Inzwischen war auf der kleinen Bühne der Striptease beendet und die Dame, nur noch mit Unterwäsche bekleidet, in der Dunkelheit verschwunden. Als die Scheinwerfer wieder angingen, trat eine dreiköpfige Rock'n'Roll Band vors Publikum. Nach dem Aufbau ihrer Instrumente spielten die jungen Männer den bekannten Song *Rock Around The Clock* von Bill Haley & His Comets nach. Timon, der zweisprachig aufgewachsen war, merkte sofort, dass die Jungs Deutsche waren, den Text konnten sie nur der Spur nach, und ihr Akzent war scheußlich. Aber egal, Hauptsache, es krachte. Die eingängigen Rhythmen gingen den Gästen augenblicklich in die Beine. Sie sprangen auf, um sich wild miteinander zu der modernen Musik zu bewegen.

Felix wandte sich bestens gelaunt an Rosa. »Darf ich bitten?«

Das ließ sich die junge Frau nicht zweimal sagen. Das Spiel der Band war ebenso mitreißend wie die Aussicht, mit Felix zu tanzen. Sie sprang auf und folgte dem Musiker aufs Parkett.

Timon blieb mit Sharif zurück. Nachdenklich starrte er vor sich hin. Wahrscheinlich hatte der Hafenarbeiter recht, gestand sich der junge Reeder ein. Man konnte diese Bundeswehr wohl wirklich schlecht mit Hitlers Wehrmacht vergleichen.

Nach Ende des wilden Bill-Haley-Stückes brandete Applaus auf. Strahlend, verschwitzt, rotgesichtig und glücklich sahen Felix und Rosa einander an. »Gehst du kurz mit raus vor die Tür?«, fragte er. »Ein bisschen frische Luft schnappen?« Der Blick aus seinen verschiedenfarbigen Augen war so intensiv, dass ihr Herz zu rasen begann und sie weiche Knie bekam.

»Gern«, brachte sie hervor, und als er ihre Hand nahm, um sie in Richtung Ausgang zu führen, fühlte es sich ganz natürlich und selbstverständlich an.

Kaum waren sie vor dem Club angekommen, versuchte eine vorbeistöckelnde, grell geschminkte Frau, Felix' Aufmerksamkeit auf sich zu ziehen, doch der hatte nur Augen für Rosa.

»Möchtest du eine rauchen?«, fragte sie, unter seinem intensiven Blick etwas unsicher.

Felix schüttelte den Kopf. »Eigentlich schmecken die mir gar nicht. Wollte nur lässig aussehen. Und ich frage dich auch nicht mehr, ob du eine willst. Ich weiß ja inzwischen, dass du keine Zigaretten magst.«

Sie lächelte. »Genau. Die Wahrheit.«

»Die Wahrheit ist, dass ich mich verliebt habe«, gestand Felix nun mit ungewohnt ernster Stimme. Er streckte die Hand aus und streichelte sanft ihr Kinn.

Rosa hatte das Gefühl, als schössen Blitze durch ihren Körper. »Ich ... ich mich auch«, stammelte sie und wagte nicht, ihm in die Augen zu sehen. Dann, so fürchtete sie, würde ihre Stimme versagen. Doch er ließ ihr Kinn nicht los, übte sanften Druck aus, sodass ihre Blicke sich doch trafen. Sekunden später berührten sich ihre Lippen, und als ihr Kuss leidenschaftlicher wurde und seine Zunge sanft mit der ihren zu spielen begann, schwanden ihr regelrecht die Sinne, und sie hatte Mühe, sich auf den Beinen zu halten. Im Spiel ihrer Lippen lag so viel Sehnsucht – und ein Versprechen auf mehr. Nach etwas, das noch aufregender war als dieser wundervolle Kuss, und für Rosa völlig neu.

8

Als Timon am Montagnachmittag nach der Schule mit Willy in der Reederei Bilanzen wälzte, war er nicht ganz bei der Sache. Noch immer musste er über die Aufgaben und die politische Bedeutung der Bundeswehr nachdenken – und seine Haltung dazu. Da flog die Tür auf und seine aus London zurückgekehrten Eltern, Leni und Moshe Schwarz, stürmten ins Büro.

Beide sparten sich eine Begrüßung. »Sofie hat uns erzählt, dass du einen Musterungsbescheid erhalten hast«, sagte Timons Vater ohne Umschweife. »Das hat rechtlich keinerlei Bestand, ich kümmere mich darum, dass du freigestellt wirst, mach dir keine Sorgen.«

Seine Mutter nickte bekräftigend. »Immerhin haben die Deutschen uns aus dem Land gejagt und deinen Großvater ermordet«, betonte sie mit spürbarer Empörung in der Stimme. »Dich für so eine Nation zu verheizen, wäre ja wohl das Allerletzte.«

Willy, der die Szene von seinem Schreibtisch aus schweigend beobachtet hatte, bemerkte, dass die Worte der Eltern ihren Sohn nicht zu trösten schienen, zumindest hatte sich sein Gesichtsausdruck nicht aufgehellt.

»Was hast du?«, hakte er nun nach.

»Ich …«, begann Timon zögerlich. »Ich bin mir gar nicht sicher, ob ich unbedingt verweigern sollte.«

»Was?«, riefen die drei Älteren schockiert.

»Da solltest du dir aber sicher sein«, stieß Willy aufgebracht hervor.

»Ich weiß, es wäre nicht gut für die Reederei, wenn ich erst ein Jahr später als geplant dort anfange«, räumte Timon ein. »Aber ich würde natürlich …«

»Um die Reederei geht es mir dabei überhaupt nicht«, unterbrach Willy ihn ungewohnt harsch. »Es geht darum, dass man niemals freiwillig zum Militär gehen sollte! Vor sechsunddreißig Jahren haben mein bester Freund Kalle und ich diesen Fehler gemacht. Er wurde vor meinen Augen in Stücke gerissen. Danach ist das Schiff untergegangen. Auch der zweite Kreuzer, auf den man mich versetzt hat, wurde versenkt – und außer mir hat nur ein Oberheizer überlebt.«

Timon kannte diese Geschichten natürlich und wusste, dass Willy nach diesem Trauma die Identität eines Norwegers angenommen hatte, um nicht erneut völlig sinnlos als Kanonenfutter verheizt zu werden.

»Und die Herren Offiziere wie dein Großonkel Burkhard wollten, als der Krieg längst verloren war, die gesamte Flotte in eine Selbstmordmission gegen die Engländer schicken«, ergänzte Timons Mutter bitter. »Dein Großvater und dessen Kameraden haben 1918 gegen diesen Irrsinn demonstriert. Da hat man auf sie geschossen.«

»Albins Bruder kam dabei ums Leben«, ergänzte Willy. »Erschossen von Deutschen, wohlgemerkt!«

»Das stimmt natürlich alles. Sowohl der Kaiser als auch Hitler waren Kriegstreiber«, räumte Timon ein, fügte dann jedoch hinzu: »Aber so ein Regime ist heute der Ostblock – mit Willkür und Erstschlagsplanung. Bei uns herrscht Demokratie! Wer soll für unsere kleine Stella ihre Freiheit verteidigen, wenn alle verweigern?«

Willy, Moshe und Leni sahen ihn verblüfft an.

»Ich werde nicht zulassen, dass mein Sohn der Armee des Landes beitritt, das meinen Vater erschossen hat«, rief Leni völlig außer sich. Sie atmete tief ein und verkündete dann etwas ruhiger: »Darüber sprechen wir heute Abend noch mal.«

Nach diesen Worten verließ sie Willys Büro. Die Männer sahen einander ratlos an.

Timon murmelte resigniert: »Vielleicht bin ich ja untauglich.«

***

Sofie saß mit ihrer Enkeltochter Rosa in der Küche der Villa, wo ihr diese gerade etwas verschämt gestand, dass sie sich in Jan Lüttgens' Neffen verliebt hatte.

»Ach ja, der erste Kuss«, schwärmte Sofie. »Den vergisst man nie. Und du hast dir dafür mit Felix ja wirklich einen ganz Lieben ausgesucht.«

»War dein erster Kuss mit jemandem, der nicht lieb war?«, erkundigte sich Rosa, die glaubte, einen etwas bitteren Unterton in der Stimme ihrer Großmutter ausgemacht zu haben.

»Ach, anfangs war Burkhard schon liebevoll und fürsorglich«, räumte sie ein. »Aber nachdem sein Vater in der Skagerrak-Schlacht gefallen ist, hat er sich völlig verändert. Ab da hasste er alle Engländer, Juden, einfach alle Nicht-Deutschen. Und er hat mich jahrelang über unsere Verlobung im Unklaren gelassen, obwohl er eigentlich längst eine Neue hatte.«

»Deshalb hast du ihm verschwiegen, dass Tante Hilde seine Tochter ist«, wusste Rosa.

Sofie nickte. »Ja, der erste Kuss mit ihm war zwar wirklich schön – aber kein Vergleich zu Max. Das war viel zärtlicher. Der Mann meines Lebens. Das hat sich schon ganz am Anfang gezeigt.«

Sie freute sich darauf, ihren Gatten nachher in seiner Werkstatt in der Remise aufzusuchen. Obwohl er im Krieg seinen linken Unterarm verloren hatte, war es dem ehemaligen Zimmermann gelungen, ein eigenes Geschäftsmodell zu finden: Er verkaufte neben seiner Tätigkeit als Hausmeister der Villa handgemachtes Holzspielzeug. Und er hatte sich damit im Lauf der Zeit einen echten Namen gemacht.

Da hörten die beiden Frauen Schritte, und Isabel erschien im Türrahmen. »Ich habe beim *Spiegel* zurückgerufen. Das Vorstellungsgespräch ist schon am Donnerstag um Viertel nach zwölf. Und Chefredakteur Augstein höchstpersönlich wird es führen.«

»Mir ist damals kein anderer Ansprechpartner eingefallen«, gab Rosa schuldbewusst zu. »Timons Vater kennt Augsteins Bruder vom Jura-Studium, der hat den Brief für uns direkt an ihn weitergegeben.«

»Ich bin kolossal stolz auf dich«, sagte Sofie und strich Isabel liebevoll über den Kopf. »Und deine Mutter wird es auch sein, wenn sie am Wochenende aus Paris zurückkommt.«

»Hm, ja, ich hatte gehofft, dass das Gespräch erst nächste Woche ist, dann hätten Mama und Tante Anna mir bei der Auswahl der Kleidung helfen können«, entgegnete Isabel bedauernd.

»Lass uns doch morgen trotzdem in den Laden fahren«, schlug Rosa vor. »Annas Assistentinnen werden uns auch beraten.«

»Na gut, dann machen wir das so«, stimmte Isabel zu.

Während die Mädchen Pläne schmiedeten, fasste Sofie den Entschluss, ein Ferngespräch mit Paris zu führen.

***

Die Mönckebergstraße, von den Hamburgern auch nur kurz
»Mö« genannt, war eine der Haupteinkaufsstraßen der Hansestadt. Hier betraten Rosa und Isabel am Dienstagnachmittag das Modehaus Nieland & Partner, wo sie von Grete und
Dora, Anna Nielands altgedienten Verkäuferinnen, aufs Herzlichste begrüßt wurden. »Fräulein Schwarz, Fräulein Timmlein, wir haben Sie schon erwartet«, rief Dora. Rosa und Isabel wechselten einen erstaunten Blick. Sie hatten sich doch
gar nicht angekündigt.

»Und wir haben eine Überraschung für Sie!«, verkündete
Grete strahlend. In diesem Moment wurde die Tür des Hinterzimmers aufgestoßen, und als die beiden jungen Frauen
sahen, wer da heraustrat, stießen sie einen erfreuten Schrei
aus. Anna Nieland und Isabels Mutter Hilde waren offenbar
verfrüht aus Paris zurückgekehrt.

Isabel fiel ihrer Mutter dankbar um den Hals. »Mama, ich
dachte, ihr kommt erst Sonntag wieder.«

»Wir lassen dich doch nicht zu so einem wichtigen Bewerbungsgespräch gehen, ohne dich zu beraten«, entgegnete die
neununddreißigjährige Hilde und erklärte auf Isabels verwunderten Blick hin: »Meine Mutti hat uns angerufen, da sind
wir sofort losgefahren. Onkel Franz ist noch geblieben und
wird die restlichen Vertragsdinge erledigen.«

»Wie lieb von euch«, bedankte sich Isabel gerührt. »Ist
Papa auch schon mit nach Hamburg gekommen?«

»Ja, er wollte aber gleich an die Uni«, informierte Hilde
sie. José Torres war seit zwei Jahren Kunstprofessor an der traditionsreichen Hamburger Hochschule für bildende Künste.

»Und wir haben dir was mitgebracht«, ergänzte nun Anna.
»Mit besten Grüßen von unserer alten Freundin Coco Chanel.«

Sie deutete auf zwei in zartrosa Seidenpapier gewickelte

Päckchen, die auf dem Ladentisch lagen und, wie Isabel fand, äußerst verheißungsvoll aussahen. Vorsichtig berührte die junge Frau das Papier, das sich unter ihren Fingern ganz kühl und glatt anfühlte.

»Nun mach schon auf!«, drängte Anna.

Vorsichtig schob Isabel die Papierbahnen zur Seite und stieß scharf die Luft aus, als sie die Kreationen erblickte, die sie verhüllt hatten: Eine war ein knielanges, tailliertes Kostüm in Petrolgrün, die zweite ein ebenfalls eng auf Taille geschnittener Mantel in derselben Länge und Farbe.

»Ist das schön …«, hauchte Isabel.

Dazu gab es noch ein weißes Seidenhalstuch mit petrolfarbenem Rand und Lederhandschuhe in derselben Farbe.

Wenige Minuten später trat Isabel aus der Umkleide, und alle Anwesenden applaudierten begeistert.

»Nun noch ein französisches Tüpfelchen auf dem i«, schlug Hilde vor und zog eine schwarze Baskenmütze aus einer großen Tasche. Vorsichtig setzte sie ihrer Tochter die Kopfbedeckung leicht schräg auf den Kopf.

Die betrachtete sich daraufhin im Spiegel und nickte zufrieden. »Jetzt muss Augstein nur noch meine Artikel mögen.«

***

Rosa hatte sich am Donnerstag in Jans Restaurant freigenommen, und Timon schwänzte am Christianeum das Fach Leibeserziehung, damit sie Isabel zu deren Bewerbungsgespräch im Pressehaus in der Altstadt begleiten konnten.

»Viel Glück«, wünschte Rosa ihr, als sie vor dem imposanten fünfstöckigen Klinkergebäude am Speersort angekommen waren.

»Du wirst sie überzeugen«, meinte Timon zuversichtlich.
»Viel Erfolg. Wir warten hier auf dich.«

»Danke euch«, sagte Isabel, atmete tief durch und ging entschlossenen Schrittes auf den Eingang zu. In dem massiven Backsteinklotz aus der Nazi-Zeit waren außer der Redaktion des *Spiegel* auch die von *Hamburger Morgenpost, Hamburger Echo, Wild und Hund* sowie *Die Zeit* untergebracht.

Der alte Pförtner griff zum Hörer, um sie anzukündigen, wenige Minuten später kam eine gut aussehende und hochmodisch gekleidete Sekretärin herunter, um sie abzuholen. Freundlich-distanziert begrüßte sie die junge Bewerberin und brachte sie in den zweiten Stock. Hier führte sie Isabel in einen holzgetäfelten Raum und hieß sie, an einem Konferenztisch Platz zu nehmen. Isabel kam sich auf einmal trotz ihres Chanelkostüms vor wie ein unbedarfter Bauerntrampel und fühlte, wie ihr mühsam hochgehaltenes Selbstwertgefühl in sich zusammenfiel. Wie sollte sie das Gespräch mit Augstein nur durchstehen, wenn bereits eine Bürokraft sie derart aus der Fassung brachte? Ihre Stimme war ja schon kleinlaut und kaum hörbar, als sie den von der eleganten Sekretärin angebotenen Kaffee ablehnte, die sie dann mit den Worten: »Herr Augstein hat gleich Zeit für Sie« allein ließ.

Dann jedoch verging Minute um Minute, ohne dass der Chefredakteur sich blicken ließ. Isabel wurde immer nervöser. Der *Spiegel* ging die heikelsten Themen offen und provokativ an, daher hatte sie sich eigentlich vorgenommen, auch ganz offen zu sprechen. Doch je länger sie wartete, desto mehr fragte sie sich, warum ein mächtiger Journalist wie Rudolf Augstein, der jede Woche fast eine halbe Millionen Magazine verkaufte, sie kennenlernen wollte – eine siebzehnjährige Rechercheurin, die gerade mal ihr Abitur hinter sich hatte.

Viel hatte sie von ihm gehört. Augstein, der Schwerenöter,

der Intellektuelle, der Euphorische, der Schelmische, der Biertrinker, der Grübler. Laut Isabels Chef beim *Abendblatt* war er ein »moderner Mensch im existenzialistischen Sinne«, dem man nachsagte, vieles einfach wegzulachen. Auf seinen Humor hoffte sie im bevorstehenden Gespräch; zusammen lachen zu können, sanfte Ironie – das machte alles so viel leichter.

Schließlich wurde die Tür aufgerissen, Isabel zuckte erschrocken zusammen.

»Fräulein Torres«, rief der Chefredakteur und eilte zackigen Schrittes und mit ausgestreckter Hand auf sie zu. »Guten Tag.« Die Tatsache, dass er sie über zwanzig Minuten hatte warten lassen, kommentierte er nicht. Ein Rudolf Augstein entschuldigt sich nicht, dachte Isabel.

»Guten Tag, Herr Augstein.« Sie erhob sich rasch, um seine Hand zu ergreifen, und blickte dem schneidig und dynamisch wirkenden, sechsunddreißigjährigen Herausgeber in die Augen. Anders als auf vielen Fotos trug er heute keine Brille, seine markanten Wangenknochen fielen ihr auf. Und da überraschte er sie: »Bitte entschuldigen Sie, dass ich Sie habe warten lassen. Aber Sie wissen ja vom *Abendblatt*, wie das mit Abgabefristen für Artikel ist.«

»Natürlich«, entgegnete Isabel schmunzelnd. »So hatte ich Zeit, noch etwas nervöser zu werden.«

»Das müssen Sie nicht«, widersprach er grinsend und setzte sich ihr gegenüber an den Konferenztisch. Er hatte so das Fenster im Rücken, und die junge Bewerberin wurde etwas vom hereinflutenden Sonnenlicht geblendet. »Ich bin netter, als mein Ruf vermuten lässt.«

»Na ja, aber sehr bedeutsam. Der *Spiegel* ist eng mit Ihrer persönlichen Geschichte verbunden«, meinte Isabel.

»Ach ja?« Augstein hob eine Augenbraue. »Inwiefern?«

»Insofern, dass es ihn ohne Sie nicht gäbe. Sie wurden 1946 von den britischen Presseoffizieren als Redakteur für ihre Wochenzeitschrift *Diese Woche* rekrutiert. Die sollte sich als Lizenzzeitung die britische *News Review* und das amerikanische *Time*-Magazin als Vorbild nehmen. Aber Sie haben in dem Magazin schonungslos und ohne Vorwarnung auch die Besatzungsmächte kritisiert.«

Isabel erwiderte sein Schmunzeln.

»Was Sie alles wissen«, sagte er und ergänzte dann: »Tja, nach sechs Ausgaben ordnete das britische Foreign Office deshalb die sofortige Einstellung an.«

»Aber zum Glück konnten Sie gemeinsam mit dem Fotografen Roman Stempka und einem weiteren Redakteur die Verlegerlizenz für das Magazin erwerben«, wusste Isabel. »So kam im Januar 1947 der erste *Spiegel* heraus!«

»Und was gefällt Ihnen so gut an uns, dass es – wie schrieb Ihre Freundin Rosa Timmlein noch?« Er sah in ihre Unterlagen. »Dass es ihr ›sehnlichster Wunsch‹ ist, bei uns zu arbeiten?« Augstein fixierte Isabel aufmerksam.

»Ich bewundere vor allem, dass Sie sich weiterhin keinen Maulkorb verpassen lassen. Sie riskieren viel, um die Bürger über politische Fakten und Mauscheleien zu informieren.«

»Zum Beispiel?«, hakte Augstein nach.

»Vor zehn Jahren deckten Sie auf, dass Bundestagsabgeordnete bei der Wahl der Bundeshauptstadt bestochen wurden – damit sie für Bonn statt Frankfurt stimmen. Sie wurden als Zeuge vernommen, in diesem sogenannten *Spiegel*-Ausschuss. Haben aber Ihre Quellen nicht preisgegeben und sich auf die journalistische Schweigepflicht berufen. 1952 kam dann die Affäre um den französischen Geheimagenten Schmeißer. Sie haben für den Artikel sogar die bundesweite Beschlagnahme der bereits ausgelieferten *Spiegel*-Ausgabe in Kauf genommen.«

»Und das gefällt Ihnen?«, wollte der Chefredakteur wissen.

Isabel nickte. »Mein Großvater sagt immer: Journalismus, der nicht irgendwem wehtut, ist bloß Propaganda.«

»Ein kluger Mann, Ihr Herr Großvater. Hatte er selbst mit Journalismus zu tun?«

»Er ist immer noch aktiv. Chilenischer Pressekorrespondent in Portugal«, erklärte sie.

»Sie sprechen auch Spanisch?«, vergewisserte er sich mit Blick auf ihren Lebenslauf.

»Ja, ich bin zweisprachig aufgewachsen. Mein Vater ist Halbchilene.«

»Interessant. Waren Sie schon in Chile?«

»Nein, meine Großeltern leben schon seit über fünfundzwanzig Jahren in Lissabon. Da bin ich fast jeden Sommer. Mit dem Portugiesischen tu ich mich allerdings ein bisschen schwer.«

»Und – gefällt Ihnen die Stadt?«, fragte der Chefredakteur.

Sie wunderte sich, dass er sich so viel Zeit für sie nahm und sich offenbar wirklich für sie interessierte.

»O ja. Die Altstadt ist traumhaft. Überall gibt es wunderschöne Kacheln«, schwärmte sie. »Und die Fado-Musik mag ich auch sehr gern. Das Einzige, was dort stört, sind Diktator Salazar und seine allgegenwärtige Geheimpolizei ...«

Dann hielt sie inne, unsicher, ob sie zu viel plauderte. Doch sein Gesicht war schwer zu lesen.

»Sie sagten vorhin, Sie mögen es, dass wir politische Mauscheleien aufdecken. Wie beurteilen Sie denn die aktuelle politische Situation in der Bundesrepublik? Was sind die Probleme unseres Landes?«

»Sie meinen, außer den sowjetischen Atomraketen, die auf uns gerichtet sind?«, vergewisserte sich Isabel sarkastisch. »Na ja, eines unserer Probleme ist bestimmt, dass wir uns einerseits von unserer Nazi-Vergangenheit distanzieren müssen. Anderseits braucht man für gewisse Positionen aber nun mal viel Lebens- und Berufserfahrung. Und fast jeder, der die aufweist, hat natürlich auch schon zur Zeit des Dritten Reiches gearbeitet.«

»Fast jeder?«, hakte Augstein mit undurchsichtiger Mimik nach. »Ich auch?«

Isabel zögerte. »Blieb Ihnen wohl nichts anderes übrig«, entgegnete sie vorsichtig. »Nach Ihrem Abitur und einem Volontariat beim *Hannoverschen Anzeiger* wurden 1942 auch Sie zum Kriegsdienst eingezogen – da waren Sie ja gerade mal achtzehn. Kanonier und Funker im russischen Woronesch. Gegen Ende des Zweiten Weltkriegs wurden Sie noch als Artilleriebeobachter zum Leutnant der Reserve befördert. Eisernes Kreuz und silbernes Verwundetenabzeichen während der Dienstzeit.«

Augstein hob eine Augenbraue, und Isabel schluckte. War sie zu weit gegangen?

9

»Das dauert!«, beschwerte sich Rosa, während sie nervös vor dem Haupteingang des Pressehauses auf und ab ging. »Ist das jetzt ein gutes oder schlechtes Zeichen?«

»Bestimmt ein gutes«, meinte Timon und sprang, die Hände hinter sich aufgestützt, auf eine Mauer. Kaum hatte er dort eine bequeme Position eingenommen, begann sein Magen laut und vernehmlich zu knurren. Er grinste. »Da ist noch einer so ungeduldig wie du«, kommentierte er und deutete auf seinen Bauch.

»Anderthalb Stunden ist sie da jetzt schon drin«, murrte Rosa. »So langsam wird es wirklich Zeit fürs Mittagessen.«

Sie überlegten gerade, ob sie sich bei einem Bäcker ein belegtes Rundstück besorgen sollten, da trat, über das ganze Gesicht strahlend, Isabel in die Mittagssonne hinaus.

»Er will mich!«, rief sie und fiel Rosa um den Hals. »Er sagt, er mag meine offene Art. Ich darf am 1. August anfangen.«

Ihre Cousine quietschte vor Freude.

»Ohne dich hätte ich mich das nie getraut, mein Rosalein.«

»Gratuliere«, sagte Timon, der inzwischen von der Mauer heruntergehüpft war, und küsste Isabel auf die Wange.

»Was hat er noch alles gesagt?«, wollte Rosa wissen.

»Das erzähle ich euch lieber beim Essen«, schlug die Nachwuchsjournalistin vor. »Habt ihr nicht auch Hunger?«

»Und wie!«, rief Timon dankbar.

Wenig später saßen die drei bei Bratkartoffeln und Spiegeleiern in einer Gaststätte.

»Ich werde wieder in erster Linie für die Recherche zuständig sein«, berichtete Isabel soeben. »Aber die Themen beim *Spiegel* sind grundsätzlich hoch spannend.«

Sie redete weiter, doch Rosa hörte ihr nicht mehr zu. Etwas anderes hatte ihre Aufmerksamkeit auf sich gezogen: Zwei Tische weiter saß eine dunkelblonde Dame mit großen, ausdrucksstarken Augen. Sie las konzentriert in einem Textbuch. Vor ihr standen eine Kaffeetasse und ein Stück Kuchen.

»Das ist Heidi Kabel«, raunte sie ihrer Freundin, die immer noch begeistert vom Vorstellungsgespräch erzählte, zu, und unterbrach damit deren Redefluss.

Nun erkannte auch Isabel die fünfundvierzigjährige Schauspielerin. »Stimmt, das ist sie. Kam mir schon beim Reinkommen irgendwie bekannt vor.«

Timon, der mit dem Rücken zu der Schauspielerin saß, wandte sich um.

»Nicht so auffällig!«, zischte Rosa peinlich berührt. »Nachher merkt sie noch, dass wir über sie reden.«

»Das ist sie bestimmt gewohnt«, meinte Timon achselzuckend und wandte sich wieder seinen Bratkartoffeln zu.

»Wegen Heidi Kabel hab ich im Schultheater manche Rollen auf Platt gespielt«, erklärte Rosa.

Sie liebte den plattdeutschen Dialekt, den Sofie und Willy manchmal sprachen. Die beiden waren an der Ostseeküste in der heutigen Grenzregion zu Dänemark aufgewachsen. Oft besuchte sie dort ihre Urgroßmutter Erna, die sogar ausschließlich »Plattdütsch« redete. Rosa konnte gar nicht genau sagen, was dieser Dialekt in ihr auslöste – ein Gefühl von Geborgenheit und Aufgehobensein beschrieb es vielleicht noch am ehesten. Den Geschmack von Unbeschwertheit, von glücklichen Kindertagen, von Bratäpfeln mit Marzipan-Nuss-Füllung und Vanillesoße, die niemand so zubereiten konnte wie ihre Urgroßmutter an der Ostsee. Wahrscheinlich übte Heidi Kabel deshalb eine so starke Faszination auf sie aus.

»Ich würde ihr so gern sagen, wie großartig ich sie finde«, flüsterte Rosa.

»Dann geh doch hin und mach das!«, nuschelte der auf beiden Backen kauende Timon.

»Ich trau mich nicht«, murmelte Rosa.

»Können Sie ruhig, die Frau Kabel freut das«, mischte sich nun der hagere Kellner ein, der unbemerkt an ihren Tisch gekommen war, um das schmutzige Geschirr abzuräumen, und offenbar einen Teil ihres Gesprächs mitbekommen hatte. Und ehe Rosa sichs versah, rief er zu ihrem Entsetzen zu der bekannten Mimin hinüber: »Frau Kabel, das junge Fräulein hier ist eine große Bewunderin von Ihnen.«

Die Schauspielerin sah von ihrem Textbuch auf. »Ach ja?« Sie lächelte zum Tisch der jungen Leute herüber. »Das freut mich aber.«

Rosa war feuerrot angelaufen.

»Na los, nun geh schon!«, flüsterte Isabel und gab ihr einen sanften Schubs. Wie in Trance stand Rosa auf und stolperte unbeholfen zu der Schauspielerin hinüber, die ihr freundlich entgegenblickte.

»Ich liebe es, Sie spielen zu sehen, Frau Kabel. Nicht nur im Fernsehen. Einmal hat Großmutter mich sogar mit ins Ohnsorg-Theater genommen«, brachte sie hervor.

»Lieb von Ihrer Omi«, erwiderte Heidi Kabel. »Welches Stück war es denn?«

»*Wenn der Hahn kräht*«, erzählte Rosa. »Wir haben so über Ihre Rolle lachen müssen.«

»Und welches Stück hat Ihnen im Fernsehen am besten gefallen?«, erkundigte sich die Schauspielerin.

»Oje, da fällt die Auswahl schwer«, sagte Rosa, inzwischen deutlich selbstsicherer. »So viele waren gut, aber ich glaube, *Der möblierte Herr* ist mein Favorit.«

»Die Lütte hat im Schultheater sogar selbst op platt speelt«, verriet der Wirt nun, was er vorhin offenbar vom Gespräch der Freunde mitbekommen hatte.

»Ach, Sie spielen auch«, kommentierte Heidi Kabel anerkennend.

»Na ja, nur für die Schule«, erwiderte Rosa hastig. »Ich liebe das Theater, aber ich bin natürlich nicht gut genug für richtige Bühnen.«

»Oh, sagen Sie das nicht«, entgegnete die Ältere. »Als ich siebzehn Jahre alt war, hab ich eigentlich nur eine Freundin zum Vorsprechen begleitet. An der Niederdeutschen Bühne Hamburg. Dabei wurde ich dann aber selbst von Theatergründer Richard Ohnsorg entdeckt. So kam ich völlig unerwartet an mein erstes Engagement. Also sagen Sie niemals nie.«

Rosa nickte beeindruckt. Noch so eine Geschichte, wo eine Freundin dem Talent der anderen auf die Sprünge geholfen hatte …

***

Am Mittwoch, den 17. August 1960, hatte Timon Schwarz seinen Musterungstermin. Die neue Hausdame Xenia Queck überprüfte in der Halle nochmals den Sitz seiner Kleidung und seiner Haare. Die streng wirkende Frau hatte sich in den zwei Wochen seit ihrem Arbeitsantritt in der Villa bestens eingelebt. Ihre Vorgängerin Ursel war aber trotzdem weiterhin gelegentlich im Dienst. Sie wollte den Nielands als Fräulein Quecks Urlaubsvertretung treu bleiben und behielt vorerst auch ihr Zimmer unter dem Dach der Villa. Xenia Queck wohnte in einem der Gästezimmer, an freien Tagen kehrte sie jedoch wie angekündigt in ihre Wohnung in Finkenwerder zurück. »Abstand zu den Herrschaften hält das Verhältnis zu ihnen professionell und frisch«, hatte sie begründet.

Zurzeit lernte Ursel ein neues Dienstmädchen ein, während Fräulein Queck sich auf die Verwaltungsarbeiten konzentrierte.

Nun zupfte sie Timons Kragen zurecht. Sie musste ihn tatsächlich ein wenig in ihr Herz geschlossen haben, denn sonst war sie nicht sonderlich erpicht darauf, die Mitglieder ihrer Arbeitgeberfamilie zu berühren.

»So kannst du gehen«, befand sie.

»Denke ich auch«, meinte Timon schmunzelnd. »Ist ja kein Bewerbungsgespräch, sondern eine Musterung. Ich habe Turnsachen drunter.«

»Und wahrscheinlich musst du selbst die noch ausziehen«, mutmaßte sein Vater Moshe sarkastisch. »Na, denn man los, Sohnemann!«

Wenig später fuhr der Firmenjurist seinen Sohn im Horch-Cabriolet vor das Kreiswehrersatzamt. »Ich lese hier im Auto ein paar Akten, bis du fertig bist«, erklärte er grinsend. »Vielleicht bist du ja untauglich – und die Entscheidung, ob du Mama und Willy enttäuschen willst, wird dir abgenommen.«

Timon lächelte freudlos. »Bis nachher, Papa.«

Er holte tief Luft, stieg aus dem Wagen und ging durch den Regenschauer auf das Gebäude zu. Darin traf er auf zwölf weitere junge Männer in seinem Alter. Nach Aufnahme der Personalien mussten sich auf Anweisung eines drahtigen Arztes mit wirrem weißem Haar alle Jungen den Oberkörper freimachen. Timon zog Hemd und Unterhemd aus und behielt nur die kurze Turnhose, die er vorsorglich angezogen hatte, und die Turnschuhe an. Seine Altersgenossen taten es ihm gleich. Die nächste Anweisung: Sie sollten im Keller eine Urinprobe abgeben. Dort hob ein streng wirkender Arzt mit Oberlippenbärtchen demonstrativ eines der Gefäße an und schnauzte im Kasernenton: »Jeder von Ihnen macht einen Becher voll!«

»Von hier aus?«, erkundigte sich ein braunhaariger, schlaksiger Kerl mit spöttischem Grinsen. Timon und die anderen Jungs mussten lachen. Trotz des Scherzes war allen die Situation sichtlich unangenehm. Einige verschwanden in die Sichtschutz bietenden Toilettenkabinen. Diese waren jedoch so schnell besetzt, dass Timon nichts anderes übrig blieb, als seinen Becher vor den anderen zu füllen.

Dann ging es zum Wiegen und Messen, dort hieß man sie, die Schuhe auszuziehen. Im selben Raum wurde Blut abgenommen.

In einem anderen Zimmer folgten als Nächstes Seh- und Hörtest. Ein rundlicher Arzt sagte in einer Ecke ein paar Zahlen leise vor sich hin, die Timon dann wiederholen sollte, was ihm bestens gelang.

Daraufhin wurde er in den vierten Stock geschickt, wo er vor einer Tür warten sollte. Es dauerte fünf Minuten, bis eine junge, blonde Arzthelferin mit unverschämt blauen Augen herauskam. »Herr Schwarz?«

Er nickte eingeschüchtert. »Kommen Sie bitte und nehmen Sie Platz.« Sie wies auf einen schlichten Holzstuhl an einem Tisch. Auf dessen anderer Seite saß ein ebenso junger Arzt und machte sich Notizen. Dann legte er den Stift beiseite, sah ihn an und nickte zur Begrüßung.

»Welche Kinderkrankheiten haben Sie denn gehabt, Herr Schwarz?«, fragte er.

»Masern, Mumps, und Windpocken«, zählte Timon auf. Plötzlich musste er wieder daran denken, dass er nichts hatte essen können, als er im Alter von zehn Jahren an Mumps erkrankt war. Ausgerechnet an Ostern, als es so viele Süßigkeiten gab. Die hatten Rosa und Isabel dann feixend vor seinen Augen allein vertilgt. Diese Gemeinheit hielt er ihnen noch heute bisweilen vor.

»Genetisch vererbte Krankheiten in der Familie?«, schreckte der Arzt ihn aus seinen Erinnerungen.

»Nein.«

»Geschlechtskrankheiten oder Ähnliches?«

Timon spürte, wie er errötete. Geschlechtskrankheiten, woher hätte er die haben sollen? Als ob sich die Frauen einem jungen Kerl wie ihm nur so an den Hals warfen! »Nein«, sagte er hastig und versuchte, nicht in Richtung der hübschen Blondine zu sehen.

»Nehmen Sie Medikamente?«, wollte der Doktor wissen.

Timon schüttelte den Kopf. »Keine.«

Der Arzt ging dann über zur Untersuchung seines Mundraumes und der Zähne, tastete den Hals ab. Schließlich maß er Timons Blutdruck. Daraufhin nickte er, schrieb etwas auf und wies ihn dann an: »Folgen Sie mir!«

Der Mann brachte ihn zu einer auf dem Fußboden markierten, quadratischen Fläche. »Stellen Sie sich da hin.«

Timon tat, wie ihm geheißen. Der Mediziner streifte sich nun Latexhandschuhe über und ordnete an: »Lassen Sie mal die Hose bis zu den Knien hinunter!«

Timon hatte gelernt, Ärzten zu gehorchen und tat, was man von ihm verlangte. Es war ihm jedoch furchtbar peinlich vor der hübschen Helferin, die ja nur wenige Meter hinter ihm saß. Jetzt bloß nicht … o nein! Erschrocken und beschämt spürte Timon, dass sein Körper genau jetzt an intimster Stelle zu reagieren und sich zu regen begann – und der Arzt schaute geradewegs dorthin. Er trat vor den jungen Mann und befahl etwas barsch: »Sehen Sie mal nach links aus dem Fenster!«

Ausgerechnet – so geriet die attraktive Blondine in Timons Blickfeld. Aus dem Augenwinkel bemerkte er erleichtert, dass sie sich bemühte, nicht auf ihn, sondern in die Akte zu blicken, die vor ihr auf dem Tisch lag.

»Ich darf kurz?«, fragte der Arzt pro forma, und Timons Stimme war ganz leise und zögerlich, als er bejahte.

Der Mediziner tastete daraufhin seine Hoden ab.

Zu der Arzthelferin sagte er mit lauter Stimme: »Zwei, ohne Befund!«

Dann erhob er sich und ging zum Tisch zurück. Timon, mit seinen heruntergelassenen Hosen, blickte ihm hilflos nach. Der Mediziner hob schließlich den Kopf und forderte ihn ungeduldig auf: »Sie können die Hose jetzt wieder hochziehen. Warten Sie draußen, bis Sie wieder aufgerufen werden!«

Im Hinausgehen kam Timon an der Arzthelferin vorbei, die sich – bewusst oder unbewusst – in die Akten vor ihr vertiefte und seinen Blick mied. Hielt sie ihn für einen Waschlappen, weil er der Untersuchung seiner Genitalien nicht widersprochen hatte? Hatte es ihr gefallen, ihn von hinten nackt zu sehen? Solche Gedanken gingen ihm durch den Kopf, während er auf das Ergebnis seiner Untersuchung wartete.

Neben ihm saß einer der anderen jungen Männer auf der Bank.

Timon erkannte in ihm den schlaksigen Kerl, der zuvor im Keller alle zum Lachen gebracht hatte.

»Ich bin Ewald Becker«, stellte er sich vor. »Haben uns, glaube ich, vorhin bei der Urinprobe gesehen.«

Timon musste erneut lachen. »Ja, dein Witz war klasse. Ich bin Timon Schwarz. Wirst du verweigern oder hingehen, wenn du tauglich bist?«

»Hingehen«, meinte Ewald. »Ich weiß sowieso noch nicht recht, was ich nach der Reife machen soll. So hab ich noch Zeit, um nachzudenken. Und je mehr wir den Russen zeigen, nicht mit uns, desto besser.«

»Hm«, murmelte Timon nachdenklich.

»Weißt du, was man in Hamburg abends so machen kann?«, fragte er. »Bin aus Soltau und übernachte bei meinem Onkel in Altona.«

»Ich gehe heute Abend mit meiner Cousine und ihrem Freund ins *Indra* auf der Reeperbahn. Sein Chef hat fünf Typen aus Liverpool angeheuert, die haben ihren ersten Auftritt bei uns. Sollen eine gute Schau machen. Komm doch mit!«

In diesem Moment wurde die Tür des Untersuchungszimmers erneut aufgerissen. »Herr Schwarz, bitte!«

Eine Viertelstunde später eilte Timon aus dem Gebäude zum Wagen seines Vaters.

Der sah ihn erwartungsvoll an. »Und?«

»T1«, berichtete Timon. Der höchste Tauglichkeitsgrad!

Moshe zuckte mit den Schultern. »Tja, ich hätte wohl weniger mit dir schwimmen und ins Judo gehen sollen – und dich mehr mit Schokolade mästen. Dann liegt die Entscheidung also doch bei dir. Wie gesagt, wenn du willst, sorge ich dafür, dass die Einberufung zurückgezogen wird. Wenn du willst.«

Timon seufzte.

10

Felix Lüttgens hatte von seinem Arbeitgeber die Aufgabe bekommen, den fünf Musikern, die er aus England angeheuert hatte, ihre Unterkunft auf dem Kiez zu zeigen. Rosa, die heute ihren freien Tag im Restaurant hatte, begleitete ihn.

»Rosa, das sind Pete, George, John, Paul und Stu«, stellte Felix seiner Freundin die fünf jungen Männer mit Schmalztollen vor, die Lederjacken und Jeans trugen. »Sie nennen sich The Beatles und kommen aus Liverpool.« Auf Englisch fügte er hinzu: »Jungs, das ist Rosa, mein Mädchen.«

Nachdem die fünf Musiker Rosa kurz, aber freundlich begrüßt hatten, führte Felix die Truppe über den Kiez. Es war bedeckt, regnerisch und etwas zu kühl für die Jahreszeit. Das Tageslicht hatte dem Viertel den Zauber genommen. Die Leuchtreklamen waren erloschen, die Gebäude wirkten zu dieser Stunde barackenhaft und schäbig; die Reeperbahn hatte sich in einen Ort nüchterner Leere verwandelt. Zerknüllt lagen Flugblätter, die höchste erotische Genüsse verhießen, in den Pfützen wie schmutziger Schnee.

»Ihr seid in einem Kino untergebracht«, erklärte Felix etwas verlegen. »Das *Bambi*. Nicht gerade ein Luxushotel.«

»Das hätten wir auch nicht erwartet«, sagte John, der von den fünf das schmalste Gesicht hatte und Felix ein wenig an einen Raubvogel erinnerte.

»Doch«, scherzte Paul. »Ich wäre gern in diesem großen Hotel an der Alster.«

Rosa mochte die jungen Männer aus Liverpool und ihren Humor auf Anhieb. Am interessantesten fand sie den geheimnisvollen Stuart Sutcliffe. Er sprach weniger als die anderen vier – und hatte das hübscheste Gesicht.

Schließlich erreichten die sieben jungen Menschen Koschmiders Kino. Felix zeigte den Liverpoolern ihre Zimmer. Es waren zwei kleine, spartanisch eingerichtete und fensterlose Räume. Es gab je ein Etagenbett, und an den dreckigen Wänden hingen Plakate für halbseidene Filme.

»Oh, hier drin sind Menschen gestorben«, scherzte Paul, »und man riecht sie noch.«

»Kein Wunder«, kommentierte Rosa, »so direkt neben der Herrentoilette.«

»Die ist dann auch euer Waschraum«, erklärte Felix beschämt.

Nebenan flimmerte ein schlüpfriger Film über die Leinwand, lautstark war der dumpfe Ton zu hören. Rosa dachte bei sich, dass die fünf Musiker hier gewiss nicht viel Schlaf finden würden.

Paul, der am reifsten von allen wirkte, nahm von Felix den Schlüssel entgegen. Sie verabredeten, dass er sie am frühen Abend für den Auftritt abholen werde.

Als Felix kurz darauf mit Rosa über die triste Reeperbahn lief, machte er seinem Ärger Luft. »Dieser geldgierige Koschmider!«, platzte es aus ihm heraus. »Die Unterkunft ist echt eine Frechheit.«

»Ich glaub, die Jungs hat das gar nicht so gestört«, versuchte Rosa, ihn zu beschwichtigen.

»Na, die werden auf Dauer auch ganz schön genervt sein von den harten Arbeitsbedingungen bei dem alten Hallodri«, mutmaßte Felix. »Dreißig Mark verdient jedes Bandmitglied pro Nacht. Laut Vertrag müssen sie dafür täglich viereinhalb Stunden spielen, sonnabends sogar sechs. Kein Wunder, dass bei Koschmiders Musikern Prellis die Runde machen.«

»Was ist das?«, fragte Rosa.

»Preludin«, erklärte Felix. »Ein Schlankheitsmittel mit Aufputscheffekt. Ich würde so gern bei dem Halsabschneider aufhören, aber ich finde einfach nichts anderes.«

Rosa beschloss, gleich morgen im Restaurant einen Zettel aufzuhängen: »Begabter junger Trompeter, der auch sehr viele andere Instrumente bestens beherrscht, sucht Arbeit.«

»Jetzt lass uns erst mal in die Villa fahren«, schlug sie ihm vor, um ihn aufzuheitern. »Meine Mama hat bestimmt wieder richtig gut gekocht.«

Tatsächlich war Felix' Laune schon wesentlich besser, als er eine Stunde später mit seiner Freundin am Küchentisch der Elbstrandvilla saß und den fünften Pfannkuchen mit Apfelmus vertilgte.

»Schön, dass es dir so schmeckt«, freute sich Rosas Mutter Elfie über seinen Appetit.

Da betrat die Hausherrin Anna Nieland die Küche. »Guten Appetit zusammen«, wünschte sie. »Sag mal, Felix, hättest du morgen um zwei Uhr nachmittags Zeit, auf einer Trauerfeier in Nienstedten Trompete zu spielen? Eine Freundin von mir und Sofie ist gestorben, wir haben früher mit ihr für Frauenrechte gekämpft. *Summertime* aus der Oper *Porgy and Bess* war ihr Lieblingsstück.«

»Das kriege ich hin«, sagte Felix zu.

»Es soll natürlich nicht umsonst sein«, betonte Anna. »Wären fünfzig Mark angemessen?«

Felix sah sie bass erstaunt an. »Das ist … mehr als angemessen.«

Rosa nahm lächelnd seine Hand. Schön, dass er wieder fröhlich war.

***

Wie am Ende der Musterung verabredet, trafen sich Timon und sein neuer Bekannter Ewald um halb neun Uhr abends auf der Reeperbahn. Beide waren wesentlich herausgeputzter als am entwürdigenden Vormittag im Kreiswehrersatzamt: Sie hatten sich eine Schmalztolle frisiert, trugen Blue Jeans und sogenannte Brothel Creepers, flache Halbschuhe auf fünf Zentimeter dicken Sohlen mit senkrecht verlaufenden Riefen. Dies waren die typischen Schuhe der Rockabilly-Kids. Timon hatte dazu eine Lederjacke an, Ewald einen roten Blouson à la James Dean.

Am Eingang des *Indra* wandte sich Timon an den Türsteher: »Ich bin ein Kumpel von Felix Lüttgens – Schwarz, Timon Schwarz.« Der Muskelberg ließ sie wortlos ein, worauf der angehende Abiturient ein wenig stolz war. Drinnen wurden sie freudig von Sharif, Rosa und Felix begrüßt. »Schön, dass ihr gekommen seid«, sagte Timons Cousine. »Dann ist die Enttäuschung für die Jungs aus Liverpool nicht ganz so groß.«

Die beiden jungen Männer sahen sich um. Tatsächlich hatten sich außer ihnen nur wenige Gäste in den Laden verirrt. Gelangweilt sahen sie einer Stripperin zu, die bemüht aufreizend auf der Bühne tanzte. Der Applaus nach ihrem Abgang war eher mäßig.

Als jedoch wenig später die Band aus Liverpool die Bühne betrat, klatschte außer Felix, Timon und deren Freunden überhaupt niemand. Die Musik krachte gut, und die Jungs machten – wie von Koschmider gefordert – »Schau«, sprich, sie sprangen wild herum und spielten manchmal am Boden liegend. Einzig Stu Sutcliffe stand da wie ein Fels, ganz cool seinen Bass schrammelnd. Er trug eine Sonnenbrille und kehrte den Zuschauern bisweilen sogar den Rücken zu. Trotz der wilden Bemühungen seiner Bandkollegen blieb die Stimmung im spärlichen Publikum eher mau. Das musikalische Repertoire der Band war begrenzt. Von gängigen Rock-'n'-Roll-Hits anderer Interpreten bis hin zu englischen Pfadfinderliedern reichte es, Eigenkompositionen fehlten jedoch.

»Puh, wahrscheinlich ist die Stimmung sogar morgen bei der Trauerfeier besser«, raunte Felix Rosa zynisch zu.

Sie nickte und sah mitleidsvoll zur Bühne. »Die armen Jungs ...«

Das Musikerleben war wirklich ein hartes Brot. Obwohl die fünf jungen Liverpooler extra den Weg hierher nach Hamburg auf sich genommen hatten – der bedauernswerte John Lennon war auf der Überfahrt ganz seekrank geworden –, den großen Durchbruch würden sie wohl nie schaffen, diese Beatles.

»Gute Nacht, ihr Nazi-Bastards«, schnauzte John Lennon am Ende ihres Auftritts auf Englisch ins Mikrofon. »Und vergesst nicht: Wir haben den Krieg gewonnen!«

Timon sah sich erschrocken um, doch von den wenigen Gästen schien kaum einer verstanden zu haben, was der junge Liverpooler mit der Rhythmusgitarre und dem schwarzen Humor da in seiner Landessprache von sich gegeben hatte. Nur zwei, drei Pfiffe ertönten, ansonsten blieb es zum Glück friedlich.

***

Zu Rosas und seinem eigenen Erstaunen bewahrheitete sich auf der Trauerfeier am Donnerstagnachmittag Felix' zynische Bemerkung. Die Stimmung dort war in der Tat großartig.

»Lasst uns nicht um sie trauern, sondern vielmehr ihr langes, erfülltes Leben feiern«, hatte Anna Nieland bei ihrer Rede gesagt. »Das hat sie sich gewünscht.«

Und so war es nicht nur bei frenetischem Applaus für sein *Summertime* geblieben, vielmehr spielte Felix auf Zuruf immer weitere Stücke, zahlreiche Gäste klatschten und tanzten begeistert.

Die Trauergesellschaft war bunt gemischt, die meisten von der politischen Einstellung her links außen, hatte die Verstorbene doch der Kommunistischen Partei Deutschlands angehört, die seit zwei Jahren verboten war.

Auch Leni war anwesend und betonte bei einem der Tischgespräche auf amüsante Weise ihre sozialistisch orientierte Grundeinstellung: »Mein ehemaliger Vermieter in London, der Ökonom Sir John Maynard Keynes, hat mal gesagt: Der Kapitalismus basiert auf der merkwürdigen Überzeugung, dass widerwärtige Menschen aus widerwärtigen Motiven irgendwie für das Allgemeinwohl sorgen werden.«

Alle am Tisch mussten lachen.

Rosa unterhielt sich bald angeregt mit Hanns Anselm Perten, dem Intendanten des renommierten Rostocker Volkstheaters, der eigens für die Feier aus der Ostzone angereist war.

Schließlich kam außer Atem, aber überglücklich Felix zu ihnen an den Tisch und küsste seine Freundin gut gelaunt.

»Ah, dieser begnadete Trompeter ist der Ihre«, kommentierte Perten schmunzelnd. »Da haben Sie ja beide großes Glück.«

»Vielen Dank«, antworteten Rosa und Felix wie aus einem Mund.

»Sind Sie hier in Hamburg unabkömmlich?«, erkundigte sich der Intendant bei Felix. »Wir könnten Sie für unser Ensemble am Rostocker Volkstheater wirklich gut gebrauchen. Unser alter Trompeter ist just nach West-Berlin gegangen.«

Das junge Paar sah sich verblüfft an. Meinte Perten sein Angebot ernst?

11

Leni Schwarz knallte frustriert den Hörer auf die Gabel. Es war nicht der für die Jahreszeit untypische Dauerregen, der ihr an diesem Freitagabend die Laune verhagelte. Sie befand sich mit ihrem Mann, Patentante Sofie und deren Bruder Willy zu einem abendlichen Imbiss im Salon der Villa und hatte soeben ein Telefonat mit einem Freund von der Europäischen Wirtschaftsgemeinschaft beendet. »Der Führungsstab der Bundeswehr hat heute eine Denkschrift an sämtliche Einheiten geschickt«, berichtete sie erbost. »Er verlangt nachdrücklich die Aufrüstung mit Atomwaffen – allen Protesten zum Trotz. Und mein Herr Sohn überlegt sich ernsthaft, bei diesem Verein mitzumachen.«

»Jetzt sei doch nicht so streng mit ihm«, meinte Moshe. »Der Junge macht sich durchaus verantwortungsvolle Gedanken über die Zukunft seiner kleinen Schwester.«

»Das ist ja das Schlimme«, erwiderte Leni. »Dass man die Jugend derart gehirngewaschen hat, dass sie denken, ein Gleichgewicht des atomaren Schreckens zwischen Ost und West könne funktionieren – ohne dass es Krieg gibt!«

»Er hat ja noch Zeit, sich zu entscheiden«, beschwichtigte Moshe sie. »Im Grunde kann er es sich sogar dann noch anders überlegen, wenn er schon beim Bund angefangen hat. Die Begründung, dass die Nazis uns verfolgt und deinen Vater ermordet haben, verfällt ja nicht. Wo ist Timon eigentlich? Ich habe ihn heute noch gar nicht gesehen.«

»Er sitzt mal wieder mit den Mädchen unten in der Strandhütte«, erklärte Sofie. »Isabel und er wollen dort Rosa ein bisschen trösten.«

»Wieso, was ist denn mit ihr?«, erkundigte sich Moshe.

»Ihr Felix hat eine Stelle am Rostocker Volkstheater angeboten bekommen. Vom Intendanten höchstpersönlich. Das heißt, dass die beiden Turteltäubchen sich bald nur noch sehr, sehr selten sehen können.«

»Und wenn Rosa mit nach Rostock ginge?«, schlug Leni vor. Sie erinnerte sich daran, dass sie ihren Moshe gar nicht erst kennengelernt hätte, wenn sie mit zwanzig nicht von zu Hause fort nach Gut Jägerslust bei Flensburg gezogen wäre.

»Sie will natürlich auch die Ausbildung bei ihrem Stiefvater nicht aufgeben«, erläuterte Sofie. »In Rostock wird es nicht so leicht für sie sein, eine ebenbürtige Lehrstelle zu finden. Wir haben dort ja keinerlei Kontakte.«

»Das stimmt nicht ganz«, widersprach Willy. »Ich muss mal kurz ein Telefonat führen.«

Die anderen sahen ihn fragend an.

***

Isabel und Timon versuchten, nach allen Kräften Rosa aufzuheitern. »Es gibt viele berühmte Paare, die sich jahrelang nur geschrieben haben und trotzdem miteinander glücklich wurden«, erinnerte Isabel.

»Jahrelang?«, wiederholte ihre Cousine entsetzt. »So ein berühmtes Paar will ich ganz bestimmt nicht werden. Das halt ich nicht aus.«

In diesem Augenblick klopfte es an der Tür.

»Herein!«, rief Rosa erstaunt.

Ihr Großonkel Willy trat ein. »Na, ihr drei«, sagte er. »Rosa, ich habe Neuigkeiten, die deine Laune vielleicht ein wenig heben könnten.«

Sie sah ihn erstaunt an. »Ja?«

»Etwas nördlich von Rostock, in Warnemünde, gibt es ein schönes altes Hotel am Leuchtturm«, begann der Reeder zu erzählen. »Vor zehn Jahren haben die DDR-Behörden es der letzten Besitzerin weggenommen. Diese Massenenteignungen von Ostseegästehäusern wurde ›Ferienaktion‹ genannt. Seitdem ist das Hotel in Volkseigentum. Als es der Gewerkschaftsbund der DDR übernommen hat, haben die es auch umbenannt – in *Meer des Friedens*. Ein Freund von mir ist dort seit zwei Jahren Direktor. Dietmar Koschitza. Das ist der Milchmann, der mich vor siebzehn Jahren gerettet hat. Nach meiner Flucht aus dem KZ Buchenwald hat er mich in seinem Lieferwagen heimlich bis nach Berlin mitgenommen. Damit hat er sein Leben riskiert. Nach dem Krieg habe ich ihn ausfindig gemacht und ihm zum Dank einen neuen Lieferwagen geschenkt. Wir stehen immer noch in Kontakt, und vorhin am Telefon hat er mir zugesagt, dass du dich für eine Lehrstelle in dem Hotel bewerben kannst.«

Als Rosa ihn nur mit offenem Mund ansah, fügte er hinzu: »So könntest du deinen Felix begleiten.«

Allmählich sickerte bei der jungen Frau durch, was die Aussagen ihres Großonkels bedeuteten. Stumm stand sie auf und umarmte ihn dankbar.

***

Eine Woche später, am 26. August 1960, fand in der Villa Nieland die Abschiedsfeier für Felix und Rosa statt. Für den Fall, dass sie die Stelle im Hotel wirklich bekäme, wollte sie gleich in Rostock bleiben und zu Felix in dessen kleine Dachwohnung in der Nähe des Volkstheaters ziehen. Diese hatte ihm der Intendant besorgt.

Ihr Stiefvater und Arbeitgeber Jan Lüttgens hatte sich schweren Herzens mit dieser Regelung abgefunden.

»Ich werde dich vermissen, Kleines«, verkündete er betrübt. »Und unsere Stammgäste auch. Du warst meine beste Kellnerin.«

»Danke, Jan«, sagte Rosa gerührt, und ihre Stimme war brüchig. Sie war an diesem Abend ohnehin nah am Wasser gebaut, denn der Liebe wegen musste sie ja morgen früh nicht nur ihre Arbeit, sondern auch ihre ganze Familie und sämtliche Freunde hinter sich lassen.

Timon war ebenfalls sehr melancholisch. Dass Rosa nun die Villa und Hamburg verließ, bedeutete, dass ihre gemeinsame Kindheit unwiderruflich zu Ende war. Die Jahre der sorglosen Geborgenheit wurden für sie Schritt für Schritt von Verantwortung abgelöst – Verantwortung für das eigene Leben und, wenn er zur Bundeswehr ginge, auch für das anderer Menschen. Er freute sich darauf, dass die jungen Villenbewohner nach der Familienzusammenkunft noch im *Indra* weiterfeiern wollten, bestimmt eine effektive Aufheiterung. Die Beatles hatten versprochen, Rosa und Felix zu Ehren heute Nacht besonders »Gas zu geben«.

Am Büfett bekam Timon mit, wie seine Mutter sich mit Isabel unterhielt.

»In Bonn ist heute bekannt geworden, wer der eigentliche Urheber dieser umstrittenen Denkschrift zur Atombewaffnung ist – die vom Bundeswehr-Führungsstab vor einer Woche«, berichtete die frischgebackene *Spiegel*-Mitarbeiterin der gebannt lauschenden Leni. »Verteidigungsminister Franz Josef Strauß höchstpersönlich.«

»Das passt!«, fauchte Timons Mutter. »Dieser atomwaffengierige CSU-Heini! Seine gefährlichen Stümpereien sollte sich euer Blatt mal vornehmen.«

»Oh, glaub mir, Leni, Franz Josef Strauß hat einen ganz besonderen Platz im Herzen unseres Chefredakteurs«, erwiderte Isabel zynisch und lächelte süffisant. »Der bekommt schon noch sein Fett weg.«

***

Am späten Samstagabend kamen Rosa und Felix mit dessen VW in Rostock an. Beide fühlten sich müde und ausgelaugt von der weiten Fahrt, waren sie doch erst in den frühen Morgenstunden von der Feier im *Indra* in die Villa zurückgekehrt. Das Strandhotel *Meer des Friedens* lag sehr malerisch neben dem Leuchtturm von Warnemünde, der sein Licht in die sommerliche Abenddämmerung über der Ostsee sandte.

»Das erinnert mich an die Geschichten vom Glücksburger Strandhotel, die meine Oma so oft erzählt«, meinte Rosa. »Sie hat dort als Jugendliche gearbeitet, bis es 1912 abgebrannt ist.«

»Die Familiengeschichte wiederholt sich«, kommentierte Felix grinsend, während er den Wagen vor dem dreistöckigen Bau parkte. »Also, nicht, dass es abbrennt. Aber zumindest, dass du in einem Strandhotel arbeitest wie deine Großmutter.«

»Abwarten«, erwiderte Rosa vorsichtig. »Erst mal muss Dietmar Koschitza mich nehmen.«

»Das hat er bestimmt vor«, meinte ihr Freund. »Sonst hätte er nicht gesagt, wir sollen vorbeikommen, egal, wie spät wir eintreffen.«

Kurz darauf klingelte das junge Paar an der Tür des Hotels.

Die beiden wunderten sich etwas, dass trotz der Hochsaison weit und breit keine anderen Menschen in der abendlichen Strandlandschaft zu sehen waren. Nach einer Minute kam eine etwa vierzigjährige Frau mit strengem Dutt und noch strengerem Gesicht an die Tür, um ihnen zu öffnen.

»Ja, bitte?«, fragte sie schmallippig.

»Rosa Timmlein und Felix Lüttgens«, stellte er sie beide vor. »Wir sind mit Herrn Dietmar Koschitza verabredet.«

Die Frau machte eine unwirsche Geste, ihr zu folgen. Sie führte das Paar zu einem Büro hinter der Rezeption. Als die Wortkarge, ohne anzuklopfen, die Tür aufriss, blickte ein etwas pummeliger, blonder Mittvierziger vom Schreibtisch auf, der einen Schäferhund streichelte. »Für dich«, knurrte die Frau schlecht gelaunt und verließ den Raum grußlos.

»Rosa und Felix?«, vergewisserte sich der Hoteldirektor.

»Höchstpersönlich«, scherzte Felix, an dessen Schuhen schwanzwedelnd der Hund schnupperte.

Der Hotelier schüttelte beiden herzlich die Hand – der krasse Gegensatz zum frostigen Empfang durch seine Mitarbeiterin. Doch nun erfuhr das Paar, dass sie mehr als das war.

»Ick hoffe, meine Schwester war nicht allzu unfreundlich«, sagte er mit Berliner Dialekt. »Sie fremdelt manchmal 'n bisschen.«

Rosa dachte, dass dies eine äußerst verharmlosende Umschreibung des Verhaltens der »Dame« war. Außerdem prädestinierte »Fremdeln« einen Menschen wohl kaum dazu, ausgerechnet in einem Hotel zu arbeiten.

»Tja, Rosa, dein Großonkel hat in den höchsten Tönen von deiner Arbeit im Restaurant geschwärmt«, offenbarte Dietmar Koschitza. »Brauchst du eine Kammer hier, wenn du Montag anfängst?«

»Ich, nein, ich …«, stammelte Rosa, die baff war, dass er ohne Bewerbungsgespräch davon ausging, sie würde gleich nächste Woche hier ihre Lehrstelle antreten.

»Wir dachten eher, sie wohnt bei mir in der Innenstadt«, antwortete Felix für sie.

»Verstehe, die paar Kilometer kannst du natürlich auch den Omnibus nehmen«, meinte der Hotelier.

»Ja, ich habe schon nach der Verbindung geschaut. Und ich möchte mich auch nach einem Fahrrad umsehen«, fand Rosa ihre Sprache wieder. »Haben Sie denn … noch Fragen an mich?«

»Nenn mich bitte Dietmar! Und Fragen hab ick eijentlich keene. Willy hat mir alles erzählt, was ick wissen muss, und dem vertraue ich hundertprozentig«, entgegnete er. »Hast *du* denn noch Fragen?«

Rosa überlegte. »Vielleicht warum das Hotel jetzt *Meer des Friedens* heißt statt *Hotel am Leuchtturm*.«

»Tja, die Parteifunktionäre wollten klarmachen, dass das Hotel in seiner alten Form nicht mehr existiert. Und diese Friedens-Namen sind hier in der DDR sehr beliebt. Sollen wir mit einem Sektchen auf eure Ankunft anstoßen?«, schlug er vor. Beide bejahten, und kurz darauf knallte lautstark der Korken.

»Diese Enteignungen waren im Prinzip eine große Sauerei – obwohl ick jetzt natürlich davon profitiert hab, als ick hier Direktor werden durfte«, gestand Dietmar, nachdem sie angestoßen und den ersten Schluck genommen hatten. »Das Ganze ging im Februar 1953 los. An die vierhundert Volkspolizisten haben hier an unserer Ostseeküste Hotels, Pensionen und Restaurants jestürmt – ohne jede Vorwarnung. So hatten die Besitzer keine Gelegenheit, Beweismaterial zu vernichten.«

»Wonach suchten die Vopos denn?«, wollte Felix wissen.

»Nach gehorteten Lebensmitteln, nach Kaffee aus dem Westen«, antwortete Dietmar. »Sie beschlagnahmten die Gästebücher – in der Hoffnung, darin etwas über etwaige ›Verfehlungen‹ der Gastgeber zu finden. Die Angestellten wurden über ihre Vorgesetzten ausgehorcht. Nach nur einem Monat wurden vierhundertvierzig Hotels, Pensionen und Restaurants ins DDR-Volkseigentum überführt, die Besitzer enteignet, die meisten festgenommen – und unter Vorwänden in Schnellverfahren verurteilt. Viele hat man zwangsausgesiedelt. Die Vorwürfe waren Steuerhinterziehung, illegales Einführen von Westwaren, Preisvergehen. Eine Frau haben sie wegen Besitz von Westkaffee eingesperrt; sie war Diabetikerin und bekam in der Haft kein Insulin, die ist qualvoll gestorben.«

»Ein echter Skandal«, murmelte Felix betreten.

»Wurde da nicht protestiert?«, wunderte sich Rosa.

»Das bekommt einem hier oft nicht gut«, antwortete Dietmar mit freudlosem Lächeln.

Rosa schluckte. Das konnte ja heiter werden, hier in der Ostzone.

»Die brutalen Übergriffe wurden in der staatlich gelenkten Presse hier totgeschwiegen«, fuhr der Hotelier fort, »Stattdessen wurde gegen die Besitzer gehetzt. ›Schieber‹ und ›kriminelle Elemente‹, haben sie sie genannt.«

»Was für Gäste kommen denn jetzt hierher?«, fragte Rosa, der die DDR immer beunruhigender erschien.

»Na ja, in den neuen FDGB-Heimen machen die Werktätigen der volkseigenen Betriebe ihre Ferien. Aber nicht nur«, klärte der Direktor sie auf. »Auch Soldaten der NVA werden in den enteigneten Hotels und Pensionen untergebracht – hier in unserer hübschen militärischen ›Schutzzone Ostsee‹. Es gibt Gerüchte, dass der Nordosten Rügens zu einem Kriegshafen ausgebaut werden soll – ähnlich dem im sowjetischen Murmansk.«

»Was knallst du denn hier so rum?«, fauchte plötzlich seine Schwester, und Dietmar, Rosa und Felix zuckten erschrocken zusammen. Offenbar war sie durch das Geräusch des Sektkorkens angelockt worden und erneut, ohne anzuklopfen, eingetreten. Dass sie einiges von dem Gespräch mitbekommen hatte, wurde klar, als sie zischte: »Und eines Tages wirst du dich um Kopf und Kragen reden, du Idiot.«

Rosa war diese Frau extrem unheimlich. Die Aussicht, ab Montag an ihrer Seite zu arbeiten, noch dazu in einem Regime, wie es Dietmar eben beschrieben hatte, ließ ihre Freude über die gebotene Chance allmählich verschwinden und einem Gefühl vager Angst weichen.

TEIL II

1961

12

Frühmorgens, bevor sie sich auf den Weg in die Redaktion machte, ging Isabel häufig noch ein wenig am Elbstrand unterhalb der Villa spazieren – so auch an einem warmen Junimorgen des Jahres 1961.

Vor der Strandhütte sah sie ihren Großvater auf einer Bank in der Morgensonne sitzen und an einem Spielzeug-pferd schnitzen. Sie wunderte sich immer wieder, wie gut er dies trotz seiner Armprothese auf der linken Seite hinbekam.

»Guten Morgen, Opa, geht es dir gut?«, fragte sie Max.

»Moin, meine Lütte«, grüßte er. »Kann nicht klagen. Und bei dir in der Zeitung? Viel zu tun? Man sieht dich ja kaum noch.«

»Ja, wir arbeiten oft sehr lang am Abend«, gab sie zu. »Aber es macht auch riesigen Spaß.«

»Das freut mich, min Deern. Und ich find das richtig gut, dass ihr den Herren Politikern öfter mal auf die Füße tretet«, lobte der Fünfundsechzigjährige. »An was für einem Thema arbeitest du denn gerade?«

»Ich soll für meinen Chef Fälle von früheren Nazi-Größen aufspüren, die jetzt in der Bundesrepublik wieder einflussrei-che Posten bekleiden«, berichtete Isabel und setzte sich neben Max auf die Bank. »Nimm zum Beispiel den Bürgermeister vom schönen Westerland auf Sylt. Im Krieg war der General-leutnant der Waffen-SS. Man nennt ihn ›Henker von War-schau‹ – wegen seiner Rolle bei der blutigen Niederschlagung des dortigen Aufstandes. Vor drei Jahren wurde der saubere Herr Bürgermeister auch noch ins Landesparlament in Kiel gewählt, über die Landesliste der Sammlungsbewegung Gesamtdeutscher Block und Bund der Heimatvertriebenen und Entrechteten. Die sind rechts orientiert – und in Teilen sogar rechtsextrem.«

»Ja, der alte Mief ist noch immer nicht ganz verflogen«, bestätigte Max bitter. »Eine Schande, dass wir selbst so einen Unverbesserlichen in der Familie hatten.«

»Du meinst meinen leiblichen Großvater«, wusste Isabel. »Burkhard Nieland.«

»Genau, Soldat werden, in die Partei eintreten, das konnte man damals ja oft nicht vermeiden, wenn man überleben wollte«, räumte Max ein und sah ernst auf die Elbe hinaus. »Aber ein Konzentrationslager zu leiten, als der Krieg eigentlich längst verloren war – dazu hat ihn keiner gezwungen. Das hat der aus mörderischer Überzeugung gemacht.«

Die junge Journalistin nickte. Sie hatte es schon oft als unangenehme Vorstellung empfunden, dass in ihren Adern das Blut eine solchen Menschen floss, und bedauerte es nicht, Burkhard Nieland nie kennengelernt zu haben.

Da hörte sie, wie jemand von der Treppe zur Terrasse aus ihren Namen rief. Als sie sich umdrehte, sah sie ihren Großonkel Willy winken. »Ich fahre gleich in die Reederei. Soll ich dich zur Redaktion mitnehmen? Dann musst du nicht auf den Bus warten.«

Das ließ sich Isabel nicht zweimal sagen. »Ich komme!«, rief sie, küsste Max zum Abschied auf die Wange und spurtete los.

Wenige Minuten später lenkte Willy seinen silbernen Mercedes auf der Elbchaussee in Richtung Innenstadt, seine Großnichte saß auf dem Beifahrersitz.

»Wie geht es denn Albin?«, erkundigte sie sich.

»Die Geschäfte laufen gut«, wusste Willy zu berichten. »Fast zu gut. Kein Wunder: Letztes Jahr wurden in der Bundesrepublik fast eine Million Autos zugelassen, so viele wie nie zuvor. Leider weist Albins neue Aushilfe Sharif noch nicht das Wissen auf, das unser Timon hatte. Dem jungen Mann muss man erst eine Menge beibringen.«

»Das lernt er schon noch«, gab sich Isabel zuversichtlich.

»Natürlich gibt es auch Probleme mit seinem exotischen Aussehen«, räumte Willy ein. »Viele Kunden verlangen nach einem ›richtigen Verkäufer‹, dabei ist der Ärmste so freundlich. Aber Albin will nicht aufgeben.«

»Gut von ihm«, befand Isabel. Sie bedauerte die Vorbehalte der Kunden gegenüber Sharif, das war gewiss nicht einfach für den herzlichen jungen Marokkaner. Sie hatte sich gefreut, dass Timon ihm vor seinem Wehrdienstantritt die Stelle im Autohaus besorgt hatte. Dort verdiente Sharif nämlich wesentlich mehr als am Hafen, was in Anbetracht der Tatsache, dass er regelmäßig seiner Familie in Agadir Geld zukommen ließ, besonders erfreulich war.

»Natürlich vermisst Albin unseren Timon trotzdem«, meinte Willy. »Wie wir alle. Gut, dass er endlich mal ein freies Wochenende hat – er wollte ja spätestens um fünf in Hamburg sein.«

»Ja, seine Mutter freut sich schon riesig auf ihn«, bestätigte Isabel. »Gut, dass sie und Timon sich vor seiner Abreise versöhnt haben. Es macht Leni Hoffnung, dass sich der amerikanische Präsident und Chruschtschow Anfang des Monats in Wien getroffen haben und sich so herzlich miteinander gezeigt haben. Vielleicht lässt sich ein Krieg zwischen Ost und West doch noch verhindern.«

»Ja, dieser Kennedy ist ein guter Mann«, fand Willy. »Der will Frieden.«

»Das hoffe ich auch«, bestätigte sie. »Nicht auszudenken, wenn es Krieg gegen die Ostzone gäbe – und unsere Rosa in Rostock!«

»Hast du in letzter Zeit Post von ihr bekommen?«, fragte Willy.

Isabel nickte. »Ja, erst gestern kam eine Karte. Es gefällt ihr weiterhin sehr gut in dem Hotel. Und Felix ist am Volkstheater auch sehr glücklich.«

Willy lächelte. »Das freut mich für die beiden. Schön, dass sie sich nicht trennen mussten.«

Isabel wusste, dass er ein hoffnungsloser Romantiker war. Seine erste große Liebe Hinnerk Nieland hatte sich vor achtzehn Jahren in dem Irrglauben, Willy sei bei der Flucht aus dem KZ umgekommen, erschossen. Seither wollte der Reeder, dass kein Paar je wieder getrennt wurde. An Willys eigenem Schicksal war seinerzeit Burkhard Nieland schuld gewesen. Für diesen Großvater musste man sich wirklich schämen, dachte Isabel bitter.

»Was macht denn …«, begann Willy nun zögerlich. »Wie sieht es … also wie sieht es bei dir mit der Liebe aus?«

»Fehlanzeige«, gab die junge Frau unumwunden zu. Natürlich hörte sie diese Frage nicht zum ersten Mal. »Ein so schönes Mädchen wie du«, hieß es immer wieder. »Da muss sich doch jemand finden.«

Vielleicht. Aber suchte sie denn überhaupt? »Mit den Jungs in meinem Alter kann ich einfach nichts anfangen. Die sind mir zu unreif. Aber im Moment ist mir meine Arbeit auch Erfüllung genug.«

Wie aufs Stichwort waren sie am Pressehaus angekommen, und Isabel verabschiedete ihren Großonkel mit einem Kuss auf die Wange. Als sie auf das Klinkergebäude zuging, eilte ihr ein glatzköpfiger Mann entgegen, dessen Gesicht ihr merkwürdig bekannt vorkam. Ihr fiel jedoch nicht auf Anhieb ein, wo sie ihn schon mal gesehen hatte. Erst als er bereits in das wartende Taxi stieg, erinnerte sie sich: Es handelte sich um jenen Mann, der »ihren« Konrad letztes Jahr so abrupt von der Demonstration abgeholt hatte! Bot sich ihr nun endlich die Möglichkeit, den Nachnamen dieses gut aussehenden Mannes zu erfahren und ihm gebührend zu danken? Wie seltsam, dass der charmante Rothaarige ausgerechnet jetzt wieder ihr Leben streifte – oder zumindest eine Spur, die zu ihm führen konnte – just, als sie mit ihrem Großonkel über die Liebe gesprochen hatte. Denn das musste sie sich eingestehen: Der attraktive Fremde hatte ihr Herz ganz schön zum Klopfen gebracht, und er war ihr bis heute nie aus dem Kopf gegangen.

»Entschuldigen Sie!«, rief sie dem Glatzkopf hinterher, der jedoch bereits die Beifahrertür hinter sich geschlossen hatte. So schnell es ging, hastete Isabel winkend in Richtung Taxi. Warum hatte sie sich heute nur ausgerechnet für die Schuhe mit den hohen Absätzen entschieden? Der Wagen preschte davon, offenbar hatten weder Fahrer noch Fahrgast die rufende junge Frau bemerkt. Enttäuscht sackte sie in sich zusammen. Da fuhr sie fort – die einzige Chance, ihren schönen Konrad wiederzusehen.

Schlecht gelaunt war sie wenig später auf dem Weg zum Redaktionsraum mit ihrem Arbeitsplatz.

»Morgen, Fräulein Torres, wussten Sie, dass Hitler Mundgeruch hatte?«, rief ihr auf dem Korridor Rudolf Augstein mit breitem Grinsen entgegen.

Es ging ihm offenbar wieder gut. In der vorigen Woche

hatte der Herausgeber mit Schwindelanfällen zu kämpfen gehabt, laut den Kollegen litt er daran schon seit seiner Jugend immer wieder. Was die Frage zu Hitlers Mundgeruch sollte, verstand Isabel allerdings nicht. Sie sah ihn verständnislos an.

»Äh …«

»Wir planen doch diesen Artikel über ihn – Anatomie eines Diktators. Wollen ihn diesmal auch körperlich ganz genau analysieren. Leider ist sein persönlicher Zahnarzt Hugo Blaschke vor knapp zwei Jahren gestorben. Den zu befragen wäre eine echte Fundgrube gewesen. Der Blaschke kannte Hitlers Beißerchen so gut, dass er nach dem Krieg im alliierten Internierungslager in Nürnberg einen makabren Auftrag gekriegt hat: Auf Anfrage der Sowjetischen Militäradministration sollte er das Gebiss des Führers aus Gips nachbilden – zur Identifikation von Hitlers Leiche. Gutes Gedächtnis, der Mann: Das von ihm ohne Vorlage gefertigte Gipsgebiss stimmte wohl mit dem echten, das sich in sowjetischen Gewahrsam befand, ziemlich genau überein.«

»Und woher wissen Sie das alles, wenn dieser Blaschke schon tot ist?«, hakte Isabel neugierig nach.

»Ich habe stattdessen vorhin seinen besten Freund und Kollegen interviewt. Einen Zahnarzt namens Daniel Brückmann. Dem hat sein Kumpel all das anvertraut. Hitler hatte angeblich sorgfältig gepflegte, aber schlechte Zähne. Eine große Zahl war durch Brücken ersetzt. Hinzu kamen seine bekannten Magenprobleme. Deshalb der berüchtigte Mauldampf des Führers. Er war sich dessen wohl instinktiv bewusst und hielt sich deshalb beim Lachen die Hand vor das Gesicht.«

Isabel war mit einem Mal wie elektrisiert. Und das ausnahmsweise nicht, weil sie sich so für die Geschichte interessierte, die Augstein erzählte. Sollte der von Augstein befragte

Zahnarzt jener Mann gewesen sein, den sie soeben versucht hatte aufzuhalten? »Moment mal, Sie haben diesen Brückmann vorhin interviewt? Und er hat das Gebäude gerade verlassen?«

»Ja, ist soeben zum Taxi«, bestätigte ihr Chef etwas konsterniert.

»Wie sah er aus?«, platzte Isabel aufgeregt hervor.

»Glatze, brauner Anzug. Wieso interessiert der Sie so?«, wunderte sich der Chefredakteur.

»Er kennt jemand, den ich schon länger suche«, haspelte Isabel, die neue Hoffnung fasste, ihren Konrad doch noch aufzuspüren. »Dieser Brückmann ist wohl meine einzige Chance, ihn wiederzufinden.«

»Na, jetzt machen Sie mich aber neugierig«, meinte Augstein und fixierte die Rechercheurin auffordernd und mit dem für ihn typischen, etwas zu eindringlichen Blick, der sie immer etwas verunsicherte: Manchmal hatte Isabel das Gefühl, er betrachte sie mehr als Frau denn als seine Untergebene. Sie holte tief Luft. Dann erzählte sie.

***

Seit zehn Monaten arbeitete Rosa nun bereits im Hotel *Meer des Friedens* am Leuchtturm des Ostseebads Warnemünde. Nachdem am Abend des 21. Juni eine Gruppe von NVA-Soldaten abgereist war, gönnte die junge Frau sich ein paar ruhige Minuten, um ein Brief an ihren Großcousin zu verfassen. Isabel bekam viel mehr Post von ihr, da sie auch wesentlich schneller und umfangreicher zurückschrieb. Doch die jungen Soldaten hatten Rosa daran erinnert, dass Timon seit diesem Monat ebenfalls eine Uniform trug – wenn auch die der westlichen Bundeswehr –, und sie hatte das Bedürfnis, ihn in der bestimmt schwierigen Eingewöhnungsphase mit ein paar Zeilen aufzuheitern.

Lieber Timon,

ich hoffe, es geht Dir gut und Du konntest Dich einigermaßen eingewöhnen. Felix fühlt sich am Volkstheater pudelwohl, die übrigen Musiker und er sind auch privat gut befreundet. Unsere Dachwohnung, das hat Dir Isabel ja vielleicht schon erzählt, ist zwar winzig klein, aber wir sind völlig zufrieden damit. Durch das Gaubenfenster hat man einen wunderbaren Blick auf den neuen Überseehafen, den ganzen Stolz der Rostocker. »Unser Tor zur Welt« nennen ihn die Einheimischen oder »Tor des Friedens«.

Warnemünde ist jetzt dem Stadtgebiet von Rostock angegliedert. Eine noch recht neue Schnellstraße verbindet die beiden Ortschaften miteinander, sodass man die rund zwölf Kilometer Entfernung in wenigen Minuten zurücklegen kann.

Hier im Hotel am schönen Leuchtturm arbeite ich eigentlich sehr gern – wenn nur Dietmars Schwester Margot nicht wäre. Nichts kann man ihr recht machen, ständig findet sie einen Grund, mich zu beschimpfen. Ich habe mich oft gefragt, warum sie so unzufrieden ist, ob es daran liegt, dass sie keinen Mann findet. Aber ihr Bruder meint, den wolle sie gar nicht. Er mutmaßt, dass sie so perfektionistisch ist, weil ihre Großmutter in ihrer Kindheit über ein herumliegendes Spielzeug gestolpert und nach einem Treppensturz gestorben sei. Das habe sie nie verwunden. In der Hinsicht tut sie mir wirklich leid.

Ich versuche, trotz ihrer Gemeinheiten höflich und hilfsbereit zu ihr zu sein. Aber ein Nicken ist die höchste Form von

Anerkennung, die man von ihr erwarten kann. Ansonsten gilt bei ihr wohl eher das Motto: Nicht geschimpft ist genug gelobt. Mit dem restlichen Personal und den allermeisten Gästen komme ich allerdings ganz wunderbar aus, besonders mit unserer herzensguten Köchin Frau Seehase – und natürlich mit Dietmar. Vor einem Monat war ich allerdings ohne seinen Schutz seiner Schwester ausgeliefert. Zwei seltsame Herren haben ihn in seinem Büro befragt, und dann haben sie ihn im Auto mitgenommen. Er war dann ohne Ankündigung ganze vier Tage weg, und in dieser Zeit war Margot Koschitza ganz besonders unerträglich. Als er zurückkam, war der arme Dietmar ganz bleich und tagelang geistesabwesend und schweigsam. Da habe ich mir echt Sorgen um ihn gemacht. Zum Glück ist er inzwischen wieder ganz der Alte.

Es tut mir leid, dass ich Euch nun schon seit Weihnachten nicht mehr besucht habe, aber Felix und ich sparen schon darauf, dass wir auch dieses Jahr an Heiligabend kommen können. Mit dem Reisen wird es nun ja zum Glück doch klappen. Walter Ulbricht hat auf der internationalen Pressekonferenz letzten Donnerstag in Berlin betont, dass die Gerüchte über den Bau einer Mauer dort nicht stimmen. Ich hoffe, Du bekommst dann über die Feiertage auch frei? Schreib mir doch mal, wie es so ist bei der Bundeswehr, das würde mich sehr interessieren.

Grüße bitte Sharif, Ewald und die Beatles von mir.

Bei ihrem Besuch zu Weihnachten hatten Rosa und Felix von Jan erfahren, dass die Liverpooler Jungs Anfang Dezember ausgewiesen worden waren. George Harrison, weil er erst siebzehn war. Jan ging davon aus, dass der zwielichtige Koschmider dies gemeldet habe – aus Rache, weil die Band, ohne ihn zu fragen, woanders aufgetreten war. Außerdem hatte er dann auch Paul McCartney und Pete Best wegen Brandstiftung angeschwärzt – sie hätten in ihrem Zimmer in seinem *Bambi*-Kino Kondome abgefackelt, war seine dreiste Behauptung gewesen.

Jan hat geschrieben, dass die Jungs im April nach Hamburg zurückgekehrt sind und seither jeden Abend sieben Stunden im neu gegründeten Top Ten Club spielen. Am Wochenende sogar acht. Sie bekommen fünfhundert Mark die Woche – davon konnten sie in der Zeit bei Koschmider nur träumen. Ich hoffe, Felix und ich werden sie im Dezember spielen sehen. Sie sollen ja immer besser werden und sogar zu einer Schallplattenaufnahme mit Tony Sheridan eingeladen sein. Ich freue mich auf Hamburg – und Dich!
Dein Cousinchen
Rosa

Kaum hatte sie ihren Namen unter das Schreiben gesetzt, da fauchte es hinter ihr. »Rosa! Was hocken Sie hier herum? Haben Sie nichts zu tun?«

Sie zuckte erschrocken zusammen, drehte sich um und blickte in das zornige Gesicht der stellvertretenden Hotelleiterin.

»Entschuldigen Sie, Frau Koschitza, aber die Zimmer der Soldaten sind alle fertig, da hab ich kurz meine Mittagspause nachholen wollen«, erwiderte Rosa und ließ rasch den Brief in ihrer Tasche verschwinden. Wehe ihr, wenn die olle Koschitza lesen würde, was über sie darin stand.

»Sie putzen jetzt die Treppe zum dritten Stock!«, wies die Frau sie mit eiskalter Stimme an. »Ich habe dort Wollmäuse gesehen.«

Das konnte sich Rosa zwar nun überhaupt nicht vorstellen, so oft wie Margot immer alles akribisch putzen ließ, aber sie nickte nur beflissen und sagte: »Jawohl, Frau Koschitza.«

Wenig später kniete Rosa auf der Treppe zum dritten Stock und wischte bis tief in die Ecken der Stufen hinein. Inzwischen war es so spät, dass es – obwohl heute der längste Tag des Jahres war – zu dunkel wurde. Die junge Auszubildende machte sich auf den Weg zum Lichtschalter, da bemerkte sie, wie der Hoteldirektor aus dem dritten Stock gestürmt kam. »Dietmar! Vorsicht!«, schrie Rosa noch, doch es war zu spät: Der korpulente Mann hatte in seiner offensichtlichen Eile nicht auf seinen Weg geachtet und im Halbdunkel des Treppenflurs den Putzeimer übersehen. Er stolperte mit einem erschrockenen Schrei und rollte polternd die Treppe hinab. Regungslos blieb er an deren Absatz liegen.

13

Isabel hatte Rudolf Augstein lediglich gesagt, dass sie sich bei Konrad unbedingt bedanken wollte – ihr »anderweitiges Interesse« hatte sie jedoch verschwiegen. Der Chefredakteur hatte ihr Daniel Brückmanns Kontaktdaten schließlich überlassen. In der Praxis war der Zahnarzt dann allerdings den ganzen Tag über nicht zu erreichen gewesen. Seine Privatnummer hatte sie zwar auch bekommen, zögerte aber, ihn zu Hause anzurufen. Das schien ihr dann doch etwas zu aufdringlich, und sie befahl sich selbst, sich zu gedulden, bis sie ihn irgendwann in der Arbeit an die Strippe bekam. Immerhin hatte sie jetzt den Kontakt, und das war das Wichtigste. Aber als sie abends im Salon der Villa Nieland saß, konnte sie nicht umhin, ständig das Telefon anzustarren. Und wenn sie doch …? Kaum war ihr der Gedanke gekommen, schob sie ihn schon wieder energisch beiseite.

Da kam Leni in den Raum und bemerkte augenblicklich, wie angespannt sie war.

»Guten Abend, Isabel, stimmt was nicht?«, erkundigte sie sich.

Isabel hatte tiefes Vertrauen zu Timons Mutter gefasst, die aus London hergezogen war, als sie selbst kaum zwei Jahre alt gewesen war. Deshalb erzählte sie Leni die ganze Geschichte – und sie gestand ihr auch, in welches Gefühlschaos allein der Gedanke an Konrad sie stürzte.

»Dann ruf ihn an!«, riet Leni ihr bestimmt.

»Aber jetzt ist es ja schon nach neun«, gab Isabel zu bedenken.

»Wenn ich im Krieg eines gelernt habe, dann, dass man das Leben nie auf morgen verschieben sollte, schon gar nicht, weil irgendwer sagt, irgendwas gehöre sich nicht«, entgegnete Leni, nahm der jungen Journalistin den Zettel weg, der inzwischen schon ganz zerknittert war, und ging zum Telefon.

»Nein«, rief Isabel noch, doch Leni ließ sich nicht beirren und wählte die zweite Nummer auf dem Zettel, die private.

»Ja, guten Abend, Herr Brückmann, entschuldigen Sie die späte Störung«, meldete Leni sich, und Isabel fuhr es augenblicklich in den Magen vor Nervosität. Mein Gott, wie ein dummer Backfisch, schalt sie sich innerlich selbst. »Mein Name ist Helene Schwarz. Meine Nichte hat beim Ostermarsch vor einem Jahr Ihren Bekannten Konrad kennengelernt. Er half ihr seinerzeit aus einer misslichen Lage, Sie haben ihn dann jedoch mit ihrem Auto abgeholt, bevor sie sich gebührend bei ihm bedanken konnte. Meine Nichte hat sie heute vor der Redaktion des *Spiegel* gesehen und wiedererkannt. Leider stiegen Sie in ein Taxi und haben sie nicht mehr bemerkt.«

Sie hörte dem Mann am anderen Ende der Leitung zu und antwortete dann: »Genau, sie arbeitet dort als Rechercheurin. Nun wäre unsere Frage, ob Sie uns Konrads Nachnamen verraten würden, damit sie sich bei ihm melden kann.«

Isabel hielt unwillkürlich den Atem an vor Anspannung.

»Ja? Ja? – Oh, vielen Dank. Da wird Isabel sich aber freuen. – Oh! Das Kompliment gebe ich gern zurück«, sagte Leni breit lächelnd. »Ihnen noch einen wunderschönen Abend und eine gute Nacht, Herr Brückmann.«

Leni legte, immer noch schmunzelnd, auf. »Er fand meine Stimme sympathisch, so ein Charmeur«, amüsierte sie sich.

»Aber … der Nachname?«, stammelte Isabel.

»Das Mysterium ist gelöst, Kleines«, beruhigte Leni sie. »Doktor Konrad Heß. Er macht derzeit Urlaubsvertretung für einen Kollegen in dessen Zahnarztpraxis in der Kaiserstraße in Kiel, die Telefonnummer bekommen wir über die Auskunft.«

Isabel atmete erleichtert aus. Kiel! Geschickterweise hatte sie dort ohnehin noch einen Rechercheauftrag. Den Termin hatte sie eigentlich auf nächste Woche gelegt, doch so lange würde ihre Geduld nicht ausreichen, sie würde schon morgen fahren.

»Ich rufe da nicht an«, verkündete sie. »Ich gehe direkt hin.«

»Gute Idee«, befand Leni.

»Danke. Wie prägnant und diplomatisch du sprechen kannst«, freute sich Isabel. »Man merkt, dass du in der Politik gearbeitet hast.«

»Das ist lange her«, meinte die Ältere versonnen.

»Vermisst du es?«

»Manchmal schon«, entgegnete Leni. »Das Gefühl, wirklich etwas zu bewegen für die Menschen – das ist wunderbar. Aber unsere kleine Stella ist so ein Sonnenschein, sie macht alles wieder wett. Und ein bisschen was Sinnvolles für Politik und Gesellschaft kann man ja auch als Mutter machen. Für Samstag habe ich ein Treffen der Überlebenden vom Kibbuz Jägerslust organisiert. Moshe wird mich nach Flensburg begleiten, ich habe ihn dort ja vor dreiundzwanzig Jahren kennengelernt.«

»Wird denn der Leiter des Kibbuz kommen?«, erkundigte sich Isabel. »Er hat doch auch überlebt, oder?«

»Ja, im Gegensatz zum Rest seiner Familie, die starben alle im KZ«, bestätigte Leni bitter. »Alex Wolff konnte in die USA fliehen. Da lebt er bis heute.«

»Dann ist er natürlich zu weit weg, um zu eurem Treffen zu kommen«, meinte Isabel.

Leni nickte. »Die Entfernung ist aber nicht der einzige Grund. Er hat mir geschrieben, dass er Hemmungen hat, Deutschland zu besuchen. So viele Flensburger waren damals in der Pogromnacht bei dem Überfall auf unseren Kibbuz beteiligt, meistens feige maskiert. Alex will nicht riskieren, dass einer von denen ihn jetzt scheinheilig freundlich grüßt.«

»Verstehe«, sagte Isabel betreten. »Man kann wirklich nicht genug an diese Zeit erinnern. Vor allem, weil der Antisemitismus schon wieder wächst – und die Ideen für einen Krieg auf europäischem Boden.«

»Ja, mein ehemaliger Chef Jean Monnet hat die Europäer mit der Montanunion zu einer ersten friedlichen Vereinigung überzeugen können. Obwohl er ursprünglich nur ein Kognak-Händler war.« Leni war anzumerken, dass sie sehr bewegt war, als sie erklärte: »Wenn man nicht aufgibt und die richtigen Menschen überzeugt, kann wohl jeder seine Träume verwirklichen.«

Isabel nickte. Diese Erfahrung hatte sie – wenn auch in sehr viel kleinerem Rahmen – ja nun auch gemacht, indem sie endlich die Identität ihres Schwarms herausgefunden hatte. Und morgen würde sie ihn vielleicht nach über einem Jahr wiedersehen! Blieb nur noch zu hoffen, dass er nicht vergeben war und sie mit ihrer Suche eine Ehefrau eifersüchtig machte.

***

Als Rosa nach dessen Sturz bei Dietmar Koschitza am Treppenabsatz ankam, dachte sie einen schrecklichen Moment lang, er sei tot. Doch dann schlug er zu ihrer großen Erleichterung die Augen auf. Sein Gesicht verzerrte sich augenblicklich vor Schmerz, und er begann zu wimmern. »Mein Bein, mein Bein«, brachte er hervor.

»Kannst du aufstehen?«, fragte die Auszubildende aufgeregt.

»Ich glaube ja«, sagte der Direktor mit schwacher Stimme.

Sie half ihm auf, als er jedoch das linke Bein belastete, stöhnte er auf. »Ich kann nicht«, ächzte er und ließ sich auf den Boden sinken.

In diesem Moment kam, offenbar von dem Gepolter und Geschrei angelockt, seine Schwester die Treppe vom ersten Stock hinauf.

»Was ist denn mit dir los?«, wollte sie wissen, als sie ihn zusammengekauert auf den Treppenstufen sitzen sah, mit einem kreidebleichen Gesicht, dem der Schmerz und die Panik immer noch deutlich anzusehen war.

»Ich kann nicht mehr laufen«, wiederholte er mit schwacher Stimme.

»Er ist über den Putzeimer gestolpert und die ganze Treppe runtergefallen«, erklärte Rosa aufgeregt. »Ich muss einen Krankenwagen rufen.«

Es mochte die Erinnerung an den tödlichen Sturz ihrer Großmutter sein, die Margot nun packte, so hysterisch hatte die Auszubildende ihre Vorgesetzte jedenfalls noch nie kreischen hören: »Wieso lassen Sie denn den Putzeimer einfach so stehen, Sie dummes Ding?«

Rosa war ihrerseits viel zu aufgewühlt, um sich in dieser angespannten Situation die ungerechte Behandlung gefallen zu lassen.

»*Sie* haben mich doch gezwungen, am Abend zu putzen!«, schrie sie so laut zurück, dass Margot Koschitza, die damit nicht gerechnet hatte, erschrocken zusammenzuckte. »Ich bin nur kurz weg vom Eimer, um das Licht anzumachen. Und jetzt lassen Sie mich gefälligst einen Notarzt rufen. Ihr Bruder hat Schmerzen!«

Ohne der aufgebrachten Frau die Chance auf Widerworte zu geben, stürmte Rosa in Richtung Telefon. Innerlich betete sie, dass Dietmar keine schlimmen Schäden davongetragen hatte.

***

»Meine Beine fallen bald ab vor Schmerz«, jammerte Ewald, als ihn Timon auf dem Weg von den Duschräumen zu seiner Stube in der Kaserne in Bückeburg traf.

»Meine auch«, bestätigte der frischgebackene Rekrut zu Tode erschöpft. Die beiden waren mit ihrer Einheit vormittags zunächst auf dem Kampfübungsplatz getriezt worden. Befehle wie immer wiederkehrendes »Hinlegen!« und »Aufstehen!« hatten sie auf Trab gehalten. Während eines Spurts außerhalb des Kasernengeländes hatte der Befehlshabende plötzlich gebrüllt: »Fliegerangriff von rechts«, woraufhin die jungen Soldaten sich wie nasse Säcke in den Schlamm hatten fallen lassen müssen. Nachmittags war dann ein Geländemarsch über acht Kilometer gefolgt – mit vollem Gepäck von bestimmt zehn Kilo. »Ich war am Ende so fertig, dass ich nur noch wie besoffen vorwärtsgewankt bin«, berichtete Timon.

»Das hat man gesehen«, grinste Ewald. »Ging mir aber auch so. Ich bin so froh, dass wir übers Wochenende endlich mal nach Hause dürfen.«

Die Jägerkaserne Bückeburg war rund zweihundert Kilometer von Hamburg entfernt, bisher waren nicht viele Heimurlaube möglich gewesen.

In diesem Augenblick leuchtete von draußen ein greller Blitz herein, und es donnerte krachend.

»Na, das Gewitter hätten wir heute Nachmittag gebraucht«, meinte Timon lächelnd. »Dann wäre uns dieser dämliche Marsch vielleicht erspart geblieben.«

»Ich glaub eher, das hätte der Chef noch gut gefunden, wenn es in Strömen geregnet hätte«, widersprach sein Kamerad. »Wollen wir mal wieder ein bisschen Mau-Mau spielen?«

Timon war zwar müde, aber er wollte gern noch etwas erleben, das nichts mit Drill und körperlicher Anstrengung zu tun hatte; und Zapfenstreich war ja erst um 23:00 Uhr. Daher sagte er zu.

Während sich Ewald bereits auf den Weg in den Aufenthaltsraum machte, verließ Timon das Gebäude, um die Karten aus seiner Stube zu holen. Auf halber Strecke bemerkte er erschrocken, dass ihm ein höherer Offizier entgegenkam. Er erkannte in ihm einen Generalmajor, der Gerüchten unter den Kameraden zufolge derzeit aus Sigmaringen zu Besuch war. Angeblich hatte er bis 1958 in Frankreich sogar drei Jahre lang die Bundesrepublik im Obersten Hauptquartier der alliierten Mächte in Europa vertreten dürfen. Zackig-militärisch grüßte Timon den Truppenführer, so wie er es gelernt hatte. Und in diesem Augenblick brach die Hölle los! Taubeneigroße Hagelkörner prasselten auf den Boden, und wo sie auf den Körper trafen, tat es furchtbar weh. Timon riss schützend die Hände hoch. Die nächste Möglichkeit, sich unterzustellen, war ein kleineres Gebäude rechts von ihm, so rannte er dorthin, und der Generalmajor tat es ihm gleich. Die beiden Männer standen dicht an die Wand gedrängt nebeneinander unter dem Vordach, während die Hagelkörner auf dem Kasernenhof einen wilden Tanz veranstalteten und den Boden allmählich weiß färbten.

»Na, das nenn ich mal ein Wetterchen!«, kommentierte der Generalmajor ironisch.

Dass der hochdekorierte Offizier so locker mit ihm plauderte, deutete Timon als Erlaubnis, seinerseits ohne militärische Zackigkeit antworten zu dürfen. »So schlimm habe ich das noch nie erlebt.«

»Ich schon«, entgegnete der Generalmajor. »Anno 41 in Russland. Da hat es einmal so dermaßen gehagelt, dass die Fassaden und Dächer in dem Kaff völlig ramponiert waren. Sah aus, als hätten wir mit unserer Artillerie dort gewütet. Dabei waren wir komplett unschuldig.«

Timon musste nun an die Worte seiner Mutter Leni denken. »Ich akzeptiere deine Entscheidung, ein Jahr deines Lebens zu opfern, um die Bundesrepublik zu verteidigen. Aber über eines musst du dir im Klaren sein: Du schließt dich einer Armee an, in der zwangsläufig alte Hasen aus Hitlers Wehrmacht das Sagen haben.«

»Waren Sie im Krieg auch schon Generalmajor?«, erkundigte er sich – und bereute seine Frage in dem Augenblick, als er sie gestellt hatte. Was ging ihn das an, einen unwichtigen Rekruten in der Grundausbildung?

Doch der Generalmajor antwortete ohne rügenden Blick: »Ich habe es damals bis zum Oberst im Generalstab geschafft. Als Mitverschwörer beim Attentat gegen Hitler war es damit 44 natürlich vorbei.«

Timon sah ihn verblüfft an. »Wurden Sie verhaftet?«

»Ja, aber ich konnte mich glaubhaft verteidigen und meine Beteiligung an Stauffenbergs Verschwörung verheimlichen. Andere hatten da weniger Glück. Aber natürlich wurde ich als unzuverlässig aus dem Generalstab entfernt.«

Timon fand die Erzählung des Generalmajors so spannend, dass er eine weitere Frage wagte: »Wie haben Sie es dann bis zum Kriegsende geschafft?«

»Na ja, die brauchten damals jeden Mann. Im November

44 bekam ich deshalb wieder ein Kommando. Panzergrenadierregiment. Mit dem habe ich bis zum Ende im Westen gekämpft. Im April 45 sind dann ja die Kommandostrukturen zusammengebrochen. Ich habe mein Regiment selbstständig aufgelöst. Das war natürlich nicht ungefährlich, aber ich wollte, dass meine Männer eine Chance kriegen zu überleben. Ich ließ jedem Soldaten einen Marschbefehl in seinen Heimatort ausstellen – damit die nicht noch von Standgerichten als Fahnenflüchtige aufgehängt wurden.«

Der Hagel hatte mittlerweile nachgelassen, doch der Generalmajor machte keine Anstalten, das Gespräch zu beenden. »Und Sie? Stinkt es Ihnen, dass Sie zum Militär gezwungen wurden?«

»Ich hätte nicht gehen müssen, mein Großvater war Jude und wurde auf der Flucht erschossen«, erklärte Timon. »Aber ich denke, es ist gut, einen Beitrag gegen die sowjetische Bedrohung zu leisten. Meine kleine Schwester ist vier Jahre alt, es geht ja auch um ihre Zukunft.«

»Sehr gut, mein Junge«, lobte der Generalmajor. »Männer mit Ihrer Einstellung können wir gut brauchen in der demokratischsten Armee aller Zeiten. Staatsbürger in Uniform. Überlegen Sie sich, ob Sie sich nicht verpflichten wollen!«

Timon war stolz. Er musste seiner Mutter am Wochenende unbedingt von dieser Begegnung schreiben. Er diente unter einem der Männer, die Hitlers Regime unter Einsatz ihres Lebens hatten beenden wollen!

14

Als der Krankenwagen endlich am Hotel *Meer des Friedens* eintraf, war es bereits halb elf Uhr nachts. Das Warten mit dem vor Schmerzen fast ohnmächtigen Dietmar und seiner zornigen Schwester hatte sich für Rosa wie eine Ewigkeit angefühlt.

»Vermutlich Fraktur oder Riss an Oberschenkelhals oder Beckenring«, mutmaßte einer der beiden jungen Sanitäter, nachdem ihm Rosa den Hergang des Sturzes geschildert und der Hoteldirektor unter Stöhnen versucht hatte, die Fragen nach Stärke und Lokalisation seiner Schmerzen zumindest einigermaßen zu beantworten. »Sie kommen schon wieder in Ordnung«, tröstete der Rettungswagenfahrer den Verletzten. »Jetzt fahren wir erst mal in die Klinik zum Röntgen, und dann sehen wir weiter.«

Die beiden Sanitäter hievten Dietmar auf eine Trage und brachten ihn vorsichtig die Treppen hinunter ins Erdgeschoss. Von dort aus ging es auf Rollen zum Krankenwagen.

»Wenn Sie mitfahren möchten«, bot Rosa Dietmars Schwester an, »dann kann ich heute Nacht hierbleiben und auf alles aufpassen.«

»*Ihnen* hier die Verantwortung überlassen?«, keifte Margot Koschitza. »Das wäre ja noch schöner. Nein, nein, das Klinikpersonal kümmert sich schon um meinen Bruder. Gehen Sie ruhig endlich in den *wohlverdienten* Feierabend!«

Rosa spürte erneut Wut in sich aufwallen. Die Zeiten, in

denen sie vor der boshaften Schwester des Hotelbesitzers Angst gehabt hatte, waren zwar noch nicht vorüber, aber immer häufiger obsiegte der Ärger über dieses ungerechte Verhalten. Jetzt drehte sie Margot demonstrativ den Rücken zu und eilte den Sanitätern hinterher, um ihrem Chef noch gute Besserung zu wünschen. Der bedankte sich mit einem tapferen Lächeln und bat, sie möge sich um seinen Schäferhund Rex kümmern. Dann wurde er in den Krankenwagen geschoben, man schloss die Türen der Ambulanz hinter ihm, und der Wagen fuhr davon.

Rosa drehte sich nicht mehr nach Margot Koschitza um, während sie zu ihrem Fahrrad ging, doch sie spürte deren hasserfüllten Blick im Nacken.

Als sie gegen Mitternacht in der kleinen Dachwohnung ankam, die sie sich mit Felix teilte, war Rosa erleichtert, dass noch Licht brannte. Sie hatten Glück gehabt, dass ihnen diese Unterkunft von einem unkonventionellen Freund des Theaterintendanten Perten vermietet wurde. Jemand anderes hätte wahrscheinlich kaum ein unverheiratetes junges Paar aufgenommen.

»Rosa-Schatz!«, rief Felix gut gelaunt aus dem Schlafzimmer.

Sie ließ ihre Tasche fallen und eilte zu ihm, warf sich aufs Bett und in seine Arme – das Buch über Musikgeschichte nicht beachtend, in dem er geblättert hatte.

Er küsste sie liebevoll und las danach in ihrem Gesicht, dass etwas nicht stimmte.

»Was ist passiert?«, erkundigte er sich.

Nachdem sie den Bericht über ihren grässlichen Tag beendet hatte, streichelte Felix tröstend ihre Wange.

»Au weia, dann stehst du also in nächster Zeit unter der Fuchtel dieses Drachen. Du Arme«, sagte er bedauernd.

Rosa nickte betreten. »Die vier Tage, als Dietmar neulich verschwunden war, haben mir eigentlich gereicht. Aber der Arme ist ja noch schlimmer dran, er muss wahnsinnige Schmerzen haben.«

»Er wird bestimmt wieder laufen können«, ermutigte Felix sie.

»Aber es dauert vielleicht lange«, befürchtete seine Freundin. »Bis dahin muss ich auf jeden Fall durchhalten, man kann die Gäste nicht schutzlos dieser Margot Koschitza ausliefern. Ich hoffe nur, sie nutzt Dietmars Abwesenheit nicht aus, um mich zu feuern.«

»Und wenn schon – sobald er zurück ist, wird er dich wieder einstellen«, entgegnete Felix. »Garantiert. Und vorübergehend könnten wir es uns auch leisten, nur von meinem Theaterhonorar zu leben.«

Rosa strahlte ihn dankbar an. Dieser Mann war einfach der Richtige für sie!

**

Kiel! Als Isabel am Bahnhof ankam, musste sie daran denken, dass in dieser Hafenstadt Timons Großvater Gideon beim Matrosenaufstand von 1918 angeschossen worden war. Und Albins älterer Bruder war dabei sogar gestorben. Wie sehr doch die Geschichte ihrer Familie mit der Geschichte des Landes verwoben war, dachte sie, als sie sich zu Fuß auf den Weg zur Zahnarztpraxis machte. Diese befand sich südöstlich der Innenstadt. Das Stadtbild war geprägt vom Hafen und den drei großen Werften. Isabel wusste, dass diese erst seit sechs Jahrzehnten existierten und die heutigen Arbeitersiedlungen Ellerbek und Gaarden einst Fischerdörfer gewesen waren.

Schließlich kam sie vor dem verklinkerten, einstöckigen

Praxisgebäude mit Satteldach an. Ein leichtes Flattern spürte sie in ihrem Magen, so als wäre ihr ein wenig übel. Sie atmete tief durch, nahm ihren Mut zusammen – und klingelte. Der Türöffner wurde betätigt, und die junge Journalistin ging zur Rezeption, wo eine hübsche Sprechstundenhilfe in ihrem Alter saß.

»Moin, kann ich Ihnen helfen?«, fragte sie.

»Mein Name ist Isabel Torres. Ich würde gern kurz mit Doktor Heß sprechen, ich habe ein Geschenk für ihn.«

»Ein Geschenk? Womit habe ich das verdient?«, ertönte da neben Isabel eine Männerstimme, die ihr augenblicklich eine Gänsehaut bereitete. Sie drehte sich zur Tür des Behandlungszimmers um – und sah in das Gesicht des dort stehenden Zahnarztes, das in den letzten gut fünfzehn Monaten nichts von seiner Attraktivität verloren hatte. Der schöne Rothaarige hob erstaunt die Augenbrauen.

»*Sie?*«, erkannte er verblüfft. »Was für eine angenehme Überraschung!«

Isabel freute sich insgeheim, dass er sich ganz offensichtlich auch noch an sie erinnerte.

»Ja, zunächst mal muss ich die versäumte Vorstellung nachholen, Doktor Heß«, erwiderte sie lächelnd. »Mein Name ist Isabel Torres. Und hier …«

Sie griff in ihre Umhängetasche und holte einen Karton hervor. Als sie ihn öffnete, war ein Stapel Kartoffelpuffer zu sehen. »Hier ist die versprochene Belohnung dafür, dass Sie das kleine Mädchen gerettet haben – und irgendwie ja auch mich ein bisschen.«

»Die sehen ja wirklich lecker aus! Wie die duften!«, schwärmte Konrad, nachdem er sich über die Schachtel gebeugt hatte. »Aber wie um Himmels willen haben Sie mich hier gefunden? Ich bin ja nur die Urlaubsvertretung.«

»Oh, das ist eine lange Geschichte«, winkte Isabel ab.

»Ich muss noch eine harmlose Kontrolluntersuchung durchführen, dann habe ich eine Stunde Mittagspause«, erklärte er.

»Wenn Sie auch Zeit haben, könnten Sie mir alles erzählen. Ich esse die Kartoffelpuffer nämlich nur in Ihrer Gesellschaft – so hatten wir es ja Ostern vorigen Jahres vereinbart, wenn ich mich recht entsinne.«

»Ich warte gern«, erwiderte sie freudestrahlend und fügte im Geiste hinzu: »Nach so langer Zeit kommt es auf ein paar Minuten mehr auch nicht mehr an.«

»Dann darf ich Sie bitten, im Wartezimmer Platz zu nehmen«, sagte er charmant.

»Selten habe ich das lieber getan«, kokettierte Isabel und blickte ihm nach, als er wieder im Behandlungszimmer verschwand. Dabei fing sie den giftigen Blick der Sprechstundenhilfe auf. Die hatte sie ja ganz vergessen!

***

Wie befürchtet begann am Morgen nach Dietmars Unfall das strenge Regiment seiner Schwester. Sie befahl Rosa, sämtliche Treppen zu putzen, nicht ohne eine zynische Bemerkung darüber zu machen, diesmal den Putzeimer nicht als tödliche Falle für die Gäste im Weg herumstehen zu lassen.

Um die Mittagszeit fuhr Margot Koschitza glücklicherweise zum Einkaufen. So konnte Rosa um 12:45 Uhr ohne schikanöse Verschiebungen, Unterbrechungen oder Kürzungen ihre Pause antreten. Sie beschloss, die Brote, die sie zu Hause zubereitet hatte, in aller Ruhe am Strand zu essen und Dietmars Schäferhund Rex mitzunehmen. Im Vorfeld ihres Umzugs hatte Rosa in einer westdeutschen Zeitung gelesen, das Badeleben in der Zone sei so gut wie ausgestorben und nur einige Funktionäre hätten das Recht, sich im Sommer hier am Ostseestrand zu vergnügen. Nun, wenn das stimmte, musste es Funktionäre geben wie Sand am Meer, denn es drängte sich an diesem Mittag eine unübersehbare Menschenmenge in den engen Straßen des Fischerdorfes, auf der neuen Mole, auf der Promenade und am Strand.

»Fräulein Timmlein«, rief eine Frauenstimme aus Richtung einer Düne. Rosa drehte sich um und erkannte die alte Hotelköchin Viktoria Seehase, die in einem geblümten Badeanzug auf einer großen Wolldecke saß.

»Wollen Sie sich zu mir setzen?«

Rosa mochte die gutmütige Frau, die sie bisher noch nie ohne ihre Küchenkleidung gesehen hatte. Sie war stets herzlich und hatte für jeden ein freundliches Wort. Daher kam Rosa der Aufforderung gerne nach.

»Na, hat die Frau Koschitza Sie endlich gehen lassen?«, erkundigte sich die Köchin mitleidsvoll.

Rosa machte eine vage Handbewegung. »Na ja, sie ist einkaufen gefahren, da habe ich die Gelegenheit am Schopf gepackt.«

»Gut so, es ist ja kaum zu ertragen, wie die Chefin Sie drangsaliert«, entgegnete die Köchin.

»Warum sie es wohl so auf mich abgesehen hat?«, fragte Rosa.

»So genau weiß ich das auch nicht«, erwiderte Frau Seehase. »Aber es könnte daran liegen, dass Frau Koschitzas Bruder Sie eingestellt hat – ohne sie um Rat zu fragen. Außerdem ist sie vielleicht neidisch auf Ihr Glück. Wissen Sie, die Chefin war nämlich selbst mal in einen Musiker verliebt – der wollte allerdings in den Westen. Sie hat sich nicht getraut, ihre sichere Existenz hier für einen armen Künstler aufzugeben, und ihn deshalb nicht begleitet. Ich bin mir nicht sicher, aber ich glaube, insgeheim bereut sie ihre Entscheidung manchmal.«

Rosa musste sich eingestehen, dass sie in Margot Koschitza immer nur die Chefin gesehen hatte, ein Privatleben hatte sie sich für sie nie vorgestellt, geschweige denn eine Liebe zu einem musischen – ach was, zu überhaupt irgendeinem – Menschen.

»Und jetzt bereut sie es vielleicht umso mehr«, meinte Viktoria Seehase. »Denn wenn das mit den Ausreiseverboten noch schlimmer wird, kann sie ihn womöglich nicht mal mehr besuchen.«

»Meinen Sie wirklich, dass die irgendwann alle Schotten zum Westen dicht machen?«

»Ich könnte mir schon vorstellen, dass die DDR-Regierung bald genug von den vielen Republikflüchtigen hat und die Grenzen vollkommen schließt«, seufzte die Köchin.

Ein Gefühl großer Sorge fuhr Rosa in den Magen. So sehr sie auch das Leben mit Felix hier an der Ostsee mochte – die Vorstellung, ihre Lieben in Hamburg irgendwann nicht mehr besuchen zu dürfen, war ein absoluter Albtraum für sie.

***

»Wie friedlich es hier ist.« Isabel saß zufrieden neben Konrad Heß auf einer Bank inmitten der grünen Hügel des Kieler Volksparks. Zwischen ihnen lag das Päckchen mit Elfie Timmleins Kartoffelpuffern. Als beide gleichzeitig danach griffen, berührten sich zufällig ihre Hände – es war wie ein Stromschlag. Sie blickten einander an, erschrocken fast und zugleich ganz im Bann des anderen.

Isabel wandte den Blick ab, biss in ihren Kartoffelpuffer, kaute, schluckte und sagte dann: »Mein Interviewpartner von heute Morgen hat erzählt, dass man den Werftpark zu der Zeit des Nationalsozialismus in Horst-Wessel-Park umbenannt hat – und er später bei den Luftangriffen schwer getroffen wurde.«

»Ja, im Krieg wurde vieles getroffen«, murmelte Konrad nachdenklich.

Sein ernster Unterton ließ die junge Journalistin überlegen, ob er zur NS-Zeit wohl Schreckliches erlebt haben mochte.

»Wen haben Sie denn heute Morgen befragt?«, erkundigte sich Konrad nun.

»Einen Mann, der sich selbst einen Nazi-Jäger nennt. Er sucht nach Verbrechern des Dritten Reiches, die nie gefasst wurden.«

Konrad sah sie fast bestürzt an. »Ist es nicht gefährlich für so eine junge Frau, an solchen Geschichten zu arbeiten?«

»Na ja, harmlose Berichte über die Jubiläumsfeier eines Kleintierzüchtervereins bringt unser Magazin nun mal nicht«, erklärte Isabel und fügte ironisch hinzu: »Aber ich wusste ja, dass ich darauf werde verzichten müssen.«

Nun fand auch der besorgte Konrad sein Lächeln wieder.

»Es freut mich, dass Sie sich wünschen, ich würde nichts riskieren«, fügte sie keck hinzu.

Konrad grinste sie jungenhaft an und griff nach ihrer Hand. Sie ließ es zu, mit rasendem Herzen. »Es ist sehr lieb, dass Sie mich gesucht haben«, beschied er ihr. »Sie sind mir, ehrlich gesagt, auch im Gedächtnis geblieben …«

Er zögerte, und sie sah ihn fragend an. »Aber?«

»Ich hätte mich Ihnen niemals aufgedrängt. Ich befürchte, ich bin doppelt so alt wie Sie«, entgegnete er.

»Sie sind sechsunddreißig?«, vergewisserte sie sich.

»Sogar siebenunddreißig«, berichtigte er. »Ich dachte schon bei der Demonstration letztes Jahr, dass Ihre Patentante aus allen Wolken fallen würde, wenn ein alter Knochen wie ich Sie um ein Wiedersehen gebeten hätte.«

»Ach, die gibt nicht viel auf gesellschaftliche Beschränkungen von menschlichen Beziehungen«, widersprach Isabel.

»Dann bitte ich Sie hiermit um ein Wiedersehen«, entgegnete Konrad. »Leider ist die Pause ja bald schon wieder vorbei.«

»Wann möchten Sie denn?«, fragte Isabel.

»Ich wohne hier in Kiel ja nur in einer Pension, solange ich diese Vertretung mache«, erläuterte der Dentist, der immer noch ihre Hand hielt und mit seinem Daumen nun ganz sacht über ihre Haut strich. »Am Wochenende bin ich immer zu Hause in Hamburg. Wie wäre es, wenn ich Sie morgen Abend in mein Lieblingsrestaurant ausführe?«

»Fände ich sehr schön«, freute sich Isabel und blickte auf ihre ineinander verschlungenen Hände. »Welches ist es denn?«

»Kennen Sie das *Fischerhaus* in St. Pauli?«

»Das gelbe Haus am Fischmarkt? Na klar.«

»Na, dann vor dem Restaurant um zwanzig Uhr? Passt Ihnen das?«

Isabel nickte strahlend. Alles passte wunderbar.

15

Als Timon am Freitag, den 23. Juni 1961, um kurz nach fünf Uhr nachmittags am wohlvertrauten Hamburger Hauptbahnhof aus dem Zug stieg, war er bestens gelaunt. Endlich mal wieder drei Tage in der Heimat! Noch mehr freute er sich, als er in dem Gewimmel auf dem Bahnsteig seine Mutter mit ihrer besten Freundin Hilde erblickte. Er gab beiden ein fröhliches Küsschen.

»Na, hast du für heute Abend schon Pläne?«, fragte Hilde ihn, als sie gemeinsam zu ihrem Volkswagen gingen. Timon betrachtete sie bewundernd von der Seite. Man merkte Sofies schöner Tochter an, dass sie Modeschöpferin war. Mit ihren vierzig Jahren sah die blonde Dame immer noch aus wie ein Mannequin direkt von einem Pariser Laufsteg.

»Ja, ich möchte mit meinem Freund Sharif auf der Reeperbahn die Beatles treffen«, erzählte er ihr. »Sie sind seit April wieder in Hamburg, und ich habe es bisher tatsächlich nicht geschafft, sie zu sehen. Stu wird heute einundzwanzig! Er stellt mir endlich seine Freundin vor. Ich bin sehr gespannt auf sie. Eine Fotografin namens Astrid. Er muss schwer verliebt sein, hat sich gleich im November mit ihr verlobt. Wegen ihr will er sogar in Hamburg bleiben und die Band verlassen, wenn die im Juli nach England zurückgehen.«

»Ja, warum wir fragen«, meinte seine Mutter, während sie das Auto aufschloss. »Hildchen und ich haben uns überlegt, dich heute mal zu begleiten. Morgen fahre ich mit Papa zum

Kibbuz-Treffen nach Flensburg, davor kann ich ein bisschen Zerstreuung gut brauchen.«

Timon sah sie verdutzt an – mit Mutti und deren bester Freundin in einen Schuppen mit Beatmusik. Aber warum nicht? Hilde ergänzte: »José möchte auch mitkommen. Jan hat uns dermaßen von den Beatles vorgeschwärmt, dass er auch neugierig geworden ist.«

»Klasse«, freute sich Timon über das Interesse von Hildes Ehemann, der Kunstprofessor war. »Dann kann er sich mit Stu unterhalten, der malt nämlich auch.«

***

Rosa war in Eile. So schnell sie konnte, hetzte sie an diesem Freitagabend die Treppen zu ihrer Dachgeschosswohnung hinauf. Felix und sie waren mit Theaterintendant Hanns Anselm Perten und dessen Frau Christine von Santen zum Abendessen verabredet, und sie selbst sah unmöglich aus! Ihre Haare waren verstrubbelt, ihr ganzer Körper fühlte sich klebrig an, als hafte aller Staub des Strandhotels an ihr.

Wie so oft hatte Margot Koschitza zahlreiche Vorwände gefunden, die junge Auszubildende über deren Dienstschluss hinaus im *Meer des Friedens* zu halten. Rosa und ihre Kollegen hatten das Gästehaus hinter vorgehaltener Hand bereits in »Meer der Schikanen« umgetauft. »Und die olle Koschitza ist unser Seeungeheuer«, hatte Frau Seehase gescherzt.

»Schatz, tut mir leid, die Koschitza mal wieder!«, rief Rosa, als sie die Wohnung betrat.

Felix kam ihr mit einer Karte in der Hand entgegen.

»Ach, du bist hübsch genug – Restaurierungsarbeiten an dir unnötig. Dann kommen wir noch rechtzeitig«, sagte er und küsste sie sanft.

»Danke für das Kompliment, aber eine halbe Stunde brauche ich schon noch«, widersprach sie und drängte sich an ihm vorbei in Richtung Bad.

»Kriegst du, aber jetzt lies erst mal das.« Er reicht ihr die Karte auf weißem Bütten. »So viel Zeit muss sein.«

Das ist doch wohl nicht wirklich wahr –
Der Jan – der wird schon 50 Jahr!

Liebe Familie, liebe Freunde,
am Montag, den 14. August 1961, feiere ich meinen
fünfzigsten Geburtstag. Ich lade Euch deshalb herzlich ab
16:00 Uhr in unser Restaurant Elbblick nach Finkenwerder
ein.
Für das leibliche Wohl – und jede Menge Musik! – ist
gesorgt. Bitte gebt doch bis 7. August Bescheid, ob Ihr dabei
sein könnt.
Ich freue mich auf Euch!
Euer Jan

»Typisch, dass er direkt am Geburtstag feiert und nicht am Wochenende drauf«, meinte Rosa schmunzelnd. »Montags hat er ja sowieso Ruhetag, dann gehen ihm keine Einnahmen flöten.«

Felix lachte. »Ja, als Gastronom muss man immer strategisch planen, damit der Rubel rollt. Beim Theater kriege ich bis einschließlich Dienstag frei. Meinst du, dass klappt bei dir im Hotel auch?«

»Das muss es!«, rief Rosa bestimmt. »Ich verpasse nicht den Geburtstag meines Stiefvaters. Und wenn die Koschitza sich auf die Hinterbeine stellt! Notfalls soll sie mir kündigen, ist mir dann auch egal.«

»Ich befürchte, so eine weite Strecke macht unser klappriger VW nicht mehr mit. Aber wir können mit dem Zug nach Berlin und mit meinem Vater in seinem Auto weiter«, schlug er vor. »Ich habe schon mit ihm telefoniert, er will unbedingt zur Feier seines Bruders – und er hat einen Mercedes. Da ist genug Platz für uns. Wir können Samstag bei ihm übernachten und Sonntag los.«

»Oh, ich lerne deinen Vater kennen«, wiederholte Rosa eingeschüchtert. »Da muss ich aber einen guten Eindruck machen.«

»Das wirst du sowieso«, meinte Felix. »Sei einfach nur du selbst.«

***

Das rustikale *Fischerhaus* bot einen Ausblick auf den Hamburger Hafen, seine Schiffskräne und die mächtigen Dampfer. Sowohl Isabel als auch Konrad hatten sich für Scholle Finkenwerder Art entschieden und plauderten beim Essen bestens gelaunt. Allerdings musste Isabel immer mal wieder auf ihren Teller sehen, denn wenn sich ihre Blicke trafen, machte sie dies bisweilen so nervös, dass sie den Faden verlor. Jetzt unterhielt Konrad sie mit skurrilen Erlebnissen aus seiner Laufbahn als Zahnarzt. »Und dann zeigt mir dieser zitternde, dicke Zuhälter einen Tausendmarkschein und sagt: Wenn es nicht wehtut, kriegen Sie den.«

Die junge Journalistin lachte. »Und tat es ihm weh?«

»Ich wollte ihm eine Spritze geben, damit er das Bohren nicht spürt. Aber bei ihrem Anblick ist er ohnmächtig geworden.«

Beide lachten ausgelassen und prosteten sich mit dem eben eingetroffenen Weißwein zu. Und wieder ein tiefer Blick.

Diesmal lenkte Isabel nicht ab, sondern fragte, während sie ihm in die Augen sah: »Hat sich auch mal eine Patientin in Sie verknallt? Von wegen Halbgott in Weiß und so.«

Auch er wich ihrem Blick nicht aus, als er antwortete: »Eigentlich sieht man uns weniger als Halbgott, sondern eher als Folterknecht in Weiß, befürchte ich. Eine einzige Patientin hat Interesse bekundet. Aber nur theoretisches.«

»Theoretisch?«

»Ja, sie war bereits jenseits der achtzig, und wusste, dass sie nicht so wirklich in mein Beuteschema fällt«, erzählte er. »Die Dame kam aus Schwaben und hat mir dann gestanden: *Wenn i no au jünger wär, nach Ihne däd i doh.*«

Isabel sah ihn hilflos an. »Oje, was heißt denn das?«

»Wenn ich jünger wäre, würde ich Ihnen Avancen machen«, erklärte er.

»Soso.« Isabel schmunzelte. »Und gab es denn eine jüngere Frau, die in Ihr ›Beuteschema‹ fiel, also mit Ehering als Konsequenz?«

Konrad nickte. »Mit siebzehn. In den letzten Kriegsjahren hatte man das Gefühl, es gebe ohnehin kein Morgen. Also warum nicht etwas Verrücktes tun und spontan heiraten? Aber dann ging ich fürs Medizinstudium nach Hamburg. Und spätestens, als ich mich dort in ein anderes Mädchen verknallte, war mir klar, dass die Hochzeit ein Irrtum gewesen war. Eine verzweifelte Lage kann Menschen vorübergehend zusammenschweißen – nicht immer reichen die Gefühle dann für eine langfristige Beziehung. Meiner Frau ging es zum Glück ganz ähnlich, so tat ihr die Trennung zumindest nicht weh. Wir ließen uns gleich nach Ende des Krieges scheiden.«

»Und seit fünfzehn Jahren sind Sie jetzt allein?«, hakte Isabel nach. Sie bereute ihre Frage im selben Augenblick, in dem sie sie ausgesprochen hatte. War sie nicht viel zu übergriffig?

Doch er ging mit einem Schmunzeln darauf ein: »Na ja, ich habe schon immer mal wieder einen Versuch gewagt. Aber die ganz große Faszination ist schwer zu finden.« Als er ihr nun in die Augen sah, war sein Blick noch intensiver als zuvor, und seine Stimme war ganz dunkel geworden, als er fragte: »Und bei Ihnen? Gibt es Anwärter?«

»Anwärter schon manchmal«, räumte sie ein. »Aber Jungs in meinem Alter sind mir zu unreif. Und viele Ältere suchen nur ein Abenteuer.«

»Nicht alle«, versicherte er grinsend.

Sie lächelte.

Nach dem Essen gingen Isabel und Konrad auf dem Elbhochufer in Richtung Reeperbahn spazieren. Der Himmel war bereits blauschwarz, nur am Horizont gab es noch einige Violett- und Orange-Töne. Der Ausblick auf den beleuchteten Hafen in der letzten Abenddämmerung hatte für Isabel etwas Vertrautes und etwas Fernweh Weckendes zugleich. »Ich kann mich immer wieder über unseren Fluss freuen«, sagte sie. »So schön.«

Er blieb stehen und drehte sie sanft zu sich herum. »Ja. So schön.«

Und dann küsste er sie. So leidenschaftlich, dass ihr die Knie weich wurden. Immer mehr steigerte sich das Verlangen, und sie konnten gar nicht genug voneinander bekommen. Doch als sie irgendwann wie erwachend Luft holten und Isabel fragte, ob er ihr noch seine Wohnung zeigen wolle, schüttelte er sanft den Kopf.

»Heute noch nicht, Isabel«, murmelte er. »Schritt für Schritt. Dann wird es noch schöner, das verspreche ich dir.«

Jetzt duzt er mich also, dachte sie und nickte schluckend.

Er hatte vielleicht sogar recht damit, dass sie es besser langsam angehen sollten, aber sie konnte sich nicht gegen das Gefühl wehren, er habe ihr einen Korb erteilt. Ihre Laune war dahin. Auch als er ihr, nachdem sie sich für den morgigen Abend im Alsterpavillon verabredet hatten, am Bus in Richtung Othmarschen einen harmlosen Abschiedskuss gab und ihr noch lange nachwinkte, konnte sie ihre Enttäuschung nicht abschütteln.

***

Rosa hatte sich getäuscht. Bei Hanns Anselm Perten und dessen Frau Christine von Santen musste man sich um keinen »guten Eindruck« bemühen. Das Paar, mit dem Felix und sie im Rostocker Traditionslokal *Zur Kogge* beisammensaßen, erwies sich als unkonventionell und weltoffen, natürlich waren sie auch gleich mit Christine per Du; Hanns duzten sie schon, seit er ihnen die Wohnung vermittelt hatte. Die Schauspielerin erklärte lachend, nächsten Monat »den grässlichen dreißigsten Geburtstag hinter sich bringen« zu müssen. »Ab dann gehen bekanntlich die Worte ›happy‹ und ›birthday‹ getrennte Wege.« Doch Rosa fand, dass Pertens Frau viel jünger aussah. Sie hatte ein madonnenhaft schönes Gesicht voller jugendlicher Weichheit und Zerbrechlichkeit. Rosa ertappte sich dabei, wie sie die andere immer wieder bewundernd aus den Augenwinkeln musterte – und war sehr stolz, als Christine *ihr* ein Kompliment machte: »Ich mag deine roten Haare, Rosa.«

Den ganzen Abend sprachen sie über das Theater im Allgemeinen und das in Rostock im Besonderen. Hanns gab zu, dass Christine wegen seiner vielfältigen Tätigkeiten oft die heimliche eigentliche Theaterleitung war. Auch das von ihm inszenierte große Störtebeker-Spektakel war Thema. Zu Rosas Bedauern war die eigentlich geplante Wiederaufnahme diesen Sommer trotz des großen Publikumserfolgs seitens der staatlichen Stellen abgesagt worden.

»Angeblich reicht das Geld dafür dieses Jahr nicht«, berichtete Christine.

»Vielleicht sind es in Wirklichkeit politische Gründe?«, mutmaßte Felix. »Das Stück ist ja nicht gerade Brecht. Vielleicht mögen die Politiker es nicht?«

»Doch, das tun sie, das Ganze entstand ja erst auf Wunsch der Parteileitung«, widersprach Hanns. »Die Rügenfestspiele wurden damals eigens für den zehnten DDR-Geburtstag 59 beschlossen. Bei der Erstaufführung waren dann sogar unser Ministerpräsident Grotewohl und Kulturminister Abusch anwesend, und sie liebten das Stück. Auch der Erste Sekretär der SED-Bezirksleitung war begeistert. Nein, es muss tatsächlich irgendein Großprojekt existieren, für das die Gelder abgezogen werden.«

»Es gibt auch in anderen Bereichen Kürzungen«, wusste Christine. »Eine Freundin von mir ist Lehrerin. Sie sagt, dass überall wichtige Reparaturmaßnahmen an öffentlichen Gebäuden auf Eis gelegt werden.«

Rosa hatte ein ungutes Gefühl. Wofür brauchte die DDR-Regierung all das Geld?

16

Bei Nachteinbruch begleiteten Hilde, ihr Mann José und Leni deren Sohn Timon wie verabredet in den *Top Ten Club* auf der Reeperbahn.

»Den Vertrag mit dem Besitzer haben die Beatles noch kurz vor ihrer Ausweisung Ende November abgeschlossen«, erzählte Timon auf dem Weg über die Vergnügungsmeile. »Sie mussten damals überstürzt nach London fliegen, der fiese Bruno Koschmider hatte sie angezeigt – wegen Vertragsbruch. Erst nutzt er die Musiker aus, und dann sorgt er durch Lügen für ihre Abschiebung. Aber seit April sind sie alle wieder in Hamburg. George Harrison ist seit dem 25. Februar achtzehn, diesmal gibt es also zumindest damit keinen Ärger. Stu wohnt seit ihrer Rückkehr wieder bei Astrid und ihrer Mutter in der Eimsbütteler Straße. Er hat da unterm Dach jetzt ein Atelier.«

Als Timon mit seiner Mutter und deren Freunden den Musikclub betrat, waren die Beatles noch gar nicht auf der Bühne.

»Ich mach mich mal auf die Suche nach den Jungs«, erklärte er und ließ die drei an der Bar zurück, wo zwei dunkelhäutige Zwillingsschwestern aus der Karibik bedienten: Marcia und Liz. Als Ersten seiner Freunde fand er Sharif, der gerade aus Richtung der Toiletten kam. Der Autoverkäufer fiel ihm um den Hals.

»Endlich bist du mal wieder da, Timon«, rief der junge Marokkaner.

»Freut mich auch, dich zu sehen«, erwiderte der Soldat. »Die Beatles noch gar nicht da?«

»Die kommen etwas später, hatten gestern und heute ihre ersten Schallplattenaufnahmen mit Tony Sheridan.«

»Donnerwetter!«, kommentierte Timon beeindruckt.

»Ja, aber nur mit so einem improvisierten Tonstudio in einem Gymnasium in Harburg – auf der Bühne der Aula dort«, schränkte Sharif ein und deutete zur Bar. »Das Geburtstagskind sitzt schon da drüben.«

Tatsächlich! Der Mann am Tresen war Stu. Timon hatte den jungen Engländer nur nicht erkannt, da seine Frisur komplett verändert war: Statt der bisherigen James-Dean-Tolle trug er die Haare nun verwuschelt in die Stirn.

Timon ging zu ihm. Den ruhigen Bassisten mochte er von den Beatles am liebsten, und die beiden umarmten sich herzlich zur Begrüßung.

»Was ist denn mit deinen Haaren passiert?«, fragte er Stu, nachdem er ihm zum Geburtstag gratuliert hatte. »Du siehst ja aus wie Prinz Eisenherz.«

»Dafür bin wohl ich verantwortlich«, ertönte eine Frauenstimme auf Deutsch. Timon drehte sich um.

»Timmy, das ist meine Verlobte«, erklärte Stu stolz.

Astrid Kirchherr war eine hübsche Dreiundzwanzigjährige mit blondem Bubikopf in einem eleganten, schwarzen Minikleid. Ihre raffiniert geschminkten Augen verwirrten den jungen Bundeswehrsoldaten zutiefst.

»Timon«, stellte er sich eingeschüchtert vor und drückte vorsichtig ihre feingliedrige Hand.

Er hatte von den anderen Bandmitgliedern schon gehört, dass Astrid eine »Exi« war. Diese jungen Kreativen, zumeist Kunststudenten, waren inspiriert von Existenzialisten wie Albert Camus und Jean-Paul Sartre. Die Frauen trugen schwarze

Kleider, die Männer dunkle Schals, Rollkragenpullover, Cordjacketts. Sie sahen völlig anders aus als Timon und die Beatles mit ihren Elvis-Tollen und dem aggressiven »Halbstarken«-Look. Und doch hatte die schöne Astrid wegen so eines »wilden« Musikers mit ihrem Freund, dem Illustrator Klaus Voormann, Schluss gemacht.

»Astrid, ihr Ex-Freund Klaus und sein Kumpel Jürgen waren die Einzigen, die bei unseren Auftritten applaudiert haben«, erklärte Stu. »Das restliche Publikum grölt ja nur nach unseren Songs – und verschüttet Bier.«

»Warst du heute gar nicht bei den Schallplattenaufnahmen dabei?«, wunderte sich Timon.

Stu schüttelte den Kopf. »Ich hab 'n bisschen zugeguckt, aber nicht mitgemacht. Bin ja bloß ein mittelmäßiger Bassist, das wissen wir alle.«

»Aber dafür ist er ein großartiger Maler«, ergänzte Astrid.

Diese Aussage bestätigte sich, als Timon Astrid und Stuart kurz darauf den anderen Bewohnern der Elbstrandvilla vorstellte. Zu Timons großem Erstaunen kannte Isabels Vater José den jungen Liverpooler bereits.

»Mister *de Staël*, schön Sie zu sehen«, sagte Hildes Mann auf Englisch, wobei er den Namen de Staël ironisch betonte.

»Woher kennt ihr euch?«, wunderte sich Timon.

»Na, Herr de Staël studiert doch seit diesem Monat bei uns an der Akademie«, berichtete der Kunstprofessor. »Mein Kollege Eduardo Paolozzi hat ihn entdeckt. Dein Freund hier ist ein so guter Maler, dass ihn der Senat der Stadt Hamburg sogar mit einem Stipendium unterstützt.«

»Und wieso nennt José dich de Staël?«, wollte Timon nun von Stu Sutcliffe wissen.

Der junge Maler grinste. »Stuart de Staël verwende ich in der Malerei manchmal zum Spaß als Künstlername.«

»Nach Nicolas de Staël, einem französischen abstrakten Maler«, ergänzte Astrid. »Den bewundert er sehr.«

Als die junge Fotografin im Laufe des Abends erfuhr, dass Hilde und Timons Mutter Leni den französischen Künstler und Regisseur Jean Cocteau persönlich kannten, war im Nu ein angeregtes Gespräch im Gange. Astrid verehrte die französische Künstlerszene sehr.

Was für schöne Augen sie hat, dachte Timon dabei einmal mehr und stellte fest, dass er Stu um diese Frau beneidete. Ob er selbst wohl auch jemals eine solch atemberaubende Freundin finden würde?

»Marcia, ein Bier, bitte!«, bestellte er sich nun an der Bar einen Freudenspender, der unkomplizierter zu bekommen war als Glück in der Liebe.

»Gern, Jungchen, aber ich bin Liz«, erwiderte die exotische Zwillingsdame lächelnd.

»Ich lerne es nie, sorry«, entschuldigte sich Timon.

***

»Ich glaube, ich bin Konrad einfach zu jung«, rief Isabel, während sie nervös im Salon der Villa Nieland auf und ab ging. Draußen kündigte Wetterleuchten über der Elbuferlandschaft ein Gewitter an.

»Jetzt setz dich doch mal hin, so kenne ich dich ja gar nicht«, schlug ihr Großcousin Timon vor. Hilde, Leni und José waren nach der Taxifahrt aus dem *Top Ten Club* zur Villa bereits zu Bett gegangen. Der Auftritt der Beatles hatte sie beeindruckt. »Etwas völlig Neues, Wildes«, hatte Timons Mutter kommentiert. Timon war dann einigermaßen erstaunt gewesen, Isabel um diese Zeit noch hellwach in der Bibliothek vorzufinden. »Dieser Konrad hat dich ja immerhin geküsst, so viel zu jung kann er dich also wohl kaum finden«, meinte er. »Dass er nicht gleich beim ersten Treffen aufs Ganze geht, ist doch eigentlich hochanständig und löblich.«

»Ich wollte ja auch nicht aufs Ganze gehen«, schmollte Isabel und ließ sich in einen Sessel fallen. »Ich hätte nur gern gesehen, wie er wohnt. Wir haben uns zwar gut unterhalten, aber ich hatte das Gefühl, er verschweigt irgendwas. Und wie jemand lebt, das sagt ja doch einiges über ihn aus.«

»Ihr Wunsch nach Recherche in allen Ehren, Frau Enthüllungsjournalistin. Aber eine Achtzehnjährige in die Wohnung zu lassen, ist für einen gestandenen Zahnarzt schon ein größerer Schritt«, erinnerte Timon sie. »Außerdem hat er doch zugegeben, dass er mal verheiratet war. Was soll da sonst noch sein?«

»Ach, ich weiß auch nicht«, entgegnete Isabel resigniert. »Ich bin gerade nicht ganz zurechnungsfähig.«

Timon zuckte mit den Schultern. »Verliebt eben.«

»Hast wahrscheinlich recht«, räumte Isabel ein und wechselte das Thema. »Wie geht es dir denn so bei der Bundeswehr?«

»Na ja, die Grundausbildung ist zum Teil echt stupide. Schade, dass ich bald nicht mehr so viel mit Ewald lästern kann«, erwiderte Timon.

»Wieso nicht?«, hakte Isabel nach.

»Er möchte sich verpflichten lassen und Hubschrauberpilot werden«, berichtete Timon. »Das geht in Bückeburg. Einen Helikopter zu fliegen fände ich schon auch prima, aber dafür Berufssoldat werden?«

Elfie tauchte im Morgenmantel in der Salontür auf. »Hab ich also wirklich Stimmen gehört.«

»Oh, entschuldige, Tante Elfie. Haben wir dich geweckt?«, sorgte sich Isabel peinlich berührt.

Doch die Köchin schüttelte den Kopf. »Ich kann sowieso nicht schlafen, bin viel zu aufgekratzt.«

»Wieso denn?«, fragte Timon.

»Mein Zwillingsbruder hat sich heute Abend aus Ohio gemeldet«, berichtete Elfie. »Er wird im August extra aus den USA kommen. Jan hat ihm ja damals geholfen, dorthin auszureisen. Deshalb will Julius auch an seinem Fünfzigsten dabei sein. Und er wird zum ersten Mal seine Tochter Beryl mitbringen. Ich bin schon so gespannt auf meine Nichte.«

Isabel erinnerte sich, dass Julius vor fünf Jahren auch bei Oma Sofies sechzigstem Geburtstag dabei gewesen war. Sie hatte ihren Onkel, der in Cleveland als Chirurg arbeitete, äußerst sympathisch gefunden – ein redegewandter Mann mit viel Sinn für Humor.

»Bringt er diesmal auch seine Frau mit?«, erkundigte sie sich bei Elfie.

»Nein, sie kann mal wieder ihre Apotheke nicht allein lassen.«

Als sich wenig später alle zur Nachtruhe verabschiedet hatten, ging Isabel noch in die Küche, um sich einen Kakao zu machen. Sie hatte beschlossen, dass Timon richtiglag: Konrad Heß war ein ehrlicher Mann, der es in puncto Beziehung langsam angehen ließ und aufgrund ihres jungen Alters eine besondere Verantwortung für sie empfand. Dass er in sie verliebt war, hatten seine Küsse zudem wohl deutlich gezeigt. Ach, diese Küsse …

Da ließ ein Scheppern aus dem Keller Isabel aus ihren anregenden Erinnerungen aufschrecken. War dort etwa jemand – um zwei Uhr in der Nacht? Grellweiß und blendend hell zuckte ein Blitz über den Nachthimmel, und Isabel erschrak erneut. Fast unmittelbar danach donnerte es wie ein Kanonenschlag. Die fast sechs Jahrzehnte alten Mauern der Villa warfen das Echo hallend zurück.

War das vermeintlich aus dem Keller kommende Geräusch nur Teil des beginnenden Unwetters gewesen? Doch als Isabel zur Tür nach unten ging, diese leicht öffnete und genau hinhörte, glaubte sie Schritte zu vernehmen.

»Ist da wer?«, rief sie in die Schwärze hinab. »Opa?«

Sie schaltete das Licht an und ging langsam die Stufen hinunter, während das nun einsetzende laute Rauschen und Prasseln von draußen auf einen heftigen Platzregen hindeutete.

Durch den Weinkeller ging sie weiter in jenen Teil des Untergeschosses, in dem sich alte Reedereiakten und die Familienkorrespondenz befanden. Plötzlich wurde sie von einer Taschenlampe geblendet und blickte für Sekunden in das fratzenhafte Gesicht eines ihr fremden, braunhaarigen Mannes, der sie mit erschrocken aufgerissenen Augen anstarrte. Isabel schrie auf, da spürte sie die Hände des Eindringlings wie Klauen auf ihrem Körper.

Als Timon beim Zähneputzen im Erdgeschoss den Schrei hörte, stürmte er die Treppe in den Keller hinunter. Unten angekommen, prallte er gegen einen Fremden mit Stableuchte und Umhängetasche. Der Mann stieß ihn zu Boden und floh nach oben.

»Verdammt«, hörte Timon Isabel hinter sich fluchen. Sofort war er wieder auf den Beinen und rannte in die Richtung, aus der er sie gehört hatte. Der Fremde war ihm in diesem Moment egal. Wenn nur seiner Cousine nichts passiert war. Er fand sie vor einem Aktenregal liegen. Sie war gerade im Begriff, sich wieder aufzurappeln. Er reichte ihr die Hand, um ihr zu helfen.

»Hat er dir wehgetan?«, fragte er außer Atem.

»Nein, er hat mich nur niedergestoßen«, berichtete sie.

Da hörten sie oben die schwere Tür des Haupteingangs ins Schloss fallen. Der Eindringling war also offenbar entkommen.

»Der ist bald über alle Berge«, meinte Timon. »Wer das wohl war?«

Isabel zuckte ratlos mit den Schultern. »Keine Ahnung. Muss so um die sechzig gewesen sein.«

»Das denke ich auch«, bestätigte er. »Vielleicht ein Obdachloser?«

Während sie die Treppe zur Empfangshalle hinaufgingen, schüttelte Isabel den Kopf. »Dafür war er zu gut gekleidet. Anzug, Trenchcoat, Schuhe – das wirkte eher teuer. Außerdem: Was sollte ein Obdachloser in einem Aktenkeller suchen? Der hätte sich doch eher an den Wein gemacht.«

Sie fanden tatsächlich keine Spur mehr von dem Fremden. »Ich frage mich, wie er ins Haus kommen konnte, ohne etwas aufzubrechen«, meinte Timon.

Irgendwo in der Ferne rumorte erneut der Donner, und Isabel schmiegte sich ängstlich an ihren Cousin.

**

Am Samstagmorgen gab es beim Frühstück in der Villa eine Krisenbesprechung.

»Ich konnte wirklich nirgendwo eine Einbruchsspur feststellen«, berichtete Majordomus Max. »Wer immer das war, er scheint einen Schlüssel zu besitzen.«

»Dann sollten wir die Schlösser am Haupteingang und in der Küche auswechseln«, sagte Anna Nieland.

»Kasimir arbeitet bei einer Sicherheitsfirma«, erinnerte ihr Mann Franz sie an den Beruf seines Sohnes aus erster Ehe.

»Vielleicht sollten wir von dort einen der Wachmänner anheuern.«

»Großartige Idee«, erwiderte die Hausherrin.

»Das ist fast wie vor neunundzwanzig Jahren, als du hier in der Villa herumgespukt hast«, neckte Willy seinen Partner Albin.

»Erinnere mich bloß nicht daran«, erwiderte der Autohändler beschämt. Im Winter 1932 hatte er seine Arbeit im Hafen verloren und war obdachlos geworden.

Die Elbstrandvilla hatte seinerzeit nach einem Notverkauf leer gestanden. Da Albin im Nachlass seines verstorbenen Bruders Paul, dem einstigen Fahrer der Nielands, einen Schlüssel zu deren Wohnsitz gefunden hatte, war es ihm möglich gewesen, sich dort heimlich aufzuwärmen. Nachdem die Familie ihn schließlich erwischt und von seiner Misere erfahren hatte, war aus alter Freundschaft zu seinem Bruder auch er von ihnen als Chauffeur angestellt worden.

»Und Ursel, du hattest Angst, Albin sei wirklich ein Gespenst«, erinnerte Sofie die Hausdame.

»Ist ja auch kein Wunder!«, verteidigte sich Ursel mürrisch. »Die selige Gudrun Nieland hat erzählt, dass es Anfang des Jahrhunderts auf der anderen Seite der Elbchaussee eine kleine Villa gab, die im Volksmund ›Gespensterhaus‹ hieß. Darin hat es gespukt: Obwohl es längst leer stand und dunkel war, hörten Leute, die nachts vorbeigingen, Rasseln und Stöhnen von drinnen.«

»Weder diese Gespenster noch Albin haben aber Akten stehlen wollen«, stellte Sofie richtig.

»Wir werden übermorgen klingeln, wenn wir aus Flensburg zurück sind und die Schlösser dann schon ausgetauscht sein sollten«, erklärte Leni.

»Bis Hilfe von Kasimirs Firma kommt, werde ich selbst

Nachtwache schieben«, kündigte Max an. »Aber jetzt sehe ich mir erst mal an, ob das Gewitter Schäden am Haus oder im Garten angerichtet hat.«

17

»Vielleicht war der Einbrecher im Anzug ja jemand von einer konkurrierenden Firma?«, vermutete Konrad. Er saß mit Isabel im *Alsterpavillon* und hatte sich die spannende Geschichte der Gewitternacht erzählen lassen.

»Aber was könnten die mit unseren alten Akten anfangen?«, gab die junge Journalistin zu bedenken.

»Stimmt auch wieder«, gab der Zahnarzt zu.

Isabel ließ ihren Blick nachdenklich über die Gäste schweifen. Wie eh und je traf sich hier im Pavillon die gehobene Klasse Hamburgs.

»Und bist du dir sicher, den Mann vorher noch nie gesehen zu haben?«, hakte Konrad nach.

»Ziemlich«, meinte Isabel. »Es war ja nur so kurz …«

»Pass bitte gut auf dich auf!«, mahnte er.

»Mein Großvater hält mit meinem Cousin Wache, und die Schlösser wurden ausgetauscht«, beruhigte sie ihn. »Außerdem arbeitet der Stiefbruder meiner Patentante in einer Sicherheitsfirma. Von denen bekommen wir bald gute Wachleute.«

Konrad nickte und nahm einen Schluck von seinem Rotwein. Dann wechselte er ganz unvermittelt das Thema:

»Wenn du möchtest, zeige ich dir noch meine Wohnung sobald wir ausgetrunken haben«, schlug er vor. »Und danach bringe ich dich mit dem Auto heim. Nach dem Vorfall gestern Nacht würde ich dich ungern im Dunkeln mit dem Bus oder Taxi fahren lassen.«

Isabel spürte wieder dieses aufregende Flattern in der Magengrube, und zugleich freute sie sich. Er hatte also doch nichts zu verbergen!

Wenig später standen sie vor einem schicken Jugendstil-Mehrfamilienhaus in Wilhelmsburg, in dessen zweitem Stock sich seine Wohnung befand. Es gab wahrlich bescheidenere Unterkünfte in diesem Stadtteil: An den Deichen hausten vor allem Ausgebombte und Flüchtlinge aus der sowjetisch besetzten Zone. Sie waren in Schrebergartenkolonien und Behausungen untergebracht, die nur aus provisorischem Baumaterial bestanden. Bei Konrad sah jedoch bereits der Treppenflur nobel und gepflegt aus.

»Bitte sehr«, sagte er, nachdem er die Wohnungstür aufgeschlossen hatte, und ließ Isabel vor sich eintreten. »Nach Ihnen.«

»Verbindlichsten Dank, mein Herr«, entgegnete sie leise kichernd und trat ein. Sie ging ihm voraus ins Wohnzimmer. Darin sah sie sich neugierig um: Alles war blitzsauber und perfekt aufgeräumt, nirgendwo auch nur ein Körnchen Staub. In dem wandfüllenden Bücherregal stand ein medizinisches Fachbuch neben dem anderen. Die Möbel waren geschmackvoll und modern. Er schien kein sonderlich nostalgischer Mensch zu sein, auf den ersten Blick sah Isabel nirgendwo ein Foto. An der Wand hinter dem Sofa hing ein großes Gemälde einer Burganlage im Schnee.

»Das ist in Nürnberg, da hab ich meine ersten fünf Lebensjahre verbracht«, erzählte er. Er stand so dicht hinter ihr, dass sie seinen Atem im Nacken fühlte.

»Vermisst du es?« Ihre Stimme klang rau.

»Ehrlich gesagt, habe ich kaum noch Erinnerungen daran«, gab er zu und streichelte sanft ihren Nacken, sodass sie erschauderte.

»Nicht mal an den Christkindlesmarkt?«

Er zog seine Hand wieder zurück. Wo er ihre Haut berührt hatte, brannte es.

»Den gab es in meiner Kindheit gar nicht, erst die Nazis haben ihn 1933 wiederbelebt – Nürnbergs Ruf als Schatzkästchen des Deutschen Reiches sollte gefestigt werden und der Jahresfest-Kalender gefüllt«, erklärte er, während sie sich zu ihm umdrehte. »Na ja, sechs Jahre später war dann wieder Schluss damit. Nürnberg musste aus Angst vor Luftangriffen abends unbeleuchtet bleiben. Entschuldige mich kurz.«

Er verschwand in der Küche.

»Sehr sauber hast du es hier«, rief sie ihm hinterher. »Das Klischee von wegen verlotterter Junggesellenbude trifft bei dir nicht zu.«

»Zu viel der Ehre. Ich habe eine Putzfrau, sie kommt einmal die Woche und macht auch meine Wäsche«, gab er grinsend zu, als er mit einer Sektflasche und zwei Gläsern ins Wohnzimmer zurückkam. »Hausarbeit gehört nicht gerade zu meinen liebsten Freizeitbeschäftigungen.«

»Zu meinen auch nicht«, gestand Isabel.

Mit einem lauten Plopp entkorkte er die Sektflasche.

Isabel sah aus dem Wohnzimmerfenster auf ein graues festungsartiges Gebäude. Wie in St. Pauli gab es auch in diesem Stadtteil im Süden Hamburgs einen riesigen Flak-Turm aus Stahlbeton. Die im Zweiten Weltkrieg erbaute festungsartige Anlage war über vierzig Meter hoch und weithin sichtbar.

»Hässlicher Anblick, was?«, fragte er lächelnd, während er ihnen Sekt einschenkte.

»Im Krieg sollten diese Türme wohl Sicherheit und Unzerstörbarkeit vermitteln«, erinnerte sich Isabel an einen Zeitungsartikel, den sie einst über die beiden Flaktürme gelesen hatte.

»Na ja, wenn es wirklich noch mal Krieg gibt, ist es bei dem Ding mit der Sicherheit aber nicht weit her«, erklärte Konrad und reichte ihr eines der beiden Sektgläser. »1947 haben die Briten Leitturm und Gefechtsturm gesprengt, nur die Hülle ist noch erhalten. Ist also bloß noch ein hohles Denkmal für den Irrglauben, man hätte alle Feindbomber vor den Luftangriffen runterholen können. 1942 waren die Flaktürme fertig, ein Jahr später lag halb Hamburg in Schutt und Asche.«

»Ich bin am Morgen nach dem schlimmsten Angriff geboren worden. In den Ruinen unserer Firma«, erzählte Isabel, nachdem sie angestoßen und an ihrem Sekt genippt hatten.

»Was für ein Glück, dass deine Mutter und du damals überlebt habt«, sagte er mit sanfter Stimme. »Was machen deine Eltern denn beruflich?«, erkundigte er sich.

»Meine Mutter ist Modeschöpferin und mein Vater Kunstprofessor«, antwortete sie, froh darüber, dass er sich für ihre Familie interessierte.

»Donnerwetter, da kann ich nicht mithalten«, scherzte er. »Meine Mutter ist Näherin, mein Vater war bei der Eisenbahn.«

»Hast du alte Familienfotos?«, fragte sie ihn. »Von dir als Kind zum Beispiel?«

»Hm, irgendwo ja«, murmelte er und furchte nachdenklich die Stirn. Schließlich öffnete er eine der unteren Türen seiner Wohnzimmerschrankwand und kramte einen Schuhkarton hervor. »Heureka! Auf Anhieb!« Er setzte sich neben sie auf das Sofa und nahm den Deckel des Kartons ab. Er wühlte in den zum Teil sehr kleinformatigen Schwarz-Weiß-Fotografien und fand schließlich, was er suchte – sein Einschulungsbild.

»Gott, wie süß du warst«, rief Isabel begeistert.

»Ja, lang ist's her«, kommentierte er. »Das war 1930.«

»Ich finde dich immer noch süß«, strahlte sie ihn an.

»Danke«, sagte er und gab ihr ein harmloses Küsschen auf die Wange.

Die Berührung seiner Lippen bereitete ihr eine Gänsehaut. Rasch lenkte sie von ihrer Erregung ab, indem sie auf das Foto einer kräftigen älteren Frau mit Dutt und ernstem Gesicht deutete.

»Ist das deine Mutter?«, mutmaßte sie.

Konrad nickte. »Ja, das war kurz nach Vaters Schlaganfall. Seit er vor drei Jahren daran gestorben ist, lebt sie wieder in Nürnberg.«

»Oh, das tut mir leid.«

»Ach, mein Vater war kein einfacher Mensch. Ich glaube, im Grunde geht es meiner Mutter jetzt in der Heimat besser als vorher. Da sind all ihre Freundinnen, und ich besuche sie auch regelmäßig.«

»Das ist aber lieb von dir, du bist ein sehr feiner Mensch«, entgegnete Isabel lächelnd, wofür es zu ihrer Freude außer einem »Danke« noch ein weiteres Küsschen auf die Wange gab.

Nun stieß sie auf ein Familienfoto, auf dem ein etwa zwölfjähriger Konrad vor seinen Eltern und einem etwas jüngeren Mädchen stand.

»Oh, eine Schwester hast du auch?«, versicherte sie sich.

»Hatte«, entgegnete er, und sein Gesichtsausdruck verdüsterte sich.

Isabel verfluchte sich selbst, weil sie so neugierig und penetrant gewesen war. »Du musst nicht darüber sprechen, wenn es zu persönlich ist«, meinte sie bedauernd.

»Doch, doch«, sagte er. »Ruth und ich waren 1939 Paddelbootfahren und sind gekentert. Ich habe sie erst so spät im Wasser finden können, dass ihr Gehirn zu lange ohne Sauerstoff war. Sie war danach völlig gelähmt und konnte nicht mehr sprechen.«

»O Gott«, murmelte Isabel.

»Sie wurde zum Vollpflegefall, musste gefüttert werden. Aber in ihren Augen habe ich gesehen, dass sie alles noch wahrnimmt. Manchmal habe ich mitbekommen, wie sie über ihr Schicksal geweint hat.«

Seine Stimme stockte, und Isabel griff instinktiv nach seiner Hand.

»Als sie nach drei Jahren eine Lungenentzündung bekam und daran starb, war das eine Erlösung«, brachte er schließlich hervor. »Ich glaube, ihr wäre es am liebsten gewesen, nach dem Unfall gar nicht erst wieder aufzuwachen. Manchmal habe ich mir überlegt, ob sie sich wünschte, dass ich das für sie tue, wozu sie selbst nicht in der Lage war. Allem ein Ende zu setzen.«

Isabel erschauderte. Woher wollte er wissen, was seine Schwester empfunden hatte? Sie hatte ja nicht sprechen können, um es mitzuteilen.

»Seither habe ich panische Angst vor dem Wasser«, wechselte er zu ihrer Erleichterung das Thema. »Ich mache nur noch Alpinsport, fahre mindestens zweimal im Jahr zum Skifahren oder Bergsteigen an den Montblanc. Und auf unserer Eisbahn hier in Planten un Blomen bin ich im Winter fast täglich.«

»Da hätte nun ich wieder Panik«, erklärte Isabel und wagte ein Lächeln. »Beim Eislaufen knicke ich um, und Skifahren geht mir viel zu schnell.«

»Aber das ist sehr aufregend, prickelt im Bauch«, behauptete er und sah ihr grinsend in die Augen.

»Da kenne ich noch was«, sagte sie, zog ihn zu sich heran und küsste ihn nun ihrerseits – aber nicht auf die Wange, und wesentlich weniger harmlos.

18

Acht Überlebende des ehemaligen Kibbuz Jägerslust hatten sich im Flensburger Lokal *Om de Eck* am Nordermarkt versammelt. Hinzu kamen zwei Ehefrauen, ein Ehemann und ein siebzehnjähriger Sohn als mitgebrachter Anhang. Alle Anwesenden wussten: Von den Gebäuden des einstigen Gutshofs war mittlerweile fast nichts mehr übrig. Heute befand sich auf dem Gelände außerhalb der Stadt ein Militärübungsplatz.

Nach Jägerslust war Leni 1937 geflohen, um sich mit ihrem Vater Gideon auf eine Aussiedlung nach Israel vorzubereiten. Und dort hatte sie ihren späteren Mann Moshe kennengelernt. Von den Nazis um sein Staatsexamen als Jurist gebracht, hatte er sich im Kibbuz als Hebräisch-Lehrer verdingt. Bis ihn der Nazi-Mob am 9. November 1938 halb totschlug.

»Am Ende des Krieges, als hier in Flensburg die letzte Reichsregierung kapituliert hat, war ich noch mal mit den Amis auf dem Jägerslust-Gebiet«, berichtete der einstige Praktikant Sören Jensen. Während ihrer Zeit im Kibbuz waren Leni und Moshe öfter mit dem heute Vierzigjährigen schwimmen gewesen. Dass der fröhliche Pferdehofbesitzer sich in jüngerer Zeit nicht mehr so gern sportlich betätigte, verriet sein recht stattlicher Körperumfang. »Da hatten die Nazis Dutzende ihrer Flugzeuge auf unserem Kibbuz-Gelände abgestellt. War ein irrer Anblick – sogar die damals ganz neuartigen Strahljäger waren dabei.«

»Wieso haben dich die Amis dahin mitgenommen?«, erkundigte sich Moshe.

»Ich habe für die ab Mitte Mai 45 als Übersetzer gearbeitet. Durch die Pferdezucht meines Vaters vor dem Krieg war ich oft mit ihm in England und konnte die Sprache gut«, berichtete Sören. »Hatte mich ja nach dem Überfall mit meiner Frau in Dänemark versteckt, aber gleich nach der Kapitulation kamen wir wieder hierher.«

Sören war es, der seinen Sohn zu dem Treffen mitgebracht hatte. Der hübsche junge Kerl hieß Alex – so wie der einstige Besitzer von Gut Jägerslust. »Als meine Frau mir 1943 sagte, dass sie schwanger ist, wusste ich gleich, wie wir das Kind nennen werden, wenn es ein Junge wird«, erzählte er. »So wie den Mann, der uns in der dunkelsten Zeit Hoffnung gab. Wenn es ein Mädchen geworden wäre, hätten wir das Kind Käthe genannt.«

So hatte Alex Wolffs Mutter geheißen, die auf dem Landgut die weiblichen Ausreisewilligen unterrichtet hatte. Bei dem Gedanken an die gütige alte Frau und ihr Ende im Konzentrationslager traten den einstigen Kibbuzniks Tränen in die Augen.

»Ich habe mitgekriegt, wie sie ganz verzweifelt bei der Polizei angerufen hat, als der Gutshof in der Pogromnacht überfallen wurde«, erzählte Leni traurig. »Dabei war Polizeichef Müller selbst bei den Vandalen dabei.«

Die gemeinsame Trauer, aber auch die schönen Erinnerungen an die Zeit im Kibbuz schweißten die Anwesenden zusammen. Sie versprachen einander, sich wieder zu treffen. Und es war selbstverständlich, dass man sich, falls nötig, gegenseitig unterstützen würde, wo es nur ging. Als Moshe erfuhr, dass Sörens Sohn Alex nach einem Praktikum im journalistischen Bereich suchte, bot er dem jungen Mann Hilfe an: »Augsteins Bruder ist ein Anwaltskollege von mir. Vielleicht kann ich was für dich deichseln.«

Der junge Alex Jensen strahlte. »Vielen, vielen Dank, Herr Schwarz.«

***

Als Konrad Heß Isabel gegen Mitternacht in seinem schwarzen Mercedes nach Hause fuhr, hielt er ihre Hand, so oft es Lenken und Schalten zuließen. Ihre Lippen waren gereizt von den vielen Küssen, und es hatte beide große Überwindung gekostet, sich einander nicht völlig hinzugeben. Sie hatten ihre Kleidung anbehalten, obschon einige Blusen- und Hemdknöpfe von ihren gleichermaßen erkundungswilligen Händen geöffnet worden waren. So viel Persönliches hatte er ihr anvertraut, so nah waren sie sich gekommen!

Isabel war erfüllt von innerer Wärme und Glücksgefühlen, während sie Konrad durch die nächtliche Hansestadt lotste.

»Da vorn dann auf die Elbchaussee«, sagte sie.

»Nobel, nobel, Frau Professorentochter«, kommentierte er ironisch. »Aber für ein paar Wochen habe ich sogar auch mal in einer von diesen schicken Villen hier gewohnt. Wurde im Krieg bei einer Studienkollegin einquartiert. Ich war seinerzeit ausgebombt worden.«

»Ausgebombt«, wiederholte Isabel und erschauderte. »Zum Glück ist dir damals nichts passiert.«

»Reiner Zufall, ich war während der Bombardierung noch spät an der Uni«, erklärte er. »Außerdem hat …«

Nun hielt er inne, denn ein Verkehrsunfall blockierte die Elbchaussee: Ein schwarzer Transportwagen und ein Pkw waren ineinander gekracht, ein Polizeiauto hatte neben der Unfallstelle geparkt. Die Fahrer standen wild diskutierend beieinander, ein Polizist schrieb ihre Aussagen auf einen Block.

»Oh, da ist Kasimir, der Stiefsohn unserer Hausbesitzerin«, erkannte Isabel einen der Fahrer. »Du kannst mich hier rauslassen. Ich frage mal, ob alles mit ihm in Ordnung ist.«

»Ganz schön kompliziert in eurem Haus«, meinte Konrad. »So viele Namen ...«

Sie strahlte ihn an. »Irgendwann erkläre ich dir ganz genau, wer wer ist.«

»Morgen Nachmittag?«, erinnerte er sie an die nächste Verabredung, die sie vorhin vereinbart hatten.

»Natürlich«, sagte sie, küsste ihn zum Abschied auf die Nasenspitze und stieg aus dem Wagen.

Kasimir Thomsen, der Sohn von Anna Nielands zweitem Ehemann Franz, war zweiundzwanzig Jahre alt und ein wahrer Muskelprotz. Es passte sehr gut, dass er bei einer Wachfirma arbeitete, denn der junge Mann sah aus, als legte man sich besser nicht mit ihm an. Doch obwohl er boxte und einige asiatische Kampfsportarten beherrschte, war »Kasi«, wie Isabel ihn liebevoll zu nennen pflegte, ein äußerst friedliebender Mensch. Von seinem vierten bis zum sechzehnten Lebensjahr hatte er bei seiner Stiefmutter Anna und seinem Vater Franz in der Villa gelebt. Daher war er für Isabel, Rosa und Timon so etwas wie deren großer starker Bruder. Mit sechzehn war er zu seinen Großeltern väterlicherseits nach Flensburg gezogen, um dort eine Ausbildung zum Polizisten zu absolvieren.

Inzwischen lebte er wieder in Hamburg – bei seinem Lebenspartner Holger, dem die Sicherheitsfirma gehörte. Als Kasi sich seine sexuelle Orientierung eingestanden hatte, war er zunächst sehr bestürzt und verwirrt gewesen, doch Willy und Albin hatten ihm gute Ratschläge geben können.

Und auch sein Vater Franz und seine weltoffene Stiefmutter hatten ihn von Anfang an ohne einen einzigen Vorwurf unterstützt.

»Hallo, Kasi. Alles in Ordnung bei dir?«, erkundigte sich Isabel besorgt, als Kasimir das Gespräch mit dem Polizisten beendet hatte. »Hast du dich verletzt?«

»Ah, Isabel, so spät noch unterwegs?«, wunderte Kasimir sich. »Nein, alles in Ordnung. Ich bin nicht schuld, der Herr hat mir die Vorfahrt genommen – und ist hackedicht. Er wird für den Schaden aufkommen müssen. Natürlich Pech, dass so was gleich in der ersten Nacht passiert, in der ich die Villa bewachen soll.«

»Ach, du warst auf dem Weg zu uns?«, freute sie sich. »Dann können wir uns ja bald ganz sicher fühlen.«

Er grinste. »Könnt ihr. Wenn hier der Schreibkram mit dem Kollegen erledigt ist, komme ich endlich und übernehme die Wache.«

»Wunderbar«, befand Isabel. »Ich geh schon mal vor.«

Noch beseelt von dem schönen Abend mit Konrad schlenderte sie wenige Minuten später durch den Garten auf die Villa zu. Verliebt wie sie war, nahm sie die sommerliche Wärme und die Blumendüfte besonders deutlich wahr, der Anblick des funkelnden Sternenhimmels rührte sie mehr als sonst. Vor der Villa plätscherte noch der Brunnen mit dem Steinmodell des ersten Segelschiffes der Reederei Nieland: die *Ohle Deern*. Isabel spritzte sich ein wenig Wasser ins Gesicht. Schließlich nahm sie den neuen Schlüssel und öffnete die große Haupteingangstür. Es war ein beruhigendes Gefühl, dass ihr Großvater Max die Schlösser bereits heute Nachmittag ausgetauscht hatte und Kasimir oder einer seiner Kollegen künftig jede Nacht Wache schieben würde. Sie betrat die zweistöckige Empfangshalle und ging von dort aus in Richtung Salon, aus dem der späten Stunde zum Trotz noch Licht und Stimmen kamen. Das liebte Isabel an dieser Villa – dass dort immer Leben war. Kein Wunder: Immerhin wohnten außer ihr zehn Erwachsene und ein Kleinkind im Hauptgebäude, zwei weitere Personen in der Mansarde über der Remise.

Sie fand ihre Großmutter Sofie beim Kartenspielen mit Timon am Tisch vor.

»Na, ihr zwei, spielt ihr um Geld?«, erkundigte sie sich.

»Nein, es geht nur um die Ehre«, erklärte ihr Großcousin.

»Bist du heute gar nicht mit Sharif und den Beatles unterwegs?«, wunderte sich Isabel.

»Nee, ich habe noch Kopfweh von gestern«, scherzte er.

»Oma«, wandte sie sich jetzt an Sofie. »Weißt du, wo wir mein Einschulungsbild hinhaben?«

»Es müsste in einem von denen sein«, antwortete ihre Großmutter und deutete auf ein Regalfach mit Fotoalben. »Anna hat sie recht akribisch angelegt.«

»Wofür brauchst du denn dein Einschulungsbild? Neuer Presseausweis?«, feixte Timon.

»Nein, Konrad hat mir heute seins gezeigt. Und jetzt will er, dass ich mich revanchiere«, entgegnete sie, während sie eines der Fotoalben aus dem Regal nahm und darin zu blättern begann.

»Ah, dann schwelgt er gern ein bisschen in der Vergangenheit, dein Zahnarzt?«, fragte Timon.

»Nein, ich habe ihn zuerst nach Kindheitsfotos gefragt«, meinte Isabel. »Wollte einfach ein bisschen mehr über seine Familie erfahren.«

»Du triffst einen Zahnarzt?«, hakte nun ihre Großmutter nach.

»Ja, aber ich weiß noch nicht, was daraus wird«, versuchte

Isabel, die Liaison kleinzureden. Ihrer Familie wollte sie Konrad erst vorstellen, wenn zwischen ihnen alles ganz sicher war. »Wir treffen uns nur gelegentlich.«

»Na ja, Menschen, die in der Zahnheilkunde arbeiten, sollen ja eine ganz gute Partie sein«, scherzte Zahnärztin Sofie.

Doch nur Timon lachte über diese Anspielung, Isabel war beim Durchblättern des Albums erstarrt.

»Was ist das für ein Foto, Oma?«, rief sie schockiert und zeigte es ihr.

»Das ist das letzte Bild von Hinnerk Nieland«, sagte Sofie traurig. »An dem Tag sollte er zur Tarnung vor den Nazis seine ehemalige Sekretärin heiraten, das ist die Frau neben ihm. Am selben Tag hat Hinnerk sich dann aber erschossen. Er dachte, Willy sei bei der Flucht aus dem KZ umgekommen.«

»Ja, aber wer ist der Mann da im Hintergrund?«, fragte Isabel mit zitternder Stimme.

»Das ist mein Ex-Verlobter – der an der ganzen Misere schuld war«, entgegnete Sofie voller Bitterkeit in der Stimme. »Dein leiblicher Großvater!«

»Das ist Burkhard Nieland?«, versicherte sich ihre Enkelin ungläubig. »Aber ich dachte, er sei tot.«

»Ist er auch«, bestätigte ihre Großmutter. »Er wurde nach der Befreiung im Mai 45 gelyncht – von ehemaligen Insassen des Konzentrationslagers Ladelund an der dänischen Grenze. Warum fragst du?«

»Weil das der Mann ist, den ich hier gestern Nacht im Keller gesehen habe.«

Sofie starrte sie verblüfft an. Timon betrachtete nun seinerseits den Mann im Hintergrund der Fotografie. »Ja, sie hat recht. So sah der Einbrecher aus – nur etwas älter.«

Sofie war außer sich. »Aber … wie kann das sein?«

19

Rosa hatte sich in den letzten Wochen trotz des Altersunterschieds von mehr als zehn Jahren immer enger mit Christine von Santen angefreundet. In ihrer Freizeit half sie der Schauspielerin beim Studium der Rolle der Cleopatra, indem sie deren Texte abhörte und als Anspielpartnerin diente.

Immer wieder lobte Christine auch Rosas Talent: »Du solltest unbedingt selbst wieder spielen!«

Und eines Tages im Juli geschah etwas Unvorhergesehenes: Christines Stimme war weg! Sie hatte auch schon in der Woche zuvor mit Heiserkeit zu kämpfen gehabt, aber nun ging gar nichts mehr.

Die Wiederaufnahme von Pertens 1956er-Inszenierung des Shakespeare-Klassikers *Antonio und Cleopatra* sollte in zwei Stunden beginnen, doch die verzweifelte Intendantengattin brachte keinen Ton mehr heraus. Der Regisseur, Rosa, Felix und zwei weitere Bühnenmusiker scharten sich hinter der Bühne ratlos um die erkrankte Aktrice, die in einen Zustand zwischen tiefer Verzweiflung und bleierner Erschöpfung gefallen war.

Als sie mit kaum hörbarer Stimme ihrem Mann zuwisperte: »Lass Rosa die Cleopatra spielen, sie kann das ganze Stück in- und auswendig und ist gut«, traute die junge Hotelangestellte ihren Ohren nicht.

»Wir können nicht die ganze Vorstellung absagen«, bestätigte nun Perten. »Rosa, du machst das!«

Die schluckte. Einerseits war es für sie die Erfüllung eines Traumes, auf so einer großen Bühne zu stehen, andererseits zählte dieses Werk zu den wenigen Shakespeare-Stücken, die sowohl eine männliche als auch eine weibliche »Paraderolle« enthielten – und in diesem Fall kam die weibliche Hauptrolle der männlichen umfangmäßig sogar nahezu gleich. Für einen Auftritt ohne eigene Probe zum ersten Mal vor so viel Publikum war dies mehr als anspruchsvoll. Man konnte es durchaus waghalsig – wenn nicht gar verrückt – nennen. Aber eine gesunde Portion Verrücktheit gab dem Leben schließlich die richtige Würze, dachte Rosa. Außerdem galt Hanns Anselm Perten in seinem Theater nicht umsonst als Despot, Widerworte akzeptierte er kaum. »Ich bringe dich jetzt in die Maske, und danach gehen wir zusammen noch deinen Text durch, bis du auf die Bühne musst! Die Gänge kennst du ja, du warst schließlich bei genug Proben dabei.«

Und so wurde Rosa, ehe sie sichs versah, von Maskenbildnerin Erika die rote Haarpracht hochgesteckt und eine schwarze Perücke aufgesetzt. Sollte sie protestieren? Aber dann dachte sie daran, wie sehr sie immer von so einem Auftritt geträumt hatte. Und wie hieß es so schön in dem Stück? *Wer sucht und greift nicht, was ihm einmal zuläuft, findet's nie wieder!*

Sie würde diese Chance beim Schopfe packen und dem Publikum eine glaubwürdige Cleopatra bieten!

Nur am Anfang des Stücks hemmte sie das Lampenfieber, dann vergaß sie, dass sie auf der Bühne stand, vergaß, dass sie Rosa Timmlein war, verschmolz vollkommen mit ihrer Figur – sie *war* nun Cleopatra. Bis zum traurigen Höhepunkt der Tragödie, als die Königin ihren Selbstmord vorbereitete.

»Komm, tödlich Ding!« Mit diesen Worten setzte sie sich

eine erschreckend echt aussehende Requisiten-Schlange an die Brust und zuckte zusammen, als diese angeblich zubiss. Dann setzte sie eine zweite Viper an – diesmal an ihren Arm. Sie ließ sich nach hinten fallen und spielte nun ihr Ersticken und schließlich ihren Tod.

Die junge Schauspielerin hatte alles gegeben und blieb in völliger Erschöpfung am Bühnenboden liegen. Den Rest des Stückes, die Reaktionen auf Cleopatras Suizid, bekam sie kaum mit. Erst als Caesar die letzten Sätze sprach und gelobte, die Verstorbene bei ihrem Mark Anton zu bestatten, war Rosa geistig wieder voll da.

Der nun folgende Publikumszuspruch war frenetisch. Als die junge Schauspielerin allein an den Bühnenrand vortrat, brandete der Applaus besonders laut auf, es gab Pfiffe, begeistertes Heulen und stehende Ovationen. Im Orchestergraben sah sie durch den Schleier ihrer Freudentränen Felix, der ihr voller Stolz im Blick eine Kusshand zuwarf.

»Das Mädchen darf nicht weiter im Hotel sein Talent verschwenden!«, rief Perten, als das Ensemble hinter der Bühne zum Feiern des erfolgreichen Abends zusammenkam. »Es muss auf eine Schauspielschule.«

Rosa war zwar geschmeichelt, aber skeptisch. Wie sollte das gehen? Mochte ihr Ausbildungslohn im Hotel auch mager sein, auf Dauer konnten Felix und sie doch nur schwer darauf verzichten. Außerdem: Wer konnte sagen, ob die heutige gelungene Aufführung nicht ein Zufallstreffer war? Hatte sie wirklich genug Talent, die Aufnahmeprüfung zu bestehen?

***

Zwei Wochen Urlaub! Timon war überglücklich, dass er nun nicht nur bei Jan Lüttgens' Geburtstagsfeier in Finkenwerder dabei sein, sondern auch Zeit in der Reederei, in Albins Autohaus und im Nachtleben mit Sharif, Astrid und Stu verbringen konnte. Die Beatles waren ohne ihn abgereist, und Sutcliffe widmete sich inzwischen mit voller Hingabe der Malerei – und seiner Verlobten.

Auch auf seine schwesterliche »Elbpiratin« Isabel freute Timon sich. Im Zug hatte er noch mal ihren letzten – ziemlich spannenden – Brief gelesen. Dass sie im Keller der Villa das große Phantom ihrer Familie, Burkhard Nieland, erkannt haben wollte, fand er weiterhin recht aufregend. Er hatte tags darauf in aller Frühe zurück in die Kaserne gemusst, und war zuvor mit Isabel übereingekommen, dass sie ihm detailliert Bericht über weitere diesbezügliche Entwicklungen erstatten würde.

Ich habe Max und Willy noch nie so aggressiv erlebt, wie in dem Moment, als wir uns alle gefragt haben, ob Burkhard Nieland vielleicht tatsächlich doch noch lebt. Beide sind so gütige Menschen, aber bei dem Gedanken habe ich zum ersten Mal blanken Hass in ihren Augen gesehen. Und auch Albin sah plötzlich nicht nur wegen seines typischen Nadelstreifenanzugs wie ein mordbereiter Mafioso aus. Die Polizei geht von einem Einbrecher aus, der durch einen einstigen Villenbewohner an den Schlüssel kam. Im Krieg waren hier einige ausgebombte Familien einquartiert, und auch Gärtner und Hausdiener gab es im Laufe der Jahre eine ganze Reihe. Ob allen jeder Schlüssel abgenommen wurde, zumal in den Wirren des Krieges, ist nicht sicher. Willy plant, einen Privatdetektiv zu engagieren, der die genauen Umstände von Burkhard Nielands Tod herausfinden soll. Aber ich habe auch selbst bereits vergeblich versucht, etwas über ihn zu recherchieren.

Es ist nahezu unmöglich, die Tage des Chaos, die kurz vor und nach der Befreiung herrschten, exakt zu rekonstruieren.

Als sein Zug in Hamburg eingetroffen war, beschloss Timon, die sieben Kilometer vom Hauptbahnhof zur Villa an der Elbchaussee zu laufen. So sehr er die schikanösen Marschübungen seiner Bundeswehrgrundausbildung auch hasste, seine Kondition schien sich dadurch tatsächlich verbessert zu haben, und er war wesentlich belastbarer geworden. Der Weg gab ihm die Möglichkeit, seine geliebte Heimatstadt zu begrüßen. Schließlich trat er durch das gusseiserne Tor auf das Grundstück und ging über den Kiesweg auf den Springbrunnen vor der Villa zu. Da bemerkte er zu seinem Erstaunen eine sehr junge Dame, die die Rosen am Wegesrand zurechtschnitt. Sie hatte rabenschwarze Locken und kakaofarbene Haut, trug ein weißes Sommerkleid und dazu eine Gärtnerschürze und entsprechende Handschuhe. Als sie ihn bemerkte, drehte sie sich um und strahlte ihn mit schneeweißen Zähnen an. »Moin, bist du Timon?«, fragte sie, und der Soldat wunderte sich über die Spur des Hamburger Dialekts in der Stimme der Frau, die ansonsten eher exotisch anmutete.

»Ja«, bestätigte er. »Woher weißt du das?«

»Meine Cousine Isabel hat schon angekündigt, dass du unterwegs bist. Und so viele hübsche Jungs in Uniform kommen hier ja wohl auch wieder nicht aufs Grundstück«, scherzte sie, zog einen Handschuh aus und reichte ihm die Rechte. »Ich bin Beryl, die Tochter von Julius Timmlein.«

»Ah, jetzt verstehe ich,« sagte er und griff nach ihrer Hand. Wie unfassbar schön dieses Mädchen war! Einfach nur, um noch mehr mit ihr sprechen zu können, erkundigte er sich: »Kennst du dich mit Rosen aus?« In dem Moment, als er das ausgesprochen hatte, fand er, dass es ziemlich bescheuert klang.

»Ich habe zu Hause in Cleveland schon ein paar Gartenwettbewerbe gewonnen«, erzählte sie jedoch und fügte hinzu: »Davon waren einige ganz und gar nicht begeistert. Junge Leute werden bei so was eher selten prämiert. Die alten Hasen haben die Gewinne da quasi gepachtet – sie waren ziemlich sauer. Aber ich mag es einfach, dafür zu sorgen, dass es Lebewesen gut geht: Pflanzen, Tieren – und Kindern. Ich babysitte sehr gern. Unsere Nachbarn haben acht kleine Racker.«

Timon spürte, wie er beim Blick in ihre braunen Augen immer nervöser wurde. »Wie kommt es, dass du so gut Deutsch sprichst?«

»Mein Dad hat mich zweisprachig erzogen«, erklärte Beryl. »Ich glaube, er hat mir dabei ein bisschen von seinem Hamburger Slang vererbt.«

»Hat er«, bestätigte Timon grinsend. »Aber es klingt sehr charmant.«

»Und wie geht es dir so bei eurer Army?«, fragte sie. »Oder halte ich dich gerade auf?«

»Nein, gar nicht«, widersprach er wie aus der Pistole geschossen. In diesem Augenblick gab es auf der ganzen Welt keinen Ort, an dem er lieber gewesen wäre!

***

»Du warst unfreundlich zu dem Gast«, fauchte Margot Koschitza ihre Auszubildende an.

Eine wirklich infame Behauptung, da Rosa dafür bekannt war, selbst schwierigen Gästen gegenüber stets geduldig und äußerst höflich zu sein. Ganz im Gegensatz zu Margots eigenem Betragen, das schon manchen Besuchern – je nach eigenem Temperament – ein Schmunzeln oder einen Wutanfall entlockt hatte.

Rosa hatte sich angewöhnt, mit diesem Drachen nicht mehr zu streiten, daher sagte sie nur gottergeben: »Jawohl, Frau Koschitza. Tut mir leid, Frau Koschitza, kommt nicht mehr vor.«

»Das darf es auch nicht«, entgegnete die Schwester des Hotelbesitzers. Dietmar befand sich nach seiner Beckenringverletzung auf Kur in Heiligendamm, um sich zu erholen und wieder richtig laufen zu lernen. Es würde noch Wochen bis zu seiner Rückkehr ins *Meer des Friedens* dauern. Und so lange würde Rosa wohl nichts anderes übrig bleiben, als weiterhin Margot Koschitzas Launen zu ertragen.

»Wenn ich das noch einmal mitbekomme, dass Sie unhöflich zu unseren Gästen sind, dann müssen wir uns von Ihnen trennen.«

Mit Kündigung hatte sie Rosa nun tatsächlich noch nicht gedroht, daher spürte die Jüngere deutlich, wie ihr die Wut in den Magen fuhr. Doch die Genugtuung, jetzt aufzubrausen, gönnte sie der »Dame« nicht. Sie nahm all ihre Haltung zusammen und presste ein »Natürlich, Frau Koschitza« zwischen den Zähnen hervor.

Immer öfter musste sie an das denken, was ihr Perten und Christine geraten hatten: »Bewirb dich an der Hochschule für Schauspielkunst in Berlin!«

Hanns Anselm Perten hatte berichtet: »Ich kenne Otto Dietrich, der ist seit über zehn Jahren Direktor der Schule, eine richtig gute Talentschmiede. Ein Zimmer finden wir für dich, und an den Wochenenden und in den Semesterferien könntest du deinen Felix ja weiterhin sehen.«

»Im Hotel verschwendest du dein großes Talent«, hatte Christine eindringlich betont.

Perten hatte ihr erzählt, dass diese Staatliche Schauspielschule in Ost-Berlin ganz bewusst in einem ehemaligen Bootshaus im Industriegebiet Schönweide und nicht im Zentrum untergebracht war. »Die Kunst soll nicht dem bourgeoisen Stadtvolk nah sein, sondern dem Proletariat, den Arbeitern und Bauern«, hatte der überzeugte Sozialist erklärt.

Felix hatte seiner Rosa ebenfalls zugeraten. »Du könntest bei meinem Vater unterkommen, der wohnt in der Nähe vom Brandenburger Tor. Wir werden uns zwar während der Woche vermissen, aber ab Freitag wird es dann umso schöner.«

Immer öfter zog Rosa ernsthaft in Erwägung, sich tatsächlich an der Berliner Schauspielschule zu bewerben – und im Fall der Fälle im *Meer des Friedens* zu kündigen. Margot Koschitza gegenüber hatte sie gewiss kein schlechtes Gewissen, das Strandhotel im Stich zu lassen. Sie wollte vor ihrer endgültigen Entscheidung jedoch mit Dietmar sprechen, schließlich war der Hotelier immer fair zu ihr gewesen. Sie beschloss, ihn abends in der Kurklinik in Heiligendamm zu besuchen.

20

Im vorigen Jahr war der Nonstop-Luftverkehr über den Atlantik eröffnet worden. Frankfurt bot täglich Flüge in die USA an, aber auch vom Hamburger Flughafen Fuhlsbüttel aus war am 17. März letzten Jahres erstmals eine Maschine zum Flug nach New York ohne Zwischenlandung gestartet.

Beryl und ihr Vater waren zunächst von Cleveland nach New York und von dort aus ebenfalls ohne Unterbrechung nach Hamburg geflogen. Es war die erste Flugreise für die junge Amerikanerin gewesen.

»Aber ich hatte keine Angst«, erklärte Beryl Timmlein, nachdem sie dem faszinierten Timon davon erzählt hatte. »Ich fand das eher hochinteressant, dass sich so ein schweres Ding mit so vielen Schrauben und allem Drum und Dran in der Luft halten kann.«

»Ja, die sind so konstruiert, dass sie fliegen *müssen*«, entgegnete Timon. Die beiden schnitten mittlerweile zu zweit an den Rosen im Garten der Villa Nieland. »Ich hoffe, ich kann bald auch mal fliegen.«

»Vielleicht besuchst du uns ja in Cleveland?«, meinte Beryl und gab ihm die Zange. »Amerika ist eine Reise wert.«

»Das glaube ich auch«, sagte er. Hoffentlich war ihre Einladung ernst gemeint – und nicht nur höflich.

»Dimon! Dimon!«, rief da eine Kinderstimme.

Timons kleine Schwester kam durch den Garten auf ihn zugetippelt, einen Teddybären mit weiß gepunkteter roter

Hose in der Hand. Sie umarmte die Beine ihres Bruders, so gut es mit dem Bären ging.

»Na, Stella, wer hat deinem Petzi denn die schöne Hose genäht?«, erkundigte er sich und küsste liebevoll ihr Köpfchen.

»Die Tante Hilde«, erklärte die Kleine. Dann wandte sie sich Beryl zu und musterte sie interessiert. »Bist du aus Schokolade?«

Timon schoss vor Scham das Blut ins Gesicht. »Stella, so was sagt man doch nicht.«

Beryl lachte jedoch und reichte der Kleinen die Hand. »Ich heiße Beryl. Und ich bin auch ein ganz normales Mädchen wie du – mein Vater hat sogar mal hier bei euch gewohnt. Aber die Vorfahren meiner Mutter kommen ursprünglich aus Afrika. Da gibt es so viel Sonne, dass die Menschen eine dunklere Haut brauchen.«

»Ach so«, meinte Stella. »Ich hab die Sonne lieb, da kann man draußen spielen.«

Die junge Amerikanerin lächelte. »Ich auch.«

»Warum macht ihr die Rosen kaputt?«, verlangte das Mädchen zu wissen.

»Wir schneiden das ab, was kaputt ist. Dann wachsen sie besser«, erläuterte Beryl.

Timon sah seine Eltern um die Villa herumkommen.

»Bleibst du jetzt für immer da?«, fragte ihn seine kleine Schwester.

Der junge Soldat schüttelte den Kopf. »Leider nein, in zwei Wochen muss ich wieder in die Kaserne.«

Nun war Stella den Tränen nah und warf bockig ihren Teddy zu Boden. »Du sollst nicht wieder gehen«, jammerte sie, während bittere Tränchen flossen.

Timon kniete zu Boden und umarmte das zornige Kind. »Ich komme ja immer wieder«, versprach er.

»Ich will meinen Petzi«, jammerte das schniefende Mädchen. »Du sollst ihn mir geben.«

Timon wollte gerade den Plüschbären aufheben, da hielt Beryl sanft seinen Arm fest.

»Stella, du hast ihn selbst runtergeworfen, dann kannst du ihn auch selbst wieder aufheben«, wandte sie sich an das Kind. »Du bist ja groß genug. Und wenn du willst, zeigen wir dir dann, wie man Rosen schneidet.«

Timon konnte im Gesicht seiner kleinen Schwester sehen, wie es in ihr arbeitete. Sollte sie nun mit einem Tobsuchtsanfall die Älteren zwingen, ihren Bären aufzuheben? Offenbar siegte dann aber zu seinem Erstaunen die Neugier aufs Rosenschneiden. Sie hob ihren Teddy selbst auf, ging zu Beryl und sah sie erwartungsvoll an. Die begann der Kleinen zu erklären, wie man die Rosen beschnitt.

Leni und ihr Mann Moshe waren inzwischen hinzugekommen und schmunzelten.

»Ich schneide die Rosen, damit die besser wachsen«, erklärte Stella ihrer Familie. »Beryl hilft mir. Ihr könnt schon ins Haus gehen.«

Die vier Erwachsenen mussten spontan lachen. Moshe wandte sich grinsend an seinen Sohn: »Irgendwie kann Beryl Stella besser bändigen als wir beide, was, Timon? Bei uns hätte sie so lange geschrien, bis wir alles für sie getan hätten.«

»Das glaub ich sofort«, meinte Leni. »Ihr wollt sie halt dauernd verwöhnen und in Watte packen. Beryl hingegen bringt ihr was bei.«

Timon sah verliebt zu der jungen Amerikanerin hinüber.

***

Nachdem sie um sechs Uhr endlich in den Feierabend entlassen worden war, fuhr Rosa Timmlein die siebzehn Kilometer lange Strecke nach Heiligendamm mit ihrem Fahrrad. Auf dem Weg an der Ostseeküste entlang dachte sie einmal mehr, wie schön die Landschaft hier war. Der Sommerwind spielte mit ihren roten Locken, und sie fühlte sich glücklich und frei.

Um kurz nach sieben Uhr traf sie vor der Kurklinik ein, einem der vielen prunkvollen klassizistischen Bauten in Heiligendamm. Sie fand Dietmar nach einigem Durchfragen auf der Sonnenterrasse des schneeweißen Klinikgebäudes.

»Ja, Rosalein!«, freute sich der Hoteldirektor und erhob sich, auf eine Krücke gestützt, aus dem Korbsessel, um sie väterlich zu umarmen. »Wie schön!«

»Wie geht es dir hier?«, fragte sie, und reichte ihm ihr Geschenk, Halloren-Schokoladekugeln aus Halle, von denen sie wusste, dass er sie liebte.

»Oh, danke, das darf meine Ärztin aber nicht sehen«, freute er sich. »Die haben mich auf strengste Diät gesetzt. Keine Schoki mehr!«

Jetzt erst bemerkte sie, dass er in der Tat abgenommen hatte; sein einst so stattlicher Bauch war viel kleiner geworden.

»Aber sonst gefällt es dir in der Klinik?«, hakte Rosa nach.

»Ick hatte ja noch nie Urlaub, wa«, gestand er. »Ick glaube, so entspannt wie hier war ick in meinem janzen Leben noch nicht.«

»Das freut mich«, sagte Rosa aufrichtig.

»Und wie geht es dir so im *Meer des Friedens*?«, erkundigte sich Dietmar. »Die Margot triezt euch doch sicher furchtbar?«

Rosa nickte. Und dann erzählte sie ihm alles, von den Schikanen, der Kündigungsdrohung – und der Idee einer Bewerbung an der Ernst Busch.

»Natürlich gehst du zu dieser Aufnahmeprüfung!«, rief der Hotelier, als seine Auszubildende mit ihrem Bericht fertig war. »Sonst wirst du dich dein Leben lang fragen, ob du es wohl geschafft hättest. Wenn es nicht klappt, hat es eben nicht sollen sein. Dann bleibst du bei uns im Hotel. Der Margot werd' ich was husten, falls die dir noch mal mit dem Schwachsinn von wegen Kündigung kommt. Und wenn es klappt, freu ick mir schon jetzt, dir auf der Bühne zu sehen!«

So war es also entschieden: Rosa würde sich an der Schauspielschule in Ost-Berlin bewerben! Sie konnte es kaum erwarten, mit Christine zu besprechen, welche Rollen sie für ihre Bewerbung einstudieren würde …

***

Sofie und Max Timmlein waren überglücklich, ihren Sohn Julius wieder einmal zu Besuch in Hamburg zu haben. Zusammen mit seiner Zwillingsschwester Elfie, Hausherrin Anna und deren Tochter Leni saßen sie auf der Terrasse der Villa in der Abendsonne.

»Ich hoffe, nächstes Mal kann Sally wirklich mit«, meinte der Mediziner. »Aber ihre *Pharmacy* ist ihr Ein und Alles. Es hat eine ganze Weile gedauert, bis die Leute eine dunkelhäutige Apothekerin akzeptiert haben.«

»Dann gibt es bei euch auch noch Rassismus?«, hakte Leni nach.

»Ich glaube manchmal, er wurde in den USA erfunden. In sechzehn Bundesstaaten sind Mischehen immer noch komplett verboten«, bestätigte der Arzt bitter. »Ohio gehört zum Glück nicht dazu. Aber wir wurden alle drei schon übel beschimpft. Mal anonym und schriftlich, mal ganz direkt.«

»Die kleine Beryl auch?«, vergewisserte sich Max voller Mitleid um seine Enkeltochter.

Julius nickte mit traurigem Blick. »Leider ja. Aber sie ist tapfer und versucht immer das Positive zu sehen.«

»Ob die Menschen je lernen?«, fragte Sofie betreten.

»Ich denke, die Angst vor dem Fremden und der Hass auf das Andersartige sind tief im Menschen verankert«, entgegnete Julius. »Es bräuchte eben Sanktionen einer liberalen Regierung, die Rassismus verbietet und ahndet. Dann reißen sich die Leute zusammen. Zuerst zwangsweise, aber dann gewöhnen sie sich ans Fremdartige – und begreifen es bald als Bereicherung.«

»Im Grunde haben wir in der Bundesrepublik ja gerade so ein System«, entgegnete Anna.

Ihre Tochter Leni schränkte ein: »Das heißt aber nicht, dass die übelsten Vorurteile nicht wieder hochkommen, wenn der politische Wind sich dreht und Rassismus wieder salonfähig macht.«

»Ich hoffe, das wird in den USA nie wieder der Fall sein«, sagte Julius. »Wir sind gerade mit Kennedy, Martin Luther King und dem Civil Rights Movement auf einem so guten Weg.«

»Möge nie ein Präsident kommen, der euch zurück in die Fünfziger katapultiert«, wünschte Sofie ihrem Sohn und dessen Familie.

In diesem Augenblick trat Lenis Sohn mit Beryl aus der Villa auf die Terrasse hinaus.

»Dad, darf ich Timon nach Altona begleiten?«, wandte sich das Mädchen an Julius. »Er will mir seine Freunde vorstellen, eine Fotografin und einen Maler.«

»Ach, Astrid und Stuart«, erinnerte sich Leni an ihren Besuch im *Top Ten Club*. »Da musst du dir keine Sorgen machen, Julius. Die beiden sind ganz zauberhaft.«

Die Eimsbütteler Straße in Hamburg gehörte zu einer gutbürgerlichen Gegend, der Kiez lag nur geografisch in der Nähe. Im Haus Nummer 45a wohnte Fotografin Astrid mit ihrer verwitweten Mutter Nielsa in einer schönen Altbauwohnung. Stuart Sutcliffe hatte sich mit Erlaubnis der Vermieter in der Mansarde darüber ein Atelier eingerichtet. Hier saßen Timon und Beryl mit dem Künstlerpaar zwischen Stus abstrakten Gemälden, tranken von Astrids Mutter zubereiteten Tee und hörten Edith Piaf.

Beryl erzählte von ihrem Leben in Cleveland, Ohio, und erkundigte sich neugierig über die Beatles. Stu sprach mit ein wenig Wehmut von seinen Tagen mit der Band.

»Ihr vermisst John und die anderen bestimmt schon, oder?«, vermutete Timon.

»Nicht nur wir«, meinte Astrid. »Die Leute auf der Reeperbahn auch. Alle Kellner und anderen Angestellten fanden die Jungs toll. Tante Rosa, die Klofrau vom *Top Ten*, hat Paul mal ihr Hausboot geliehen. Damit er dort mit einer Freundin wohnen konnte.«

Stuart grinste breit. »Und nebenbei hat sie uns dann noch gemütlich Prellis für eine Mark pro Pille verkauft.«

Timon, der »Tante Rosa« kannte und der netten Frau immer großzügig »Pinkelgeld« auf ihr Tellerchen im Musikclub legte, glaubte, seinen Ohren nicht zu trauen. Prellis – also Preludin – von Tante Rosa? »Die Alte in der Kittelschürze dealt mit Aufputschmitteln?«

Astrid nickte schmunzelnd. »Tja, die Reeperbahn hält manche Überraschung bereit. Mein Ex-Freund Klaus musste mich letztes Jahr auch ganz schön lang überreden und mir von den Beatles vorschwärmen, bis ich endlich mit bin in den *Kaiserkeller*. Der Kiez war bis dahin für mich einfach ein Ort, wo eine junge Frau besser nicht hingeht.«

»Zum Glück hat Klaus dich rumgekriegt«, meinte Stu und küsste sie liebevoll auf die Wange. »Obwohl das den Armen ja dann letztlich seine Freundin gekostet hat.«

»Ja, er hat sicher nicht damit gerechnet, dass ich euch nach dem ersten Besuch dort *jeden Abend* sehen wollte«, erwiderte seine Verlobte.

»Die Frisur hast du ihm ja auch geklaut, Stu«, scherzte Timon. »Klaus war doch der Erste, der diesen Pilzkopf-Haarschnitt hatte.«

»Nee, das war Jürgen, der Fotograf«, korrigierte Astrid.

»Gefällt dir die Frisur nicht?«

»Ich finde, bei Stu sieht sie toll aus«, sagte Beryl.

»Schade, dass ich mir für die Bundeswehr die ganze Matte abschneiden musste«, bedauerte Timon.

Beryl strahlte ihn an. »Aber so sieht man mehr von deinem hübschen Gesicht.« Er errötete geschmeichelt. Dann biss sie nachdenklich auf ihre Unterlippe und wandte sich schließlich an die schöne Fotografin. »Astrid, ich glaube, ich möchte auch einen Kurzhaarschnitt.«

Astrid betrachtete Beryls Haar nachdenklich. »Bist du ganz sicher?«, vergewisserte sie sich. »Deine schwarzen Locken sind toll.«

»Ja, aber sie machen auch wahnsinnig viel Arbeit«, erwiderte Beryl, offenbar von Abenteuerlust gepackt. »Und sie sind sehr 50er-Jahre.«

Astrid nickte lächelnd. Während die Medizinertochter von der Fotografin nun ihrerseits eine mondäne Kurzhaarfrisur verpasst bekam, fiel Timon auf, dass sich Stu immer mehr aus ihren Unterhaltungen ausklinkte, sich stattdessen mit gesenktem Blick seine Stirn rieb oder sein Gesicht in Händen vergrub. Schließlich saß die junge Amerikanerin umgeben von ihren schwarzen Locken, die auf dem mit Zeitungspapier ausgelegten Atelierboden lagen. Als Astrid ihr Werk beendet hatte, setzte die Dämmerung ein. Timon musterte Beryl bewundernd. Sie und die Fotografin sahen nun aus wie die dunkle und die helle Version ein und desselben Frauentyps. Astrid schaltete das Licht an, damit die junge Amerikanerin ihre neue Frisur besser im Spiegel begutachten konnte.

Sie erschraken, da Stu in diesem Moment vor Schmerz aufschrie.

»Mach das aus, bitte!«, rief er und hielt sich die Augen zu.

Sofort stürzte Astrid zu ihrem Verlobten und legte besorgt den Arm um ihn. »Wieder dein Kopf?«

Stu nickte, vor Schmerz wimmernd.

»Timon, kannst du mir helfen, ihn ins Schlafzimmer zu bringen?«, bat Astrid.

Beide stützten den jungen Maler auf dem Weg. Das Schlafzimmer der Fotografin war komplett schwarz dekoriert, einschließlich der Möbel. An den Wänden hing Silberfolie und von der Decke ein großer Ast. All das sah zwar irgendwie dekorativ aus, doch nachdem sie den stöhnenden Maler ins Bett gelegt hatten, wirkte es auf Timon auch recht bedrohlich. Was war nur mit Stu los?

21

Auf der Taxifahrt zur Villa am Elbstrand in Othmarschen ging Timon Schwarz viel durch den Kopf. Astrid hatte ihnen erzählt, dass Stuart in letzter Zeit öfter an unerträglichen Kopfschmerzen litt. Einmal sei seine bei diesen Anfällen auftretende Lichtempfindlichkeit so extrem gewesen, dass er vorübergehend gar nichts mehr gesehen habe. Er weigere sich bisher, zum Arzt zu gehen. Sie werde ihn nun aber dazu zwingen.

Den sympathischen Maler und Bassisten derart leiden zu sehen, hatte die bisher so schöne Stimmung des Abends zerstört. Beryl hatte gebeten, dass sich Timon im Taxi zu ihr auf die Rückbank setzte. Dort griff sie sofort nach seiner Hand – und hielt sie die ganze Fahrt über. Die Gefühle, die dies in dem jungen Soldaten auslöste, machten ihn noch nachdenklicher. Mit jeder Minute verliebte er sich mehr in Beryl. Doch nach Jans Geburtstag würde er zurück in die Kaserne müssen – und sie nach Cleveland. Die Vorstellung, bald von ihr durch den Atlantik getrennt zu sein, war ihm unerträglich.

»Die Ärzte werden schon herausfinden, was Stu hat«, versuchte Beryl, Zuversicht zu vermitteln, nachdem der Taxifahrer sie an der Elbchaussee abgesetzt hatte und sie mit Timon auf die Villa zuging.

»Vielleicht kann ihn dein Vater sich auch mal anschauen«, schlug er vor.

»Er ist Internist, kein Neurologe«, gab sie zu bedenken.

»Ich denke, das ist wirklich ein Fall für den Spezialisten. Wahrscheinlich hat Stu schwere Migräne, aber das müsste man abklären.« Dann strahlte sie ihn mit ihrem unwiderstehlichen Lächeln an. »Du wolltest mir noch die Strandhütte zeigen, in der ihr als Kinder immer Piraten gespielt habt.«

»Stimmt«, erwiderte er und freute sich, dass sie den Abend offenbar noch nicht beenden wollte.

»*Oh, how cute!*«, entfuhr es Beryl auf Englisch, als sie wenig später im Schein der alten Petroleumlampe die Hütte betraten. Sie betrachtete die Petzi-Streifen an den Wänden.

»Ja, wenn die Zeitungsserie noch weitergeht, müssen wir für meine kleine Schwester eine zweite Hütte bauen«, scherzte Timon.

»Stella ist so ein Schatz. Ich habe mir auch immer gewünscht, noch ein Geschwisterchen zu bekommen, aber irgendwie hat es nicht geklappt – obwohl meine Eltern es versucht haben.«

»Ich könnte ja dein großer Bruder sein«, schlug Timon grinsend vor.

Sie schüttelte den Kopf. »Mit dir habe ich andere Pläne«, sagte sie frech und zog ihn zu sich auf das knarzende alte Sofa, wo sie ihn küsste.

***

Nun waren alle drei Elbstrandpiraten »in festen Händen«. Timon hatte seiner schwesterlichen Freundin Isabel beim Frühstück in der Villa anvertraut, dass er gestern mit ihrer Cousine Beryl angebandelt hatte. Er war der jungen Amerikanerin wohl bereits nähergekommen als irgendeinem Mädchen zuvor. Rosa war in der DDR natürlich immer noch glücklich mit ihrem Felix. Isabel selbst hatte sich entschieden, trotz des Altersunterschieds mit Konrad zusammenzubleiben, was sie ihren Eltern jedoch erst noch gestehen musste. Als sie die Redaktionsräume des *Spiegel* betrat, grübelte die junge Journalistin darüber nach, dass sie diese Offenbarung zeitnah hinter sich bringen musste. Sie wollte Konrad nämlich gern mit zu Jans Geburtstagsfeier bringen.

In diesem Moment schrie sie erschrocken auf, weil etwas mit Vehemenz gegen ihren Unterleib stieß, sie das Gleichgewicht verlor und zu Boden stürzte.

»O Gott, o Gott, es tut mir so leid. Sind Sie verletzt?«

Ein panischer Jüngling mit Brille, allenfalls so alt wie sie, hatte offenbar aus Unachtsamkeit einen Aktenwagen in ihren Unterkörper gerammt und kniete nun erschrocken bei ihr nieder, um ihr aufzuhelfen.

»Es geht schon«, knurrte Isabel, als sie wieder stand, und strich sich ihren Rock zurecht.

»Entschuldigen Sie bitte, ich habe aus dem Fenster geschaut, ob es regnet. Das war so dumm von mir«, beschimpfte sich der hübsche junge Mann selbst.

»Schon gut, niemand ist gestorben. Ich bin Isabel Torres, arbeite hier als Rechercheurin«, erklärte sie und fügte mit sanfter Ironie hinzu: »Und darf ich erfahren, wer mich so effektiv niedergemäht hat?«

Nun schaffte auch er ein verhaltenes Grinsen. »Alexander Jensen«, stellte er sich vor. »Habe gerade mein Abitur hinter mir und helfe hier aus, bis ich was Festes habe.«

»Ach, Sie sind das«, erkannte nun Isabel, die den Namen bereits gehört hatte. »Ihr Vater war mit Leni Schwarz im Flensburger Kibbuz, stimmt's?«

»Genau, Moshe Schwarz hat mir das Praktikum bei Herrn Augstein besorgt«, freute sich der junge Mann. »Das war total lieb von ihm.«

Isabels Blick fiel auf einen geöffneten braunen Umschlag mit einer abgetippten Namensliste und Beschreibungen von Tätigkeiten der Personen im Zweiten Weltkrieg – und ihrer heutigen Position in der Bundesrepublik.

»Was ist denn das?«, wunderte sie sich.

»Das hat der Herr Augstein anonym zugeschickt bekommen. Dem Poststempel nach aus der Ostzone. Darin werden Männer in gehobener Position bei uns in Westdeutschland beschuldigt, Kriegsverbrechen begangen zu haben. Ich soll jetzt alles zusammentragen, was wir zu den jeweiligen Personen im eigenen Archiv haben.«

Isabel blätterte durch das mehrere Seiten dicke Schreiben – und erstarrte. Sie las den Namen Burkhard Nieland und riss die Blätter an sich, um den Abschnitt genauer zu lesen.

Burkhard Nieland (* 8. Februar 1892 in Hiddensee), Gründungsmitglied der NSDAP, Duz-Freund Adolf Hitlers, 1939 bis 1943 Gauleiter in Hamburg. An der Seite des Leiters Griem funktionierte er das einstige Arbeitslager Ladelund, 20 Kilometer nordöstlich von Niebüll an der deutsch-dänischen Grenze, zu einer Außenfiliale des Hamburger Konzentrationslagers Neuengamme um. Ab 1. November 1944 wurde es im Zusammenhang mit dem Bau des sogenannten Friesenwalls mit Häftlingen belegt. Jener Wall sollte als Wehranlage an der deutschen Nordseeküste dienen, wurde aber nicht mehr fertiggestellt. Am 16. Dezember 1944 wurde das Lager aufgelöst. Innerhalb der nur anderthalb Monate, in denen es bestand, starben jedoch über dreihundert der zweitausend Häftlinge.

Nach einer Zeit als Prokurist bei einer Spedition in Stuttgart trat Nieland 1948 zur Bürgermeisterwahl in der schwäbischen Kleinstadt Schafferdingen an. Er gewann die Position – und hält sie trotz seines fortgeschrittenen Alters von 69 Jahren bis heute inne.

Isabel konnte nicht glauben, was der anonyme Verfasser hier behauptete: Burkhard Nieland war nie von den KZ-Insassen gelyncht worden, wie man seiner Familie hatte weismachen wollen. Stattdessen regierte er nun eine ganze Stadt! Dann war der Mann, der Schuld am Tod zweier Familienmitglieder trug, tatsächlich neulich in ihrem Keller gewesen? Was aber hatte er dort zu suchen gehabt?

Isabel beschloss, zunächst mit Konrad über die schockierende Information zu sprechen, dass ihr Nazi-Großvater wohl noch lebte. Sie befürchtete, auf ihre Familie könne sich diese Nachricht verheerend auswirken – bei all dem Hass, den vor allem Willy, Anna, Hilde und José aus gutem Grund gegen Burkhard Nieland hegten. Die Geschichten über Annas älteren Bruder hatten selbst bei Isabel, die ihn ja nie persönlich kennengelernt hatte, immer wieder Entsetzen, Empörung und Wut ausgelöst. Isabels Mutter Hilde hatte ihr einmal erzählt, wie schockiert sie mit elf über die Enthüllung gewesen war, dass nicht Max, sondern dieser Judenhasser Burkhard ihr leiblicher Vater war. Nieland hatte später auch Liebesbriefe zwischen Isabels Eltern unterschlagen lassen, ihren Vater José außer Landes und schließlich ins Gefängnis gebracht, um ihn von ihrer Mutter Hilde zu trennen. Ein Chilene war dem Nazi eben nicht gut genug gewesen für seine Tochter. Wenn es nach Burkhard Nieland gegangen wäre, gäbe es Isabel also gar nicht. Doch er war noch für viel grässlichere Schandtaten verantwortlich: 1942 hatte Oma Sofies einstiger Verlobter die Homosexualität ihres Bruders Willy der Gestapo gemeldet und ihn dadurch letztlich ins KZ gebracht. Infolgedessen war sein Partner, Annas geliebter Cousin Hinnerk, in den Selbstmord getrieben worden. Würde Isabel der Familie jetzt von Burkhards Überleben berichten und davon, dass er nun Bürgermeister war, obwohl er einst ein KZ geleitet hatte, dass er vielleicht sogar jüngst in ihrem Zuhause herumgestöbert hatte – Jans große Feier am Montag wäre in jedem Fall ruiniert. Aber sie musste mit jemandem über das sprechen, was sie erfahren hatte; und Konrad war besonnen und klug.

Als er ihr auf ihr Klingeln hin die Wohnungstür öffnete, war sie verblüfft, dass er in seinem teuersten Anzug vor ihr stand. Er wirkte seltsam aufgewühlt, als er sie zur Begrüßung küsste.

»Komm rein, komm rein, komm rein!«, murmelte er nervös vor sich hin.

Im Wohnzimmer hatte der schöne Zahnarzt zu ihrer Verwunderung feierlich den Tisch gedeckt, und aus der Küche duftete es verführerisch nach Essen. Bisher waren sie nur auswärts dinieren gewesen.

»Hast du für uns gekocht?«, fragte sie mit verblüfftem Blick auf den Tisch – sogar Kerzen standen darauf.

»Ich kann nicht gut kochen«, gestand er kopfschüttelnd und fügte in einem kurzen Anflug seines sonst üblichen Humors hinzu: »Aber ich kann sehr gut bestellen. Also …« Er holte tief Luft. »Ich möchte gern etwas besprechen.«

»Ja?«, sagte sie verwirrt.

»Ich bin mehr als doppelt so alt wie du. Es kann sein, dass die Leute immer die Nase über unsere Verbindung rümpfen werden. Du hast mich gefragt, ob ich am Montag mit zu dieser Familienfeier gehe, und ich habe gesagt, ich müsste schauen, ob es zeitlich reicht. Doch das war nur eine Ausrede. Isabel, ich kann da nicht einfach so auftauchen.«

Verzweiflung stieg in ihr auf. War dies etwa ein Abschiedsessen?

»Ich … habe aus Feigheit sehr gezögert. Aber du warst mutig. Hast dich auf die Suche nach mir gemacht. Du, eine so hochintelligente und schöne Frau. Das war ein Riesenkompliment für mich. Ich möchte deiner Familie klarmachen, wie viel du mir bedeutest.«

Selbst, als er nun vor ihr niederkniete, dauerte es noch einen Augenblick, bis Isabel erfasste, was dies alles bedeutete. Das mochte daran liegen, dass sie Heiratsanträge zwar oft in Filmen und Romanen mitbekommen hatte, selbst jedoch natürlich noch nie einen erlebt hatte. Als er ein kleines Schächtelchen mit einem betörend eleganten und unverschämt teuer aussehenden Ring öffnete, wirkte diese Szene wie aus einer anderen Realität.

»Würdest du mir die Ehre erweisen, meine Frau zu werden, Isabel Torres?«, fragte er.

Und plötzlich brach sie in Tränen aus, sie, die sich immer für eine nüchtern forschende Journalistin gehalten hatte. Dieser schöne, aufregende Mann, den sie so lang vermisst und gesucht hatte, wollte sein Leben mit ihr verbringen! Wie viel Sehnsucht sein starker Brustkorb, der durch das etwas geöffnete weiße Hemd zu erahnen war, sein erregender Blick und seine sinnlichen Lippen mal wieder in ihr auslösten … All das sollte sie nun für immer genießen können?

»Ja, das will ich«, sagte sie entschlossen. Und als er aufstand, mit feuchten Augen lächelnd, küsste sie ihn so intensiv wie nie zuvor. Sie hatte entschieden, sich ihm und ihrer Leidenschaft in dieser Nacht ganz und gar hinzugeben. Von Burkhard Nieland wollte sie ihm heute nicht mehr erzählen. Der Mann, der alles darangesetzt hatte, ihre Existenz zu verhindern, sollte ihr nicht den schönsten Abend ihres bisherigen Lebens ruinieren!

22

Am Sonnabend, den 12. August 1961, saß Isabel Torres im Zug an die dänische Grenze und sah in Gedanken versunken durch das Abteilfenster die flache Weidelandschaft vorbeifliegen. Die Liebesnacht mit Konrad war anders verlaufen, als sie es sich erhofft hatte – und recht abrupt abgebrochen worden. Als es zwischen ihnen zum Äußersten gekommen war und sie sich ihm ganz hatte hingeben wollen, war das, was bei ihm anfangs noch auf beeindruckende Weise funktioniert hatte, plötzlich erschlafft. Er hatte es scherzhaft auf seine katholische Erziehung und sein schlechtes Gewissen geschoben. Sicher werde nach der Hochzeit alles zwischen ihnen standfest und ausdauernd sein. Doch Isabel war nicht nach Scherzen zumute gewesen. Sie fragte sich seither ständig, ob ihm ihr nackter Körper wohl nicht gut genug gefallen hatte, und war die ganze Nacht wach neben ihm gelegen. Dadurch, dass er ihr heute Morgen dann auch noch gesagt hatte, er habe vor Sonntagabend keine Zeit mehr, da er einen Praxisnotdienst übernommen habe, war ihre Unsicherheit noch verschlimmert worden.

Schließlich hatte sie sich spontan in den nächsten Zug Richtung Ostseeküste gesetzt, um sich dort ein wenig bei ihrer Urgroßmutter mütterlicherseits abzulenken. Uroma Erna, inzwischen stolze siebenundachtzig Jahre alt, war noch äußerst rüstig und holte ihre Enkelin mit dem eigenen Auto vom Flensburger Bahnhof ab. In dem alten Reetdachhaus am

Rüder See bei Glücksburg waren einst Sofie und Willy aufgewachsen, und Isabel hatte hier schon seit ihren Kindertagen wunderbare Wochenenden verbracht. An diesem sonnigen Samstagnachmittag schnappte sie sich Oma Sofies altes Fahrrad und fuhr auf die Halbinsel Holnis hinaus, um dort ein wenig spazieren zu gehen. Sie nahm die Schönheit der Fördelandschaft jedoch kaum wahr, so sehr war sie in Gedanken an die misslungene Liebesnacht versunken, während sie barfuß durch den Sand stapfte.

Da bemerkte sie einen ungepflegt wirkenden Mann, der Mitte vierzig sein mochte, und dessen Haar völlig zerzaust in alle Richtungen stand. Er hatte einen jungen Hund dabei, den er an einem Strick hinter sich herzog. Isabel erkannte in dem Tier eine Mischung aus Weimaraner und Labrador, einen sogenannten Weimador. Er konnte irgendwann eine stattliche Größe erreichen, sah im Augenblick jedoch völlig unternährt aus und schien kaum gehen zu können.

Augenblicklich wurde sie von Mitleid für den ausgezehrten Welpen erfasst. Sie war von jeher sehr tierlieb gewesen. Dackeldame Rosita hatte sie durch ihre gesamte Kindheit begleitet, und als sie 1958 im Alter von fünfzehn Jahren gestorben war, hatte sie regelrecht getrauert. »Können Sie den armen Kerl nicht tragen?«, wandte sich Isabel an den verlotterten Mann. »Er ist ja völlig abgemagert und geschwächt.«

»Kümmern Sie sich um Ihren eigenen Kram!«, erwiderte er unfreundlich, und sie konnte seine Alkoholfahne bis zu sich herüber riechen.

Da schien ihm ihre exquisite Kleidung und ihr gepflegtes Äußeres aufzufallen, und er sagte bemüht freundlicher: »Abgemagert bin ich auch, schönes Fräulein. Mein Kamerad hier und ich halten in guten wie in schlechten Zeiten zusammen. Und gerade ist es eben ein bisschen klamm.«

Sie wusste, dass er auf Geld von ihr spekulierte, doch sie wusste auch, dass das »Herrchen« weder seinem Hund noch sich selbst Essen kaufen würde, so dürr wie beide waren. Vielmehr würde er wohl einmal mehr in billigen Fusel investieren.

Wie wach und Hilfe suchend die Augen des Hundchens auf sie wirkten.

»Ich würde Ihnen den Kleinen abkaufen«, sagte sie spontan.

»Hundert Mark.«

Sie bemerkte, wie es gierig in den Augen des Mannes glitzerte. Für hundert Mark konnte man auf den Butterdampfern auf der Förde eine Menge zollfreien Alkohol erstehen. Doch offenbar hoffte der Mann, dass da noch mehr zu holen war.

»Harte Zeiten sind das, die steh ich ohne meinen Kumpel hier viel schlechter durch«, behauptete er. Er näherte sich mit gespielter Liebe dem Hund, der sich jedoch verdächtig ängstlich zusammenduckte.

Kumpel, dachte Isabel zornig, von wegen!

Sie griff in ihre Jackentasche, doch da waren nur die zwei von Uroma Erna zubereiteten Butterbrote. Für zwei Butterstullen würde ihr der Alkoholiker den Hund wohl nicht überlassen.

»Hören Sie, ich habe jetzt gerade kein Geld dabei ...«, begann sie, woraufhin der Mann wütend reagierte.

Er zog den bedauernswerten Hund dermaßen an dem Strick, dass er gequält aufjaulte.

»Sie tun ihm weh!«, rief Isabel voller Verzweiflung, da bemerkte sie neben sich einen großen Schatten. Sie drehte sich um – ein Reiter auf einem stattlichen braunen Pferd war herangekommen. Noch überraschter war sie, als der Herr mit vertrauter Stimme sagte: »Fräulein Torres, gibt es hier ein Problem?«

Erst jetzt erkannte sie ihren jungen Redaktionskollegen Alex Jensen. Ohne seine charakteristische Lesebrille und so hoch zu Ross sah er ganz anders aus – viel imposanter und männlicher.

»Dieser Welpe ist völlig unterernährt …«, rief sie hilflos. »Könnten Sie mir hundert Mark leihen?«

Alex warf dem dürren Ungepflegten und dem Hund einen prüfenden Blick zu.

»Ich verkaufe meinen besten Kumpel nicht für hundert Mark«, behauptete der Mann.

»Hören Sie, ich habe hundertfünfzig Mark dabei«, erklärte Alex kühl. »Mehr ist nicht drin. Also hü oder hott?«

Der Alkoholiker überlegte kurz, dann öffnete er seine große, schwielige Hand mit den stark verschmutzten Nägeln. Alex zeigte ihm die Scheine, verlangte aber zuerst den Strick mit dem Hund. Als er ihn bekommen hatte, reichte er dem Mann das Geld. Der riss es ihm aus der Hand, überprüfte es mit einem raschen Blick und trollte sich dann, befürchtete wohl, der gut gekleidete Herr auf dem Pferd könne es sich anders überlegen.

»Das ist mir jetzt so peinlich«, entschuldigte sich Isabel und nahm den Hund auf den Arm, ohne auf ihre Kleidung zu achten. Das Kerlchen brauchte Liebe! »Ich habe wirklich nur zwei Butterbrote von meiner Urgroßmutter mitgenommen, aber wenn ein Tier leidet, das ertrag ich nicht …«

»Geht mir genauso«, sagte er und streichelte sein schönes Pferd am Hals.

»Meine Uroma wohnt drüben in Rüde, ich könnte mit dem Fahrrad …«, wollte sie vorschlagen, doch er unterbrach sie.

»Das Geld können Sie mir doch auch Montag in der Redaktion noch geben«, meinte er.

»Das wäre dann erst Dienstag, am Montag bin ich auf einer Geburtstagsfeier«, gab sie zu bedenken.

»Ach ja, das hat Leni erzählt«, fiel Alex wieder ein. »Dann eben Dienstag. Wie wäre es, wenn wir jetzt erst mal dem Hund etwas zu essen besorgen?«

»Haben Sie denn noch Geld?«, wunderte sich Isabel.

»Klar, ich hatte insgesamt dreihundert Mark dabei, um beim Bauern eine Lieferung für unseren Reiterhof zu bezahlen«, sagte ihr hübscher Kollege mit seinem charmantesten Lächeln. »Aber das musste der Tippelbruder ja nicht wissen.«

***

Am Samstag kamen Rosa und Felix gegen neun Uhr abends in Ost-Berlin an und klingelten an dem Haus, in dem sich die Wohnung von Felix' Vater befand. Rosa musste sich eingestehen, dass sie nervös war, fast noch nervöser als neulich bei ihrem ersten Vorsprechen an der Schauspielschule hier am Stadtrand. Ihrer Aufregung zum Trotz hatte sie es in die zweite Runde geschafft, war zu einem weiteren Vorsprechen Ende nächster Woche eingeladen worden.

Jetzt steigerte sich ihre Unruhe, als Felix' Vater auch nach mehrmaligem Klingeln nicht öffnete.

»Komisch, er weiß doch, dass wir kommen«, wunderte Felix sich. »Na ja, ich habe ja noch meinen Schlüssel.«

Als sie die Dreiraumwohnung im ersten Stock betraten, rief Felix nach seinem Vater, doch er war wirklich nicht zu Hause. Im Wohnzimmer fiel Rosa auf, wie viele Bücher Christoph Lüttgens besaß. Sie sah vor allem naturwissenschaftliche Bände. Zahlreiche Titel zu den Themen Mathematik, Physik und Astronomie. Was ja kein Wunder war, denn laut Felix arbeitete Christoph als Lehrer für eben jene Fächer – und für Sport.

In einer Kammer hinter der Wohnstube befand sich Felix' Jugendzimmer. Es schien unverändert. Ein Plakat des Kinofilms *Bus Stop* mit Marilyn Monroe hing an der Wand – und ein weiteres des bekannten Jazz-Trompeters Chet Baker.

»Meine Eltern haben sich ja schon vor zehn Jahren getrennt, und mein Vater ist dann von Bremen nach Ost-Berlin an ein Gymnasium gewechselt. Obwohl ich nur in den Ferien hier war, durfte ich mir trotzdem das kleine Zimmer einrichten«, erzählte Felix.

In diesem Augenblick wurde der Schlüssel in der Wohnungstür gedreht.

»Felix? Seid ihr schon da?«, hörte Rosa eine Männerstimme rufen und wurde augenblicklich wieder ein wenig nervös.

Christoph Lüttgens war, so wusste sie, ein Jahr jünger als sein Bruder Jan. Dennoch sah der große, schlanke Mann eher aus wie eine ältere Version seines Bruders, als er nun das Zimmer betrat, um das junge Paar zu begrüßen. Das mochte an dem Anzug und den streng gescheitelten grau melierten Haaren liegen.

Er umarmte seinen Sohn und schenkte Rosa einen bewundernden Blick, als er ihr die Hand schüttelte.

»Freut mich, dich endlich kennenzulernen, nenn mich bitte Christoph«, sagte er. »Tut mir leid, dass ich euch habe warten lassen. Die Ringbahn ist ausgefallen. Muss wohl ein technisches Problem geben.«

***

Das Pferd war an einem Zaun angebunden und zerrte an ein paar Seegrasbüscheln, der wohl erstmals völlig satte Hund tollte ohne Leine im Sand herum. Isabel und ihr Kollege Alex Jensen saßen am Fuße der Steilküste der Halbinsel Holnis auf einer Wolldecke am Strand und beobachteten einen majestätischen Sonnenuntergang in zahllosen Rottönen.

Sie hatten beim Bauern Hundefutter gekauft und ein Picknick für sich selbst. Den Restbetrag der Lieferung für den Pferdehof hatte Alex anschreiben dürfen, da sein Vater Stammkunde bei ihm war.

»Wie wollen wir unseren Kleinen denn nennen?«, erkundigte sich der junge Journalist mit Blick auf den Hund, der übermütig fiepend einem Insekt nachjagte.

»Hm«, machte Isabel. »Wie wäre es mit Lito? Weil wir ihn an einem Strand getroffen haben. Das heißt doch auf Lateinisch Litore.«

»Sehr kreativ«, lobte ihr Kollege. »Lito. Das passt ganz großartig. Apropos Namen: Wollen wir uns nicht duzen, ich bin der Alex.«

»Gern, ich bin Isabel«, entgegnete sie, drückte seine ausgestreckte Hand und scherzte: »Hoffentlich unterstellt uns der Augstein nichts, wenn wir uns Montag in der Redaktion plötzlich duzen.«

Alex lachte. »Das wird er wohl. Wenn der einer schönen Frau das Du anbietet, hat er bestimmt Hintergedanken.«

»Und du nicht?«

Statt einer Antwort grinste Alex nur und zog sich sein Hemd aus. Er rannte auf das Wasser zu und lief hinein. Er ist meiner Frage ausgewichen, stellte Isabel fest, aber einen schönen durchtrainierten Körper hat er.

Sie trug vorsorglich ihren Badeanzug unter der Sommerkleidung und zog sich nun ihrerseits aus, um schwimmen zu gehen.

Die Blicke, die ihr Alex zuwarf, als sie im Badeanzug auf das Wasser zuging, taten ihr gut. Er wirkte ausgesprochen angetan. So schlimm konnte ihr Körper also doch nicht sein.

Noch bevor sie im Wasser angekommen war, spritzte er sie mit dem kühlen Nass voll, und sie kreischte kurz auf. Doch dann stürzte sie sich tapfer in die Fluten, um sich dort an ihm zu rächen.

***

Am nächsten Morgen wurde Rosa in Christophs Ostberliner Wohnung von der Sonne geweckt, die zum Fenster hereinschien. Nach dem trüben Samstag freute sie sich über das schöne Wetter. Noch mehr gefiel ihr, dass Felix offenbar vor ihr aufgewacht war und sie mit Liebe im Blick beim Schlafen beobachtet hatte. Er gab ihr einen sanften Kuss. »Guten Morgen, mein Schatz.«

»Bist du schon lange wach?«, fragte sie ihn.

»Eine Stunde etwa. Irgendwas ist heute anders«, stellte er fest.

»Was meinst du?«, hakte Rosa verwirrt nach.

»Die Stille. Kein Quietschen, kein Rattern von der S-Bahn. Die fährt sonst im Fünfminutentakt über die Gleise direkt hinterm Haus«, erklärte er.

»Sonntags auch?«, versicherte sie sich.

Er nickte. »Vielleicht weiß mein Vater irgendwas.«

Christoph Lüttgens hatte seinem Sohn vor dem Zubettgehen noch anvertraut, wie begeistert er von Rosa war. Beim gemeinsamen Nachtessen hatten sie sich zuvor auch bestens miteinander unterhalten. Felix' Vater war an allen Details ihres Spontanauftritts als Cleopatra und ihrem ersten Vorsprechen an der hiesigen Schauspielschule sehr interessiert gewesen.

Als sie nun ins Wohnzimmer mit dem gedeckten Frühstückstisch kamen, hatte Christoph Lüttgens jedoch eine düstere Miene aufgesetzt.

»Die S-Bahnen zwischen Ost und West fahren nicht mehr«, berichtete er, nachdem er ihnen brummig einen guten Morgen gewünscht hatte. Er deutete auf das Radio, aus dem gerade Rosita Serranos Comeback-Single *Es waren zwei Königskinder* erklang. »Im SFB haben die was von Stacheldraht und Absperrung des Ostens gebracht. Ich weiß gar nicht, ob wir heute wie geplant nach Hamburg kommen.«

Rosa spürte, wie sie in Panik geriet.

»Bevor wir uns aufs Geratewohl ins Auto setzen, wollte ich gleich erst mal zum Brandenburger Tor rüber und mir ein Bild von der Lage verschaffen«, fuhr Felix' Vater fort.

Auf dem Weg zum Tor hörten sie schon von Weitem die Pressluuthammer. »Das geht schon seit zwei Uhr in der Nacht so«, behauptete eine rundliche Frau, die mit einem älteren Herrn sprach.

Der Anblick, der sich ihnen am Tor-Denkmal bot, schockierte alle zutiefst. Das Straßenpflaster vor dem berühmten Bauwerk war aufgerissen, ein Graben war quer über die Ebertstraße entstanden, ungefähr einen halben Meter tief und ebenso breit. SED-Betriebskampfgruppen rollten immer mehr Stacheldraht aus, rammten Betonpfähle ein, errichteten Barrikaden und zäunten unter dem Schutz der DDR-Volkspolizei den Ostteil der Stadt ein. Auch die Feuerwehr war anwesend. Insgesamt waren über fünfzig Uniformierte da, um das Tor zu bewachen. Rosa sog die Luft scharf ein beim Anblick der zahlreichen Maschinenpistolen. Felix' Vater war empört. »Jetzt haben die komplett den Verstand verloren.«

Sie wollte sich nicht vorstellen, dass die Absperrung von Dauer sein sollte. Aber schon die Aussicht, eventuell das morgige Familientreffen am Elbstrand zu verpassen, fühlte sich wie ein widerwärtiger Eingriff in ihre Freiheit an.

»Und West-Berlin hilft ihnen auch noch dabei«, erboste sich eine Frau neben ihnen. »Der Senat hat scheint's die Bogenlampen am Tor einschalten lassen, damit die schon nachts anfangen konnten.«

Auch auf der Westseite der Mauer standen zahlreiche wütende Menschen. Viele beschimpften die »bewaffneten Organe«, wie die DDR-Uniformierten im SED-Jargon genannt wurden, lautstark. »Pfui« wurde gerufen und »Schweinerei«. Einige sangen *Brüder, zur Sonne, zur Freiheit;* es flog auch die eine oder andere Bierflasche.

»Ein paar besoffene Nachtschwärmer stehen schon seit Stunden da und protestieren«, erklärte ein Nachbar Christophs, und es klang fast etwas abfällig.

»Kommt man überhaupt noch in den Westteil?«, erkundigte sich Felix beklommen.

Der Nachbar schüttelte den Kopf. »Heute besser nicht. Scheinbar sind überall die Übergänge zu. Lieber abwarten, wie es sich weiterentwickelt. Und bis dahin – niemanden provozieren.«

Mit dem Stacheldrahtzaun wuchs auch die Ansammlung der Schaulustigen am Brandenburger Tor von Minute zu Minute. Bald hatten sich Hunderte Berliner versammelt. Manche stumm, manche laut schimpfend, standen sie vor dem Zaun und starrten fassungslos auf das, was da vor ihren Augen entstand.

»Weg mit dem Stacheldraht!«, wurde gerufen. »Schämt euch!«.

»Wann kommen die Amerikaner und machen diesem Spuk ein Ende?«, fragte Christoph Lüttgens mit belegter Stimme und fügte dann so leise, dass nur Rosa und Felix sie hören konnten, hinzu: »Das haben Ulbricht und Konsorten doch alles von langer Hand geplant. Von wegen: ›Niemand hat vor, eine Mauer zu bauen‹ – der Kerl hat eiskalt gelogen!«

Felix legte ihm seine Hand auf den Unterarm. Stumm. Darauf gab es nichts zu sagen. Mit seiner anderen Hand griff er nach Rosas, und so standen sie da und sahen betreten zu, wie der Stacheldraht immer unüberwindbarer wurde.

Rosa wurde bewusst, dass sie die Familie im Westen auf absehbare Zeit nicht mehr einfach besuchen konnte. Ein schreckliches Gefühl der Verlassenheit ergriff sie. Plötzlich kam Bewegung in die Menge: Ein Pulk von Menschen stürmte auf die Uniformierten zu – wild schreiend und außer sich vor Wut und Verzweiflung. Die Luft war voller Schreie. Sie klangen aus den Kehlen der Randalierer sowie aus denen der Uniformierten.

Rosa spürte förmlich, wie die Gefahr eines Gewaltausbruchs die Stimmung auflud. Sie selbst war hin- und hergerissen zwischen dem Drang, beim Sabotieren des Stacheldrahts mitzumachen, der sie von ihrer Familie trennte – und dem Instinkt, in die Sicherheit von Christophs Wohnung fortzulaufen. So stand sie nur regungslos da – und erstarrte noch mehr, als sie bedrohlich dröhnende Motorengeräusche hörte. Vier Schützenpanzer kamen herangerast, und sie hielt schockiert den Atem an. Die Vopos installierten Wasserwerfer.

Rosa hörte Felix noch »Vorsicht!« rufen, da wurde sie auch schon von einem Wasserstrahl erfasst, der die Wucht eines dahinrasenden Zuges zu haben schien. Die fragile junge Frau wurde von ihren Beinen gerissen und weggeschleudert. Als sie irgendwo aufprallte, schrie sie vor Schmerz laut auf. Und dann versank sie in tiefer Schwärze.

23

Am Sonntagnachmittag saß Isabel neben ihrer Reisetasche und dem Korb mit Hund Lito im Zug nach Hamburg und dachte an den schönen Nachmittag mit Alex zurück. Nach dem Schwimmen war er – ganz Kavalier alter Schule – mit seinem Pferd neben ihrem Rad hergetrabt, bis sie sicher am Reetdachhäuschen ihrer Urgroßmutter angekommen waren. Beim Abschied hatten sie verabredet, bald wieder einmal zusammen zu ihrer jeweiligen Verwandtschaft an der Grenze zu fahren – diesmal jedoch geplant. »Dann zeige ich dir unseren Reiterhof«, hatte er vorgeschlagen.

»Gern.«

Der Zug fuhr in den Bahnhof ein, und Isabel wandte sich an ihren Welpen, der sie aus dem Körbchen heraus fragend ansah. »Na, Lito, jetzt lernst du gleich meine Familie kennen.«

Auf dem Bahnsteig wurde Isabel zu ihrem Erstaunen nicht nur von Albin empfangen – dass er sie mit seinem neuen Auto vom Bahnhof abholen würde, war verabredet gewesen –, sondern auch von Konrad, der einen Blumenstrauß in den Händen hielt.

»Woher wusstest du, dass ich jetzt ankomme?«, wunderte sie sich nach einem erfreuten Begrüßungskuss.

»Du hattest gesagt, dass deine Urgroßmutter Erna Brix in Glücksburg ist. Da hab ich einfach die Auskunft angerufen«, berichtete er. »Und dann deine Uroma. Sie hat mir verraten, wann du ankommst. Ich weiß, dass du jetzt zu deiner Familie musst, aber ich wollte dich jedenfalls kurz sehen – und dir sagen, wie sehr ich mich auf morgen freue – und wie sehr ich dich liebe.«

Er strahlte sie mit seinem unwiderstehlichen, jungenhaften Charme an – und die missglückte Liebesnacht war vergessen. Sie würden noch Gelegenheit zu weiteren Versuchen haben. Und es würde wunderschön werden, da war sie sich auf einmal wieder ganz sicher. Konrad küsste sie noch einmal zum Abschied und überließ sie dann ihrem »Chauffeur«. Dieser war seltsam ernst – weder befragte er sie zu ihrem süßen neuen Hund noch – und das war nun wirklich untypisch – zum nicht minder süßen Konrad. Der Grund für Albins Niedergeschlagenheit wurde bald klar: Auf der Fahrt zur Villa erzählte er ihr alles, was er über die Grenzschließung in Berlin wusste, von der sie bei ihrer Uroma nichts mitbekommen hatte. Die arme Rosa! Isabel hatte ihre Cousine in einem Brief mit verschlüsselten Hinweisen zu warnen versucht.

»Die Abgrenzung Ost-Berlins war bereits absehbar, am 9. August sind erstmals fast zweitausend DDR-Bürger an einem Tag geflüchtet«, erinnerte die junge Journalistin den Autohausbesitzer. »Der *Spiegel* hat schon vor vier Tagen geschrieben, dass der SED im Grunde nur noch die Radikallösung bleibt – die Sektorengrenze innerhalb Berlins für alle DDR-Bürger zu sperren. Die Pläne lagen wohl schon seit Wochen bereit.«

Bei ihrer Ankunft waren alle Bewohner der Elbstrandvilla mit betretenen Mienen im Salon versammelt. Fernsehgerät und Radio waren eingeschaltet, in der Hoffnung auf Neuigkeiten aus Berlin. Leni führte zudem wieder und wieder Telefonate mit Freunden aus Politikerkreisen. So hatte die Familie die

Hoffnung, auch Dinge zu erfahren, die der breiten Öffentlichkeit bisher vielleicht noch verschwiegen wurden.

Elfie saß schluchzend auf einem Sofa, vor Sorge um ihre Tochter offenbar einem Nervenzusammenbruch nah. Ihr Zwillingsbruder Julius und Sofie hatten tröstend den Arm um die Verzweifelte gelegt.

»Willy Brandt ist noch in der Nacht extra aus Nürnberg zurückgekommen, hat sich am Brandenburger Tor einen Überblick von der Lage verschafft. Er hat diese Form der Staatsgrenze ›Sperrwand eines Konzentrationslagers‹ genannt«, berichtete Leni, als sie den Hörer aufgelegt hatte. Sofie erschauderte. Dass der Regierende Bürgermeister West-Berlins überstürzt in die Stadt zurückgekehrt war, unterstrich den Ernst der Lage. Leni ergänzte voller Bitterkeit: »Die SED-Propaganda verklärt die neue Mauer zum ›antifaschistischen Schutzwall‹. Sie wollen damit verhindern, dass immer mehr Menschen die DDR verlassen.«

»Kann ihnen jemand die Flucht verdenken?«, meinte Elfie schniefend. »Hätte ich Rosa doch nie gehen lassen.«

»Vielleicht haben sie es ja noch über die Grenze geschafft«, versuchte Julius zuversichtlich zu klingen. »Sie waren ja schon auf dem Weg hierher.«

Doch Elfie schüttelte verzweifelt den Kopf. »Ich habe ein ganz schlechtes Gefühl.«

»Für Millionen DDR-Bürger wird ihr Land durch diesen verfluchten Zaun zum Gefängnis«, sagte Sofie, und das Sprechen fiel ihr schwer. Seit Ende des Krieges hatte sie keine derartige Angst mehr verspürt wie jetzt um ihre Enkelin.

»Aber wieso lassen die Amis das zu?«, rief Max.

»John F. Kennedy hat wohl gemeint, eine Mauer sei besser als Krieg mit den Sowjets«, berichtete Leni. »Der Abgeordnete Helmut Schmidt, hat mir erzählt, dass Willy Brandt am späten Vormittag in die Alliierte Kommandantur in die Kaiserswerther Straße gefahren ist. Er hat die drei Stadtkommandanten von USA, England und Frankreich wohl ganz schön angeherrscht. Sie hätten sich heute Nacht von Ulbricht in den Hintern treten lassen, hat Brandt angeblich gesagt. Aber die Alliierten sind scheinbar nicht mal zu symbolischen Aktionen bereit.«

Ein Gefühl völliger Hilflosigkeit erfasste die Menschen in der Villa.

»Ich glaube, ich sage meine Geburtstagsfeier ab«, meinte Jan betreten. »Wir können ja nicht fröhlich sein, wenn mein Bruder, Felix und Rosa eingezäunt werden.«

»Gar nichts wird hier abgesagt!«, fauchte da Elfie und sprang zornig auf. »Du wirst nur einmal fünfzig. Und das ist morgen, daran kann auch die verfluchte DDR-Führung nichts ändern. Wir werden bis zum letzten Moment darauf hoffen, dass es Christoph und die Lütten doch noch rechtzeitig schaffen. Und wenn nicht, dann feiern wir einfach noch mal, wenn sie hier sind!«

Keiner der anderen wagte nach diesem Ausbruch der verzweifelten Mutter Rosas zu widersprechen. Sofie war jedoch nicht die Einzige, die bei sich dachte, dass es bis zu einem Wiedersehen mit Rosa und den Lüttgens noch sehr, sehr lange dauern konnte. Außerdem war nicht sicher, ob die Lage nicht noch mehr eskalieren würde. Sie fühlte sich auf unheimliche Weise an die Stimmung in der Villa erinnert, als siebenundvierzig Jahre zuvor der Erste Weltkrieg gedroht hatte.

***

Beim Einsatz der Wasserwerfer am Brandenburger Tor war Rosa zu Felix' Erleichterung mit einer Schürfwunde an der Stirn und blutigen Knien davongekommen. »Als du von den Füßen gerissen wurdest, habe ich schon mit dem Schlimmsten gerechnet«, erzählte er, als sie gegen Abend mit seinem Vater in dessen Wohnzimmer saßen. Zuvor hatten sie den Nachmittag über an mehreren Stellen vergeblich versucht, mit Christophs Auto nach West-Berlin durchzubrechen. Überall war die Grenze gesperrt und bewacht. Sie mussten einsehen, dass das Gerede vom antifaschistischen Schutzwall ernst gemeint war und die Grenzen zwischen Ost- und West-Berlin vorerst wirklich geschlossen bleiben würden.

Felix' Vater war der Meinung, dass der sowjetische Regierungschef Chruschtschow hinter der Grenzsperrung steckte. »Es sind ständig so viele Menschen in den Westen geflohen, Ostdeutschland drohte ihm verloren zu gehen. Das kann er nicht zulassen – wenn er die DDR verliert, wird er irgendwann auch Polen und ganz Osteuropa verlieren. Er *musste* etwas tun, um den Flüchtlingsstrom zu stoppen. Und sollte der Westen den Bau dieser Grenzzäune sabotieren, würde er einen Atomkrieg riskieren.«

Felix stimmte zu: »Kennedy kann das Bündnis zusammenhalten, um West-Berlin zu verteidigen, aber nicht, um den Zugang nach Ost-Berlin offen zu halten. Eine solche Einmischung in die inneren Angelegenheiten der DDR – das käme wirklich einer Kriegserklärung mit der Sowjetunion gleich.«

»Es ist so gemein, dass ausgerechnet jetzt die Telefonleitungen in den Westen unterbrochen sind«, sagte Rosa.

»Das können sie so nicht lassen«, erwiderte Christoph. »Ich denke, wenn ihre Zäune überall stehen, wird man wieder telefonieren können. Dann sagen wir Jan Bescheid.«

»Können wir noch bis morgen hierbleiben?«, bat Felix seinen Vater. »Nur für den Fall, dass es ein Wunder gibt und doch noch ein Übergang wieder geöffnet wird.«

»Natürlich könnt ihr das«, antwortete Christoph. »Ich habe mir ja ohnehin bis Mittwoch freigenommen.«

Rosa merkte an der Stimmung der beiden, dass sie genauso wenig an solch ein Wunder glaubten wie sie selbst.

***

»Was?« Timon starrte seine Großcousine Isabel verblüfft an.

»Ja, es stand dort schwarz auf weiß«, beteuerte die junge Journalistin. »Burkhard Nieland lebt und ist Bürgermeister in einer schwäbischen Kleinstadt.«

»Bist du sicher, dass diese Quelle zuverlässig ist?«, hakte Timon skeptisch nach.

Isabel nickte. »Herr Augstein meinte, man müsse bei anonymen Einsendungen aus der DDR vorsichtig sein. Das könne sich immer als Denunzierung und Propaganda entpuppen. Deshalb habe ich in Schafferdingen auf dem Rathaus angerufen und einfach gefragt, ob der Herr Bürgermeister Nieland zu sprechen sei. Die Dame am anderen Ende hat dann gesagt, er sei in einer Sitzung. Sie wollte von mir wissen, worum es denn gehe. Da hab ich aufgelegt. Aber ich hatte ja erfahren, was ich rausfinden wollte. Der Bürgermeister heißt tatsächlich so.«

»Und ich bin der Einzige, dem du davon erzählt hast?«, versicherte Timon sich. Vorhin war er noch etwas verärgert darüber gewesen, dass Isabel darauf bestanden hatte, ihn allein in der Bibliothek zu sprechen – und er Beryl bei den anderen im Salon hatte zurücklassen müssen. Er wollte nicht, dass sie dachte, er hätte Geheimnisse vor ihr. Doch nun verstand er Isabel. »Du hast recht, wir sollten vor Jans Geburtstag niemandem von dem Nazi-Opa erzählen. Ist ja schon schlimm genug, dass die Grenzschließung bei allen auf die Stimmung drückt.«

»Eben«, bestätigte Isabel. »Ich möchte vor allem Max und Willy nicht beunruhigen. Die hassen diesen Burkhard doch so.«

»Finde ich eine sehr gute Entscheidung«, sagte Timon.

»Bekommen wir denn nun endlich die Chance, deinen Zahnarzt kennenzulernen?«

Augenblicklich entspannten sich Isabels Gesichtszüge, und ihr gelang ein Lächeln. »Ja, wir sind jetzt verlobt.«

»Donnerwetter!«, rief Timon. »Gratuliere. Jetzt weißt du wohl endgültig, dass er es ernst meint, was?«

Sie nickte strahlend. »Und natürlich muss ich jetzt meinen Eltern endlich sagen, dass ich mit einem Mann zusammen bin, der gut doppelt so alt ist wie ich.«

»Ach, so glücklich wie der dich macht, werden Hilde und José das schon schlucken«, entgegnete Timon, doch er sah traurig aus. »Immerhin trennt euch beide kein Ozean.«

Isabel verstand die Anspielung sofort. »So wie dich und Beryl.«

Er nickte. »Ich glaube, sie meint es auch ernst mit mir, aber das wird uns am Ende natürlich nichts helfen.«

»Wenn du mit dem Wehrdienst fertig bist, darfst du Onkel Julius sicher für längere Zeit besuchen«, versuchte Isabel, ihn zu trösten.

Timons Gesichtsausdruck hellte sich auf. Es war zwar noch viel zu lang hin bis zu seiner Entlassung, aber die Idee einer Reise in Beryls Heimat gefiel ihm.

»Komm, lass uns wieder zu den anderen gehen«, bat er. »Ich schlag Beryl das mit dem Besuch gleich mal vor.«

»Und ich kläre meine Eltern auf«, sagte Isabel und atmete tief durch.

»Ein Zahnarzt?«, versicherte sich José wenig später verblüfft.

»Ja, und wie alt ist der dann?«, erkundigte sich Hilde.

»Über dreißig«, antwortete Isabel vage, die beschlossen hatte, schrittweise vorzugehen. »Fast vierzig« wäre zwar wesentlich treffender gewesen, aber Konrad hatte sich ja trotz seines muskulösen Körpers einen jungenhaften Charme bewahrt und wirkte wesentlich jünger als Ende dreißig. Und wenn ihre Eltern den humorvollen Mann erst kennengelernt hatten, wäre ihnen sein Alter ohnehin egal, hoffte sie.

»Na, dann bin ich mal gespannt«, erwiderte José grinsend.

Dass Konrad und sie bereits verlobt waren, verschwieg Isabel ebenfalls. Er wollte ja ganz klassisch ihren Vater um ihre Hand bitten.

***

Der Himmel über Hamburg war am Montag, den 14. August 1961, dem Tag von Jan Lüttgens' fünfzigstem Geburtstag, bedeckt und grau. Immer wieder gab es Regenschauer, und statt der erhofften Feier auf der Terrasse seines Elblokals ließ der Gastronom und Musiker nur im Inneren des Gebäudes auftischen. Timon und Beryl waren schon am frühen Nachmittag gekommen, um das Personal bei den Vorbereitungen zu unterstützen. Auch die Bühne für Auftritte der zahlreichen eingeladenen Musiker wurde nicht wie geplant am Elbufer, sondern – wesentlich kleiner als angedacht – im Restaurant errichtet. Jan erzählte Timon bei den Aufbauarbeiten, das traurigste sei für ihn, dass die Trompete heute Abend fehlen würde. Sein Neffe Felix war ja immer noch mit dessen Vater und Rosa in der Ostzone eingesperrt – wenn kein Wunder geschehen war.

Rosas Mutter konnte man gerade lautstark aus der Küche des Restaurants hören, offenbar stritt sie sich mit Jans Koch.

»Oje, Elfie ist immer noch etwas gereizt wegen Rosa«, mutmaßte der Jubilar seufzend. »Ich werde mal sehen, ob ich sie ein bisschen beruhigt kriege. Nicht, dass sie mit meinem Smutje noch eine Prügelei beginnt.«

»Wer wird denn heute Abend auftreten?«, erkundigte sich Beryl bei Timon, als Jan in Richtung Küche verschwunden war.

»Jan selbst mit seinen alten Kollegen vom Bordorchester der *St. Louis*. Und Stu will Elvis Presleys *Love Me Tender* singen. Das ist der einzige Song, den er bei den Beatles-Konzerten immer als Solo-Nummer gebracht hat.«

»*Great*, ich hoffe, Jan hat die Nachbarn vorgewarnt, dass das ein lauter Montagabend wird«, erwiderte Beryl lächelnd.

»Ach, die meisten sind ohnehin heute hier. Selbst der alte Doktor Hansen wird kommen und die Apothekerin Frau Moelkner«, beruhigte Timon. »Und im schlimmsten Fall kann hier der Polizeisenator höchstpersönlich für Ruhe sorgen. Doktor Kröger hat nämlich mit Jans Bruder in Altona das Abitur gemacht – und für heute ebenfalls zugesagt. Meine Mutter freut sich schon, die beiden sind alte Parteifreunde. Sie hat wohl noch ein Hühnchen mit ihm zu rupfen.«

»Wieso das?«, fragte Beryl neugierig.

»Ach, irgendwie hat er irgendwas mit Schriftstellern verboten«, blieb Timon vage. »So genau habe ich das damals nicht mitbekommen.«

Leni Schwarz und Dr. Wilhelm Kröger, Hamburgs derzeitiger Senator der Polizeibehörde und für Bezirksverwaltung, gehörten tatsächlich zu den ersten Gästen der Feier. Deshalb konnten Timon und Beryl die Diskussion der beiden mithören und erfuhren so die Ursache von Lenis Unmut. Scheinbar hatte vorigen November in Hamburg die Generalversammlung der Schriftstellervereinigung P.E.N. Deutschland stattfinden sollen. Erklärtes Ziel war wohl eine bessere Zusammenarbeit der Schriftsteller aus Ost und West gewesen. Aus Angst vor »Unterwanderung mit kommunistischem Gedankengut« hatte Innensenator Kröger die Veranstaltung sehr kurzfristig untersagt – als die Gäste aus dem Osten bereits angereist waren.

Dies warf ihm Leni vor. »Da kommen sie endlich einmal aus ihrem Bau heraus, prominente DDR-Schriftsteller und -Funktionäre, und wollen sich stellen. Aber bei uns ist, wenn Dichter kommen, weder der Kultursenator zuständig noch der gesunde Menschenverstand, sondern der Herr Polizeisenator.«

»Na und? Hauptsache, einer handelt vernünftig«, knurrte Kröger. »Was stört dich daran so?«

»Dass du genau deren Erwartungen an den bösen Westen bestätigst!«, meinte Leni. »Genauso stellen sich die Gäste von drüben die Bundesrepublik doch vor. Wenn bei denen wieder einmal Studenten oder Schriftsteller murren und nach freier Diskussionskultur wie im Westen verlangen, dann kann der Ulbricht jetzt sagen: Ach, ihr meint wie in Hamburg ... Und wenn von uns Studenten rüberfahren wollen, um drüben in der Universität zu diskutieren, dann ist die Ablehnung dank dir leicht gemacht: Ihr lasst unsere Leute ja auch nicht zu Wort kommen!«

»Apropos zu Wort kommen lassen«, sagte nun Kröger mit bemüht ruhiger Stimme.

Timon fragte sich, wie sich der ältere Herr diese stoische Engelsgeduld bewahrte – angesichts der Vorwürfe seiner Mutter.

»Ich wollte dich eigentlich was fragen, Leni. Meine Assistentin hat sich den Oberschenkelhals gebrochen. Da dachte ich mir, dass doch eigentlich du bestens geeignet wärest, sie zu ersetzten. Du hast politische Erfahrung und warst in London Jean Monnets rechte Hand«. Dann fügte er grinsend hinzu: »Und du könntest mich rechtzeitig vor weiteren so gravierenden Fehlern retten.«

Nun war Leni tatsächlich sprachlos. Doch auch Timon hätte nach dem Schwall der Missbilligung seitens seiner Mutter niemals damit gerechnet, dass der Polizeisenator ihr einen Posten anbieten würde.

»Da-danke«, stammelte Leni und fügte, als sie das Angebot verdaut hatte, hinzu: »Das ist sehr verlockend. Wir müssten aber erst einen Babysitter für unsere kleine Stella finden.«

Beryl wirkte plötzlich wie elektrisiert und flüsterte Timon ins Ohr: »Ich könnte das machen. Ich habe zu Hause in Cleveland schon auf Kinder in jedem Alter aufgepasst. Dann müssten wir uns nicht dauerhaft trennen.«

Timon war nun genauso aufgeregt wie seine Freundin. Eine echte Chance, dass sie hier in Deutschland bleiben könnte – das war zu schön, um wahr zu sein! »Ja, schlag es meiner Mutter vor, bitte!«

Doch ehe Beryl dazu kam, Leni ihre Dienste als Babysitterin anzubieten, schrie Elfie, die mit einem Tablett voller Krapfen aus der Küche trat, auf. Es folgte ein lautes Klirren, die Servierplatte fiel zu Boden. Zunächst hoffte Timon, sie habe ihre Tochter Rosa in der Menge entdeckt. Doch als er dem entgeisterten Blick der Köchin folgte, sah er stattdessen Isabel am Arm eines hochgewachsenen, rothaarigen Mannes. Das musste ihr Zahnarzt sein – und Elfies heftiger Reaktion zufolge schien diese ihn ihrerseits zu kennen.

»Konrad!«, rief sie schrill. »Nimm sofort die Finger von meiner Nichte, du Schwein!«

Isabel war völlig überrumpelt von Elfies Ausbruch, Konrad Heß sah aus, als habe er einen Geist erblickt.

»Kennt Elfie diesen Mann?«, wandte sich Timon verdutzt an die Mutter der Köchin, die neben ihm stand.

Sofie war kreidebleich und flüsterte ihm zu: »Er ist Rosas Vater.«

Timon klappte buchstäblich die Kinnlade hinunter. Er war sich absolut sicher, dass die arme Isabel von dieser Tatsache nicht das Geringste geahnt hatte!

24

Sofie Timmlein realisierte binnen Sekunden mehrere Dinge auf einmal. Erstens: Ausgerechnet Konrad, der während des Krieges mit ihr für einige Monate in Hamburg Medizin studiert hatte, war jener Zahnarzt, in den sich ihre Enkeltochter Isabel verliebt hatte! Der Mann, der nach den Bombenangriffen in der Villa aufgenommen worden war, dann mit ihrer Tochter Elfie eine Affäre begonnen – und sich kurz darauf als verheiratet entpuppt hatte. Konrad war Rosas Vater, wovon man ihm jedoch nie erzählt hatte. Dies drohte in den nächsten Minuten aufzufliegen, wenn nicht jemand einen ruhigen Kopf bewahrte. Zweitens: Jans Geburtstagsfeier stand kurz vor einem Eklat! Sofie kannte das Temperament ihrer derzeit ohnehin aufgewühlten Tochter Elfie nur zu gut. Und wenn Jan, der gerade noch in der Küche war, klar werden würde, dass der leibliche Vater seiner Stieftochter Rosa sich an die junge Isabel herangemacht hatte, würde eventuell auch er die Nerven verlieren. Hinzu kam: So entsetzt, wie Isabel Konrad nun anstarrte, hatte sie bisher nichts von seiner früheren Verbindung zu ihrer Familie gewusst. Auch Sofies Enkelin könnte also jeden Moment einen heftigen Ausbruch an den Tag legen. Es war folglich gewiss das Beste, zumindest Isabel und Konrad zügig außer Reichweite der anderen Gäste zu bringen. Raschen Schrittes eilte Sofie deshalb auf das Paar zu, packte beide am Arm und ging mit ihnen in den Nebenraum. Sie waren schockiert genug, um sich widerstandslos führen zu lassen. Elfie folgte ihrer Mutter und dem Paar auf dem Fuße.

»Isabel, hat er dir verschwiegen, dass er Konrad Allmendinger ist?«, fauchte Elfie, während Sofie von innen die Schiebetür des Nebenraums zuzog. »Im Verschweigen ist er ja sehr gut.«

»Wieso Allmendinger?«, fragte Isabel verzweifelt. »Du heißt doch Heß!?«

»Heß? Hast du das behauptet, damit sie nicht herausfindet, wer du wirklich bist?«, unterstellte ihm Elfie voller Zorn in der Stimme.

»Quatsch!«, rief Konrad. »Ich hatte keine Ahnung, dass Isabel deine Nichte ist. Torres! Der Name sagte mir überhaupt nichts. Und ich heiße wirklich Heß!«

Er zückte sogar seinen Personalausweis und hielt ihn den Frauen hin, wobei sie merkten, dass seine Finger zitterten.

»Aber wieso?«, wunderte sich Sofie. »Du warst doch als Konrad Allmendinger eingeschrieben im Krieg.«

»Im Mai 41 ist Hitlers Stellvertreter Rudolf Heß nach Großbritannien geflogen. Ohne Rücksprache mit dem Führer. Wollte die britische Regierung zu einem Friedensschluss bewegen. Ich bin mit dem Kerl zwar nicht verwandt, aber seitdem war der Name Heß alles andere als beliebt im Reich«, erinnerte Konrad die Frauen. »Deshalb waren die Behörden einverstanden, dass ich bei der Hochzeit mit Martha Allmendinger ihren Namen annehme.«

»Und nach der Scheidung hast du deinen Geburtsnamen wieder ausgekramt?«, mutmaßte Sofie.

»Ja«, bestätigte der Zahnarzt. »Ich wollte nicht den Rest meines Lebens mit Marthas Nachnamen rumlaufen. Es war ja nie die große Liebe zwischen uns.«

Elfie wirkte immer noch verletzt. »Und warum bist du dann mit ihr verschwunden – ohne dich zu verabschieden?«

»Ich wollte ursprünglich zu dir zurück, nachdem das mit Martha final geklärt war. Aber dann verhinderte der Krieg meine Rückkehr. Und irgendwann habe ich mich zu sehr geschämt, um bei euch wiederaufzutauchen«, gab Konrad kleinlaut zu. »Ich wollte dir schon, als wir zusammen waren, so oft sagen, dass ich noch verheiratet bin, aber es gab nie den richtigen Zeitpunkt. Und als ich endlich so weit war, ist mir Martha mit ihrem Auftauchen zuvorgekommen. Es tut mir leid.«

Isabel war schlecht, sie fühlte sich wie ein Eindringling. Es war offensichtlich, dass zwischen ihrem Geliebten und ihrer Tante immer noch viele Emotionen schwelten. »Das Gegenteil von Liebe ist Gleichgültigkeit, nicht Hass«, hatte Oma Sofie einmal gesagt. Und weder bei Elfie noch Konrad war Gleichgültigkeit zu spüren. Was für eine absurde Situation! Wie oft hatte Elfie über den »Hallodri Allmendinger« geschimpft. Wie hätte Isabel ahnen sollen, dass ausgerechnet ihr Konrad dieser Hallodri sein sollte. Der Krieg, das hatte sich immer so weit weg angehört. Damals hatte Konrad mit Tante Elfie Rosa gezeugt, Isabels beste Freundin. Sie selbst war zu jener Zeit noch nicht mal geboren – diese Vorstellung rief ihr den Altersunterschied zwischen ihnen auf drastische und für sie sehr schmerzhafte Weise ins Gedächtnis zurück. »Was für ein fataler Zufall, dass dann ausgerechnet wir beide auf ein und derselben Demonstration waren«, flüchtete sie sich in Zynismus.

»Das war nicht wirklich ein Zufall«, gab Konrad nun zu.

Die Frauen starrten ihn fragend an.

»Eigentlich hatte ich an dem Wochenende keine Zeit, da mein Kollege Daniel Brückmann und ich mitten in einem Prozess gegen einen unzufriedenen Patienten waren. Aber dann meinte ein enger Freund von mir, der auch bei den

Atomwaffengegnern ist: ›Du warst doch im Krieg so in eine Elfriede Timmlein verknallt. Da hat sich eine zum Ostermarsch angemeldet, die so heißt.‹ Ich hoffte dann, dass ich dort zwanglos mit dir ins Gespräch kommen konnte, um mich zu entschuldigen.«

»Du bist meinetwegen dahin?«, versicherte sich Elfie misstrauisch.

Isabels Magen klumpte sich erneut zusammen. Liebte Konrad Elfie immer noch? War sie selbst nur ein Lückenfüller für ihn?

Er nickte auf Elfies Frage hin. »Ich habe die Menge auch nach dir abgesucht, aber in dem Moment flog mir Isabels Protestschild zu. Und ich hatte keine Ahnung, dass du eine Nichte hast, ehrlich. Dich habe ich in der Menge auch nicht finden können. Und dann musste ich überstürzt gehen, weil unser Anwalt meinen Kollegen und mich dringend sprechen wollte.«

»Ich war gar nicht auf der Demonstration«, erklärte Elfie, »bin krank geworden und konnte nicht kommen.«

Isabels Magenschmerzen wurden immer schlimmer, so verletzt war sie. Wäre Tante Elfie nicht krank geworden und hätte ebenfalls an dem Ostermarsch teilgenommen, wären sie und Konrad vielleicht längst versöhnt. Wer weiß, was dann geschehen wäre? Immerhin war er ja Rosas leiblicher Vater.

»Was machen wir jetzt mit der Situation, ohne Jan den Geburtstag zu ruinieren?«, brachte Sofie sich nun wieder in Erinnerung.

»Ich kann Jan doch nicht verschweigen, wen seine Lieblingsnichte da mit auf sein Fest gebracht hat«, meinte Elfie. Und als Spitze in Konrads Richtung fügte sie hinzu: »Jan ist mein Verlobter, und *wir* verschweigen uns nichts.«

Dann wandte sie sich an Isabel. »Du wirst mit ihm nicht

glücklich, Kind.« Für ihren nächsten Satz senkte sie die Stimme, damit Konrad ihn nicht mitbekam: »Denk doch nur, wie das für Rosa wird, wenn sie zurück ist.«

Isabel hielt es nicht mehr aus. Um zu verhindern, dass die anderen sie weinen sahen, stürmte sie zur Tür hinaus.

»Oje, das sieht nicht gut aus«, kommentierte Timon, als er mit Beryl beobachtete, wie Isabel, sich die verweinten Augen wischend, aus dem Nebenraum gerannt kam und sogleich weiter in Richtung Terrassentür hastete. Unmittelbar danach folgte Elfie, ihrerseits ganz aufgewühlt, doch statt in Richtung Terrasse eilte sie zu ihrem Dauerverlobten Jan, der soeben aus der Küche trat.

Als Nächster kam Konrad durch die Schiebetür in den Schankraum. Er wirkte vollkommen benommen und blickte sich suchend um. Schließlich sah er durch das Glas der Terrassentür Isabel allein im Nieselregen stehen. Taumelnd machte er sich auf den Weg zu ihr.

Beryl erfasste nicht alle Facetten des Familiendramas und wandte sich an ihren Freund: »Soll ich Tante Leni jetzt fragen?«

»Unbedingt«, stimmte Timon sofort zu. »Komm!«

Das junge Paar trat zu Timons Großmutter Anna, seinen Eltern und Polizeisenator Dr. Kröger an den Tisch.

»Leni, ich wollte etwas vorschlagen«, begann Beryl. »Ich habe mir zu Hause in Cleveland durch Babysitting doch was dazuverdient, das hat mir echt großen Spaß gemacht. Inzwischen bin ich mit der Schule fertig. Für ein College habe ich mich bisher nicht entschieden, und ich würde gern noch etwas in Deutschland bleiben. Wenn du also einen erfahrenen Babysitter für die kleine Stella brauchen kannst und mich möchtest ...«

»Ja, ja natürlich«, sagte Leni erstaunt. »Aber wären Julius und deine Mutter denn damit einverstanden?«

»Ich kann Dad ja gleich fragen. Aber er schwärmt immer davon, wie gut es war, dass er mit achtzehn in die weite Welt hinausgegangen ist«, erzählte Beryl.

»Na, wenn das keine glückliche Fügung ist«, freute sich der Polizeisenator.

Leni sah ihren Ehemann Moshe fragend an. »Was meinst du, erlaubst du deiner Frau, wieder zu arbeiten?«, fragte sie mit einem leicht ironischen Lächeln.

»Hm …«, spielte Moshe ein Zögern. Dann küsste er Leni lachend. »Seit wann fragst du bei so was um Erlaubnis? Beryl, geh gern zu deinem Vater rüber und frag ihn, ob er einverstanden ist. Ich habe dich schon öfter mit unserer Stella gesehen. Du weißt sie zu bändigen und ihr Grenzen aufzuzeigen, trotzdem liebt sie dich abgöttisch – oder gerade deswegen.«

»Stimmt«, bestätigte Leni. »Erst heute Nachmittag hab ich mich wieder gefragt, wie wir die Kleine trösten können, wenn du uns verlässt. Aber das könnte ja nun noch eine ganze Weile dauern – falls deine Eltern es erlauben.«

»Ich gehe sofort zu Dad und frage ihn«, erklärte Beryl aufgeregt.

»Dann sag Julius gleich, dass du in der Villa wohnen könntest«, mischte sich nun Patriarchin Anna ins Gespräch. »Und dank Kasimir haben wir da jetzt ja sogar einen Sicherheitsdienst, deine Eltern müssten sich also keine Sorgen um dich machen. Das Gästezimmer direkt neben der Kinderstube kannst du dir einrichten, wie du magst. Deine Oma Sofie und dein Opa Max werden genau wie ich vor Freude platzen, wenn du bleibst.«

Das konnte Timon sich bestens vorstellen. Im Moment

stand das alte Ehepaar jedoch besorgt an der Bar, offenbar erzählte Sofie ihrem Mann gerade von Konrads Identität.

Als Konrad auf der regennassen Terrasse des Restaurants Isabels Hand nehmen wollte, entzog sie sich ihm. »Ich … ich kann das gerade nicht«, bekannte sie. »Es ist auf einmal alles so anders.«

»Das verstehe ich«, erwiderte er kleinlaut.

Nach einer unangenehmen Pause voller hilflosem Schweigen fragte sie: »Liebst du Elfie noch? Ich meine nur – weil du ja ihretwegen bei dem Ostermarsch warst.«

»Was? Nein!«, rief Konrad und klang zu ihrer Erleichterung ehrlich erstaunt. »Ich wollte mich nur entschuldigen. Deine Familie war sehr gut zu mir, als ich ausgebombt wurde. Auch Elfies Mutter Sofie – die ist deine Oma, mein Gott. Ich habe ein paar Monate lang mit ihr studiert.«

Isabel schluckte. Ihr Altersunterschied war nun zwar deutlicher als je zuvor, doch gleichzeitig war er zu ihrem kleinsten Problem geworden. Der ursprüngliche Plan, dass Konrad ihre Eltern heute um ihre Hand bitten würde, war durch die Enthüllung in weite Ferne gerückt. Waren sie dann überhaupt noch verlobt? Erneut kämpfte die junge Journalistin mit den Tränen. Konrad sah sie hilflos an, Berührungen hatte sie ihm ja gerade untersagt. Und von dem pikantesten Detail der ganzen Geschichte wusste er noch nicht mal etwas: Er war der Vater ihrer besten Freundin Rosa – die nur ein halbes Jahr jünger war als sie selbst.

In diesem Moment traten Jan und Elfie auf die Terrasse hinaus. Isabel erstarrte. Was stand ihnen nun bevor? Würde Jan sie auffordern, seine Feier zu verlassen?

Doch der Gastgeber streckte Konrad die Hand hin. Hoffnung keimte durch diese Geste in Isabel auf.

»Jan Lüttgens«, stellte er sich ungewohnt ernst vor.

»Konrad Heß«, erwiderte der Zahnarzt unsicher und drückte die Hand des Gastgebers. »Alles Gute zum Geburtstag. Ich hatte keine Ahnung ... Es tut mir leid, ich wollte Ihre Feier nicht ruinieren. Ich werde wohl am besten gehen.«

»Verlange ich nicht. Ich habe Sie als Isabels Freund eingeladen – dann gilt das auch weiterhin. Sie hatten ja wohl auch keine Ahnung, in welches Wespennest Sie sich da begeben. Sie werden sehen, dass ich weiß, wie man eine tolle Feier schmeißt«, sagte Jan, fügte dann jedoch hinzu: »Aber wenn Sie unserer Isabel jemals wehtun, werden Sie eine andere Seite von mir kennenlernen. Und ihr Großvater Max da draußen ist zwar kriegsversehrt, aber als Zimmermann bekommt er auch mit einem Arm erstaunliche Dinge hin. Ein paar Knochenbrüche zu produzieren wäre sicher auch für ihn keine Schwierigkeit. Es wäre also gesünder für Sie, diesmal mit offenen Karten zu spielen.«

»Isabel hat das Recht auf ihre eigenen Entscheidungen«, wandte sich nun Elfie kühl an Konrad. »Und wenn es nachher wirklich ein Fehler ist mit dir – dann ist es *ihr* Fehler. Ich für meinen Teil glaube, eine so junge Frau ist bei dir nicht gut aufgehoben – weil ich dir nicht traue.«

Nein, dachte Isabel, Elfie liebte Konrad längst nicht mehr, für sie gab es nur Jan. »Aber zu dir habe ich Vertrauen, Isabel«, wandte ihre Tante sich nun ihr zu. »Du wirst in dieser Beziehung die Verantwortungsbewusste sein – und nichts tun, was deiner Familie schadet. Und keine Entscheidungen fällen, die Familienmitglieder betreffen, die gerade abwesend sind.« Sie sah ihre Nichte eindringlich an.

Isabel wusste sehr wohl, worauf Elfie anspielte, und so langsam sickerte die Erkenntnis durch, was ihr soeben aufgebürdet wurde: die Wahrung des Geheimnisses um Rosas wahre Vaterschaft. Konrad einzuweihen, dass er der Erzeuger von Elfies Tochter war, wäre nie infrage gekommen, ohne diese vorher persönlich um Erlaubnis dafür zu bitten. Doch auf absehbare Zeit würde sie mit Rosa gar nicht sprechen können. Es war zum Verzweifeln.

25

Rosa hatte sich für ein sehr bekanntes Stück aus Bertolt Brechts *Dreigroschenoper* entschieden: die Ballade *Seeräuber-Jenny*. Neben den zwei Rollen, die sie zusätzlich zu ihrer Cleopatra für das zweite Vorsprechen an der Schauspielschule in Ost-Berlin vorbereitet hatte, sollte sie damit auch ihre Sangeskünste unter Beweis stellen. In der Rolle der Polly, die diesen Song in dem politisch engagierten Theaterstück zum Besten gab, fühlte Rosa sich ausgesprochen wohl. Polly sang die Ballade nicht in ihrer Ich-Figur, sondern als »Spelunken-Jenny«. Da diese Frau ein armseliges Dasein als unterdrückte Dienstmagd eines billigen Hotels fristete, konnte sich Rosa bestens mit ihr identifizieren. Erst als Rosa ihr Lied beendet hatte, nahm sie wieder wahr, wo sie sich befand.

»Danke!«, rief kühl einer der Dozenten aus der vierköpfigen Aufnahmekommission, die generell nicht zu applaudieren schien. Benommen taumelte Rosa aus dem abgedunkelten Bühnenraum auf den Flur hinaus, wo es nach Linoleum roch und ihre Mitbewerber warteten.

»Wie lief es?«, fragte ein etwas pummeliger junger Mann, der noch nervöser schien als sie selbst.

»Ich habe es ohne Fehler hinbekommen«, meinte sie schulterzuckend. »Aber die verziehen ja keine Miene und sagen nichts. Also keine Ahnung, wie sie es fanden.«

Zwei Stunden später wurde Rosa zusammen mit dem nervösen jungen Mann und einem weiteren Bewerberpaar von einem der Dozenten aufgerufen. »Bitte folgen Sie mir«, sagte er zu den Vieren, und während sie dieser Aufforderung nachkamen, hatte Rosa das Gefühl, als würde ihr wild rasendes Herz gleich aus ihrer Brust springen. Nun würde man ihnen mitteilen, ob sie angenommen waren. Für Rosa war es die Antwort auf die Frage, ob das Land, das seinen Bewohnern seit letztem Sonntag die Freiheit entzogen hatte, ihr zumindest die Verwirklichung ihrer beruflichen Träume gönnen würde. Inzwischen wurde der Stacheldraht durch den Bau einer noch endgültiger wirkenden Betonmauer ersetzt!

In dem kargen Büroraum saß ein weiterer Lehrer, der offenbar Schnupfen hatte und sich ständig die Nase putzte.

»Also«, sagte der Erste, »um Sie nun gleich von der Unsicherheit zu befreien: Sie haben alle vier bestanden!«

Was er und sein verschnupfter Kollege weiter zu sagen hatten, bekamen Rosa und ihre drei Mitbewerber kaum noch mit. Es ging wohl um den Studienantritt im Herbst, doch die jungen Menschen drückten einander vor fassungsloser Freude schluchzend die Hände. Sie hatten es geschafft! Ich werde Schauspielerin, dachte Rosa immer wieder. Ich werde Schauspielerin.

***

Am Freitagnachmittag sollte auf dem Hamburger Rathausmarkt eine Demonstration gegen den Bau der Mauer in Berlin stattfinden. Und natürlich wollten sich aus Solidarität zu Rosa und Felix alle Bewohner der Villa am Elbstrand ebenfalls unter die Protestierenden mischen. Isabel hatte in der Redaktion gebeten, für die Demonstration früher gehen zu dürfen, und Augstein war damit einverstanden gewesen.

In der Mittagspause war Isabel noch mit Konrad in einem Café in der Nähe des Pressehauses verabredet. Aus Rücksicht auf ihre emotionale Verwirrung hatte er vorgeschlagen, sich zunächst nur noch auf »neutralem Boden« zu treffen.

»Vor der Feier war ich der nette Zahnarzt, der dich liebt«, hatte er seine Idee begründet. »Seither bin ich der Hallodri, der deiner Tante seine Ehe verschwiegen hat. Ich verstehe, dass du jetzt Zeit brauchst, um das zu verdauen – und dir über deine Gefühle klar zu werden.«

Das hatte zwar sehr rücksichtsvoll geklungen, doch Isabel war sich unsicher, ob es ihrer Beziehung nicht effektiver helfen würde, wenn sie sich wieder bei ihm träfen, wo sie streiten, weinen – und sich zärtlich versöhnen – könnten. Allerdings wusste sie nicht, ob sie überhaupt in der Lage war, sich ihm völlig zu öffnen, solange sie ihm nicht sagen durfte, was sie am meisten verstörte: Dass er der Vater ihrer Cousine Rosa war. Seit Montag stand ein Geheimnis zwischen ihnen, das nicht das ihre war.

Als sie Konrad auf der Terrasse des Cafés erblickte, ging ihr Atem schneller. Sein Anblick wühlte sie weiterhin so auf wie eh und je!

»Gehst du nachher auch auf die Demonstration?«, fragte sie ihn, als sie sich nach einer seltsam hölzernen Begrüßung zu ihm an den Tisch gesetzt hatte.

»Leider habe ich keine Zeit, ich muss gleich nach Frankfurt fahren. Morgen ist dort eine Tagung für Zahnärzte«, erklärte er ihr. »Vielleicht höre ich da was wegen einer freien Praxis.«

Isabel wusste, dass er seit Längerem auf der Suche nach eigenen Behandlungsräumen war. Eigentlich hätte er ja die Praxis und den Kundenstamm ihrer pensionswilligen Großmutter Sofie übernehmen können; aber seit klar war, dass er der Vater von Isabels Cousine war, ging sie davon aus, dass eine weitere Anbindung an die Familie nur für böses Blut sorgen würde.

»Wann kommst du denn zurück?«

»Erst Freitag in einer Woche. Ich wollte noch ein paar Tage bei meiner Mutter in Nürnberg dranhängen«, berichtete er.

Erneut versetzte es Isabel einen Stich. Vor Jans Feier hatte Konrad angedeutet, sie bald seiner Mutter vorstellen zu wollen. Nun würde er diese Reise ohne sie unternehmen.

Sie hatte eigentlich Urlaub nächste Woche, traute sich jedoch nicht, ihn zu fragen, ob sie ihn begleiten dürfe. Und zurzeit hätten sie auch gewiss einen seltsamen Eindruck auf Konrads Mutter gemacht – so unsicher, wie sie im Umgang miteinander waren.

Da bemerkte Isabel zwei junge Männer, die, Kartoffelpuffer in den Händen, an dem Café vorbeischlenderten. Ein verblüfftes »Oh« entschlüpfte ihr.

»Was ist?«, fragte Konrad und folgte ihrem Blick.

»Da ist gerade mein Kollege Alex vorbeigegangen. Er hat mir erzählt, dass er in der Mittagspause einen guten Freund trifft«, erklärte sie.

»Ach, dieser junge hübsche Alex, von dem du den Eindruck hattest, er schwärmt ein bisschen für dich?«, versicherte sich Konrad. Und mit einem Anflug seines seit der Feier verschwundenen Humors fügte er hinzu: »Soll ich ihm hinterherrennen und mein Revier markieren?«

Isabel lächelte. »Das musst du vielleicht gar nicht. Er ist nämlich mit dem Stiefsohn meiner Großtante unterwegs. Und der interessiert sich nicht für Frauen.«

Konrad sah den beiden Männern amüsiert nach. »Sie scheinen sich zumindest sehr gut zu verstehen.«

»Ich wusste nicht, dass die beiden sich kennen«, erzählte Isabel. »Aber sie kommen beide aus Flensburg. Vielleicht von daher.«

»Oder aus einem einschlägigen Etablissement«, meinte Konrad. »Davon gibt es in Hamburg ja einige.«

»Woher weißt du das denn?«, fragte sie mit gespieltem Entsetzen.

Er grinste. »Keine Angst, kein weiteres dunkles Geheimnis. Ein Kollege von mir, bei dem ich mal Vertretung in der Praxis gemacht habe, ist auch so orientiert. Der Arme hat ständig Angst, dass sein Geheimnis herauskommen könnte. Die Gesetze dazu haben sich seit Hitler ja nicht geändert.«

Isabel nickte ernst. Oft hatte sie sich deshalb Sorgen um Willy, Albin und Kasimir gemacht. »Dass erwachsene Menschen, die nichts tun, als einander zu lieben, dafür noch immer ins Gefängnis kommen können, ist echt eine Schande für die Bundesrepublik.«

Sie war froh, dass sie mit Konrad über ein Thema sprechen konnte, dass nicht oberflächlich war und trotzdem nichts mit dem zu tun hatte, was zwischen ihnen stand. Und sie war erleichtert, dass Alex an Männern interessiert zu sein schien. Sie musste sich nämlich eingestehen, dass die anfängliche Unterstellung, er sei etwas zu begeistert von ihr, auch teilweise eine Projektion ihrer eigenen Gefühle für den jungen Kollegen gewesen war. Und sie wollte einfach keine Ablenkung von ihrem mühevoll wiedergefundenen Konrad.

»Ich freue mich, wenn du wieder zurückkommst«, sagte sie und sah ihm direkt in die Augen.

Er nahm ihre Hand und drückte sie kurz. »Ich auch«, erwiderte er. »Früher oder später kriegen wir beide das bestimmt hin.«

Sie wollte daran glauben.

»Ich habe dich in der Pause mit Kasimir Thomsen gesehen«, wandte sich Isabel nach ihrer Rückkehr in die Redaktion an ihren jungen Kollegen. »Er ist der Stiefsohn meiner Großtante Anna.«

»Ich weiß, das hat er mir gerade erzählt«, meinte Alex. »Die Welt ist echt ein Dorf. Oder zumindest Flensburg ist es. Das haben wir ja letztes Wochenende gemerkt. Kasimir hat auch eine Zeit lang da gewohnt – seine Großmutter ist unsere Krämerin. Er war dort Polizist.«

»Ist er noch mit … seinem Holger … befreundet?«, fragte Isabel vorsichtig.

Alex schüttelte den Kopf. »Befreundet schon, aber sie haben sich getrennt. Kasi überlegt, Holgers Sicherheitsfirma zu verlassen und sich bei der Hamburger Polizei zu bewerben.«

Isabel schloss daraus, dass Kasimir jetzt in der Tat mit ihrem Kollegen zusammengekommen war. Sie hatte seit dessen Ankunft in der Redaktion den Eindruck gehabt, Alex wolle gern mit ihr befreundet sein und sich bisher eher zurückhaltend gezeigt – schließlich war sie mit Konrad glücklich. Aber nun war wohl klar, dass sein Interesse nicht sexueller Natur war, und einen platonischen Freund konnte sie nach Rosas und Timons Fortgang gut gebrauchen. Sie mochte den hübschen Alex, fühlte sich in der Gegenwart des intelligenten und redegewandten Jungen sehr wohl. So kam es, dass sie kurz vor ihrem Aufbruch zur Demonstration ein sehr persönliches Gespräch mit ihm zuließ. Unter anderem kam sie darauf zu sprechen, wie sehr sie ihre Großeltern väterlicherseits vermisste – Edith und Ramiro Torres.

»Die Bewunderung für die beiden hat mich überhaupt erst auf die Idee gebracht, Journalistin zu werden«, erzählte sie ihrem Kollegen. »Oma Edith weiß wirklich immer Rat. Und den könnte ich zurzeit gut gebrauchen.«

»Dann besuch sie doch«, schlug Alex vor. »Dein Konrad kommt ja jetzt sowieso erst Ende nächster Woche zurück, und so könntest du deinen Urlaub nutzen. Lissabon soll ja wunderschön sein.«

»O ja, das ist es«, stimmte Isabel zu, von Begeisterung für seine Idee gepackt. An die Hauptstadt Portugals hatte sie trotz der dort herrschenden Diktatur nur angenehme Erinnerungen – an endlose Ferien, Abenteuer, Kindheit und Geborgenheit. »Oma Edith würde sich bestimmt kolossal freuen. Danke für den Rat, Alex.«

Er grinste verlegen. »Gerne. Ich würde ja mitkommen, wenn ich freihätte. Du musst mir dann alles ganz genau erzählen.«

Isabel strahlte. »Das mache ich.«

Jetzt mussten nur noch ihre Eltern zustimmen. Aber die konnte sie ja gleich am Rande der Demonstration fragen!

Wenig später traf sie ihre Familie am verabredeten Treffpunkt: Oma Sofie stand mit Willy, Albin, Hilde und Elfie bei ihrer besten Freundin Anna und deren Tochter Leni. Auch Isabels Opa Max sowie José und Jan waren gekommen.

Insgesamt hatten sich Tausende Hamburger auf dem Rathausmarkt eingefunden, um den Protestreden zu lauschen. Als die Reihen sich lichteten und es etwas ruhiger wurde, bat Isabel ihre Eltern um Erlaubnis für ihre Portugalreise.

»Nein, kommt nicht infrage, wir lassen dich nicht alleine fahren«, sagte José streng. Doch dann fügte er lächelnd hinzu: »Aber wir begleiten dich.«

Isabel sah fragend zu ihrer Mutter, die strahlte sie an und nickte. Zum ersten Mal seit der Enthüllung über Konrads frühere Verbindung zu ihrer Familie war die junge Journalistin wieder glücklich. Ein Familienausflug zu Edith, wie in unbeschwerten Kindertagen.

»Ich wünschte, ich hätte die Praxis schon aufgegeben«, meinte Sofie. »Dann würde ich auch mitkommen. Ich habe Edith schon so lange nicht mehr gesehen.«

Isabel wusste, dass Großmutter Edith und Oma Sofie im Ersten Weltkrieg zusammen auf einem Lazarettschiff gedient hatten, wodurch sie enge Freundinnen geworden waren. Auf jenem Schiff, der *Sierra Ventana*, hatte Burkhard Nieland Sofie seinerzeit einen Heiratsantrag gemacht. Beim Gedanken an ihren leiblichen Großvater verschwand Isabels Hochstimmung wieder. Sie konnte ihr Wissen darüber, dass er in der Tat noch lebte, nicht mehr lange verschweigen. Die Familie hatte ein Recht, es zu wissen.

»Wie oft haben wir hier schon gestanden, um zu protestieren?«, wandte Sofie sich indes an Anna. »Für das Wahlrecht der Frauen, für das Ende des Ersten Weltkriegs, gegen den Hunger danach.«

»Ja, und wie oft der Platz hier missbraucht wurde«, entgegnete ihre Freundin. »1914 hätten uns die Kriegsbegeisterten beinahe überrannt, 1937 haben dann hier die Nazis Groß-Hamburg ausgerufen. Da hieß der Rathausmarkt Adolf-Hitler-Platz.«

»Und Hitlers Duz-Freund Burkhard war mitten im Getümmel«, erinnerte sich Sofie.

Nun hielt es Isabel nicht mehr aus. »Apropos – ich muss euch noch etwas erzählen«, sagte sie schließlich bedrückt, und ihre Familie sah sie fragend an. »Ich wollte es nicht vor Jans Feier tun, um niemandem die Stimmung zu verderben. Und ich denke, es ist vielleicht besser, wenn Willy und Max nie davon erfahren.«

Sie sah vorsichtig zu den beiden Männern hinüber, die sich gerade etwas abseits und außer Hörweite der Frauen mit Albin unterhielten.

»Was meinst du?«, hakte Hilde nach.

»Es geht um Burkhard Nieland«, gab Isabel zu. »Es ist *doch* möglich, dass er der Einbrecher im Haus war. Wir haben aus der DDR seitenweise Berichte in die Redaktion geschickt bekommen – über frühere Nazis, die heute bei uns in der BRD wieder in Amt und Würden sind. Und da war auch ein Abschnitt über Burkhard dabei. Er ist heute Bürgermeister in einer Kleinstadt in Schwaben.«

»Was?«, rief José wütend, und Isabel sah ängstlich zu Albin, Max und Willy. Letzterer blickte wegen Josés lautem Ausruf kurz zu ihnen herüber, wandte sich dann zu ihrer Erleichterung jedoch wieder Albin und Max zu.

Isabels Vater war außer sich vor Wut. »Dieser Dreckskerl hat doch überlebt?«

Sofie war leichenblass geworden und lockerte den Kragen ihrer Bluse. »Aber Bürgermeister?«, fragte sie mit belegter Stimme. »Inzwischen müsste er doch schon neunundsechzig sein.«

»Ich habe es überprüft, er ist noch im Amt«, entgegnete Isabel. »Schon seit über zwölf Jahren. Wenn es der Mann ist, den Timon und ich im Keller der Villa gesehen haben, ist er auch noch äußerst rüstig.«

»Ich frage mich wirklich, was er da gesucht haben könnte«, murmelte Hilde schockiert.

»Ich werde mit Anna noch mal ausführlich den Keller durchgehen. Vielleicht finden wir raus, was fehlt«, schlug Sofie vor. »Und, Isabel, du hattest recht: Wir alle sollten Max und Willy vorerst nichts davon erzählen. Das würde bei ihnen alte Wunden aufreißen.«

»Ich weiß auch nicht, was ich täte, wenn das Schwein mir gegenüberstehen würde«, knurrte José.

Isabel konnte ihrem Vater seinen Hass nicht verdenken.

26

Als Dietmar Koschitza am Samstag von seiner Auszubildenden telefonisch erfuhr, sie habe die Aufnahmeprüfung an der Schauspielschule in Ost-Berlin bestanden, unterbrach er eigens seine Kur in Heiligendamm, um mit Rosa und ihren Freunden noch am selben Abend im Hotel am Leuchtturm von Warnemünde zu feiern.

Mit am Tisch im Hotelrestaurant saßen auf Rosas Wunsch hin neben Dietmar und ihrem Felix auch Köchin Viktoria Seehase, Theaterintendant Perten und dessen Frau Christine.

»Das habe ich nur euch zu verdanken«, sagte Rosa mit feuchten Augen, nachdem sie miteinander auf ihren Erfolg angestoßen hatten.

Doch Perten schüttelte den Kopf. »Nein, deinem Talent verdankst du es, Kind, deinem Talent.«

»Du wirst eine wunderbare Schauspielerin, meine Kleine«, war Christine überzeugt und streichelte Rosa liebevoll übers Gesicht.

Da sah Rosa, dass Margot Koschitza durch den Restaurantbereich auf ihren Tisch zusteuerte. Augenblicklich beschlich sie das vage Gefühl, als Auszubildende nicht das Recht zu haben, hier zu sitzen und sich bedienen zu lassen. Doch dann geschah das Unfassbare: Die gestrenge stellvertretende Hoteldirektorin trat vor sie hin und sagte: »Rosa, ich habe gehört, dass Sie die schwierige Aufnahmeprüfung bestanden haben. Ich gratuliere Ihnen von Herzen«. Und dann streckte sie der bass erstaunten Mitarbeiterin die Rechte entgegen. Rosa ergriff die Hand und stammelte überwältigt: »Danke, Frau Koschitza.«

»Einen schönen Abend euch«, wünschte Margot und nickte ihnen noch einmal zu, bevor sie begann, den Tisch neben ihnen abzuräumen.

Rosa sah ungläubig zu Felix. Fast wirkte es, als sei die strenge Frau nicht nur erleichtert, sie los zu sein, sondern als würde sie sich wirklich für sie freuen. Konnte das sein?

»So schlecht ist unsere DDR also doch nicht«, meinte Perten, zufrieden grienend.

»Na ja, so sehr ich mich über diese Chance freue – dass die Menschen nicht frei reisen dürfen, ist wirklich gemein«, erwiderte Rosa.

»Also ich und mein Ensemble werden weiterhin in den Westen reisen dürfen«, entgegnete der Theaterintendant schulterzuckend.

»Ja, du, Hanns, du bist ja auch rot durch und durch«, erklärte Rosa lächelnd. »Du würdest nie auf die Idee kommen, drüben bleiben zu wollen.« Da sie nun bemerkte, dass Margot ihnen vom Nebentisch aus zuzuhören schien, senkte sie die Stimme etwas und fügte hinzu: »Aber bei denen, die Verwandtschaft im Westen haben, werden die Behörden wohl kaum eine Ausreise erlauben. Sonst würden sie ja diese verfluchte Mauer nicht bauen. Im Westradio haben sie gebracht, dass Bundeskanzler Adenauer und Bürgermeister Brandt den Staatschef Walter Ulbricht gestern angeklagt haben – wegen Verbrechen gegen die Menschlichkeit.«

»Das wird herzlich wenig nützen«, kommentierte Felix bitter.

»Nicht mal mehr telefonieren kann ich mit meiner Familie«, erboste sich Rosa.

»Das wird sich bestimmt bald ändern«, erwiderte Dietmar zuversichtlich. »Der Fernschreibverkehr wurde bereits vor drei Tagen wieder aufgenommen, und einige Telefonleitungen nach drüben sind jetzt schon wieder frei.«

Rosa hoffte, dass es so kommen würde. Ihre Familie sollte wissen, dass es ihr gut ging. Wie sehr würde sich ihre beste Freundin Isabel über ihren Erfolg an der Schauspielschule freuen!

***

Lissabon, die melancholische Metropole am mächtigen Fluss Tejo bot atemberaubende Ausblicke. Seit sie denken konnte, besuchte Isabel Torres hier einmal jährlich ihre Großeltern väterlicherseits, und sie liebte es, dass »Lischbóa«, wie die Portugiesen den Namen der Stadt aussprachen, seinen Besuchern leckeres Essen und jede Menge architektonische Schönheiten garantierte. Hinter jeder Biegung überraschten den Besucher imposante Kirchen, malerische Plätze und Fassaden voller kunstreicher Kacheln. Die hübschen Tonkacheln, die *azulejos*, zierten zahlreiche Wände und Bögen, man konnte sie in dem pittoresken Labyrinth aus engen Gässchen und verwinkelten Treppchen überall bewundern. Wäsche flatterte im Wind unter manchen Fenstern. In einigen von ihnen hingen kleine Vogelkäfige, und aus dem Inneren der weiß getünchten Häuser tönte bisweilen schwermütige Fado-Musik. Sie war ein Ausdruck der sogenannten *saudade*, jener melancholischen Wesensart, die als Schlüssel zur Volksseele der Portugiesen galt und die kaum in deutsche Worte zu fassen war. Wellen, Schiffe und Anker zierten das Pflaster der Stadt am Südwestrand Europas und erinnerten an die Vergangenheit der einstigen Seefahrernation. Straßenbahnen, die sogenannten *eléctricos*, fuhren ächzend die Hügel rauf und runter. Isabel saß an diesem heißen Augustnachmittag mit ihrer Großmutter Edith vor einem Terrassencafé am Rossio, einer breiten Esplanade mit kunstvollem Mosaikpflaster. Losverkäufer, Straßenhändler und Schuhputzer kurbelten hier lautstark ihr Geschäft an, Gruppen von Afrikanern waren gestikulierend ins Gespräch vertieft. Wie die prächtigen Paläste und Klöster der Stadt zeugten auch die vielen Menschen aus fernen Ländern vom kolonialen Glanz Portugals. Dieser begann laut Edith jedoch zu bröckeln.

»Unser Diktator Salazar hat seit einiger Zeit große Probleme. In den portugiesischen Kolonien in Afrika sind Unabhängigkeitskriege ausgebrochen«, berichtete die Journalistin, deren freundliches Gesicht inzwischen neben den Sommersprossen auch zahlreiche charmante Fältchen aufwies und deren rote Haare nun von viel Weiß durchzogen waren.

Isabel wusste, dass António de Oliveira Salazar bereits seit 1933 über Portugal herrschte, jenem Jahr, in dem Edith mit ihrem Mann Ramiro von seiner Heimat Chile hierhergezogen war. Seither gab es nur eine Partei, alle oppositionellen Kräfte wurden von der geheimen Staatspolizei verfolgt.

»Im Gegensatz zu anderen Diktatoren versucht Salazar nicht, das Volk zu politisieren«, berichtete Edith. »Er gestaltet seinen Staat nach dem Motto *Fado, Fátima e Futebol*, also Augenwischerei durch Musik, Religion und Fußball. Manche der Leute hier mögen ihn, weil er sich nach außen hin recht bescheiden gibt.«

Isabels politisch interessierte Großmutter wusste auch alles über den Bau der Mauer zwischen Ost- und Westdeutschland, auf den sie nun zu sprechen kamen.

»Es fühlt sich schrecklich an, dass unser Heimatland jetzt geteilt ist«, meinte sie, und Isabel nickte.

»Rosa hat mit ihrem Felix wirklich gefehlt auf Jans Geburtstag, und nicht mal ihre Stimme am Telefon können wir jetzt mehr hören«, klagte sie, um dann betrübt hinzuzufügen: »Dabei müsste ich gerade jetzt so dringend mit ihr sprechen.«

Edith schien sofort zu erfassen, dass der Grund für Isabels Wunsch nicht nur mit der Sorge über die politische Situation zu tun hatte.

»Über was möchtest du denn mit Rosa reden?«, fragte sie.

Isabel war froh, dass ihre Eltern mit ihrem Großvater Ramiro bei einem befreundeten Maler zu Besuch waren und sie Edith somit unter vier Augen alles über die verfahrene Situation mit Konrad anvertrauen konnte.

»Dieses Geheimnis um die Vaterschaft könnte auf Dauer eure Beziehung ruinieren«, resümierte die Großmutter, nachdem ihre Enkelin den Bericht beendet hatte. »Wenn eure Liebe zerbrechen sollte, würdest du dich vielleicht ein Leben lang fragen, ob es an deinem Schweigen lag und hätte verhindert werden können.«

»Was würdest du an meiner Stelle tun, Oma?«

»Ich würde zu Rosa fahren, ihr alles persönlich erzählen und sie um Erlaubnis bitten, Konrad die Wahrheit sagen zu dürfen.«

»Aber meinst du, Mama und Papa würden mir die Reise in eine Diktatur erlauben?«, entgegnete Isabel skeptisch.

Edith machte eine ausladende Geste mit den Händen. »Wir sitzen mitten in einer drin.«

»Das vergesse ich ständig«, gab Isabel zu.

»Natürlich haben wir uns immer bemüht, dir hier unbeschwerte Ferien zu bieten«, erinnerte Edith. »Das ist ja das Trügerische an Diktaturen, dass im Kleinen oft nach außen hin ein Alltagsleben möglich ist. Wer sich nicht rührt, spürt auch seine Ketten nicht. Aber die Presse ist hier genauso gleichgeschaltet wie in der DDR. Sie liefert dem Volk nur von der Obrigkeit gefilterte Information. Keiner unserer Zeitungsartikel darf ohne den Freigabe-Stempel der Zensurbehörde erscheinen. Selbst Anzeigentexte müssen dem Zensor vorgelegt werden. Jede politische Betätigung außerhalb der Einheitspartei oder der Grünhemden-Staatsjugend wird drakonisch bestraft. Alle Abgeordneten der Nationalversammlung gehören der Staatspartei an. Wählen dürfen hier sowieso nur Männer – und von denen nur solche, die lesen und schreiben können und Steuern zahlen.«

»Und das lassen sich die Menschen gefallen?«, wunderte sich Isabel.

»Wie sollen sie sich wehren?«, entgegnete Edith. »Alle haben zu große Angst vor der *Pide.*«

Die allmächtige Geheimpolizei »Pide«, die *Policia Internacional e de Defesa do Estado,* war natürlich selbst für Isabel als Kind von jeher unübersehbar gewesen.

»Keiner darf auf offener Straße in Gruppen sprechen«, erinnerte sie die Großmutter. »Ihre Spitzel sitzen in jedem Büro, in jedem Hörsaal. Sie verhaften willkürlich vermeintliche Regimegegner, verhören sie tage- und nächtelang, können sie ohne Anklage für sechs Monate festhalten. Jeder hat eine Heidenangst, in eines der berüchtigten Foltergefängnisse zu kommen oder in Afrika in einer Kolonie zu verschwinden«. Abfällig fügte sie hinzu: »Und die Bundesrepublik hat Salazar vor acht Jahren das Bundesverdienstkreuz verliehen.«

»Ich sollte vorschlagen, dass wir im *Spiegel* mal wieder an diese Diktatur erinnern«, meinte Isabel mit gesenkter Stimme.

Edith nickte. »Was deine Reisepläne betrifft: Ich denke, als Westdeutsche bist du sicher in der DDR. Gerade jetzt riskieren die keinen Zwischenfall mit einer Bundesrepublikanerin.«

Isabel nahm Ediths Hand und drückte sie. »Danke, Oma. Ich werde versuchen, so mutig zu sein wie du.«

Durch die Worte ihrer Großmutter begann die Zuversicht zu wachsen, Rosa bald Auge in Auge alles über deren Vater erzählen zu können.

***

»Die schriftliche Zusage ist da!«, rief Felix aus der Küche, als Rosa am Montag nach der Arbeit im Hotel nach Hause in ihre kleine Rostocker Dachwohnung kam.

Sie nahm beschwingt den Briefumschlag mit dem Absenderstempel der Schauspielschule vom Telefontischchen im Flur und ging zu ihrem Verlobten.

»Ich mache uns Pfannkuchen«, erklärte er und streckte ihr den Kopf für ein Küsschen entgegen. »Wie war es heute im Hotel?«

»Schön«, entgegnete Rosa, während sie den Umschlag aufriss. »Die Koschitza ist immer noch verdächtig freundlich zu mir.«

Und dann traf es sie wie ein schrecklicher Schlag. Die Worte in dem Brief fuhren in sie wie ein Messer direkt ins Herz.

Leider müssen wir Ihnen mitteilen, dass wir aufgrund gewisser nachträglicher Bedenken bezüglich Ihrer persönlichen Qualifikation für ein Schauspielstudium in der Deutschen Demokratischen Republik in Ihrem Fall von einer finalen Zusage absehen müssen. Wir bedauern diese Absage und verbleiben hochachtungsvoll …

Sie schluchzte verzweifelt auf, und Felix wandte sich ihr augenblicklich erschrocken zu.

Unfähig, zu sprechen, reichte sie ihm das Schreiben.

»Was?«, rief er wütend, nachdem er es überflogen hatte. »Diese Schweine!«

»Sie hatten doch schon zugesagt«, schniefte Rosa.

»Perten soll rausfinden, was das plötzlich soll«, meinte Felix wütend. »Schließlich kennt er den Direktor von dem Saftladen persönlich. Ich fahre gleich zu ihm. So was darf man in dieser Republik ja nicht am Telefon besprechen! Möchtest du mitkommen?«

Rosa schüttelte den Kopf. »Ich warte lieber hier.«

Sie zog es vor, zu Hause zu bleiben und ihre Wunden zu lecken. Außerdem war es ihr furchtbar peinlich vor Hanns und Christine, dass sie nun doch abgelehnt worden war – nachdem sie sich so großspurig hatte von ihnen feiern lassen.

Als Felix sich mit einem Kuss verabschiedet hatte, warf sie sich mit einer Wolldecke auf das Sofa. Wie gerne hätte sie jetzt mit ihrer besten Freundin Isabel telefoniert, um sich von ihr trösten zu lassen – aber nicht einmal das gönnte einem dieses verfluchte Regime ja.

Rosa fiel in einen unruhigen Schlaf, wurde bald von Albträumen geplagt, in denen sie auf einer Bühne vor lauter Volkspolizisten stand, die sie laut schallend auslachten.

Irgendwann hörte sie, wie die Wohnungstür aufgeschlossen wurde, und schreckte hoch. Wie viel Zeit war vergangen?

Als Felix das Wohnzimmer betrat, stand in seinem Gesicht für ihn ungewohnter Zorn. »Perten hat den Direktor erreicht – und hat es aus ihm rausgequetscht«, knurrte er. »Scheinbar gab es bei der Schauspielschule plötzlich Bedenken wegen deiner politischen Einstellung. Miese Schweine! Welche Relevanz hat denn das für dein Talent? Keine!«

»Die machen das ja nicht freiwillig«, brachte Rosa benommen hervor. »Die werden doch von oben dazu gezwungen. Jemand muss mich angeschwärzt haben.«

Felix nickte. »Dahinter steckt bestimmt dieser fiese Hoteldrachen!«

Rosa fühlte sich, als hätte man ihr den Boden unter den Füßen weggezogen.

»Was mache ich denn jetzt bloß? Ich habe Dietmar doch schon mündlich gekündigt.«

»Er wird dich mit Kusshand wieder nehmen«, meinte Felix abwinkend. »Aber das ist ja nicht das Problem. Das Problem ist, dass wir uns in diesem verfluchten Land nie frei entfalten werden können. Wäre ich bloß bei Koschmider geblieben.«

»Jetzt mach du dir nicht auch noch ein schlechtes Gewissen!«, bat Rosa und umarmte ihn. »Wir wussten doch nicht, dass der verlogene Ulbricht ein ganzes Land einmauern würde – und der Westen das zulässt.«

»Isabel hat uns kurz zuvor gewarnt«, widersprach Felix.

»Ja, aber da war es doch im Grunde schon zu spät«, erinnerte Rosa ihn. »Wenn wir völlig ohne Vorbereitung gegangen wären, hätten wir im Westen vor dem Nichts gestanden.«

Er nickte, umarmte sie, und beide hielten sich schweigend aneinander fest.

»Die Arbeit im Hotel kommt mir so sinnlos vor, wenn ich daran denke, dass mein Talent und meine Träume eigentlich ganz woanders liegen«, murmelte Rosa schließlich traurig. »Dieses Land raubt uns jede Freiheit.«

»Nicht jede«, widersprach Felix nun entschlossen. »Wie wäre es, wenn wir heiraten?«

Sie sah ihn verblüfft an. »Standesamtlich zunächst. Die kirchliche Hochzeit holen wir dann nach, wenn unsere Familien ihre Sondereinreiseanträge dafür gestellt haben. Wenn wir nicht auf die Familienfeier im Westen dürfen, dann holen wir das Fest eben zu uns in den Osten. So hätten wir etwas, worauf wir uns schon jetzt freuen können. Und heiraten wollte ich dich sowieso irgendwann. Ich liebe dich endlos, Rosa.«

In ihre Augen traten Tränen, als sie erwiderte: »Und ich liebe dich, Felix Lüttgens. Das können sie uns niemals nehmen. Ja, lass uns heiraten.«

27

Als Sofie am Donnerstagabend nach einem anstrengenden Arbeitstag zurück in die Elbstrandvilla kam, machte sie sich auf die Suche nach ihrer Tochter. Elfie hatte seit Konrads Rückkehr auf Jans Feier und dem Abbruch der Kommunikation zu Rosa in der DDR nur die nötigste Zeit in der Küche verbracht und sich ansonsten in ihrem Zimmer eingeigelt. Sofie wollte wissen, wie sie mit allem zurechtkam, und sie notfalls trösten. Sie wusste, dass ihre Tochter unter ihrer bisweilen etwas kratzbürstigen Schale äußerst verletzlich war. Da sie sie in der Küche wieder nicht antraf, was in der Tat kein gutes Zeichen war, begab sie sich ins Dachgeschoss der Villa. Dort bewohnte Elfie jene Kammer, die Sofie selbst sich einst mit Ursel geteilt hatte. Damals war sie als Gesellschafterin Anna Nielands in die Villa gekommen, und Ursel hatte noch als Dienstmädchen gearbeitet. Das war nun unglaublicherweise bereits siebenundvierzig Jahre her!

Sie klopfte an die Kammertür und hörte kurz darauf ein erstauntes »Herein!«.

Sofie öffnete und sah ihre Tochter auf dem Bett sitzen. Die letzten Strahlen der Abendsonne ließen ihr rotes Haar aufleuchten, vor ihr lag ein Schuhkarton mit Fotografien.

»Darf ich mich kurz zu dir setzen, Kleines?«, bat Sofie, und Elfie nickte.

Auf dem Bett konnte sie das Bild in der Hand ihrer Tochter genauer betrachten: Es zeigte Elfie vor siebzehn Jahren mit

Säugling Rosa auf dem Arm bei der Taufe in der Kirche von Othmarschen.

»Wie süß. Rosa war damals so brav, hat während der Zeremonie kein einziges Mal geweint«, erinnerte sich Sofie.

»Man kann nur hoffen, dass sie auch jetzt keinen Grund für Tränen hat – dass die in der DDR nicht gemein zu ihr sind«, murmelte Elfie betreten.

Ihre Mutter drückte aufmunternd ihre Hand. »Felix ist ja bei ihr, er würde alles für sie tun.«

Mehr Aufmunterndes wusste sie nicht zu sagen – zu bedrohlich war derzeit die politische Lage. Willy hatte ihr in der Mittagspause von den neuesten, äußerst beunruhigenden Entwicklungen im Ost-West-Konflikt berichtet. Dennoch musste sie nun ihre Tochter aufheitern, durfte nicht zulassen, dass diese an der Sorge um Rosa zerbrach. »Wie verdaust du denn Konrads Rückkehr?«, wechselte sie daher das Thema.

»Na ja, anfangs hab ich mich furchtbar aufgeregt«, gab Elfie zu. »Aber dann hat mir Jan geraten, mal abzuwarten. Im Moment ist Konrad in Nürnberg und Isabel in Lissabon. Sie hängen also nicht immer zusammen, vielleicht erweist sich diese Sache zwischen ihnen ja als kurzes Strohfeuer.«

»Es ist schon ein seltsamer Gedanke, dass mein alter Studienfreund und unsere Isabel jetzt ...«, begann Sofie, da riss Elfie plötzlich die Augen auf und stürzte würgend auf den Gang hinaus. Ihre Mutter hörte, wie sie gerade noch rechtzeitig die Badtür aufriss und sich übergab.

Sie stand besorgt auf und ging in Richtung Flur, da betätigte Elfie die Spülung. Sie kam Sofie auf dem Gang entgegen, tupfte sich den Schweiß von der Stirn.

»Bist du krank?«, fragte sie besorgt.

Elfie schüttelte den Kopf und senkte nun zu Sofies Überraschung glücklich lächelnd den Blick.

»Nein!«, rief Sofie erkennend und von größter Freude gepackt.

»Doch. Dritter Monat«, bestätigte Elfie strahlend.

Sofie fiel ihrer Tochter überglücklich um den Hals. »Oh, wie schön, Kleines«, sagte sie und wischte sich die Freudentränen aus dem Gesicht.

»Jan und ich hätten nie damit gerechnet. Es ist wie ein Traum, dass das doch noch geklappt hat. Natürlich muss ich besonders aufpassen, ich werde ja bald vierzig. Mir ist jedenfalls viel öfter schlecht als mit Rosa damals, und schlafen kann ich auch nie richtig«, erzählte Elfie. »Gestern musste ich mich glatt bei der Krämerin übergeben. Die hatte zum Glück vollstes Verständnis, kennt das von sich nur zu gut, hat ja selbst schon einen ganz dicken Bauch. Sie hat mir Contergan empfohlen. Damit hat sie scheinbar wie ein Murmeltier schlafen können, und ihr war auf einen Schlag nie mehr schlecht. Ich bin morgen bei Doktor Meincke, der soll mir das auch verschreiben.«

Sofie hörte nur noch mit einem halben Ohr zu. Nach der anfänglichen Freude war sie von Sorgen gepackt worden. Sie würde erneut Großmutter werden – und ausgerechnet jetzt stand vielleicht ein Krieg vor der Tür. Ein wesentlicher Grund für die Angst davor war der sowjetische Ministerpräsident Nikita S. Chruschtschow und sein bisweilen cholerisches Verhalten. Im Mai letzten Jahres hatte er bereits die in aller Welt mit Spannung erwartete Gipfelkonferenz der vier Großmächte in Paris platzen lassen. Auf einer dreistündigen Pressekonferenz war der Russe vor rund dreitausend Journalisten in wüste Beschimpfungen gegen die USA und die BRD verfallen und hatte energisch den Abzug der Alliierten aus Berlin gefordert. Und gestern nun hatte sich die sowjetische Regierung laut Willy beschwert, die Westmächte würden die Luftkorridore nach Berlin zur Einschleusung westdeutscher »Agenten, Revanchisten und Militaristen« missbrauchen. US-amerikanische, britische und französische Streitkräfte waren mit ihren Panzern und Geschützen an den Sektorengrenzen in West-Berlin in Stellung gegangen – eine Reaktion auf die Drohungen der DDR-Behörden. Diese hatten alle Einwohner von Berlin davor gewarnt, sich der Grenze auf weniger als hundert Meter zu nähern. Diese Zuspitzung des Ost-West-Konflikts bereitete Sofie große Sorge. Krieg … Das durfte nicht sein! Ihre Enkelkinder verdienten eine Zukunft!

Sie bekam Sehnsucht nach ihrem stets so optimistischen Mann Max und suchte ihn in dessen Werkstatt in der Remise auf, um die freudige Nachricht zu überbringen, dass er zum vierten Mal Großvater werden würde. Er redete gerade durch die Sprechmuschel eines Funkgeräts mit einem der Fährenkapitäne auf der Elbe. Als er seine Frau bemerkte, verabschiedete er sich rasch von seinem Gesprächspartner.

»Schau mal, Schatz«, erklärte er. »Ich habe jetzt meine eigene Funkstation. Wenn bei uns mal die Regierung so durchdreht wie in der Tätärä und uns das Telefon sperrt, haben wir zumindest noch das hier.«

Sofie musste schmunzeln, Max nannte die DDR immer mit gespieltem sächsischen Akzent »Tätärä«, um seinem Hass auf das dortige Regime, allen voran Parteichef Walter Ulbricht, Luft zu machen.

»Vorhin habe ich sogar Polizeifunk empfangen, da hört man so manches Geheimnis.«

»Ich habe dir auch ein Geheimnis mitzuteilen«, sagte nun seine Frau. »Von unserer Tochter Elfie.«

Er sah sie erwartungsvoll an.

***

Braun gebrannt und gut gelaunt war Isabel mit dem Flugzeug nach Hamburg zurückgekehrt, wo Albin sie mit dem Auto abholte. »Und wie lange wollen deine Eltern noch in Portugal bleiben?«, erkundigte sich der Autohändler, während er sie nach Othmarschen fuhr.

»Noch zwei Wochen. Anna und ihr Franz passen so lange auf das Modehaus auf, und Papa hat an der Kunstakademie ja sowieso Ferien«, erzählte Isabel und fügte zu Albins Erstaunen hinzu: »Ich bleibe aber auch nicht lange in der Stadt, ich will so schnell wie möglich zu Rosa.«

»Nach Rostock?«, versicherte er sich. »Erlauben deine Eltern das denn?«

»Ja, Oma Edith hat sie überzeugt«, erwiderte Isabel. »Jetzt muss ich nur noch mit Tante Elfie sprechen.«

Wenig später suchte sie die Köchin an ihrem Arbeitsplatz auf, wo diese die Wochenendeinkäufe einsortierte, und erzählte ihr von ihrem Entschluss.

»Du hast ja selbst betont, wie wichtig es für eure Beziehung ist, dass du und Jan keine Geheimnisse voreinander habt«, erklärte Isabel. »Und dasselbe gilt für Konrad und mich. Außerdem finde ich, dass Rosa ein Recht auf die Wahrheit hat. *Sie* sollte entscheiden, ob er es wissen darf.«

Elfie nickte mit ungewohnter Milde im Gesicht. »Du hast ja recht. Ich wollte es ihr schreiben, aber das ist so unpersönlich. Außerdem denke ich immer, die DDR-Spitzel lesen mit.«

»Ja, ich hatte auch das Bedürfnis, Auge in Auge mit ihr zu sprechen«, bestätigte Isabel.

»Ich würde dich so gern begleiten«, meinte Elfie seufzend. »Aber in meinem Zustand würde mir Jan so eine Reise ins Ungewisse wohl eher übel nehmen.«

»Geht es dir nicht gut?«, erkundigte sich Isabel besorgt.

»Im Gegenteil«, entgegnete Elfie. »Es gibt noch etwas, was du unserer Rosa erzählen kannst. Wenn alles gut geht, bekommt sie nächsten Februar ein Geschwisterchen.«

»Was?«, rief Isabel verblüfft und nahm freudestrahlend die Hände ihrer Tante. »Du bist schwanger?«

Elfie nickte lächelnd. »Es hat doch noch mal geklappt.«

Isabel dachte in diesem frohen Moment an ihren Verlobten. Dass Elfie nun ein kleines Kind mit Jan haben würde, rückte die für sie so unpassende Vorstellung von Konrad zusammen mit ihrer Tante etwas weiter in die Ferne. Auf einmal war da so viel Hoffnung …

»Wie wunderbar«, sagte sie.

»Weniger wunderbar sind die dauernde Schlaflosigkeit und Übelkeit«, seufzte Elfie, und Isabel bemerkte, dass sie ganz bleich war und Schweißperlen auf ihrer Stirn glitzerten. »Zum Glück hat mir mein Frauenarzt gestern noch was verschrieben.«

Sie holte ein Tablettenpäckchen aus einer ihrer Taschen. »Das soll ganz gut helfen.«

Als Isabel den Namen des Präparats auf dem Schächtelchen las, aus dem Elfie gerade eine Tablette nehmen wollte, riss sie es ihr mit einem unterdrückten Aufschrei aus der Hand: »Contergan Forte« stand darauf zu lesen.

»Elfie, das darfst du auf gar keinen Fall nehmen!«, rief Isabel außer sich.

»Aber wieso nicht?«, fragte die Schwangere verstimmt. »Unsere Krämerin schwört drauf.«

»Die Dinger sind gefährlich für dein ungeborenes Kind«, warnte Isabel. »Wir haben gerade im *Spiegel* über die möglichen Nebenwirkungen dieses Arzneimittels berichtet: In letzter Zeit werden immer mehr Kinder mit Missbildungen geboren! Ohren oder Gliedmaßen sind verkrüppelt – oder fehlen ganz!«

Beklommen blickte Elfie auf das Päckchen. »Dass es mehr Fehlbildungen gibt, habe ich auch gehört«, räumte sie ein. »Aber die sagen doch, das soll an der Strahlung von diesen Atomwaffen-Tests liegen.«

Isabel schüttelte den Kopf. »Der Wirkstoff in Contergan heißt Thalidomid. Seit Mai letzten Jahres sind schon eine ganze Reihe von Aufsätzen in Fachzeitschriften veröffentlicht worden – alle über den Zusammenhang zwischen diesem Wirkstoff und Missbildungen bei Säuglingen! Der Pharmakonzern versucht natürlich das zu bestreiten und andere Gründe vorzuschieben. Aber du darfst die auf keinen Fall nehmen, bitte, Elfie!«, insistierte sie.

»Also gut«, seufzte die Köchin, nahm Isabel die Schachtel ab und warf sie vor ihren Augen in den Mülleimer. »Ist mir halt weiterhin schlecht. Kleiner Preis für ein gesundes Kind.«

Als Isabel wenig später erleichtert in die Halle der Villa hinaustrat, kam ihr mit ernster Miene Leni entgegen.

»Albin hat mir erzählt, du möchtest zu Rosa nach Rostock?«, wandte sie sich an Isabel.

»Ja, so schnell wie möglich«, entgegnete sie.

»Daraus wird leider nichts«, sagte Leni, und sie klang auf beunruhigende Weise überzeugt.

»Und wieso nicht?«, wollte Isabel wissen.

Leni erwiderte: »Es ist etwas passiert, wovon du noch nichts weißt.«

28

Wie Felix es vorausgesagt hatte, hatte Dietmar die Rücknahme von Rosas Kündigung sofort angenommen.

»Das Büro des Polizeisenators von Hamburg hat angerufen«, schleuderte ihr Margot von der Rezeption aus entgegen, kaum dass sie am wolkenlosen Dienstagmorgen das Hotel *Meer des Friedens* betreten hatte. Sie sah die stellvertretende Direktorin ungläubig an und glaubte vollends, ihren Ohren nicht trauen zu können, als die bisher so strenge Frau hinzufügte: »Man hat gebeten, dass Sie sich um zwölf Uhr bereithalten, dann wollen die noch mal anrufen. Ich habe Dietmar schon gesagt, dass Sie das Gespräch in seinem Büro entgegennehmen sollten, da haben Sie mehr Ruhe.«

»Danke.« Rosa nickte benommen. Sie war so verwirrt über diese Nachricht, dass die ungewohnte Freundlichkeit von Frau Koschitza kaum in ihr Bewusstsein drang. Nur schemenhaft streifte sie daher der Gedanke, dass Dietmars Schwester vielleicht das schlechte Gewissen plagte, weil sie sie verraten hatte. Viel präsenter war ihre Angst, dass zu Hause in Hamburg etwas Schreckliches passiert sein musste. Warum sonst genehmigten die DDR-Behörden eine Ausnahme bezüglich der derzeitig unterbrochenen Ost-West-Kommunikation? »Haben sie gesagt, worum es geht?«

Margot schüttelte den Kopf. »Es hat sich aber wichtig angehört.«

Den ganzen Vormittag über konnte Rosa keinen klaren

Gedanken fassen. Was würde man ihr um zwölf Uhr mitteilen? Hatte es bei Jans Geburtstagsfeier ein Unglück gegeben? War Timon etwas bei der Bundeswehr passiert? Oder ging es etwa um die süße kleine Stella? Wie oft hatte sie bei sich gedacht, dass es viel zu gefährlich war, sie am Flussufer spielen zu lassen. Sie wusste nicht, ob sie die Mittagsstunde und das Ende der Ungewissheit herbeisehnen sollte oder ob es eine Gnadenfrist war. Vielleicht, so redete sie sich selbst ein, war doch alles gut. Es konnte ja sein, versuchte sie sich verzweifelt einzureden, dass der Grund des Anrufes ein harmloser – ja, vielleicht sogar ein erfreulicher – war. Aber ihr Gefühl sagte ihr etwas anderes.

Mit zitternden Knien bat sie Dietmar schließlich, ob sie bereits um viertel vor zwölf in sein Büro dürfe. Er stimmte sofort zu, und hier saß sie nun. Jede Minute erschien ihr wie eine Ewigkeit. Als das Telefon um eine Minute vor zwölf klingelte, zuckte Rosa vor Schreck zusammen – so ungewohnt schrill kam ihr der Klang diesmal vor. Mit zitternden Fingern hob sie den Hörer ab. »Hotel *Meer des Friedens*, Rosa Timmlein«, meldete sie sich mit versagender Stimme.

»Rosa, ich bin es, Isabel!«, hörte sie ihre beste Freundin aufgeregt am anderen Ende der Leitung.

Rosa konnte nicht anders, ihr schossen augenblicklich Tränen in die Augen. »Isabel, wie geht es euch? Ist was Schlimmes passiert?«

»Nein, um Gottes willen, im Gegenteil«, entgegnete die Cousine zu ihrer großen Erleichterung sofort. »Du bekommst im Februar ein Geschwisterchen, deine Mama und Jan erwarten ein Kind.«

»O nein, wie schön!«, rief Rosa, auf einmal von einer warmen Welle des Glücks erfasst. Wie gut das tat, endlich wieder mit ihrer Isabel zu sprechen! Und sie würde bald kein Einzelkind mehr sein! Ein leichter Schatten legte sich allerdings auf ihr Gemüt, als ihr nun die durchaus berechtigte Frage in den Sinn kam, ob sie das Geschwisterchen nach dessen Geburt überhaupt in absehbarer Zeit würde sehen dürfen. »Danke, dass du extra anrufst. Vom Polizeisenator aus, Donnerwetter.«

»Leni ist jetzt seine Assistentin«, erklärte Isabel. »Es ist wirklich sehr viel passiert in ganz kurzer Zeit. Auch ein echt unglaublicher Zufall. Darüber wollte ich unbedingt mit dir sprechen.«

»Ja?«, sagte Rosa. Da war also doch noch etwas anderes! »Was denn?«

»Ich versuche es zusammenzufassen, so gut es geht«, kündigte ihre Cousine an. »Wir haben nur fünf Minuten. Also, du erinnerst dich vielleicht, dass ich dir von dem interessanten Mann beim Ostermarsch letztes Jahr erzählt habe.«

»Der rothaarige Retter«, fiel Rosa sofort wieder ein. »Natürlich! Jetzt sag nicht, du hast ihn doch noch gefunden.«

»Das habe ich«, bestätigte Isabel, und selbst durch das Telefon bemerkte Rosa die tiefe Zuneigung, die ihre Freundin für diesen Konrad empfand. »Und er war wider Erwarten genauso interessiert an mir wie ich an ihm.«

»Wieso wider Erwarten? Du bist großartig!«, meinte Rosa. Wie sehr sie ihrer Cousine dieses Glück gönnte!

»Es gibt da aber einen Haken«, sagte die nun stockend.

Sofort war Rosa wieder vage beunruhigt.

»Man sieht es ihm zwar nicht an«, kam es vom anderen Ende der Leitung, »aber er ist schon neununddreißig.«

»Na und?«, erwiderte Rosa sogleich. »Seit wann lässt man in unserer Familie solche Konventionen das Glück verhindern?«

»Das habe ich mir auch gesagt«, bestätigte Isabel. »Aber als ich mit Konrad bei Jans Geburtstag aufgetaucht bin, ist deine

Mutter aus allen Wolken gefallen: Es hat sich rausgestellt, dass mein Konrad *ihr* Konrad war. Der Mann, der ihr im Krieg verschwiegen hat, dass er schon verheiratet ist.«

»Aber … aber …«, stammelte Rosa überfordert. »Das heißt ja, – du – du bist mit, mit – meinem *Vater* zusammen!« Sie spürte, wie sie von Schwindel erfasst wurde.

»Es tut mir leid«, murmelte Isabel kleinlaut. »Ich hatte ja keine Ahnung …«

Rosa schluckte. »Wie … wie ist er denn so?«, fragte sie dann nach einem kurzen Moment betretenen Schweigens.

»Großartig. Liebevoll und intelligent. Zahnarzt ist er. So wie Oma. Und er hat damals beim Ostermarsch ja vor meinen Augen dieses Kind gerettet.«

»Wahrscheinlich wäre er ein guter Vater gewesen – wenn er von mir gewusst hätte«, murmelte Rosa gedankenverloren. »Aber Mama hat ihn nach dem Krieg ja angeblich nicht mehr gefunden.«

»Das konnte sie auch wirklich nicht«, nahm Isabel ihre Tante in Schutz. »Es gibt da eine komplizierte Geschichte mit seinem Nachnamen. Aber weshalb ich vor allem anrufe: Ich wollte dich um Erlaubnis bitten …« Sie stockte.

»Worum?«, hakte Rosa nach. »Dass du mit meinem leiblichen Vater zusammen sein darfst? Das kann doch ich nicht entscheiden, Belchen. Es ist zwar die seltsamste Vorstellung der Welt, dass du so was wie meine Stiefmutter werden könntest – aber, wenn ihr beide glücklich seid …«

»Da gibt es eben ein Problem«, erläuterte Isabel. »Das Geheimnis, dass er dein Vater ist – ich merke, dass es unserer Beziehung schadet.«

»Das hast du ihm noch nicht gesagt?«, wunderte sich Rosa.

»Deine Mutter meinte, das musst *du* entscheiden – ob er es wissen soll«, erklärte ihre Cousine.

»Natürlich muss er das endlich wissen!«, rief Rosa. »Solche Geheimnisse sind wie Krebsgeschwüre. Ich hasse es, wenn man immer Dinge verschweigen muss, so wie … wie hier. Ich würde ihn auch so gern kennenlernen, aber ich komm hier ja nicht mehr raus, es geht nicht.«

»Ja, das stimmt leider«, bestätigte Isabel resigniert. »Er kann nicht mal zu dir kommen, wenn er es weiß. Ich wollte ja auch zu euch rüberkommen und persönlich mit dir sprechen über ihn, aber dann hat mir Leni gesagt, dass etwas passiert ist. Die Grenze ist jetzt in *beide* Richtungen geschlossen.«

»Was?« Rosa wollte es nicht glauben. Wieso sollte man nicht mehr in die DDR *einreisen* können? Die Funktionäre müssten sich doch freuen, wenn ihre Republik bei Menschen aus dem Westen beliebt war.

»Wieso kann man nicht mehr *in* die DDR?«, rief sie verständnislos. »Ich dachte, sie wollen bloß die Flucht weiterer DDR-Bürger in den Westen verhindern?«

Im Büro des Polizeisenators in Hamburg sah sich Isabel auf Rosas Frage hin hilflos um. Kröger hatte den Raum zwar diskret verlassen, aber sie ging davon aus, dass die DDR-Behörden das Telefonat abhörten. Das Gespräch musste also bei privaten Themen bleiben, durfte nicht ins Politische abdriften. Dies hätte Rosa um Kopf und Kragen bringen können! Dabei hatte Leni Isabel die Gründe für die Sperrung der Grenzen für westdeutsche Reisende genau erläutert. »Sie haben die wirtschaftlichen Erfolge der Bundesrepublik verkörpert, auch durch die mitgebrachten Waren«, hatte Leni ihr erklärt, nachdem sie ihr das Einreiseverbot mitgeteilt hatte. »So wurden die eigenen Schwierigkeiten noch erkennbarer. Und damit soll jetzt eben Schluss sein.«

Isabel war über diese Nachricht verzweifelt gewesen.

Sie hatte doch persönlich mit Rosa sprechen wollen. Aber so wichtig es ihr auch war, das Geheimnis zwischen ihr und Konrad aus der Welt zu schaffen – es hatte keinen Sinn, ihr Leben zu riskieren bei dem Versuch, in Rosas Land einzubrechen. Was für eine verrückte Welt das war: Sie konnte ihre Großmutter Edith Tausende Kilometer weit weg persönlich um Rat fragen, aber ihre beste Freundin, kaum zweihundert Kilometer entfernt, war unerreichbar.

Zu Rosa sagte sie nun lediglich: »Ich war so verzweifelt, dass Leni mir angeboten hat, über den Senator ein Telefonat in dein Hotel zu arrangieren. Ihr beide kennt euch so gut, hat sie gesagt, ihr seid so gute Freundinnen, ihr werdet auch am Telefon ein gutes Gespräch führen und alles klären. Und das hat ja nun geklappt.«

»Ja, du bist so eine gute Freundin«, entgegnete Rosa resigniert und fügte im Geiste hinzu: eine Freundin, die aufgrund des Einreiseverbots von unserer Hochzeit ausgeschlossen sein wird. Genau wie der Rest ihrer geliebten Familien! Wie sollte sie das nur Felix beibringen?

***

»Das sind Timon, Rosa und ich vor unserer nagelneuen Strandhütte, das muss 1948 gewesen sein.«

»Du warst schon mit fünf so süß wie heute«, stellte Konrad fest und betrachtete liebevoll das Foto, das Isabel vor ihm auf den Wohnzimmertisch gelegt hatte. Er beugte sich zu ihr und küsste sie zärtlich auf die Wange.

Ganz bewusst hatte sie Konrad darum gebeten, das Treffen nach seiner Rückkehr aus Nürnberg nicht auf »neutralem Boden« abzuhalten, sondern wieder hier in seiner Wohnung in Wilhelmsburg. Sie hatte jede Menge Kinderfotos in der

Tasche – besonders viele von Rosa. Die Bilder waren ein wichtiger Teil dessen, was sie heute vorhatte.

Nachdem ihre Reise in die Vergangenheit der Villenbewohner bei einem Foto der Weihnachtsfeier vor zwei Jahren geendet hatte, fiel Konrad auf: »Elfies Tochter war ja wirklich immer an deiner Seite – wie eine Schwester. Du vermisst sie sicher schrecklich.«

Isabel nickte. »Das tun wir alle. Natürlich vor allem Tante Elfie und ihr Jan. Er liebt Rosa wirklich, als sei sie seine eigene Tochter.«

»Ist sie das denn nicht?«, wunderte sich Konrad.

Isabel schüttelte den Kopf und sah ihm nun direkt ins Gesicht. Er riss erkennend die Augen auf. Isabel ahnte, dass er zu rechnen begann. »Wann ist Rosa geboren?«

»Am 24. Januar 1944«, antwortete sie.

Er wirkte schockiert. »Du weißt, wer ihr leiblicher Vater ist?«

Isabel nickte. »Er hat Elfie verschwiegen, dass er verheiratet ist, und sie sitzen lassen«, begann sie ihre Tante in Schutz zu nehmen. »Und deshalb hat sie ihm das Kind verschwiegen. Sie wollte anfangs nicht, dass der Erzeuger nur wegen der Schwangerschaft bei ihr bleibt. Und nach dem Krieg konnte sie ihn unter seinem bisherigen Nachnamen nicht mehr ausfindig machen.«

»Allmendinger«, sagte er tonlos.

»Allmendinger«, bestätigte sie und nahm seine Hand. »Das war einer der Gründe, warum ich so schockiert darüber war, dass du Elfies Konrad bist«, erklärte sie. »Aber ich durfte es nicht sagen. Elfie war der Meinung, dass nur Rosa entscheiden darf, ob du es erfahren sollst. Deshalb wollte ich sie besuchen fahren, um sie persönlich zu fragen. Aber man kommt ja gerade auch nicht mehr rein in die DDR. Timons Mutter hat dann ein Telefonat in Rosas Hotel für mich ermöglicht.«

»Und Rosa war einverstanden, dass du es mir sagst?«, vergewisserte er sich, und sie sah es verdächtig in seinen Augen glitzern.

»Sie hasst es, wenn Menschen einander Dinge verheimlichen«, bestätigte seine Verlobte. »Sie würde dich so gern selbst kennenlernen, aber das geht ja nicht. Noch nicht. Vielleicht kann Leni auch für dich zumindest einen Anruf organisieren.«

»Du bist so lieb«, meinte Konrad, und nun liefen die Tränen deutlich sichtbar über seine Wangen. »Erträgst all das Chaos wegen mir, und hilfst mir sogar noch.«

»Möchtest du jetzt vielleicht lieber allein sein, um das alles zu verdauen? Ich kann dir die Fotos erst mal dalassen«, bot ihm Isabel an, doch zu ihrer Erleichterung schüttelte er den Kopf.

»Ich will gar nicht mehr ohne dich sein«, erklärte er mit rauer Stimme. Isabel küsste ihn glücklich auf den Mund, wild entschlossen, endlich die letzten Mauern zwischen ihnen niederzureißen.

***

Für Beryl und Timon hieß es Abschied nehmen, wenn auch zum Glück nur vorübergehend. Er musste zurück nach Bückeburg in die Kaserne. Gemeinsam mit Timons Vater hatte Beryl ihn zum Hamburger Hauptbahnhof begleitet, um noch die letzten kostbaren Minuten mit ihm zu genießen. Sie kamen etwas zu früh an. »Geht ihr schon mal zum Gleis, ich hole mir noch rasch eine Zeitung«, sagte Moshe.

Timon kannte seinen Vater und wusste um dessen Diskretion und Höflichkeit: Wahrscheinlich wollte er ihm und Beryl einfach Zeit geben, sich noch in Ruhe voneinander zu verabschieden. Sobald sie das Gleis erreicht hatten, zog er Beryl in seine Arme, um sie ein vorerst letztes Mal zärtlich und ausdauernd zu küssen.

»Widerwärtig!«, kam es plötzlich von einem Mann neben ihnen.

Timon und Beryl wurden durch diese abfällige Bemerkung harsch aus ihrem Kuss aufgeschreckt.

»Hast du gerade was gesagt?«, wandte sich Beryl wütend an einen massigen jungen Mann, der wie Timon eine Bundeswehruniform trug und mit zwei Kameraden aus einem Zug am gegenüberliegenden Gleis gestiegen war.

»Allerdings. Widerwärtig hab ich gesagt!«, entgegnete der feiste Soldat provozierend. Der kleinere seiner beiden Kameraden kicherte etwas hysterisch, der andere schien eher peinlich berührt.

Timon spürte unbändigen Zorn in sich aufsteigen. »Ach ja?« Er löste sich von seiner Liebsten und trat einen Schritt auf den Feisten zu, wobei er sich zu seiner vollen Größe aufrichtete. »Und was genau ist widerlich?«

»Wenn ein deutscher Soldat sich mit so einer Negerschlampe einlässt – und sie auch noch in der Öffentlichkeit absabbert«, erwiderte der Hüne. Wieder kicherte der kleine Dürre anbiedernd.

Timon unterdrückte den Drang, auf den Riesen loszugehen. Er ahnte zwar, dass er den Fleischberg überraschen und überwältigen könnte, da er wie sein Vater ein leidenschaftlicher Schwimmer und Kampfsportler war. Aber eine Schlägerei schien ja genau das zu sein, worauf der andere Soldat aus war, daher wollte er ihm diesen Gefallen nicht tun und beließ es bei einem verbalen Konter: »Ich finde ja eher, dass ein Rassist wie du eine Schande für die ganze Truppe ist.«

»Ach, ja? Darf man nix gegen die Neger sagen?«, fragte der Hüne voller Hass, die Stimme absichtlich verstellt, als spreche er mit einem Kind. Dann fügte er mit provozierendem Grinsen hinzu: »Weißt du, was der Unterschied zwischen 'nem Winterreifen und 'ner Negerin ist?«

»Halt die Fresse!«, knurrte Timon, doch der grobschlächtige Soldat beantwortete sich seine Frage selbst: »Der Winterreifen singt keine Gospels, wenn man ihm Ketten anlegt.«

Dann lachte er dreckig über seinen eigenen Witz, der Dürre gackerte hysterisch. Ihr Kamerad schüttelte den Kopf und ging peinlich berührt in Richtung Treppe davon.

Timon verkrampfte die Faust, doch Beryl hielt sie fest.

»Dass ihr Idioten euch immer was auf geografische und biologische Zufälligkeiten einbildet«, erwiderte Beryl kühl. »Deutsch, nicht jüdisch oder weiß zu sein – das ist doch keine Leistung. Da war es ein größerer Verdienst, als du das erste Mal allein aufs Töpfchen bist.«

In dem Moment schlug der Hüne ohne Vorwarnung mit der Faust nach der jungen Frau, Timon reagierte zwar im Bruchteil von Sekunden und ging dazwischen, wurde jedoch selbst direkt im Gesicht erwischt und stolperte nach hinten. Der Anblick des Blutes, das ihrem Freund nun aus Nase und Mund floss, brachte Beryl dazu, sich auf den Hünen zu stürzen und auf ihn einzuschlagen. »You dirty bastard!« Fast genauso schnell war jedoch plötzlich Timons Vater zur Stelle und drehte dem Soldaten – mit für diesen völlig überraschender Kraft – den Arm auf den Rücken. Ein Polizist kam angerannt. Der Hüne wollte sich Moshe entwinden, doch der sportliche Jurist drehte seinen Arm so, dass er aufschrie und etwas stiller hielt.

»Tja, Pech für dich, Jungchen«, knurrte Moshe, »du hast dich gerade mit einer Anwaltsfamilie angelegt, und ich hab da sehr viele unschöne Dinge von dir gehört und gesehen. Disziplinarverfahren ist das Mindeste, was jetzt auf dich wartet, mein schwerer Brocken.«

Der Polizist war inzwischen bei ihnen angekommen. Timon wischte sich das Blut aus dem Gesicht und musste trotz der stark schmerzenden Nase und eines lockeren Zahnes grinsen. Er wusste, dass sein Vater keine leeren Versprechungen machte. Der Rassist war dran! Und wie, um dies zu bestätigen, hörte er das Geräusch der einrastenden Handschellen hinter dem massigen Soldaten.

TEIL III

Frühjahr 1962

29

»Es ist so gemein, sich so was von mir zu Weihnachten zu wünschen«, beklagte sich Isabel und streichelte ihren Hund Lito. Der war inzwischen zwar mehr als kniehoch, hielt sich aber seiner Größe zum Trotz hartnäckig für einen Schoßhund. Mit einem Stofftier im Maul saß er an diesem Freitag, den 10. Februar 1962, auf den Knien seines Frauchens und verstellte so den anderen in der Küche fast vollständig den Blick auf Isabel. Die anderen, das waren Großcousin Timon, dessen Freundin Beryl und seine kleine Schwester Stella sowie Hausdame Xenia Queck, die am Tisch gerade über Einkaufsabrechnungen brütete.

»Ja, eigentlich weiß Konrad ja, dass du panische Angst hast, beim Schlittschuhlaufen umzuknicken oder hinzufallen. Sich dann einen Tag auf der Eislaufbahn zu wünschen, grenzt an emotionale Erpressung«, bestätigte Timon. »Rosa, Kasi und ich haben dich ja auch nie rumgekriegt, mit uns zu gehen. Da wäre es echt fies, wenn er es nach so kurzer Zeit schafft.«

»Er hat mir eine Gnadenfrist gegeben, bis er am Montag von seiner Mutter aus Nürnberg zurück ist. Schließlich sei Weihnachten schon fast zwei Monate her«, sagte Isabel verstimmt. »Ich werde mich so was von blamieren.«

»Wieso hast du so Angst vorm Schlittschuhfahren?«, erkundigte sich die fünfjährige Stella arglos. »Mir macht das Spaß. Und schau mal, der Petzi und seine Freunde fahren auch Schlittschuh, die haben keine Angst, der König vom

Nordpol passt ja auf sie auf.« Sie reichte ihr einen ihrer Zeitungsstreifen aus dem *Hamburger Abendblatt*.

»Tja, Stella, ich weiß auch nicht. Wenn eine Fünfjährige und ein kleiner Bär in getupften Hosen keine Angst zeigen, warum hab ich sie dann?«, fragte sich die junge Journalistin mit Blick auf die niedliche Bildergeschichte. »Wahrscheinlich, weil ich keinen Eisbärkönig vom Nordpol habe, der auf mich achtgibt.«

»Wir könnten ja deine Könige sein und auf dich aufpassen«, schlug Beryl vor. »Vor uns braucht dir auch nichts peinlich zu sein.«

»Ja, lasst uns doch morgen zu Planten un Blomen gehen und üben«, stimmte Timon zu.

»Planten un Blomen?«, wunderte sich Beryl. »Ist das nicht Plattdeutsch für Pflanzen und Blumen?«

»Genau. Das ist eine große Parkanlage in St. Pauli«, bestätigte ihr Freund. »Und da gibt es eine der größten Freiluft-Kunsteisbahnen der Welt.«

»Also gut«, seufzte Isabel. »Gehen wir üben.«

»Und ich komme mit«, bestimmte die kleine Stella. »Ich habe eigene Schlittschuhe.«

Timon bemerkte, dass Xenia Queck seltsam interessiert von ihren Abrechnungen aufsah.

»Wollen Sie auch mit, Fräulein Queck?«, fragte der junge Soldat im Scherz.

Zum Erstaunen aller antwortete die gestrenge Hausdame: »Ach, da sag ich nicht Nein!«

***

Am Samstag erwies sich Fräulein Queck auf der Kunsteisbahn zum Erstaunen aller als verblüffend gute Schlittschuhläuferin. Sie gab zu, in ihrer Jugend einige Wettbewerbe gewonnen zu haben – kein Wunder also, dass sie mit solch erstaunlicher Eleganz und Geschwindigkeit über das Eis fegte. Aber auch Isabel machte kleine Fortschritte: Ihr Kollege Alex war auf ihre telefonische Anfrage hin mitgekommen, er stützte sie zu Beginn noch rechts und Timon links, während Stella an der Hand von Beryl den dreien hinterherfuhr, um sie anzufeuern.

»Du schaffst das, Isabel, du schaffst das.«

Und nachdem ihr Fräulein Queck gezeigt hatte, wie sie ihre Füße und Beine halten und bewegen sollte, schaffte sie sogar eine längere Strecke allein – ohne zu stürzen.

Immer besser gelang es ihr, sich auf den Beinen zu halten, immer übermütiger wurde sie. Bis ihr ein Mann zu nahe kam – sie stolperte und musste sich an ihm festhalten.

»Na, Fräulein Torres, genießen Sie Ihr wohlverdientes Wochenende?«, erkundigte er sich grinsend.

»Herr Augstein!«, erkannte sie ihren Chef aus der *Spiegel*-Redaktion. Alex kam zu ihnen gefahren.

»Guten Tag«, grüßte er den Herausgeber.

»Moin, Jensen«, entgegnete dieser. »Sagen Sie mal, da ich Sie beide schon so schön beieinanderhabe, wollen Sie nicht Montag zusammen nach Tübingen fahren?«

Isabel war aufgefallen, dass Augstein Alex und ihr öfter gemeinsame Aufgaben gab. Sie fragte sich, ob er ihnen damit einen Gefallen tun wollte, weil er davon ausging, dass sie privat aneinander interessiert waren. Ihr Chef war ja auch dafür bekannt, das Private und das Geschäftliche selbst nicht immer so genau zu trennen. Und nach außen wirkten Alex und sie natürlich auch sehr vertraut miteinander – offenbar ahnte man in ihrer Redaktion nichts davon, dass der junge Journalist in Wirklichkeit mit einem Mann liiert war. Das war vielleicht auch besser so, dachte Isabel, ihr Redaktionskollege Claus Jacobi hatte sich schon mehrfach abfällig über »die warmen Brüder« geäußert.

»Nach Tübingen? Das ist doch in Schwaben«, wunderte sich Alex.

Augstein nickte. »Korrekt. Sie haben ja ein Auto, Jensen, wir würden natürlich Benzin und Spesen übernehmen.«

»Was sollen wir denn in Tübingen tun?«, wollte Isabel wissen.

»Ludwig Raiser interviewen. Er ist dort Professor für Wirtschaftsrecht an der Eberhard-Karls-Universität – und Vorstand des deutschen Wirtschaftsrats. Raiser hat im November das sogenannte Tübinger Memorandum unterschrieben, zusammen mit anderen evangelischen Prominenten und Wissenschaftlern. Das haben sie dann an Abgeordnete des Deutschen Bundestages versandt.«

»Ach, von dem Memorandum habe ich gehört«, sagte Isabel, und Alex bestätigte: »Ich auch.«

Die gemeinsame Erklärung der Unterzeichnenden sprach sich unter dem Motto »mehr Demokratie wagen« gegen nukleare Aufrüstung der Bundesrepublik und für die Anerkennung der Oder-Neiße-Grenze aus.

»In zehn Tagen soll die Denkschrift nun auch der Öffentlichkeit zugänglich gemacht werden. Natürlich möchte der *Spiegel* Hintergrundinformationen dazu liefern, und deshalb sollen die Verfasser in ausführlichen persönlichen Gesprächen befragt werden«, erklärte Augstein. »Dieses Thema ist wichtig. Der Strauß quatscht davon, dass ein Atomsprengkopf eine ganze Brigade Soldaten ersetze und außerdem billiger sei. Der Mann ist brandgefährlich, dem muss man was entgegensetzen.«

Isabel war eigentlich für eine strikte Trennung von Kirche

und Staat, sie wollte keinesfalls, dass die Bibel – in ihren Augen ein zweitausend Jahre altes Buch mit Regeln und Gleichnissen für ein Hirtenvolk jener Zeit – zu viel Einfluss auf die aktuelle Rechtsprechung und Politik hatte. Doch in diesem Fall war sie den Vertretern des evangelischen Glaubens dankbar für deren Einmischung. Es konnten sich gar nicht genug einflussreiche Menschen gegen den Atomraketenwahnsinn des Verteidigungsministers Franz Josef Strauß stellen. Zum Glück waren viele einflussreiche Menschen ihrer Meinung – so laut Leni auch ihr neuer Vorgesetzter: der frischgebackene Hamburger Polizeisenator Helmut Schmidt, der Strauß' These, eine atomare Verteidigung sei unvermeidbar, als »tödlichen Unfug« bezeichnet hatte.

Die beiden jungen Journalisten sagten Augstein die Reise nach Tübingen aus voller Überzeugung zu. Der bedankte sich, verwies auf Montagmorgen als letzten Besprechungstermin in der Redaktion vor ihrer Abreise und wünschte ein »schönes Restwochenende«. Dann glitt er zu einer hübschen Mittzwanzigerin hinüber, die bereits auf ihn wartete und bei der er sich unterhakte.

»Das ist aber nicht seine Frau«, stellte Isabel mit gedämpfter Stimme fest.

»Nein, das ist Maria Carlsson. Sie übersetzt Bücher aus dem Amerikanischen. Die ist, soweit ich weiß, auch noch verheiratet. Mit einem anderen Journalisten. Na ja, sie und Augstein sehen zumindest sehr glücklich zusammen aus.«

»Stimmt«, bestätigte Isabel beim Blick zu dem über das Eis schwebende Paar. »Prima, jetzt kann ich Montag nicht mit Konrad Schlittschuhlaufen. Noch mal Gnadenfrist«, freute sie sich. »Wir müssen ja ›leider‹ nach Tübingen.«

Alex erwiderte ihr Lächeln, bemerkte dann aber, wie sie ernster wurde. »Was ist?«

»Mir fällt gerade ein, dass ganz in der Nähe von Tübingen dieses Schafferdingen liegt«, erklärte sie.

»Da, wo dein leiblicher Großvater Bürgermeister ist?«, erinnerte sich Alex.

Sie nickte und rieb sich nachdenklich das Kinn. »Genau. Ich überlege, ob ich nicht die Gelegenheit nutzen sollte, um ihn mir mal unauffällig aus der Nähe anzusehen.«

***

»Endlich mal wieder Sonnenschein«, freute sich Isabel und schloss mit einem zufriedenen Seufzen genießerisch die Augen. »In Hamburg stürmt es ja seit Dezember eigentlich ohne Unterlass.«

»Und wie malerisch es hier ist«, fügte Alex Jensen hinzu.

Die beiden Nachwuchsjournalisten standen am 14. Februar des Jahres 1962 auf der berühmten Eberhardsbrücke in Tübingen und betrachteten die hübschen mehrstöckigen Altbauten, die dicht gedrängt am Hang des Neckarufers standen.

»Ja, die Städte, die nicht zerbombt wurden und ihre alte Bausubstanz behalten konnten, haben immer eine schönere Atmosphäre«, stellte Isabel fest.

»Stimmt, allerdings wollte die Wehrmacht bei ihrem Abzug im April 1945 diese hübsche Brücke hier selbst zerstören – um es den anrückenden Alliierten schwerer zu machen. Der Sprengstoff war schon an seinem Platz«, erzählte Alex.

»Und wieso haben sie dann nicht?«, fragte Isabel interessiert.

Alex schmunzelte. »Der beherzte Wirt des Hotels *Zum Goldenen Ochsen* hat die Sprengmannschaft mit einem schwäbischen Vesper so lange abgelenkt, bis die Franzosen in der Stadt waren.«

Isabel lächelte über die Anekdote vom raffinierten Wirt, während sie eine Landkarte aus ihrer Tasche kramte. Ihren eigentlichen Auftrag in der romantischen Universitätsstadt am Neckar hatten sie ja nun heute Morgen bereits erfüllt: Sie hatten Ludwig Raiser bezüglich des Tübinger Memorandums interviewt.

Alex sah zur Karte. »Und, wie weit ist dieses Schafferdingen von hier entfernt?«, erkundigte er sich.

»Etwas über dreißig Kilometer«, erklärte Isabel.

»Dann lass uns da jetzt hinfahren«, schlug er vor. »Bis zu dieser Gemeinderatssitzung um halb drei könnten wir es tatsächlich noch schaffen.«

Isabel hatte herausgefunden, dass Bürgermeister Nieland am Rande von Schafferdingen ein neues Luxushotel sowie einen – für einen solch kleinen Ort ungewöhnlich großen – Stellplatz für Wohnwagen plante. In einem Interview mit der Lokalpresse hatte er gesagt, er sehe diese Pläne als sein Abschiedsgeschenk an die Schafferdinger. Einige Bewohner, vor allem jene, die bisher recht idyllisch neben den geplanten Erschließungsgebieten gewohnt hatten, wollten sich jedoch offenbar nicht von Nieland beschenken lassen – es gab eine recht große Bürgerinitiative gegen seine Baupläne. Auf der heutigen Gemeinderatssitzung wollte ihr Oberhaupt nun laut einer Voraberklärung »alle Bedenken gegen dieses wichtige Projekt final ad acta legen.«

»Das ist die erste Gemeinderatssitzung, die ich besuche, zu der man sich als Journalist vorher anmelden muss. Mein Herr Großvater scheint echt ziemlich paranoid zu sein. Ich habe uns als Ehepaar angemeldet«, gestand Isabel ihrem Kollegen. »Ist besser, wenn ich als Isabel Jensen auf der Liste stehe. Bei Torres würde Burkhard sofort auf seine Tochter Hilde kommen. Sicher ist sicher.«

Alex lächelte versonnen. »Isabel Jensen. Hübsche Idee. Und von welcher Zeitung sind wir angeblich?«

»*Heilbronner Stimme*«, antwortete Isabel. »Das ist noch nah genug, dass man sich nicht zu sehr über Pressevertreter von dort wundert. Andererseits weit genug weg, dass die kaum wirklich zu so einer Sitzung kommen würden. Also keine Gefahr, dass wir uns tatsächlich Kollegen von der *Heilbronner Stimme* gegenübersehen.«

Alex rieb sich unternehmungslustig die Hände. »Perfekt, dann nichts wie los. Ich bin auch sehr neugierig, wie sich ein ehemaliger stellvertretender KZ-Leiter als Bürgermeister einer Kleinstadt macht.«

Isabel gab ihm ein dankbares Küsschen auf die Wange. Da sie davon ausging, dass ihr junger Kollege mit Anna Nielands Stiefsohn Kasimir liiert war, sah sie in ihm so etwas wie einen neu gewonnenen Bruder und war im Umgang mit ihm sehr vertraulich.

Als sie Alexanders nagelneuen Ford Taunus, ein Geschenk seines wohlhabenden Onkels, bestiegen hatten, spürte Isabel ein nervöses Kribbeln in der Magengegend. Die Aussicht, in kaum einer Stunde ihrem Großvater gegenüberzustehen, machte sie äußerst kribbelig. Wie gern hätte sie vorher noch einmal mit ihrem Verlobten telefoniert, um sich von ihm Mut zusprechen zu lassen, doch er war derzeit in Hanau bei einem Lieferanten für Zahntechnik; Oma Sofie hatte sich nämlich bereit erklärt, Isabels Verlobtem nach einer gemeinsamen Übergangsphase ihre Praxis zu überlassen. Und daher wollte er technisch alles auf den neuesten Stand bringen.

30

»Ich lass aber nicht bohren, das sag ich Ihnen gleich«, rief Trina Witt aufgebracht. Jan Lüttgens hatte die alte Eierlieferantin seines Restaurants mit Engelszungen überredet, sich von ihm in Sofies Zahnarztpraxis fahren zu lassen. Die Bauerswitwe hatte bei dem großen Hamburger S-Bahn-Unglück am Berliner Tor im letzten Oktober ihren Mann verloren und bestellte seither ihren kleinen Hof am Damm von Finkenwerder mit Knecht und Magd allein. Jan hatte Sofie berichtet, dass die Landwirtin seit Wochen unter schlimmsten Zahnschmerzen litt, sich bisher jedoch aus Angst hartnäckig geweigert hatte, zum Arzt zu gehen. Die Panik vor ihrem Berufsstand war für Dr. Sofie Timmlein nichts Neues – sie hatte im Laufe ihrer nunmehr über fünfundzwanzigjährigen Tätigkeit schon erwachsene Männer weinen und beim ersten Geräusch des Bohrers aus der Praxis fliehen sehen.

»Keine Sorge, Frau Witt«, versuchte sie, die Frau zu beruhigen, die vielleicht sogar einige Jahre jünger war als sie selbst, aufgrund ihrer Kleidung, des grauen Dutts und des durch den Wettereinfluss sehr zerfurchten Gesichts jedoch wesentlich betagter wirkte. »Jetzt schaue ich mir erst mal alles an, und sollte dann irgendwo eine Füllung oder eine andere Maßnahme notwendig werden, verabreiche ich Ihnen eine kleine Betäubungsspritze, bevor irgendwas wehtun kann, versprochen! Sie werden gar nichts spüren außer ein etwas taubes Gefühl.«

»Können Sie das denn alles auch richtig?«, fragte die Landwirtin skeptisch, und Jan verdrehte hinter ihrem Rücken heimlich die Augen.

Ehe Sofie ihr antworten konnte, betrat ein stattlicher Herr im eleganten Lodenmantel den Eingangsbereich der Praxis. Schneeflocken funkelten in seinem zerzausten roten Haar, seine Augen strahlten.

»Konrad«, rief Sofie erfreut, »wie war es in Hanau?«

»Großartig, ich habe Kataloge und Prospekte mitgebracht. Wir machen den Laden hier zur modernsten Dentalpraxis Hamburgs«, berichtete ihr Kollege, während er seinen Mantel auszog und an die Garderobe hängte. »Ein Schmuddelwetter ist das mal wieder … Meinen Hut hat's auf Nimmerwiedersehen weggeweht. Kannst du Hilfe brauchen?«

Er schüttelte kurz Jan die Hand, und als er sich danach einen weißen Kittel aus dem Einbauschrank holte, erhellte sich Frau Witts Gesichtsausdruck augenblicklich. »Behandeln Sie auch, Herr Doktor?«

Sofie seufzte. Wie oft hatte sie mit ihrer Freundin Anna für die Gleichberechtigung der Frauen demonstriert? Und diese Geschlechtsgenossin hier traute Sofie offenbar gar nichts zu, gab mit schönster Selbstverständlichkeit dem »Herrn Doktor« den Vorzug. »Ja, ich denke, die Dame ist bei dir weniger beunruhigt als bei mir«, sagte sie mit leichtem Spott in der Stimme. »Nicht wahr, Frau Witt?«

Die Witwe senkte mit verlegenem Lächeln den Blick. »Also, wenn das möglich wäre …«

»Wir machen hier alles möglich, meine verehrte Frau Witt«, versicherte Konrad und reichte ihr galant seinen Arm. »Bitte, mir in den Behandlungsraum zwei zu folgen.«

Während er die strahlende Bäuerin davonführte, warf Sofie dem amüsierten Jan einen gespielt ratlosen Blick zu.

»Stört es Sie, wenn wir nebenbei ein wenig Radio hören, verehrte Frau Witt?«, fragte Konrad höflich. »Ich wüsste gern, wer in Chamonix gerade vorne liegt.«

»Schamonih?«, wiederholte die Landwirtin verständnislos.

»Das ist ein französischer Ort am Fuße des Mont Blanc«, hörte Sofie ihren Kollegen im Behandlungszimmer erklären, während er die Tür schloss. »Ich geh dort selbst im Sommer immer zum Bergsteigen hin und im Winter zum Skifahren. Zurzeit findet dort eine Art Weltmeisterschaft statt.«

Sofie wusste, dass ihr Praxispartner selbst ein leidenschaftlicher Wintersportler war. Seine Verlobte Isabel teilte seine Begeisterung jedoch nicht, weshalb sie ihn zu seiner traditionellen Woche Skiurlaub nach Silvester auch nicht nach Chamonix begleitet hatte. Ohne die Mannschaften der Sowjetunion, Rumäniens, Jugoslawiens und Polens waren dort diese Woche die inoffiziellen Alpinen Skimeisterschaften eröffnet worden – wie so oft überschattet von politischen Auseinandersetzungen. Wegen des Einreiseverbots für die DDR-Mannschaft war es zuvor zu Streit unter den Teilnehmern gekommen. Überall kriselte es derzeit, Sofie machte sich wirklich Sorgen um den Frieden in Europa, der auf äußerst wackligen Füßen stand.

Während Jan auf die Rückkehr seiner Nachbarin aus dem Behandlungszimmer wartete, wandte sich Sofie an ihre Sprechstundenhilfe Elisabeth Wessels, Albins Zwillingsschwester: »Du kannst den nächsten Patienten zu mir in die Eins schicken«, meinte sie und ging in ihren Behandlungsraum. Nachdem ihre Tochter Elfie Konrad verziehen hatte und sogar ganz gut mit ihm auskam, war es auch Sofie möglich gewesen, sich ihm gegenüber wieder offener zu verhalten. Seit er bei ihr in der Praxis aushalf – mit der Aussicht, diese bald zu übernehmen –, hatten sie wieder genauso viel Spaß und gegenseitigen

Respekt füreinander wie seinerzeit im gemeinsamen Medizinstudium. So wie es aussah, liebte er ihre Enkelin aufrichtig und war stets um ihr Wohlbefinden bemüht, was auch Jan anerkennend festgestellt hatte. Im Moment sorgte Sofie sich allerdings aus anderem Grund um die junge Journalistin. Isabel hatte angedeutet, sich bei ihrer Reise nach Schwaben ihren berüchtigten Großvater Burkhard Nieland »mal anschauen« zu wollen. Sofie hatte ihr dringend davon abgeraten. »Mein Herr Ex-Verlobter ist raffiniert«, hatte sie gewarnt. »Riskier bloß nicht, dass er dich erkennt.«

***

»Er wird mich nicht erkennen«, war Isabel überzeugt, als sie mit Alex im Ortskern von Schafferdingen ankam. »Er hat mich im Keller der Villa ja nur für Sekunden gesehen – falls tatsächlich er der Einbrecher war. Außerdem werde ich Hut und Sonnenbrille auflassen.«

»Besser nicht, dann siehst du aus wie Jackie Kennedy«, spielte Alex auf das spektakuläre Aussehen der amerikanischen Präsidentengattin an. Deren Kleidungsstil und Haarschnitt waren Isabels eigenem in der Tat nicht unähnlich. »Wenn eine Schönheit wie du mit Sonnenbrille und Hut in einer Gemeinderatssitzung in einem schwäbischen Kuhdorf sitzt, macht sie alle ganz ungeheuer auf sich aufmerksam. Kopftuch fände ich zur Tarnung hilfreicher.«

»Hm, ja gut, könnte stimmen«, räumte sie ein.

Wie in Tübingen gab es auch hier in der Stadt am Fuße der Schwäbischen Alb viele hübsche Fachwerkhäuser, nur war alles noch kleiner, überschaubarer und gemütlicher als in der Neckarstadt. Am idyllischen Marktplatz befand sich das Rathaus, ebenfalls ein Fachwerkhaus, zweistöckig, mit mehreren Giebeln und einem Glockentürmchen auf dem Dach.

»Hübsch«, kommentierte Alex, während er seinen Wagen vor dem Gebäude parkte. »Man würde nie auf die Idee kommen, dass hier ein ehemaliger KZ-Leiter das Zepter schwingt.«

Am Eingangsschalter der Gemeindeverwaltung herrschte geschäftiges Treiben. Aus den offenen Türen eines Saales war lautes Stimmengewirr zu hören, Männer und Frauen mit Klappstühlen eilten in diese Richtung. Isabel wandte sich an eine angestrengt wirkende, silbergrau gelockte Dame am Empfang. »Guten Tag, Alexander und Isabel Jensen, wir kommen wegen der Gemeinderatssitzung. Ich hatte angerufen, *Heilbronner Stimme*.«

»Ach herrje, noch mehr!« Die Dame seufzte mit mühevoll unterdrücktem Schwäbisch. »Wir mussten den Sitzungsraum mehrfach nachbestuhlen, da sind schon über fuffzig Zuhörer. Das sind wir hier sonst gar nicht gewohnt.«

Isabel hielt der Frau ihren Presseausweis so hin, dass ihr Nachname verdeckt war, doch die Frau riss ihn ihr aus der Hand.

»Da steht ja Torres«, stellte sie mit vorwurfsvollem Unterton fest.

»Wir haben erst vor zwei Wochen geheiratet«, half Alex seiner Kollegin spontan aus der Patsche. »Schreiben Sie ruhig Isabel Jensen. Das klingt viel schöner, nicht wahr, Schatz?«, fragte er, und Isabel fand, dass sein verliebter Blick verblüffend echt wirkte. Noch erstaunter war sie, dass der sanfte Kuss auf ihre Lippen, den er nun folgen ließ, sich wirklich gut und anregend anfühlte. Ehe sie recht wusste, was sie tat und warum, erwiderte sie die Zärtlichkeit spontan und etwas intensiver, worüber er wiederum erstaunt, aber durchaus nicht unglücklich schien.

»Hach, die Liebe«, schwärmte die Rezeptionsdame verträumt. Stolz deutete sie mit dem Zeigefinger auf den Namen ganz unten auf der Liste, nachdem Alex seinen etwas zu überzeugenden Kuss beendet hatte: »Isabel Jensen, wie gewünscht!«

»Sie sind ein Schätzle«, schwäbelte er unbeholfen, aber charmant, und die Grauhaarige kicherte.

»Wunderbar, danke«, murmelte Isabel und wunderte sich, warum sie sich gerade wünschte, Alex würde sie gleich noch einmal küssen.

Er nahm ihre Hand und führte sie in den Sitzungssaal. Dieser war völlig überfüllt; zunächst sahen die beiden keinen freien Platz, aber ein beflissener junger Gemeindehelfer stellte ihnen zwei Klappstühle hin. Kaum hatten sie sich gesetzt, trat Burkhard Nieland durch eine Seitentür herein. Isabel sog beim Anblick des schlanken, elegant gekleideten Herrn scharf die Luft ein.

Alex sah sie neugierig an. »Und?«

Isabel nickte. »Er ist es! Der Einbrecher, den Timon und ich bei uns im Keller gesehen haben.«

31

Sofie Timmlein kam mit vom Wind völlig zerzausten Haaren, aber hochzufrieden aus ihrer Praxis zurück in die Villa am Elbstrand. Sie freute sich nicht nur, dass Konrad von mehr und mehr Patienten als würdiger Nachfolger akzeptiert wurde, sondern auch über seine Pläne, in großartige neue Technik zu investieren. Von den Geräten, die er ihr in den Katalogen der Hanauer Firma gezeigt hatte, war sie schwer beeindruckt gewesen.

»Warum gibt es eigentlich keine Geschichte, in der sich der Petzi, Pelle und Pingo kennenlernen?«, hörte Sofie auf ihrem Weg in die Küche die Stimme der fünfjährigen Stella aus dem Salon. Und daraufhin die Antwort von Beryl: »Dann musst du dir diese Geschichte vielleicht selbst ausdenken.«

Sie betrat den Salon und sah Beryl und Stella am Tisch mit Blättern, Malstiften und einigen Comic-Strips.

»Hallo, Granny«, rief Beryl erfreut.

»Hallo, Tante Sofie, wir malen neue Geschichten für die Zeitung«, erläuterte Stella geschäftig.

»Das sieht richtig toll aus«, lobte Beryls Großmutter bewundernd, nachdem sie an den Tisch getreten war.

Tatsächlich hatte sie schon vor einiger Zeit festgestellt, dass Beryl verblüffend gut zeichnen konnte. Ihr Schwiegersohn José war sogar derart begeistert gewesen, dass er der jungen Amerikanerin geraten hatte, sich als Kinderbuchillustratorin zu bewerben.

»Wolltest du heute nicht auf diese Ausstellungseröffnung in Hannover?«, fiel Sofie nun wieder ein.

Tatsächlich hatte sich Beryl heute bei Leni freigenommen, um Astrid und Stuart auf die Vernissage einer Retrospektive des spanischen Malers Antonio Tàpies zu begleiten.

»Eigentlich schon, aber Stu ist wieder sehr krank«, erklärte Sofies Enkelin bedauernd. »Er ist heute in der Akademie zusammengebrochen, deshalb hat Astrid die Reise abgesagt.«

»Der arme Kerl«, kommentierte die Zahnmedizinerin mitleidsvoll. »Haben die Ärzte denn inzwischen herausgefunden, woher diese entsetzlichen Kopfschmerzen stammen?«

Beryl schüttelte den Kopf. »Doktor Hommelhoff meinte, ihm sei so ein Fall noch nie untergekommen. Er hat es auf psychische Erschöpfung geschoben und Stu Massagen verschrieben.«

»Hm, ich sollte mal Doktor Walz anrufen, meinen alten Bordarzt aus dem Ersten Weltkrieg«, fiel Sofie ein. »Er ist mit seinen einundachtzig immer noch in der Forschung aktiv und hat schon mehrere Gehirnerkrankungen entdeckt, die vorher unbekannt waren. Einer der besten Neurologen unseres Landes.«

»Das wäre sehr lieb«, sagte Beryl. »Stuart leidet wirklich schrecklich, er sieht immer kränker aus.«

»Wann kommt Timon denn mal wieder?« fragte Sofie.

Sie wusste, dass Beryl seit dem rassistischen Übergriff am Hauptbahnhof und dem Prozess gegen den Soldaten im letzten Sommer unter Albträumen litt, und war stets erfreut, wie glücklich ihre Enkelin in Timons Gegenwart wirkte.

»Er versucht, am Freitag hier zu sein«, berichtete Beryl. »Da wollten wir auf die Geburtstagsfeier von Sharif.«

»Ach, das wäre ja schön, wenn das klappt«, freute sich ihre Großmutter.

»Tante Sofie, wir müssen jetzt weiterarbeiten«, erklärte Stella nun streng. »Ich hab mir eine Geschichte ausgedacht – über ein Pinguinei. Die Beryl muss das jetzt zeichnen, und ich male es nachher an. Du kannst es dir ja angucken, wenn es fertig ist.«

Beryl lächelte ihrer Großmutter hilflos mit den Schultern zuckend zu. »Na, wenn die Verlagsleiterin das sagt!«

»Dann will ich nicht weiter stören«, entgegnete Sofie amüsiert. »Viel Erfolg, ihr beiden.«

In der Küche traf sie auf ihren Bruder Willy, der sich gerade ein Brot schmierte. Offenbar war er eben erst heimgekehrt, denn über einem der Stühle hing noch die Lederjacke mit der Norwegen-Flagge auf dem Rücken, die ihm seine Nichte Hilde vor drei Wochen zum siebenundsechzigsten Geburtstag geschenkt hatte.

»Ist Elfie nicht da?«, wunderte sich Sofie.

»Die hab ich in ihr Zimmer geschickt, damit sie sich ein bisschen hinlegt«, berichtete der Reeder. »Mit ihrem enormen Bauchumfang wird die Küchenarbeit zur Tortur, und sie schont sich einfach nicht genug.«

»Gut von dir. Zum Glück ist Montag der Termin«, kommentierte Sofie, öffnete den Kühlschrank und holte eine Milchflasche heraus. »Möchtest du auch einen Kakao?«

»Gern«, entgegnete Willy. Sein einstiger Partner Hinnerk hatte dafür gesorgt, dass die Nielands eigenes Kakaopulver herstellten – was sich als großer Erfolg erwiesen hatte. »Manchmal fragt man sich, in was für eine Welt Elfies Kind da wohl hineingeboren wird. Leni hat gerade erzählt, dass die sowjetischen Streitkräfte eine zeitweise Reservierung der Berliner Luftkorridore fordern. Heute Morgen ist da ein russisches Jagdflugzeug der britischen Maschine mit dem englischen Botschafter an Bord gefährlich nahe gekommen. Hoffentlich kracht es nicht bald ganz gehörig!«

»Jedes Mal, wenn wir bisher Angst vor einem Krieg hatten, wurden unsere Sorgen ja leider wahr«, sagte Sofie. »Ich hoffe wirklich, dass die Regierungen diesmal vernünftiger sind.«

***

Isabel nutzte die Gemeinderatssitzung, um sich ihren Großvater ganz genau anzusehen: Er wirkte eher wie Mitte fünfzig als schon siebzig, sein ordentlich gekämmtes, noch volles braunes Haar wies kaum graue Strähnen auf, vielleicht ließ er es färben. Er war auch sonst äußerst gepflegt, Anzug und Krawatte wirkten klassisch, aber keinesfalls altbacken.

Nachdem der Bürgermeister mit fester und wohlklingender Stimme kurz berichtet hatte, dass der Gemeinderat in seiner letzten nicht öffentlichen Sitzung über die Einstellung eines neuen Gärtners für Schafferdingen beraten habe, beantragte er, aus aktuellem Anlass die Tagesordnung zu ändern. Er wollte wegen der Aktivitäten der Bürgerinitiative den Punkt »Aktuelles« einfügen lassen. Der Gemeinderat folgte dem einstimmig. Dies gab Burkhard Nieland die Möglichkeit, eine Stellungnahme gegen die Proteste zu verlesen. Er empörte sich darin über die Vorwürfe, er wolle hinter dem Rücken der Bevölkerung eine »Bettenburg« bauen lassen, und wies diese auf das Schärfste zurück. Er habe die Pläne bisher nur aus dem Grund nicht der Öffentlichkeit mitgeteilt, da noch nicht alle Angebote vorlägen und man daher über »ungelegte Eier« spreche. »Es ist noch überhaupt nichts spruchreif, von vollendeten Tatsachen kann also keine Rede sein.« Es gelang ihm, mit seiner strategischen Rhetorik Stimmung gegen die Bürgerinitiative zu machen, indem er diese als schlecht informierten Haufen darstellte, der geltendes Recht und die Entscheidungsbefugnis des Gemeinderates ignoriere. Deren Flugblätter gegen das neue Hotel strotzten laut Nieland nur so vor Halbwahrheiten und Unterstellungen. »Aber ich will Frieden in unserer Gemeinde«, betonte er schließlich theatralisch.

Isabel sah zu Alex und verdrehte die Augen. Burkhard Nieland schlug nun vor, eine Machbarkeitsstudie in Auftrag zu geben, um alle Bedenken auszuräumen. Der Vorschlag wurde einstimmig angenommen, auch die Hotel-Gegner schienen zunächst beschwichtigt.

»Die Studie lässt er sicher von einer befreundeten Firma erstellen«, flüsterte Alex Isabel zu. »Und dann wird natürlich herauskommen, dass sein ursprünglicher Plan ganz großartig für den Ort ist.«

»Hab ich auch gerade gedacht«, stimmte Isabel zu.

Als Burkhard den nächsten Punkt auf der Tagesordnung – eine Auszeichnung für das hiesige Hallenbad – ansprach, raunte Isabel ihrem Kollegen zu: »Von mir aus können wir gehen.«

Ihr Bedarf an Intrigen der hiesigen Kommunalpolitik war gedeckt – und eigentlich auch der Bedarf an ihrem Großvater. Was immer er im Keller der Villa auch gesucht haben mochte, mit dem Wachpersonal und den ausgetauschten Schlössern würde er die Familienresidenz ohnehin nie wieder betreten können. Als Alex und Isabel sich erhoben, um zu gehen, sah der Bürgermeister ihr direkt in die Augen. Erkannte er sie? Kurz hatte sie das Gefühl, ihr bliebe das Herz stehen. Doch sie sah nur Rüge über ihr ungebührliches Verhalten in seinen Augen. Mit Burkhard Nieland legte man sich wohl besser nicht an …

***

Die Elbfähre wurde bei heulendem Sturm hin und her geworfen wie eine Nussschale. Sowohl Beryl als auch Timon kämpften gegen heftigen Brechreiz an. Der junge Soldat hatte wegen der Verspätung seines Zuges keine Zeit mehr gehabt, in die Villa zu fahren und sich umzuziehen, und trug daher immer noch seine Uniform. Denn um es rechtzeitig zum Geburtstagskaffee bei Sharif in dessen Wohnung auf Waltershof zu schaffen, war die nächste Fähre die einzige Möglichkeit gewesen.

Im Hamburger Hafen herrschte allerdings Wellengang wie auf hoher See. Einige Elbfähren würden demnächst den Betrieb einstellen, hieß es. Der Orkan mit dem etwas bedrohlich wirkenden Namen Vincinette, was Siegerin bedeutete, hatte schon tagelang an der Nordseeküste mit Windstärken bis zu zwölf gewütet, und seit den Morgenstunden dieses Freitags tobte er auch mit zunehmender Stärke über der Hansestadt. Das Radio hatte für die kommende Nacht zwar vor einer »sehr schweren« Sturmflut an der gesamten Nordseeküste gewarnt, von Hamburg war jedoch keine Rede gewesen.

»Das ist so peinlich!«, entschuldigte sich Beryl für ihre Schweigsamkeit. »Wir sind von Cleveland aus öfter mit dem Schiff los, so schlecht ist mir noch nie geworden.«

»Mach dir nichts draus, ich hab gerade auch Angst vor einem Wiedersehen mit meinem Frühstück«, beruhigte sie Timon mit schwacher Stimme.

Als der Fährmann endlich auf Waltershof anlegte, war das junge Paar erleichtert. Doch beim Verlassen der Barkasse fühlten sich Timons Knie noch ganz weich an. Fast torkelte er, als er zu Beryl ging, um schützend den Arm um sie zu legen. Dass es keinen Sinn machte, bei dem Sturm den mitgebrachten Regenschirm aufzuspannen, hatte er schon vorhin auf dem

Weg zur Fähre gemerkt. Der Stadtteil Hamburgs, durch den sie nun eilten, war eine von Europas größten Flussinseln, die größte Elbinsel und auch die größte Binneninsel Deutschlands. In dieser ehemaligen Schrebergartenkolonie lebten seit dem Zweiten Weltkrieg viele Ausgebombte und Ostvertriebene, insgesamt mehr als viertausend Menschen. Waltershof wirkte wie ein einziges großes Provisorium. Laut Sharif war der Stadtteil dennoch »ein Paradies«, es gebe hier drei wunderschöne Seen mit viel Schilf, Weiden – und keinerlei Kriminalität.

An diesem Nachmittag wackelten die Wellblechdächer bedenklich im Sturm. Timon führte seine Freundin raschen Schrittes durch den eisig beißenden Wind in Richtung Sharifs Domizil. Er wohnte zur Untermiete beim alten Matrosen Jesper Wedderkamp, der bei der Bombardierung Altonas 1943 Haus und Ehefrau verloren hatte. Einen exotisch aussehenden Hafenarbeiter aus Marokko bei sich aufzunehmen, der anfangs kaum Deutsch konnte – das war keine Selbstverständlichkeit. Wedderkamp hauste in einer der vielen Gartenlauben auf der Elbinsel. Vor dem Krieg waren hier fast ausschließlich Sommer- und Wochenendhäuschen erlaubt gewesen, erst nach den schweren Bombardierungen war die dauerhafte Nutzung genehmigt worden. Als sie vor Wedderkamps schlichter Sommerlaube angekommen waren, klopfte Timon. Eine Klingel gab es nicht. Niemand öffnete. Er zog Beryl enger an sich, um sie vor dem eisigen Graupelregen zu schützen, der ihnen ins Gesicht peitschte. Mit der freien Hand hämmerte er nun lautstärker gegen die Tür und rief nach Sharif. Schließlich öffnete ein Mann mit weißem Bart und wettergegerbtem Gesicht.

»Timon!«, erkannte der Alte. »Kommt man gau in, en Schietwetter is dat.«

»Guten Tag, Herr Wedderkamp«, grüßte der junge Soldat mit klappernden Zähnen und schüttelte sich, als der Alte die Haustür hinter ihnen geschlossen hatte. »Das ist meine Freundin Beryl Timmlein.«

»Is mir eine Ehre, schönes Fräulein«, entgegnete der greise Matrose, streckte ihr seine raue Hand hin und rief nach seinem Untermieter. »Sharif! Dein Besuch ist da. Der Junge kann den Sturm noch nicht von anderen Geräuschen wie eurem Klopfen unterscheiden. Ist halt noch kein so alter Seebär wie ich.«

Sharif kam aus dem Badezimmer, und man sah – und roch –, dass er sich heute ganz besondere Mühe gegeben hatte. Er trug ein Jackett aus dunkelviolettem Cordsamt und hatte sein pechschwarzes Haar ähnlich ins Gesicht gekämmt wie Stuart Sutcliffe. »Da seid ihr ja – wie schön, ich dachte schon, der Sturm macht uns die Feier kaputt.«

Ihr marokkanischer Freund umarmte erst Beryl, die ihm »*Happy birthday, my dear*« wünschte, und dann Timon.

»Hm, Old Spice, was?«, glaubte Timon den Duft des Rasierwassers zu erkennen.

Sharif strahlte stolz. »Genau! Die Flasche mit dem Segelschiff.«

»Herzlichen Glückwunsch, altes Haus«, sagte Timon und streckte ihm ein flaches Päckchen entgegen. »Ist von uns beiden.«

An das Geschenk war ein Briefumschlag geklebt, den Sharif zuerst öffnete. Darin befand sich eine Postkarte, die Beryl gestaltet hatte: Comic-Versionen von Sharif, Timon, Stuart, Astrid, Ewald und ihr selbst. Darunter stand: *Happy birthday to our best friend in the world*. Der junge Marokkaner war sichtlich gerührt. »Das ist so süß von euch«.

Timon zeigte auf den Comic-Ewald. »Er hat leider nicht

freibekommen, muss heute wohl wieder in Bückeburg zu so einem Hubschrauber-Kurs. Aber ich soll ganz lieb grüßen.«

»Toll.« Sharif deutete dann auf das geblümte Papier um das eigentliche Geschenk. »Darf ich?«

Timon grinste. »Na logisch, du sollst doch wissen, was drin ist.«

Sharif entfernte das knisternde Papier und enthüllte eine große Schwarz-Weiß-Fotografie in einem goldenen Rahmen. Das Bild zeigte ihn selbst, Ewald, Timon und Beryl am Hafen. Die äußerst professionell und stilvoll wirkende Aufnahme hatte Astrid von ihnen geschossen. »*Zaz!*«, kommentierte er begeistert in seiner Landessprache, und dann auf Deutsch: »Donnerwetter! Wir sehen selber aus wie eine Beatband.«

»Willst du deine Freunde nicht mal in die Stube bitten, du oller Beat-Heini?«, schlug nun der alte Wedderkamp vor. »Hier auf 'n Flur zieht dat doch wie Hechtsuppe.«

»Ja sicher, kommt rein«, bestätigte der Marokkaner und fügte stolz hinzu: »Ich habe selber Kuchen gemacht.«

In diesem Moment krachte es entsetzlich an der Wand der Sommerhütte.

»Potz-van-dideldum-dei«, stieß Wedderkamp einen seiner eigentümlichen Flüche aus und sah aus dem Fenster. »Das war ein Stück Wellblech von irgendeinem Dach, das da gegen unsere Wand gedonnert ist. Da draußen fliegt gleich die Kuh.«

Timon wurde ein wenig unruhig. Wie sollte er Beryl bei dem immer schlimmer werdenden Orkan heute Abend nur wieder sicher über die Elbe nach Hause bringen?

***

Von oben glich der mächtige Elbstrom an diesem Freitagnachmittag einem weiß aufschäumenden Hexenkessel, überall türmte sich die Gischt auf, und die Ufer waren nicht mehr klar auszumachen. Obwohl der Orkan um den Turm der Villa Nieland besonders heftig blies, laut heulte und pfiff, hatten sich die Hausherrin Anna und ihre beste Freundin Sofie hinaufgewagt, um sich ein Bild von der Lage am Fluss zu verschaffen. Sogar das Atmen fiel hier oben wegen des heftigen Sturms schwer. Anna deutete mit einem Winken an, dass sie den Turm besser wieder verlassen sollten.

»So einen Orkan habe ich hier noch nie erlebt«, keuchte Anna außer Atem, nachdem die beiden Freundinnen ins sichere Treppenhaus geflüchtet waren. »Lass uns versuchen, Timon bei Sharif zu erreichen, er und Beryl sollen besser dort übernachten. Ich glaube nicht, dass sie es heute noch zurück über die Elbe schaffen.«

Im Salon trafen sie auf Annas Tochter Leni, die soeben den Telefonhörer aufgelegt hatte.

»Es gibt ein bisschen mehr Hoffnung auf Frieden«, verkündete die Assistentin des Hamburger Polizeisenators gut gelaunt. »Das war mein alter Chef Jean Monnet. Er hat erzählt, dass es gestern in Baden-Baden ein Treffen zwischen unserem Bundeskanzler und dem französischen Staatspräsidenten Charles de Gaulle gab. Sie haben ihren Willen zur künftigen europäischen Einheit bekräftigt!«

Sofie und Anna strahlten vor Freude über die gute Nachricht.

»Heute ist wirklich ein schöner Tag«, bestätigte Konrad Heß, der mit einem Glas Grog in einem der Kaminsessel lümmelte. »Der Internationale Skiverband hat nämlich entschieden, die Wettkämpfe in Chamonix jetzt doch als offizielle Weltmeisterschaften anzuerkennen. Auch ohne Ostblock-

und DDR-Beteiligung. Und was noch besser ist: Jeden Moment müsste meine Isabel von ihrer Reise ins Schwabenland zurück sein.«

Wie aufs Stichwort klingelte es in diesem Augenblick, doch Sofie winkte ab: »Das kann sie aber nicht sein! Isabel hat doch einen Schlüssel. Ich gehe und mache auf.«

Als die Zahnärztin an der Haustür angekommen war, hatte sie Mühe, sie gegen den Orkan aufzuhalten. Doch dass sie nun einen kleinen Aufschrei nicht unterdrücken konnte, lag allein an dem Mann, der vor ihr stand und sie breit grinsend musterte: ihr Ex-Verlobter. »Burkhard!«

32

Der Scheibenwischer von Alex Jensens Ford Taunus hatte größte Schwierigkeiten, den Regen, den der Orkan gegen die Windschutzscheibe peitschte, so wegzuwischen, dass der junge Fahrer die Straße zumindest grob erkennen konnte. Nach einem Zwischenhalt mit Übernachtung in Kassel waren er und Isabel bereits in den frühen Morgenstunden nach Hamburg aufgebrochen; doch nun wurde das Tageslicht immer schwächer, und sie waren noch gut dreißig Kilometer von Hamburg entfernt. Alex versuchte, das Rütteln des Orkans am Auto mit dem Lenkrad auszugleichen. »Ich fahr mal hinter den Lkw da vorne, der gibt gut Windschatten«, sagte er zu Isabel, die besorgt dreinblickte und sich an der Halteschlaufe oberhalb ihrer Tür festklammerte.

Alex' Überlegungen erwiesen sich zwar als korrekt, doch kaum war der Ford hinter dem Lkw angekommen, da wurde der Anhänger des Lastwagens von einer besonders heftigen Böe erfasst und derart hin und her gerissen, dass es für eine Sekunde so wirkte, als würde er gleich umkippen. Wild fluchend trat Alex auf die Bremse, während Isabel scharf die Luft einsog.

Die beiden jungen Journalisten waren auf dem Weg nach Finkenwerder, wo Alex als Untermieter der alten Apothekerin Moelkner nur wenige Häuser von Jan Lüttgens' Lokal entfernt wohnte.

»Ich bin mir nicht sicher, ob dein Opa dich mit der Barkasse bei mir abholen und zur Villa rüberbringen kann. Kann sein, dass die Elbe zu wild ist«, befürchtete Alex. »Vielleicht sollte ich dich lieber direkt zu euch fahren.«

»Kommt nicht infrage, du bist ja jetzt schon völlig erschöpft«, widersprach Isabel. »Außerdem hat sich Opa Max noch nie von Wind und Wetter abschrecken lassen, und ich werde grundsätzlich nicht seekrank.«

»Okay, wenn gar nichts mehr geht, musst du eben bei uns übernachten«, schlug Alex vor und fuhr noch langsamer.

Isabel schmunzelte. »Gern, wenn Kasimir nichts dagegen hat.«

»Wieso sollte er was dagegen haben?«, wunderte sich Alex.

Isabel lächelte verlegen. Bisher hatte sie das Thema seiner Liebe zu dem Polizisten immer umschifft, da er von sich aus nie davon gesprochen hatte. »Na, wenn ein Frauenzimmer so in euren Beziehungsalltag eindringt – er wartet doch bestimmt schon sehnsüchtig auf dich.«

»Beziehungsalltag?« Nun sah Alex trotz der Wetterlage kurz von der Straße entgeistert in das Gesicht seiner schönen Kollegin.

»Hast du mit ›bei uns übernachten‹ nicht Kasimir und dich gemeint?«, fragte Isabel.

»Nein, ich meinte meine alte Vermieterin und mich – ich wohne doch in der Mansarde der Apothekerin von Finkenwerder. Na, und Kasimir, der hat Sehnsucht und Beziehung mit seinesgleichen«, erklärte er. »Ich bin ja nur sein bester Freund.«

Isabel fiel aus allen Wolken. »Dann seid ihr nicht zusammen?«

Alex lachte auf. »Zusammen? Du meinst als Paar? Wie sollte das gehen? Er ist ja keine Frau.«

Es arbeitete in Isabel, zahllose Situationen der letzten

Monate rasten ihr durch den Kopf, und sie begann, diese in völlig neuem Licht zu sehen. Alex schien ihre Gedanken zu erraten. »Isabel, hast du etwa die ganze Zeit gedacht, ich bin auch homosexuell?«

Sie sah ihn ertappt an.

In diesem Moment krachte ein Verkehrsschild gegen die Windschutzscheibe, die sofort ein Spinnennetz aus Rissen bekam – und Alex verlor die Kontrolle über das Fahrzeug.

***

Sofie musterte ihren einstigen Verlobten bestürzt. »Was suchst du hier, Burkhard?«

Der Sturm bereitete ihr immer größere Schwierigkeiten bei dem Versuch, die Haustür der Villa festzuhalten.

»Magst du mich nicht zumindest in die Halle lassen?«, rief er laut, um das Heulen des Windes zu übertönen.

Sie wies ihn mit einer Geste an, hereinzukommen, und schloss die Tür hinter ihnen. Konrad, Anna und Sofies Schwiegersohn José betraten neugierig die Vorhalle. Als er Burkhard erkannte, verdunkelte sich Josés Gesichtsausdruck augenblicklich, und Sofie befürchtete, es könne zum Streit kommen. »Was machst du hier?«, stieß der Kunstprofessor unfreundlich hervor.

»Eure Familie hat ein etwas eingeschränktes Vokabular, wie mir scheint. Jeder fragt mich dasselbe«, entgegnete Burkhard höhnisch. Es klang reichlich unglaubwürdig, als er hinzufügte: »Ich finde, mit siebzig bin ich alt genug, das Kriegsbeil mit meiner Familie zu begraben.«

»Hoffentlich nicht im Rücken von einem von uns«, erwiderte José.

»Und wieso bist du letztes Jahr in unseren Keller eingebrochen?«, wollte Anna wissen, die nicht fassen konnte, ihren älteren Bruder lebend vor sich zu sehen.

»Das war kein Einbruch, meine Liebe«, widersprach Burkhard.

Sofie war erstaunt – er leugnete also nicht, im Haus gewesen zu sein!

»Wenn du dich recht entsinnst, gehört mir zumindest auf dem Papier immer noch ein Teil dieser Villa. Der Schlüssel passte jedenfalls noch.«

»Jetzt nicht mehr! Und was hast du da unten gesucht?«, wollte Anna wissen.

»Müssen wir das vor Außenstehenden besprechen?«, fragte er mit Blick auf Konrad.

»Er ist kein Außenstehender«, stellte Anna klar.

»Nun gut, von mir aus«, erwiderte Burkhard schulterzuckend. »Also, ich habe alte Untersuchungsergebnisse gesucht. Letztes Jahr hat man bei mir im Rahmen einer Routineuntersuchung Blut im Urin gefunden. Das kann auf eine harmlose chronische Erkrankung der Nierenwände hinweisen, kann aber auch ein Symptom von schlimmeren Erkrankungen wie Prostata- oder Blasenkrebs sein. Mir fiel ein, dass schon bei früheren Untersuchungen Blut im Harn festgestellt worden war – vor Jahrzehnten. Diese Befunde wollte ich holen, ich kam seinerzeit allerdings verspätet in Hamburg an. Ich wollte niemand wecken, daher bin ich mit meinem eigenen Schlüssel kurz in den Keller. Na ja, inzwischen wurde ich aber auch genauestens untersucht. Das Blut hatte wirklich harmlose Ursachen. Mein Arzt sagt, ich kann hundert Jahre alt werden.«

»Wie schön! Andere hatten da weniger Glück«, kommentierte Anna bitter.

Sofie fand, dass Burkhards Geschichte von den alten Untersuchungsergebnissen einige Fragen offenließ. »Und wieso hast du dann Isabel niedergestoßen, statt dich zu erkennen zu geben?«

»Na ja, an unserer Klingel steht inzwischen Thomsen, Torres, Schwarz«, erklärte Burkhard. »Ich dachte, vielleicht wohnt hier gar niemand mehr von unserer Familie. Ich wollte einfach nur noch weg, ohne große Diskussionen und Erklärungen. Aber inzwischen weiß ich ja, dass Isabel meine Enkeltochter ist. Nicht nett, mir das mal wieder zu verschweigen, Sofie – dass ich Großvater geworden bin.«

»Das liegt vielleicht daran, dass du uns mal wieder deine Adresse verschwiegen hast – beziehungsweise die Information, dass du überhaupt noch lebst«, konterte seine einstige Verlobte gereizt. »Und wie hast du herausgefunden, dass Isabel deine Enkeltochter ist?«

»Sie hat mich am Mittwoch bei einer Gemeinderatssitzung aufgesucht. Sie fiel mir auf, weil sie früher ging – und ich erkannte in ihr die Frau aus unserem Keller hier«, erzählte Burkhard. »Sie hat bei der Anmeldung behauptet, sie hieße Jensen, aber eine Gemeindehelferin erinnerte sich, dass auf ihrem Presseausweis Torres stand. Und da hat es bei mir natürlich geklingelt. Da ich nun also wusste, dass ich eine zauberhafte Enkeltochter habe, wollte ich sie gern näher kennenlernen.«

»Erstaunlich – da du doch damals alles drangesetzt hast, dass ihre Eltern gar nicht erst die Gelegenheit für Nachwuchs bekommen«, mischte sich Isabels Vater José wieder ins Gespräch ein. Ihn hatte Burkhard ebenfalls ins Gefängnis gebracht – weil er einen Halbchilenen für seine Tochter Hilde nicht würdig befunden hatte.

Und auch Konrad meldete sich nun misstrauisch zu Wort. »Wieso ist Isabel eigentlich noch nicht zurück? Sie wollte doch längst von Finkenwerder aus anrufen. Haben Sie etwas damit zu tun?«

»Nein, ich habe keine Ahnung, aus Schafferdingen ist sie wohl noch am Mittwochabend abgereist«, entgegnete Burkhard schulterzuckend. »Aber darf ich wissen, wieso Sie sich so für meine Enkelin interessieren?«

»Vielleicht, weil ich mit ihr verlobt bin«, versetzte Konrad trotzig.

Zu ihrer Verwunderung entgleisten Burkhards Gesichtszüge nun kurz, und Hass blitzte in seinem Blick auf. Doch er fing sich sofort wieder und fand zu seinem kühlen Zynismus zurück: »Ach, meine Enkelin ist mit *Ihnen* zusammen? Ich dachte mit dem sympathischen jungen Journalisten aus Flensburg, mit dem sie am Mittwoch unterwegs war. Aber die Frauen in dieser Familie hatten bei der Männerwahl ja öfter ein unglückliches Händchen.«

Er warf José einen provozierenden Blick zu, der verdrehte jedoch nur genervt die Augen, und stattdessen antwortete Sofie trocken: »In einem Fall trifft das wohl zu.«

»Ich glaube, Sie sind hier nicht erwünscht, Herr Nieland«, fasste Konrad die Situation in der Halle der Villa zusammen. »Ihre Enkelin kann sich ja bei ihnen melden – wenn sie das möchte.«

»Sind Sie sicher, dass ich es bin, der nicht in dieses Haus passt, Herr *Allmendinger*?«, erwiderte Burkhard, und Konrad schien tatsächlich erschrocken.

»Kennen wir uns?«, fragte er mit gefurchter Stirn.

»Aber gewiss, Sie haben im Krieg als Student doch bei Doktor Nitsche gearbeitet, einem alten Freund von mir«, erklärte Burkhard mit einem eher bedrohlich wirkenden Grienen. »Damals war es ja wohl noch nicht so weit her mit Ihrem Fachwissen. Ich gehe davon aus, Sie haben noch einiges von ihm gelernt?«

In diesem Moment ließ ein lautes Klirren die Versammlung

in der Eingangshalle zusammenzucken. Ein großer Ast war vom Sturm durch die Scheibe eines der dortigen Fenster geweht worden und hatte sie zerbrochen.

Sekunden später stand die alte Haushälterin Ursel leichenblass bei ihnen und starrte auf die Scherben. Ausgerechnet an dem Wochenende, an dem sie ihre Nachfolgerin Fräulein Queck vertrat, musste so viel passieren!

»O nein«, rief sie keuchend. »Der Sturm wird immer schlimmer, ich glaube, der deckt uns noch das Dach ab.«

»Vielleicht darf ich mich doch hier im Sicheren noch ein wenig aufwärmen?«, bat Burkhard und fixierte wieder Konrad.

Der wandte den Blick unsicher an Anna Nieland. »Das kann nur die Hausherrin entscheiden.«

»Von mir aus. Komm mit, Burkhard!«, forderte ihn seine Schwester gereizt auf. »Ursel, hol du bitte Max aus der Remise wegen der Scheibe. Aber warne ihn, dass Burkhard Nieland hier Schutz sucht. Wenn der unvorbereitet auf meinen Bruder trifft, bricht er ihm sämtliche Knochen.«

»Ach, der alte Zimmermann weilt immer noch unter uns?«, versicherte sich Burkhard spöttisch. »Und hegt weiterhin Groll gegen mich – nach all den Jahren?«

»Weil du im Krieg behauptet hast, er sei gefallen, um dich wieder an Sofie ranmachen zu können«, erinnerte ihn seine Schwester. »Wir haben damals um Max getrauert – das hat unendlich viel Leid über die Familie gebracht. Und um dich habe ich Rindvieh auch getrauert. Dein Freund Sebastian Höcke hat uns 1945 in Flensburg nämlich gesagt, dass du in dem KZ an der dänischen Grenze für den Tod von dreihundert Menschen verantwortlich warst – und dort nach der Kapitulation gelyncht wurdest.«

»Oh, Sebastian Höcke war nicht mein Freund«, ließ Burkhard sie wissen. »Der verlogene Dreckskerl wollte damals Hinnerk ins KZ bringen, deshalb habe ich Höcke an die Front versetzen lassen. Ihr erinnert euch?«

Sofie sah, dass sich Annas Gesicht bei der Erwähnung ihres geliebten Cousins Hinnerk verhärtete.

Burkhard schien es nicht zu bemerken und fuhr fort: »Am Ende des Krieges hat Höcke dann nach mir suchen lassen. Er hatte bereits ein paar düstere Gestalten angeheuert, die mich verschwinden lassen sollten. In diesen chaotischen Tagen wäre ein Toter mehr oder weniger nicht aufgefallen. Deshalb habe ich ihn glauben lassen, ich sei bereits ermordet worden.«

»Uns hat er erzählt, du hättest so viel Dreck am Stecken, er müsste das nur den Alliierten sagen – und du wärst für immer hinter Gittern gelandet oder hingerichtet worden«, berichtete Anna.

»Da hat Höcke gelogen – wie so oft. Hinnerks Selbstmord hat mir damals die Augen geöffnet. Deshalb habe ich danach sofort dafür gesorgt, dass José aus der Haft entlassen wurde. Und stellvertretender Leiter des KZ an der dänischen Grenze bin ich nur aus einem einzigen Grund geworden: Ich wollte so kurz vor der Kapitulation noch möglichst vielen Menschen das Leben retten.«

Anna und Sofie sahen sich fragend an.

»Das alles wurde im Übrigen auch nach einer Gerichtsverhandlung von den Alliierten bestätigt. Ich wurde von allen Vorwürfen freigesprochen. Das kann meine hochintelligente Enkelin gern nachrecherchieren und überprüfen.«

»Und heute – hast du da als Bürgermeister nicht Angst, dass Höcke dich ganz leicht aufspüren kann?«, erkundigte sich Sofie.

»Der Kerl kann glücklicherweise gar nichts mehr«, entgegnete Burkhard. »Er hatte 1952 bei der Krebsuntersuchung weniger Glück als ich. Muss wohl sehr schnell gegangen sein.«

Da kam Willy die Treppe herunter. Als er Burkhard erkannte, erstarrte er.

»Was willst du hier?«, echauffierte er sich. »Hau sofort ab!«

»Willy«, versuchte Anna, ihn zu beruhigen. »Ich habe ihm erlaubt, hier den Orkan abzuwarten. Nur das.«

»Warum sollte sie ihrem großen Bruder auch nicht ein Sturmquartier anbieten? Im Gegensatz zu dir gehöre ich hierher, Herr *Heger*!«, sagte Burkhard selbstgefällig und zeigte mit dem betonten Nachnamen, dass er über Willys geänderte Identität und dessen Fahnenflucht im Ersten Weltkrieg Bescheid wusste.

Sofie war erleichtert, dass Willy nach dieser Provokation nicht auf Burkhard losging, sondern zackigen Schrittes in dem kleinen Zimmer mit den Anglertrophäen verschwand. Doch ihre Erleichterung währte nur kurz, denn wenige Sekunden später kam ihr Bruder zurück in die Halle gestürmt – mit einer Pistole in der Hand! Anna unterdrückte mit Mühe einen Schrei.

»Du Bastard fragst allen Ernstes, warum du kein Recht hast, in diesem Haus unterzukriechen?«, brüllte Willy und richtete die Waffe auf Burkhard, der erschrocken einen Schritt zurückwich. »Weißt du, was das für eine Pistole ist? Damit hat sich Hinnerk erschossen. Dein eigener Cousin! Weil du mich ins KZ gebracht hast!«

»O Gott, Willy, nimm die Waffe runter!«, rief Sofie, die sah, dass Anna kreidebleich und einer Ohnmacht nahe war. Sie ging auf ihren Bruder zu. »Bitte!«

Doch Willy schien sie nicht zu hören, er wandte den Blick nicht von Burkhard ab. »Hast du Angst?«, fragte er ihn mit eiskalter Stimme.

»Ja«, gab dieser in Panik zu. »Ja, ich habe Angst!«

»Gut«, knurrte Willy, entsicherte die Waffe, richtete sie an Burkhards Stirn – und drückte ab!

Klick! Offenbar waren keine Patronen in der Pistole, und Willy hatte es gewusst. Anna, Sofie, José und Konrad, die wie erstarrt dagestanden hatten, atmeten auf. Annas Knie gaben nach, und Sofie musste sie stützen. Burkhard schluchzte.

»Das war nichts gegen die Angst, die wir alle deinetwegen durchgestanden haben. Ich hoffe, der Sturm da draußen lässt bald nach, und wir sehen dich nie wieder«, presste Willy zwischen den Zähnen hervor und verschwand mit der Waffe wieder im Trophäenzimmer.

Anna nickte Sofie dankbar zu, löste sich von ihr und ging zu ihrem Bruder. Sie streichelte ihm sogar kurz über das tränenüberströmte Gesicht. Scheinerschießungen waren in der Nazi-Zeit Foltermethoden gewesen, und Gerüchten zufolge waren sie es in der Sowjetunion noch heute.

Auch Burkhard stand sichtlich unter Schock.

»Wenn du wirklich das Kriegsbeil begraben willst, dann mach dir endlich mal Gedanken darüber, was du angerichtet hast, Burki«, sagte Anna mit etwas ruhigerer Stimme. »Du kannst in der Bibliothek mit uns warten, bis der Orkan nachlässt.«

Sofie wurde die Befürchtung nicht los, dass Willys Ausbruch heute Abend nicht die letzte Eskalation war, die durch Burkhards Anwesenheit ausgelöst werden würde.

***

In Jan Lüttgens' Elbrestaurant brannte Licht. Isabel war sehr erleichtert darüber, als sie es durch die rissige Windschutzscheibe schimmern sah. Die Stimmung zwischen ihr und Alex war nach dem Beinahe-Unfall sehr gedrückt gewesen, und das lag nicht nur daran, dass er vor Schreck ins Schlingern und kurz auf die Gegenfahrbahn geraten war. Der Hauptgrund für die ungewöhnliche Befangenheit war, dass beide nicht wussten, wie sie mit den neuen Erkenntnissen umgehen sollten: Sie musste verdauen, dass er heterosexuell war und sie ihm rückblickend viel zu viel unangemessene Nähe aufgedrängt hatte; und er knabberte offenbar an der Frage, wie sie ihn all die Monate lang für Kasimirs Geliebten hatte halten können. Da noch so viel Unausgesprochenes zwischen ihnen stand, war Isabel froh, nicht ausgerechnet heute in seiner Wohnung übernachten zu müssen. Als Alex sein Auto vor dem Restaurant parkte, erblickte sie ihren Onkel, der gerade die Fenster mit Brettern absicherte, wobei er gegen den Sturm ankämpfen musste. Die beiden jungen Journalisten stiegen mit bleichen und erschöpften Gesichtern aus dem Wagen, und sofort peitschte der eisige Wind auf sie ein.

»Kommt mit rein!«, brüllte Jan, um den Orkan und das wilde Rauschen und Zischen der Elbe zu übertönen, die bereits die Sonnenterrasse zu überfluten begann. Von den Tischen und Stühlen, die sonst hier standen, war weit und breit nichts zu sehen; Jan hatte sie offenbar bereits in Sicherheit gebracht.

»Was hat dir der Sturm denn gegen die Scheibe geweht?«, erkundigte sich der Gastronom bei Alex, nachdem er von innen die Terrassentür verriegelt hatte.

»Ein Verkehrsschild«, erklärte Alex matt und strich sich mit den Händen über das müde Gesicht. »Ich bin kurz auf die falsche Fahrbahn gekommen. Zum Glück kam uns nichts entgegen!«

»Puh, das war knapp.« Jan strich Isabel über den Kopf, wirkte nachträglich ganz besorgt um sie.

»Die Scheibe muss ich austauschen lassen, wir hatten schon während der restlichen Fahrt Angst, dass die einkracht«, meinte Alex.

Isabel sah sich im Restaurant um. Zusätzlich zu dem normalen Inventar standen hier alle Terrassenmöbel.

»Kann ich heute bei dir übernachten, Onkel Jan?«, bat sie. »Ich glaube, Opa Max kann mich jetzt nicht mehr abholen.«

»Ja natürlich, ich habe Elfie auch schon angerufen, dass ich es heute nicht mehr über die Elbe schaffe. Ich musste die ganzen Außenmöbel in Sicherheit bringen.«

Da klopfte es am Eingang des Lokals. Isabel, die in der Nähe der Tür stand, sah Jan fragend an, er nickte. Sie drehte den Schlüssel herum und öffnete. Sofort begann wegen des pfeifenden und heulenden Windes alles, was nicht niet- und nagelfest im Lokal war, zu flattern und zu klimpern.

»Rudi«, erkannte Alex einen ihrer Nachbarn, den Sohn des Fliesenlegers.

Der junge Mann eilte herein, damit Isabel die Tür wieder schließen konnte. »Alex, Jan, die Dame – moin!«, sagte er.

Jan tippte zum Gruß an die Stirn. »Abend, Rudi. Schietwetter, wat?«

»Allerdings, ich wollte euch warnen«, erklärte der Nachbar. »Das Niedrigwasser ist schon jetzt so hoch wie normalerweise das Tidehochwasser. Und der Wind verhindert das Ablaufen. Das Hydrografische Institut hat gemeldet, es droht eine Springflut. Drei Meter bis drei Meter fünfzig über dem mittleren Hochwasser. Da könnte was über die Deiche laufen.«

»Mist«, kam es von Jan. Im Gegensatz zu den drei jungen Menschen im Restaurant hatte er den Zweiten Weltkrieg miterlebt und wusste: »Hier in Finkenwerder gab es an vielen Stellen der Deiche Bombentreffer, die sind nur ganz notdürftig gerichtet worden. Kann sein, dass die dem Wasser jetzt nicht standhalten, wenn das so weitergeht da draußen. Ich werde besser die teuersten Sachen nach oben bringen.«

»Ich helfe dir!«, bot Alex an.

»Hast du ein Schlauchboot?«, wandte sich Rudi an Jan.

»Ja, schaukelt da draußen am Steg auf der Elbe«, bestätigte der.

»Würde ich zur Sicherheit herholen«, schlug Rudi vor. »Brauchst du vielleicht bald auf den Straßen.«

Isabel und Alex sahen sich besorgt an: Wenn die Elbe tatsächlich mehr als drei Meter anschwellen würde, dann wäre das Erdgeschoss des Restaurants überflutet!

33

Timon und Beryl saßen mit Sharif beim alten Jesper Wedderkamp vor dessen Fernsehgerät in der Laube. Weil der pensionierte Matrose nur ein zerschlissenes altes Sofa und einen ebensolchen Sessel besaß, hatte er für sich selbst einen Küchenstuhl hereingeholt. Auf dem Boden der Stube lag schon die Matratze mit zwei Schlafsäcken, wo das junge Paar heute nächtigen sollte. Sogar ein Damennachthemd und einen Morgenmantel seiner Frau hatte Jesper noch im Schrank gefunden und Beryl hingelegt. Im Fernsehen lief die Serie *Die Familie Hesselbach*, von der Sharif zum Erstaunen seiner Gäste völlig begeistert war. Obwohl die Geschichten über die alltäglichen Nebensächlichkeiten rund um eine Verlegerfamilie im Hessischen spielten, fühlte sich der marokkanische Autoverkäufer durch sie an sein Zuhause in Agadir erinnert. »So wie Babba und Mamma Hesselbach haben sich meine Eltern auch immer gestritten«, erzählte er lächelnd. Außerdem hatte er an einer der Schauspielerinnen Gefallen gefunden. »Diese Sekretärin Helga ist so schön«, schwärmte er.

»Die Rolle wird von Helga Neuner gespielt«, wusste Timon. »Wir müssen dir wirklich mal eine Freundin suchen, Sharif.«

»Ach, keine will einen Mann aus Marokko«, winkte er ab.

»Tünkram!«, widersprach der alte Jesper Wedderkamp. »Ich bin um die ganze Welt gefahren, und überall war die Liebe bunt gemischt. Der Mensch ist ein Naturprodukt, äußerliche Variationen sind unbedenklich.«

Seine drei jungen Gäste lachten.

»Sagen Sie das mal dem Soldaten, der Beryl letzten Sommer am Bahnhof beleidigt hat«, erinnerte Timon.

»Ach ja, von dem hat der Sharif damals erzählt. Was ist eigentlich aus dem Fiesling geworden?«, erkundigte sich Wedderkamp.

»Der sitzt«, berichtete Beryl mit einem zufriedenen Lächeln. »Timons Vater hat dafür gesorgt, dass er ein Disziplinarverfahren an den Hals bekommen hat.«

Nun grinste auch der alte Seebär zufrieden. »Manchmal ist die Welt einfach gerecht.«

***

Bevor er ging, riet der Sohn des Fliesenlegers von Finkenwerder Jan nochmals eindringlich, das Schlauchboot für alle Fälle ins Restaurant zu holen. »Mein Kumpel und Vaddern haben mein Boot auch gerade fertig gemacht«, berichtete der junge Mann. »Wir wollen uns jetzt noch etwas hinlegen, mein Vater übernimmt die erste Wache. Die erwarten den höchsten Wasserstand gegen drei Uhr morgens, da möchten wir ausgeschlafen sein. Das könnte so richtig böse werden.«

»Danke für die Warnung, Rudi, darf ich dir 'n Grog anbieten?«, fragte Jan.

»Nee, jetzt wird erst mal gepennt, danke. Ich komm vielleicht heute Nacht noch drauf zurück, wer weiß?«

Als Rudi gegangen war und Jan mit Alex in den Orkan hinauswollte, um sein Schlauchboot ans Ufer zu ziehen, bot Isabel tapfer ihre Hilfe an.

»Nee, min Deern«, lehnte Jan ab. »Ich trau den Frauenslüt ja wirklich immer zu, dass sie genauso mit anpacken können wie die Kerls, aber nicht mit den Schuhen.« Er deutete auf ihre eleganten Stiefeletten. »Ruh du dich man von der Fahrt aus. Wirst deine Kräfte noch brauchen können, soll ja wohl 'ne unruhige Nacht werden.«

»Also gut«, sagte Isabel. Die Vorstellung, sich bei der Eiseskälte da draußen auf hohen Hacken ein Tauziehen mit dem Sturmwind zu liefern, war wirklich nicht sonderlich verlockend. »Darf ich kurz zu Hause anrufen?«

»Natürlich«, entgegnete Jan und öffnete die Terrassentür. »Sag Grüße!«

Nach mehrmaligem Klingeln ging schließlich ihr Großonkel ans Telefon der Villa Nieland.

»Willy, hier ist Isabel. Ich wollte nur sagen, dass Opa mich nicht holen muss, ich übernachte bei Onkel Jan.«

»Gute Idee«, befand der Reeder. »Timon und Beryl haben auch schon angerufen. Die bleiben über Nacht bei Sharif auf Waltershof drüben, die Elbe sieht wirklich hundsgefährlich aus. Passt bloß auf euch auf da drüben! Wir sind auf unserem Hang ja zumindest vor dem Wasser sicher. Dafür weht der Sturm hier oben noch übler, ich hoffe, unser Dach hält.«

»Ich mach mir Sorgen um Konrad«, erklärte Isabel. »Er wohnt doch in Wilhelmsburg! Da liegt alles total tief. Der Stadtteil kann zum tödlichen Kessel werden.«

»Keine Angst!«, beruhigte sie Willy. »Dein Konrad ist hier bei uns in der Villa.«

»Gott sei Dank!«, hauchte Isabel erleichtert.

»Soll ich ihn ans Telefon holen?«, bot der Reeder an. »Er hat sehnsüchtig gewartet und war schon ganz besorgt um dich. Ist bestimmt froh, wenn ich ihn aus der Bibliothek hole. Dein anderer Großvater ist vorhin nämlich plötzlich hier aufgetaucht.«

»Burkhard Nieland?«, rief Isabel entsetzt. »Er ist in der Villa?«

»Ja, irgendwie muss dein Besuch in seinem Kaff ihn aufgeschreckt haben. Er will dich kennenlernen«, erzählte Willy, und es klang erschreckend ernst gemeint, als er hinzufügte: »Du kannst dir nicht vorstellen, wie gern ich ihm den Hals umdrehen würde. Aber immerhin habe ich ihn vorhin ein bisschen in Angst und Schrecken versetzen können.«

Anna, Sofie und Konrad saßen mit Burkhard in der Bibliothek und bemühten sich, ein zivilisiertes Gespräch mit ihm zu führen, solange draußen noch der Sturm tobte. José hatte es vorgezogen, sich anderswo in der Villa aufzuhalten; wie Willy ertrug er die Gegenwart des unerwünschten Gastes nicht, der ihn einst unschuldig ins Gefängnis gebracht hatte.

»Und wie bist du auf die Idee gekommen, ausgerechnet in diesem Schafferdingen als Bürgermeister zu kandidieren?«, fragte Anna ihren Bruder.

»Ich begann nach meinem Freispruch durch die Alliierten bei einer Spedition in Stuttgart – die Besitzerin war verwitwet und hat mich als Prokurist eingestellt«, erzählte Burkhard. »Sie kam aus Schafferdingen und war dort sehr beliebt. So lernte ich die Menschen im Ort kennen und sie mich.«

»Warst du auch privat mit der Dame zusammen?«, glaubte Anna zwischen den Zeilen herausgehört zu haben.

Burkhard schien den Schock über die Scheinerschießung bereits einigermaßen verdaut zu haben, denn nun grinste er über die ungenierte Neugier seiner Schwester. »Ja, nach einigen Monaten verliebten wir uns.«

»Warst du mit ihr auch so lange verlobt, ohne sie je zu heiraten?«, erkundigte sich Sofie leicht zynisch. Sie selbst war von Burkhard vier Jahre nach der Verlobung im Unklaren gelassen worden, und ihre Nachfolgerin, Resi, die als Hausdame in der Villa gearbeitet hatte, hatte sogar zwanzig Jahre vergeblich auf die Hochzeit mit ihm gewartet.

»Apropos, lebt meine zweite Ex-Verlobte eigentlich noch hier im Haus?«, erkundigte sich nun Burkhard, ohne Sofies Frage zu beantworten.

»Nein«, entgegnete diese. Mit Burkhards einstiger Verlobter Resi war Jan Lüttgens vor Elfie zusammen gewesen. Resi war zehn Jahre älter als er, anfangs hatten sie sich dennoch gut verstanden. Nach einigen Jahren hatte sich das Paar jedoch auseinandergelebt – das erzählte Sofie Burkhard allerdings nicht, da sie fand, dass ihn das nichts anging. Nur den zweiten Grund für Resis Abschied von der Villa und von Hamburg teilte sie ihm mit: »Resi ist aus Heimweh zu ihrer Familie nach Bayern zurückgekehrt. Und was war nun mit dir und dieser Witwe?«

»Wir heirateten recht schnell, nach drei Monaten. Sie half mir im Wahlkampf sehr. 1955 ist sie dann aber mit ihrem Kurschatten in die Schweiz durchgebrannt. Damit hätte ich nie gerechnet«, gab Burkhard zu, und es klang fast ein wenig verlegen.

Sofie war erstaunt über seine plötzliche Offenheit.

In diesem Moment betrat Willy den Raum, und Burkhard rutschte erschrocken auf seinem Sessel zurück. Doch Sofies Bruder würdigte ihn keines Blickes, sondern wandte sich direkt an den Verlobten seiner Großnichte: »Konrad, Isabel ist im Salon am Telefon. Kommst du?«

»Natürlich«, rief der erleichtert und sprang sogleich von seinem Sessel auf. Es wirkte auf Sofie, als sei ihr Praxiskollege froh, Burkhards Gegenwart verlassen zu können.

»Versuch bloß, leise zu sprechen!«, riet ihm Willy im Gehen. »Elfie guckt im Salon *Die Familie Hesselbach*, sie hat mir schon einen ganz bösen Blick zugeworfen, weil ich so lang mit Isabel geplaudert habe.«

Kurz nachdem Willy und Konrad die Bibliothek verlassen hatten, kam Leni mit einer Kakaotasse in der Hand herein.

»Guten Abend«, begrüßte sie den Gast erstaunt, den sie zunächst nicht erkannte.

Erst als der zurückgrüßte und ihr dabei ein etwas abfälliges Grinsen schenkte, fiel ihr ein, wer da vor ihr saß – und ihr Gesichtsausdruck verdunkelte sich augenblicklich.

»Burkhard!«, stellte sie wütend fest. »Du bist also tatsächlich doch noch am Leben. Wer hat dich denn hier reingelassen?«

Da klingelte es an der Haustür. »Ich mache auf«, verkündete Leni, froh, nicht länger das Grinsen ihres Onkels ertragen zu müssen. Sie erinnerte sich nur zu gut an ihre erste Begegnung mit Annas Bruder vor dreißig Jahren. Es war auf dem achtzigsten Geburtstag ihrer Urgroßmutter Gudrun Nieland gewesen: Burkhard hatte Juden wie ihren Vater Gideon und sie selbst als Weltverschwörer beschimpft. Was für ein bornierter, widerlicher Kerl!

Vor der Haustür wartete ein muskulöser, hochgewachsener Mann in Polizeiuniform, dessen dunkle Haare der Sturm zerwühlte. Seine Mütze hielt er in Händen, sie wäre sonst wohl weggeweht worden.

»Kasimir«, erkannte Leni erfreut ihren Stiefbruder, der inzwischen die Sicherheitsfirma seines früheren Partners verlassen und wieder als Streifenpolizist begonnen hatte.

»Komm rein! Willst du auch einen Kakao?«

»Gern«, sagte er und fragte auf dem Weg zur Küche: »Ist mein Vater auch da?«

Leni schüttelte den Kopf. »Er ist mit Hilde in Paris wegen neuer Stoffe. Kann ich dir vielleicht helfen?«

»Ich wollte euch bloß alle warnen, das Haus hier auf dem Hang vorerst nicht mehr zu verlassen«, erklärte Kasimir.

»Ein Kollege aus Cuxhaven hat mir am Telefon was Unheimliches erzählt: Bei dem Sturm haben sich scheint's Tausende Vögel und Ratten ins Landesinnere bewegt. Die haben ja einen siebten Sinn für bevorstehende Naturkatastrophen. Er hat mir auch gesagt, dass das Wasser da bei ihnen inzwischen vier Meter sechzig über Normalnull gestiegen ist. Das hat es wohl seit über hundert Jahren nicht mehr gegeben. Und ein Meter höhere Wasserstände als bei denen sind ja hier in Hamburg erfahrungsgemäß immer möglich. Bei uns ist die vorgeschriebene Deichhöhe an der Elbe fünf Meter siebzig, das wird also verdammt knapp.«

»Nicht zu fassen, dass die Behörden nirgendwo evakuieren lassen, die warnen ja nicht mal!«, empörte sich Leni.

Kasimir furchte besorgt die Stirn. »Dabei machen die sich im Seewetteramt überm Hafen echt Sorgen.«

»Gerade eben um kurz nach halb neun hat der NDR im Radio endlich eine Sturmflutwarnung gebracht – aber nur ›für die gesamte deutsche Nordseeküste‹«, erzählte seine Stiefschwester, »von Hamburg war keine Rede.«

»Hab ich im Auto auch gehört«, bestätigte Kasimir. »So fühlt sich hier natürlich keiner angesprochen. Die Küste ist ja weit weg.«

»Dabei rollt von da vielleicht gerade eine fast sechs Meter hohe Flut die Elbe zu uns rauf – die höchste seit Beginn der Pegelmessungen! Ich glaube, ich bestell mir ein Taxi und lass mich zurück in die Leitzentrale bringen«, kündigte Leni an. »Wir sind heute so schlecht besetzt. Mein Chef, der neue Polizeisenator, ist wohl noch in Berlin, auf einer Konferenz der Innenminister. Und der Erste Bürgermeister auf Kur in Österreich. Ich weiß nicht, ob die Kollegen da irgendwelche Maßnahmen koordiniert bekommen.«

Erst vor wenigen Wochen hatte Helmut Schmidt die Nachfolge von Dr. Wilhelm Kröger als Senator der Hamburger Polizeibehörde angetreten und war somit Lenis neuer Vorgesetzter.

»Du musst dir kein Taxi nehmen, ich fahre dich gern«, bot Kasimir seiner Stiefschwester an. »Vielleicht kann ich mich bei euch in der schwierigen Situation auch irgendwie nützlich machen.«

»Danke, Kasi, großartig. Dann fahren wir, sobald du deine Schokolade getrunken hast!«, schlug Leni vor.

»Lassen wir das mit dem Kakao doch einfach und fahren sofort!«, entgegnete der junge Polizist voller Tatendrang. »Ich mach mir lieber bei euch im Präsidium 'n Kaffee.«

»Noch besser«, freute sich Leni und stellte die Milchflasche zurück in den Kühlschrank.

In diesem Moment betrat schwerfällig die hochschwangere Elfriede Timmlein die Küche, und sie wirkte äußerst schlecht gelaunt. »'n Abend, Kasi«, knurrte sie und riss die Kühlschranktür auf.

»Hast du Schmerzen, Elfie?«, erkundigte sich Leni besorgt. »Alles in Ordnung?«

»Nichts ist in Ordnung«, maulte die Köchin. »Ich will im Salon in Ruhe die Hesselbachs gucken, aber erst telefoniert Willy da ständig, und jetzt turtelt mein Ex-Verlobter endlos lang mit Isabel an der Strippe. Die übernachtet heute bei meinem Jan drüben, da ist das Gejammer groß: Schatzi, du fehlst mir so, bla, bla, bla! Außerdem habe ich irrsinnige Bauchschmerzen, wahrscheinlich esse ich zu wenig.«

Leni wunderte sich – mangelnder Appetit wäre bei Elfie ein gänzlich neues Problem.

In diesem Augenblick kam die kleine Stella in ihrem Nachthemdchen in die Küche getippelt.

»Mama«, jammerte sie und lief auf Leni zu. »Der doofe

Sturm ist so laut, ich kann nicht schlafen. Liest du mir eine Petzi-Geschichte vor?«

»Das geht jetzt leider nicht, Kleines. Die Mama muss wegen des Sturms noch mal arbeiten gehen«, erklärte Leni bedauernd und nahm ihr Töchterchen auf den Arm. »Aber wir können ja den Papa …«

Doch Elfie unterbrach sie: »Moshe und José wollen trotz Schietwetter noch in Othmarschen was trinken gehen, die haben keine Lust, diesen Burkhard hier rumlungern zu sehen.« Dann wandte sie sich an das kleine Mädchen: »Aber, Stella, wie wäre es, wenn du mit mir noch den Rest Hesselbach im Fernsehen anschaust – und danach lese ich dir was vor, bis der Sturm Ruhe gibt.«

»Au ja, schööön«, urteilte Stella strahlend.

»Danke, Elfie,« sagte Leni erleichtert, setzte ihre Tochter ab und gab ihr noch ein Küsschen auf die Stirn. »Mach brav, was die Tante Elfie dir sagt. Komm, Kasi, wir gehen!«

Eine knappe halbe Stunde später waren Kasimir Thomsen und seine Stiefschwester in der Funkleitzentrale der Polizei am Karl-Muck-Platz eingetroffen. Die Kollegen dort wirkten, wie von Leni befürchtet, allesamt ein wenig überfordert von der unüberschaubaren und bedrohlichen Situation in der Hansestadt. Pausenlos gingen Hilferufe der Bevölkerung wegen weiterer Sturmschäden ein.

»Der Orkan hat jetzt offenbar die Telefon- und Fernschreibverbindung von Cuxhaven zerstört«, rief einer gerade. »Kein Durchkommen mehr. Die hatten noch mitgeteilt, dass der Ort wohl evakuiert werden muss.«

»Mist«, fluchte Leni vor sich hin. Cuxhaven war in der derzeitigen Gefahrenlage ein äußerst wichtiger Vorposten Hamburgs gewesen, von dort waren bis jetzt wichtige Informationen zur Entwicklung des Sturms und der dortigen Pegelstände gekommen.

Auch was ein anderer Kollege in Erfahrung gebracht hatte, war äußerst beunruhigend: »An allen Pegeln der deutschen Nordseeküste haben sie die höchsten jemals verzeichneten Wasserstände festgestellt – dasselbe an den ostfriesischen Inseln von Weser, Elbe und den Nebenflüssen. Inzwischen sind die Wellen auf der Nordsee bis zu acht Meter hoch, Wangerooge droht in zwei Teile zu zerbrechen. Die deutschen Küstenbefestigungen gelten ja eigentlich als die besten der Welt, aber diesmal haben viele Deiche keine Chance.«

»Bis unsere eigenen Dämme hopsgehen, ist es nur noch eine Frage der Zeit«, befürchtete Leni. »Sturmgeschwindigkeiten bis zu hundertfünfzig Stundenkilometern – der Windstau treibt seit Stunden meterhohe Wellenberge in den Trichter der Elbmündung.«

»Ich habe bei der Baubehörde angerufen!«, erklärte ein älterer Beamter. »Die wollen keine umfassende Warnung der Bevölkerung initiieren – geschweige denn evakuieren. Haben angeblich Angst, einen blinden Alarm auszulösen. Hamburg habe so was schon öfter erlebt, sagen die. Wenn wir dauernd warnen und es löst sich dann in Wohlgefallen auf, glaube uns niemand mehr, wenn es wirklich mal gefährlich wird.«

»Selbst wenn sie die Bevölkerung nicht informieren wollen, es müssen trotzdem zumindest alle erdenklichen Helfer in Alarmbereitschaft versetzt werden«, sagte Leni und versuchte, möglichst autoritär zu klingen. Sie war es gewohnt, dass einige Herren der Schöpfung es nicht sonderlich schätzten, von einer Frau etwas erklärt oder gar angewiesen zu bekommen. »Ich versuch mal, jemanden beim Bezirksamt Hamburg zu erreichen. Die sollen vorsorglich das Technische Hilfswerk und die Feuerwehr warnen.«

Keiner der Anwesenden widersprach ihr. Im Gegenteil, der älteste der Kollegen lobte: »Gute Idee. Das Hydrografische Institut hat zum Glück noch mal Sturmflutwarnungen weitergegeben«.

»Ich kenn den Leiter der Baubehörde ganz gut, habe bei dem zu Hause öfter Sicherheitsdienst gemacht«, erzählte nun Kasimir. »Ich rede noch mal mit ihm.«

»Das wäre wunderbar«, freute sich Leni. »Seine Behörde soll höchste Alarmstufe für die Deichverteidigung ausrufen.«

»Komm, Kollege, kannst mein Telefon benutzen«, rief einer von seinem Schreibtisch aus. Es war zu spüren, dass alle im Raum zu dieser späten Stunde rasch, lösungsorientiert und ohne Rücksicht auf hinderliche Hierarchien arbeiten wollten.

Leni schürzte die Lippen. »Es wäre gut, wenn wir bei Deichbrüchen außer Schutzpolizei und Feuerwehr auch die Bundeswehr einbeziehen könnten – die Jungs helfen an der Nordsee schon den ganzen Tag aus.«

»Man müsste irgendwie das Pionierbataillon in Harburg unten in Bereitschaft versetzen«, fiel einem Kollegen ein. »Aber ich weiß gar nicht, ob wir das anfragen dürfen.«

Leni rieb sich nervös die Hände. Die Autorität des Polizeisenators wäre nun Gold wert – wenn man Helmut Schmidt nur erreichen könnte!

34

Konrad war nach seinem Telefonat mit Isabel nicht in die Bibliothek zurückgekehrt. Sofie kämpfte permanent mit dem Drang zu gähnen, während ihre beste Freundin sich mit deren Bruder unterhielt. Schon bei seinem vermeintlichen Tod 1945 hatte Anna Sofie erklärt, dass sie nicht in der Lage sei, Burkhard zu hassen, obwohl das von ihm unterstützte Regime Schuld am Tod ihres Ehemanns gewesen war. »Ich sehe in meinem Bruder oft immer noch den kleinen Jungen«, hatte sie zugegeben. Und auch jetzt schwelgte sie mit ihm in Kindheitserinnerungen. Sofie hatte dies bereits bei den Großeltern und später auch bei ihren Eltern beobachtet: Mit zunehmendem Alter schien die Vergangenheit ein immer anziehenderes Gesprächsthema zu werden – vor allem, wenn man auf jene traf, mit denen man diese Zeit geteilt hatte. Gehörten Anna und sie nun auch schon jener Generation an? Es sah so aus. Ein solch ereignisreicher Tag wie der heutige mit viel Arbeit in der Praxis – und der Rückkehr des totgeglaubten Vaters ihrer Erstgeborenen nach Feierabend – erschöpfte sie zumindest mehr, als er es wohl vor zehn Jahren noch getan hätte. Sofie nutzte eine kleine Gesprächspause von Anna und Burkhard, um sich zu entschuldigen.

»Ich werde in die Remise rübergehen, es war ein langer, aufregender Tag«, erklärte sie. »Dir eine gute Nacht, Anna!«, sagte sie und gab ihrer Freundin einen Kuss auf die Wange. Dann nickte sie ihrem Ex-Verlobten kühl zu. »Burkhard.«

»Gute Nacht, Süße«, wünschte ihr Anna. »Wenn dich der Sturm beim Einschlafen stört, steck dir etwas Wachs in die Ohren.«

Sofie unterdrückte den Impuls, Anna dies auch für ihr Gespräch mit deren Bruder zu raten.

»Gute Nacht, Sofie«, sagte Burkhard mit einem ungewöhnlich milden Lächeln, und da schien doch tatsächlich noch immer etwas Sehnsucht in seinem Blick zu sein – nach all den Jahrzehnten.

Sie wandte sich rasch ab und machte sich auf den Weg zum Seitenausgang der Villa. Dabei traf sie ihre Tochter Elfie mit Annas Enkelin Stella an der Hand, die gerade aus dem Salon kamen.

»Ein Glas Milch vor dem Zähneputzen dürfte noch drin sein«, meinte Elfie gerade, da bemerkte sie ihre Mutter. »Ah, Mutti, na, alles gut gegangen mit dem Ollen?«

Bevor Sofie antworten konnte, kam ihnen aus Richtung der Küche ihr Mann Max entgegen. Er war offenbar länger im Freien gewesen, denn seine Kleidung war nass, ebenso wie seine vom Sturm völlig zerzausten Haare.

»Das wird eine Heidenarbeit morgen, der Sturm hat an der Villa ein paar Ziegel gelockert, und die Strandhütte ist komplett unter Wasser«, berichtete der Majordomus verstimmt. »Ich befürchte, die reißt der Fluss bald mit.«

»Glaubst du, die Ziegel fallen heute Nacht noch runter und es regnet rein?«, fragte Elfie besorgt. Ihr Zimmer befand sich ja direkt unter dem Dach der Villa. Sie ließ die Hand der kleinen Stella los, die offenbar schon in die Küche vorauseilen wollte.

»Ich denke, das wird halten«, beruhigte sie Max. »Über deinem Zimmer ist aber auch nichts locker, keine Angst, Elfielein.«

»Hat Ursel dich gefunden? Wegen der Scheibe?«, erkundigte sich Sofie beunruhigt bei ihrem Mann.

»Nein, ich war die ganze Zeit auf dem Grundstück unterwegs«, erklärte der. Sofie seufzte. Das hieß, er wusste noch nichts davon, wer da mit Anna in der Bibliothek saß. Sie hatten ihm ja damals nach dem Einbruch noch nicht mal erzählt, dass Burkhard eventuell noch lebte.

»Um welches Fenster geht es denn?«, fragte Max gerade, da traten zu Sofies Entsetzen Anna und ihr Bruder aus der Bibliothek heraus.

»Max, jetzt dreh bitte nicht durch, Ursel sollte es dir schon vorher sagen ...«, begann sie hastig, doch es war zu spät – ihr Mann hatte Burkhard bereits erkannt. »Was zur Hölle ...«, knurrte er entgeistert.

Annas Bruder hingegen schien in dem regennassen Mann Max noch nicht wiedererkannt zu haben. »Sofie, wir haben beschlossen, auch früh ins Bett zu gehen. Anna zeigt mir mein Zimmer«, rief er arglos lächelnd.

»Anna, das ist jetzt nicht dein Ernst, du lässt nicht diesen Dreckskerl hier übernachten?«, beklagte Max sich wütend.

Die Hausherrin erschrak über seinen Tonfall, so hatte er mit ihr noch nie gesprochen.

Burkhard bemerkte nun Max' Armprothese. »Ah, der Zimmermann, der meine abgelegte Verlobte nebst Kind übernommen hat«, sagte er mit seinem wohlbekannten zynischen Grinsen. »Ich glaube, meine Schwester hat als Hausherrin eher zu entscheiden, wer hier nächtigen darf als der verkrüppelte Hausmeister, oder?«

Von wegen Kriegsbeil begraben! Sofie hätte Burkhard schütteln können. Als typischer Choleriker musste er ständig provozieren – und hinterher bereute er es oft. Wie von ihr befürchtet, sprang Max nun vor und packte Burkhard am

Kragen. Sofie reagierte sofort, eilte zu den beiden und griff nach dem Arm ihres Mannes. »Max, bitte!«, zischte sie ihm flehend zu. Sie tat das, wovon sie wusste, dass es ihn aus seinem Zorn reißen konnte – sie appellierte an sein Verantwortungsbewusstsein.

»Die kleine Stella ist in der Küche, wenn sie rauskommt und ihr euch hier prügelt, macht ihr das große Angst. Außerdem ist es bei dem Sturm gefährlich, solange das Fenster in der Halle kaputt ist – für uns alle.«

Max lockerte den Griff um Burkhards Kragen und starrte seine Frau wie erwachend an.

»Bitte sieh jetzt nach dem Fenster!«, wiederholte sie eindringlich. »Burkhard verschwindet hier, sobald der Sturm nachlässt, versprochen!«

Max stieß Burkhard noch einmal aggressiv von sich, sodass dieser ein paar Schritte nach hinten stolperte, dann verschwand er in Richtung Halle.

»Wenn nun alles friedlich ist, kann ich ja zu Bett gehen«, sagte Anna erleichtert und öffnete für ihren Bruder eine Tür. »Das ist dein Zimmer.«

Kaum war Anna fort, kam Elfie aufgeregt aus der Küche gestürzt. Sie lief ihrer Mutter Sofie entgegen, so schnell es ihr enormer Bauchumfang zuließ.

»Die kleine Stella ist rausgelaufen, die Küchentür ist auf«, kreischte Elfie in größter Panik. »Sie hat ja gehört, wie Max meinte, dass die Strandhütte bald weg ist. Ich glaube, sie will da runter, ihre Bildergeschichten von den Wänden retten.«

Sofie geriet in Panik. Da unten an der Elbe war die Hölle los. Wenn die Kleine der reißenden Strömung zu nahe kam, dann konnten sie nur noch auf ein Wunder hoffen.

***

»Unsere Strandhütte wird bestimmt gleich weggerissen«, mutmaßte Isabel. Sie stand am Terrassenfenster der Gaststätte in Finkenwerder und sah besorgt mit Jans Fernglas über die tosende Elbe zur Villa Nieland hinüber. Sie hoffte, dass Burkhards unerwünschter Besuch dort drüben nicht für ein Familiendrama sorgte.

»Da rennt jemand mit einer Taschenlampe zur Hütte«, stellte sie erstaunt fest. »Vielleicht versucht Opa Max, noch etwas zu retten.«

»Der sollte sich lieber vom Strand fernhalten«, meinte Jan. »Die Elbe steigt immer noch, und wenn er bei der Strömung einmal den Halt verliert, schafft er es nie mehr zum Ufer.«

Er ließ sich kurz das Fernglas geben. »Nein, Max ist das nicht, die Person mit der Lampe ist viel kleiner …«

In diesem Augenblick klopfte jemand polternd gegen die Tür der Gaststätte. »Das Wasser kommt!«, übertönte von draußen eine krächzende Frauenstimme das Heulen des Sturms.

Isabel und Jan gingen zum Eingang und sahen gemeinsam hinaus in die Nacht – die Frau, die geklopft hatte, war mit ihrer Taschenlampe bereits weitergerannt.

»Leute, steht auf, das Wasser kommt!«, rief die Alte mit Kopftuch aufgebracht und hämmerte nun auch an die Tür der Nachbarn. Auf Isabel wirkte die Szenerie wie ein Bild aus einem Schauermärchen, denn sie sah, dass zu Füßen der Alten drei Ratten aus Richtung des Wassers geschossen kamen.

»Was ist denn los?«, rief Jan der Frau hinterher.

»Der Deich ist an mehreren Stellen übergelaufen«, schrie sie herüber. »Da kommt gleich jede Menge Wasser!«

Wie aufs Stichwort floss in diesem Moment eine etwa kniehohe Flutwelle mit gurgelnder brauner Brühe heran.

»Meine Eierlieferantin Frau Witt schläft bestimmt tief und fest. Die geht doch mit den Hühnern ins Bett«, meinte Jan voller Sorge. »Ich fahre mit dem Boot zu ihrem Hof raus und warne sie.«

»Dann begleite ich dich«, entgegnete Isabel. »Alex schläft ja bestimmt auch schon friedlich bei seiner Vermieterin, so erschöpft wie der vorhin war.«

Kurz dachte sie daran, wie ungewohnt linkisch sie und ihr Kollege sich vor einer Stunde voneinander verabschiedet hatten. Sie beschloss, möglichst bald ein klärendes Gespräch mit ihm zu führen. Jan erläuterte sie nun: »In seiner Dachwohnung ist Alex ja sicher. Also kann ich dir auf dem Boot helfen.«

Ihr Stiefonkel setzte gerade an zu widersprechen, da unterbrach sie ihn auch schon: »Du brauchst gar nicht wieder von meiner unpassenden Kleidung anfangen, ich habe ein Paar Gummistiefel von einer deiner Mitarbeiterinnen gefunden – die passen. Hab sie für alle Fälle schon anprobiert.«

Er zögerte. »Das ist aber nicht ungefährlich da draußen …«

»Hier drin auch nicht«, konterte Isabel und deutete auf das glucksende Wasser, das bereits über die Türschwelle des Restaurants schwappte, obwohl das Gebäude leicht erhöht stand. Das Wasser stieg rascher, als sie erwartet hatte. »Außerdem solltest du eine junge aufstrebende Journalistin nicht um die Chance für einen Tatsachenbericht aus erster Hand bringen.«

Jan schmunzelte. »Also gut, dann fahren wir zusammen.«

Sie gingen zurück in den Gastraum, von wo er zuvor alle wertvollen Gegenstände – inklusive der schweren Jukebox – mit Alex bereits ins Obergeschoss geschleppt hatte. Hier unten wartete zwischen den Tischen, auf denen sämtliche Stühle standen, das Schlauchboot des Gastronomen. Stechpaddel, Außenbordmotor, Seile, aber auch ein mit einer Plane gut geschützter Seesack voll trockener Ersatzkleidung – alles war noch vor zwanzig Uhr von ihm und Alex überprüft worden.

Wenig später stieß Jan das Boot, in dem er mit Isabel saß, von der Wand des Restaurantgebäudes ab. Er hatte wegen der steigenden Fluten schon Schwierigkeiten gehabt, die Haustür zu verschließen.

Inzwischen löste die extreme Strömung Steine aus dem Pflaster. Ihr Klackern mischte sich mit dem Brausen von Sturm und Wasser zu einer bedrohlichen Geräuschkulisse.

Schon existierte zwischen den Häusern eine geschlossene Wasserfläche, und das stinkende Nass stieg unerbittlich immer höher. Da sahen die beiden Alex Jensen aus dem Haus von Dr. Hansen kommen, das bis zu den Erdgeschossfenstern überflutet war – und zu ihrer Verblüffung hatte er den pensionierten Arzt Huckepack genommen.

»Alex, braucht ihr Hilfe?«, rief Jan.

»Nein«, winkte der junge Journalist außer Atem ab. »Ich bringe Doktor Hansen zu uns in die Apotheke, die ist im Hochparterre, da ist es trocken.«

»Hab mir den Fuß verknackst, bin zu schnell die Treppe hochgerannt, als vorhin das Wasser kam«, rief der Alte.

»Wo wollt ihr hin?«, erkundigte sich Alex.

»Ich möchte nach Trina Witt sehen, da dürfte Land unter sein«, erklärte Jan.

»Ihr könnt sie auch hierherbringen«, schlug Alex vor, während er Dr. Hansen auf der Treppe vor dem Apothekeneingang absetzte. »Frau Moelkner will unser Haus als Notunterkunft zur Verfügung stellen.«

»Danke, das tun wir vielleicht«, rief Jan, ließ den Motor an und steuerte das Schlauchboot gegen die Strömung in Richtung der Häuser am Deich.

Inzwischen war offenbar klar, dass mit den Wassermassen

eine Katastrophe auf Hamburg zugerollt kam: Gespenstisch erklang die Sturmglocke der Finkenwerder Kirche im heulenden Wind durch die Nacht.

»Ah, Pastor Sannmann hat die Gefahr für seine Gemeinde begriffen«, kommentierte Jan.

Bald ertönten auch Sirenen, und unterwegs sahen sie zwei Polizisten, die Warnschüsse in die Luft abgaben und sogar Fensterscheiben einschlugen, um Schlafende zu wecken. Auch Böller wurden abgeschossen – Isabel wusste, dass man das »Hochwasserschießen« nannte. Doch der Sturm verwehte den Schall weitestgehend.

Die Sirenen waren allerdings deutlich zu hören – und trotzdem hatte nur eine erstaunlich geringe Anzahl von Bewohnern die gefährdeten Häuser verlassen. »Warum reagieren denn so wenig Menschen auf den Alarm?«, rief Isabel verständnislos.

»Na ja, bei Sirenen, die heulen, bis die Drähte glühen, denken die Leute halt an Feuer irgendwo – nicht an gefährliches Hochwasser vor der eigenen Tür«, mutmaßte Jan.

Isabel fragte sich beklommen, wie viele Bewohner Finkenwerders wohl im Schlaf ertrinken würden, wenn weiterhin so viele Warnungen ins Leere liefen.

***

Sofie und Burkhard kamen gleichzeitig am Elbstrand unterhalb der Villa an. »Stella!«, schrie die Zahnärztin außer Atem, als sie die vom tobenden Fluss umspülte Hütte erreicht hatte. Am Ufer lag die Taschenlampe, die sich das kleine Mädchen zum fünften Geburtstag gewünscht hatte! Da hörte Sofie klägliche Hilferufe aus dem Tosen von Elbe und Orkan. Sie hob die Lampe auf, trat zwei Schritte flussabwärts und sah zu ihrem Entsetzen, dass Stella ins Wasser gefallen war und sich mit letzter Kraft an einem Strauch festhielt, der hinter der Hütte wuchs.

»Stella!«, schrie Sofie und watete ins aufgewühlte Wasser. Ihre Füße sanken jedoch auf dem schlammigen Grund ein, sodass sie feststeckte. Da brach krachend eine Wand der Hütte heraus, ein Brett wurde gegen die Brust des Kindes getrieben, die Kleine stieß einen spitzen Schrei aus, als sie von ihrem Ast losgerissen wurde und hilflos flussabwärts trieb. Die hochschwangere Elfie war nun ebenfalls am Fuß des Hangs angekommen und schrie schockiert auf. Stella wurde indes gegen einen der Stützpfeiler des Stegs an der Bootsanlegestelle getrieben und hielt sich dort fest. Der Fluss zerrte jedoch so sehr an dem winzigen Körperchen, dass klar war: Die Kleine würde sich hier nicht lange halten können.

»Verdammt«, fluchte Burkhard, sprang in die Fluten und kraulte los. Es gelang ihm tatsächlich, das Mädchen zu erreichen. Inzwischen hatte sich Sofie aus dem Morast befreit und eilte zum Steg, der so weit unter Wasser war, dass sie ihn nur erahnen konnte. Dennoch schaffte sie es bis zu Burkhard und der Kleinen. Er packte das Kind und hievte es auf die Anlegebrücke. Diese war so weit überspült, dass das erschöpfte Mädchen sogleich drohte, wieder von den Bohlen in die Fluten gerissen zu werden – doch Sofie nahm es gerade noch rechtzeitig auf ihren Arm. In diesem Augenblick zerbrach krachend die restliche Strandhütte, und die Trümmer rasten auf Burkhard zu.

Ein Wandstück, vollgeklebt mit Petzi-Geschichten, erwischte ihn am Kinn, er wurde vom Stützpfahl weggerissen und unter dem Steg davongespült. Wenige Meter flussabwärts sah Sofie ihren Ex-Verlobten nach Luft schnappend wieder auftauchen. Die Strömung um ihre Füße herum wurde so stark, dass sie keine Zeit mehr verlieren durfte, wenn sie Stellas und ihr eigenes Leben nicht gefährden wollte. Vorsichtig wandte sie sich um, kehrte dem reißenden Strom den Rücken zu und stapfte Schritt für Schritt auf den glitschigen Planken in Richtung Ufer. Sie erwartete, dass Elfie herbeieilen und sich um die Kleine kümmern würde, doch stattdessen hörte sie nur einen Schmerzensschrei – Sofie drehte sich um und sah, dass ihre Tochter zusammengebrochen war. Sie eilte, so rasch es ging, zu Elfie. All ihre Glieder brannten dabei wie die Hölle, allmählich nahm sie durch ihre durchnässte Kleidung die beißende Kälte wahr, die sie in ihrer Angst um das kleine Mädchen bisher ausgeblendet hatte.

»Es geht los«, keuchte Elfie. »Das Kind kommt!«

»Das darf nicht wahr sein«, stöhnte Sofie erschöpft.

Sanft versuchte sie, sich von Stellas Klammergriff um ihren Hals zu befreien, doch die Kleine hielt sich zitternd an ihr fest und hatte ihr Gesicht in Sofies Halsbeuge vergraben.

»Kannst du aufstehen, wenn ich dich stütze?«, wandte sich Sofie indes an ihre Tochter. Während sie Stella nun nur noch mit einer Hand hielt, reichte sie Elfie ihre andere.

»Ich weiß nicht«, wisperte diese. Mit letzter Kraft half Sofie der Hochschwangeren auf die Beine, diese sackte jedoch gleich wieder mit einem Schmerzensschrei in sich zusammen.

Panisch sah Sofie sich um. »Max«, brüllte sie aus Leibeskräften. »Max!«

Doch der Hilfeschrei wurde vom Wüten des Sturms und dem Rauschen der Elbe übertönt, die Burkhard Nieland mit sich fortgerissen hatte.

»Ich hab eine Wehenpause«, keuchte Elfie schließlich. »Schnell!«

Sofie half ihr erneut auf, und diesmal gelang es, sie aufzurichten. Schwer auf ihre Mutter gestützt, konnte Elfie ein paar kleine Schritte gehen – gerade noch rechtzeitig, denn inzwischen hatte das Wasser der tosenden Elbe sie erreicht. Doch Sofie wusste, dass sie beide allein nicht genug Kraft haben würden, es bis zur Villa zu schaffen.

»Stella«, wandte sie sich eindringlich an das Kind und drückte ihr die Taschenlampe in die Hand. »Meinst du, du kannst schon zur Villa vorlaufen und Hilfe holen? Sag, dass die Elfie ihr Kind bekommt. Schaffst du das?«

Zu Sofies unendlicher Erleichterung nickte die Kleine und machte sich mit wackeligen Beinchen, halb kriechend, auf den Weg zur Gartentreppe. »Onkel Willy!«, schrie Stella so laut sie konnte, nachdem sie sich aufgerichtet und die ersten Stufen in Richtung Villa genommen hatte.

35

CRACK! Ein lautes Knacken direkt neben ihm in der Wand ließ Timon Schwarz hochschrecken. Es hatte deutlich den permanent heulenden Sturm übertönt, an den er sich bereits gewöhnt hatte. Durch das Fenster der Wohnstube drang zeitweise etwas Mondlicht herein, und der junge Soldat konnte auf Wedderkamps Standuhr erkennen, dass es bereits nach Mitternacht war. Um 22:15 Uhr war in der *Tagesschau* noch eine Sturmflutwarnung mit einer erwarteten Höhe von 3,50 Metern vermeldet worden. Doch diese Nachricht hatte Timon eher beruhigt, denn die Warnungen hatten sich – wie zuvor im Radio – nur auf die Nordseeküste bezogen. Und die war ja hundert Kilometer entfernt. Kurz vor dem Schlafengehen hatte er noch Glockenläuten gehört, irgendwo im Westen, vielleicht aus Finkenwerder oder Neuenfelde, und Sirenen, beidem jedoch keine Bedeutung beigemessen. Irgendwo brannte es wahrscheinlich. Er hatte sich an Beryl gekuschelt und war schließlich weggedämmert. Erneut knirschte und knackte es, und er bemerkte, dass es an den Wänden der Laube bisweilen gluckste, so als befänden sie sich an Bord eines Bootes.

Vorsichtig, um seine Freundin nicht zu wecken, stand Timon auf, ging zum Fenster, öffnete es und sah hinaus. Die Wolken jagten am fast vollen Mond vorbei und ließen nun dessen fahles Licht Erschreckendes erhellen: Das Wasser, ein reißender Fluss, hatte das Fenster fast erreicht, manche Häu-

ser und Lauben im stellenweise bis zu zehn Meter tiefer ge-
legenen Teil Waltershofs, der »Grund« genannt wurde, waren
sogar bereits bis zum Dach in den Fluten verschwunden.
Mehrere Dämme mussten in den letzten Stunden gebrochen
sein! Hühner wurden vorbeigetrieben, einige panisch gackernd
und hilflos flatternd, andere regungslos, wahrscheinlich bereits tot. Und nun hörte Timon aus dem Heulen des Orkans
heraus, was dieser in der Laube übertönt hatte: Hilfeschreie
verzweifelter Menschen in Todesangst! Die eiskalte, schwarz
glitzernde Brühe musste sie ebenfalls im Schlaf überrascht
haben. Für einen Augenblick glaubte er, im Zwielicht einen
Mann wahrzunehmen, der sich an einen Schornstein fest-
klammern musste, um nicht von den Wellen fortgerissen zu
werden. Doch als die dahinrasenden Wolken vor dem Mond
wieder etwas Platz machten und mehr Licht durchdrang, war
der Mann verschwunden. Timon hoffte, dass er ihn sich nur
eingebildet hatte. Inzwischen war vom Sturmgebrüll auch
Beryl aufgewacht. Sie zog sich wegen der eindringenden Kälte
den Morgenmantel von Wedderkamps verstorbener Frau
über das Nachthemd und stellte sich neben ihren Freund, um
mit ihm hinauszusehen.

Timon bemerkte, dass das übel riechende Wasser so rasch
stieg, dass es bereits über den Rand des Fensters in die Wohnstube zu schwappen begann. Hastig verschloss er es wieder.

Da kam der alte Jesper Wedderkamp mit einer Petroleumlampe ins Zimmer, neben ihm Sharif. Beide hatten sich wieder angezogen.

»Wir haben keinen Strom mehr«, erklärte der Alte.

»Das Telefon ist auch tot«, stellte Sharif fest.

»Wir müssen hier raus«, bestimmte Beryl und ging in Richtung Haustür.

»Halt, nein!«, rief Wedderkamp und hielt sie fest. »Wenn

du die Tür aufmachst, kriegst du sie nicht mehr zu, dann läuft die ganze Soße rein, und wir ersaufen hier drin elendig.«

Wie zur Bestätigung knackte es in diesem Moment erneut besonders lautstark in der Wand.

»Aber was machen wir jetzt?«, rief Beryl in Panik. »Irgendwann kommt das Wasser auch so hier rein.«

»Man müsste irgendwie aufs Dach«, schlug Timon vor, während er begann, seine Uniform und seine Feldstiefel wieder anzuziehen.

»Wir brauchen ein Loch!«, rief der alte Jesper beherzt und kam Sekunden später mit einem großen Messer aus der Küche zurück. Er stieg auf den Wohnzimmertisch und begann die dürre Decke der Gartenlaube mit tiefen Messerstichen zu malträtieren.

»Ich hol mir auch eins!«, kündigte Timon an und eilte in die Küche.

Mit dem Messer kletterte er seinerseits auf den Tisch und stach dann neben dem schwitzenden Jesper auf die Zimmerdecke ein. Darüber befand sich nur das nicht sehr stabile Well-Eternit als Dach.

In diesem Moment donnerten einige Bretter der Rückwand der Laube nach innen, und ein Schwall eisigen Wassers ergoss sich in die Wohnstube. Vergeblich versuchte Sharif, die Bretter zurückzudrücken. Da platzte auch an anderer Stelle die Wand auf, und ein noch wesentlich größeres Loch entstand. Sofort hatten sie einen rauschenden Wasserfall in der Wohnstube, die nicht mehr trockenen Fußes zu durchqueren war. Die Schlafsäcke trieben umher – und Beryls Kleidung.

»Oh, verdammter Mist«, fluchte sie.

»Schneller!«, rief Sharif den beiden Männern auf dem Tisch zu und stieß seinerseits vom Boden aus mit dem Stiel eines Besens zu, den er aus der Küche geholt hatte. Timon schwitzte, und seine Arme und Handgelenke schmerzten, doch er bearbeitete die Zimmerdecke wie ein Berserker. Das Material war schlecht und porös genug – zum Glück, mochte man in dieser Situation denken. Er brach schließlich durch ins Freie. Der junge Soldat, der schlanker war als der alte Seemann mit seinem Bäuchlein, quetschte sich durch das enge Loch aufs Dach, wo ihm der pfeifende Sturm fast den Atem raubte. Timon wollte nun von oben die Lücke vergrößern und bückte sich nach dem Messer, das er vorm Rausklettern auf der Dachfläche abgelegt hatte.

Doch kaum hatte er sich mit seinem ganzen Gewicht hingestellt, krachte er mit einem Fuß durch das marode Well-Eternit nach unten durch. Er stellte sich an eine Stelle daneben, wo ihn ein Balken unter dem dürren Dachmaterial stützte – und trat nun heftig mit einem Fuß an den Rand des Loches, um es zu vergrößern. Als Nächste kam Beryl auf das Dach hinaufgeklettert, im dünnen Nachthemdchen und Morgenmantel, aber immerhin mit einem alten Matrosenmantel darüber, den ihr Jesper gegeben hatte.

»Bleib immer da, wo Balken drunter sind!«, warnte Timon sie.

Bald saßen sie alle vier auf dem Laubendach, und der eisige Sturm brannte in ihren Gesichtern. »Das ist bestimmt Windstärke dreizehn«, rief der alte Seebär.

Der Orkan fauchte, Bäume knackten und knirschten. Die Wolken wurden am Mond vorbeigeschoben, sein Licht ließ wieder Schreckliches erkennen: Eine leblose Kuh und einige Ferkel wurden vorbeigetrieben, und weiter in der Ferne ertönte die Stimme einer verzweifelt schreienden Frau.

Timon ging ihr panisches Rufen durch Mark und Bein. Er war Soldat, er musste doch helfen … Aber er wusste, dass selbst der beste Schwimmer der ungeheuren Gewalt dieser

Strömung völlig hilflos ausgeliefert wäre. Auf der anderen Seite von Wedderkamps Laube wurde ein ganzes Gartenhäuschen vorbeigetrieben, an dessen Dach sich schreiend eine dreiköpfige junge Familie klammerte. Das Kind war höchstens fünf – so alt wie Timons kleine Schwester Stella. Er bemerkte, dass Beryl mit den Zähnen klapperte, und legte schützend den Arm um sie.

Auch Jesper litt offenbar darunter, von der Gewalt der Fluten zur Tatenlosigkeit gezwungen zu sein. »Dass man da so gar nicht helfen kann«, sagte er, und man merkte seiner Stimme an, dass er mit den Tränen kämpfte. »Das Wasser kommt vom Parkhafen her, wird alles in Richtung Sportplatz gespült.«

Da knackte es unter ihnen im Gebälk, und Timon fragte sich, wie lange es wohl noch dauern mochte, bis die mörderischen Fluten auch ihre Laube fortreißen würde.

***

Trina Witts kleiner Hof lag binnendeichs etwa dreißig Meter vom bedrohten Schutzwall entfernt. Als Isabel und Jan sich mit dem Schlauchboot dem Wohnhaus näherten, mussten sie besonders auf die Zäune achten.

»Vorsicht, da vorne links!«, rief Isabel, die mit der Taschenlampe die Wasseroberfläche ableuchtete und ein emporragendes Stück Stacheldraht entdeckt hatte. Es hätte ihrem Boot zum Verhängnis werden können.

Trinas Haustür stand offen. »Frau Witt?«, rief Jan hinein. »Trina?«

»Ich schau nach ihr«, sagte Isabel und stieg vom Boot auf die oberste Stufe der Treppe. Das Wasser stand im Haus bisher etwa zwanzig Zentimeter hoch, die junge Journalistin konnte also mit ihren Gummistiefeln durchwaten, ohne sich ihre Hosen nass zu machen. Auf der Treppe nach oben kauerte ein Ferkel, das sich dorthin geflüchtet hatte. Hinter der ersten Tür, die vom Flur aus rechts abging, saß in der Wohnstube die alte Frau auf einem auf den Tisch gestellten Stuhl im Schein mehrerer Kerzen. Strom gab es offenbar nicht mehr.

»Frau Witt?«, vergewisserte sich Isabel, doch die Bäuerin sah sie nur apathisch an. »Ich bin mit Jan Lüttgens da, dem Wirt. Er hat ein großes Schlauchboot mit Motor dabei, wir möchten Sie in Sicherheit bringen.«

»Ich geh nirgends mehr hin«, murmelte die Alte. »Noch mal alles verlieren, das schaff ich nicht. Der Krieg hat mir gereicht.«

Isabel bemerkte, dass das Wasser weiter stieg und inzwischen die Ränder ihrer Gummistiefel erreichte.

»Isabel, alles klar da drin?«, brüllte Jan von draußen.

»Ja, sie ist hier«, rief sie zurück. Wie konnte sie die alte Frau nur überreden, mit zum Boot zu kommen? Da fiel ihr das Schwein auf der Treppe ein.

»Frau Witt, im Flur sitzt ein Ferkel, das wird ertrinken, wenn wir es nicht von hier fortbringen.«

Die Erwähnung des Tieres schien tatsächlich zu zünden – nun hatte Isabel die volle Aufmerksamkeit der Alten. »Die Hühner müssen aber auch mit«, erklärte sie mit neu erwachtem Eifer.

Wenig später hatten sie mit Jans Hilfe und viel Mühe die Frau, ihr Ferkel und zwei große Koffer, gefüllt mit Kleidung und Fotos, im Boot verstaut. Über dem Außenbordmotor hatte Jan ein Seil angebracht, sodass sie einen Waschzuber hinter sich herziehen konnten, in den Trina Witt fünf Hühner gesetzt hatte.

»Das sechste ist verschwunden«, murmelte sie betreten. »Wir können abfahren.«

Jan ließ den Motor an, und sie tuckerten los. Was für ein seltsamer Anblick wir wohl sind, dachte Isabel und wunderte sich, wie ruhig das Ferkel war. Ganz so, als wisse es, dass es aus der Lebensgefahr gerettet wurde.

***

Sofie war verzweifelt. Die Stufen zur Villa hinauf schienen nicht enden zu wollen, und sie drohte, jeden Moment unter der Last der auf ihre Schultern gestützten Tochter zusammenzubrechen. Da kam ihnen zu ihrem Entsetzen Stella wieder entgegen.

»Stella, hast du jemanden gefunden?«, rief sie, doch sie wusste, dass eigentlich die Zeit dafür nicht gereicht haben konnte. Die Kleine hielt sich nur wimmernd an ihren Beinen fest, und es war ihr keine Antwort zu entlocken.

»Sofie!«, hörte sie in dem Moment zu ihrer grenzenlosen Erleichterung endlich ihren Mann rufen.

»Max! Hier!«, schrie sie, da kam er auch schon die Treppe herunter, José und Moshe in seinem Gefolge.

»Hat Stella dich doch benachrichtigt?«, fragte sie erstaunt, während Max seine Tochter sofort auf der anderen Seite zu stützen begann.

»Nein, ich hab mich bloß gewundert, dass die Küchentür bei dem Sturm aufstand«, widersprach er.

»Wir müssen so schnell wie möglich Elfie hochbringen, die Wehen haben schon eingesetzt«, keuchte sie, während Moshe seine kleine Tochter in den Arm nahm und sie an sich drückte.

»Was war denn los?«, rief er außer sich vor Sorge.

»Stella wollte ihre Bildergeschichten aus der Hütte retten

und ist ins Wasser gefallen. Sie braucht unbedingt ein warmes Bad«, erklärte Sofie. »Burkhard hat sie gerettet, er wurde abgetrieben. José, kannst du nach ihm suchen?«

Sie drückte ihrem Schwiegersohn Stellas Taschenlampe in die Hand.

»Na klar«, stimmte er sofort zu und stürmte in Richtung Elbe hinunter.

»Aber sei vorsichtig!«, rief sie ihm nach.

Moshe eilte ihnen, sein unterkühltes Töchterchen im Arm, schon voraus in die Villa. Zur Erleichterung der völlig erschöpften Sofie kam ihnen bald Haushälterin Ursel entgegen und half Max beim Stützen Elfies.

Kurz vor dem Seiteneingang zur Küche stöhnte die Hochschwangere auf und krümmte sich. »Es geht wieder los!«

»Schnell, ins Gästezimmer mit ihr, da muss sie nicht die Treppe rauf«, rief Sofie und lief voraus, um die Türen zu öffnen.

Als Elfie schließlich auf dem Gästebett lag, half Sofie, ihre Tochter in eine bequeme Lage zu bringen, und wies dann Ursel an: »Wir brauchen Tücher, Wasser und so weiter für die Entbindung. Du kennst das ja schon von Rosas Geburt.«

Die Hausdame bejahte und hastete zur Tür, wo sie um ein Haar mit Moshe zusammengestoßen wäre. Dieser war immer noch kreidebleich, der Schrecken war ihm deutlich anzusehen, als er sich an Sofies Mann wandte und berichtete: »Anna ist aufgewacht. Sie badet die Kleine gerade schön warm und wird sie dann in der Bibliothek vorm offenen Kamin zum Schlafen legen. Fieber hat sie zum Glück keins. Ich will José helfen, Stellas Retter zu suchen. Kommst du mit, Max?«

Der blickte fragend zu seiner Frau, und sie nickte. »Hier kannst du sowieso nicht helfen. Es geht alles etwas schnell diesmal bei unserer Elfie, ich tippe auf eine Sturzgeburt.«

Max sah sie schockiert an.

»Keine Angst, das heißt nicht, dass das Kind rausstürzen wird, die Geburt geht bloß schneller als sonst«, erklärte Sofie.

Solchermaßen beruhigt machte Max sich mit Moshe auf die Suche nach dem verschollenen Burkhard.

Elfie gab einen weiteren lang gezogenen Schmerzensschrei von sich; Sofie schloss aus den Abständen der Wehen, dass die Geburt tatsächlich bereits unmittelbar bevorstehen musste. Die Überprüfung des Muttermundes bestätigte ihr diesen Verdacht.

»Oh, Kleines, diesmal hast du es wohl wirklich schnell hinter dir.«

Sie vermutete, dass Elfie die Anfangswehen wegen all der Aufregung kaum wahrgenommen hatte. Tatsächlich war schon zwanzig Minuten später das kleine Köpfchen zu sehen.

»Noch einmal kräftig pressen!«, befahl Sofie ihrer vor Schmerz kreischenden, fluchenden Tochter. »Komm, komm, du schaffst das, Elfie!«

»Gib jetzt nicht auf!«, kam es ermutigend von Ursel.

Und dann konnte Sofie das kleine Körperchen vollends herausziehen, woraufhin Elfie erleichtert aufjaulte.

»Du hast einen Sohn«, rief Sofie, und Tränen schossen ihr beim Anblick des krebsroten Menschleins in die Augen. »Einen wunderbaren Sohn!«

»Ist alles dran?«, fragte ihre Tochter bang. Sie hatte die Schachtel mit dem Contergan Forte ja zwar gleich nach Isabels Warnung unbenutzt weggeworfen, doch je mehr Missbildungsfälle in diesem Winter bekannt geworden waren, desto mehr hatte Elfie um die Gesundheit ihres Ungeborenen gebangt. Was, wenn doch die Kernwaffentests die Ursache waren?

»Ja, es ist alles dran«, beruhigte ihre Mutter sie strahlend. »Keine Angst!«

Nachdem sie die Nabelschnur durchgeschnitten hatte, legte sie den Knaben, der mit kräftigen Lungen schrie, in Elfies Arme. Die brach nun in Tränen des Glücks aus. »Wie schön er ist«, flüsterte sie. »Wie schön er ist.«

Sofie und Ursel fielen sich in die Arme und ließen ihren Schluchzern freien Lauf. Da betrat schlaftrunken Willy, mit verwuschelten Haaren und nur mit einer Pyjamahose sowie Pantoffeln bekleidet, den Raum.

»Ist es schon so weit?«, wunderte er sich. Er erinnerte sich offenbar noch daran, dass vor Rosas Geburt Elfie seinerzeit in der Bombennacht die Wehen fast zwölf Stunden geplagt hatten.

»Ja, diesmal ging es schnell«, bestätigte sie lächelnd. »Jetzt bist du zum vierten Mal Großonkel.«

»Hast du schon eine Idee für einen Namen?«, erkundigte sich Willy bei Elfie.

»Ja, den hat sich Isabel aussuchen dürfen. Weil sie die Gesundheit des Kindes gerettet hat«, erzählte Elfie und küsste ihren kleinen Jungen auf die Stirn. »Wäre es ein Mädchen geworden, dann wäre sie nach unserer Urgroßmutter Ottilie benannt worden. Für einen Jungen wollte sie Hinnerk.«

Und nun gab es auch für Willys Tränen kein Halten mehr.

Sofie musste daran denken, dass der Mann, der heute hier in diesem Gästebett eigentlich hätte nächtigen sollen, wahrscheinlich nicht mehr unter den Lebenden weilte.

Tatsächlich kam wenige Minuten später Max, völlig durchnässt, alleine ins Zimmer, um sein Enkelkind zu bewundern.

»Vati, das Telefon ist doch tot, kannst du versuchen, mit deinem Funkgerät jemanden in Finkenwerder zu erreichen?«, bat Elfie ihn. »Wen auch immer du da drüben erwischst – derjenige soll Jan im Restaurant Bescheid geben, dass alles gut gegangen ist und er einen gesunden Jungen hat.«

»Das mache ich, meine Lütte«, sagte Max ungewohnt ernst, und Sofie kannte ihren Mann gut genug, um zu merken, dass unter der Freude über das neue Leben eine schlechte Nachricht lauerte.

»Habt ihr Burkhard gefunden?«, flüsterte ihm Sofie schließlich zu, und er nickte unmerklich, sodass Elfie es in ihrem Glück nicht mitbekam. Seine Frau sah ihn fragend an, und er schüttelte den Kopf. Sie stöhnte auf und wunderte sich, wie groß ihre Trauer war, denn sie hatte ihren einstigen Verlobten ja bereits siebzehn Jahre lang für tot gehalten – und bisweilen verflucht und gehasst. Arme Anna, fiel Sofie ein, sie hatte ihren Bruder also nur für neun Stunden zurückbekommen, um ihn dann doch für immer zu verlieren – Burkhard Nieland war als Retter ihrer Enkelin gestorben.

36

Wie durch ein Wunder hatte Wedderkamps Laube den wütenden Fluten bisher standgehalten. Als es ganz allmählich am
östlichen Horizont heller zu werden begann, harrten die vier
erschöpften Menschen noch immer auf dem Dach aus, mittlerweile völlig durchgefroren und von zunehmendem Hunger
und Durst geplagt. Nach und nach waren alle Taschenlampenkegel erloschen und die Schreie verstummt. Timon fragte
sich erschaudernd, ob all die verzweifelt Rufenden ertrunken
waren.

»He, Jesper, leevst du noch?«, durchbrach plötzlich eine
laute Bassstimme die beklemmende Stille.

Jesper hatte sich umgedreht. »Dat is ja unser Krämer, der
olle Rolf Jerrentrup«, erkannte er.

Nun wandten sich auch Sharif, Beryl und Timon in Richtung eines nahenden Schlauchbootes des Technischen Hilfs-
werks, in dem neben dem bulligen Krämer auch ein Feuerwehrmann saß.

»Mensch, Rolf, endlich!«, rief ihm Wedderkamp zu. »Wir
sind ahl bannisch tiefgefroren.«

Wenig später halfen Timon und Sharif zunächst Beryl und
Wedderkamp, das Boot zu besteigen. Dann ließen sich die
beiden jungen Männer selbst an Bord gleiten.

Der Feuerwehrmann mit dem Kinnbart stellte sich als
Manfred Gidom, kurz Manni, vor.

»Wir bringen euch zu meinem Laden«, verkündete Kaufmann Jerrentrup. »Da steht das Wasser immerhin bloß einen halben Meter hoch. Ist genug Platz. Beim Briefträger ist es inzwischen ziemlich überfüllt. Wie seid ihr denn aufs Dach gekommen?«

»Haben von innen ein Loch gemacht«, erklärte Wedderkamp. »Tür aufmachen war ja nicht so ratsam.«

»Allerdings«, bestätigte Gidom. »Manche kriegten ihre Tür gerade noch geöffnet, die hat das reinschießende Wasser dann die Kellertreppe runtergespült, sind da unten elendig ertrunken. Die Hilfeschreie hat im Brausen und Wüten von Flutwelle und Sturm keiner gehört.«

Timon sah beklommen zu Beryl, die entsetzt an ihm vorbeistarrte. Er folgte ihrem Blick und sog erschrocken die Luft ein: In einem Apfelbaum saß ein toter kleiner Junge, kaum älter als Stella. Beryl lehnte sich leise weinend an Timons Brust. Er umfing sie mit seinen Armen und spürte, dass auch ihm Tränen die Wangen hinabbrannten.

»Vorsicht!«, brüllte plötzlich Krämer Jerrentrup.

Timon sah gerade noch, dass ein von riesigen Nägeln nur so strotzendes Stück einer Holzwand auf ihr Schlauchboot zutrieb, da warfen sich Gidom und Jerrentrup ruckartig auf Timons Seite, um sie vor den Nägeln zu schützen – doch das Fahrzeug kenterte.

Das eisige Wasser war ein Schock, ebenso die mächtige Strömung, die man vom sicheren Boot aus nicht derart deutlich bemerkt hatte.

Die Menschen und ihr umgekipptes Gefährt wurden wie hilfloses Treibgut gegen eine einzelne, noch aus dem Wasser ragende Hauswand gepresst. Der alte Wedderkamp schlug mit dem Kopf gegen einen aus der Wand ragenden Eisenring und verletzte sich über dem Auge. Beryl hatte noch weniger Glück – sie wurde etwas weiter seitlich an der Mauer vorbei von den Fluten mitgerissen und verschwand mit einem Schrei aus dem Sichtfeld der anderen.

»Beryl!«, brüllte Timon, und er versuchte, ebenso wie Sharif vergeblich, sich von der Wand abzustoßen, um seiner Freundin hinterherzuschwimmen. Sie hatten keine Chance, die Strömung war zu stark und presste sie gnadenlos gegen das Mauerstück.

»Beryl«, rief Timon mit versagender Stimme. »Beryl.«

»Wir müssen aufs Boot und ihr damit hinterher«, krächzte der alte Wedderkamp, dem aus seiner Wunde Blut über das ganze Gesicht lief. Das Schlauchboot wurde kopfüber gegen die Wand gedrückt, aber immerhin hatten sie es rechtzeitig vor den Nägeln gerettet. Es gelang den fünf Männern, es wieder umzudrehen und hinaufzuklettern. Als sie sich schließlich von der Mauer befreit hatten und um sie herumfahren konnten, war es jedoch viel zu spät: Von Beryl Timmlein war keine Spur mehr zu sehen.

***

Um 6:44 Uhr nahm Leni Schwarz zunächst intensiven Zigarettengeruch in den Räumen des Polizeipräsidiums wahr. Sie sah von einem Fernschreiben des Wetteramtes auf – und da stand er plötzlich mitten im Raum: Polizeisenator Schmidt, wie so oft mit Zigarette in der Hand.

»Herr Schmidt!«, rief Leni in tiefer Erleichterung. »Sie sind schon zurück?«

»Bereits seit gestern Abend um elf, hat mich aber keiner angerufen. Erst vorhin um sechs hat mich der Regierungsdirektor aus dem Bett geklingelt. Hab mir gleich ein Blaulicht auf meinen Dienstwagen geklemmt und bin wie ein Verrückter hierhergefahren.« Er drehte sich zur Raummitte um.

»Guten Morgen, meine Dame, meine Herren. Danke für Ihr bisheriges Ausharren hier. Lagebericht?«, erkundigte sich der Hanseat, der eine fast militärische Autorität ausstrahlte.

Leni begann sofort mit einem detaillierten Rapport. »In Finkenwerder, Moorburg und Moorfleet ist das Wasser um kurz nach Mitternacht über die Deiche und hat sie von hinten ausgespült. Die Schutzwälle brachen dann im Minutentakt. Bis halb eins waren es bereits über fünfzig. Dasselbe in Wilhelmsburg, der Stadtteil ist vollgelaufen wie eine Badewanne – zwei, drei Meter hoch. Die Bewohner der Laubenkolonien am nördlichen Rand hatten keine Chance, die Wassermassen haben alles verschlungen. Die ganzen Behausungen aus provisorischem Baumaterial bieten nicht den geringsten Schutz. Da warten in den Häusern, auf Dächern und Bäumen immer noch Menschen auf Hilfe ...« Und dann ergänzte Schmidts Assistentin beklommen: »Die, die es da raufgeschafft haben. Und noch nicht erfroren sind ...«

Der Senator nickte ernst. »Wir müssen mit Hunderten – wenn nicht Tausenden – von Todesopfern rechnen.«

Die Anwesenden hatten dies zwar selbst schon befürchtet und teilweise von Einsatzkräften mitgeteilt bekommen, es jedoch von einer Instanz wie Polizeisenator Schmidt mit solcher Offenheit gesagt zu bekommen ließ sie alle in ihrer bisherigen Hektik betroffen erstarren. Hunderte von Familien, die liebe Menschen verloren hatten, Leben, die zum Teil völlig ohne Vorwarnung beendet worden waren.

»Kein Wunder! In den Kleingartengebieten wurden die Menschen höchstens durch vereinzelte Kollegen informiert – die meisten aber gar nicht«, berichtete Kasimir mit vor Schlafmangel roten und dunkel unterlaufenen Augen.

»Die Pläne der Behörden haben leider keine Evakuierung der Gebiete in Betracht gezogen, das wäre das einzig wirklich

Sinnvolle gewesen – so wie es in Cuxhaven durchgeführt wurde«, erzählte Leni ihrem Vorgesetzten resigniert. »Aber wie hätte das organisiert werden sollen? Die Leitstelle der Polizei war ja anfangs mit nur einem einzigen Beamten besetzt. Wichtige Amtsleiter, auch der Bausenator, alle sind zu Hause geblieben, selbst nachdem um halb eins der Ausnahmezustand verhängt worden war. Der Erste Bürgermeister ist zu allem Übel ja gerade in Kur. Eine zentrale Koordination des Rettungseinsatzes war hier nicht möglich.«

Ein Blick in Schmidts Gesicht bestätigte ihr, dass er ihren Ausführungen aufmerksam folgte. Sie fuhr fort: »In den Kraftwerken Wedel, Schulau, Harburg und Neuhof sind die Kabelschächte überflutet worden, seit etwa ein Uhr nachts herrscht in den betroffenen Gebieten totaler Strom-, Gas- und Telefonausfall. Die wenigen noch funktionierenden Telefonleitungen sind laufend blockiert – durch die ständig eingehenden Notrufe. Inzwischen unterstützen uns Amateurfunker. Aber in der Nacht haben unsere eigenen Kollegen und die von der Feuerwehr wegen des Telefonausfalls vollständig den Überblick über die tatsächliche Lage verloren.«

»Schwerer Seegang im Überflutungsgebiet und die ganzen Unterwasserhindernisse haben die Rettungsmaßnahmen zusätzlich erschwert«, fügte ein Kollege hinzu. »Durch den Bruch am Klütjenfelder Hauptdeich ist in Wilhelmsburg auch der Bahndamm unterspült worden und ein Zug entgleist. Inzwischen liegen sämtliche Eisenbahngleise in Richtung Süden mehrere Meter unter Wasser. Und die Autobahn auch.«

»Wie sind die Wasserstände jetzt?«, erkundigte sich Schmidt.

»Die Kollegen von der Davidwache haben kurz nach drei höchsten Stand durchgegeben: 5,73 Meter über Normalnull am Pegel St. Pauli – so viel wie nie zuvor in der Geschichte«, las Leni von einem Fernschreiben vor. »Zwanzig Minuten später ist das Wasser dann in U-Bahn-Schächte und den Elbtunnel eingedrungen. Auch der Rathausplatz in der Innenstadt ist seither geflutet.«

Helmut Schmidt furchte die Stirn und nickte. »Der Regierungsdirektor meinte, das Deutsche Hydrografische Institut hätte gern im Fernsehen gewarnt, aber der Sender wollte eine beliebte Fernsehserie nicht unterbrechen, die gestern Abend lief. Und bei der halbgaren Warnung in der Tagesschau um Viertel nach zehn haben die meisten dann schon geschlafen.«

»Die Behörden bei uns haben die Gefahr vollkommen verkannt.«, kam es frustriert von Leni. »An der Nordseeküste und im Gebiet an Weser und Ems wurde das viel besser organisiert, da haben die Ämter schon gestern die Krisenstäbe zusammengelegt – und rechtzeitig militärische und zivile Hilfsorganisationen eingesetzt. In den bedrohten Gebieten an der Küste dort und im Hinterland sind wohl Tausende von Soldaten vom Wehrbereichskommando I aus Kiel und II aus Hannover im Einsatz. Immerhin hat Polizeipräsident Buhl schon um ein Uhr dreißig in der Nacht bei der Bundeswehr um Helikopter für den Einsatz bei Tagesanbruch hier in Hamburg gebeten. Angeblich sollen gegen neun Uhr die ersten Hubschrauberstaffeln aus Bückeburg, Celle und Rheine eintreffen. Falls der Orkan nachlässt und sie starten können.«

Es war bereits seit sechs Jahren, also seit den Anfängen der Bundeswehr, bewährte Praxis, die Streitkräfte im Katastrophenfall zu Hilfe zu rufen, doch Leni hatte erfahren: »An der Nordsee wurden sogar die US-Streitkräfte und die Britische Rheinarmee in die Katastrophenabwehr mit eingebunden.«

Helmut Schmidt zog an seiner Zigarette und nickte. Er schien zu verstehen, worauf seine Assistentin hinauswollte.

»Höchste Zeit, dass wir das hier auch hinkriegen, was?«
Er griff zum Telefon.

***

Nachdem sie eine halbe Stunde vergeblich nach Beryl gesucht hatten, beschloss Feuerwehrmann Gidom mit klappernden Zähnen, dass sie vorerst aufgeben mussten. Jespers Auge war inzwischen vollständig zugeschwollen, sie alle waren in ihrer triefnassen Kleidung ganz durchgefroren, Krämer Jerrentrup hustete und schien zu fiebern. In seinem Tante-Emma-Laden, der zu einem wichtigen Sammelpunkt für Gerettete geworden war, sollte trockene Kleidung angelegt und dann weitergesucht werden. Sowohl Sharif als auch Jesper versuchten auf der Fahrt zum Haus des Krämers immer wieder, Timon Mut zuzusprechen. Dass Beryl ja an der Oberfläche getrieben und eine hervorragende Schwimmerin sei, und dass am Sportplatz, wo die Strömung hinfloss, Rettungskräfte warteten.

Vor dem Laden brachten fleißige Hände das Boot in Ordnung, während Manni und Rolf sich im Inneren umziehen gingen. »Für euch finden wir bestimmt auch etwas«, wandte sich die Frau des Krämers an Timon, Sharif und den alten Jesper Wedderkamp. »Kommt mit!«

Sie führte die drei in die Wohnung über dem Laden. Die Kleidungsstücke, die sie dort für sie von einem Ständer raussuchte, waren teils zu groß oder zu klein, außerdem sah alles auch historisch und eher etwas lächerlich aus. »Wir sollten hier eigentlich morgen zusammen mit unserem Friseur Leute für die Sportlermaskerade des TUS-Finkenwerder vorbereiten«, erklärte Jerrentrups Frau entschuldigend.

»Egal, wie wir aussehen, Hauptsache warm und trocken«,

336

sagte Sharif, und Jesper ergänzte trocken: »Wir wollten heute auf keinen Schönheitswettbewerb mehr.«

»Das geht mit deinem Auge auch kaum«, entgegnete die Krämersgattin besorgt. »Sieht wirklich schlimm aus. Das sollte sich möglichst schnell ein Arzt anschauen.«

Timon fand, dass Jesper in seinem Mönchskostüm tatsächlich aussah wie einem Gruselfilm entschlüpft. Er selbst wirkte allerdings in seinem Prinzengewand gewiss auch eher lächerlich.

Wiebke Jerrentrup schien seine Gedanken zu erraten. »Ich spül deine Uniform gleich aus und hänge sie zum Trocknen ans Feuer.«

Heißer Kaffee mit einem großen Schuss Rum, den sie ihnen wenig später reichte, wärmte das Innere der Männer wieder auf. Da es keinen Strom gab, wurden sämtliche Bücher und Zeitschriften aus dem Geschäft geopfert, um damit zu ermöglichen, das Haus warm zu halten und auf der Herdplatte zu kochen.

»Bücher kann man wieder neu kaufen«, meinte Wiebke Jerrentrup pragmatisch. »Menschen nicht.«

Als Timon, Sharif und Jesper mit trockener Kleidung und ihren Kaffeetassen bei den anderen Geretteten im Krämerladen ankamen, sahen sie durch die Scheibe zum Nachbarhaus. Dort machte der Briefträger sein Schlauchboot fest – gemeinsam mit zwei Freunden hatte er eine dreiköpfige Familie gerettet. Während die Frau unter Schock zu stehen schien und nur ihr weinendes Töchterchen an sich presste, aber kein Wort sagte, unterhielt sich der Mann mit dem Retter.

»Tapferer Jung«, kommentierte Frau Jerrentrup anerkennend. »Heute Nacht hat er zuerst seine Großeltern gerettet. Und seither ist er mit seinen Kumpels unermüdlich unterwegs, um die Menschen von den Dächern und aus dem Wasser zu holen. Da, schon geht es weiter.«

Der junge Postbote war zurück aus dem Haus und sprang zu seinen beiden Freunden ins Boot, das nun wieder fortfuhr.

»Seine Eltern können stolz auf ihn sein«, lobte die Krämerin. »Da soll mir noch mal einer über die jungen Leute schimpfen!«

Timon schämte sich, dass er mit Sharif hier im Trockenen und Warmen saß, statt seinerseits Leben zu retten – zumal Beryl vielleicht noch dort draußen trieb.

»Ich möchte mitkommen und euch helfen, Manni«, wandte er sich an den Feuerwehrmann und erhob sich. Der junge Soldat war zwar todmüde, aber Schlaf würde er jetzt vor Sorge um Beryl ohnehin nicht finden. Und durch die Rettungstour hatte er zumindest eine Chance, etwas über den Verbleib seiner Freundin zu erfahren.

»Nu mal langsam, Jung!«, riet der Krämer bedächtig. »Von mir aus komm mit. Aber wir müssen uns einmal ordentlich aufwärmen – wenn wir kollabieren, können wir niemandem mehr helfen.«

Ungeduldig setzte sich Timon wieder und trommelte mit den Fingern auf den Tisch. Allein konnte er nichts ausrichten – er hatte ja kein Boot. Und jede Minute, die sie hier herumsaßen, konnte jemanden da draußen das Leben kosten – konnte Beryl das Leben kosten. Doch die anderen hatten offenbar ebenfalls kein Interesse daran herumzubummeln: Nur wenige Minuten später waren auch Manni und Rolf aufbruchbereit. Sie machten sich gerade auf den Weg zur Tür, als der Kaufmann plötzlich zusammensackte.

»Das reicht jetzt, du musst dich endlich hinlegen«, wies seine Frau den Fiebernden streng an. »In dem Zustand nützt du doch auch niemandem, wenn ich dich an deine eigenen Worte erinnern darf.«

»Ich möchte wirklich helfen«, wandte sich Timon erneut an Manni Gidom.

Der Feuerwehrmann nickte. »Ein paar starke Hände kann ich wohl brauchen.«

»Ich bin auch stark«, mischte sich da Sharif ein, dessen Räuberkostüm seinen Worten Nachdruck verlieh. »Ich war mal Hafenarbeiter. Und Timon und ich sind ein verspieltes Team.«

»Ein eingespieltes Team meinst du wohl«, erwiderte Manni lachend. »Na, dann kommt mal mit, ihr beiden.«

Den alten Jesper plagten starke Kopfschmerzen, daher blieb er bei der Abfahrt des Bootes vor dem Krämerladen stehen und winkte den jungen Männern zum Abschied.

»Du wirst sie finden«, rief er Timon hinterher. »Beryl lebt, dat weiß ich.«

37

Helmut Schmidt hatte die völlig übermüdete Leni, Kasimir und einige andere Kollegen nach Hause geschickt und durch ausgeschlafenere ersetzt. »Ihr ruht euch jetzt aus«, hatte der Polizeisenator bestimmt.

Die Rettungsaktion lief dank seiner Autorität nun derart koordiniert ab, dass Leni es für verantwortbar hielt, tatsächlich der Anweisung ihres Vorgesetzten nachzukommen und sich von Kasimir nach Hause bringen zu lassen. Ihr Bett schien hörbar nach ihr zu rufen. Da Helmut Schmidt zuvor als Bundestagsabgeordneter mit Verteidigungsangelegenheiten befasst gewesen war und die meisten Kommandierenden des westlichen Verteidigungsbündnisses NATO persönlich kannte, war es ihm tatsächlich gelungen, deren Streitkräfte – insbesondere Pioniertruppen mit Sturmbooten – anzufordern. Hinzu kamen Hubschrauber der Royal Air Force. Sie alle sollten schnellstmöglich die Bundeswehr und die zivilen Helfer des Deutschen Roten Kreuzes, des Technischen Hilfswerkes und der Feuerwehren unterstützen.

»Hoffentlich können die Helikopter bei dem Sturm überhaupt starten«, meinte Kasimir besorgt, während er seinen Wagen in Richtung Elbchaussee lenkte.

»Helmut hat schon einen Rückruf aus Bückeburg erhalten«, hatte Leni vorhin noch im Gehen mitbekommen. »Die Kameraden haben sich trotz der Gefahr dafür entschieden loszufliegen.«

»Tolle Jungs«, sagte der junge Polizist anerkennend. »Ich sollte jetzt auch auf meinen freien Tag pfeifen und den Kollegen auf Streife helfen.«

»Nein, du solltest auf Schmidt hören und schlafen«, entgegnete Leni streng. »So todmüde wie du bist, nutzt du denen wirklich nichts. Deine Dachkammer bei uns ist noch immer frei, dann musst du nicht mehr so weit fahren.«

Sein Magen knurrte hörbar.

»Und Elfie wird dir bestimmt ein Frühstück machen.«

Wie sehr sehnte sie sich nach dieser hektischen Nacht mit den vielen Hiobsbotschaften nach der friedlichen Geborgenheit ihrer Villa auf dem sicheren Elbhang.

Majestätisch wie eh und je ragte das Elbschlösschen vor ihnen in den trüben Morgenhimmel, Orkan Vincinette hatte ihm offenbar nichts anhaben können. Auf dem Weg zur Küche trafen Leni und ihr Stiefbruder in der Halle auf Sofie, die aus dem Gästezimmer kam.

»Guten Morgen, alles in Ordnung mit dir?«, erkundigte sich Leni, der sofort auffiel, wie erschöpft und zerzaust Sofie aussah.

»Guten Morgen, ihr beiden. Es ist wahnsinnig viel passiert letzte Nacht. Stella lief spätabends zur Strandhütte runter, wollte ihre Bildergeschichten retten – und ist prompt ins Wasser gefallen. Burkhard hat sie rausgezogen und mir auf den Bootssteg hochgereicht, ist dann aber selbst abgetrieben worden.«

Leni begann augenblicklich zu zittern. Stella! Ihr armes Kind! Sie hatte sie in der Villa in Sicherheit gewähnt! Und nun war sie nicht bei ihr gewesen, als sie in Lebensgefahr geraten war. Sie fühlte sich, als habe sie ihre Kleine im Stich gelassen.

»Wo ist sie jetzt?«, stieß sie mit versagender Stimme hervor.

»Keine Angst, es geht ihr gut«, beruhigte Sofie sie. »Sie schläft friedlich vor dem Kamin in der Bibliothek. Moshe ist bei ihr. Als sie vorhin kurz aufgewacht ist, hatte sie zum Glück alles vergessen, was sie am Ufer erlebt hat. Das Einzige, woran sie sich erinnert, ist, dass ihre Oma Anna ihr gestern Nacht noch was versprochen hat.«

»Was denn?«, fragte Leni und legte ihre Hand auf den Türgriff der Bibliothek.

Sofie lächelte. »Dass Anna ihr all die verlorenen Petzi-Streifen als Bilderbuch neu kauft – diesmal sogar in Farbe.«

Als Leni in das Zimmer mit der stattlichen Büchersammlung blickte, war sie erleichtert. Da schlummerte Stella mit drei Stofftieren und ihrem Vater auf einem gemütlichen Matratzenlager vor dem glimmenden Kamin. Mit vor Schreck noch ganz weichen Knien küsste Leni das Mädchen sanft auf die Stirn, die zu ihrer Beruhigung nicht heiß war. Dann verließ sie den Raum wieder – möglichst leise, um Vater und Tochter nicht zu wecken.

»Ist Burkhard noch da?«, erkundigte sich Leni mit gesenkter Stimme. »Ich will mich bei ihm bedanken.«

Ihr Onkel war ihr verhasst gewesen, seit der ersten Begegnung, als er sie und ihren Vater beleidigt hatte. Doch nun hatte er offenbar sein Leben riskiert, ihr Nesthäkchen zu retten. Und das würde sie ihm nie vergessen!

Sofie schüttelte mit Grabesmiene den Kopf. »Burkhard wurde von einer Wand der Hütte getroffen und vom Steg losgerissen. Moshe, Max und José haben ihn schließlich gefunden. Ertrunken.«

Leni atmete erschrocken aus. Der Bruder ihrer Mutter hatte sein Leben für ihre kleine Stella gegeben. Dass er nun tot sein sollte … er hatte immer so stark und unbezwingbar gewirkt.

»Seine Leiche liegt bei Brögers unter einer Bootsplane«,

berichtete Sofie. »Bestatter Sturzenbecher kann frühestens um zehn Uhr dort sein.« Beklommen fügte sie hinzu: »Er kommt zurzeit gar nicht mehr hinterher vor lauter Arbeit.«

Leni und Kasimir nickten betreten. Die Befürchtung ihres Vorgesetzten, dass es viele Tote geben würde, schien sich allenthalben zu erfüllen.

»Ich dachte mir, dass sich vielleicht auch die Polizei Burkhard noch mal anschauen sollte«, sagte Sofie.

Kasimir nickte. »Ja, klar, ich kann das aufnehmen«.

»Ich begleite dich«, bot Leni an, die sich zumindest im Geiste bei ihrem Onkel bedanken wollte.

»Ich bringe euch zu der Stelle«, schlug Sofie vor. »Max und José haben sich auch schon hingelegt. War eine aufregende Nacht, Elfie hat ihr Kind bekommen. Ein gesunder kleiner Hinnerk.«

»Oh, wie schön«, erwiderte Leni. »Dann ist heute ja wenigstens eine gute Sache passiert.«

»Ja, ich wünschte bloß, mein nächstes Enkelkind kommt nicht wieder während einer Katastrophe zur Welt«, resümierte Sofie erschöpft.

Das Grundstück der Nachbarsfamilie Bröger grenzte elbabwärts an das der Nielands. Man kannte sich seit Jahrzehnten, daher war außer ein paar Hecken keine Abtrennung vorhanden. Man konnte problemlos hinüber, falls einmal ein Ball der Kinder versehentlich dorthin gekickt worden war. Oder – wie jetzt erstmals der Fall – ein ertrunkenes Familienmitglied angespült worden war.

»José hat Burkhards Leiche dort unter dem Steg eingeklemmt gefunden«, berichtete Sofie, als sie die ebenfalls größtenteils überschwemmte Anlegestelle der Brögers erreicht hatten. »Die Männer haben ihn zusammen aus dem Wasser gezogen, aber es kam wohl jede Hilfe zu spät.«

Neben einem Ruderboot, das auf dem Fuß des Hanges außer Reichweite der Elbe in Sicherheit gebracht worden war, lag Burkhards Körper, von einer Plane umwickelt.

Kasimir entfernte einen Teil der Bootsdecke, und Sofie sah nun das bleiche, weiß-violett schimmernde Gesicht ihres einstigen Verlobten, dem Vater ihrer ersten Tochter Hilde.

Es hatte einen verbissenen Ausdruck, die Augen waren geschlossen. An der Stirn war das festgeklebte Blut einer Platzwunde zu sehen.

»Mann, siebzig Jahre alt, Totenstarre bereits eingesetzt, Totenflecken vorhanden, aber noch nicht fixiert«, begann Kasimir nun vor sich hin zu sprechen und sich Notizen in einen Block zu machen. Dann hakte er bei Sofie nach: »Du sagst, er ist bei euch gegen den Steg gestoßen worden? Kann die Wunde hier von dem Aufprall kommen?«

»Nein, das Teil der Hütte hat ihn am Kinn getroffen, und er ist dann mit dem Hinterkopf gegen den Pfahl gestoßen«, widersprach Sofie.

Kasimir drehte die Leiche ein wenig. »Auf den ersten Blick sehe ich hinten keine Verletzung.«

»Das kann sein, das Schlimme war aber eben, dass ihn der Aufprall vom Steg weggerissen hat«, erklärte Sofie.

»An der Stirn kann er natürlich auch unterwegs hierher von etwas anderem verletzt worden sein – oder es war, als er hier gegen den Steg der Brögers getrieben wurde. Vielleicht sogar post mortem, nachdem er schon ertrunken war.«

Sofie erschauderte. In welcher Panik sich Burkhard in seinen letzten Momenten befunden haben musste. Das rettende Ufer so nah – und der Gewalt des Flusses und dessen Strömung doch so hilflos ausgeliefert.

***

Was Timon auf der Fahrt mit dem Schlauchboot über die überschwemmte Insel Waltershof sah, raubte ihm die Hoffnung, dass seine Freundin in den rasenden Fluten überlebt haben konnte. Rinderleiber ragten aus dem Wasser, unter ihnen waren mehrere menschliche Leichen eingeklemmt. Immerhin – die Toten trugen alle Hosen, es schien keine Frau dabei zu sein.

Durch all die umhertreibenden Möbel, Geschirrstücke, Äste, entwurzelten Bäume und toten Rinder fuhren Manni, Timon und Sharif schließlich in ein Gebiet in der Nähe des Sportplatzes, welches der Feuerwehrmann laut eigenen Angaben noch nicht abgesucht hatte. Sie steuerten ein kleines, einsam stehendes Haus an, das bis knapp unter dem Erdgeschossfenster unter Wasser stand.

»Vorsicht!«, warnte Sharif den Feuerwehrmann. »Da vorne an der Hauswand ist ein Brett mit vielen Nägeln!«

Timon nahm ein Paddel und schob das Holzstück vom Boot weg.

»Hallo?«, rief er dann zum Haus hin. »Noch jemand da?«

Als er glaubte, kaum wahrnehmbar den Hilfeschrei einer Frau zu hören, war er sofort in heller Aufregung. Beryl?

»Da ist jemand drin«, wandte er sich aufgeregt an Gidom.

»Ich höre es, mein Junge, ich höre es«, sagte der milde lächelnd. Er brachte das Boot vor dem Haus zum Stehen.

»Hallo?«, rief Timon, so laut er konnte. Da wurde ein Dachfenster geöffnet.

»Wir sind hier oben«, rief schwach eine Frauenstimme, und man sah eine bleiche Hand winken.

Nun hörten sie von oben auch einen Säugling schreien. Timon versuchte vergeblich, an der angelehnten Haustür zu rütteln, durch die das ganze untere Stockwerk vollgelaufen sein musste. Es waren zu viele Gegenstände dagegengetrieben worden, die sie nun festkeilten.

Derweil hatte sich Sharif zum Fenster im Erdgeschoss hochgezogen. Er schlug mit dem Ellenbogen die Scheibe ein. Ohne Rücksicht auf etwaige Schnittwunden entfernte er so viele spitze Scherben, dass er hineingreifen konnte, um das Fenster zu öffnen. Dann kletterte er in das Gebäude. Timon folgte ihm und sah, dass Sharifs Räuberkostüm völlig durchnässt war, da hier in der Küche des Hauses das Wasser in Hüfthöhe stand. Timon ließ sich seinerseits vom Fensterbrett in die braune Brühe gleiten und watete hinter seinem Freund aus der Küche bis zur Treppe nach oben. Unterm Dach fanden sie eine sehr junge Frau mit einem weinenden Säugling auf den Armen. Timon spürte, wie ihm augenblicklich das Blut ins Gesicht schoss: Es handelte sich um die Schöne, die damals bei seiner Musterung dabeigesessen hatte! Es schien sein Schicksal zu sein, sich vor der jungen Dame lächerlich zu machen: Diesmal stand er als triefnasser Faschingsprinz vor ihr! Zum Glück erkannte sie ihn offenbar nicht. Da er bisher nur stumm gestarrt hatte, übernahm sein Freund die Begrüßung: »Guten Morgen, ich bin Sharif Dabbagh, und wir sind hier, um Sie zu retten. Das ist mein Freund Timon Schwarz.«

»Gott sei Dank«, schniefte die kreidebleiche Frau. »Mein kleines Sabinchen ist schon ganz kalt.«

Ihrem Zähneklappern und den blauen Lippen nach zu urteilen, war die junge Mutter jedoch selbst dem Erfrieren nah.

»Wie heißen Sie denn?«, fragte Timon.

»Marlies Schlottmann«, antwortete sie.

»Frau Schlottmann, ich nehme Sie jetzt Lumpenpack«, erklärte Sharif, woraufhin sie trotz der Gefahrensituation schmunzeln musste und Timon ihn hastig korrigierte: »Er meint Huckepack. Wenn Sie erlauben, nehme ich Ihre kleine Sabine.«

Mit geschicktem Griff nahm er der Frau das Kind ab; er wusste ja wegen seiner kleinen Schwester noch, wie man einen Säugling hielt, und begann sofort das Schlaflied *La Le Lu* zu summen. Etwas Seltsames geschah: Wie Stella früher wurde das Baby auf seinem Arm sofort ruhig.

»Die Kleine scheint Sie zu mögen«, kommentierte Marlies.

An der Wassergrenze im Erdgeschoss schulterte Sharif die junge Frau und watete mit ihr auf dem Rücken durchs Wasser in Richtung Küche. Timon folgte ihnen mit dem nunmehr schlafenden Baby auf dem Arm.

Am offenen Küchenfenster setzte der Mann aus Agadir die junge Frau ab. Geschickt kletterte sie hinaus und ließ sich zu Manni ins Boot gleiten. Als Nächstes reichte ihr Timon die Kleine hinunter. Kaum war das Kind in den Armen seiner Mutter in scheinbarer Sicherheit, hörte er neben sich einen entsetzten Schrei Sharifs. Nun sahen auch die anderen, was der Marokkaner als Erster erblickt hatte: Ein VW trieb mit erschreckender Geschwindigkeit direkt auf das Schlauchboot zu. Manni Gidom schickte sich zwar an, den Motor zu starten, doch die Zeit würde nicht mehr reichen, das war klar. Beherzt sprang Sharif vom Fenster ins Wasser und schwamm dem Fahrzeug entgegen. Er konnte es natürlich aus eigener Kraft nicht umlenken, aber es gelang ihm, den Rücken an der Stoßstange und mit ausgestreckten Beinen, für kurze Zeit selbst als Puffer zwischen Automobil und dem Boot mit Feuerwehrmann, Frau und Kind zu dienen. So konnte er das Gefährt dann mit den Füßen seitlich wegschieben, bevor die Strömung den tonnenschweren VW vollends an die Hauswand trieb. Sharif wollte sich weiter mit dem Rücken an der Motorhaube hochschieben, doch er war nicht schnell genug: Als das Automobil nun gegen die Wand stieß, wurde sein linkes Fußgelenk unter Wasser von der Stoßstange eingeklemmt. Zu allem Übel war das vermaledeite Brett mit den Nägeln dazwischengeraten, von denen sich nun einige in das Schienbein des jungen Marokkaners bohrten. Er schrie vor Schmerz auf.

Vergeblich versuchte er, mit dem freien Fuß das Automobil, auf dessen abschüssiger Motorhaube er immer noch rücklings lag, von der Hauswand wegzustoßen und endlich loszukommen. Timon sprang ins eisige Wasser und half, das Fahrzeug seitlich zu drehen. Schließlich zog Sharif das befreite Bein hoch, fluchte aber, weil er sich dabei wohl erneut an den Nägeln geschnitten hatte. Er ließ sich von der Motorhaube in die schmutzige Brühe gleiten. Manni lenkte rasch das Boot zu ihm. Timon half vom Wasser aus, den verletzten Marokkaner an Bord zu schieben. Als Letzter zog er sich dann selbst in das schwankende Wasserfahrzeug.

Dort übernahm zu seinem Erstaunen sofort Marlies das Kommando. »Er muss umgehend ins Trockene«, wies sie den Feuerwehrmann an, ihre eigene Unterkühlung scheinbar völlig vergessend. Sie drückte dem überrumpelten Timon ein weiteres Mal ihr Baby in die Arme, begann, Sharif den linken Schuh auszuziehen, und wandte sich an Manni: »Haben Sie ein Messer?«

Hatte er. Sie schnitt auf beiden Beinen den Stoff von Sharifs Kostüm bis zum Knie auf. So legte sie all die teilweise stark blutenden Schnitt- und Stichwunden des Marokkaners offen.

»Boah, Sharif, du Armer, das sieht ja übel aus«, kommentierte Timon mit klappernden Zähnen und versuchte das Baby so zu halten, dass es nicht von seinem triefnassen Prinzenkostüm berührt wurde.

Die junge Mutter ließ sich vom Feuerwehrmann Erste-Hilfe-Materialien aus dessen Tasche geben und begann Druckverbände anzulegen.

»Wieso können Sie das?«, fragte Sharif bewundernd.

»Bevor mich Sabinchen überrascht hat, war ich mitten in meiner Ausbildung zur Arzthelferin«, erzählte Marlies. »Die Wunden müssen sofort desinfiziert und behandelt werden. Wir könnten versuchen, uns zum alten Doktor Hansen in Finkenwerder durchzukämpfen, da ist eine Apotheke direkt daneben. Er kann sich dann auch meine Kleine mal anschauen, ob mit ihr alles in Ordnung ist.«

»Wenn Sie mich lotsen, junges Fräulein, dann machen wir das«, meinte Manni Gidom. »Aber vorher fahren wir kurz beim Krämer vorbei, damit ihr alle drei warme und trockene Sachen bekommt.«

Timon war froh, im Krämerladen die nasse – und etwas lächerliche – Faschingskleidung loszuwerden und seine Uniform wieder anziehen zu können, die nur noch etwas klamm war. Sharif erhielt einen Handwerker-Overall von einem benachbarten Automechaniker. Marlies Schlottmann bekam von der Krämerin zu einem trockenen Prinzessinnenkleid deren besten Wintermantel zur Verfügung gestellt.

»Den alten Jesper nehmt man auch gleich mit zum Doktor«, riet Wiebke Jerrentrup. »Sein Auge sieht immer schlimmer aus. Und guckt euch mal seine Hände an, das hat er bisher verschwiegen.«

Timon und Sharif sahen nun, dass Wedderkamps Hände in Folge der Bemühungen, durch das Dach seiner Laube zu kommen, geschwollen und teilweise aufgeplatzt waren.

»Ach, das ist doch nichts«, winkte der alte Seefahrer ab.

»Du kommst mit zum Arzt!«, sagte Sharif streng. »Ich brauch dich noch.«

»Wozu denn? Zum Vermieten hab ich ja nichts mehr«, erwiderte Jesper bitter.

»Wir finden schon eine Lösung«, war Sharif überzeugt. »Wenn wir beide wieder auf dem Damm sind.«

»Und die Dämme noch da sind«, ergänzte Marlies sarkastisch.

»Weiß der Vater Bescheid, dass es Ihnen und der Kleinen gut geht?«, erkundigte sich Timon, nachdem sie wieder mit Mannis THW-Boot gestartet waren.

»Das würde ihn wohl herzlich wenig interessieren«, entgegnete Marlies abfällig. »Der hat uns kurz vor der Geburt sitzen lassen und ist wieder zur See gefahren.«

»Er hat keine Ehre«, meinte Sharif, der zu Timons Beunruhigung ganz glasige Augen hatte und trotz des warmen alten Militärmantels, den er über dem Overall trug, zitterte wie Espenlaub.

»Nein, der hat wirklich nichts, was man auch nur ansatzweise Ehre nennen könnte«, stimmte die junge Mutter zu.

»Wohnen Sie denn ganz allein in dem Haus?«, wunderte sich Timon.

Marlies nickte. »Leider ja. Mein Großvater kam vor einem Jahr ins Altersheim Elisabeth, seine Beine spielten nicht mehr richtig mit.«

»Und Ihre Eltern?«, hakte Sharif nach.

»Mein Vater wurde noch ganz kurz nach Kriegsende auf dem Heimweg von seiner Kaserne in einem Wald ermordet – von den Werwölfen.«

»Von Wölfen?«, versicherte Sharif sich betroffen.

»Nein«, erklärte Timon. »Die Organisation Werwolf war eine Untergrundbewegung der Nazis. Die haben noch gemordet, als der Krieg längst verloren war.« Isabel hatte Timon dazu einmal einen Artikel aus dem *Spiegel* vorgelesen.

»Meine Mutter starb dann leider wenig später bei meiner Geburt, deshalb bin ich bei meinem Großvater aufgewachsen«, schloss Marlies die Erzählung ihres traurigen Familienschicksals. Sharif sah sie voller Mitleid an.

Während der weiteren Fahrt, die sie auch durch einen völlig zerstörten Deich führte, fiel der Marokkaner in einen unruhigen Schlaf. Timon fühlte die Stirn des Freundes und stellte beunruhigt fest, dass sie ganz heiß war. Er hörte, wie Sharif im Fieberwahn von Agadir murmelte. Da er sich von ihm einmal ein wenig von dessen Heimatsprache hatte beibringen lassen, erkannte der Soldat die arabischen Worte für »Zuhause« und »Mutter«. Timons Sorge um Sharif wuchs, und er hoffte, dass der alte Dr. Hansen noch in seinem Haus war – und überlebt hatte.

38

In der Apotheke von Finkenwerder hatten sich viele Menschen eingefunden, deren Häuser überflutet oder zerstört worden waren. Trina Witts Hühnern und dem Ferkel diente der Dachboden dank etwas Stroh vom Nachbarn als provisorischer Stall. Zwei weitere Schweine eines Gestrandeten waren noch hinzugekommen.

Es gab laut den Rettern noch mehr spontan eröffnete Notunterkünfte in Finkenwerder: So hatte der dortige Personalchef Pingel auch das Ortsamt für obdachlos gewordene Bürger freigegeben, außerdem waren die vom Wasser verschonte Schule Ostfrieslandstraße und die Gorch-Fock-Halle für denselben Zweck geöffnet worden.

Isabel war gerade in der Küche mit der Apothekerin damit beschäftigt, Kaffee für die frierenden und hungrigen Gestrandeten zuzubereiten. Die junge Journalistin war ein wenig in Sorge um ihren Kollegen Alex Jensen, der laut seiner Vermieterin noch einmal in die Sturmnacht hinausgegangen war, um bei Nachbarn zu klopfen, von denen sie noch nichts gehört hatten.

»Wer will, soll einen Schuss Rum reinkriegen«, schlug Alex' Vermieterin Waltraud Moelkner vor. Unter den Gestrandeten, denen Isabel nun das frisch aufgebrühte Getränk servierte, war auch Fräulein Queck, die Hausdame der Villa Nieland. Ausgerechnet an ihrem freien Tag hatte die Flut in Finkenwerder zugeschlagen und sie aus ihrer geliebten Wohnung vertrieben. Den widrigen Umständen zum Trotz war sie wie immer bestens gepflegt und trug adrette Kleidung. Die Stimmung unter den Versammelten schwankte zwischen einem Gefühl von Geborgenheit und der Trauer um das verlorene Hab und Gut – sowie um jene, die es nicht geschafft hatten.

»Der alte Andreas ist tot und Herr Schütz am Norderkirchenweg auch«, berichtete Fräulein Queck ihren Nachbarn.

»Es hat auch einen jungen Kollegen erwischt, den Adalbert Fischer«, ergänzte ein Feuerwehrmann niedergeschlagen.

Dr. Hansen humpelte trotz seines verstauchten Fußes zwischen jenen hin und her, die verletzt hier angekommen waren, und versorgte sie mit dem, was er in der Apotheke an Verbandsmaterial, Desinfektionsmittel und Antibiotika finden konnte.

Da kam Alex Jensen mit einem zerzausten kleinen Jungen an der Hand und einem Huhn unterm Arm herein. »Schauen Sie mal, Frau Sellin, wen ich gefunden habe«, rief er der schon völlig verzweifelten Mutter zu, die in einer Ecke der Apotheke kauerte. »Michael!«, rief die Frau außer sich vor Freude und schloss ihren Sohn in die Arme.

»Der Kleine war gerade ganz tapfer dabei, dieses Huhn zu retten«, erklärte Alex. »Es ist auf einem Brett über Ihren Hof geschippert, und Michael wollte es rausziehen, bevor es absäuft«, berichtete er Trina Witt.

»Das ist ja Nummer sechs«, erkannte sie. Die Bäuerin freute sich über das Wiedersehen mit dem Federvieh fast so wie Frau Sellin über ihren Sohn. Sie nahm dem jungen Journalisten das Huhn ab. »Komm, ich bring dich hoch zu den anderen.«

Da erst bemerkte Alex seine schöne Kollegin und strahlte sie an. »Isabel, ihr seid zurück!«, stellte er fest und klang so erleichtert wie sie ihrerseits war, ihn zu sehen.

»Möchtest du auch einen Kaffee?«, bot Isabel mit einem etwas verlegenen Lächeln an.

»Au ja«, sagte er und nahm ihr eine der Tassen von ihrem Tablett ab.

»Mit Schuss?«, fragte sie.

Er schüttelte den Kopf. »Danke, aber das geht sicher noch eine Weile so weiter, da behält man besser einen klaren Kopf.«

In dem Moment fiel Isabels Blick aus dem Küchenfenster, und sie seufzte erfreut: Auf einem Schlauchboot mit einem Feuerwehrmann, einem Weißbärtigen und einer hübschen jungen Frau mit Baby auf dem Arm saß ihr Großcousin! Sie eilte aus dem Apothekengebäude zur Eingangstreppe. »Timon!«, rief sie laut.

Er erkannte sie verblüfft, und ihm gelang ein Lächeln. Erst jetzt entdeckte sie die vierte Person an Bord: Sharif lag leblos da, sein Kopf ruhte auf dem Schoß des Soldaten.

Der Feuerwehrmann machte das Boot am Treppengeländer fest, und Isabel wandte sich an die junge Frau, die unter ihrem schicken Mantel ein Prinzessinnenkostüm und Gummistiefel trug: »Sie können mir Ihr Kind geben fürs Rausklettern.«

Timon gelang es indes, Sharif zu wecken und ihm aufzuhelfen. Aus dem Boot schaffte es der Marokkaner aus eigener Kraft. Dem alten Wedderkamp halfen Timon und der herbeigeeilte Alex beim Aussteigen. Während der Säugling und die beiden Verletzten in Waltraud Moelkners Apotheke von Doktor Hansen untersucht wurden, wandte sich Isabel an ihren Großcousin. »War Beryl nicht bei euch?«

»Unser Boot ist auf Waltershof gekentert, und sie wurde abgetrieben«, sagte Timon mit belegter Stimme. »Wir konnten sie nirgends finden.«

»Gib die Hoffnung nicht auf!«, versuchte Isabel, ihn zu ermutigen. »Der Sohn des Fliesenlegers und seine beiden

Kumpel haben schon viele gefunden, die sich irgendwo aus dem Wasser retten konnten und dann dort auf Hilfe gewartet haben.«

Das Geräusch eines Hubschraubers war so laut geworden, dass man den Eindruck hatte, er kreise direkt über der Apotheke. »Die Kameraden landen gleich hier auf dem Fußballplatz«, stellte Timon beim Blick aus der Schaufensterscheibe fest.

»Die fliegenden Engel!«, rief Apothekerin Moelkner erleichtert.

Timon stürzte aus dem Gebäude, gefolgt von Isabel und Alex.

Drei Soldaten verließen nach der Landung den Bundeswehrhelikopter – und Timon glaubte seinen Augen nicht zu trauen.

»Ewald!«, rief er, und der schlaksige Soldat strahlte seinen Kameraden freudig überrascht an.

»Mensch, Timon, ich dachte, du bist Geburtstag feiern«, meinte er, als sie sich umarmt und auf die Schultern geklopft hatten.

»Gab eine stürmische Unterbrechung«, entgegnete Timon freudlos. »Dass ihr überhaupt herkommen durftet von Bückeburg …«

»Sie haben es uns freigestellt, trotz des Flugverbots zu starten«, erzählte Ewald. »Und wenn man die Chance hat, Menschenleben zu retten … Wir haben schon acht Leute rausgefischt und zum Jenischpark rübergeflogen. Den hat der Polizeisenator zum Notflughafen erklärt. Auf dem Rückweg in die Flutgebiete bringen wir dann immer Versorgungsgüter mit.«

»Nicht zufällig auch Typhus-Impfstoff?«, erkundigte sich Frau Moelkner, die nun ebenfalls herangeeilt war. »Verschmutztes Wasser ist in die Rohrnetze eingedrungen. Überall sind Tierkadaver und Ratten. Doktor Hansen muss die Leute dringend impfen. Aber mein Vorrat ist längst aufgebraucht.«

»Bringen wir mit der nächsten Lieferung«, versprach Ewalds älterer Kamerad. »Rattengift hätten wir im Angebot. Und Trinkwasser, Brot, Butter, Kartoffeln ...«

Ewald ergänzte: »Zigaretten, Kerzen, Viehfutter – und Milch, Windeln und Babynahrung.«

»Braucht ihr Hilfe?«, erkundigte sich Timon pflichtbewusst. Er fühlte sich nutzlos angesichts so vieler Menschen in Not.

»Hm, du könntest Frieder hier ersetzen«, deutete Ewald auf einen sehr jungen Kameraden. »Der ist sowieso schon viel zu lang auf den Beinen. Wir würden ihn dann im Jenischpark absetzen.«

Der Sohn des Fliesenlegers kam von seinem Schlauchboot hergeeilt.

»Hallo, Jungs, könnt ihr eine Frau drüben am Friedhof vom Dach der Aussegnungshalle holen? So eine schokoladenbraune Schönheit im Nachthemd. Sie kommt da nicht mehr runter.«

Timon fuhr hoch. So viele dunkelhäutige Frauen gab es hier in der Gegend ja nicht! »Das ist Beryl!«, rief er voller Hoffnung. »Lass uns starten, Ewald!«

Wenig später saß Timon mit den beiden anderen Soldaten im Bundeswehrhubschrauber, den Ewald über das Krisengebiet flog. Immer noch musste der junge Pilot dabei die zum Teil heimtückischen Böen des Orkans Vincinette ausgleichen, und die Insassen des Helikopters wurden kräftig durchgerüttelt. Von oben erschrak Timon über das Ausmaß der Katastrophe: Die Elbe hatte sich zu einem riesigen See ausgedehnt, bis zum Horizont war nahezu alles unter Wasser. Autos und tote Tiere, Hütten und Möbel trieben umher, so weit das Auge reichte. Im Gebiet des Friedhofs von Finkenwerder, den sie nun ansteuerten, hatte die Flut Gräber ausgespült, einige Särge dümpelten dahin. Und dann erblickte er sie: Eine von oben winzig wirkende Gestalt im Nachthemd – den Mantel musste Beryl im Wasser verloren haben – kauerte auf dem Dach der Aussegnungshalle. »Wir haben keinen Rettungskorb«, rief einer der Kameraden, »wir ziehen die Leute von den Kufen aus an Bord.«

Es wurde eine waghalsige Aktion, bei der Ewald mit den Rotorblättern um ein Haar das Dach der Aussegnungshalle berührt hätte. Als Timon nahe genug an die Frau herangekommen war, um den Arm nach ihr auszustrecken, konnte er endlich ihr Gesicht erkennen – und erschrak. Das war nicht Beryl! Es war eine der beiden dunkelhäutigen Zwillingsschwestern, die er von der Bar des *Star Clubs* her kannte. Doch er konnte seiner Enttäuschung jetzt keinen freien Lauf lassen, für die Frau auf dem Dach unter ihm ging es schließlich um Leben und Tod!

»Nimm meinen Arm!«, rief er, und die Frau klammerte sich an ihn. Wenig später lagen sie beide auf dem Boden des Helikopters, erschöpft, aber sicher.

»Hier«, rief Timons Kamerad. »Legen Sie sich die Decke um. Sie können sich darunter umziehen. Dieser Overall wird zu groß sein, aber er ist trocken.«

»Danke«, rief die durchgefrorene Frau schluchzend und fiel zunächst Timon um den Hals.

»Bist du Liz?«, fragte er.

Sie sah ihn fragend an, dann gelang ihr ein Lächeln. »Genau, ich bin Liz, und dich kenn ich aus dem *Star Club*, stimmt's?«, erkannte sie.

Timon nickte. Er konnte die Wiedersehensfreude der Geretteten leider nicht teilen. Er wusste, dass die Chance, Beryl noch lebend zu finden, nun gegen null ging.

***

Isabel und Alex bastelten im Auftrag von Apothekerin Moelkner in deren Wohnzimmer zwei Schilder, die zum Einsatz kommen sollten, sobald der Bundeswehrhubschrauber den Typhus-Impfstoff gebracht hatte.

»Fahrendes Postamt neben der Feuerwehr« und »Säuglingsmilch und Windeln bei Dr. Hansen« stand auf dem Anschlag, den Alex vorbereitete, und Isabel schrieb auf ihr Plakat:

»Typhusimpfung bei Dr. Hansen.

Ausgeschlossen: Herzkranke, Leberkranke, Nierenkranke. Nach der Impfung 2 Tage Alkoholverbot«.

»Das sind Anschläge wie zu Kriegszeiten!«, erinnerte sich der alte Seemann Jesper, dessen Auge und Hände inzwischen von Dr. Hansen verbunden worden waren. Er war vom offenen Kamin zu ihnen hinübergehumpelt, nachdem sich dort Sharif so angeregt mit Marlies Schlottmann unterhielt, dass der Alte sich offenbar fühlte wie das fünfte Rad am Wagen.

»Ja, an diese Zeiten will man besser gar nicht mehr denken«, kommentierte Trina Witt von einem Sofa aus. Sie deutete auf den freien Platz neben sich. »Möchten Sie sich nicht setzen? Ich glaube, bei den beiden jungen Turteltauben am Kamin stören Sie bloß.«

Der alte Jesper ließ sein raues Lachen erschallen. »Da mögen Sie recht haben. Danke.« Er setzte sich neben die Landwirtin und reichte ihr die verbundene Hand, um sich vorzustellen. Alex und Isabel beobachteten amüsiert, dass bald zwei mögliche Paare die Köpfe zusammensteckten und miteinander tuschelten, in der Sitzecke die beiden Alten, vorm Kamin Sharif und Marlies.

Gerade fiel Isabel ein, dass Alex und sie selbst, von außen betrachtet, wohl ebenfalls recht harmonisch wirken mochten, da betrat außer Atem ein dürrer Jugendlicher von etwa sechzehn Jahren den Raum.

»Ist der Restaurantbesitzer Jan Lüttgens hier?«, fragte er.

»Nein, aber im Haus«, antwortete Isabel. »Er müsste in der Küche sein. Was gibt es denn?«

»Ich bin Hobby-Funker, und mich hat ein Max Timmlein aus der Villa Nieland angefunkt«, erklärte der Knabe stolz. »Ich soll Herrn Hüttgens ausrichten, dass er heute Nacht Vater geworden ist, ein gesunder Junge namens Hinnerk.«

Isabel fiel Alex vor Freude spontan um den Hals.

»Gratuliere!«, sagte der grinsend. »Jetzt hast du einen neuen Cousin.«

»Komm!«, wandte die Journalistin sich an den jungen Hobby-Funker. »Ich führe dich zu Jan.«

Jan, der in Waltraud Moelkners Küche Essen für die Geretteten zubereitete, hatte Tränen in den Augen.

»Ein Sohn«, wiederholte er mit brechender Stimme. »Ein kleiner Hinnerk. Und meine arme Elfie hat das ganz allein durchgestanden.« Hilflos sah er aus dem Fenster auf das immer noch vom Sturm aufgewühlte Wasser. »Wie komme ich jetzt bloß zu ihr rüber?«

Wie aufs Stichwort wurde nun das Geräusch des sich erneut nähernden Helikopters lauter. Gefolgt von Isabel, die hoffte, Beryl wohlauf an der Seite ihres Großcousins wiederzusehen, rannte Jan hinaus. Aus dem Hubschrauber stieg mit einem alten Ehepaar zwar eine dunkelhäutige junge Frau aus – doch es handelte sich zu Isabels Enttäuschung nicht um ihre Cousine. Sie beugte sich in die Maschine und wandte sich an den müde aussehenden Timon. »Es war doch nicht Beryl?«

Er schüttelte traurig den Kopf und erklärte: »Das ist Liz, eine Bedienung aus dem *Star Club*. Hat uns gebeten, sie hier abzusetzen. Sie macht sich Sorgen um ihren Nachbarn – Pastor Sannmann. Der ist scheint's verschwunden, seit er gestern Abend die Sturmglocke geläutet hat. Liz hofft, hier etwas über seinen Verbleib zu erfahren. Außerdem will sie versuchen, ihre Schwester zu erreichen, die hat auf der Reeperbahn durchgearbeitet und macht sich bestimmt schon Sorgen. Unterwegs haben wir noch das alte Ehepaar auf dem Gemeindehaus aufgelesen. Ich werde mit den Kameraden weiterfliegen. Es sitzen immer noch etliche auf Dächern und Bäumen und warten auf Rettung.«

»Könnt ihr mich in den Jenischpark mit rübernehmen?«, bat nun aufgeregt Jan Lüttgens. »Ich muss zur Villa. Elfie hat heute Nacht einen gesunden Jungen zur Welt gebracht«.

Timon schüttelte ihm begeistert die Hand. »Gratuliere, Jan! Großartig!« Doch dann verdunkelte sich sein Gesichtsausdruck wieder. »Kannst du drüben meine Mutter bitten, eine Vermisstenanzeige für Beryl aufzugeben? Sie arbeitet ja in der Funkleitzentrale, so geht es bestimmt am schnellsten.«

»Das mach ich, Timon«, versprach Jan und wandte sich an Isabel: »Würdest du für mich die Kartoffelsuppe für die Gestrandeten fertig kochen?«

»Ich?«, rief die Journalistin erschrocken. »Ich kann doch überhaupt nicht kochen.«

»Aber ich«, beruhigte Alex sie lächelnd. »Ich kümmere mich drum, Jan.«

»Den Impfstoff bitte nicht vergessen!«, erinnerte Waltraud Moelkner die Soldaten nun.

»Versprochen, Madame«, sagte Timons älterer Kamerad. »Wir laden im Jenischpark kurz aus und ein – und kommen dann sofort damit zurück.«

Der Hubschrauber hob wieder ab und überquerte nun die Elbe in Richtung Norden. Dabei flog Ewald die Maschine auch über die Villa Nieland, die selbst von hier oben imposant aussah, inmitten ihres parkartigen Grundstücks auf dem Elbhang thronend. Timon bemerkte, wie Jan gerührt hinabsah – gewiss dachte er voller Sehnsucht an seine Elfie und den Neugeborenen. Der Glückliche! Timon selbst hingegen fragte sich, ob seine geliebte Beryl das Gebäude wohl jemals wieder betreten würde.

Unmittelbar beim Landeplatz im Jenischpark wurden von Helfern des Roten Kreuzes Stullen geschmiert. Ewald, Timon und seine Kameraden schnappten sich jeder dankbar ein Brot und stürmten los, um neue Vorräte, Medikamente und Impfstoffe zu laden.

»Grüß mir alle«, rief Timon Jan zu. »Und vergiss nicht ...«

»Ja, ich sag deiner Mutter wegen der Vermisstenanzeige Bescheid«, versprach der Gastronom im Gehen. Er würde es nicht weit haben, der Jenischpark lag am Geesthang über der Elbe bei Teufelsbrück und somit keine zwei Kilometer von der Villa entfernt. Timon hoffte inständig, dass sie dank des Zugriffs, den seine Mutter auf den Funkverkehr aller Hamburger Polizeistellen hatte, bald Informationen über Beryls Verbleib erhalten konnten. Und er betete, dass es keine schlimmen Nachrichten sein würden!

39

Ein spitzer Frauenschrei gellte am frühen Sonntagmorgen durch die ansonsten totenstille Villa. Leni und Kasimir hörten ihn von der Halle aus, als sie gerade das Gebäude verlassen wollten – der junge Polizist hatte seiner Stiefschwester angeboten, sie erneut zur Polizeizentrale am Karl-Muck-Platz zu fahren, wo sie heute wieder freiwillig Senator Schmidt und den Kollegen helfen wollte.

»Das kam aus der Küche!«, erkannte Leni, und die beiden stürmten los.

Dort fanden sie die aufgebrachte Hausdame vor. Fräulein Queck war gestern am Spätnachmittag noch mit einem von Ewalds Flügen über die Elbe gekommen. Typisch für ihr Pflichtbewusstsein hatte sie nicht vergessen, dass Leni am heutigen 18. Februar fünfundvierzig Jahre alt wurde. Dies hatte Fräulein Queck vorbereiten wollen. Doch um Mitternacht hatte die Familie aus Sorge um Beryl nur in sehr verhaltener Stimmung miteinander angestoßen.

»Was ist denn los, Fräulein Queck?«, erkundigte sich Leni.

»Eine Ratte!«, keuchte diese. »Sie ist in die Speisekammer gerannt.«

»Die werden wohl durch das Hochwasser vom Fluss hochgescheucht«, vermutete Kasimir. »Keine Sorge, die greifen Menschen kaum an, sie sind selbst eher ängstlich.«

»Ja, aber die Hygiene! In der Küche!«, rief die Haushälterin aufgebracht.

Kasimir betrat die Speisekammer.

»Soll ich eine Schaufel holen?«, wisperte Fräulein Queck.

»Dann können Sie sie erschlagen.«

Da kam der junge Polizist auch schon wieder schmunzelnd aus dem Vorratsräumchen – den unerwartet kleinen Nager in seinen Händen.

»Das ist ein Mäuschen«, erkannte Leni, die im Krieg monatelang auf einem Bauernhof gearbeitet hatte. Sie war ebenso amüsiert wie ihr Stiefbruder und reichte ihm eine große Papiertüte, in der er das verängstigt zitternde Tier verschwinden ließ.

»Ich werde die Lütte auf der anderen Seite der Chaussee auf einer der Weiden absetzen – da stört sie niemand.«

»Aber wo eine Maus durchkommt, da schafft das auch eine Ratte«, meinte Xenia Queck etwas verstimmt. »Zum Glück hat mir Ihr freundlicher Kamerad gestern Rattengift zur Verfügung gestellt. Damit werde ich jetzt weiteren Eindringlingen vorbeugen.«

»Überlegen Sie sich das doch noch mal!«, bat Leni. »Es sind ja weiß Gott genug Tiere und Menschen gestorben in den letzten Tagen.«

Und mit der Maus in der Tüte verließen die Stiefgeschwister die Villa.

»Ich komme noch mit rein, wenn ich darf«, schlug der junge Streifenpolizist der Senatorensekretärin vor, nachdem sie das verängstigte Nagetier ausgesetzt hatten und zur Funkleitzentrale gefahren waren. »Eigentlich habe ich heute ja auch frei und muss nicht auf Streife, vielleicht kann ich mich aber hier bei den Kollegen noch mal nützlich machen.«

»Gern«, meinte Leni. »Die freuen sich bestimmt.«

Als sie gestern Abend in der Funkleitzentrale angerufen

hatte, um die Vermisstenanzeige für Beryl aufzugeben, hatte sie erfahren, dass dank Helmut Schmidts Führungsqualitäten die komplette Katastrophenhilfe bestens koordiniert worden war.

Dementsprechend war die Stimmung in der rauchgeschwängerten Funkleitzentrale sehr gehoben, als sie diese betraten. Die Kollegen und der Senator gratulierten Leni zum Geburtstag, und sie und ihr Stiefbruder bekamen nun einen genaueren Einblick in die derzeitige Situation im Katastrophengebiet. Die Rettung der Eingeschlossenen, deren Verpflegung und Impfungen, um Seuchen vorzubeugen – all dies lief auf Hochtouren. Fünfzehntausend Helfer von Bundeswehr, NATO und zivilen Hilfsdiensten waren inzwischen im Einsatz. »Hinzu kommen zahllose Hamburger, die spontan mit anpacken, Kleidung und Essen spenden oder Obdachlose aufnehmen«, berichtete ein jüngerer Kollege, den Kasimir noch aus seiner Ausbildungszeit kannte.

»Zweiundzwanzig Tote sind bislang geborgen worden«, sagte der älteste der anwesenden Beamten mit belegter Stimme. »Aber das werden noch mehr. Wir schätzen, dass noch immer an die fünfzigtausend Menschen vom Wasser eingeschlossen sind. Bagger müssen einige Deiche aufreißen, damit das Wasser dort ablaufen kann. Der Anblick beunruhigt die Bevölkerung natürlich. Was ist, wenn die nächste Flut kommt, denken die«, erklärte der alte Polizist. »Aber das Wasser muss ja erst mal raus, bevor man die Schutzwälle wieder flicken kann.«

Sechzig Rohrbrüche hatten fast die Hälfte der Wasserversorgung ausfallen lassen. Tausende Rinder, Schweine und Hühner waren verendet. Chlorkalk wurde gestreut, um Seuchen zu verhindern, und die Bevölkerung in den betroffenen Gebieten hatte man aufgefordert, nur abgekochtes Wasser zu trinken.

Ständig gingen hier in der Zentrale Sprüche von Amateurfunkern ein, Hilferufe nach Medikamenten, nach Essen und Ärzten, Telegramme an Angehörige wurden aufgenommen und Nachrichten an andere Behörden und Privatpersonen vermittelt.

Hamburgs Erster Bürgermeister Paul Nevermann war wohl endlich von seiner Kur im zugeschneiten Österreich eingetroffen.

»Er will jene besuchen, die ihr Hab und Gut verloren haben, bei denen liegen die Nerven natürlich blank. Wird ihnen Hilfe zusichern«, berichtete Helmut Schmidt und ergänzte nach einem Blick auf ein Fernschreiben: »Der Bundespräsident ist auch hierher unterwegs.«

Leni wusste, dass Kanzler Adenauer nach einem der Öffentlichkeit verheimlichten Herzinfarkt das Bett hüten musste und nicht würde kommen können.

Irgendwann am Spätnachmittag, Leni hatte nach all den Anrufen, Telefonaten und von Helmut Schmidt diktierten Texten ihr Zeitgefühl verloren, kam Kasimir kreidebleich zu ihr. Sie bemerkte, dass seine Hand, in der er ein Fernschreiben hielt, zitterte. Diese Körperhaltung, seine Ausstrahlung – all das erinnerte sie an jenen Abend im Hochsommer 1940, als ihr Mann Moshe ihr in Sir Keynes Londoner Wohnung hatte mitteilen müssen, dass die Deutschen an der belgischen Küste ihren Vater erschossen hatten. Wie damals spürte sie zunächst einen sauren Geschmack im Mund – und dass ihre Stimme versagte. »Geht es um Beryl?«, brachte sie mühevoll hervor.

»Man hat im Hafen unterhalb von Waltershof eine dunkelhäutige Frau gefunden«, antwortete ihr Stiefbruder traurig. »Die Beschreibung passt genau auf deine Vermisstenmeldung.«

Leni schluchzte auf. Ihr liebes, liebes Kindermädchen, von dem sie gehofft hatte, es würde bald ihre Schwiegertochter werden … Ihrem Sohn und ihrer kleinen Tochter würde der Verlust das Herz brechen, da war sie sich ganz sicher.

»Wo … wo ist sie jetzt?«, fragte sie.

»Die Leichenhallen sind überfüllt«, erklärte Kasimir mit gedämpfter Stimme. »Bei Planten un Blomen werden auf der Eislaufbahn Zelte aufgestellt. Man kann gleich morgen früh zur Identifikation vorbeikommen.«

***

»Der Park, einschließlich der Kunsteisbahn, ist bis auf Weiteres geschlossen!«

Timon Schwarz starrte auf das Schild am Tor zu den Anlagen von Planten un Blomen, das – wie die ganze Situation – völlig unrealistisch wirkte. Wie der Teil eines Albtraums, aus dem er nun schon seit zwei Tagen zu erwachen hoffte. Noch am Samstag letzter Woche war er hier mit seiner Beryl glücklich gewesen. Wo sonst die Kufen der Schlittschuhe übers Kunsteis kratzten, lagen nun unter Zelten reihenweise bislang unidentifizierte Opfer der Flutkatastrophe. Gleich zwei Leichenwagen warteten mit offener Ladeklappe bei der Zufahrt zum Zelt. Der eine brachte einen Zinksarg mit einem wohl noch namenlosen Toten hinein, der andere bekam ein Opfer mit, für dessen Angehörige es bereits traurige Sicherheit gab.

»Komm, Junge, wir können rein«, hörte er nun wie aus der Ferne die belegte Stimme seines Vaters.

Neben dem Firmenanwalt standen Timons Mutter und Beryls Großmutter Sofie bei ihnen vor dem Zelteingang. Alle waren sie bereits schwarz gekleidet. Mussten sie ihm denn schon jetzt das letzte Fünkchen Hoffnung rauben?, dachte er. Aber dann sah er an sich herunter: Auch er war ja in Trauerkleidung. Wann hatte er die angezogen? Er erinnerte sich nicht.

Er hatte sich gestern keine Ruhe genehmigt, war wieder und wieder mit Ewald und den Kameraden im Hubschrauber gestartet, um immer weitere Menschen zu retten und in Sicherheit zu bringen. Freude und Erleichterung bei den Geretteten hatte er erlebt, aber auch unendliche Trauer: Einem Ehepaar aus Waltershof waren deren fünf Kinder von den tobenden Wassermassen buchstäblich aus den Armen gerissen worden. Die Kleinen hatten nicht überlebt. Besessen von der Befürchtung, auch Beryl würde genau dann sterben, wenn er sich Schlaf gönnte, hatte Timon die starken Kopfschmerzen und den Schwindel ignoriert. Doch irgendwann am Abend war er umgekippt, da hatte Ewald darauf bestanden, dass ihn ein Bundeswehrfahrzeug vom Jenischpark zur Elbstrandvilla brachte. Dort war er in seiner Uniform in einen ohnmachtsartigen Schlaf verfallen und erst nach sechzehn Stunden wieder aufgewacht. Als er dann in das Gesicht seiner am Bett wartenden Mutter gesehen hatte, war ihm sofort mit Bangen klar geworden, dass es schlimme Nachrichten gab. Die schlimmsten überhaupt!

Nun führte ein dürrer Bundeswehrsoldat sie zu dem Zelt. Am Eingang erwartete sie ein massiger Kamerad – und Timon erkannte in ihm jenen Soldaten, der letztes Jahr am Hamburger Bahnhof seine arme Beryl rassistisch beleidigt hatte. Für einen kurzen Moment stieg Hass in Timon auf, und das Adrenalin holte seinen von Trauer vernebelten Geist in die Realität zurück. Wieso war dieser Kerl schon auf freiem Fuß – und weshalb durfte er wieder eine Uniform tragen?

Der Hüne schien Timon seinerseits erkannt zu haben.

»Ich möchte mich entschuldigen«, murmelte er betreten. »Was man hier sieht … da weiß man, dass am Ende alle Menschen gleich sind. Und dass man zusammenhalten sollte, solange es noch geht.«

»Sind Sie hierher strafversetzt worden?«, erkundigte sich Moshe mit strengem Blick.

Der Riese nickte. »Die meisten Kameraden hier haben Disziplinarverfahren abzusitzen. Man hat uns sofortige Freiheit versprochen, wenn wir hier … waschen … und …«

Da versagte die Stimme des Soldaten.

Timon wusste aus Berichten seines Patenonkels Willy – und hatte es ja auch teilweise selbst sehen müssen –, dass Wasserleichen, Erfrorene, Erschlagene und Verstümmelte kein schöner Anblick waren. Diese Hunderten von Toten mussten erst notdürftig hergerichtet werden, um ihren Anblick den potenziellen Angehörigen überhaupt zumuten zu können. Kein Wunder, dass die Bundeswehrführung sich die Männer für diese grässliche Tätigkeit aus den Arrestzellen holen musste. Die Arbeit mit den Leichen hatte selbst den Hünen gebrochen und geläutert.

Nun war bei Timon der Hass auf den Soldaten verflogen und machte bodenloser Angst Platz. Wie schlimm würde Beryl aussehen? Würde ihr Anblick für immer die schönen Erinnerungen zerstören – das Einzige, was ihm von ihr geblieben war?

Kaum eine Minute später standen sie im eiskalten Zelt neben einer Bahre, an welche der reumütige Soldat sie geführt hatte. Er sah Moshe fragend an, und der nickte. Daraufhin zog der Riese das Abdecktuch vom Oberkörper. Timon hatte die Augen geschlossen. Solange er sie nicht öffnete, blieb noch der winzige Hauch einer Hoffnung, es könne sich nicht um Beryl handeln. Da hörte er Leni und Sofie scharf atmen. »O mein Gott, wie schrecklich«, hauchte seine Mutter.

Nun öffnete Timon die Augen – und fühlte nicht wirklich

Erleichterung, obwohl die dunkelhäutige Tote in der Tat nicht seine Beryl war! Die junge Frau auf der Bahre vor ihnen sah aus wie jene, die er gestern vom Dach der Aussegnungshalle gerettet hatte. Es musste sich also um deren Zwillingsschwester Marcia handeln. Offenbar hatte sie es – entgegen der Erwartung ihrer Schwester – in der Nacht der Flut doch noch nach Waltershof geschafft und war dort ertrunken. Die arme Liz. Sie wähnte Marcia auf der Reeperbahn in Sicherheit. Und nun brachen all die Tränen aus Timon hervor, die er bisher unterdrückt hatte. Seine Mutter nahm ihn bestürzt in die Arme, und er schluchzte an ihrer Schulter: »Beryl! Wo ist sie? Beryl!«

40

Am Montag um zwölf Uhr sollte es beim *Spiegel* eine Redaktionskonferenz geben. Alex hatte schon vor längerer Zeit Urlaub für diese Woche gebucht, doch für Isabel Timmlein hieß es morgens Abschied nehmen von Finkenwerder. Hier hatte sie sich bei der Hilfe für die Geretteten so nützlich machen können, dass sie am Samstag und Sonntag noch mal freiwillig im Obergeschoss von Jans Restaurant übernachtet hatte. Viel Schlaf hatte sie nicht bekommen, sie war müde und zerzaust. Die Journalistin verspürte das dringende Bedürfnis, sich vor der Konferenz noch in der Villa frisch zu machen und umzuziehen. Mit Ewald war ausgemacht, dass er sie bei seinem letzten Flug in den Jenischpark mitnehmen würde. Danach sollte sich der Pilot auf Drängen von Dr. Hansen endlich ablösen lassen und eine Mütze voll Schlaf gönnen. Isabel hatte ihm zugesichert, er könne sich in der Villa ausruhen. »Timon freut sich bestimmt, dich zu sehen, und Platz haben wir wirklich mehr als genug.« Ihr selbst würde noch kein Schlaf vergönnt sein, aber sie war natürlich auch sehr neugierig, was der *Spiegel* aus der Flutkatastrophe machen würde. Außerdem war sie sehr gespannt auf ihren neuen Neffen Hinnerk, seit sie durch den Amateurfunker von seiner Geburt erfahren hatte.

Alex, ganz Kavalier alter Schule, wartete noch mit ihr auf das erneute Eintreffen des Helikopters. Jetzt, da sie allein waren und die Lage sich etwas entspannt hatte, wollte Isabel die Gelegenheit für ein klärendes Gespräch mit ihrem Kollegen nutzen.

»Irgendwie war die Stimmung zwischen uns seit dem Unfall komisch«, begann sie. »Ich hoffe, wir bleiben trotz meines Irrtums befreundet, und da steht jetzt nichts zwischen uns.«

Alex musste grinsen. »Ich verspreche dir, dass da nichts zwischen uns steht – auch wenn du jetzt weißt, dass das theoretisch möglich wäre.«

Sie lachte erleichtert. »Das passt nicht zu uns, so bierernst und verklemmt umeinander herzuschleichen.«

»Ich sehe das jetzt einfach als Kompliment, dass du dachtest, ein Mann mit so toller Figur wie Kasimir würde zu mir passen«, entgegnete er mit seinem charmanten Lächeln.

»Ich finde deine Figur viel toller«, entgegnete sie.

»Mir gefällt deine erstaunlicherweise auch viel besser als seine«, scherzte Alex.

Erleichtert stellte sie fest, dass sie sich nun wieder so wohl mit ihm fühlte wie eh und je.

»Was wirst du jetzt machen – so ganz ohne mich?«, fragte sie ihn schalkhaft.

»Außer dich zu vermissen, meinst du?«, konterte er. »Endlich schlafen. So langsam wird es in der Apotheke ja ruhiger.«

Wie um das Gesagte zu widerlegen, drang in diesem Moment lautstarkes Gelächter aus dem Haus. Die beiden sahen durch das Fenster, wie Sharif, Jesper, Marlies und Trina im Inneren des Hauses gut gelaunt am Wohnzimmertisch saßen und zusammen *Mensch ärgere dich nicht!* spielten.

»Wo die Liebe hinfällt«, kommentierte Isabel schmunzelnd.

»Ja, das ist richtig«, erwiderte Alex fast etwas wehmütig. »Der Sturm hat ganz schön was durcheinandergewirbelt.«

In diesem Moment setzte über ihnen der Bundeswehrhubschrauber zur Landung an.

»Mach's gut, Alex!«, sagte sie und umarmte ihn wie in alten Zeiten. Neu war allerdings, dass sie eine Gänsehaut bekam, als sein Atem und seine Lippen ihr Ohr streiften.

»Schöne Urlaubswoche – trotz des ganzen Chaos.«

»Ich fahre wahrscheinlich zu meinem Vater nach Flensburg. Da gibt es keine so schlimmen Überflutungen. Grüß mir Leni und Moshe – und gratulier deiner Tante Elfie unbekannterweise von mir.«

»Das mache ich«, versprach Isabel und bestieg den Helikopter. Als sie abgehoben hatten, winkte ihnen Alex noch nach.

Eigentlich müsste sie sich jetzt nach der tagelangen Trennung ja auf ihren Verlobten Konrad freuen, dachte Isabel bei sich, dennoch liefen ihr plötzlich Tränen übers Gesicht. Sie wunderte sich über sich selbst – aber wahrscheinlich wich erst jetzt im Angesicht ihrer baldigen Heimkehr die innere Anspannung der letzten Tage von ihr.

***

Während der ganzen Fahrt zur Villa hatte keiner ein Wort gesprochen. Leni hatte die Hand ihres Sohnes, mit dem sie auf der Rückbank saß, nicht losgelassen, am Steuer starrte Moshe nachdenklich auf die Straße hinaus, vom Beifahrersitz aus Sofie. Es war klar, dass viele Tote erst gefunden werden würden, wenn überall das Wasser abgelaufen war. Und das konnte eventuell noch Wochen dauern. Bald würden sie Julius und Sally in Cleveland benachrichtigen müssen. Ihrem Sohn die Nachricht vom Tod seines Kindes zu überbringen, wäre das Schwerste, was sie in ihrem Leben je hatte tun müssen, dachte Sofie, und dazu noch am Telefon. Ihr Magen krampfte sich zusammen. Und was sollten sie der kleinen Stella erzählen, die ihre traumatischen Erlebnisse an der Elbe zwar glücklicherweise komplett verdrängt zu haben schien, die aber bald nicht mehr glauben würde, dass ihr geliebtes Kindermädchen immer noch auf Sharifs Geburtstagsfeier war. Als sie von der Elbchaussee aus auf das vertraute Gebäude zufuhren, bemerkten sie, dass die Pflanzen sich anders bewegten als durch den Wind. Und nun hörten sie auch ein Geräusch, welches das des Automotors übertönte: Ein Helikopter kreiste unmittelbar über der Villa.

Timon sah aus dem Fenster. »Das ist ein amerikanischer«, stellte er erstaunt fest.

Leni fühlte sich augenblicklich an den Besuch der Briten im Mai 1945 erinnert. Vielleicht wollten nun die Amerikaner die Villenbewohner auffordern, Räume für Militärpersonal oder obdachlos gewordene Hamburger zur Verfügung zu stellen. Diesmal würde sie es gerne tun!

Sofie, Leni und ihr Sohn stiegen aus Moshes Horch und sahen, wie der Hubschrauber auf dem Rasen aufsetzte. Die Tür wurde geöffnet, und statt der erwarteten US-Soldaten kletterte eine Frau im olivgrünen Army-Overall aus der Maschine. Der Wind der Rotorblätter und der schwächer gewordene Sturm Vincinette zerrten an ihren kurzen Haaren – doch die junge Frau strahlte überglücklich, während sie auf die Gruppe beim Automobil zueilte.

»Timon!«, rief sie außer sich vor Freude.

Leni bemerkte, wie ihr die Tränen übers Gesicht rannen, während ihr Sohn mit schwacher Stimme nur ein Wort hervorbrachte: »Beryl!«

***

Nach ihrer Landung im Jenischpark ließ sich Ewald, wie versprochen, endlich von einem Kollegen ablösen.

»Mach uns keine Schande, Junge«, bat er den Kameraden. »Da warten immer noch viele auf Rettung und Hilfsgüter.«

Weiterhin waren fleißige Helferinnen und Helfer hier am improvisierten Landeplatz damit beschäftigt, Stullen zu schmieren und Kaffee für die Bundeswehrsoldaten und die Geretteten auszuschenken.

»Sollen wir zu Fuß gehen?«, wandte sich Isabel an Ewald. »Unsere Villa ist keine zwei Kilometer weg.«

»Das müsst ihr nicht«, sagte plötzlich eine wohlvertraute Stimme.

»Kasi!«, rief Isabel hocherfreut, als sie sich umgedreht und den Polizisten erkannt hatte, über dessen gute Figur sie sich vorhin mit Alex unterhalten hatte. »Was machst du denn hier?«

»Habe nach Dienstschluss noch eine Gerettete zu ihrem Mann hier gebracht«, erklärte er.

Da bemerkte sie, dass er Ewald fixierte, und sie die beiden jungen Männer einander noch nicht vorgestellt hatte.

»Kasi, das ist Timons Bundeswehrkamerad Ewald, ein Spitzenpilot. Ewald, das ist Kasimir, Spitzenpolizist. Und Timons … Stiefonkel. Kann man das so sagen?«

»Weiß nicht, sag einfach Kasi!«, entgegnete der Polizist, und die zwei Uniformierten drückten einander die Hand.

Die beiden verstanden sich auf Anhieb blendend und unterhielten sich die Fahrt über, während Isabel auf der Rückbank ein wenig die Augen schloss. Sie musste zugeben, erleichtert über Kasis Angebot zu sein – die Aussicht auf einen längeren Spaziergang hatte nach all den Strapazen heute nicht gerade Vorfreude in ihr ausgelöst. Als sie wenig später an der Nordseite der Villa eintrafen, war sie bereits eingenickt, sodass Ewald sie vom Beifahrersitz aus anstupsen musste.

»Wir sind da«, verkündete Kasimir grinsend und erinnerte sie: »Nur noch wenige Meter bis zum weichen Daunenbett!«

Kaum waren die drei ausgestiegen, hörten sie das Rotorengeräusch eines Hubschraubers, der an der Südseite der Villa zu stehen schien.

»Was machen die Kameraden denn hier?«, wunderte sich Ewald.

»Hoffentlich ist nichts Schlimmes passiert«, sagte Isabel und ging mit Kasi und Ewald um das Gebäude. Dort angekommen, stieß sie einen Freudenschrei aus: Im Garten der Villa war ein Hubschrauber der US-Armee gelandet, auf der Terrasse lagen sich Beryl und Timon, den sie vor Freude umgeworfen haben musste, schluchzend in den Armen. Und an der Terrassentür stand überglücklich die gesamte Familie Spalier. Isabel erblickte auch Konrad und eilte zu ihm und fiel ihm um den Hals.

Anna schlug vor, dass doch alle in den warmen Salon kommen sollten, sie bot es auf Englisch auch dem Soldaten von der Hubschrauberbesatzung an, der Beryl herausgebracht hatte. Doch dieser erklärte, man wolle gleich zum nächsten Rettungseinsatz. Anna bedankte sich auf das Herzlichste, und alle gingen ins Innere des Familienwohnsitzes.

Im Salon erzählte Beryl, die auf Timons Schoß in einem Ohrensessel vor dem Kamin saß, den gebannt Lauschenden, wie es ihr ergangen war, nachdem sie am Samstagmorgen in den Fluten von Timon und den anderen getrennt worden war.

»Ich habe versucht, mich irgendwo festzuhalten, aber die Strömung war einfach zu stark, ich wurde sofort immer wieder losgerissen und meine Hände waren von Dornen dann ganz blutig«, berichtete sie. »Ich wurde in Richtung Hafen getrieben, da war die Strömung schwächer. Ich bin zu so einem Kai geschwommen, kam aber nicht an der Mauer hoch. Ich war schon völlig erschöpft von den vielen Versuchen, da tauchte wie durch ein Wunder plötzlich ein Hafenarbeiter am Kai auf.«

»Zum Glück hat unser treues Hafenpersonal keinen Tag seinen Betrieb unterbrochen – trotz der Flut«, informierte Willy erleichtert und stolz.

»Ja, da kamen auch gleich noch mehr Hafenarbeiter angerannt«, bestätigte Beryl. Ich kriegte gerade noch mit, wie die mich rausgezogen haben, aber dann wurde ich ohnmächtig.«

Timon streichelte mitleidsvoll ihre Wange.

»Ich wachte erst am Sonntagmorgen in einem amerikanischen Militärhospital auf«, fuhr sie fort.

»Ich muss unter starkem Fieber gelitten haben. Weil ich im Delirium immer nur Englisch gesprochen habe, wandte sich der Hafenmeister an die amerikanischen Soldaten. Inzwischen helfen wohl auch Holländer, Belgier und eben die US-Armee im Katastrophengebiet. Im Krankenhaus haben die mich bis heute früh dann endlich wieder auf Normaltemperatur runtergebracht. Und dann bekam ich angeboten, dass sie mich mit dem Heli hier absetzen.«

Beryls Ausführungen folgte wildes Stimmengewirr – jeder fühlte nun den Drang, von den eigenen Erlebnissen während der Katastrophe zu berichten. Beryl erhob sich von Timons Schoß und ging, ganz das gewissenhafte Kindermädchen, zur kleinen Stella, um zu erfahren, wie es ihr inzwischen ergangen war.

Haushälterin Xenia Queck erzählte Isabel voller Erleichterung, dass der nach dem Läuten der Sturmglocke verschollene Pastor von Finkenwerder inzwischen gesund und munter wiederaufgetaucht war.

»Na, Fräulein Queck«, wandte sich Kasimir an die Hausdame. »Haben Sie nun Gift verstreut – oder die Nager verschont?«

»Letzteres«, sagte sie mit einem Schmunzeln. »Das Rattengift ist jetzt tief im Keller versteckt. Es sind aber auch keine weiteren ungebetenen Gäste aufgetaucht.«

»Sehr schön«, kommentierte Leni und streichelte Fräulein Queck über die Wange, was zwar ungewohnt war, von dieser heute jedoch lächelnd akzeptiert wurde. Zu groß war das Gemeinschaftsgefühl der Menschen in diesem sicheren Raum, sie waren doch alle Verschonte. Leni machte sich auf den Weg zu ihrem Sohn Timon. Ihr ernster Blick brachte ihn dazu, sich augenblicklich vom Sessel zu erheben. »Timon, ich wollte dir das schon früher sagen, aber bei all der Sorge um Beryl hat es nicht so wirklich gepasst«, begann sie. »Ich entschuldige mich in aller Form bei dir.«

»Wieso das?«, fragte er erstaunt.

»Weil ich gemein zu dir war, als du uns gestanden hast, dass du zur Bundeswehr willst. Ich habe meinen Hass auf die Nazis und den jetzigen Verteidigungsminister auf dich übertragen, das war ungerecht von mir. Du bist ja kein Militarist, du hast dich nur für die Sicherheit unserer Familie und unsere Mitmenschen einsetzen wollen – wie in den letzten Tagen so viele aus deiner Generation. Tausende junge Menschen haben sich freiwillig zu Hilfsdiensten gemeldet, allen voran deine Kameraden. Wenn ich noch mal irgendwen über die ›arbeitsscheuen Halbstarken‹ lästern höre, kriegt er von mir eins auf die Mütze.« Und dann schloss sie mit den Worten: »Ich bin unendlich stolz auf dich.«

Der gerührte Sohn und seine Mutter umarmten sich innig. In all seinem eigenen Glück musste Timon schließlich an Sharif, Marlies und Jesper denken. Sie hatten alles außer dem nackten Leben verloren, waren obdachlos geworden. Wie sollte man ihnen nur helfen?

41

Eine Woche nach Beryl Timmleins glücklicher Rückkehr sollte die offizielle Trauerfeier für die dreihundertfünfzehn Hamburger Fluttoten stattfinden. Bis auf Elfie, die mit Jan bei ihrem Neugeborenen und Lenis kleiner Stella bleiben wollte, planten sämtliche Bewohner der Villa und der Remise, die Zeremonie auf dem Hamburger Rathausplatz zu besuchen. Hausherrin Anna Nieland hatte als gemeinsamen Treffpunkt für halb vier zum Kaffeetrinken im Salon gebeten. Eine Stunde später würde man dann gemeinsam zur Trauerfeier aufbrechen.

Auch Lenis Stiefbruder Kasimir, Albin, Sharif mit dessen neuer Freundin Marlies nebst Kind sowie sein einstiger Vermieter Jesper Wedderkamp waren zu diesem Anlass in die Villa eingeladen.

Leni beobachtete, wie Elfie und Jan sich mit der jungen Marlies Schlottmann über ihre jeweiligen Kinder freuten, und ihre eigene Stella die winzigen Menschen mit großer Neugier bewunderte. Daneben stand ihr Sohn Timon mit seiner schönen Beryl – dieses Bild erfüllte sie mit einem tiefen Glücksgefühl.

»Wo werdet ihr denn jetzt unterkommen?«, erkundigte sich Isabel bei Sharif und dem alten Jesper.

»Trina, also, ich meine Frau Witt, hat mir angeboten, zu ihr auf ihren schönen Hof zu ziehen«, brummte Wedderkamp und kratze sich verlegen am Hinterkopf.

»Und Sharif wohnt mit Marlies und ihrer Kleinen bei mir im Autohaus«, erklärte Albin Wessels. »Erst mal provisorisch, aber demnächst werde ich ihnen eine richtige Wohnung dort einrichten.«

»Das ist wirklich unsere Rettung«, erklärte die junge Mutter dankbar. »Das Haus meines Opas ist nicht mehr bewohnbar.«

»Ich hatte ja so ein irrsinniges Glück – keines meiner Ausstellungsfahrzeuge wurde beschädigt«, freute sich Albin. »Und für die Außenschäden am Haus kommt die Versicherung auf. Die hatte ich zufällig erst vor einem halben Jahr abgeschlossen.«

»Es gibt keine Zufälle«, meinte Marlies und küsste Sharif auf die Wange.

»Meine Lieben«, rief schließlich die Hausherrin, als nach dem Kaffee noch Sekt gereicht wurde. »Bevor wir nun zusammen auf dem Rathausmarkt um all jene trauern, die bei der Flut weniger Glück hatten als wir, möchte ich noch mal an meinen Bruder Burkhard erinnern. Seine Ex-Frau hat ihn nach Schafferdingen überführen lassen, wo er unter großer Anteilnahme seiner Bürger bestattet wurde. Er ruht jetzt also in süddeutscher Erde. Ich weiß, er hat vielen von uns großes Leid bereitet. Er selbst sagte einmal, dass er den Tod unseres Vaters in der Skagerrak-Schlacht nie verwinden konnte. Seither habe er nur noch versucht, Schuldige dafür zu finden und zu bestrafen. Auch in der eigenen Familie. Doch zuletzt hat er sein Leben gegeben, um unsere kleine Stella zu retten. Wer von euch mag, der möge deshalb jetzt mit mir sein Glas auf ihn erheben.«

Leni sah nun, wie nach und nach die Gläser nach oben gingen. Sie selbst zögerte noch, dachte an ihren Vater, dem Onkel Burkhard im Krieg die Hilfe verweigert hatte. Doch als ihr Blick auf Stella fiel, da erhob auch Leni ihr Glas.

Am Ende waren alle Gläser oben – nur einer ließ mit versteinerter Miene die Hand unten: Sofies Bruder Willy.

Die Menschenmasse auf dem Rathausmarkt war gigantisch – so weit das Auge reichte, sah Leni Schwarz ernst wirkende Menschen aller Altersgruppen. Zusammen mit ihrem Stiefbruder Kasimir stand sie bei den Vertretern der Hamburger Polizei. Die Assistentin des Polizeisenators war wie ihr Vorgesetzter zutiefst beeindruckt von der großen Solidarität unter den Hamburgern, sowohl in den Tagen, wo unmittelbare Hilfe notwendig gewesen war, als auch in puncto Spendenbereitschaft danach – und jetzt bei der Trauerfeier. Die Helfer standen beisammen, Gruppen in DLRG-Trainingsanzügen, Feuerwehrmänner – und Soldaten in Uniform. Unter ihnen befanden sich Lenis Sohn Timon und dessen Kamerad Ewald Becker. Auch aus der Gruppe der Helfer, die ihr Leben für andere eingesetzt hatten, gab es fünf Opfer zu beklagen. Drei davon waren Bundeswehrkameraden von Timon und Ewald gewesen.

Die über hunderttausend Trauernden standen nicht nur auf dem Platz selbst, sondern auch auf der Mönckebergstraße hoch bis zur Petrikirche und an der Alster. Sämtliche Fahnen in der Hansestadt hingen auf halbmast. Um Punkt 17:00 Uhr läuteten alle Kirchenglocken, das öffentliche Leben stand still. Menschen hielten mitten in der Hektik ihres Montags auf den Bürgersteigen inne, Automobile auf den Straßen.

An der Frontseite der Rednertribüne vor dem Hamburger Rathaus hing ein über zwei Meter großer Trauerkranz mit Deutschlandfahne, oben standen neben Bürgermeister Nevermann Vertreter der Bundesregierung, des Bundestags und der Länder, unter anderem der Berliner Bürgermeister Willi Brandt sowie Bundespräsident Heinrich Lübke.

Vor der Tribüne war eine Militärkapelle aufgereiht, die nach den Schweigeminuten den Trauermarsch aus Beethovens *Eroica* spielte. Bei den Klängen des getragenen Stücks sah Leni viele Trauergäste, die bisher noch um Fassung gerungen hatten, in Tränen ausbrechen. Und auch sie selbst wischte sich die Augen.

Anschließend folgte eine Rede des Ersten Bürgermeisters Paul Nevermann, in der er den Helfern dankte und daran erinnerte, dass fünf von ihnen bei den Rettungsaktionen gestorben waren. Er reihte die Sturmflut in die schlimmsten Katastrophen der Stadt ein – gemeinsam mit dem großen Brand 1842 und den Bombenangriffen 1943. Dann schloss er mit den Worten: »Wir tragen unendlich schwer an dem Leid, das uns in den Tagen seit dem 17. Februar aufgebürdet worden ist. Wenn wir es alle miteinander tragen, wird es für die Hinterbliebenen ein wenig leichter sein, mit uns einen neuen Anfang zu wagen.«

Als sich die Trauerfeier auflöste, kam Timon von seinen Bundeswehrkameraden zurück zu seiner Familie geeilt und küsste Beryl.

»Ich fahre nicht gleich mit in die Villa. Ich muss nachher Elfie bei Stella ablösen und vorher noch ein paar Dinge für die Kleine einkaufen«, erklärte die junge Amerikanerin. »Du kannst aber gern mit den anderen vorgehen, das ist ja bloß langweilig für dich.«

Unter normalen Umständen hätte Timon vehement widersprochen, schließlich fand er mit Beryl gar nichts langweilig, doch da er heute selbst noch etwas besorgen wollte – und zwar heimlich! –, stimmte er zu.

»Wir sehen uns ja dann gleich heute Abend«, meinte Beryl offenbar, ihn trösten zu müssen, küsste ihn erneut sanft und fügte dann mit einem vielversprechenden Lächeln hinzu: »Ich lass dich nicht zu lange warten. Wir müssen das Leben feiern, das sind wir denen schuldig, die es nicht mehr können.«

»Und wie wir feiern werden!«, murmelte Timon leise vor sich hin, während er in Richtung Isabel und Konrad ging, die sich angeregt in der Menge unterhielten, wahrscheinlich stritten. Timon war aufgefallen, dass seine Großcousine und ihr Zahnarzt in letzter Zeit recht leidenschaftlich aneinandergerieten, sie waren eben auch politisch völlig unterschiedlicher Auffassung. Konrad hatte sich als erzkonservativer CDU-Wähler entpuppt, während Isabels Haltung eher weiter links lag – irgendwo zwischen SPD und den verbotenen Kommunisten.

»Nein, dieser Franz Josef Strauß ist gefährlich«, sagte sie, als Timon gerade in Hörweite kam. »Ich …« Da hielt sie inne – sie hatte Alex bemerkt, der sich in ihrer Nähe aus der Menschenmenge gekämpft hatte.

»Hallo, Frau Kollegin«, grüßte er fröhlich. »Hast du noch Zeit, über den Flutartikel zu sprechen?«

Da bemerkte er etwas erschrocken Konrad. Die Sicht auf ihn war aus seiner Perspektive wohl bisher von zwei hochgewachsenen Trauergästen verdeckt gewesen.

Isabel war überfordert von der Situation, tatsächlich waren sich die beiden bislang nicht persönlich begegnet. Und Isabel hatte Konrad noch nichts davon erzählt, dass Alex sich für Frauen interessierte, das hatte sie nur Timon anvertraut.

»Konrad, das ist mein Kollege Alexander Jensen«, bemühte sie sich, die Situation nicht allzu peinlich werden zu lassen. »Alex, das ist Konrad Heß.«

»Ah, der Zahnarzt«, sagte Alex und reichte ihm die Hand.

Konrad drückte sie kräftig und entgegnete mit einem undurchsichtigen Lächeln: »Ja, der Verlobte, genau. Wenn ihr arbeiten wollt – ich habe sowieso noch was in der Praxis aufzuarbeiten. Viel Erfolg, ihr zwei Hübschen.«

Er küsste Isabel flüchtig auf die Stirn und machte sich auf den Weg. Nun sah Timon seine Chance gekommen, endlich mit Isabel zu sprechen.

»Hey, Alex«, grüßte er ihren Kollegen kurz mit Handschlag. »Belchen, könntet ihr das mit dem Artikel noch ein wenig verschieben? Ich muss etwas kaufen, und dabei könnte ich wirklich euren Rat gebrauchen.«

»Was denn?«, fragte Isabel verständnislos.

Timon atmete tief durch, dann kündigte er an: »Verlobungsringe.«

In dem Juweliergeschäft am Jungfernstieg fühlte sich Timon in seiner Uniform recht unwohl, da passten Isabel und Alex in ihrer eleganten Trauerkleidung schon wesentlich besser in das edle Ambiente.

Der Herr im feinen Anzug, der sich erkundigte, wie er ihnen helfen könne, lächelte jedoch alle drei gleichermaßen freundlich an. Als Isabel erklärte, dass sie nach Verlobungsringen suchten, stellte der Verkäufer einige Fragen, die Timon überforderten: Sollte es Gold, Weißgold oder Platin sein? Mit Diamant oder ohne? An welches Budget er denn gedacht habe ...

»Ich weiß nicht«, murmelte er. »Was ist denn normal?«

»Da gibt es keine festen Regeln«, erklärte der Juwelier. »Wir haben Ringe unter fünfhundert Mark, nach oben sind keine Grenzen gesetzt, durchschnittlich wird ein Monatsgehalt investiert.«

Timon sah hilflos zu Isabel. »Hm, ich bin mir nicht sicher, was würde Beryl gefallen?«

»Na ja, sie ist eher ein pragmatischer Typ, sie kann sicher nichts brauchen, was sie beim Babysitten behindert. Vielleicht klassisches Gold, schlicht geformt, ohne Diamant«, schlug die

Journalistin vor, und Timon war dankbar, sie mitgenommen zu haben. Er nickte ihr liebevoll zu und bemerkte, dass auch Alex sie so ansah. Seit Timon wusste, dass der junge Journalist an Frauen interessiert war, war ihm schon mehrfach aufgefallen, dass da sehr viel Sehnsucht in seinem Blick für Isabel war.

Der Verkäufer präsentierte ihnen nun einige Ringe, und seltsamerweise waren sich Isabel und Alex sofort einig.

»Der da ist es.«

»Genau. Ein sattes Goldgelb, nicht überkandidelt und doch elegant.«

Der Verkäufer nickte. »Das wären dann acht Karat Gold, dieser Ring käme auf 998 Mark.«

Da Timon eigentlich auf ein Auto gespart hatte, dieses aber zeitnah nicht unbedingt brauchen würde, meinte er: »Der Preis geht in Ordnung für mich.«

Auch dem Juwelier schienen Alex' verliebte Blicke in Isabels Richtung nicht entgangen zu sein. Vielleicht wollte er zwei potenzielle weitere Kunden auf den Geschmack bringen, auf jeden Fall schlug er vor: »Ziehen Sie Ihrer Begleiterin den Ring doch einmal über, dann kann der Herr Soldat sehen, wie das Goldstück am Finger einer Frau wirkt.«

Das ließ Alex sich nicht zweimal sagen. Er schob seiner Kollegin sanft und liebevoll den Goldring über den Finger – und keiner von beiden konnte sich der Magie dieses Symbols von Liebe, Bindung und Ewigkeit entziehen.

Timon war sofort klar, dass er diesen Zauber auch für Beryl und sich wollte.

»Den nehme ich!«

»Überleg dir das noch mal«, sagte plötzlich eine wohlvertraute Frauenstimme hinter ihnen.

Timon fuhr erschrocken herum: »Beryl!«

Er fühlte sich völlig überrumpelt. »Was machst du denn hier? Hast du uns verfolgt?«

»Quatschkopf!«, kommentierte sie lachend. »Ich bin wohl offensichtlich einfach auf dieselbe Idee gekommen wie du. Deshalb habe ich Anna nach dem Traditionsjuwelier der Familie gefragt. Ich wollte dir einen Antrag machen und einen Ring dafür kaufen.«

»Du mir?«, vergewisserte sich Timon baff.

»Ja, warum nicht? In bin schließlich eine moderne Frau.«

Isabel und Alex wurden nun gerührt Zeuge, wie die beiden Blitz-Verlobten sich verliebt küssten. Als sich ihre Lippen trennten, wandte sich Beryl an den Juwelier: »Also, ich glaube, wir können uns die Verlobungsringe schenken und gleich zu den Eheringen übergehen.«

42

Am Donnerstag, den 11. April 1962, ließen sich Beryl und Timon von Albin Wessels zum Hamburger Flughafen in Fuhlsbüttel fahren, um dort die Eltern der angehenden Braut abzuholen. Am morgigen Freitag sollte zunächst auf dem Standesamt eine Doppelhochzeit stattfinden: Gleichzeitig mit Beryl und Timon wollten sich auch Marlies und Sharif trauen lassen. Sie waren zwar kaum zwei Monate lang liiert, sich ihrer großen Liebe aber vollkommen sicher. Da die beiden eine muslimisch-christliche Mischehe eingingen, war keine kirchliche Trauung möglich. Eine solche planten allerdings Beryl und Timon für Sonnabend in der Othmarscher Christuskirche. Die große Feier am Samstagabend war wiederum für beide Paare zusammen geplant. Sie sollte in Jans Restaurant in Finkenwerder stattfinden, das dank Max und zwei Kollegen inzwischen vollständig saniert war. Sogar die Beatles hatten rechtzeitig ihre Rückkehr nach Hamburg angekündigt, sie traten just heute ein Engagement im neuen *Star Club* auf der Reeperbahn an. Die Liverpooler hatten laut Astrid inzwischen in England einen Schallplattenvertrag ergattert. Wenn es ihr Zeitplan erlaubte, würden sie bestimmt für einen Kurzauftritt bei der Feier vorbeischauen, hatte sie am Telefon gemeint. Und selbstverständlich waren – außer im Falle von Sharifs Verwandtschaft, die sich die weite Reise von Marokko nicht leisten konnte – auch jede Menge Familienmitglieder der jungen Heiratswilligen angekündigt.

Da in einer Woche die Osterfeiertage beginnen würden, war es am Flughafen recht voll.

»Echt schön, dass deine Mutter diesmal auch mitkommt«, meinte Timon auf dem Weg zum Ankunftsbereich. »Sie war ja noch nie in Deutschland.«

»Das will ich ihr aber auch geraten haben, dass sie Dad diesmal begleitet. Die Hochzeit ihrer ersten Tochter ist ja wohl wichtiger, als keinen einzigen Tag in der Apotheke zu fehlen«, erwiderte Beryl mit gespielter Strenge.

Insgeheim hatte Timon ein wenig Lampenfieber vor der ersten Begegnung mit seiner zukünftigen Schwiegermutter. Was, wenn sie ihn nicht mochte?

Da stellte Beryl fest: »*Oh, look*, da drüben ist Astrid.«

Die schöne Fotografin hatten sie seit mehreren Monaten nicht mehr persönlich getroffen. Astrid hatte sich stets damit entschuldigt, dass Stuarts Kopfschmerzen immer schlimmer wurden, er nun schon zweimal in der Kunstakademie zusammengebrochen war. Sie mutmaßte, dass er an einer seltenen Krankheit litt, die sein Gehirn anschwellen ließ.

Als Beryl und Timon näher kamen, sahen sie, dass ihre Wimperntusche verwischt war und sie bleich und erschöpft wirkte.

»Bist du hier, um die Beatles abzuholen?«, erkundigte sich Beryl nach einer seitens Astrid merkwürdig zurückhaltenden Begrüßung.

»Ja, zumindest John, Paul und Pete. George kommt morgen mit ihrem neuen Manager nach, er hat sich die Masern eingefangen«, berichtete Astrid, und es klang müde und unbeteiligt, so als sage sie etwas Auswendiggelerntes auf und denke dabei an etwas ganz anderes. »Die beiden nehmen dann wahrscheinlich dieselbe Maschine wie Stus Mutter.«

»Stus Mutter?«, wunderte sich Timon. »Wo ist Stu denn?«

Seltsamerweise wusste er die Antwort, bevor Astrid auch nur ein Wort gesagt hatte. Und auch Beryl interpretierte den hilflosen Blick der trauernden Fotografin wie ihr Verlobter.

»Wann … wann ist es passiert?«, stammelte sie schockiert.

»Gestern auf dem Weg ins Krankenhaus, ich war mit im Notarztwagen. Meine Mutter hat ihn gefunden, da war er schon bewusstlos«, erzählte Astrid, die merklich um Fassung ringen musste.

»Mein Beileid«, sagte Timon hilflos. Stu war tot! Mit einundzwanzig Jahren. Es klang völlig unrealistisch.

»Weiß man denn schon, was es war? Hatte es mit seinen schlimmen Kopfschmerzen und den blinden Phasen zu tun?«, fragte Beryl, die Astrids Hand genommen hatte.

»Wahrscheinlich, das wird nachträglich noch untersucht«, brachte sie hervor. »Aber erst muss seine Mutter kommen und ihn identifizieren. Aus Rechtsgründen kann nur sie das tun, wir waren ja noch nicht verheiratet.«

Was für seltsame Regularien und Rituale mit einem Todesfall einhergingen. Wie viele Aufgaben man den Trauernden zumutete. Aber vielleicht war es auch hilfreich, zunächst zu so viel Emsigkeit verdonnert zu sein, dachte Timon, so kam man weniger zum Nachdenken über das, was wirklich passiert war. Das Schlimmste kam wohl erst nach den Tagen mit all diesen Notwendigkeiten: Wenn der Alltag wieder eingekehrt war, würde die arme Astrid Stu wahrscheinlich noch mehr vermissen. Als Beryl von Weitem ihre Eltern erblickt hatte, mussten sie sich in betretener Stimmung von der Fotografin verabschieden. Sie wünschten ihr viel Kraft und boten ihr an, bei ihnen anzurufen, wenn sie Hilfe bräuchte. Was man eben so sagt in der Hilflosigkeit einer solchen Situation, dachte Timon.

Die Angst vor Beryls Mutter erwies sich als völlig unbegründet. Sally sah komplett anders aus, als Timon sie sich vorgestellt hatte. Er hatte wohl immer eine ältere Version von Beryl im Kopf gehabt, groß und gertenschlank, doch Sally war einen Kopf kleiner als ihre Tochter, noch viel dunkelhäutiger und sehr drall. Sie trug einen unfassbar hohen Haarturm, eine große Brille mit dunklen Rändern und dazu ein etwas zu enges, knallbuntes Blumenkleid. Sie drückte Timon sofort an sich, und er roch einen äußerst angenehmen Kokosduft aus ihren erstaunlichen Haaren. »Timon, *how great.* Beryls große *hero.* Sie ist so stolz auf dich. Wegen die ganze Menschen, die du gerettet hast in die große *flood.* Und wirklich – so schön bist du auch«, sagte sie in einem Kauderwelsch aus Deutsch und Englisch, während sie ihn an den Schultern hielt und voller Freude musterte. Sally zwinkerte ihrer Tochter zu. »Du hast nicht zu viel versprochen, Bibi.«

Julius Timmlein, der seinen künftigen Schwiegersohn wesentlich nüchterner begrüßte, schmunzelte angesichts der überforderten Reaktion des Soldaten auf seine Frau. Der Arzt war es wohl gewohnt, dass Sally mit ihrer offenen Art und ihrem extravaganten Aussehen die Menschen anfangs etwas einschüchterte.

»Jetzt ich bin so gespannt auf euer Schloss an die große Fluss«, bekannte die Apothekerin, »Bibi und Juli haben so viel erzählt von ihm.«

»Na ja, ein Schloss ist es nicht direkt«, entgegnete Timon auf Englisch.

Diesem Wirbelwind war es tatsächlich gelungen, ihn für kurze Zeit Astrid vergessen zu lassen – und Stuarts Tod. Doch als sie sich nun mit dem vielen Gepäck seiner Schwiegereltern in spe auf den Weg zum Ausgang machten, sah er von Weitem, wie Astrid John, Paul und Pete begrüßte. Offenbar überbrachte sie ihnen soeben die Todesnachricht. Pete und Paul reagierten zwar schockiert, aber noch recht gefasst – Paul hatte seine Mutter mit vierzehn verloren, wie er Timon einmal erzählt hatte, und sich daher bezüglich Trauerfällen einen inneren Schutzwall zugelegt. Aber John Lennon verlor bei der schrecklichen Neuigkeit über seinen allerbesten Freund, den er immer zutiefst bewundert hatte, völlig die Fassung. Er brach trotz der Menschenmassen um ihn herum in einem fast kindlich wirkenden Weinkrampf zusammen.

Timon spürte einen Kloß im Hals. Der arme John, die arme Astrid. Wie glücklich durfte er selbst sich schätzen, dass er weder Beryl noch seine besten Freunde Sharif und Ewald verloren hatte in der zurückliegenden Flutkatastrophe. Er durfte im Gegensatz zu Astrid und Stu nun heiraten. Und es würde verdammt noch mal wunderschön werden!

***

Die Stimmung bei der großen Doppelhochzeitsfeier in Jans Restaurant war sehr ausgelassen. An die hundert Menschen aller Altersgruppen feierten nicht nur die zwei Eheschließungen, sondern auch das Wiederauferstehen ihrer Stadt nach der großen Flut, die knapp zwei Monate her war.

Irgendwann saß Timon, vom vielen Tanzen und Reden erschöpft, mit seiner Schwiegermutter am Rande des Parketts. Sally hatte sich als leidenschaftliche Tänzerin entpuppt und gönnte sich die erste Pause des Abends.

Sie nahm seine Hand. Da Timon zweisprachig aufgewachsen war und sein Englisch wesentlich besser als ihr Deutsch, waren sie dazu übergegangen, nur noch in Sallys Muttersprache miteinander zu kommunizieren.

»Du hast meine Bibi wirklich glücklich gemacht«, sagte sie und sah ihn liebevoll an.

»Sie mich auch«, erwiderte Timon und beobachtete seine Frau verliebt beim Tanzen. In ihrem schneeweißen Kleid, das einen wunderschönen Kontrast zu ihrer kakaofarbenen Haut bildete, sah sie aus wie eine Märchenprinzessin. Seine Frau – Beryl Schwarz! Das klang nach einem dunklen Schatz, geheimnisvoll, abenteuerlich.

Und Marlies Schlottmann hieß nun Marlies Dabbagh. Für Sharif und seine junge Frau hatte es gestern auf dem Standesamt noch eine ganz besondere Überraschung gegeben. Die Patriarchin Anna Nieland genoss den Ruf, für jedes Problem eine Lösung zu finden. Und sie hatte weder Kosten noch Mühen gescheut, mit Hilfe eines Arabisch-Übersetzers – einer der zahllosen Freunde ihres verstorbenen Cousins – Kontakt mit Marokko aufzunehmen und zwei Flugtickets nach Agadir zu schicken. Sharif war vor Freude fast in Ohnmacht gefallen, als er sich gestern im Standesamt plötzlich seiner Mutter Hakima und seiner Schwester Ghazal gegenübergesehen hatte. Anna hatte doch tatsächlich deren Anreise organisiert. Wegen dieses tränenreichen Wiedersehens war um ein Haar die Trauung verschoben worden, denn auch der Standesbeamte hatte sich gar nicht sattsehen können an so viel Glück.

Nur ein Wiedersehen hatte selbst Anna nicht arrangieren können: Rosa und Felix hatten keine Sondergenehmigung zur Ausreise aus der DDR bekommen, um bei der Hochzeit dabei sein zu dürfen. Zwar hatten sie gestern telefonieren können, doch das hatte es für Timon fast noch schlimmer gemacht, da Rosa im Verlauf des Gesprächs in bittere Tränen ausgebrochen war.

Aber auch die Beatles und ihre Fotografin würden heute nicht erscheinen. Astrid hatte Timon gestern in der Villa angerufen und ihm abgesagt. Sie selbst sei natürlich ohnehin nicht in der Lage zu feiern, aber es sei auch keine gute Idee, den stets etwas unberechenbaren John Lennon zu dem Fest kommen zu lassen. Nach seinem Zusammenbruch am Flughafen am Donnerstag sei er dort gestern bei der Begrüßung von Stus Mutter eiskalt gewesen. »Keine Umarmung, keine Beileidswünsche. Er hat wohl beschlossen, dass ein harter Typ wie er nicht weint«, hatte Astrid traurig erzählt. »Donnerstagnacht hat er eine ganz private Totenwache veranstaltet – mit jeder Menge Alkohol und Drogen als Trauergästen. Da John jetzt alles in sich reinfrisst, tut ihm der Verlust wahrscheinlich noch mehr weh.«

Isabel kam zu Timon und Sally, die Apothekerin Waltraud Moelkner und deren neuen Lebenspartner, den pensionierten Arzt Dr. Gottfried Hansen, im Schlepptau.

»Sally, darf ich dir Doktor Hansen und seine Verlobte, Frau Moelkner, vorstellen. Sie ist Apothekerin wie du«, erklärte Isabel.

Sally war völlig begeistert, mit jemandem über ihre große Leidenschaft zu sprechen – Menschen mittels Medikamenten zu helfen. Die drei unterhielten sich äußerst angeregt, und schließlich gingen sie los, um Waltrauds Apotheke zu besichtigen.

Timon blieb mit Isabel zurück, die liebevoll den Arm um ihren Großcousin legte.

»Glücklich?«, fragte sie.

Er lächelte. »Glücklich.«

»Was willst du denn jetzt machen, wenn im Mai dein Wehrdienst zu Ende geht?«

»Hm, nach dem Einsatz bei der Flut überlege ich mir wirklich, ob ich mich nicht verpflichten lassen sollte«, gestand Timon. »Ewald hat seine Entscheidung nie bereut. Wir haben ja auch so viele Menschen retten können. Die Bundeswehr hat jetzt ein ganz anderes Ansehen. Sogar bei meiner Mutter.«

Der Gedanke an Lenis Entschuldigung trieb ihm noch heute Tränen der Rührung in die Augen. »Und selbst die Älteren in der Armee, die noch unter den Nazis gedient haben – auch die sehen sich heute als Verteidiger unserer Demokratie. Wenn ich da an meinen General denke … der hat ja damals mit Stauffenberg sogar sein Leben riskiert, um Hitler zu stürzen.«

Isabel wollte ihrem Cousin nicht am wahrscheinlich schönsten Tag die Laune verderben, aber die Vorstellung, die Bundeswehr würde auch in Zukunft nur bei humanitären Hilfsaktionen eingesetzt, fand sie doch etwas naiv, vor allem angesichts der derzeitigen politischen Lage. Mit einem nach Atomwaffeneinsatz geifernden Verteidigungsminister wie Franz Josef Strauß standen Millionen Menschenleben auf dem Spiel.

***

Am Montagnachmittag nach der Hochzeitsfeier saßen Beryl und Timon mit der kleinen Stella in der Aprilsonne und beobachteten, wie Max am Strand eine neue Hütte baute.

»Bis Ostern ist er fertig, hat der Max gesagt«, berichtete die Fünfjährige.

»Dann kann der Osterhase wieder Naschi für dich verstecken«, meinte Timon.

»Der Osterhase ist in Wirklichkeit der Onkel Willy«, flüsterte Stella verschwörerisch.

Da kamen Julius Timmlein und seine Frau hinaus auf die Terrasse. Schon beim ersten Betreten der Villa am Donnerstag letzter Woche hatte sich Sally vollkommen begeistert vom Zuhause ihres Schwiegersohns gezeigt.

»Wir müssen euch etwas sagen«, verkündete Julius mit derart ernster Stimme, dass Timon, noch traumatisiert durch die tagelange Angst um Beryl und Stuarts Tod, sogleich beunruhigt war. Doch die Sorge wich fassungsloser Freude bei ihm und seiner Frau, als sein Schwiegervater nun sagte: »Wir überlegen uns, nach Hamburg zu ziehen. Dauerhaft. Frau Moelkner hat Sally angeboten, ihre Apotheke in Finkenwerder zu übernehmen. Und ich dürfte Doktor Hansens Praxis direkt daneben weiterführen, sie hat einen großartigen Patientenstamm.«

Beryl fiel ihren Eltern mit einem begeisterten Schrei um den Hals.

»Wir dürfen uns nicht zu früh freuen«, schränkte Julius ein. »Erst müssen wir mit den Behörden klären, ob unsere Abschlüsse hier vollumfänglich anerkannt werden.«

Mitten in die Freude über Julius' und Sallys Übersiedlungspläne platzte Isabel. »Timon, kann ich dich kurz unter vier Augen sprechen?«

Sie gingen ein wenig den Elbhang hinunter, um außer Hörweite der anderen zu sein.

»Du hast mir doch von deinem General erzählt«, begann Isabel. »Der Name kam mir gleich so bekannt vor. Und heute Morgen ist mir dann eingefallen, wo ich ihn schon mal gehört habe. Beziehungsweise gelesen. Er tauchte in der Liste mit Ex-Nazis auf, die wir anonym aus der DDR geschickt bekamen.«

»Die, in der alles über Großonkel Burkhard drinstand?«, vergewisserte sich Timon.

»Genau«, bestätigte Isabel.

Timon fing an, in dem Dossier zu lesen, das Isabel ihm überreichte. Darin stand, dass der heutige NATO-General im Jahr 1941 ein Buch über den Panzerkrieg zwischen Warschau und Atlantik herausgegeben habe, welches eine »umfassende Charakteristik seiner faschistischen Gesinnung« darstelle.

Darin beschrieb der General, wie er 1939 den Krieg gegen Polen herbeigesehnt habe. Nach der Okkupation jenes Landes schrieb er: »Wir hätten am liebsten gleich weitergesiegt.« Und als es gegen Luxemburg, Belgien, die Niederlande und Frankreich »endlich losging«, erzählte der General von der Bombardierung Sedans als »großartiges, überwältigendes Schauspiel«. Über eine polnische Ortschaft schrieb er im Rassenwahn: »Die Häuser starrten vor Schmutz, die Luft war kaum zu atmen. Erklärlich wurde dies, wenn man die fast durchweg jüdischen Bewohner sah.«

Am Ende des Dossiers über den General befanden sich noch Auszüge aus von ihm unterzeichneten »Geheimen Kommandosachen«, in denen die Erschießung von insgesamt über dreihundert zivilen Einwohnern Frankreichs und Serbiens in seinem Auftrag dokumentiert war. Sein Motto im Krieg sei nach eigenen Angaben gewesen: »Über Gräber vorwärts!«

Timon ließ die Mappe schockiert sinken.

»Natürlich muss man bei Anschuldigungen aus der DDR immer vorsichtig sein«, räumte Isabel ein. »Aber es sind ja Kopien der Original-Kommandoberichte beigefügt. Außerdem habe ich sein Buch gefunden und es überprüft. Das hat er seinerzeit wirklich so geschrieben.«

Timon war bitter enttäuscht und angewidert. Er hoffte, den General nie wieder zu treffen. Wie selbstgefällig und verlogen sein einstiger Mentor im Rückblick wirkte – jetzt, da Timon wusste, mit wie viel innerer Überzeugung er im Krieg Massenmorde in Auftrag gegeben hatte! Er war Isabel dafür dankbar, dass ihm die Kriegsgedanken des heutigen NATO-Befehlshabers noch rechtzeitig offenbart worden waren. Die Zitate in dem Dossier machten ihm die Entscheidung leichter: In einer Armee, die von solchen Männern geführt wurde, wollte er nicht dienen. Egal, wie schön Hilfseinsätze waren, im Kriegsfall reagierten Menschen vollkommen anders. Davon wollte er kein Teil sein.

»Ich verpflichte mich nicht«, sagte er zu Isabels offensichtlicher Erleichterung. »Ich werde nächsten Monat zu Onkel Willy in die Reederei gehen. Albin hat mit Sharif genug Hilfe im Autohaus, außerdem steuert Marlies auch etwas bei, die wird bei Julius in der Praxis als Arzthelferin beginnen. Und Menschen retten kann man auch anderswo – notfalls gehe ich nebenbei zur freiwilligen Feuerwehr.«

»Damit wirst du Willy sehr glücklich machen«, vermutete Isabel. »Er war in letzter Zeit so oft traurig. Ich nehme an, dass Burkhards Rückkehr ihn wieder an seinen geliebten Hinnerk erinnert hat – und dessen Selbstmord.«

»Dann sagen wir es ihm doch gleich«, schlug Timon vor und zeigte zum Elbufer, wo Willy Max beim Wiederaufbau der Strandhütte half. Der Reeder trug seine Lederjacke mit der Norwegen-Flagge auf dem Rücken – ein untrügliches Zeichen dafür, dass er sich in entspannter Freizeitstimmung befand.

Timon und Isabel hatten sich gerade über die Stufen auf dem Weg zu ihm gemacht, da kam die kleine Stella zu ihnen geeilt. »Timon, ich soll dir sagen, dass die Beryl feiern will.«

»Gleich, wir wollen nur kurz zu Max und Onkel Willy gehen. Möchtest du mit?«, fragte er.

Stella nickte eifrig und sah zu Willy hinunter, der gerade mit einem großen Hammer einen Pfahl in den Boden schlug. Isabel bemerkte, dass das kleine Mädchen bei dem Anblick erstarrte und zu zittern begann.

»Der darf nicht mit dem Ruder schlagen«, wisperte sie, dann begann sie zu weinen und rannte, nach Beryl rufend, wieder nach oben zur Terrasse.

»Weißt du, was sie hat?«, wunderte sich Isabel.

»Wahrscheinlich hat sie im Fernsehen irgendwas Schlimmes mit einem Holzhammer gesehen«, mutmaßte Timon. »Ich muss mal ein ernstes Wörtchen mit Elfie reden. Die soll mit der Kleinen nicht immer abends noch Sendungen für Erwachsene gucken.«

Doch Isabel war skeptisch. Sie spürte, dass Stella an etwas Schreckliches erinnert worden war – etwas, das in der Realität geschehen war. Sie beschloss, der Sache auf den Grund zu gehen.

TEIL IV

Herbst/Winter 1962

43

Es war mal wieder stürmisch in Hamburg. Doch laut Wetterbericht sollte der Wind diesmal keine Katastrophe bringen, sondern vielmehr die Regenwolken der vergangenen Woche vertreiben. Isabel Torres hatte sich von ihrem Großvater auf dessen Barkasse über die aufgewühlte Elbe nach Waltershof bringen lassen, wo sie eine dort lebende Kinderpsychologin treffen wollte. Die junge Journalistin winkte Max noch einmal nach, als er sein Boot zurück in Richtung der Villa Nieland lenkte. Die Sonne trat zwischen den grauen Wolken hervor und ließ neben dem wenigen Restgrün die Herbstfarben der Bäume auf dem Elbhang erstrahlen: Braun, Gelb, Orange – der Anblick verdiente wahrhaft den Ausdruck »goldener Oktober«!

Isabel drehte sich um und ging über den von Wellen und Gischt umspülten Steg auf die Halbinsel. Die bot auch an diesem Freitag, den 6. Oktober 1962, fast acht Monate nach der großen Flut, stellenweise noch immer ein Bild der Verwüstung. Vielen Menschen war die Rückkehr hierher verwehrt geblieben, entweder waren ihre Lauben völlig zerstört oder aber derart beschädigt, dass keine Sicherheit gewährleistet werden konnte.

Das Wochenendhäuschen von Dr. Tara Claußen-Bruns war von der Flut verschont geblieben, da es auf einem Hang stand. Seit 1957 war es Frauen nach der Hochzeit gestattet, ihren Geburtsnamen dem Nachnamen des Mannes hinzuzufügen, und die Kinder- und Jugendpsychologin schien von diesem Recht Gebrauch gemacht zu haben. Isabel kannte die attraktive Enddreißigerin, die eine Brille trug, und ihr lockiges, kastanienbraunes Haar hochgesteckt hatte, bereits: Im Frühjahr hatte sie die Expertin für einen Artikel über Kindheitstraumata im Krieg interviewt.

Dr. Claußen-Bruns ließ sich nach der Begrüßung am Kaffeetisch von Isabel alle Details jener Nacht erzählen, in der die kleine Stella von Burkhard Nieland aus der Elbe gezogen worden war.

»Hat sie den Großvater, der sie gerettet hat, denn ertrinken sehen?«

»Nein, er wurde davor noch bis zu unseren Nachbarn getrieben«, erwiderte Isabel. »Da war Stella ja auch selbst gerade erst aus dem Wasser raus und hat erst mal wenig mitbekommen. Sie wurde dann gleich von ihrer Großmutter auf den Arm genommen.«

Die Ärztin schrieb etwas in einen Notizblock. »Und das Kind hat überhaupt keine Erinnerungen daran, um ein Haar selbst ertrunken zu sein?«

»Nein, meistens nicht«, antwortete Isabel, schränkte aber ein: »Nur einmal im April, wir waren auf dem Hang und beobachteten meinen Großvater beim Bau einer neuen Strandhütte – da hat sie plötzlich geweint und ist weggelaufen. Hinterher hatte sie auch diesen Vorfall vergessen. Aber jetzt hat sie seit zwei Wochen Schlafstörungen und wacht nachts oft aus Albträumen auf. Anders als früher ist sie manchmal auch richtig menschenscheu. Besonders ihr ehemaliger Lieblingspatenonkel Willy darf sich ihr gar nicht mehr nähern. Er leidet sehr unter der Ablehnung der Kleinen.«

»Meine Ferndiagnose aufgrund Ihrer Aussagen lautet dissoziative Amnesie«, erklärte die Psychologin. »Das ist eine

Gedächtnisstörung, die durch Traumata oder Stress ausgelöst wurde. Diese Gedächtnislücken können je nach Patient wenige Minuten bis zu Jahrzehnten umfassen.«

»Gibt es denn eine Möglichkeit zur Wiederherstellung der verlorenen Erinnerungen?«, erkundigte sich Isabel.

Dr. Claußen-Bruns nickte. »Ja, Hypnose, zum Bespiel, und medikamentengestützte Befragungen. Es kann natürlich auch kontraproduktiv sein, bestimmte traumatische Erlebnisse wieder hervorzurufen. Oft ist Psychotherapie notwendig, um den Betroffenen zu helfen, das Erlebnis zu verarbeiten, das die Störung verursacht hat. Manchmal beeinflussen diese Informationen das Verhalten, obwohl der Betroffene sie vergessen hat. Zum Beispiel vermeidet eine Frau, die in einem Aufzug vergewaltigt wurde, danach Fahrstühle und weigert sich, sie zu benutzen, auch wenn sie sich an keinerlei Details des Übergriffs erinnern kann.«

»Stella hat kurz vor ihrem Weinkrampf gesagt: ›Nicht mit dem Ruder schlagen‹«, erinnerte sich Isabel, »aber da war kein Ruder in der Nähe.«

»Vielleicht trieb eines in der Elbe an dem Abend, als sie fast ertrunken ist«, vermutete Dr. Claußen-Bruns. »Einige Personen haben Flashbacks, die nach einschneidenden psychischen Verwundungen auftreten können – wie etwa durch den Krieg. Das bedeutet, die Betroffenen durchleben Ereignisse erneut, als würden sie tatsächlich passieren. Sie haben kein Bewusstsein über die anschließende persönliche Vergangenheit, zum Beispiel, dass sie das Trauma überlebt haben.«

»Würden Sie denn in Stellas Fall zur Hypnose raten?«

»Das müssen die Eltern entscheiden«, sagte die Ärztin. »Aber ich denke, es könnte helfen, ihr klarzumachen, wie sie es ja letztlich aus dem Wasser heraus geschafft hat.«

Als Isabel am Abend die Halle der Villa betrat, war sie zunächst erstaunt, dort von Fräulein Queck begrüßt zu werden. Normalerweise pochte die Haushälterin sehr auf ihr freies Wochenende in ihrer Wohnung in Finkenwerder, die Max nach der Flut saniert hatte. Doch dann fiel Isabel wieder ein, dass die Dame bis Sonntag als Ersatz-Babysitterin für die kleine Stella fungieren musste – Timon und Beryl hatten deren Mutter Sally nämlich zum Deutschen Apothekertag in Karlsruhe begleitet. Dort wollte die frischgebackene Pharmazeutin von Finkenwerder mit ihren Kollegen für die Beibehaltung der Preisbindung bei Medikamenten und die Eindämmung des Verkaufs außerhalb von Apotheken kämpfen.

»Guten Abend, Fräulein Queck«, entgegnete Isabel. »Wissen Sie, ob Frau Schwarz schon da ist?«

Leni arbeitete sehr oft auch bis in den späten Abend für Innensenator Helmut Schmidt, doch nicht heute, wie Xenia Queck Isabel nun informierte: »Ja, sie liest in der Bibliothek.«

Wenig später hatte Isabel Stellas Mutter von der Möglichkeit berichtet, die Kleine durch Hypnose daran zu erinnern, wie sie in der Sturmnacht gerettet worden war. »Doktor Claußen-Bruns meint, dass die Eltern entscheiden müssen. Und sie sollen bei Kindern auch in die Therapie miteinbezogen werden.«

»Ich werde Moshe fragen, ich würde das wirklich gern versuchen«, erwiderte Leni. »Die arme Kleine soll sich nicht länger mit diesen Albträumen herumschlagen müssen. Danke, dass du dich darum gekümmert hast, Isabel.«

»Gerne«, erwiderte die Journalistin. »Ich habe seit dem Interview einfach großes Vertrauen zu Doktor Claußen-Bruns.«

»Ach ja, bei Helmut Schmidt war übrigens dein Chef zu Besuch«, fiel Leni ein. »Nach zehn Uhr nachts …«

»Der Augstein?«, wunderte Isabel sich. Der *Spiegel*-Chef-redakteur hatte sich die Woche über eigentlich wegen seiner Schwindelanfälle krankschreiben lassen, war sogar für einen Tag im Krankenhaus gewesen.

»Nein, sein Stellvertreter. Dieser Conny Ahlers«, korrigierte Leni. »Schmidt hat sich einen Artikel von ihm durchgelesen und mit Bleistift bei sachlichen Fehlern jeweils Striche an den Rand gemacht.«

»Ja, der Helmut Schmidt und Conny sind Studienfreunde«, erinnerte sich Isabel. »In dem Artikel geht es um den Zustand der Bundeswehr. Conny hat sogar zu einigen fraglichen Punkten beim Bundesnachrichtendienst nachgehakt, um sicherzugehen, dass der General, den er interviewt hat, keine Staatsgeheimnisse verrät.«

»Dazu hat ihm wahrscheinlich Helmut geraten«, mutmaßte Leni. »Er kennt die weltweiten militärischen Zusammenhänge wie seine Westentasche. Der erkennt sofort, welche Information geheim ist und welche nicht.«

Doch Isabel widersprach: »Beim BND hat Conny bestimmt von sich aus nachgehakt. Augstein schwört uns immer darauf ein, dass die Gefahr, Landesverrat zu begehen, für einen Enthüllungsjournalisten omnipräsent ist – und wir uns deshalb absichern müssen.«

»Verstehe«, nickte Leni. »Schmidt meinte, dass in dem Artikel mal wieder ziemlich scharf gegen Franz Josef Strauß geschossen wird.«

»Ja, das macht unser Rudolf Augstein ja mit Vorliebe. Wir stellen Strauß als Atomfeuer speienden Drachen dar, der alle bundesrepublikanischen Freiheiten zu verschlingen droht. Das ist bestimmt ein bisschen eindimensional«, räumte Isabel selbstkritisch ein. »Aber Augstein sagt immer: ›So schnell können wir gar nicht schreiben, wie der Herr Verteidigungsminister eilfertig und ganz höchstpersönlich seinen eigenen Ruf zerstört!‹«

»Das stimmt, manchmal kann man sich nur wundern, wie dreist und skrupellos Strauß ist«, bestätigte Leni. »Zum Beispiel mit seiner Vetternwirtschaft. Da bahnt sich ein Weltkrieg an, aber er nimmt sich noch Zeit, seine politische Position zu missbrauchen, um irgendwelchen Kumpels lukrative Geschäfte zuzuschanzen.«

Franz Josef Strauß, der sich selbst als nächsten Bundeskanzler sah, war – auch durch Berichte des *Spiegel* – in der sogenannten Fibag-Affäre in Bedrängnis geraten. Es war aufgedeckt worden, dass er mit Briefen an amerikanische Beamte und Politiker versucht hatte, politischen Freunden, die eigentlich für das Bauwesen nicht wirklich qualifiziert waren, attraktive Bauaufträge zukommen zu lassen.

»So wie es aussieht, will der Untersuchungsausschuss Strauß aber aus der Schlinge lassen. Sollte das wirklich passieren, schlägt der *Spiegel* natürlich zu!«

»Ja, man darf ihn wirklich nicht an der langen Leine lassen. Helmut findet ihn zu rechts und streckenweise sogar gefährlich«, verriet Leni. »Monnet hat mir was Spannendes anvertraut: Der Abrüstungsberater der US-Regierung, Henry Kissinger, hat nach einem Treffen mit Strauß im Mai letzten Jahres seine Regierung schriftlich vor ihm gewarnt. Er traue dem Bayern zu, dass er sich die Atomwaffen im Krisenfall einfach schnappe und ohne Rücksprache zum Einsatz gegen den Ostblock bringe. Deshalb müsse man sie dringend aus seiner Reichweite schaffen.«

»Da hat dieser Kissinger völlig recht«, befand Isabel. »Natürlich darf man gegenüber dem Ostblock und der DDR nicht klein beigeben, aber mit einem Atomkrieg ist niemandem gedient.«

Leni nickte. »Gegen die DDR hilft nur politischer Druck. Man kann nicht genug anprangern, was dort geschieht. Die treten die Menschenrechte mit Füßen.«

Traurig dachte Isabel an ihre beste Freundin, die im Osten Deutschlands eingemauert war. Inzwischen war aller Stacheldraht durch solide – und mit Waffengewalt bewachte – Betonwände ergänzt worden. Wie es Rosa wohl gerade ging?

***

»Wollen wir nicht Du sagen?«

Rosa Timmlein war in der Zwickmühle. Sie stand am Montag, den 8. Oktober 1962, mit Margot Koschitza in der Speisekammer des Hotels *Meer des Friedens* in Warnemünde, und die stellvertretende Direktorin hatte sie soeben beim gemeinsamen Aufräumen mit diesem Angebot überrumpelt.

Einerseits hatte ihr Margot zu Beginn ihrer Zeit im Hotel das Leben monatelang zur Hölle gemacht, sie drangsaliert, wo es nur ging. Andererseits war sie, seit man Rosa letzten Sommer an der Schauspielschule abgelehnt hatte, ausnehmend freundlich, ja fast fürsorglich zu ihr gewesen. Als die Auszubildende im Winter mit einer schlimmen Erkältung ans Bett gefesselt gewesen war, hatte die Koschitza doch tatsächlich Medikamente in ihrer Wohnung in Rostock vorbeigebracht und dem verblüfften Felix dort Ratschläge bezüglich alter Hausmittel für eine rasche Genesung gegeben. Rosa war bisher dennoch eher zurückhaltend gewesen, denn irgendwo in ihr schwelte der Verdacht, dass es Margot gewesen war, die sie wegen ihrer DDR-Kritik bei den Behörden angeschwärzt und damit ihr Schauspielstudium vereitelt hatte.

Doch schließlich wischte sie sich die Hände an ihrer Schürze ab und reichte ihrer Vorgesetzten die Hand. »Also gut, Margot – ich bin Rosa«, sagte sie, und ihr gelang ein Lächeln.

»Ich weiß genau, warum du einen Moment lang gezögert hast«, meinte Margot, ihrerseits lächelnd, was jedoch irgendwie freudlos wirkte.

»Weil wir uns am Anfang so oft gezankt haben?«, entgegnete Rosa.

»Das – und weil du dir nicht sicher bist, ob ich dich wegen deiner politischen Haltung verraten habe«, mutmaßte Margot in einer Offenheit, die für Rosa völlig überraschend kam.

»Hast du es denn getan?«, fragte sie nach einer schockierten Pause.

Margot schüttelte den Kopf. »Natürlich hat man die Leitung der Schauspielschule deshalb gezwungen, dich abzulehnen – obwohl sie dein Talent erkannt hatten. *Jemand* hat dich also wirklich angeschwärzt. Aber denk mal nach, monatelang behandle ich dich schlecht, um dich loszuwerden. Und dann soll ich dafür sorgen, dass du gezwungen bist, bei uns zu bleiben?«

Rosa sah ihre Vorgesetzte baff an. Daran hatte sie nie gedacht.

»Ich habe dich anfangs so schlecht behandelt, damit du in den Westen zurückkehrst, solange es noch möglich ist. Mir war klar, dass du unterschätzt, was dieses Regime da alles vorbereitet – dass man überall abgehört wird.«

Rosa sah sich in der Speisekammer um. Ihr war es gleich komisch vorgekommen, als Margot sie gebeten hatte, zu zweit darin aufzuräumen.

»Sind wir deshalb hier?«, vergewisserte sie sich mit gesenkter Stimme. »Weil es im Hotel Wanzen gibt?«

Margot nickte. »Eher weil es nur hier keine gibt.«

Rosa war entsetzt. »Aber wenn du das alles nicht warst, wer hat es dann getan?«

»Er war einfach zu naiv. Er hat unterschätzt, wozu dieses Regime fähig ist. Was man ihm als Gegenleistung für diesen Posten abverlangen wird.«

Die Erkenntnis aus Margots zögerlichen, gequälten Worten ließ Rosa bestürzt die Hand vor ihren Mund reißen.

»Dietmar?«, wisperte sie.

Sollte wirklich ausgerechnet Margots Bruder, der so liebenswerte Hoteldirektor und Lebensretter ihres Großonkels Willy, derjenige sein, der sie an die Staatssicherheit verraten hatte? Das konnte, das durfte doch nicht sein! Doch Rosa wusste instinktiv, dass Margot die Wahrheit sagte, als diese mit gesenktem Blick nickte.

»Ja, Dietmar steckt dahinter.«

44

Es war für Oktober ungewöhnlich sonnig und warm, als an diesem Montagmorgen um elf Uhr die Redaktionskonferenz des *Spiegel* begann. Geleitet wurde sie von Chefredakteur Rudolf Augstein. Er schien zu Isabels Erleichterung nach den Schwindelanfällen letzter Woche heute wieder auf dem Damm zu sein. Auf dem Tisch lag die einhundertachtzehn Seiten starke Ausgabe 41/1962. Auf dem Titelblatt war die Fotografie eines älteren Herrn in Uniform zu sehen, der den Kopf leicht nach rechts drehte und lächelte, als hätte er gerade ein nettes Kompliment erhalten. Über der sauber gebundenen Krawatte trug er das eiserne Kreuz. Es handelte sich um den Generalinspekteur der Bundeswehr, Deutschlands ranghöchsten Soldaten. Isabel hatte sich bereits während der Korrekturphase durch den von Conny Ahlers und dem Bonner *Spiegel*-Redakteur Hans Schmelz verfassten Leitartikel über das NATO-Manöver Fallex 62 gekämpft. Darin waren keinerlei Komplimente für die Bundeswehr und deren Führer zu finden. Im Gegenteil!

Augstein hielt das Heft hoch und blickte in die Runde. »Hat wohl keiner gelesen?«

»Eine mühsame Lektüre«, gab Conny Ahlers gegenüber den anwesenden Kollegen zu, »nur für besonders interessierte Leser verdaulich. Wenig Neues drin.«

Dem konnte Isabel nur bedingt zustimmen. Ihr Kollege Alex Jensen, mit dem sie sich nach der Konferenz in der Kaffeeküche unterhielt – und der den Artikel ebenfalls bereits durchgewälzt hatte –, teilte ihre Meinung.

»Ich finde ihn auch brisanter als unsere Chefs«, stimmte er zu und reichte ihr eine Tasse mit Kakao. Dann fügte er lächelnd hinzu: »Extra viel Sahne wie immer.«

»Danke.« Isabel nippte an der heißen Schokolade. »Conny Ahlers und Augstein waren Offiziere im Zweiten Weltkrieg und kennen sich in Militärdingen noch heute bestens aus – klar, dass die beiden deshalb an dem Artikel über den Zustand der Bundeswehr nichts Besonderes finden. Aber der Durchschnittsleser …«

»Genau«, stimmte Alex zu und stellte seine eigene Tasse mit Kakao und Sahne ab.

Isabel nahm eine Serviette und wischte ihm schmunzelnd ein Milchbärtchen vom Mund. Er grinste. »Danke. Ja, für jemanden, der die Militärpolitik nicht so regelmäßig verfolgt, für den gibt es in dem Artikel doch einige Erkenntnisse – und zum Teil auch ziemlich schockierende.«

Isabel nickte erschaudernd. »Im Fall eines Atomkrieges bis zu fünfzehn Millionen tote Westdeutsche …«

»Und die Bundeswehr ist aufgrund mangelnder Ausstattung unfähig zur konventionellen Verteidigung. Ein Armutszeugnis für Franz Josef Strauß, unseren Machtmenschen aus dem schönen Bayern!«, resümierte Alex. »Der platzt sicher vor Wut über den Artikel.«

»Wenn er es überhaupt schafft, sich durch die achttausend Wörter zu quälen«, meinte Isabel trocken.

Alex musste lachen. »Auch wieder wahr. Da wir gerade bei den Bayern sind: Mit dir und Konrad alles in Ordnung?«, erkundigte er sich.

Sie seufzte und bekannte ehrlich: »Manchmal kommt es mir vor wie in der Kindheit. Da habe ich mir mal monatelang ein bestimmtes Spielzeug gewünscht, und als ich es dann gekriegt habe, wusste ich nach kurzer Zeit nicht mehr, was ich mit ihm anfangen sollte. Eigentlich war die Sehnsucht nach dem Spielzeug schöner, als es dann zu haben. Es sieht toll aus, und man würde es auch nicht freiwillig hergeben, aber man hat sich eben dran gewöhnt.«

In dem Augenblick, in dem sie ihn ausgesprochen hatte, bemerkte sie selbst, wie sehr der Vergleich hinkte.

»Ist Konrad ein Spielzeug für dich?«, hakte Alex nach, und er wirkte – wie öfter in ihren Gesprächen – auf Isabel fast so therapeutisch-nüchtern wie Dr. Claußen-Bruns.

»Nein, um Gottes willen, das war ein bescheuerter Vergleich«, haspelte sie. »Also, ich meine … puh, wie sag ich das?«

»Meinst du, es geht eher darum, dass sich der Alltag mit ihm nicht so gut anfühlt wie gedacht – und du nicht weißt, ob es an dir oder an ihm liegt?«

Sie sah ihn erstaunt an. »Du kannst das treffender formulieren als ich selbst …«

Er lächelte. »Ich habe den Vorteil der Außensicht.«

»Stimmt«, sagte sie und schmunzelte nun ihrerseits. »Natürlich liebe ich ihn, aber wir sind eben so wahnsinnig verschieden. Daher streiten wir uns auch oft. Ich gehe zum Beispiel einfach gern mal mit Lito gemütlich an der Elbe spazieren. Konrad möchte dann gleich immer, dass wir in voller Turnanzugs-Montur Dauerlauf machen. Alles muss ein Sportereignis sein.«

Das hatte zeitweise auch auf ihr Liebesleben zugetroffen.

Nachdem Isabels Familie ihn akzeptiert hatte, war Konrad im Bett zunächst wieder »voll leistungsfähig« geworden. Das berühmte »erste Mal« hatte sich denn auch keinesfalls so dramatisch oder romantisch angefühlt, wie man sich gemeinhin erzählte – eher wie eine kleine Sportverletzung. Danach hatte sie manchmal den Eindruck gehabt, der »Matratzensport« sei Konrads neue Lieblingsbeschäftigung geworden. Seit diesem Frühjahr hatte sein sexuelles Interesse jedoch wieder abrupt nachgelassen – und sie war gar nicht mal sonderlich unglücklich darüber. Er wirkte, als habe er erneut etwas mit sich auszukämpfen. Und sie konnte sich schon vorstellen, was: Dass er sich durch Sofie endlich den Traum von der eigenen Praxis erfüllen konnte, machte ihn regelrecht besessen von seiner Arbeit. Der attraktive »Herr Doktor« bewies seine Männlichkeit nun endlich im nach außen sichtbaren beruflichen Erfolg, mutmaßte sie, da ging eben die Energie fürs Bett flöten. Doch dieses Thema war nun wirklich so intim, dass sie darüber selbst mit Alex nicht sprechen konnte. So etwas hätte sie allerhöchstens mit Rosa beredet – aber auch nicht in ihren viel zu seltenen Telefonaten, bei denen man ja davon ausgehen musste, dass die Leitungen abgehört wurden. Diese verdammte DDR! Wie froh war Isabel, in einem Land zu leben, in dem es eine solche Bespitzelung nicht gab!

»Liegt eure Entfremdung vielleicht daran, dass du hier oft bis spätabends zu tun hast?«, gab Alex zu bedenken.

»Ach, Überstunden macht Konrad zurzeit noch öfter als ich. Die Praxis ist ihm heilig – auch abends noch. Natürlich nimmt die Arbeit etwas von unserer gemeinsamen Zeit weg. In der hätten wir ja lernen können, uns besser aufeinander einzustellen, wer weiß. Aber, wenn ich ganz ehrlich bin, bin ich oft auch froh, abends mal mit niemandem reden zu müssen – außer mit meinem Hund. Einfach Feierabend, ohne Konversation und erst recht ohne Sport.«

»Und wenn ihr mal zu zweit irgendwo hinfahrt?«, schlug Alex vor.

»Das will er ja ständig. Skiurlaub!«, seufzte Isabel. »Aber ich möchte lieber auf Entdeckungsreisen gehen, fremde Menschen und Tiere kennenlernen.«

»Geht mir genauso«, entgegnete er. »Mein größter Traum ist es, mir mal die Wildpferde in der Camargue anzuschauen.«

»Schön«, fand Isabel.

»Apropos Pferde«, fiel Alex nun ein. »Wir haben es bisher ja nicht geschafft, zusammen den Reiterhof meiner Eltern zu besichtigen. Vielleicht magst du dir Samstag, den 27. Oktober, mal frei halten? Da feiere ich dort meinen neunzehnten Geburtstag. So würden wir zwei Fliegen mit einer Klappe schlagen: Du kannst mir gratulieren – und meine Familie kennenlernen. Mein Vater fragt schon dauernd, wann ich mal meine ›rein plutonische‹ Lieblingskollegin mitbringe.«

»Plutonisch?«, wiederholte Isabel lachend.

»Ja, das Wort ›platonisch‹ vergisst er immer wieder, obwohl ich ihn schon so oft darauf hingewiesen habe, wie es richtig heißt«, erklärte ihr Kollege schmunzelnd.

»Natürlich komme ich. An dem Wochenende ist Konrad bei seiner Mutter in Nürnberg«, sagte sie, und da sie nicht mochte, wie das klang, fügte sie hinzu: »Aber ich wäre auf jeden Fall gekommen.«

Alex lächelte zufrieden.

***

»Dietmar hat die Direktion des Hotels übernommen und gedacht, er kann unbehelligt weiterleben wie bisher. Ich habe ihn gleich gewarnt, dass er jetzt viel mehr unter Beobachtung steht«, erzählte Margot Koschitza, die sich in der Speisekammer des Strandhotels auf ein Fass gesetzt hatte. »Aber er wollte nicht auf mich hören.«

»Das heißt, sie haben ihn gezwungen, auch mich zu bespitzeln?«, fragte Rosa Timmlein mit belegter Stimme.

»Ja, als er dich wegen der Schauspielschule angeschwärzt hat, spielte natürlich auch mit, dass er dich nicht an Berlin verlieren wollte«, meinte Margot. »Er mag dich ja wirklich, hat sich danach auch ständig betrunken, weil er so ein schlechtes Gewissen hatte.«

»Als er aus der Kur zurückkam, war er wirklich öfter angeschickert«, fiel Rosa wieder ein. »Ich dachte, er hätte noch Schmerzen von dem Sturz und wollte die betäuben.«

Dietmars Schwester atmete hörbar aus. »Nun weißt du es also. Ich hoffe, du kannst ihm verzeihen.«

»Wieso hast du es mir gesagt?«, wunderte sich Rosa. »Und warum ausgerechnet jetzt?«

»Weil ich dir vertraue, dass du mit deinem Wissen verantwortungsvoll umgehst«, erklärte Margot. »Und weil du nun vorsichtiger bist mit dem, was du sagst. Auch wenn ich mal nicht mehr da sein sollte. Ich kenne dich inzwischen ganz gut. Ich denke, dass du dann im Notfall auch Dietmar davor warnen würdest, leichtsinnig Dinge zu riskieren.« Sie wischte sich die Augen. »Er braucht immer jemanden, der auf ihn aufpasst.«

»Wieso solltest du nicht mehr da sein?«, hakte Rosa misstrauisch nach.

Nach längerem Zögern stieß Margot hervor: »Ich habe einen Knoten in meiner Brust.«

Rosa erschrak. »Das ... das muss ja aber nicht bösartig sein.«

»Wird sich zeigen«, sagte sie tonlos. »Bei meinem Vater hat am Ende keine Behandlung mehr geholfen.«

Kurz herrschte zwischen den beiden Frauen betretenes Schweigen. Dann sah die stellvertretende Hoteldirektorin durch das winzige Fenster der Speisekammer zum Strand hinaus. »Wir lebten ja in Berlin, aber er liebte das Meer so. Meine Mutter ist dann mit uns hierhergefahren, als er schon fast nicht mehr laufen konnte. Beim Anblick der Ostsee war er noch mal so glücklich. Als wir schon eine halbe Stunde auf dem Rückweg nach Berlin waren, hat meine Mutter Papis trauriges Gesicht nicht mehr ausgehalten. Er war sich ja sicher, dass er seine geliebte Ostsee zum letzten Mal gesehen hatte. Da hat sie kehrtgemacht und ist die dreißig Kilometer wieder zurückgefahren. »Es gibt noch Nachschlag«, hat sie gesagt. Als wir dann bei einem wunderschönen Sonnenuntergang hierherkamen, hat Papi geweint wie ein Kind.«

»Schön«, brachte Rosa mit feuchten Augen hervor.

»Aber irgendwann gibt es natürlich keinen Nachschlag mehr«, entgegnete Margot bitter.

»Seid ihr deshalb von Berlin hierhergezogen, du und Dietmar?«, fragte Rosa.

Margot nickte. »Wünsche und Träume werden vielleicht auch in unseren Genen weitergegeben. Wir holen uns jeden Tag einen Nachschlag Ostsee für Papi.«

»Und … deine Mutter?«

»Sie lebt in Hamburg. Unerreichbar wie deine Familie für dich«, erklärte Margot. »Aber zwischen uns gab es schon lange zuvor eine Mauer. Der Schmerz über Vatis Tod hat uns dazu gebracht, sehr hässlich zueinander zu sein.«

Aus einem Impuls heraus griff Rosa nach der Hand ihrer Vorgesetzten und drückte sie. Margot erwiderte den Druck.

»Ich werde auf Dietmar aufpassen, aber das wirst du auch selbst tun können. Es wird nämlich alles gut gehen bei dir.«

Margot nickte schwach, und Rosa wusste, dass sie nicht daran glaubte.

***

Zum dritten Mal begann Isabel die Seite zu lesen, die zu einem Artikel gehörte, den sie redigieren sollte. Sie klopfte nervös mit dem Bleistift auf das Papier, konnte sich einfach nicht konzentrieren. Was war, wenn alles, was sie hier taten, umsonst war? Wenn das Gedankenspiel des atomaren Holocausts aus dem Fallex-Artikel von vor zwei Wochen schon in den nächsten Tagen wahr werden würde? Millionen von Toten in wenigen Minuten … Seit gestern schien das Ende der zivilisierten Welt in greifbare Nähe gerückt.

»Genosse Jensen meldet sich gehorsamst zum Dienstantritt«, hörte sie plötzlich eine zackige Stimme hinter sich in der Tür.

Sie fuhr herum, und ihre Laune hob sich ein wenig.

»Alex!«, rief sie. »Geht es dir wieder besser?«

Er war gestern zur Redaktionskonferenz nicht erschienen, es hieß, er habe sich krankgemeldet.

»Ich rotz noch so ein bisschen rum«, scherzte ihr Kollege. »Aber das Fieber ist weg. Meine Mutter wollte mich Sonntagabend aber nicht abreisen lassen.«

»Oje, du Armer, dann hattest du ja ein verlängertes, aber richtig doofes Wochenende«, bedauerte Isabel ihn.

»Kann man wohl sagen. Ich hab mich am Freitag mit meiner Ex-Freundin getroffen«, berichtete er. »Das hätte ich mir mal besser geschenkt. Kein Wunder, dass ich krank geworden bin.«

Isabel versetzte es einen Stich, von diesem Rendezvous zu erfahren. Sie schalt sich innerlich für die in ihr aufflammende Eifersucht. Schließlich war sie ja mit Konrad verlobt.

»Die, die dich betrogen hat, diese Birgit?«, erkundigte Isabel sich – bemüht, möglichst heiter zu klingen. »Warum wolltest du sie denn treffen?«

»Ja, Birgit, genau. *Sie* wollte *mich* treffen. Warum, weiß ich auch nicht. Vielleicht kriselt es ja mit ihrem Schreiner. Ich konnte es nicht rausbekommen, nach fünf Minuten hatten wir uns wieder in der Wolle, und nach zehn Minuten ist sie wütend aus dem Café gestürmt.«

»Ach so«, sagte Isabel einsilbig.

»Na ja, zum Trost war ich ja mit der glühend heißen Lady Angina im Bett.« Alex wunderte sich, dass sie nicht über seinen Scherz lachte. »Was ist mit dir? Geht es dir nicht gut?«

»Ach, ich mache mir nur Sorgen wegen Kuba«, versuchte sie abzulenken, ehe er ihre Eifersucht durchschauen konnte, auf die sie eigentlich kein Anrecht hatte.

»Kuba? Was ist mit Kuba?«, fragte er verständnislos.

Sie sah ihn erstaunt an. »Na, die russischen Raketen. Sag bloß, du hast nichts mitgekriegt.«

»Ich war im Bett und im Zug«, erinnerte er sie.

»Gestern um neunzehn Uhr Washingtoner Zeit hat Präsident Kennedy eine Fernsehansprache gehalten«, brachte sie ihn auf den aktuellen Stand. »Darin hat er die Weltöffentlichkeit informiert, dass die Sowjetunion Atomraketen auf Kuba installiert hat! Damit könnten sie sogar die amerikanische Hauptstadt erreichen.«

»Sicher eine Reaktion auf die amerikanischen Raketen in der Türkei«, mutmaßte Alex. »Aber wenn die Atomwaffen in Kuba bleiben, würde sich das Gleichgewicht des Schreckens auf jeden Fall zugunsten der UdSSR verlagern. Die USA wären erpressbar.«

»Kennedy hat für morgen den Beginn der Seeblockade angekündigt«, fuhr Isabel fort. »Er forderte Chruschtschow zum Abzug der Raketen aus Kuba auf. Für den Angriffsfall drohte er mit einem atomaren Gegenschlag.«

Diese Worte Kennedys zu wiederholen spülte all ihre verdrängten Sorgen wieder nach oben.

Alex bemerkte es. »Hast du Angst?«

Sie nickte langsam. »Ja, ein Atomkrieg war noch nie so nah wie jetzt. Das wäre unser aller Ende.«

Alex setzte sich ihr gegenüber und streichelte tröstend ihre Wange.

»Dazu wird es nicht kommen«, sagte er, und es klang sehr überzeugt.

Sie sah ihn skeptisch an. »Warum bist du dir da so sicher?«

»Weil beide Seiten wissen, dass sie einen Atomkrieg nicht gewinnen können«, erläuterte er. »Jeder nukleare Schlag würde im Gegenzug auch Millionen Menschen auf der eigenen Seite das Leben kosten.«

Isabel erinnerte ihn: »Es gab aber schon mal Politiker, denen war es egal, wenn Millionen sterben.«

»Aber weder Chruschtschow noch Kennedy sind wie Hitler«, versuchte er sie zu beruhigen.

»Da wäre ich mir bei dem Russen nicht so sicher«, entgegnete Isabel. »Aber du glaubst eben an das Gute im Menschen.«

In diesem Augenblick betrat Conny Ahlers, der stellvertretende Chefredakteur, das Büro. »Mahlzeit«, grüßte er die beiden Nachwuchsjournalisten.

»Guten Tag, Herr Ahlers«, erwiderte Isabel erstaunt. »Sind Sie noch nicht auf dem Weg nach Spanien?«

»Heute geht es endlich los«, kündigte er an. »Meine Frau freut sich riesig. Wir hatten ewig keinen Urlaub mehr, schließlich trägt sie ja die andauernden Überstunden mit. Haben Sie schon gehört? Chruschtschow hat verkündet, die Blockade nicht zu akzeptieren. Behauptet natürlich, die stationierten Raketen dienen allein der Verteidigung.«

»Das kann böse enden«, sagte Isabel mit Seitenblick zu Alex.

»Kennedy spricht jetzt von Quarantäne«, berichtete Ahlers.
»Das klingt weniger nach Kriegsvokabular. Fräulein Torres,
kann ich Sie kurz in meinem Büro sprechen?«, bat er seine
jüngste Rechercheurin.

»Natürlich«, sagte Isabel und erhob sich augenblicklich.

Sie mochte Conny Ahlers und glaubte, dass auch er sie
schätzte. Er war stets freundlich zu ihr und behandelte sie
nicht so machohaft wie viele der anderen – allesamt männlichen – Ressortleiter des Magazins. Ahlers war allerdings
überzeugter Christdemokrat und einst Gründungsmitglied
der Jungen Union gewesen. Isabel lieferte sich mit ihm des
Öfteren intensive Diskussionen und schwere Wortgefechte,
die jedoch stets von gegenseitigem Respekt geprägt waren.
»Wenn Sie weiter so souverän argumentieren, machen Sie
mich noch zum Sozialdemokraten, Fräulein Torres«, hatte er
neulich gescherzt.

Jetzt schloss er seinen Schreibtisch auf und zog einen braunen DIN-A4-Umschlag, etwa zwei Zentimeter dick, heraus
und überreichte ihn ihr.

»Ich bin etwas nervös, weil es wohl Ermittlungen wegen
eines Artikels geben könnte. Rudolf nimmt es nicht so ernst,
aber sicher ist sicher.«

Sie nickte. »Geht es um die Fallex-Geschichte?«

Er sah sie erstaunt an. »Ist da auch schon was zu Ihnen
durchgedrungen?«

»Na ja, meine Großcousine arbeitet ja für Helmut Schmidt«,
vertraute sie ihm an. »Der Herr Innensenator findet wohl, Sie
seien mit der Titelstory tüchtig rangegangen. Und gewisse
Offiziere sind der Ansicht, der Artikel offenbare doch Staatsgeheimnisse. Das klingt nach dem Vorwurf des Landesverrats.«

»Fräulein Torres, Fräulein Torres, Sie und Ihre Quellen

sollte man nie unterschätzen«, entgegnete ihr stellvertretender Chef anerkennend. »In der Tat hat Schmidt das auch schon einen Tag nach der Veröffentlichung zu Rudolf gesagt, bei einem Essen im *Hotel Vier Jahreszeiten.* Unser Informant Oberst Martin hat es mir jetzt leider bestätigt: Die Lawine wegen des angeblichen Landesverrats soll ins Rollen gekommen sein, man sucht wohl einen bestimmten Hintermann.« Er deutete auf den Umschlag in ihrer Hand. »Das ist die Originalversion des Artikels, mit allen Quellen und Informanten, die ich schützen muss. Bitte bringen Sie die Unterlagen außer Haus, und verstecken Sie sie bis zu meiner Rückkehr – an einem sicheren Ort. Würden Sie das für mich tun?«

»Natürlich, Herr Ahlers«, entgegnete Isabel, in einer Mischung aus Stolz darüber, dass er sie ins Vertrauen gezogen hatte, und dem mulmigen Gefühl, nun Teil einer Verschwörung von Journalisten und Informanten zu sein, die von einigen Militäroberen für Landesverräter gehalten wurden.

45

Isabel liebte die Stunden, bevor ein neues Heft, diesmal die Ausgabe 44/1962, herauskam. Dann ging es in der Redaktion auch am Freitagabend nach neunzehn Uhr noch hektisch zu; jeder arbeitete emsig, jeder gab alles, um ein optimales Ergebnis zu erzielen. Nie spürte man das Brennen für den Journalismus so stark wie in diesen Momenten. Die neue Ausgabe des *Spiegel* hatte jetzt absolute Priorität – und wenn morgen die Welt unterginge! Der Satz war diesmal durchaus wörtlich zu nehmen. Die sowjetischen Mittelstreckenraketen lauerten in Kuba weiterhin auf ihren Einsatz. Die von John F. Kennedy als Quarantäne bezeichnete Seeblockade aus US-Kriegsschiffen hatte am Mittwochmorgen begonnen. Gestern hatten sich bei einer Sitzung des UN-Sicherheitsrates in New York City der russische und der US-UN-Botschafter einen diplomatischen Schlagabtausch geliefert. Der Ton zwischen den beiden Supermächten blieb bedrohlich harsch! Die Uhr für den Weltfrieden schien zu ticken …

Isabel schrak zusammen, als plötzlich ein uniformierter Polizist in der Tür des Großraumbüros auftauchte. »Verlassen Sie sofort Ihre Büros!«, rief er.

»Was geht hier vor?«, hörte sie die Stimme von Chefredakteur Claus Jacobi auf dem Flur.

»Wir räumen die Redaktion«, teilte einer der Männer mit. »Verdacht auf Landesverrat. Die Büros werden versiegelt. Alle Personen verlassen sofort das Gebäude!«

»Einen Teufel werden wir tun«, beschied ihn Jacobi kalt. Isabel, die inzwischen an der Tür angelangt war, konnte nun sehen, was sich draußen abspielte. Acht Polizisten standen im Gang. Ihr war klar, dass es um den Strauß-Artikel gehen musste.

»Einen Tag nachdem der Untersuchungsausschuss die Vorwürfe gegen den Bayern in der Fibag-Affäre niedergebügelt hat, will Strauß den *Spiegel* mundtot machen«, zischte Isabel Alex zu, der aus der Kaffeeküche trat. »Merkwürdiger Zufall.«

»Wenn Sie sich weigern, räumen wir eben mit Gewalt«, drohte ein bullig aussehender Mann und drängte sich unsanft an Isabel vorbei in deren Büro, wo er sich auf ein Telefon stürzte. »Ich rufe das Hamburger Überfallkommando an«, schrie er in Richtung Isabel. Die verschränkte die Arme und erwiderte seinen Blick ruhig.

»Tun Sie das!«, sagte sie kühl. »Aber ohne Räumungsbeschluss werden die auch nichts machen können.«

Der Uniformierte hätte von einer so jungen Frau gewiss keine Widerworte erwartet – er glotzte sie verdutzt an und brüllte kurz darauf barsch in den Hörer.

***

Auch wenn der Hamburger Innensenator Helmut Schmidt seine Assistentin Leni Schwarz siezte und stets eine professionelle Distanz wahrte, fragte er doch hin und wieder mit aufrichtiger Anteilnahme nach dem Befinden ihrer kleinen Tochter Stella. So auch an diesem Freitagabend, als sie wegen der Kuba-Krise bis nach zwanzig Uhr in seinem Büro ausgeharrt hatten.

»Mein Mann und ich haben uns für die Hypnose entschieden. Wir waren vorgestern mit Stella bei dieser Psychologin und hatten einen guten Eindruck. Die Kleine scheint sich bei ihr sicher zu fühlen. Für die Hypnose wird sie nächste Woche allerdings in die Villa kommen. Das soll Dienstagnachmittag in vertrauter Umgebung stattfinden.«

Da wurden sie durch einen Anruf unterbrochen. Schmidt ging gleich selbst ran, deshalb wusste Leni nicht, wer am anderen Ende der Leitung war. Sie bemerkte jedoch, dass Schmidt über das, was man ihm sagte, ganz außer sich war – etwas, was bei dem sonst so souverän wirkenden Kettenraucher so gut wie nie vorkam.

»Wieso erfahre ich das erst jetzt? Haft- und Durchsuchungsbefehl liegen in Bonn doch wohl schon länger vor, oder?«, schnauzte er in den Hörer. Nach der Antwort von der anderen Seite furchte Schmidt kopfschüttelnd die Stirn. »Ich habe da äußerst schwere politische Bedenken«, vermeldete er. »Diese Aktion führt zu einer außerordentlichen Belastung der Debatten um die Notstandsgesetzgebung. – Ja, ja, natürlich mache ich das trotzdem. Ich rufe den Kriminaldirektor an! Aber unter Protest, vermerken Sie das!« Er knallte den Hörer auf.

»Was ist passiert?«, fragte Leni.

»Der Erste Staatsanwalt Buback hat den *Spiegel* gestürmt. Er fordert Amtshilfe von uns«, bellte Schmidt zornig. »Die werfen denen jetzt tatsächlich Landesverrat vor.«

»Geht es um diesen Bundeswehr-Artikel?«, mutmaßte Leni.

»Ja, diese Strauß-Leute werden immer verrückter. Vorgestern hat der Herr Verteidigungsminister bei einem Empfang auf Schloss Brühl wohl die Contenance verloren. Hat besoffen den *Spiegel* verwünscht und krakeelt, ich sei reif für das Zuchthaus.«

Leni wurde von Sorge für ihren Vorgesetzten erfasst. »Glauben Sie denn, die werfen Ihnen auch Verrat vor – weil Sie den Artikel für den Ahlers gegengelesen haben?«

»Das sollen die mal versuchen!«, knurrte er und griff zum Telefon. »Ich habe den Eindruck, dass diese Durchsuchung rechtswidrig ist. Aber ich kann dem Bundesinnenministerium die erbetene Amtshilfe trotzdem nicht verweigern. Ich muss unseren Kriminaldirektor anrufen, dass er Männer zu schicken hat. Er soll denen aber Anweisung geben, sich vor Ort vom Buback nichts Illegales befehlen zu lassen.«

Eine bewaffnete Einsatztruppe beim *Spiegel!* Leni dachte sofort voller Sorge an Isabel und Alex, die freitags häufig länger arbeiteten.

***

Isabel starrte fassungslos auf den Flur, wo inzwischen zahlreiche Kollegen zusammengelaufen kamen. Auch Verlagschef Becker war aufgetaucht und führte einen Mann, in dem Isabel nun den Ersten Staatsanwalt Siegfried Buback erkannte, in sein Büro. Er war für Landesverrat zuständig und galt als »harter Hund«. Im Gehen rief Becker in die Runde: »Sie machen weiter! Alle wieder an ihren Platz! Wir gehen bald in Druck.« Isabel hörte ihn vor sich hin murmeln: »Ausgerechnet jetzt. Wir haben wirklich keine Zeit für dieses Kasperletheater.«

Wenig später rückte das bestellte Hamburger Überfallkommando tatsächlich an, wurde aber nicht wirklich aktiv, sondern stellte lediglich Wachen auf.

Isabel hörte Becker aus seinem Büro brüllen: »Wenn Sie uns nicht weiterarbeiten lassen, platzt die neue Ausgabe. Danach wäre der *Spiegel* pleite! Das haben Sie dann zu verantworten.«

Isabel schluckte. Was für eine Vorstellung!

Nach einer gefühlten Ewigkeit betrat der Verlagsleiter das Großraumbüro. Isabel und ihre Kollegen blickten ihm gespannt entgegen. »Wir dürfen weiterarbeiten, allerdings ist jedem Mitarbeiter ein Polizist zugeteilt.« Er grinste. »Druckfahnen lesen mit Polizeischutz sozusagen.«

Buback, der sich offenbar veräppelt fühlte, sandte ihm einen bösen Blick zu. Isabel war nicht nach Lachen zumute. Eine solche überfallartige Durchsuchung zulasten der Pressefreiheit kannte sie nur aus Erzählungen über das Nazi-Regime. Dies fühlte sich nicht nach dem vertrauten demokratischen Rechtssystem ihrer Bundesrepublik an. Unter ihrem Zorn verbarg sich große Angst. Wie gut, dachte sie, als sie sich wieder den Druckfahnen widmete und sich dabei bemühte, den neben ihr stehenden Polizisten zu ignorieren, wie gut, dass Conny Ahlers' Papiere aus dem Haus sind. Hier werden sie nichts finden. Sie hoffte nur, dass sich die Durchsuchungen auf die Redaktionsräume beschränkten – und ihr die Papiere nicht zum Verhängnis wurden!

Immer wieder fragte der Erste Staatsanwalt Buback ungeduldig nach Augstein.

»Weißt du, wo der Chef ist?«, raunte Alex Isabel zu.

Sie zuckte mit den Schultern. »Keine Ahnung.«

Pünktlich um Mitternacht wandte sich Isabel über den Tisch an ihren Kollegen, der hoch konzentriert las.

»Pst«, machte sie, und Alex sah mit müden Augen auf.

»Alles Gute zum Geburtstag«, flüsterte sie und warf ihm eine Kusshand zu.

Er lächelte erfreut. »Das ist ja lieb, hätte ich wirklich vergessen. Jetzt bin ich neunzehn, aber hier wird man ja schnell alt.«

»Geschenk gibt es morgen auf Holnis«, raunte sie verschwörerisch.

Der Beamte neben ihr schaute misstrauisch, und sie machte sich wieder an die Arbeit.

Erst um 2:45 Uhr waren Isabel und ihre Kollegen endlich mit der Ausgabe durch. Chef vom Dienst Matthiesen gab nach Anordnung des Ersten Staatsanwalts Buback die Druckfahnen vollständig – aber unter Einlegung eines Einspruchs – an ihn heraus. Dann gab Buback Anweisung, alle Büros zu versiegeln – sogar die Besenkammer und die Toiletten. Die Mitarbeiter verließen das Verlagsgebäude.

»Ob wir wohl jemals hierher zurückkommen?«, fragte Alex betreten.

Isabel wusste es nicht. Sie verstand die Welt nicht mehr.

***

Um 3:15 Uhr schrillte das Telefon in der Elbstrandvilla. Sofie Timmlein, der die Sorge um die Kuba-Krise den Schlaf geraubt hatte, wartete in der Küche bei einer Tasse Nieland-Kakao auf die Heimkehr ihrer Enkelin. Sie dachte gerade, dass man diesem Herrn Augstein mal die Leviten lesen müsste, die junge Isabel so lange arbeiten zu lassen, als sie das Telefonklingeln so erschreckte, dass sie zusammenzuckte und Kakao verschüttete.

Sofort wurde sie von Furcht gepackt. Um diese Uhrzeit wurde gewiss nur im Notfall angerufen. Da das Klingeln drohte, noch andere Bewohner zu wecken, insbesondere die ohnehin so unruhig schlafende Stella, hastete Sofie in Richtung Salon. Sie riss den Hörer von der Gabel und meldete sich außer Atem: »Villa Nieland, Sofie Timmlein am Apparat.«

»Ist Isabel Torres bereits aus der Redaktion zurück?«, hörte sie eine gedämpfte Männerstimme am anderen Ende der Leitung.

»Noch nicht«, sagte sie.

»Verdammt«, fluchte der Fremde.

»Mit wem spreche ich denn?«, wollte Sofie wissen.

Da hörte sie aus der Halle das Geräusch des Schlüssels in der Haustür.

»Warten Sie mal, da ist jemand an der Tür.« Sofie legte den Hörer auf den Tisch und sah in die Halle hinaus. Tatsächlich war Isabel endlich zurück.

»Liebes, da ist jemand für dich am Telefon«, zischte sie ihr zu.

»Um die Zeit?«, wunderte sie sich. Das konnte nur mit dem *Spiegel* zu tun haben. »Wer ist es denn?«

»Das hat er nicht gesagt.«

Rasch ging sie in den Salon zum Schreibtisch und nahm den Hörer auf.

»Isabel Torres«, meldete sie sich.

»Fräulein Torres«, hörte sie die Stimme ihres Vorgesetzten am anderen Ende.

»Herr Augstein! Wo waren Sie? Die Staatsanwaltschaft hat die Redaktion ...«

»Das weiß ich alles«, unterbrach sie ihr Chef. »Wer ist die Frau bei Ihnen?«

»Meine Großmutter. Sie ist absolut vertrauensw...«

»Schicken Sie sie raus! Unbedingt!«, unterbrach ihr Vorgesetzter sie harsch.

»Omi, kannst du mich bitte kurz allein lassen?«, bat Isabel Sofie mit flehendem Blick. Die nickte, verließ den Raum und schloss diskret die Tür.

»So, sie ist weg«, bestätigte sie dem *Spiegel*-Chef.

»Hören Sie zu, es ist wichtig. Sie müssen morgen zum Bahnhof von Altona kommen. Mit dem Umschlag. Treffpunkt am Parkplatz, in der Nähe der Litfaßsäule.«

Isabel wusste, dass er nicht deutlicher werden konnte. Aber sie hatte auch so verstanden. »In Ordnung. Wann soll ich da sein?«

»Um zehn Uhr morgens. Maria Carlsson wird ihn entgegennehmen.«

»Gut«, sagte Isabel und senkte ihre Stimme unwillkürlich zu einem Flüstern. »Was haben Sie jetzt vor?«

Doch Augstein hatte schon aufgelegt. So aufgeregt hatte sie ihn noch nie erlebt. Die Dokumente in dem Umschlag waren offenbar so brisant – gerieten sie in falsche Hände, bedeutete das wohl die Verurteilung wegen Landesverrats – und das Ende des *Spiegel.*

Um 8:30 Uhr klingelte Isabels Wecker, da war sie jedoch bereits wieder komplett angezogen und hatte für die Reise an die Ostsee gepackt. Schlaf hatte sie in den letzten fünf Stunden ohnehin vor Nervosität kaum gefunden. Sie schaltete das Rattern des Weckers ab und begab sich zu Anna Nielands Zimmer. Sie hatte die Hausherrin vorige Woche nach dem sichersten Ort der Villa gefragt, und sie hatte ihr ein Geheimfach unter einer lockeren Diele in ihrem Zimmer gezeigt. Außer Anna gab es nur eine lebende Person, die von dem Versteck wusste: Isabels Großmutter Sofie. In jenem Fach hatte die junge Journalistin in Absprache mit Anna dann Conny Ahlers Umschlag versteckt. Die Villenbesitzerin öffnete die Zimmertür. Zum Glück war Anna bereits angekleidet.

»Guten Morgen, Isabel. Schon wach?«, wunderte sie sich. »Du bist doch gestern noch so lange in der Redaktion gewesen.«

»Morgen, Tante Anna. Ich muss auch gleich wieder los. Ich fahre nach Flensburg und brauche vorher den Umschlag«, flüsterte Isabel.

Anna nickte, sah sich kurz auf der Galerie um, holte Isabel herein und schloss die Tür hinter ihnen. Sie hob das lockere Dielenbrett an und holte den Umschlag aus dem Geheimfach.

»Keine Fragen, ich weiß«, sagte Anna verschwörerisch und reichte ihr das brisante Material.

Dann verschloss sie den Hohlraum wieder. Im Krieg, so hatte Anna Isabel erzählt, hatten sie darin Unterlagen vor den Nazis versteckt. Wie bezeichnend, dass es jetzt wieder zum Einsatz kam.

»Viel Spaß auf Alex' Geburtstagsfeier«, wünschte Anna ihr.

»Danke, und du grüß mir Ursel«, erwiderte ihre Nichte. »Wünsch ihr eine wunderbare Reise von mir.«

Die Teilzeit-Haushälterin der Nielands wurde heute in der Villa verabschiedet, da sie zum ersten Mal in ihrem Leben zu einem längeren Urlaub aufbrach. Ihr Sohn, ein erfolgreicher Arzt, hatte Ursel und ihrem Mann Piet eine Kreuzfahrt geschenkt, die fast zwei Monate gehen sollte. Die Rückkehr war erst für Weihnachten geplant. Isabel wusste nicht genau, was die Stationen der Reise waren, doch es löste ein mulmiges Gefühl in ihr aus, dass in den Weltmeeren derzeit so viele schwer bewaffnete Atom-U-Boote unterwegs waren.

Um kurz vor zehn Uhr stand Isabel mit ihrem Hund nervös an der Litfaßsäule am Parkplatz des Bahnhof Altona und wartete. Sie kam sich ein wenig vor wie eine Figur aus einem Agenten-Film, und sie war froh, dass sie Lito dabeihatte. Der würde einem potenziellen Angreifer zwar eher ein Stofftier bringen, als ihn anzufallen, aber das sah man ihm ja nicht an. Der Wagen von Augsteins Freundin Maria Carlsson fuhr heran, und Isabel band rasch Lito an einen Laternenpfahl, um zu verhindern, dass er ins Auto – und der elegant gekleideten, hübschen Brünetten seiner Gewohnheit gemäß auf den Schoß – sprang.

»Steigen Sie ein!«, sagte Maria und fuhr fort, als Isabel in dem Fahrzeug saß: »Das ist unauffälliger, als wenn Sie mir den Umschlag in aller Öffentlichkeit geben.«

Isabel nickte und kramte die Unterlagen aus ihrer Tasche, in der sich auch das liebevoll verpackte Buch befand, das sie Alex nachher schenken wollte.

»Stecken Sie ihn in meine Handtasche«, sagte Maria Carlsson und deutete mit dem Kinn auf ihre hellblaue Designertasche im Fußraum.

Leni tat, wie ihr geheißen. »Was haben Sie jetzt vor?«, fragte sie.

»Den Umschlag in Sicherheit bringen. Bei mir wird man vielleicht auch bald suchen.«

Isabel nickte. Sie wusste, dass sie nicht fragen durfte, wohin Maria den Umschlag bringen würde.

»Wo ist Herr Augstein?«, erkundigte sie sich stattdessen.

»Er stellt sich in zwei Stunden der Polizei«, sagte Maria ruhig.

Isabel fuhr auf. »Was – aber warum?«

»Jemand von der dpa hat gestern Nacht seinen Bruder Josef informiert, der ist Anwalt.«

Das wusste Isabel. Josef Augstein war ein Studienkollege von Timons Vater gewesen.

»Josef hat bei uns angerufen, wir waren mit Freunden beim Essen. Er hat diesem Buback versprochen, dass Rudolf sich um zwölf Uhr stellt. Es ist besser so.«

Isabel schluckte. Der Chef des *Spiegel* wegen des Vorwurfs des Landesverrats in Untersuchungshaft. Würde er verurteilt, würde ihn dies bis zu fünfzehn Jahre kosten und seine bürgerliche Existenz vernichten. Ein starkes Stück! Was war dieser

Regierung noch zuzutrauen? Isabel konnte nicht verhehlen, dass sie froh war, den Umschlag wieder los zu sein. Von der Polizei würde sie allerdings schon in fünfzehn Minuten abgeholt werden – Kasi Thomsen hatte ihr nämlich angeboten, ihren Hund und sie hier aufzugabeln, um sie in seinem Auto mit zur Geburtstagsfeier seines besten Freundes Alex an der Flensburger Förde zu nehmen. Dann könne sie auch gleich seinen neuen Partner kennenlernen, hatte er mit merkwürdigem Grinsen gesagt, der komme nämlich auch mit.

In diesem Augenblick hupte es, Isabel zuckte erschrocken zusammen, Lito bellte. Sie sah Kasimir aus seinem Auto winken und war schon gespannt, wer bei ihm auf dem Beifahrersitz saß.

Als sie mit dem Hund bei dem Fahrzeug angekommen war, stellte sie erstaunt fest, dass der Mitfahrer kein Geringerer als Timons Bundeswehrkamerad Ewald, der Hubschrauberpilot, war.

»Du bist es!«, freute sie sich. »Ich hatte keine Ahnung, dass du …«

»Ich bisher auch nicht«, meinte Ewald schulterzuckend.

Sie freute sich für die beiden. Und auf Alex.

46

Für Leni war es eine Selbstverständlichkeit, Helmut Schmidt in der derzeitigen Situation auch samstags zu unterstützen. Da Fräulein Queck und Stella ihr versichert hatten, dass »die Mami dem Herrn Senator ruhig helfen dürfe« und für den Nachmittag auch Beryl mit ihrer Familie aus Karlsruhe zurückerwartet wurde, war der Sondereinsatz für Leni ohne Probleme möglich. Tatsächlich war im Büro des Innensenators die Hölle los. Das Telefon stand nicht still.

Schmidt brachte sie auf den aktuellen Stand: »Heute Nacht haben sie Conny Ahlers in Torremolinos in Spanien verhaftet. Ich frage mich, wie Strauß das hingekriegt hat – dass sein Arm bis in eine Diktatur reicht!«

Leni atmete scharf aus. Dass die Behörden in Francos unterdrücktem Land Haftanweisungen bezüglich bundesdeutscher Touristen aus der bayerischen »Demokratur« befolgten, war wirklich ein Skandal. »*Das* kann Strauß nun hundertprozentig nicht mit legalen Mitteln erreicht haben. Die Opposition wird kochen!«

»Davon ist auszugehen. Ich habe übrigens beim Bundesjustizminister nachhaken lassen, warum man uns nicht vorab über die Aktion benachrichtigt hat, doch siehe da: Der FDP-Kollege war selbst auch nicht informiert worden! Leider sieht es international noch weniger rosig aus.«

»Kuba?«, fragte Leni angstvoll.

Schmidt nickte. »Die Krise bekommt ständig neue Herde.

In Cape Canaveral wurde ein Test mit der neuen Interkontinentalrakete Titan II durchgeführt. Ein Urlauberschiff der DDR hat den Blockadering ignoriert, ein US-Zerstörer hat mit einer Granate ein sowjetisches U-Boot mit Nuklearwaffen an Bord zum Auftauchen gezwungen. Ein amerikanisches Aufklärungsflugzeug wurde über Kuba von einer Flugabwehrrakete abgeschossen – der Pilot dabei getötet. Die Welt steht wirklich am Rande eines Atomkriegs.«

Leni schluckte. Helmut Schmidt mit seiner militärischen und politischen Erfahrung sagte so etwas nicht ohne Grund!

Den restlichen Samstagvormittag über hatte sie einen aufgeregten Journalisten nach dem anderen am Telefon. Sie alle wollten den Hamburger Innensenator an die Strippe bekommen.

»Er spricht gerade auf der anderen Leitung, bitte warten Sie kurz.«

»Was?«, hörte sie da Schmidt empört ins andere Telefon bellen. »Nun ist es aber genug. Ich komme vorbei.«

»Augstein hat sich gestellt und ist soeben verhaftet worden. Er war wohl gestern bei seiner Freundin, die Behörden wussten nicht, dass er seit Monaten von seiner Frau getrennt lebt. Ich fahre ins Präsidium und lasse mich vor Ort vom Ablauf der Aktion unterrichten«, erklärte er.

»Ich schreibe das Wichtigste auf, die anderen vertröste ich«, schlug Leni vor.

»So machen wir's«, sagte er und stürmte los.

Seine brennende Zigarette ließ er unausgedrückt im Aschenbecher liegen.

Als Helmut Schmidt zwei Stunden später aus dem Präsidium zurückkam, hatte sich seine Laune nicht gebessert.

»Ich habe dem Buback gesagt, dass diese ganze Affäre den Herrn Strauß teuer zu stehen kommen wird«, berichtete er.

»Vom Präsidium aus habe ich den Ersten Bürgermeister erreicht. Nevermann meint, dass ich allenfalls als Zeuge vernommen werden kann, und rät, den Ball erst mal flach zu halten. Ich sei rechtlich nicht verpflichtet, mich von mir aus bei der Bundesstaatsanwaltschaft zu melden.«

»Dann sollten Sie das auch nicht tun«, empfahl Leni.

Dem Ersten Bürgermeister vertraute sie seit der Flutkatastrophe genauso wie Schmidt. »Sie aus den Schlagzeilen herauszuhalten ist sicher ein guter Rat.«

»So ist es«, bestätigte Schmidt. »Das heißt aber nicht, dass ich mich aus dem Fall heraushalten werde.«

**

Der Reiterhof Op de Drey der Familie Jensen befand sich in der Nähe von Glücksburg mit seinem märchenhaften Wasserschloss: Auf der landschaftlich traumhaft schönen Halbinsel Holnis. Direkt an einem zwei Kilometer langen Sandstrand der Flensburger Außenförde gelegen, bot die großzügige Hofanlage das ideale Refugium, wenn man vergessen wollte, dass in Hamburg gerade die Pressefreiheit – und in Kuba der Weltfrieden – vor die Hunde ging.

Alex' Geburtstagsfeier war von der Kaffeestunde am Strand bis zum Abendessen an einem großen Tisch in der Bauernstube des Reetdachhauses durchweg angenehm gewesen. Er hatte sich sehr über das Geschenk seiner Lieblingskollegin gefreut – einen Bildband über die Camargue und die dort lebenden Wildpferde. »Dass du dir das gemerkt hast …«

Isabel mochte Alex' Familie und Freundeskreis auf Anhieb, und sie hatte das Gefühl, dass es auf Gegenseitigkeit beruhte. Mit Kasimir und Ewald hatte sie auf der Fahrt schon viel gelacht, und Alex' Eltern Sören und Iny waren ihr ebenso sympathisch wie seine früheren Schulkameraden. Auch die Presse fehlte nicht: Der ehemalige Stadtpräsident und Chefredakteur des *Flensburger Tageblatt* gehörte ebenfalls zu den Gästen.

Als die meisten von ihnen gegangen waren, halfen Kasi und Ewald Alex beim Aufräumen, Isabel ging seiner Mutter Iny beim Abwaschen zur Hand.

Isabel erzählte gerade die Geschichte, wie Inys Sohn ihr beim Kauf des Hundes Lito aus der Patsche geholfen hatte, da betrat Alex die Küche. »So, jetzt muss ich dir Isabel noch mal entführen«, wandte er sich an seine Mutter. »Bevor Kasi sie zu ihrer Uroma fährt. Ich selbst sollte heute kein Steuer mehr anrühren.«

»Solange du uns die Deern bald mal wiederbringst, damit wir weiterschnacken können, ist alles gut«, erklärte Iny Jensen grinsend.

Wenig später saßen Isabel und Alex am Holnisser Strand Drei im Sand, neben ihnen schlummerte Lito. Über ihnen funkelte majestätisch der Sternenhimmel.

»Das war ein schönes Fest«, sagte Isabel. »Danke, dass ich dabei sein durfte.«

»Ich habe zu danken«, erwiderte er. »Für mich warst du der Hauptgrund, dass es so schön war.« Er streichelte ihre Wange, was sich sehr natürlich anfühlte, gleichzeitig aber aufregend war. Dass Konrad irgendwo existierte, drang immer weniger in ihr Bewusstsein. Morgen ging vielleicht die Welt unter, und im Augenblick gab es nur noch Alex und sein attraktives Gesicht, in dem sie unverhohlene Liebe und Sehnsucht zu entdecken glaubte. Sie konnte nicht anders, sie musste ihn küssen. Bald lagen sie im Sand, und es hatte so gar nichts mit Sport oder Leistung zu tun. Mit Alex war die gegenseitige Hingabe so viel mehr als eine lustvollere Version von Liegestützen. Sie liebte es, seinen Körper zu erkunden, und glaubte vor Sehnsucht den Verstand zu verlieren bei jedem seiner sinnlichen Küsse an immer neuen Stellen ihres Körpers. Als es fast kein Zurück mehr gab, hupte es vom Hof her.

»Mist, Kasi will wohl los zu seinen Großeltern«, murmelte Isabel mit belegter Stimme und verwuscheltem Haar.

»Ich will mit dir zusammen sein, Isabel, aber ganz«, raunte Alex mit ungewohnt dunkler und rauer Stimme in ihr Ohr. »Ich finde es ja schön, dass wir bewiesen haben, dass Frauen und Männer wunderbare platonische Freundschaften pflegen können. Aber es war auch anstrengend. Warum sollen wir uns anstrengen? Wir gehören zusammen, das wissen wir beide doch schon eine ganze Weile. Ich liebe dich.«

Diesen Satz von ihm so unvorbereitet zu hören, schockierte Isabel kurzzeitig, aber die größere Erkenntnis war es, als sie instinktiv wisperte: »Ich liebe dich auch.«

Es war die Wahrheit, das war ihr nun endlich völlig klar.

»Ich muss mit Konrad sprechen«, sagte sie zu Alex – und vor allem zu sich selbst.

***

Für Montag hatte Verlagsdirektor Becker eine Betriebsversammlung anberaumt. Die Räume des *Spiegel* blieben weiterhin für Durchsuchungen der Staatsanwaltschaft versiegelt. Becker sprach daher zur Belegschaft im Erdgeschoss des Pressehauses.

»Zunächst mal lassen Sie mich sagen, dass wir uns nicht zu schämen haben. Und dass Sie nicht für Al Capone arbeiten, sondern für Rudolf Augstein. Wir werden die Ausgabe Nummer 45 pünktlich herausbringen. Die Kollegen der *Zeit*, des *Stern* und der *Morgenpost* hier im Haus unterstützen uns, indem wir ihre Räume und Ressourcen benutzen dürfen –

dasselbe gilt für die Springer-Presse. Wir bekommen Schreibmaschinen, Archivzugang und Sekretariatskapazitäten zur Verfügung.«

Isabel war gerührt von der Solidarität der Kollegen der anderen Blätter. Nun, da die Pressefreiheit bedroht wurde, rückten alle wie selbstverständlich zusammen. Schade, dass Alex nicht dabei war, er hatte angekündigt, bis Mittwoch an der Ostseeküste zu bleiben, da er noch einen Gesprächstermin mit dem neuen Chefredakteur des *Flensburger Tageblatt* hatte. Samstagnacht hatte er sie beim Abschied an Kasimirs Auto nochmals verführerisch geküsst und ihr zugeflüstert, dass er sich unendlich auf ihr erstes Treffen als richtiges Paar freue.

»Ich mich auch«, hatte sie zugegeben. »Und wehe, wenn Chruschtschow inzwischen eine Rakete abschießt, dann erwürge ich ihn.«

Sie hatte zwar schreckliche Sehnsucht nach Alex, andererseits kam Konrad auch erst am Mittwoch aus Nürnberg zurück, sie würde also ohnehin nicht vorher die Verlobung lösen können.

Isabel wurde bei der Kunstredakteurin der *Zeit*, Petra Kipphoff, im Büro untergebracht. Sie fand die freundliche und stilvolle Fünfundzwanzigjährige sympathisch, hatte schon öfter im Aufzug oder Foyer mit ihr geplaudert.

»Wir werden übrigens alle abgehört«, erklärte die Kunstexpertin, nachdem sie ihr einen kleinen Tisch eingerichtet hatte. »Es knackst dauernd in der Leitung, das werden Sie noch merken.«

Irgendwann im Lauf des Tages war Petra Kipphoff so genervt von den Abhörgeräuschen, dass sie ins Telefon blaffte: »Wenn Sie hier schon mithören, dann knacken Sie wenigstens nicht so aufdringlich!«

Da schallte es so laut aus dem Hörer, dass sogar Isabel es hören konnte: »Ich denke gar nicht daran, mir von Ihnen was befehlen zu lassen! Unverschämtheit!«

Petra Kipphoff und Isabel lachten erschrocken auf, doch als die Kunstredakteurin aufgelegt hatte, waren sie sich einig: Das war nicht komisch!

»Wie in der DDR!«, kommentierte Isabel erbost.

Da betrat aufgeregt der Leiter des Ressorts für Außenpolitik Kipphoffs Büro. »Petra, der Chruschtschow hat eingelenkt. Die Kuba-Krise ist vorbei!«

Die beiden jungen Frauen fuhren wie elektrisiert hoch. »Was?«

»Chruschtschow hat sich bereit erklärt, die Raketen zu entfernen. Im Gegenzug haben die USA verkündet, dass es keine Invasion auf Kuba geben wird.«

Erleichterter Jubel brach aus, Isabel und die junge Feuilletonistin fielen sich spontan um den Hals.

»Erstaunlich, dass der Russe das akzeptiert hat, ohne dass die USA im Gegenzug ihre Raketen aus der Türkei abziehen müssen«, wunderte sich Petra Kipphoff.

»Ach, wer weiß, was es noch für interne Deals gibt«, kommentierte Isabel abwinkend. »Vielleicht ziehen die USA ihre Raketen ja insgeheim doch aus der Türkei ab, haben aber mit Chruschtschow ausgehandelt, dass die Öffentlichkeit nichts davon erfährt. Damit Kennedy sein Gesicht als Sieger wahren kann?«

»Sie halten Politiker wohl für sehr perfide, was?«, fragte der Ressortleiter grinsend.

»Nun, die selbst würden so was wohl lösungsorientiert nennen«, entgegnete Isabel schulterzuckend. »Aber Hauptsache, dass sowohl Kennedy als auch Chruschtschow in den gefährlichen Situationen einen kühlen Kopf bewahrt haben.

Ihre militärischen Berater haben da sicher oft anderes empfohlen. Die Welt hat noch mal Glück gehabt.«

***

Am Dienstagnachmittag wollte Dr. Claußen-Bruns die kleine
Stella, wie mit ihren Eltern verabredet, in der vertrauten Umgebung ihres Kinderzimmers hypnotisieren. Eigentlich hätten
beide Elternteile bei der Prozedur dabei sein sollen, doch
Moshe war wegen der *Spiegel*-Krise als Unterstützung seines
einstigen Studienkollegen Josef Augstein unabkömmlich.
Stattdessen wurde Leni auf ihren Wunsch von Stellas groß-
mütterlicher Vertrauensperson und Patentante Sofie Timmlein begleitet. Die Psychologin fand dies auch sinnvoll, da
Sofie bei dem traumatischen Vorfall am Fluss ja dabei gewesen
war.

Etwas nervös verfolgten Leni und Sofie, wie Dr. Claußen-
Bruns einfühlsam mit Stella sprach und sie schließlich in
Hypnose versetzte.

Es war nicht leicht für die beiden Frauen zu ertragen, dass
das Mädchen nun noch mal in die Situation ihres Traumas
geführt wurde. Doch erstaunlicherweise schien Stella sich
ihrer eigenen Rettung bewusst zu sein.

»Ja, der fremde Mann hilft mir. Tante Sofie sagt Burkhard
zu ihm. Er legt mich auf den nassen Steg«, murmelte das Kind
in Trance. »Tante Sofie nimmt mich in den Arm.«

»Und jetzt bist du in Sicherheit, nicht wahr?«, hakte
Dr. Claußen-Bruns vorsichtig nach. »Dir kann nichts passieren.«

»Ja, ich bin in Sicherheit«, bestätigte Stella.

Doch der eigentliche Schock für die gebannt Lauschenden
folgte jetzt.

»Aber dem Burkhard kann was passieren«, wimmerte Stella. »Die Tante Elfie kriegt ein Kind. Ich soll den Berg hoch – Hilfe holen. Ich gucke da oben zum Wasser. Ich sehe …«

Die Kleine schluchzte auf.

»Du guckst zum Wasser, was siehst du denn da?«, erkundigte sich die Psychologin mit ruhiger, ermutigender Stimme.

»Ich sehe Onkel Willy. Der Burkhard winkt aus dem Wasser. Der Onkel Willy hat ein Ruder. Der Burkhard will sich da dran festhalten. Der Onkel Willy soll ihn rausziehen aus dem Wasser. Aber der Onkel Willy, der Willy hat …«

Erneut ein tiefes Schluchzen.

»Der Onkel Willy hat ein Ruder«, wiederholte die Seelenärztin mit sanfter Stimme. »Der Burkhard will sich festhalten. Was passiert jetzt?«

»Der Onkel Willy haut dem Burkhard das Ruder auf den Kopf. Der ist dann ganz schlapp gewesen. Das Wasser hat den weggezogen.«

Sofie und Leni starrten sich mit blankem Entsetzen an. Hatte Willy Burkhard tatsächlich erschlagen?

47

Als Frau Claußen-Bruns Stella aus der Hypnose befreit hatte, wurde Beryl hereingebeten, um mit der Kleinen spielen zu gehen.

»Dieser Onkel Willy – war der in der Sturmnacht wirklich am Ufer?«, erkundigte sich die Psychologin bei Leni und Sofie. Die antwortete hastig: »Nein, er ist früh zu Bett gegangen. Ich hätte ihn ja auch sehen müssen. Da hat die Kleine wohl etwas durcheinandergebracht.«

Leni war klar, dass Stellas Patentante hier bewusst ein falsches Bild erzeugte. Das Kind hätte vom Hang aus sehr wohl Dinge beobachten können, die am Ufer wegen der Bäume nicht ersichtlich waren. Glaubte Sofie an Willys Schuld und fing jetzt schon an, ihren Bruder zu decken?

»Ja, das kommt vor«, bestätigte Dr. Claußen-Bruns. »Sie sagten ja, dass Stellas erster Flashback kam, als sie mit ihrem Onkel bei der neuen Strandhütte war. Wir sollten die Therapie auf jeden Fall fortsetzen. Sie hat meiner Beobachtung nach vorhin ein gutes Gefühl dafür bekommen, dass Sie sie nach der Rettung in den Arm genommen haben.«

»Ja, das stimmt«, bestätigte Sofie erleichtert.

Als die Ärztin gegangen war, konfrontierte Leni Sofie mit ihren Mutmaßungen: »Theoretisch könnte es Willy doch ungesehen zum Ufer geschafft haben«, sagte sie mit gesenkter Stimme. »Er war immer Stellas Lieblingsgroßonkel. Und plötzlich ist sie so distanziert zu ihm. Sie weicht immer vor ihm zurück – so als hätte sie mit einem Mal Angst vor ihm. Kein Wunder, wenn sie so was mit ansehen musste.«

Sofie war noch immer zutiefst geschockt. Hatte Stella recht? Sollte sie sich in ihrem Bruder so getäuscht haben? Doch äußerlich versuchte sie, Ruhe zu vermitteln.

»Das traue ich Willy nicht zu«, meinte sie, und es klang überzeugter, als sie war. »Aber selbst wenn es so wäre, müssten wir behutsam vorgehen. Er war bei den Nazis monatelang im Gefängnis – und im KZ. Er sagt immer, er würde es nicht überleben, noch einmal eingesperrt zu sein.«

»Trotzdem müssen wir unbedingt mit ihm darüber sprechen«, erwiderte Leni bestimmt. »Wenn er das wirklich getan hat, können wir Stella nicht zumuten, durch seinen Anblick täglich daran erinnert zu werden!«

Sofie nickte ernst. »Ja, lass es uns gemeinsam tun, wenn er von der Arbeit zurück ist.«

»Ursel war ja an dem Abend fast die ganze Zeit im Erdgeschoss und hatte die Ausgänge im Blick«, erinnerte sich Leni und kündigte an: »Ich rufe mal ihren Sohn in seiner Praxis an. Vielleicht weiß er ja, ob sie während dieser Kreuzfahrt auf einem Zwischenstopp irgendwann mal telefonisch erreichbar ist.«

In diesem Augenblick waren in der Halle die Stimmen von Timon und Willy zu hören. Sie scherzten miteinander und lachten. Sofie war bereits aufgefallen, wie glücklich ihr Bruder war, seit Timon als sein Nachfolger in der Reederei eingestiegen war.

Leni stürmte in die Halle hinaus und rief: »Willy, wir müssen dich sprechen – allein!«

Wenig später standen sie sich in der Bibliothek gegenüber, und der Reeder musterte seine Schwester und Leni misstrauisch.

»Und jetzt glaubt ihr das?«, fragte Willy.

»Nein, aber es ist schon …«, begann Sofie zögerlich, wurde aber harsch unterbrochen.

»Ich habe geschlafen!«, rief er. »Ich wollte nichts mehr sehen und hören. Der Anblick von Burkhard hat mir gereicht! Der sollte mir in meinem eigenen Zuhause nicht noch mal begegnen.«

»Verstehe ich. Er ist ja der Mann, der an Hinnerks Tod mit schuld war«, entgegnete Leni kühl. »Und euer Streit – bei dem du ihn mit der Selbstmordwaffe in Todesangst versetzt hast …«

Willy schaute von einer zur anderen und sagte dann mit bebender Stimme: »Ich brauche frische Luft.«

»Behutsam, Leni!«, rief Sofie vorwurfsvoll. »Nicht wie bei einem Verhör im Polizeipräsidium, verdammt!«

Sie stürzte hinaus, um ihren Bruder zu suchen, Leni folgte ihr auf den Fuß. »Willy!«

Sie hörten ein Geräusch aus dem Salon, doch dort spielte nur Isabels Hund. Im ganzen Erdgeschoss suchten die beiden Frauen weiter nach Willy und bemerkten, dass die Küchentür in Richtung Remise offen war.

Da ertönte aus dem Garten ein Schuss!

In Panik rannte Sofie aus dem Haus in Richtung der Bienenstöcke, wo Hinnerk Nieland einst mit Willys Pistole Selbstmord begangen hatte. Das durfte einfach nicht sein! Lieber Gott, nein! Sie hörte Leni hinter sich herrennen, und dann hätte sie vor Erleichterung fast aufgeschrien: Willy stand mit dem Rücken zu ihr bei dem inzwischen verlassenen Bienenhaus. Er stand! Gott sei Dank! Die Tragödie hatte sich bisher also nicht wiederholt. Dann drehte sich Sofies Bruder um, und Leni wich wegen der Waffe in der Hand einen Schritt zurück.

»Gib mir die Pistole, Willy!«, forderte Sofie mit zitternder Stimme.

Stattdessen schleuderte der Reeder das Schießeisen mit einem lauten Schrei in sehr hohem Bogen bis in die Elbe.

Sofie bemerkte in dem verlassenen Bienenstock, den einst Hinnerk gepflegt hatte und der jetzt ein Ort des Todes war, ein Einschussloch.

»Ich hätte Burkhard nie umgebracht«, erklärte Willy mit feuchten Augen. »Auch wenn er Hitlers Duzfreund war und diesen Schwachsinn von der jüdischen Weltverschwörung geglaubt hat – er hat am Ende versucht, Hinnerk durch die Scheinehe zu retten. Burkhard hat ihn nicht ermordet.«

Willy lehnte sich an einen der Apfelbäume und ließ sich mit dem Rücken daran herabsinken. Nachdem er eine Weile ins Leere gestarrt hatte, murmelte er: »Ich wollte auch sterben. Im Gefängnis, im KZ. Aber ich habe durchgehalten, für unser Wiedersehen. Für unser Wiedersehen … Du Mistkerl, du Mistkerl … Warum hast du aufgegeben? So kurz davor!«

Seine Stimme versagte, und er begann zu schluchzen, brach dann in heftiges Weinen aus.

Die beiden Frauen waren bestürzt. Sofie kniete bei ihrem Bruder nieder und nahm ihn in den Arm. Er weinte an ihrer Brust nun die Tränen, die er sich all die Jahre verweigert hatte. Nachdem ihm Hinnerks Selbstmord mitgeteilt worden war, hatte er sich immer gezwungen, Haltung zu bewahren, Anna getröstet, die ihren Lieblingscousin verloren hatte, das Familienerbe wiederaufgebaut. Doch nie die Fassung verloren – bis heute!

Auch Leni setzte sich zu den beiden auf den Boden. Sie war sich ganz sicher – dieser von Pflichtbewusstsein zerfressene Mann hatte ihren Onkel nicht ermordet. Sie legte den Arm um Willy, und nach einer Weile hatte er sich beruhigt.

»Hat diese Psycho-Tante vielleicht noch einen Termin frei?«, scherzte er schniefend.

Sofie und Leni konnten nicht umhin zu lachen.

»Was ist denn hier los?«, fragte Anna, die besorgt auf die drei zukam.

»Stella wurde hypnotisiert und meinte, Willy hätte in der Sturmnacht nach ihrer Rettung Burkhard eins mit dem Ruder übergezogen. Und ich war so blöd, da kurz ins Zweifeln zu kommen«, fasste Leni zusammen.

»Willy kann aber damals auf keinen Fall am Fluss gewesen sein«, entgegnete Anna völlig überzeugt.

»Wieso bist du da so sicher?«, wollte Sofie wissen.

»Weil ... na ja ...« Plötzlich begann Anna zu kichern. Und dann lachte sie mit Blick auf Willy so sehr, dass sie zunächst nicht antworten konnte. Die anderen sahen sie an, als sei sie verrückt geworden.

Schließlich fasste sie sich so weit, dass sie erzählen konnte. »Willy, als ich mich zur Nachtruhe verabschiedet hatte, hörte ich plötzlich aus deinem Zimmer ein furchtbares Brummen. So, als liege da ein Grizzlybär im Sterben. Du hattest aus Versehen die Tür aufgelassen, und ich sah, dass du auf dem Bett lagst – und wahnsinnig laut geschnarcht hast.«

Leni und Sofie mussten nun auch prusten.

Anna fuhr fort: »Ich habe die Tür zugemacht – dich aber selbst in meinem Zimmer weiterhin gehört. Als dann die Sache mit Stella war, bin ich, um sie zu versorgen, immer wieder bei dir vorbeigegangen. Sogar durch die geschlossene Tür war ohne Unterbrechung dein Schnarchen zu hören. Du kannst also unmöglich am Fluss gewesen sein!«

»Schnarchst du wirklich so laut?«, fragte Leni feixend.

Willy verzog mürrisch das Gesicht. »Albin hat irgendwann auf getrennten Schlafzimmern bestanden«, knurrte er.

»Das kommt wohl mit dem Alter«, meinte Sofie lächelnd. »Als Kind hast du sanft und ruhig geschlafen wie ein Engelchen.«

»Tja, somit wäre der erste Kriminalfall der Villa Nieland durch ein lautstarkes Alibi aufgeklärt«, resümierte Leni.

»Kriminalfall in der Villa?«, ertönte plötzlich eine Frauenstimme neben ihnen, deren Vertrautheit sie zusammenzucken ließ.

Sie fuhren herum und sahen in ein strahlendes Gesicht voller Sommerssprossen, das einer älteren Dame mit rot-grauen Haaren gehörte.

»Edith!«, rief Anna freudig überrascht aus.

Sie fiel ihrer Schwester um den Hals, und die anderen sprangen auf, um es ihr gleichzutun.

Auch Sofie war überglücklich: Die Unschuld ihres Bruders war bewiesen, und ihre Lieblingskollegin aus den Tagen auf dem Lazarettschiff war heimgekehrt.

»Was führt dich nach Hamburg?«, erkundigte sie sich und entließ Edith endlich aus ihrer Umarmung.

Edith Torres erklärte feierlich: »Ramiro und ich sind gekommen, um für die Pressefreiheit zu kämpfen!«

***

Jeder in der Villa war begeistert über die Rückkehr von Isabels Großeltern aus Portugal. Doch am meisten freute sich die junge Journalistin, dass ihre beruflichen Vorbilder und ihre Vertrauensperson Edith an ihrer Seite waren – in dieser existenziellen Krise des *Spiegel* und der Pressefreiheit in der Bundesrepublik.

»Danke, dass ihr gekommen seid«, sagte Isabel, während sie alle zusammen im Salon saßen, in den Fräulein Queck und

447

das Dienstmädchen noch viele Stühle aus anderen Räumen hatten stellen müssen.

»Ehrensache«, entgegnete Ramiro.

»Es steht mehr auf dem Spiel als die Existenz einer kritischen Zeitschrift. Es geht um eine siebzehn Jahre junge Demokratie – mit noch sehr schwachen Wurzeln. Wir dürfen nicht zulassen, dass das hier ein zweites Portugal wird«, meinte Edith Torres. »Was der Strauß sich da leistet, ist wirklich ein Skandal.«

»In über hundert deutschen Städten wurde heute für die Pressefreiheit demonstriert«, berichtete Leni. »Und Hamburg wehrt sich gegen die Adenauer-Regierung. Wir haben den alten Herrn ja schon vor fünf Jahren zur Weißglut gebracht, als wir die Städtepartnerschaft mit Leningrad eingegangen sind.«

»Heute sollte an der Universität eine große Podiumsdiskussion stattfinden«, berichtete Ediths Sohn José. »Aber der Hörsaal hatte nur siebenhundert Plätze – es sind Tausende gekommen!« Alle waren tief bewegt von dieser Tatsache. »Die Veranstaltung musste abgebrochen werden«, schloss José. »Stattdessen soll es morgen nun eine Demonstration geben.«

»Dann lasst uns alle dort hingehen!«, schlug Anna Nieland feierlich vor. »Diesmal wird Deutschland um seine Demokratie kämpfen!«

***

Am Abend des 31. Oktober 1962 zogen die Villenbewohner und ihre Gäste in einer großen Menschenmenge zum Untersuchungsgefängnis am Holstenplatz, in dem Rudolf Augstein und Claus Jacobi einsaßen.

»*Spiegel* tot, Freiheit tot«, wurde skandiert.

»Augstein raus, Strauß rein!«, war auf den mitgeführten Schildern zu lesen. Und: »Spiegel müssen klirren für den Sieg«, »Auf zum totalen Rechtsstaat«, »Kopf in den Sand – lieb Vaterland« sowie »Es lebe die deutsch-spanische Freundschaft« – eine ironische Anspielung auf Strauß' bemerkenswerte Kooperation mit den Behörden des Franco-Regimes bei der Verhaftung von Conny Ahlers.

»Wenn der *Spiegel* bisher keine Institution in der Bundesrepublik war, jetzt ist er es geworden«, sagte Edith zu Isabel und legte den Arm um ihre Enkelin. »Du kannst stolz sein, dort zu arbeiten.«

»Wie in alten Zeiten«, wandte sich Anna euphorisch an Sofie und Edith. Die drei Damen hoben mit ihren Gatten merklich den Altersdurchschnitt auf der Demonstration.

Isabel machte die Stimmung unter den Tausenden – zumeist jungen – Leuten auch etwas Angst. Für einen Moment wirkte es, als wollten sie das Untersuchungsgefängnis stürmen.

Doch einmal mehr zeigte in schwieriger Lage jemand eiserne Nerven und ein untrügliches Gespür dafür, was für die Hansestadt im Moment das Richtige war: Helmut Schmidt.

Er ließ sich von Kasimir in einem Polizeiwagen mit Blaulicht vorfahren. Dann stieg er aus, woraufhin die Menge augenblicklich ruhiger wurde. Seit der großen Flut im Februar genoss der Innensenator großen Respekt – auch bei den rebellischen Studenten. Mit einer Art Telefonhörer aus dem Fahrzeug, der sich als Teil des Lautsprechersystems des Fahrzeugs entpuppte, sprach Schmidt nun zu den Menschen. Er überzeugte sie, ins Audimax der Universität in der Edmund-Siemers-Allee zu gehen. Dort werde er ihnen höchstpersönlich Rede und Antwort stehen. Die Demonstranten leisteten dem Appell des Senators friedlich Folge. Leni war einmal mehr stolz auf ihren Chef.

Erst am späten Abend ging Isabel noch einmal in ihr Ersatz-Büro in den Räumen der *Zeit*. Sie wollte sofort ihre Eindrücke des bewegenden Abends für einen möglichen Artikel notieren. Den durfte sie als Frau natürlich nicht selbst schreiben, aber vielleicht griff ja, wie zuvor schon häufiger, einer der männlichen Ressortleiter ihre Idee und Vorarbeit auf. Im Audimax war an Helmut Schmidts Seite sein dreißigjähriger Parteifreund Peter Schulz, Abgeordneter der Hamburgischen Bürgerschaft und Landesvorsitzender der Jungsozialisten, gewesen. Die beiden hatten den erzürnten Demonstranten tatsächlich noch zwei Stunden lang alle Fragen zu beantworten versucht. Auch dieser Saal hatte sich als zu klein erwiesen, über viertausend Menschen drängten darauf, für die Pressefreiheit und die eingesperrten Journalisten zu kämpfen.

»Klopf, klopf«, hörte Isabel plötzlich aus Richtung der Tür eine Männerstimme – sie war wohlbekannt, gehörte aber nicht hierher.

»Konrad«, erkannte sie fast schockiert. »Was machst du denn hier?«

»Sofie hat mir verraten, dass du noch in die Redaktion gegangen bist. War gar nicht so leicht, dich zu finden und hier reinzukommen«, erklärte er. »Ich musste all meinen Charme bei der süßen Kunstredakteurin spielen lassen, da hat sie mich durchgelassen.«

Er kam zu ihr und nahm sie in den Arm. »Es tut mir leid, dass ich die letzten Monate so unausstehlich war, aber die Reise zu meiner Mutter hat mir gutgetan. All die Orte aus der unschuldigen Kindheit. Ich gelobe Besserung. Und als Erstes erfülle ich dir deinen größten Wusch.«

Sie sah ihn in einer furchtbaren Vorahnung an. »Konrad, warte, ich muss …«

»Ich habe endlich unseren Hochzeitstermin in der Christuskirche festgelegt.« Er nahm ihr Gesicht in seine Hände, und sie hätte sich am liebsten augenblicklich freigeschüttelt.

»Ich liebe dich«, sagte er und küsste sie auf den Mund.

Sie erwiderte es nicht und schloss auch nicht die Augen. Sie wollte sich gerade von ihm frei machen, da traf es sie wie ein Blitzschlag. In der Tür stand Alex Jensen. Wie verletzt er aussah! O mein Gott, nein!

Sie schob Konrad grob zur Seite. »Alex!«

»Ah, Herr Jensen«, erkannte nun auch ihr Verlobter. »Dann erfahren sie es als Erster, *hot off the press*, sozusagen« – er grinste über seinen eigenen Scherz. »Wir heiraten am 1. Dezember. Und ich könnte mir vorstellen, dass mein Belchen gern ihren besten Freund als Trauzeugen dabeihätte.«

Alex sah Isabel nur tief enttäuscht an, dann verließ er wortlos den Raum.

»Was hat er denn?«, fragte Konrad verständnislos.

Isabel unterdrückte den Impuls, Alex hinterherzurennen. Zuerst musste sie endlich Konrad reinen Wein einschenken – und zwar schnell. »Konrad, hör mir zu! Jetzt stellt sich leider raus, dass ich doch zu jung war. Ein dummes junges Ding, das Schwärmerei und Liebe nicht unterscheiden konnte. Julius hat mal gesagt, tödliche Diagnosen bringt man am besten ganz direkt. Und zu mehr bin ich sowieso nicht in der Lage. Mag sein, dass ich Journalistin bin, aber für meine Gefühle finde ich nie die treffenden Worte. Also ganz kurz: Alex ist heterosexuell, ich habe mich getäuscht. Er liebt mich. Und ich liebe ihn. Ich kann deshalb nicht mit dir zusammen sein. Es tut mir wirklich, wirklich leid. Wir können gern noch mal reden – wenn du nach heute überhaupt noch mit mir sprichst. Aber jetzt muss ich Alex hinterher.«

Er sah sie erstaunt, aber weniger schockiert als erwartet an. Sie ließ ihn stehen und lief ihrer großen Liebe nach, aber er war schon weg. Nachdem sie ihn in der Redaktion nicht ausfindig machen konnte, rief sie Beryls Mutter Sally an, erhielt von ihr jedoch die erste von mehreren Hiobsbotschaften: Sie teilte ihr mit, dass Alex sein Zimmer über deren Apotheke gekündigt habe.

Am nächsten Tag wurde es nicht besser: Ihre Hoffnung, ihn in der Redaktion zu sehen, zerbarst in tausend Stücke, als sie erfuhr, dass der junge Journalist sein Volontariat frühzeitig und mit sofortiger Wirkung abgebrochen hatte, er fange im Januar wohl beim *Flensburger Tageblatt* an. Das war also der Termin, den Jan am Dienstag mit dem dortigen Chefredakteur gehabt hatte – ein Bewerbungsgespräch!

Die schlimmste Nachricht kam dann von Iny Jensen, die Isabel am Telefon erklärte, ihr Sohn sei zwar kurz bei ihr gewesen, dann aber Hals über Kopf in die Camargue abgereist. Eine Adresse habe er nicht hinterlassen.

Den Telefonhörer noch in der Hand, stand Isabel mit Tränen in den Augen im Salon der Villa Nieland. Weil sie sich ihre große Liebe zu spät eingestanden hatte, war diese nun verloren.

48

Rosa Timmlein trat am 21. Dezember bei Anbruch der Dunkelheit aus dem Hotel *Meer des Friedens* und sah anstelle der offenen See in eine Eissteppe. Lebloses, starres Weiß, so weit das Auge reichte, ein seltenes Naturschauspiel in Warnemünde. So hatte die junge Hotelangestellte sich immer den Nordpol vorgestellt. Die Polarluft war vor drei Tagen gekommen. Ungewöhnlich kühl war es an der Ostsee aber schon das ganze Jahr über gewesen, selbst im Hochsommer hatten die Wassertemperaturen kaum sechzehn Grad erreicht. Bereits beim frühen Frosteinbruch Anfang November hatten sich dann zahlreiche Eisschollen gebildet. Die klirrende Kälte aus der Arktis ließ sie jetzt kurz vor dem vierten Advent zu einer geschlossenen Eisdecke zusammenfrieren. Bei Tageshöchstwerten um fünf Grad minus war das Leben hier an der Küste erlahmt. Die Strandpromenaden waren schneeverweht, nur ein paar Kinder hatten nachmittags ihre Schlitten über den Strand gezogen. Nicht einmal Dietmars Schäferhund Rex ging länger als nötig vor die Tür. Das Eis drohte laut Westradio sogar Skandinavien vom Schiffsverkehr zum europäischen Festland abzutrennen. Die Existenz von Fischern und Handelsschiffern war bedroht. Rosa ging nach einem deprimierend ruhigen Tag im Hotel – es hatte sich kein einziger Gast in die Eiswüste hier verirrt – zu Felix' Auto. Seit das Wetter derart ungemütlich war, lieh er es ihr für den täglichen Weg nach Warnemünde und ging selbst zu Fuß zum Volkstheater. Sie hatte inzwischen den Führerschein gemacht – jedenfalls das war ihr nicht aufgrund ihrer politischen Einstellung verweigert worden. Sie begann gerade den Wagen von Schnee und Eis freizukratzen, da sah sie die Scheinwerfer eines weiteren Autos, welches sich durch das endlose Weiß kämpfte.

Sie erkannte das klapprige alte Fahrzeug – und glaubte ihren Augen nicht zu trauen: Die Fahrerin war doch tatsächlich Margot!

Die stellvertretende Hoteldirektorin stieg aus – langsam und mit schmerzverzerrtem Gesicht. Rosa stürzte ihr entgegen. Als sie die müde und blass aussehende Frau umarmen wollte, hob diese jedoch abwehrend die Hände. Stattdessen gab sie Rosa ein vorsichtiges Küsschen auf die Wange.

»Das tut noch zu weh. Wenn du mich drückst, klapp ich vor Schmerz wahrscheinlich zusammen«, erklärte Margot entschuldigend.

Wie Rosa bei ihrem Besuch im Krankenhaus erfahren hatte, war vom Arzt entschieden worden, statt einer Gewebeprobe gleich die ganze Geschwulst zu entfernen. Diese war dann an ein Labor geschickt worden; und seither wartete Rosas Vorgesetzte auf das Ergebnis. Offenbar hatte sie nun zumindest vor Heiligabend die Klinik verlassen dürfen.

»Schön, dass sie dich vor Weihnachten rausgelassen haben«, freute sich Rosa.

Doch Margot schüttelte den Kopf. »Ich bin auf eigene Verantwortung gegangen. Die wollten mich noch bis Silvester dabehalten. Aber ich möchte dir unbedingt noch etwas geben«, verkündete sie zu Rosas Verwunderung. »Komm mal mit!«

Wenig später stand Rosa erstmals in Margots privatem Schlafzimmer im Hotel. Diese schloss von innen ab, zog die Vor-
hänge zu, schaltete das Radio ein und drehte die Musik laut.

»Ich kann mich so schwer bücken«, erklärte sie und deutete
auf ihren Einbauschrank. »Da ist ein doppelter Boden drin.
Heb ihn bitte an, und leg die Dokumente auf den Tisch!«

Nachdem Rosa das Bodenbrett des mit Wäsche gefüllten
Schrankes angehoben hatte, beförderte sie eine Landkarte,
eine alte Petroleumlampe und einen Kompass zutage. Als sie
alles auf dem Tisch deponiert hatte, erkannte sie, dass es sich
um eine recht alt wirkende Karte der Ostseeregion handelte.

Sie sah Margot fragend an, die zeigte auf eine Bleistiftlinie,
die von Warnemünde Richtung Norden ging.

»Das da oben ist die Insel Falster, gehört zu Dänemark.
Etwas über vierzig Kilometer sind es bis dahin.«

Rosa sah ihre Vorgesetzte verständnislos an.

»Das war mein Fluchtplan«, flüsterte Margot verschwörerisch. »Ich warte schon ewig auf so eine Wetterlage. Ein
Freund von mir ist Fischer, er meint, bis Heiligabend spätestens ist die Eisdecke komplett zu. Das ist die Nacht im Jahr,
in der sicher am wenigsten Grenzer patrouillieren.«

»Du willst über die Ostsee bis nach Dänemark laufen?«,
wisperte Rosa schockiert.

»Nicht ich«, widersprach Margot. »Meine Ergebnisse kommen wohl doch erst im neuen Jahr. Aber wir wissen ja alle, wie
sie lauten werden – und dass es für mich nicht mehr viel
Nachschlag gibt«, sagte Margot müde, dann sah sie jedoch
auf, und ein Funkeln trat in ihre Augen. »Aber du und Felix –
ihr könnt euch euer Leben zurückholen!«

Sie deutete auf Karte und Kompass. »Ich schenke euch
meine Flucht.«

Rosa war völlig aufgewühlt. Noch vor Neujahr ihre Familie wiedersehen – das wäre zu schön, um wahr zu sein. Aber fast fünfzig Kilometer übers Eis laufen – und das Leben riskieren? Was würde Felix dazu sagen?

***

Isabel hatte schon mehrere Briefe an Alex geschrieben, sie dann aber stets zerknüllt und weggeworfen. Es war so ungerecht vom Schicksal, dass sie keine Chance mehr bekommen hatte, ihm die missverständliche Situation in der Redaktion der *Zeit* auseinanderzusetzen. Daher wollte sie, dass zumindest eine schriftliche Erklärung auf ihn wartete, wenn er kurz vor Antritt seiner neuen Stelle zu seinen Eltern nach Gut Op de Drey zurückkehrte. Heute nun bekam sie eine Möglichkeit, dass ihr Schreiben den Reiterhof im äußersten Norden der Republik umgehend erreichte – unabhängig von der vor den Feiertagen üblichen Verzögerung im Postablauf. An diesem Freitag war bei Leni nämlich ihr Stiefbruder Kasimir zu Besuch, der zusammen mit Ewald über den vierten Advent seine Großeltern in Flensburg besuchen wollte. Er hatte angeboten, ihren Brief an Alex im Auto mitzunehmen und persönlich bei Sören und Iny Jensen abzugeben. Er wollte um vier Uhr nachmittags die Fahrt in Richtung dänische Grenze starten, sie hatte also noch eine knappe halbe Stunde, um das Schreiben fertigzustellen.

Zehn Minuten vor vier war sie fertig und las ihre Zeilen noch einmal durch.

Villa Nieland, den 21. Dezember 1962
Lieber Alex,
ich hoffe, Du hattest eine gute Zeit in der Camargue und konntest die Wildpferde sehen. War es so schön, wie Du es

456

Dir vorgestellt hast? Wie gerne würde ich mir Deine
Eindrücke persönlich von Dir erzählen lassen. Aber ich weiß
nicht, ob Du das noch möchtest. Es ist unendlich schwer,
nicht mehr alles mit Dir besprechen zu können – so wie
früher. Natürlich vermisse ich auch manch anderes an Dir,
was mich glücklich und dankbar gemacht hat. Da war so
vieles, auf das ich neugierig war, was ich aufregend fand,
worauf ich gehofft hatte. Ich weiß nicht, ob ich das Recht
habe, all diese Worte an Dich zu richten, die letztlich
nur drei Worte bedeuten. Was Du gesehen hast, hat Dir
wehgetan – das zu wissen quält mich sehr. Aber ich habe
mein Versprechen nicht gebrochen! Denn Du musst Folgendes
wissen: Konrad hat mich im Büro überrumpelt und plötzlich
mit Hochzeit gedroht. Er hat den Termin in der Kirche ohne
mein Wissen gebucht. Ehe ich ihn wegstoßen konnte, warst
Du schon im Raum. Wie in einem Groschenroman. Ich
hätte das berüchtigte »Es ist nicht das, wonach es aussieht«
bemühen können. Jedenfalls habe ich mich noch in
Petras Büro »entlobt«, Konrad hat seither auch keinen
Rückeroberungsversuch gemacht – bezeichnenderweise.
Ich habe gehört, dass Du ab Januar beim Flensburger
Tageblatt *beginnst – als richtiger Redakteur. Das freut mich*
für Dich. Du hast es verdient! Wenn Du mich nicht hasst –
melde Dich bitte, wenn Du zurück bist und diese Zeilen
liest!
In Liebe,
Deine Isabel

Sie steckte den Brief in einen Umschlag, auf den sie schrieb:
»Alexander Jensen, persönlich«. Dann eilte sie in die Biblio-
thek, wo Kasimir sich gerade von Sofie, seinem Vater Franz,
Leni und seiner Stiefmutter Anna verabschiedete.

»Ich sage ihm auch noch einmal selbst, dass er sich bei dir melden soll«, raunte ihr der junge Polizist zu, nachdem er den Brief entgegengenommen hatte.

»Danke, Kasi«, flüsterte sie und gab ihm zum Abschied ein Küsschen auf die Wange.

Kaum war er gegangen, betrat ihre Teilzeit-Haushälterin schüchtern den Salon. Alle jubelten, als sie Ursel erblickten, die aus dem ersten Urlaub ihres Lebens zurückgekehrt war.

»Wie war es auf dem Kreuzfahrtschiff?«, fragte Sofie.

»Großartig. Aber manchmal hat es ganz schön gestürmt«, erzählte Ursel. »Ich habe nie gespuckt, aber Piet zweimal.« Sie kicherte. »Am Schluss war es sehr kalt, und es gab jede Menge Eis im Meer.«

Als sie alle Stationen und Anekdoten ihrer Reise erzählt hatte, drehten sich die Gespräche um die Nachbarvilla, die verkauft und Gerüchten zufolge abgerissen und durch ein Verwaltungsgebäude der Alliierten ersetzt werden sollte. Darüber waren alle sehr unglücklich, denn durch das Verschwinden des kleinen Schmuckstücks würde die Elbchaussee an dieser Stelle ihren pittoresken und noblen Charakter einbüßen.

Während die anderen diskutierten, ob und wie der Abriss und das geplante Verwaltungsgebäude vielleicht noch zu verhindern seien, wandte sich Ursel an Leni: »Sie hatten meinen Sohn kurz nach meiner Abfahrt angerufen, ich solle mich wegen den Erinnerungen melden, die ich an die Sturmnacht habe?«

»Ach ja, das hat sich erübrigt«, erwiderte Leni. »Wir wollten wissen, ob Willy nachts zum Fluss gegangen ist, aber das kann nicht sein.«

»Na ja, ich habe ihn nicht rausgehen sehen, aber irgendwann muss er doch draußen gewesen sein«, meinte Ursel, und Leni warf Sofie einen verwunderten Blick zu.

»Wieso denkst du das?«, fragte die.

»Kurz bevor du mit der schwangeren Elfie hochkamst, hab ich Willy Hegers Norwegen-Jacke an der Garderobe hängen sehen«, erinnerte sich Ursel. »Ich merkte, dass auf dem Boden darunter eine Pfütze war. Die Jacke war triefnass, und da war auch ein bisschen Matsch dran. Ich habe sie dann sauber gemacht und zum Trocknen auf die Heizung gelegt.«

»Das ist seltsam«, entgegnete Sofie, als sie sich mit Leni außer Hörweite der anderen begeben hatte. »Willy liebt die Jacke heiß und innig. Der würde die nicht schmutzig und nass an die Garderobe hängen.«

»Das ist es«, sagte Leni plötzlich.

»Was meinst du?«, wollte Sofie wissen.

»Na, Willy war laut Anna den ganzen Abend in seinem Zimmer. Stella glaubt, er habe Burkhard mit dem Ruder geschlagen. Allerdings hätte sie Willy dabei nur von Weitem gesehen und mit dem Rücken zu ihr. Die Norwegen-Flagge da hinten drauf sieht man allerdings auch aus der Entfernung. Was ist, wenn jemand anderes Willys Jacke anhatte?«

Sofie fröstelte. »Das ist möglich. Aber wer sollte das sein?«

»Jemand, der mit der nächstbesten Jacke losrennen würde, um Stella zu retten – und Burkhard genug hasst, um ihn spontan daran zu hindern, ans Ufer zu kommen.«

»José hätte für beides ein Motiv gehabt«, räumte Sofie ein. »Er liebt Stella und hasste Burkhard. Der hat ihn ja im Krieg ins Gefängnis gebracht. Aber er war zu der Zeit noch mit Moshe im Auto unterwegs.«

»Max hätte auch genug Wut auf Burkhard gehabt«, erwiderte Leni. »Aber der trug seine eigene Jacke an dem Abend.«

Durch diese Gedankenspiele fiel Sofie plötzlich ein Detail des Abends wieder ein, das sie seltsam fand.

»Konrad war an dem Abend ziemlich baff, dass Burkhard

ihn kannte. Der hat sich über sein mangelndes medizinisches Wissen während des Studiums lustig gemacht«, erzählte sie Leni.

»Das ist ja aber kaum ein Mordmotiv?«, entgegnete diese skeptisch.

»Natürlich nicht«, räumte Sofie ein. »Aber Burkhard hat auf einen Mentor angespielt, den Konrad in der Zeit hatte: einen gewissen Doktor Nitsche. Als der Name zur Sprache kam, war Konrad plötzlich ganz kleinlaut.«

»Doktor Nitsche ...«, murmelte Leni ratlos. »Sagt mir nichts.«

»Aber ich habe den Namen irgendwann früher schon mal gehört«, meinte Sofie nachdenklich. »Ich komme bloß nicht drauf, wo.«

Da gesellte sich Edith zu ihnen. Ramiro war ohne sie nach Portugal zurückgekehrt, da sie hier in Hamburg auf der Suche nach einem kleinen Häuschen für die beiden war. Sie hatten beschlossen, ihren Ruhestand in Ediths Heimat zu verbringen.

»Na, ihr zwei, was schaut ihr so ernst?«, erkundigte sie sich.

»Wir versuchen herauszufinden, wer Doktor Nitsche sein könnte«, erklärte Leni. »Sofie meint, den Namen schon mal gehört zu haben, kommt aber nicht drauf.«

»Natürlich kennst du den Namen«, wandte sich Edith an ihre einstige Schwesternkollegin. »Aus der Geschichte, die uns Doktor Walz damals auf dem Lazarettschiff erzählt hat.«

Endlich fiel es Sofie wieder ein. »Ja, Doktor Walz! Stimmt!«

»Klärt mich mal jemand auf, wer das ist?«, bat Leni. »Und was hat er mit Konrads Mentor zu tun, diesem Nitsche?«

»Doktor Walz war Chefarzt auf der *Sierra Ventana*, wo Edith und ich im Ersten Weltkrieg als Lazarettschwestern gearbeitet haben. Anfang des Jahrhunderts, noch vor seinem

Studium, hat Doktor Walz in einer Anstalt in Frankfurt mit seinem damaligen Chef, Professor Alois Alzheimer, bei seiner Ziehmutter eine neuartige Erkrankung untersucht, die das Gehirn zerstört«, fiel Sofie wieder ein. »Doktor Nitsche war ein Kollege der beiden. Und sobald die zwei nicht mehr an der Anstalt gearbeitet haben, hat Nitsche Menschen mit unheilbaren Geisteskrankheiten bewusst schlechter pflegen lassen als die Heilbaren. Als Doktor Walz nach längerer Zeit wieder dorthin kam, lag seine Ziehmutter in einer Kiste mit Stroh und ihren Exkrementen. Sie ist dann kurz darauf an einem unbehandelten Liegemal gestorben. Das war 1906.«

»Na, dieser Nitsche scheint ja ein ›netter‹ Zeitgenosse gewesen zu sein«, kommentierte Leni angewidert. »Seltsames Verständnis vom hippokratischen Eid. Lebt denn Doktor Walz noch?«

»Ja, er ist inzwischen zweiundachtzig, publiziert aber immer noch zur Neurologie«, wusste Sofie. »Er könnte uns sicher sagen, was aus diesem Doktor Nitsche wurde.«

»Dann ruf ihn an!«, schlug Edith vor. »Der freut sich bestimmt. Er war ja damals auf dem Schiff sehr angetan von dir.«

»Ich habe seine Nummer nicht«, wandte Sofie ein.

»Frag doch Isabel«, riet ihr Leni, »wenn du über die Telefonauskunft nicht weiterkommst, kriegt sie es bestimmt raus.«

»Konrad kannte Burkhard?«, vergewisserte sich Isabel verblüfft, als ihre Großmutter Sofie und Leni sie zu sich gebeten und ihr von ihren Erkenntnissen erzählt hatten.

Warum hatte Konrad ihr das verschwiegen? Da Dr. Karl Walz bereits vom *Spiegel* befragt worden war, kam Isabel über einen Anruf in der Redaktion tatsächlich an die Telefonnummer des Neurologen.

Nach einem längeren Gespräch kehrte Sofie mit betretener Miene zu Leni und Isabel zurück.

»Und?«, fragte Leni.

»Edith hatte recht. Doktor Walz hat sich an mich erinnert – und sich riesig gefreut«, erzählte Sofie. »Aber als ich ihn nach Doktor Nitsches Verbleib gefragt habe, war er plötzlich furchtbar einsilbig. Er meinte, dass er darüber lieber persönlich mit mir sprechen würde. Na ja …«

»Ja?«, hakte Leni nach.

»Ich fahre morgen früh nach Sylt.«

»Wie spannend. Und ich kann nicht mit«, bedauerte Leni. »Bei Stella im Kinderhort ist Weihnachtsfeier.«

»Aber ich würde dich gern begleiten«, verkündete Isabel.

Sie witterte eine spannende Geschichte. Und sie würde mehr über Konrad erfahren, der inzwischen ja nicht mehr mit ihr sprach.

49

Felix hatte in der Küche ihrer Wohnung das Radio ebenso laut geschaltet wie Margot gestern im Hotel. Man wusste ja nie! Die zugefrorene Ostsee in Kombination mit Margots Plan war ein unerwarteter Hoffnungsschimmer für Rosa, die sich mit dem fremdbestimmten Leben unter dem SED-Regime nicht mehr abfinden wollte.

Es hatte sie jede Menge Überzeugungsarbeit gekostet, Felix dazu zu bringen, die Flucht mit ihr tatsächlich in Betracht zu ziehen. Er hatte argumentiert, dass es viel zu gefährlich sei – und an all jene erinnert, die bei ihrem Fluchtversuch gescheitert waren. »Viele sind dabei gestorben«, hatte er eindringlich geflüstert, und erst als er die Tränen in ihren Augen und die Enttäuschung in ihrem Gesicht gesehen hatte, hatte er seufzend nachgegeben.

»Ich bleibe zwar dabei, dass es alles andere als sicher ist«, meinte der Theatermusiker mit Blick auf die Seekarte, »aber an Heiligabend könnte es tatsächlich ein bisschen risikoärmer sein.«

»Diese Frostperiode geht jetzt schon über drei Wochen. Das ist eine gigantische Kraterlandschaft da draußen«, erzählte Rosa, erleichtert darüber, ihren Freund doch noch überzeugt zu haben. »Da liegen etliche Fischerkähne fest – aber auch Wachboote der Grenzer!«

»Okay, okay«, seufzte Felix und küsste sie. »Wir machen das, Schatz. Es muss einfach gut gehen.«

Sie nickte mit einem versonnenen Lächeln. »Und stell dir vor, wir feiern in Hamburg Silvester.«

In diesem Moment klingelte es an der Wohnungstür, und die beiden zuckten erschrocken zusammen. Wer konnte das sein?

»Soll ich öffnen?«, flüsterte Rosa ängstlich. War man ihnen trotz des lauten Radios schon jetzt auf die Schliche gekommen?

Felix nickte. Rosa betätigte den Türöffner, eine Gegensprechanlage gab es nicht; sie mussten abwarten, wer durch das Treppenhaus hochkommen würde.

»Das sind zwei Personen«, flüsterte Felix.

»Margot! Vicky!«, erkannte Rosa erleichtert die stellvertretende Hoteldirektorin und die Köchin, die in ihr Sichtfeld kamen.

Margot wirkte äußerst erschöpft von dem Aufstieg. Ihr Gesicht war erneut schmerzverzerrt. Warum sie die Strapaze wohl auf sich genommen hatte? Rosa ließ die beiden Kolleginnen in die Wohnung und verriegelte dann von innen die Tür.

Felix beäugte die Frauen misstrauisch. »Was führt Sie zu uns?«

»Margots Untersuchungsergebnisse sind da, schneller als erwartet«, erklärte Viktoria Seehase.

»Und?«, fragte Rosa mit kaum hörbarer Stimme.

»Es war gutartig«, verriet Margot Koschitza lächelnd.

Rosa kämpfte den Impuls nieder, sie vor Erleichterung zu umarmen – wegen der schmerzhaften Narbe!

»Das freut mich so«, sagte sie und drückte stattdessen ihre Hände.

»Habt ihr euch denn jetzt entschieden?«, erkundigte sich Margot.

»Ja, wir versuchen es«, verkündete Rosa.

Ihre Vorgesetzte atmete erleichtert aus. »Sehr gut. Es sind zwar fast fünfzig Kilometer übers Meer – aber eine bessere Chance wird nicht kommen.«

»Zwanzig Kilometer vor der Küste gibt es wohl eine eisfrei gehaltene Fahrrinne«, berichtete Felix. »Ich nehme meine Trompete mit. Dann können wir vielleicht schon auf halber Strecke ein westliches Schiff auf uns aufmerksam machen.«

»In jedem Fall nehmen wir unsere Fahrräder, das wird zum Teil sicher eine ganz schöne Rutschpartie, aber je schneller wir sind, desto besser«, meinte Rosa.

»Dann ist die Strecke auch leichter zu schaffen«, bestätigte Margot.

»Aber ist man mit dem Fahrrad von Weitem nicht deutlicher zu sehen?«, gab Frau Seehase zu bedenken.

Doch darüber hatten Rosa und Felix sich bereits Gedanken gemacht. »Da draußen ist alles weiß. Wir dachten, wir basteln uns Drahtgestelle für unsere Fahrräder und tarnen die dann mit weißen Bettlaken.«

»Eine großartige Idee, das können wir im Hotelkeller machen, dann haben wir es nicht so weit bis zum Wasser«, schlug Margot vor.

»Wir?«, hakte Rosa nach.

Margot und Viktoria sahen das junge Paar entschlossen an. »Wir wollen mitkommen!«

***

Sowohl Isabel als auch Sofie hatten die Insel Sylt bereits mehrfach besucht, aber so hatten sie die Nordsee, die der Zug auf dem elf Kilometer langen Hindenburgdamm durchquerte, noch nie gesehen. Das Wattenmeer war ein einziger großer

Eisblock, geformt zu bizarren Gebilden aus gefrorenen Nord-seewellen.

»Man könnte meinen, man fährt durch Sibirien«, kommentierte Isabel fasziniert. »Es ist gar nicht mehr zu erkennen, dass wir gerade das Meer durchqueren.«

Am Bahnhof in Westerland wurden sie von Dr. Karl Walz abgeholt. Sofie erkannte den alten Mann sogar nach all den Jahren auf Anhieb wieder, er war noch immer schlank und erstaunlich agil, seine Augen hatten nach wie vor etwas Jungenhaftes.

»Fräulein Brix, wie schön«, freute er sich.

»Inzwischen ist es Frau Timmlein«, korrigierte Sofie ihn lächelnd. »Darf ich Ihnen meine Enkelin Isabel vorstellen? Isabel Torres.«

»Sehr erfreut«, sagte der Neurologe.

Wenig später saßen sie im Wohnzimmer seines für die Insel typischen Reetdachhauses bei einer Tasse Tee, die ihnen eine Haushälterin servierte. Seine Frau Mina Walz hatte sich nach einer kurzen Begrüßung entschuldigt – obwohl sie sogar noch vier Jahre älter war als ihr Mann, publizierte auch sie weiterhin in medizinischen Fachzeitschriften. Ihren neuen Artikel wollte sie bis Heiligabend fertig bekommen. »Dann besuchen uns die Kinder und die Enkel, und ich komme zu nichts mehr.«

Schließlich kam Sofies einstiger Vorgesetzter auf das zu sprechen, was er über Dr. Paul Nitsche wusste.

»Er war mein Kollege an der Anstalt in Frankfurt. Als ich dort gegangen war, ließ er Menschen mit unheilbaren Geisteskrankheiten so schlecht pflegen, dass einige starben. Schon vor Hitlers Regime hielt er behindertes oder psychisch krankes Leben für nicht erhaltenswert«, erzählte der alte Neurologe, und es fiel ihm merklich schwer, über dieses Thema zu

466

sprechen. Schließlich hatte Nitsche damals ja für den Tod von Walz' an Alzheimer erkrankter Pflegemutter gesorgt. »Um die Fortpflanzung psychisch Kranker zu verhindern, forderte Nitsche schon 1929 Eheverbote und eine gesetzlich geregelte Unfruchtbarmachung – notfalls auch gegen den Willen der Betroffenen. Die ›Vernichtung lebensunwerten Lebens‹ sei kein Verstoß gegen menschliche Grundrechte, sondern im Gegenteil ein Gebot der Humanität.«

Isabel hatte in einem *Spiegel*-Artikel zwar schon von der sogenannten »Euthanasie« gelesen, war aber immer davon ausgegangen, die Ärzte seien von den Nazis zu den Morden gezwungen worden. Die Erkenntnis, dass es Mediziner gab, die das schon vorher von sich aus wollten – und dafür so zweifelhafte Rechtfertigungen erfanden –, erschütterte die junge Journalistin.

»Nitsche fing nach Hitlers Machtergreifung langsam an. 1936 führte er in der Anstalt Pirna-Sonnenstein eine Hungerkost ein«, fuhr Walz fort. »Für Patienten, die nach seinen rassehygienischen Vorstellungen ›Ballastexistenzen‹ waren – und in den Augen des Regimes eine unnötige finanzielle Belastung der Gesellschaft. Dieses Aushungern verbreitete sich dann auch in anderen Anstalten in Sachsen.«

»Man schwächt sie durch systematische Unterernährung qualvoll langsam, bis irgendwann ihr Kreislauf zusammenbricht«, resümierte Sofie betroffen.

»Ja, aber als 1939 der Krieg begann, fehlte die Zeit für derart langwierige Mordvertuschungen. Man musste ja mit Tausenden Verwundeten rechnen. Pflege- und Bettenkapazitäten würden also anderweitig gebraucht. Der Führer ordnete die sogenannte Aktion T4 an.« Er stockte.

Der Vorbesitzer von Sofies Zahnarztpraxis, Dr. Junginger, hatte ihr seinerzeit von den Gerüchten über diese Aktion erzählt. »Die systematische Tötung von geistig und körperlich behinderten Menschen«, murmelte sie.

Karl Walz nickte. »Der Organisator der Aktion T4 war ein gewisser Viktor Brack. Er bat Nitsche Anfang 1940, ein medikamentöses Verfahren zu entwickeln und zu erproben. Nitsche entschied sich für das Schlafmittel Luminal.«

»Das verwenden wir normalerweise gegen Epilepsie«, erinnerte sich Sofie.

»Ja, es war in allen Kliniken gängig und mengenmäßig ausreichend vorhanden«, bestätigte Walz. »Luminal führt bei Überdosierung nicht direkt zum Tod, aber zu gesundheitlichen Komplikationen – nach ein paar Tagen stirbt der Patient dann doch. Das konnte man dann aber als natürliche Ursache vertuschen. Nitsche nannte sein heimtückisches Verfahren ›Luminalschema‹ und erprobte es bei über hundert Kranken. Danach arbeitete er sich vom Gutachter zum medizinischen Leiter der Aktion T4 hoch. Bis zu ihrem offiziellen Stopp im August 1941 wurden im Rahmen der Maßnahme über siebzigtausend Kranke und Behinderte ermordet.«

Davon hatte Isabel gelesen. Solche Zahlen bei staatlich verordneten Tötungen von schwächsten Gliedern einer Gesellschaft sprengten jedes Vorstellungsvermögen.

»Was wurde nach dem Krieg aus diesem Nitsche?«, erkundigte sich Sofie.

»Man hat ihn gleich im Frühjahr 1945 verhaftet«, berichtete Walz. »Selbst vor dem Landgericht Dresden blieb er bei seinem Standpunkt: Die Tötung von unheilbar Kranken sei wissenschaftlich und auch gesellschaftlich gerechtfertigt, eine Mordanklage habe er daher nicht verdient.«

»Keinerlei Unrechtsempfinden«, kommentierte Sofie kopfschüttelnd. »Was für eine grässliche Schande für den Ärztestand!«

»Er wurde zum Tode verurteilt und starb Ende März 48 durch das Fallbeil«, schloss Dr. Walz seinen Bericht über Paul Nitsche.

»Aber wenn die Aktion T4 1941 endete, war Konrad da nicht dabei«, stellte Isabel erleichtert fest. Die Vorstellung, mit jemandem liiert gewesen zu sein, der sich an Massenmorden beteiligt hatte, wäre zu schrecklich gewesen. »Er lernte Nitsche ja erst 1943 kennen.«

Doch zu ihrem Entsetzen widersprach Dr. Walz. »Nitsche war noch lange nicht fertig mit dem Morden. Er veranlasste nach dem Ende von T4 die sogenannte wilde Euthanasie. Dabei gab es nochmals mindestens dreißigtausend medikamentöse Tötungen. Außerdem war er an der Aktion 14f13 beteiligt. Sie betraf die Auswahl von psychisch kranken oder behinderten KZ-Insassen zur Tötung. Als Arzt hatte man zu bestimmen, wer von den Häftlingen nicht mehr ›brauchbar‹ war.«

»Und was hat man dann mit den Ausgewählten gemacht?«, fragte Isabel, obwohl sie die Antwort ahnte.

»Sie wurden in den beiden Tötungsanstalten Pirna-Sonnenstein und Hartheim vergast«, bestätigte Walz ihre Befürchtungen. »Je länger der Krieg ging, desto mehr wurde diese sogenannte Invaliden- oder Häftlings-Euthanasie ausgeweitet. Irgendwann wählten die Ärzte nicht nur behinderte Menschen zur Ermordung aus, sondern auch alte, schwache und bettlägerige Menschen.«

»Burkhard hat im Februar in der Villa gesagt, er hoffe, dass Doktor Nitsche Konrad etwas beigebracht hat«, erinnerte sich Sofie mit belegter Stimme an die Aussage ihres Ex-Verlobten in der Sturmnacht.

»Wann immer dieser Konrad zu Nitsche kam, Sie wissen nun, welche Philosophie man von ihm gelernt hat – systematisch die Schwächsten zu töten«, fasst der alte Arzt zusammen.

Isabel spürte Tränen auf ihren Wangen. »Ich wusste nichts von Konrads Beteiligung an diesen Aktionen.«

»Als er meine Praxis übernehmen wollte, stand natürlich auch nichts von einer Zusammenarbeit mit Nitsche in seinem Lebenslauf«, ergänzte Sofie.

Isabel war gezwungen, die beiden schrecklichen Enthüllungen ihrer Sylt-Reise zu verarbeiten. Die erste Erkenntnis war, dass ihr Ex-Verlobter eventuell an Massenmorden beteiligt war. Die zweite betraf sie und ihre Familie wesentlich mehr: »Wenn Konrad nie dafür behelligt wurde, hatte er also wirklich ein Motiv, Burkhards Tod zu wollen.«

***

Nach ihrer Rückkehr in die Villa baten Isabel und Sofie am Sonntag, den 23. Dezember, nur Leni und Willy in die Bibliothek, um ihnen mitzuteilen, was sie von Dr. Walz erfahren hatten. Den Rest der Familie wollten sie so kurz vor Heiligabend nicht damit belasten, ehe sie Sicherheit über den Umfang von Konrads Beteiligung an den Euthanasie-Aktionen hatten. Wie zu erwarten, waren beide sehr bestürzt.

»Ich muss euch noch etwas sagen«, erklärte Willy nach einer Weile betretenen Schweigens. »Als ich nach der Flut im Februar meine Jacke mit der Norwegen-Flagge das nächste Mal von der Garderobe nahm, wunderte ich mich, wo die roten Haare daran herkamen. Ich habe dem damals keine Bedeutung beigemessen, aber jetzt …«

»Moshe kommt morgen aus London zurück. Wir sollten ihn fragen, ob das, was wir wissen, für eine Anklage ausreicht«, schlug Leni vor.

»So lange will ich nicht warten«, fauchte Isabel zornig. »Wie es aussieht, hat Konrad in meiner Familie gemordet und Stella traumatisiert.« Bevor die anderen sie daran hindern konnten, stürzte sie zum Telefon und wählte eine Nummer. Da sich am anderen Ende niemand meldete, holte sie ein Adressbuch aus ihrer Handtasche. Erneut griff sie zum Hörer. »Ja, guten Tag, Frau Heß«, sagte sie. »Hier ist Isabel Torres. Ist Konrad bei Ihnen? – Würden Sie ihm bitte ausrichten, er soll sich bei mir melden? Es ist dringend. – Danke, Ihnen auch.«

Sie knallte den Hörer auf.

»War das klug?«, fragte Willy vorsichtig.

»Das ist mir egal«, meinte Isabel. »Ich will aus seinem eigenen Mund hören, was er zu sagen hat!«

***

Was für eine seltsame Weihnachtsprozession wir sind, dachte Rosa. Durch die verschneite Küstenlandschaft und den beißenden Ostwind fuhren drei Frauen und ein Mann auf Fahrrädern, die mit auf Drahtgerüste gespannten schneeweißen Bettlaken getarnt waren, durch die sternenlose Nacht. Anderswo freuten sich die Menschen gerade über ihre Geschenke, aber mit etwas Glück würden die vier Flüchtlinge vielleicht bald das allergrößte Geschenk dieser Nacht bekommen: Freiheit! Sie hofften, dass die Grenzer den Abend des 24. Dezember in ihrer Wachstube verbringen würden. Doch plötzlich hörten sie über sich auf einer Düne eine Stimme. »Da war doch 'n Geräusch!«

Ein Taschenlampenkegel kam näher. In wenigen Sekunden wäre der Grenzer über den Hang und würde sie sehen! Rosa riss das Drahtgestell von ihrem Rad – und schob es zum Entsetzen der anderen die Düne hinauf – dem Grenzer entgegen.

Als sie in seinen Taschenlampenkegel geriet, blickte er sie verdutzt an. Ein zweiter Beamter kam heran.

»Was machen Sie denn so spät hier draußen?«, fragte er misstrauisch.

Rosa griff auf ihr Repertoire aus einer Schauspielübung mit Christine zurück und spielte, sie sei angetrunken – und ein wenig dumm.

»Herr Wachtmeister, ich war mit dem Chef sein Hund raus. Aber irgendwie hab ich mich verfahren. Bin ein bisschen angeschickert. Die Margot, was meine Chefin ist, die hat mich zur Feier des Tages Likörchen trinken lassen.«

»Wo müssen Sie denn hin?«, fragte der Grenzer, der tatsächlich schmunzeln musste.

»Zum *Meer des Friedens*«, erklärte sie.

Sie musste in den Details bei der Wahrheit bleiben, für den Fall, dass sie sie mitnahmen. Dann konnten vielleicht jedenfalls die anderen unbehelligt fliehen.

»Dann müssen Sie aber da lang«, sagte sein Kollege streng und zeigte in Richtung des Hotels.

»Oh, danke, das blöde Vieh ist da vorne hingelaufen«, sagte sie und deutete in die von Felix, Viktoria und Margot entgegengesetzte Richtung. »Aber mir ist es jetzt zu kalt, ich geh zurück ins Hotel. Sie sind ja tapfer, dass Sie bei den Temperaturen arbeiten.«

»Sind wir.« Nun grinste auch der zweite Grenzschützer.

»Der Hund findet schon nach Haus«, beschloss Rosa und spielte weiterhin die dümmliche Hotelmitarbeiterin. »Sonst soll mein Chef ihn suchen.«

»Wir können ja mal schauen. Wenn wir ihn sehen, rufen wir im Hotel an«, bot der Jüngere an.

Rosa wusste, dass Dietmars Hund friedlich an der Hotelrezeption schlief, es würde also keinen Anruf im Hotel geben.

»Danke, das ist so lieb«, sagte sie. »Schöne Jahresendfeier noch.«

»Gute Nacht. Und es geht da runter, nicht vergessen!«

Sie radelte davon, hoffte, dass ihre zitternden Knie sie nicht umkippen ließen, bevor sie außer Sichtweite der Grenzer war. Nach einer Weile hörte sie in der Ferne ein Motorengeräusch und blieb stehen. Sie sah, dass die Beamten in ein Fahrzeug gestiegen waren und nun in die Richtung fuhren, in die angeblich der Hund gelaufen war.

Rasch radelte sie zu ihren Mitstreitern zurück. Sie hatten sich nicht von der Stelle bewegt. Als Felix ihr um den Hals fiel, hatte er vor Erleichterung Tränen in den Augen.

»Schnell weiter!«, zischte Frau Seehase. »Bevor die wiederkommen.«

Bei ihrer Weiterfahrt wussten sie gar nicht genau, ob sie noch auf dem Strand ober schon übers Meer fuhren. Sie sahen allein dank des Schnees überhaupt etwas, die Fahrradbeleuchtung musste natürlich ausbleiben. Nur das Geräusch ihrer Reifen auf dem Eis war zu hören.

Nachdem sie eine gefühlte Stunde durch die Dunkelheit gefahren waren, rief Felix, der mit dem Kompass vorausfuhr, plötzlich: »Stopp!« Er benutzte kurz die Taschenlampe. »Das ist die Fahrrinne. Sie ist schon wieder fast ganz zugefroren. Muss schon ein paar Stunden her sein, dass der Eisbrecher da war.«

»Alles düster«, stellte Margot beim Blick durch ihr Fernglas fest. »Kein Schiff weit und breit.«

»Bei meiner Trompete sind sowieso die Ventile eingefroren«, entgegnete Felix. Er trat probeweise auf das dünnere Eis der Fahrrinne – es hielt.

»So Leute, jetzt kommt es drauf an. Wir wissen nicht sicher, wie tragfähig das ist. Drückt uns die Daumen.«

Sie machten sich auf den Weg. Bedrohlich knirschte und knackte es. Bald hatten sie die halbe Fahrrinne durchquert. Nur noch knapp fünfzig Meter bis zum sicheren, dickeren Eis … Da krachte es unter Felix – die Oberfläche brach ein! Das Wasser fraß sich in Sekundenschnelle beißend durch ihre Kleidung, die eisige Kälte traf sie wie ein Schlag, raubte ihnen den Atem. Allein seit dem Mauerbau am 13. August 1961 waren rund fünfzig Menschen bei Fluchtversuchen erschossen worden, in der Nacht des 24. Dezember 1962 brachen nun vier Flüchtende mit Fahrrädern auf halber Strecke zur Freiheit in die rabenschwarze und tödlich kalte Ostsee ein – in den Körben auf den Gepäckträgern die wichtigsten Erinnerungsstücke an ihr Leben.

50

Durch das Wissen, dass an ihrem Elbstrand ein Mord begangen worden war, fühlten sich Isabel, Leni, Sofie und Willy an diesem Heiligabend ein wenig isoliert vom arglos feiernden Rest der Familie.

Der Salon war wie jedes Jahr festlich geschmückt, und für viele von ihnen hatte das Jahr kurz vor dessen Ende noch eine gute Wendung genommen. Elfie und Jan freuten sich über ihren kleinen Hinnerk, Stella über ihre Geschenke. Auch Timons neue Familie war glücklich: Beryl durfte bei ihrem Mann in der Werbeabteilung der Reederei ihr zeichnerisches Talent ausleben, Praxis und Apotheke ihrer Eltern genossen größten Zuspruch seitens der Finkenwerder Bevölkerung. Und es würde bald ein weiteres unerwartetes Wiedersehen geben. Edith und Ramiro hatten beschlossen, die Nachbarsvilla zu kaufen, um zu verhindern, dass diese in ein Bürogebäude des Militärs umgewandelt würde. Allein hätten sie sich das nicht leisten können, aber es war eine unerwartete Mitkäuferin ins Spiel gekommen, die sich das neue Zuhause mit ihnen teilen wollte: Emma Arévalo, die sechzigjährige Witwe eines chilenischen Salpeterbarons. Die alte Freundin der Nielands wollte den Lebensabend in ihrer einstigen Heimat verbringen, wo Sofie und Willy sie 1918 als zwielichtiges Barmädchen kennengelernt hatten.

In der Villa Nieland fehlte indessen eine Köchin, da Elfie plante, mit dem Kind zu Jan nach Finkenwerder zu ziehen.

»Die Zeiten ändern sich, heute ersetzen Toaster, Mixer und Staubsauger das Personal von früher«, scherzte Albin, als sie alle an der Festtafel Platz genommen hatten.

»Ja, aber weil die Zeiten sich ändern, arbeiten heute auch die Ehefrauen«, entgegnete Leni. »Deshalb brauchen wir ein neues Kindermädchen. Jetzt, da Beryl endlich ihr großes Talent auslebt.«

In diesem Moment klingelte es an der Haustür.

»Ah, die ersten Bewerberinnen«, feixte Albin.

Haushälterin Queck kam herein und sprach Isabel an: »Es ist für Sie, Fräulein Torres.«

Die Journalistin sprang auf und eilte in Richtung Halle. Kasimir hatte ihr vorhin gesagt, er habe ihren Brief bei Alex Jensens Eltern abgegeben und dort erfahren, dass sie ihn zu Weihnachten zurückerwarteten. War er etwa gleich zu ihr geeilt? Doch als sie den Mann, der in der Halle wartete, erkannte, war sie zutiefst schockiert. Es handelte sich um Konrad!

***

Trotz der Panik mussten schnelle und lebenswichtige Entscheidungen getroffen werden.

»Sollen wir zurück?«, kreischte Rosa hilflos und mit klappernden Zähnen.

»Auf keinen Fall!«, rief Felix gehetzt. »Wir schwimmen rüber.«

Sie konnten nur hoffen, dass jenseits der Fahrrinne das Eis wieder so stabil sein würde wie zuvor. Wenn sie sich irrten, würde sie das ihr Leben kosten.

»Ich kann mein Rad nicht mehr halten«, keuchte Margot.

»Die Schollen!«, brachte Rosa ächzend hervor.

Sie hievte ihr Fahrrad aus dem Wasser auf eine der Eisschollen, die der Eisbrecher in der Fahrrinne hinterlassen hatte. Die anderen taten es ihr gleich.

Völlig durchnässt und frierend paddelten sie auf ihren Eisbrettern die fünfzig Meter zur anderen Seite. Kaum hatten sie das halbwegs sichere, dickere Eis unter den Füßen, japste Margot: »Wir müssen die nassen Sachen ausziehen und zumindest auswringen.«

»Gute Idee«, befand Felix.

Rasch zogen sie sich danach wieder an, setzten sich zurück auf ihre Räder und fuhren weiter. Wie besessen traten sie in die Pedale, die Zeit drängte, mit der feuchten Kleidung und bei dem eisigen Wind konnte jederzeit ihr Kreislauf zusammenbrechen.

Als sie sich endlich der Stadt Gedser an der Südspitze der dänischen Insel Falster näherten, sahen sie am Glitzern der Lichter im Wasser, dass der Hafen eisfrei gehalten worden war.

»Was machen wir, wenn uns die dänischen Zollbeamten nicht an Land lassen?«, fragte Viktoria Seehase ängstlich.

Mit wenig Überzeugung in der Stimme entgegnete Rosa: »Das müssen sie doch.«

»Und wenn sie uns zurückweisen oder DDR-Grenzern überantworten?«

»Wir fahren um die Südspitze herum weiter nach Norden!«, schlug Margot vor. »Da gibt es hoffentlich keine Zollbeamten.«

Die Ostküste der Insel war steil und unwegsam, kaum zu ersteigen, im Dunkeln schon gar nicht. Und unbewohnt. Zunehmend verzweifelt fuhren die vier Flüchtlinge weiter die Küste hinauf in Richtung Marielyst. Sie dampften und bibberten bei den minus acht Grad. Rosa spürte ihre Kräfte schwinden und wusste: Wenn sie nicht schnellstmöglich unter Menschen kämen, würden sie erfrieren. So kurz vor dem Ziel, dachte sie in wachsender Panik, das durfte nicht sein!

***

»Sag nichts, ich verzeihe dir deinen Irrtum«, hatte Konrad strahlend gesagt. »Hauptsache, du bist jetzt zur Vernunft gekommen.«

Tja, der Irrtum lag wohl auf seiner Seite. Sie hatte ihn nicht gebeten, sich zu melden, damit sie sich mit ihm versöhnen konnte.

Fünfzehn Minuten später sah er sich im Büro des Firmengründers Christian Nieland wie in einem Tribunal Isabel, Sofie, Leni und Willy gegenüber. Sie hatten die Weihnachtsfeier ihrer Familien im Salon verlassen und ihm erzählt, was sie über ihn herausgefunden hatten. Von den Bürowänden starrten tote Fische, die Anglertrophäen des Reedereigründers, so als erwarteten auch sie eine Antwort von Konrad Heß.

»Und jetzt glaubt ihr mich verurteilen zu können«, murmelte der Mediziner vorwurfsvoll. »Ihr wart nicht dabei. Ihr habt nicht gesehen, wie diese Menschen gehungert und gelitten haben. Jeden, den man aussuchte, hat man erlöst. Das Unausweichliche barmherzig beschleunigt. Wenn man nur noch eine Sehnsucht hat – aber selbst zu schwach ist …«

Isabel ahnte, dass Konrad in diesem Augenblick an seine eigene Schwester Ruth dachte. Er war ja überzeugt, auch für sie sei seinerzeit der Tod das Ende eines Martyriums gewesen.

»Was hättet ihr getan? Den Dienst verweigert? Euch töten lassen? Zugelassen, dass diese Menschen weiterleiden – und dann selbst dafür sterben?«

»Und was ist mit Burkhard? War es für ihn auch eine Erlösung, als du ihm im Februar das Ruder übergezogen hast?«, fauchte Isabel. »Er wusste, dass du für Nitsche gearbeitet hast!«

»Ja. Er plante mich zu erpressen, das stimmt. Verlangte, dass ich dich verlasse, weil ich in seinen Augen nicht gut genug für dich sei. So wie er es schon bei deinen Eltern versucht hat. Er wollte ja damals deine Existenz verhindern. Und trotzdem habe ich dann versucht, ihn zu retten«, entgegnete Konrad aufgewühlt. »Warum bin ich in der Nacht wohl sonst raus? Um Stella zu retten. Und dann ihn. Leben erhalten. Ich bin Arzt!«

»Stella hat etwas anderes gesehen – keinen Rettungsversuch«, erwiderte Leni wütend.

»Es tut mir leid, dass sie Burkhard hat sterben sehen. Wenn Kinder leiden, ist es am schlimmsten. Glaub mir, ich habe es erlebt. Aber Stella täuscht sich, ich bin nicht schuld an dem, was ihrem Großonkel passiert ist. Dass er tot ist, bedaure ich trotzdem nicht. Er war einer derjenigen, der die Menschen ins KZ gebracht hat. Ohne Leute wie ihn hätte niemand irgendwen erlösen müssen.«

Sofie war überzeugt, dass Stella sich nicht täuschte: Konrad hatte mit dem Ruder zugeschlagen und log nun sie alle – und vielleicht sogar sich selbst – an. Doch das würden sie ihm nie nachweisen können.

Er sah in die Runde. »Was wollt ihr jetzt tun?«

»Die Frage ist, was *können* wir tun«, entgegnete seine einstige Studienkollegin Sofie bitter.

Und dann sah Isabel ihn flehend an. Er sollte nicht alles, was sie je an ihm geliebt hatte, zerstören. »Aber *du* kannst etwas tun. Dich stellen.«

Er schenkte ihr einen letzten, schwer zu interpretierenden

Blick, dann drehte er sich um und ging hinaus. Keiner hielt ihn auf.

Eine Weile standen alle betreten schweigend beieinander, da wurden sie durch ein Klirren in der Küche aufgeschreckt. Sie traten aus dem Büro in die Halle.

Am Tisch fanden sie die schluchzende Xenia Queck vor. Auf dem Boden lag eine zerbrochene Tasse in einer Kakaopfütze. Und auf dem Tisch stand Rattengift.

»Fräulein Queck, was machen Sie denn?«, fragte Leni besorgt.

»Ich wollte ihm einen Kakao bringen – mit Gift. Weil er dabei mitgemacht hat. Aber dann konnte ich es nicht. Und jetzt ist er einfach gegangen«, rief sie. Derart verzweifelt und erschüttert hatte die Familie die sonst so gefasste und strenge Hausdame noch nie erlebt.

»Wen meinen Sie – Konrad Heß?«, vergewisserte sich Leni.

Xenia Queck nickte. »Ich habe gehört, was er getan hat. Und er bereut es nicht mal. Er hat sie auf dem Gewissen. Faselt von Erlösung. Er hat sie mir weggenommen.«

»Wen hat er Ihnen weggenommen?«, hakte Leni sanft nach, kniete sich vor ihrem Stuhl nieder und nahm die Hand der Hausdame. »Wen hat Konrad Ihnen weggenommen?«

»Ich hatte eine jüngere Schwester – Stefanie«, murmelte Xenia mit schwacher Stimme. Es gab kein Zurück mehr, der Schutzwall, den sie um ihren großen Schmerz errichtet hatte, brach. »Sie hatte das Downsyndrom. Aber das war uns egal. Das liebste Lachen der Welt. Wollte dauernd alle umarmen. Nichts als Liebe. Sie hatte immer gute Laune – und hat mich so oft damit angesteckt. Wenn sie sich wie verrückt über die Sonne gefreut hat, wusste ich jedes Mal, dass ich mich umsonst über irgendwas aufrege, egal, was es war. Von wegen ›nicht lebenswert‹! Sie hat mir doch erst beigebracht, was im Leben schön ist …« Ihre Stimme versagte. Aber nach einer Pause wisperte sie: »Die haben Steffi in diese Anstalt gesperrt. Und dann sagten sie: Kreislaufversagen.«

An der Tür klingelte es, doch keiner der hier Versammelten war in der Stimmung hinzugehen. Schritte in der Halle machten klar, dass jemand aus dem Salon dies übernahm. Während die Haushälterin in Lenis Armen weinte, wischte Sofie den vergifteten Kakao auf und warf die Scherben und das Rattengift in den Müll. Willy und Isabel standen hilflos herum. Da kam schwanzwedelnd ihr großer Weimador-Hund Lito mit einem Stofftier im Maul in die Küche geeilt, sprang unvermittelt auf Xenia Quecks Schoß, wo er die Plüschfigur fallen ließ und jaulend in ihr Weinen mit einstimmte. Er leckte ihr Gesicht ab, und die Haushälterin musste unter Tränen lachen.

»Ach, Schatz, mach dir keine Sorgen«, sagte sie schniefend zu dem heulenden Hund. »Die Sonne kommt immer wieder zurück.«

Während Xenia Queck und Leni tröstend Lito streichelten, dachte Isabel einmal mehr, wie sehr sie diesen Hund liebte. So wie den Mann, dem sie ihn verdankte.

Da hielt ihr jemand von hinten die Augen zu. Sie drehte sich erschrocken um – und sah in das lächelnde Gesicht von Alex Jensen.

»Darf ich dich kurz unter vier Augen sprechen?«, bat er.

»Darfst du!«, stieß sie hervor und versuchte nicht aufzuschluchzen.

»Vergibst du mir, dass ich dir keine Chance gegeben habe, es mir zu erklären?«, fragte Alex, als sie allein in der Bibliothek waren. »Dass ich mich wie eine dumme Zicke im Groschenroman verhalten habe?«

Sie musste schmunzeln. Ihren Brief hatte er also gelesen.

»Ich vergebe dir, und jetzt lass uns endlich da weitermachen, wo wir aufgehört haben.«

Sie setzten gerade an, einander zu küssen, da klingelte direkt hinter ihnen das Telefon. Das durfte doch nicht wahr sein!

»Villa Nieland, Isabel Torres am Apparat«, meldete sie sich.

»Guten Tag, mein Name ist Rohrbeck. Ich rufe aus Marielyst an – auf der dänischen Insel Falster«, erklärte eine junge Männerstimme mit Berliner Einschlag.

»Ja?«, entgegnete Isabel verwirrt.

»Ich bin hier über die Feiertage mit meiner Familie und den Schwiegereltern. Vorhin haben plötzlich vier völlig durchnässte und halb erfrorene Gestalten an unsere Tür gepoltert. Eine davon will Sie jetzt gern sprechen.«

Sie hörte, wie er den Hörer mit den Worten weiterreichte: »Hier, eine Isabel ist dran.«

»Isabel?«, ertönte da vom anderen Ende der Leitung eine Frauenstimme, die ihr das Blut in den Adern gefrieren ließ.

»Rosa!«, rief sie und begann zu zittern wie Espenlaub, sodass Alex beruhigend den Arm um sie legte.

Minuten später betrat Isabel – völlig verheult, aber glücklich lächelnd – an der Hand von Alex den Salon, wo die restliche Familie im Schein der Christbaumkerzen den Heiligen Abend ausklingen ließ.

Alle Augen richteten sich verblüfft auf das junge Journalistenpaar im Türrahmen, das so seltsam feierlich wirkte, als wolle es seine Hochzeit verkünden. Doch das hatte Isabel nicht vor. Sie hasste es, dass Frauen am Ende der meisten Geschichten für ein glückliches Standard-Ende heiraten mussten. Sie hatte ein besseres Happy End für ihre Familie: »Rosa hat angerufen. Sie und Felix sind mit zwei Kolleginnen vom Hotel in Warnemünde fast fünfzig Kilometer über die zugefrorene Ostsee geradelt. Sie sind jetzt auf einer dänischen Insel und kommen her, sobald es das Eis zulässt – wir werden mit ihnen Silvester feiern können!«

Sofie schossen augenblicklich die Tränen in die Augen, und Max nahm sie scharf ausatmend in den Arm – waren ihre Gebete wirklich erhört worden, und sie bekamen ihre geliebte Enkeltochter zurück? Timon, der gerade mit Beryl und seiner kleinen Schwester am Boden gespielt hatte, versuchte vergeblich, gefasst zu bleiben, seine Mundwinkel zuckten. Wie sehr hatte ihm seine Sandkastenfreundin gefehlt!

»Kommt die Tante Rosa wieder nach Hause?«, hakte Stella neben ihm nach – sie flüsterte vorsichtig, so als zerschlage sich die fragile Hoffnung wieder, wenn man sie zu laut ausspräche.

»Ja, Stella«, schluchzte Elfie, nachdem sie sich zunächst stumm die Hand vor den Mund geschlagen und Isabel mit großen Augen angestarrt hatte. »Mein Kind kommt zurück. Sie wird endlich ihr Brüderchen kennenlernen.«

Sie legte ihren Kopf an Jans Schulter, der sich angesichts der Erkenntnis, dass Rosa und sein Neffe dem DDR-Regime entkommen waren, die Augen wischte.

Isabel lächelte ihren Alex an, drückte seine Hand und sah sich freudestrahlend unter ihren Lieben um: Durch die gute Nachricht hatte eine Welle des Glücks die Menschen hier im festlich geschmückten Salon der Villa am Elbstrand erfasst.

Epilog 1964

Bisher war es ein sorgloser Sommer gewesen, voller müßiger Stunden am Elbstrand, voller Kinderlachen und Wärme. Sofie Timmlein saß an einem sonnigen Julitag des Jahres 1964 im Turm der Villa Nieland und schrieb einen Brief an ihre Freundin Heidi Jepsen, einst Oberschwester des Lazarettschiffs, auf dem sie 1916 gedient hatte.

Heidi lebte inzwischen auf der griechischen Insel Skopelos und genoss in der Mittelmeersonne ihren Lebensabend. Sie hatte per Postkarte bedauernd für die große Feier abgesagt, die Anna Nieland heute ausrichtete. Ihr Mann habe sich beim Angeln den Fuß gebrochen, und sie sei nun in der anstrengendsten Pflegesituation ihres Lebens. »Tja, du weißt ja, Ärzte sind die schlimmsten Patienten«, hatte sie geschrieben. Ehe nun das Fest begann, wollte Sofie der Freundin noch ausführlich antworten.

Liebe Heidi,

hab Dank für Deine Postkarte – und wünsche bitte unserem guten Bordarzt rasche Genesung von seiner ollen »Schwester Sofie«! Schade, dass Du heute nicht dabei sein kannst, aber im September besuche ich endlich Dein Paradies, versprochen.

Ich schäme mich, dass ich Dir seit Silvester '62 keinen ausführlichen Brief mehr geschickt habe – nur die schnöde

Einladungspostkarte! Aber es ist so wahnsinnig viel passiert in jenem hartnäckigen, eisigen Winter.

Einer, der damals für besonders viel Aufregung sorgte, weilt jetzt nicht mehr unter uns: Isabels Ex-Verlobter Konrad Heß. Er gehörte zu den vierzehn Bergsteigern, die Anfang diesen Monats in der Nähe von Chamonix in Frankreich bei einem schweren Lawinenunglück ums Leben kamen. Er wollte sich nicht freiwillig stellen, nun hat ihn sein Sport gerichtet – was für eine seltsame Ironie des Schicksals!

Der nervenaufreibende Winter '62/'63 hatte allerdings auch Erfreuliches zu bieten: Am 7. Februar 1963 wurde Isabels Chef Rudolf Augstein nach 103 Tagen Haft endlich entlassen. Gut, dass wir auf unsere alten Tage noch mal auf die Straße gegangen sind für ihn!

Auch der längste Winter geht irgendwann mal vorüber, und Anfang März letzten Jahres schmolz nach 75 Tagen endlich das Eis – für das wir allerdings dankbar sein müssen: Denn darauf war meine Enkelin Rosa ja mit ihren Freunden quer über die Ostsee gelaufen. Inzwischen hat sich hier in Hamburg ihr großer Traum erfüllt, denn sie spielt im Ohnsorg-Theater an der Seite von Heidi Kabel. Auch Rosas Mitstreiter sind gut untergekommen. Ihr Felix arbeitet als Musiker am Thalia-Theater, die Hotelköchin Frau Seehase hat meine Elfie hier in der Küche der Villa ersetzt. Rosas zweite Kollegin hilft ihr und Jan im Restaurant. Rosa hat erzählt, dass diese Frau, Margot Koschitza, sich hier mit ihrer Mutter versöhnt hat. Sie verbringt wohl viel Zeit mit ihr und nennt es »unseren Nachschlag«.

So stolz Isabel auch auf ihre Arbeit beim Spiegel *war, inzwischen ist sie wie ihr Alex zum* Flensburger Tageblatt *gewechselt. Das liegt daran, dass sie dort – anders als beim* Spiegel *– auch als Frau Ressortleiterin werden kann. Die*

beiden leben oben an der dänischen Grenze im Haus meiner
Kindheit bei meiner Mutter Erna. Willy hat sich übrigens
endlich seinen Traum erfüllt, er ist mit ihr und Albin seine
Lebensretterin Hedda in Norwegen besuchen gefahren.
Pünktlich zum heutigen Jubiläum kommen sie aber alle
hierher zu uns, auch die beiden alten Damen. Es ist
natürlich sehr lieb von Anna, ein so großes Fest auszurichten,
um zu feiern, dass ich heute vor fünfzig Jahren in die Villa
kam. Ein halbes Jahrhundert, mein Gott! Gerade, weil
das derart lange her ist, finde ich es schön, dass so viele
Weggefährten ihr Kommen angekündigt haben, sogar unsere
Freundin Karo Rosenberg reist mit ihrem Mann David und
ihren drei Kindern aus den USA an – auch, um ihnen mal
ihre alte Heimat zu zeigen.
Timons Versuch, seine Freunde, die Beatles, hier spielen zu
lassen, hat leider nicht geklappt, die Liverpooler Jungs haben
einfach zu viel zu tun; sie waren ja inzwischen schon
mehrfach auf Platz eins in England. Aber dafür ist die beste
Freundin meiner Tochter Hilde und ihres Mannes José
gekommen: Rosita Serrano. Sie hat letzten Monat auch schon
ihren fünfzigsten Geburtstag gefeiert. Wenn sie nachher ihren
Roten Mohn singt, werden bestimmt viele Erinnerungen an
alte Zeiten wach … Ich freue mich auf eine schöne Feier –
und auf ein Wiedersehen mit Dir im September.
Deine
Sofie

In diesem Moment betrat Anna das Turmzimmer. Die Freundinnen lächelten sich in innigem Einverständnis an.

»Na, bist du bereit?«, fragte die Villenbesitzerin. »Die Gäste warten.«

»Ja, ich bin bereit, ich wollte dir nur vorher noch danken«, sagte Sofie bewegt. »Dass du mich vor fünfzig Jahren wie ein Familienmitglied aufgenommen hast – und im Krieg aus dem Feuersturm gerettet …«

»Du musst dich nicht bedanken. Du hast mich zuerst gerettet«, erwiderte Anna. »Und wenn ich jetzt anfange, dir für all das andere zu danken, was du für mich und meine Lieben getan hast – die armen Gäste müssten bis morgen warten.«

Die beiden Freundinnen umarmten sich und begaben sich hinunter in den Garten, wo Weggefährten aus fünf Jahrzehnten auf sie warteten. Gemeinsam hatten sie vieles durchstehen müssen, doch sie waren immer noch hier. Und so verschieden sie auch alle waren, sie würden einander weiterhin stets unterstützen. Zusammen würden sie jede Krise überwinden – jede Katastrophe, jeden weiteren Sturm über der Villa am Elbstrand.

ENDE

Danksagung

Ein historischer Roman wäre nicht möglich ohne Zeitzeugen und die Autorinnen und Autoren der Quellentexte, auf deren Grundlage sich seine Handlung entspinnt. Unsere besondere Anerkennung gilt hier Arne Bellstorf, der dafür gesorgt hat, dass die ergreifendste und bestrecherchierte Geschichte über die frühen Hamburger Jahre der Beatles eine Graphic Novel, ein Comic, ist.

Wer mehr über die Elbchaussee und ihre schönen Villen wissen möchte, dem legen wir den Bildband von Svante Domizlaff und Michael Zapf besonders ans Herz: Noch kurz vor Redaktionsschluss dieses dritten Bandes haben wir das prächtige Buch *Elbchaussee. Menschen und Häuser an Hamburgs großer Straße* noch in einer Kieler Buchhandlung entdeckt – und wir sind froh darüber! Wenn Sie weitere Geschichten aus Hamburgs schönster Straße lesen und die Villen einmal von innen bewundern möchten, gönnen Sie sich diesen fotografischen Abenteuertrip.

Wir haben dafür Sorge getragen, dass die historischen Figuren, die in unserer Romanhandlung auftauchen, bezüglich der geschichtlichen Fakten verbürgte Sätze sagen. Persönliche Dialoge bei der Interaktion mit den von uns erdachten Heldinnen und Helden hingegen sind – wie in den beiden Vorbänden – natürlich fiktiv, geben aber dennoch so unverfälscht wie möglich den historisch überlieferten Charakter der jeweiligen Gesprächspartner wieder.

Auch diesmal danken wir unseren Partnern, Familien, Freunden, Kolleginnen und Kollegen dafür, dass sie uns während der Schreibphase »den Rücken freigehalten« haben.

Für Eva-Maria Bast waren die größte Stütze ihre vier wunderbaren Kinder und Christian Schuchardt.

Jørn Precht bekam erneut »Rückendeckung« von Erika und Elias sowie den Bewohnern der »Villa am Waldrand«: den Precht-Aicheles von einem Stock tiefer und ganz oben vom »guten Geist« Andreas.

In Flensburg stellten dankenswerterweise Marlis Konradi und Hans-Gerhard Jensen die Schreibdomizile, Iris den Pkw für die Recherchetouren zur Verfügung. Bei der Beschreibung des Hofes Op de Drey und dessen Vergangenheit half uns der heutige Besitzer – Herr Herrmann, vielen Dank.

»Fremdenführer« auf Sylt waren Martina und Christian Sturm, was für ein schöner Tag, merci! Olivia und Rudy Butkovic haben uns beim Marketing unterstützt – *hvala!* Wir danken auch unseren »Gegenleserinnen« Martina Resch und Historikerin Marita Grimke. Eigentlich hat Letztere beim Redigieren natürlich ein Auge auf die geschichtliche Plausibilität, doch da sie selbst auch Romane schreibt, war sie zusätzlich in der Lage, großartige Vorschläge bezüglich der Figurenpsychologie zu machen, die wir allesamt berücksichtigt haben. Liebe Marita – Sofie, Isabel, Timon und die anderen danken Dir mit uns!

Auch Frieder Scheiffele und Sebastian Feld sind wir zu Dank verpflichtet, ohne sie gäbe es keine Informationen über den mysteriösen schwäbischen Ort Schafferdingen.

Ein besonderes »*Obrigado*« geht auch an Teresa, João und Marie Rocha nach Lissabon für die Beschreibung des dortigen Lebensgefühls – insbesondere unter Salazar.

Und schließlich danken wir einmal mehr unserer treuen

Agentin Anna Mechler, ohne die wir unsere großartigen Lektorinnen Greta Frank und Kerstin von Dobschütz nicht hätten kennenlernen dürfen!

Charlotte Jacobi gäbe es nicht ohne Michael Stehle aus Überlingen, der im Sommer 2015 die beiden Hälften des Schreib-Duos einander vorgestellt hat. Daher sei auch ihm an dieser Stelle herzlich gedankt.

Zu guter Letzt danken wir Ihnen, unseren Lesern. Sie haben es mit Ihrer Treue ermöglicht, dass aus der Elbstrand-Saga eine Trilogie wurde. Wir hoffen, dieser dritte Band findet erneut Ihre Zustimmung und wünschen Ihnen viele spannende und anregende Lesestunden!

Herzlich,
Eva-Maria Bast und Jørn Precht
alias Charlotte Jacobi

Literaturempfehlungen und Quellen

Ahlers, Conrad: »Bedingt abwehrbereit« in: DER SPIEGEL 41/1962 vom 10.10.1962, Hamburg 1962.
URL: www.spiegel.de/spiegel/print/d-25673830.html

Bellstorf, Arne: *Baby's in black. Astrid Kirchherr, Stuart Sutcliffe and the Beatles*, New York, 2012.

Böhm, Boris/Markwardt, Hagen: »Hermann Paul Nitsche (1876–1948) – Zur Biografie des Reformpsychiaters und Hauptakteurs der NS-»Euthanasie« in: Stiftung Sächsische Gedenkstätten (Hrsg.): *Nationalistische Euthanasieverbrechen – Beiträge zur Aufarbeitung ihrer Geschichte in Sachsen*, Dresden, 2004, S. 71–104.

Chronik 1960, Dortmund, 1985.

Chronik 1961, Dortmund, 1985.

Chronik 1962, Dortmund, 1985.

DER SPIEGEL: *PORTUGAL/SALAZAR: So oder so.* In: DER SPIEGEL, Hamburg, 23.09.1968.
URL: www.spiegel.de/spiegel/print/d-45935485.html

Doerry, Martin/Janssen, Hauke (Hg.): *Die SPIEGEL-Affäre. Ein Skandal und seine Folgen*, Hamburg, 2013.

Domizlaff, Svante/Zapf, Michael: *Elbchaussee. Menschen und Häuser an Hamburgs großer Straße*, Kiel/Hamburg, 2018.

Greulich, Matthias: »*Beatles-Haus*« – *Die Fotografin Astrid Kirchherr war eine enge Freundin der Band*, in: Elbe Wochenblatt vom 4. Juli 2018.
URL: www.elbe-wochenblatt.de/2018/07/04/eimsbuettels-beatles-haus

Hoffmann, Paul Th.: *Die Elbchaussee. Ihre Landsitze, Menschen und Schicksale*, Hamburg, 1977.

Jacobi, Charlotte: *Die Villa am Elbstrand*, München, 2018.

Jacobi, Charlotte: *Sehnsucht nach der Villa am Elbstrand*, München, 2019.

Kellerhoff, Sven Felix: »WEIHNACHTEN 1962. Die abenteuerliche Flucht über das Eis der Ostsee«, in: DIE WELT, Berlin, 24.12.2017.
URL: https://www.welt.de/geschichte/article171856303/Weihnachten-1962-Die-abenteuerliche-Flucht-ueber-das-Eis-der-Ostsee.html

Koch, Hans Jörg: *Roter Mohn. Das Leben der › Chilenischen Nachtigall‹ Rosita Serrano. Eine Biographie*, Berlin, 2005.

Langenkamp, Christian/Precht, Jørn: *L'Homme Qui Inventera L'Europe*, Drehbuch, Stuttgart, 2009.

Leimbach, Claus/Wagner, Kurt: *Als die Deiche brachen. Die Finkenwerder Sturmflut von 1962*, Erfurt, 2012.

Nationalrat der nationalen Front des demokratischen Deutschland Dokumentationszentrum der Staatlichen Archivverwaltung der DDR (Hg.): *Braunbuch, Kriegs- und Naziverbrecher in der Bundesrepublik. Staat, Wirtschaft, Armee, Verwaltung, Justiz, Wissenschaft*, Berlin, 1965.

Norddeutscher Rundfunk: *Trauerfeier: Eine Stadt weint um ihre Toten*. Auf www.ndr.de, Hamburg, 2011.
URL: www.ndr.de/geschichte/chronologie/Trauerfeier-Eine-Stadt-weint-um-ihre-Toten,sturmfluttrauer2.html

Norddeutscher Rundfunk: *Sturmflut in Waltershof: Das Ende eines Idylls. Auf www.ndr.de, Hamburg o. J.*
URL: www.ndr.de/geschichte/chronologie/sturmflutwaltershof133.html

Norddeutscher Rundfunk: *Hamburg damals 1960, 1961*, auf www.youtube.de, 2016.
URL: https://www.youtube.com/watch?v=jURrJFtdYL4

Norddeutscher Rundfunk: *1953: Enteignungswelle an der DDR-Ostseeküste,* auf www.ndr.de, 09. 02. 2018.
https://www.ndr.de/kultur/geschichte/chronologie/Aktion-Rose-Zuchthaus-fuer-Kaffee-aus-dem-Westen,aktionrose101.html

Paschen, Joachim: *Land unter! Die Hamburger Flutkatastrophe 1962. Mit einem Vorwort von Helmut Schmidt,* Hamburg, 2002.

Petersson, Lars G.: *Musterung. Staatlich legitimierte Perversion,* Brentwood, 2010.

Prager, Hans Georg: *REEDEREI F. LAEISZ – Von den Groß-seglern zur Containerfahrt,* Hamburg, 2004.

Precht, Jørn: *Das Geheimnis des Dr. Alzheimer,* Meßkirch, 2017.

Precht, Jørn: »Stolpersteine« in: Bast, Eva-Maria/Precht, Jørn: *Flensburger Geheimnisse – 50 spannende Geschichten aus der Förderegion,* Überlingen, 2016, S. 64–68.

Sander, Mara: *Laible und Frisch – Geschichte . Schauspieler . Drehorte,* Tübingen, 2009.

Schwelien, Michael: *Helmut Schmidt. Ein Leben für Deutschland,* Hamburg, 2015.

Shakespeare, William: *Antonius und Cleopatra, übersetzt von Wolf Graf von Baudissin,* Zürich, 1979.
URL: https://gutenberg.spiegel.de/buch/antonius-und-cleopatra-2171/1 und ff.

Spiegel, David: *Dissoziative Amnesie,* auf www.msdmanuals.com, letzte vollständige Überprüfung/Überarbeitung Juli 2017.
URL: www.msdmanuals.com/de-de/heim/psychische-gesundheitsstörungen/dissoziative-störungen/dissoziative-amnesie

Sutcliffe Pauline/Douglas Thompson: *The Beatles' Shadow STUART SUTCLIFFE & his lonely hearts club,* London, 2001.

ZEIT: *Die roten Dichter und Hamburgs Polizei,* Hamburg, 16. Dezember 1960.
URL: www.zeit.de/1960/51/die-roten-dichter-und-hamburgs-polizei/komplettansicht